E.D.

E

BASTEI
LÜBBE
TASCHENBUCH

Weitere Titel der Autorin:

Die rubinrote Kammer

Über die Autorin:

Pauline Peters, geboren 1966, ist Journalistin. Ihre Leidenschaft gilt der britischen Lebensart. Sie liebt Landhäuser und Parks sowie den Afternoon Tea. In ihren mitreißenden Schmökern entführt sie die Leser in eine Welt voll englischen Flairs. DAS GEHEIMNIS DES ROSENZIMMERS spielt auch im Deutschland des frühen 20. Jahrhunderts.
Pauline Peters lebt in Deutschland. Sie arbeitet zurzeit an ihrem nächsten großen Roman über Victoria.

Pauline Peters

DAS GEHEIMNIS DES ROSEN-ZIMMERS

Roman

BASTEI
LÜBBE
TASCHENBUCH

BASTEI LÜBBE TASCHENBUCH
Band 17 515

Dieser Titel ist auch als E-Book erschienen

Originalausgabe

Dieses Werk wurde vermittelt durch
die Literarische Agentur Thomas Schlück GmbH, 30827 Garbsen.

Copyright © 2017 by Bastei Lübbe AG, Köln
Innenillustration: Tina Dreher, Alfeld/Leine
Titelillustration: © Arcangel/Ayal Ardon; © Trevillion Images/
Yolande de Kort; © shutterstock/Sternstunden;
© shutterstock/Honza Krej; © shutterstock/Anelina
Umschlaggestaltung: Manuela Städele-Monverde
Satz: Urban SatzKonzept, Düsseldorf
Gesetzt aus der Garamond
Druck und Verarbeitung: CPI books GmbH, Leck – Germany
Printed in Germany
ISBN 978-3-404-17515-4

5   4   3   2   1

Sie finden uns im Internet unter www.luebbe.de
Bitte beachten Sie auch: www.lesejury.de

ERSTES KAPITEL

London, 1907

Die Eingangstür von Melbury Hall schwang auf, und ein Diener trat auf den sonnenbeschienenen kiesbestreuten Vorplatz. Die Besucherschlange setzte sich in Bewegung. Victoria Bredon war nun doch aufgeregt. Sie fragte sich, ob es ihr gelingen würde, ihr Vorhaben, das Anwesen heimlich zu erforschen, in die Tat umzusetzen.

In der Eingangshalle war es erstaunlich kühl. Die Wanderung vom Bahnhof der kleinen Stadt Sevenoaks in der Grafschaft Kent den steilen Hügel nach Melbury Hall hinauf hatte Victoria erhitzt. Nun war sie froh über den leichten Sommermantel, den zu tragen sie sich am Morgen entschieden hatte. Neugierig blickte sie sich um und versuchte, den kreisrunden Raum mit den Augen einer Fotografin oder Malerin zu erfassen. Ein Vorfahre des zwölften Earls of Melbury, der der derzeitige Titelinhaber war, hatte das Anwesen mit einer Kuppel im Stil des Taj Mahal ausstatten lassen, doch die Eingangshalle war klassizistisch schlicht gestaltet. Der Goldgrund der Decke bildete die einzige Extravaganz. In die Wände waren hohe Spiegel eingelassen, und für einen Moment fing Victoria ihr Spiegelbild auf – das einer jungen zierlichen Frau mit einem Strohhut, unter dem einige Strähnen lockigen roten Haares hervorlugten.

Ein Butler durchquerte nun die Halle und stellte sich auf

einem der geschwungenen Treppenflügel in Positur. Der Blick, mit dem er die Besucher bedachte, war alles andere als begeistert. *Er hält sicher nichts davon, dass Melbury Hall an den Augustsonntagen für die Allgemeinheit geöffnet ist,* dachte Victoria amüsiert. Ein anderer Vorfahre des derzeitigen Earls hatte dies verfügt. Eine Bestimmung, die ähnlich exzentrisch war, wie einen englischen Landsitz mit einer indisch anmutenden Kuppel versehen zu lassen.

»Ladys und Gentlemen«, der Butler erhob seine Stimme, und das Getuschel der Besucher erstarb, »Lord Melbury und seine Gemahlin freuen sich, Sie auf Melbury Hall begrüßen zu dürfen. Es ist ihnen ein Anliegen, die bedeutende Kunstsammlung des achten Earls of Melbury der Öffentlichkeit zugänglich zu machen. Ich habe das Vergnügen, Sie durch fünf Räume führen zu dürfen, beginnend mit dem blauen Speisesaal und endend mit der großen Galerie. Viele der dort ausgestellten Gemälde, Möbel und sonstigen Gegenstände sind von großem Wert. Ich muss Sie bitten, sich dementsprechend zu verhalten und nichts zu berühren.«

Der Butler sah strafend einen kleinen Jungen an, der an der Hand seiner Mutter auf und ab hüpfte, dann glitt sein Blick zu einer älteren Dame in einem rosafarbenen Kleid, die sich mit ihrem Lorgnon einer Statue an der Wand näherte, und er räusperte sich laut vernehmlich. Die Lady zuckte zurück und schloss sich wieder der Gruppe an. Während der Butler die Stufen hinunterschritt, erschienen zwei Diener, die die Besucher, ähnlich wie Hütehunde eine Schafherde, zu einer Tür dirigierten.

Victoria murmelte eine Verwünschung. Mit so strengen Vorkehrungen hatte sie nicht gerechnet. Lord Joshua, der derzeitige Earl of Melbury, war ein einflussreicher Gönner der Konservativen Partei. In einem Monat würde eine Versammlung der Parteiführung auf Melbury Hall stattfinden. Die Frauenrechtlerinnen planten, das zu erwartende Presseecho zu nutzen und in das Anwesen einzudringen, um für ihre Ziele zu demonstrieren. Da Victoria unbedingt für das Frauenwahlrecht war, engagierte sie sich bei den Suffragetten. Sie hatte sich bereit erklärt, das Gebäude und den Park zu erkunden.

In dem blauen Speisesaal, der seinen Namen von der dunkelblauen Farbe der Tapete, den Vorhängen und der Seidenbespannung der Stühle hatte, ließ der Butler sich in hochmütig näselndem Tonfall über das kostbare chinesische Porzellan in dem Geschirrschrank und die niederländischen Landschaftsmalereien aus. Der in Grün gehaltene angrenzende Raum war der Salon der Familie. Victoria wurde immer ungeduldiger, während der Butler selbstgefällig auf die Porträts, die dort an den Wänden hingen, wies und erklärte, welche Mitglieder der Familie Melbury von Thomas Gainsborough verewigt worden waren.

»Lord Henry und Lady Virginia Melbury hatten zusammen sechs Kinder, von denen alle das Erwachsenenalter erreichten«, sagte der Mann jetzt und wandte sich einer Reihe von Kinderbildern an einer Wand zu, die mit dunkelgrüner Seidentapete bespannt war.

»Wie reizend die Kleinen doch sind.«

Unter den Besuchern – überwiegend Damen aus der Middleclass in gesetztem Alter – wurde entzücktes Gemurmel laut. Tatsächlich blickten die Kinder mit rosigen Wangen engelsgleich auf sie herunter. *Wahrscheinlich hat der Maler sie ziemlich idealisiert dargestellt,* dachte Victoria innerlich seufzend. *Kein Kind ist so sanft und unschuldig.*

Ach, es musste ihr gelingen, während der Führung zu entwischen. Sie hatte keine Ahnung, wie sie in das Anwesen eindringen sollte, wenn nicht jetzt. Aber die Diener ließen die Besucher nicht aus den Augen.

»Ladys und Gentlemen, wenn Sie mir bitte weiter folgen würden.«

Der Butler hob würdevoll seine Hand und öffnete dann eine zweiflügelige Tür, die in den nächsten Raum führte. Die Gruppe setzte sich gehorsam in Bewegung. Frustriert folgte Victoria den anderen Besuchern.

Plötzlich ertönte ein lautes Scheppern. Die Dame in dem rosafarbenen Kleid war zu nah an die Absperrung getreten, wohl um durch ihr Lorgnon einen letzten Blick auf das silberne Teegeschirr werfen zu können, das auf einem Beistelltisch dekoriert war. Dabei hatte sie einen Kerzenleuchter umgestoßen, der gegen eine Zuckerdose und ein Milchkännchen geprallt war, und im Fallen auch noch ein Marmeladenschälchen mit sich gerissen, das nun auf den Parkettboden polterte.

Die Dame kreischte bestürzt auf. »Oh, das tut mir leid.«

»Madam, ich muss doch sehr bitten ...« Die Stimme des Butlers zitterte vor Entrüstung. Mit ausgestreckten Armen bahnte er sich einen Weg durch die Menge, die beiden Diener eilten ihm zu Hilfe. Auch die Besucher blickten vorwurfsvoll zu der unglücklichen Delinquentin, die errötete und einem Ohnmachtsanfall nahe schien.

Victoria nutzte die Gelegenheit, um zurück in den Speisesaal zu eilen. Dort angekommen, verbarg sie sich sicherheitshalber hinter einem schweren dunkelblauen Samtvorhang, doch niemand war ihr gefolgt. Durch die Tür hörte sie den Butler schelten und über »Vandalismus« und »tölpelhaftes Benehmen« klagen. Victoria musste lächeln. Sie konnte sich gut vorstellen, dass ihr Butler Hopkins über diesen Vorfall ebenso entsetzt gewesen wäre, auch wenn er sich zu einer derartigen Tirade gewiss nicht hätte hinreißen lassen.

Als sich die Stimme des Butlers, der seine Führung nun fortsetzte, entfernte, wagte Victoria sich hinter dem Vorhang hervor. Neben dem großen Geschirrschrank aus Mahagoniholz befand sich eine Tür. Sie war ihr zuvor schon aufgefallen. Vorsichtig betätigte sie die Klinke und öffnete die Tür einen Spalt. Sie führte auf eine Hintertreppe. Victoria lauschte, doch kein Geräusch war zu hören. Mit angehaltenem Atem hastete sie die schmale Treppe hinunter. Sie endete in einem weiß gekalkten Gang, von dem zwei Türen abzweigten. Durch die Scheibe der einen konnte man in einen Wirtschaftshof sehen.

Victoria schlüpfte nach draußen und versuchte, sich zu orientieren. Ihr gegenüber befand sich eine Backsteinmauer mit einem Tor darin. Dahinter musste der Park liegen. Als sie das Tor geöffnet hatte, sah sie weitläufige Rasenflächen, die zu einem See hinunterführten. Die Terrasse von Melbury Hall war von Blumenrabatten umgeben. Zu ihrer Erleichterung war weit und breit kein Mensch zu sehen. Victoria rannte zu den hohen Hainbuchenhecken auf der anderen Seite des Gebäudes. In deren Schutz holte sie ihre Kodak-Kamera aus ihrer Handtasche und schoss rasch einige Bilder von dem Gelände.

Die Hecke umschloss einen kleinen Garten. In der Mitte eines Teiches, umgeben von Lilien, stand ein steinerner Elefant, der einen Wasserstrahl in die Luft spie. Auch diesen fotografierte Victoria, ehe sie ihren Notizblock zur Hand nahm und rasch eine Skizze anfertigte.

Ein Durchgang in der Hecke führte in einen weiteren Garten, den eine Mauer auf drei Seiten vor kalten Winden schützte. Ein Häuschen am anderen Ende war wie ein indischer Tempel gebaut, die Kuppel auf dem Dach schien eine kleinere Version der von Melbury Hall zu sein. In einem rechteckigen Bassin entdeckte Victoria wunderschöne Seerosen, zwischen denen Goldfische umherschwammen. Große Azaleen beschatteten das Wasser. Sie skizzierte auch diesen Teil der Anlage.

Trotz ihrer Anspannung konnte Victoria sich dem Charme

des Ortes nicht entziehen. *Der Garten würde bestimmt auch Jeremy gut gefallen*, dachte sie. *Jeremy …*

Unwillkürlich hielt sie inne. Sehnsucht und ein warmes Gefühl der Zuneigung durchfluteten sie. Sie hatte Jeremy Ryder ein halbes Jahr zuvor kennengelernt, als sie ein lange gehütetes Familiengeheimnis gelüftet hatte. Jeremy arbeitete offiziell als Journalist und inoffiziell für die Geheimabteilung von Scotland Yard. Ihr Verhältnis war kompliziert. Victoria liebte ihn, aber sie hatte sich noch nicht entschließen können, ihm zu sagen, dass sie ihn gern heiraten würde – was auch an ihrem Engagement für die Suffragetten lag. Nein, Jeremy würde ganz sicher nicht begeistert darüber sein, dass sie sich unerlaubt im Park von Melbury Hall aufhielt und für die Frauenrechtlerinnen spionierte.

Victoria hatte eben den Auslöser der Kodak betätigt, als sich die Tür des Gartenhauses öffnete und drei Männer heraustraten. Panisch blickte sie sich um. Ach, wie hatte sie nur so unaufmerksam sein können! Rasch versteckte sie sich hinter einem Rhododendron. Doch die Männer bemerkten sie nicht, sondern gingen, in eine leise Unterhaltung vertieft, weiter.

Victoria spähte zwischen den Blättern hindurch. Der große Mann um die vierzig mit den strengen Gesichtszügen musste Lord Melbury sein. Victoria kannte ihn von Fotografien aus der Presse. Der Begleiter zu seiner Rechten war dunkelhaarig und hatte einen Schnurrbart. Er sah blendend aus, trotz der Narbe auf seiner Wange. Ja, diese verlieh ihm etwas Verwegenes, das ihn sogar noch attraktiver machte. Er trug einen maßgeschneiderten braunen Tweed-Anzug, der bestimmt von einem der teuersten Schneider in der Savile Row angefertigt worden war. Ganz offensichtlich war er ein reicher Mann, wenn nicht gar auch ein Adliger.

Der Kontrast zur Kleidung des dritten Mannes hätte kaum größer sein können. Dessen Anzug war abgetragen und ganz sicher in einem einfachen Laden oder auf einem Markt erworben. Dazu passte die Schiebermütze, die er auf dem Kopf trug. Er war muskulös und hatte ein kantiges Gesicht, auf dem sich ein Bartschatten abzeichnete. Victoria vermutete, dass er ein Arbeiter war. Trotzdem verhielt der Mann sich dem Lord und dem Aristokraten gegenüber keineswegs unterwürfig. Im Gegenteil zeugte seine Körperhaltung von Selbstbewusstsein.

Der Lord und seine Begleiter verschwanden hinter der Hecke, und Victoria wartete noch einige Minuten in ihrem Schlupfwinkel, bis sie sicher war, dass die drei Männer nicht zurückkehrten. Dann setzte sie ihren Erkundungsgang durch den Park fort. An den indisch inspirierten Garten schloss sich ein Wäldchen aus Rhododendren an, die so alt waren, dass ihre Wurzeln aus der Erde ragten und fantastisch anmutende Formen bildeten.

Dieser Rhododendronwald wird mir und meinen Mitstreiterinnen bestimmt gute Verstecke bieten, überlegte Victoria. Den Küchengarten und das Areal mit den Gewächshäusern wagte sie nicht zu betreten, denn dort würde sie gewiss der Dienerschaft begegnen. An einem warmen Tag wie diesem mussten die Pflanzen gewässert werden. Stattdessen folgte sie einem schmalen Weg, der sich an einem Bach entlang einen Hügel hinunterschlängelte und schließlich in ein kleines Tal führte. Dieses wurde durch die hohe Mauer, die den Park umgab, durchschnitten.

Victoria hatte eben wieder auf den Auslöser ihrer Kamera gedrückt, als sie sah, dass das Tor in der Mauer nur angelehnt war. Rasch lief sie näher und blickte durch den Spalt. Wie schön wäre es, wenn sie durch das Tor entwischen könnte und nicht den gefährlichen Weg zurück durch den Park und das Haus auf sich nehmen müsste. Doch auf der schmalen Landstraße vor dem Tor stand Lord Melbury vor einer Kutsche. Augenscheinlich sagte er etwas zu jemandem im Inneren des Gefährts. Als sich die Pferde in Bewegung setzten, sah Victoria seine beiden Begleiter hinter dem Fenster. Hastig wich sie zurück. Keinen Moment zu früh, denn nun kehrte der Lord in den Park zurück. Victoria presste sich gegen die Mauer. Lord Melbury schob den Riegel des Tores vor und ging dann in Richtung Haus, gleich darauf verschwand er hinter einer Wegbiegung.

Victoria klopfte das Herz bis zum Hals. *Wie seltsam, dass der Lord die beiden Männer zu diesem abgelegenen Ort gebracht hat,* dachte sie, und versuchte, den Riegel zu öffnen. Aber er klemmte, und sosehr sie auch daran rüttelte, er gab nicht nach. Frustriert biss sich Victoria auf die Lippen. Also musste sie doch durch das Haus entkommen.

Sie hatte das kleine Tal etwa zur Hälfte durchquert, als sie hinter sich eine männliche Stimme vernahm, die sehr verärgert klang.

»Hey, Miss, was tun Sie hier?«

Da es zwecklos war davonzulaufen, blieb Victoria stehen und drehte sich um. Ein hagerer alter Mann, der eine Harke wie eine Waffe in der Rechten hielt, marschierte auf sie zu. Er hatte einen weißen Vollbart, trug einen Bowlerhut zu Hose und Weste und strahlte Autorität aus, was Victoria vermuten ließ, dass er der Obergärtner war.

»Ich besichtige den Park. Ist das denn verboten?« Sie blickte ihn unschuldig aus ihren großen Augen an.

»Ich kann gut verstehen, dass Mr. Walters für diese Besuchstage nichts übrig hat«, knurrte der Gärtner. Mr. Walters war, nahm Victoria an, der Butler. »Jedes Mal strolcht einer der Besucher im Park umher und richtet irgendein Unheil an, trampelt über meine Beete, pflückt Blumen oder gräbt meine Pflanzenzwiebeln aus. Zeigen Sie mir bitte den Inhalt Ihrer Handtasche, Miss.«

Herrje, wie sollte sie dem Gärtner nur die Kodak und die Skizzen des Parks erklären? Zögernd öffnete Victoria die Tasche.

»Was ist das denn?«, fragte der Mann prompt, als er das Notizbuch mit den Skizzen sah.

»Ich ... ich interessiere mich für Gartenarchitektur«, improvisierte Victoria. »Genau genommen absolviere ich eine Ausbildung zur Gärtnerin in Kew Gardens. Ich habe den Park gezeichnet, um mich davon inspirieren zu lassen.«

»Ausbildung zur Gärtnerin...« Der alte Mann schnaubte verächtlich. »Was für ein Unsinn. Keine Frau ist in der Lage, die harte Arbeit körperlich zu verrichten, und an wirklichem Verständnis für die Botanik mangelt es ihnen auch. Und jetzt kommen Sie, Miss. Ganz in der Nähe gibt es eine Pforte, durch die verlassen Sie schön den Park.«

Victoria unterdrückte ein Lächeln und folgte dem Gärtner zu dem Ausgang. Sie hielt es für besser, den alten Mann nicht darauf hinzuweisen, dass Gertrude Jekyll eine bedeutende Gartenarchitektin war und mittlerweile einige Frauen die Ausbildung in Kew Gardens erfolgreich abgeschlossen hatten ...

Victoria schob ihr Fahrrad aus dem Bahnhof Charing Cross. Dank der unfreiwilligen Hilfe des Gärtners hatte sie den Park von Melbury Hall gänzlich ungehindert verlassen können. In Sevenoaks hatte sie den Zug nach London genommen. Während sie durch die sommerlich grüne Landschaft Kents gewandert und dann mit dem Zug durch die Vororte der Metropole gefahren war, hatte sie überlegt, wie schön es wäre, sich mit Jeremy zu treffen. Sie hatte ihn jetzt seit über einer Woche nicht mehr gesehen, was ungewöhnlich war. Sie trafen sich häufig, und sie vermisste ihn, sobald sie sich trennten. Doch für diesen

Tag hatte sie sich dagegen entschieden, sich mit ihm zu verabreden. Wenn Jeremy sie fragen würde, wie sie den Morgen verbracht hatte, würde er ganz sicher bemerken, dass sie ihm etwas verschwieg.

Hohe viktorianische Häuser säumten die Straße The Strand, an der der Bahnhof lag. Sonntäglich gekleidete Menschen flanierten auf den Gehsteigen. Victoria wollte eben auf ihr Fahrrad steigen, als sie im Schaufenster einer Buchhandlung einen großen Stapel Bücher entdeckte. Der Umschlag kam ihr bekannt vor. Neugierig ging sie näher. Die Bücher waren in elegantes graublaues Leinen gebunden, das mit stilisierten Lilien bedruckt war. Dazwischen stand in verschnörkelten Buchstaben *Mrs. Ellinghams Haushaltsratgeber*. Über dem Bücherstapel hing ein Plakat, das Mrs. Ellingham als äußerst erfolgreiche Autorin pries, deren Werk mittlerweile Hunderttausenden von Hausfrauen das Leben erleichterte.

Victoria lächelte. Die Werbung amüsierte sie, denn natürlich war sie in das Geheimnis eingeweiht, dass Mrs. Ellingham ein Pseudonym war, hinter dem sich kein anderer als Hopkins, Victorias Butler, verbarg. Seit zwei Monaten war der Haushaltsratgeber nun auf dem Markt und verkaufte sich bestens. Victoria bahnte sich ihren Weg durch die Passanten zur Straße und fuhr endgültig los.

Als Victoria die Wohnung am Green Park betrat, in der sie seit nun schon fünfzehn Jahren lebte, kam Hopkins aus der Küche. Er trug eine Schürze und Ärmelschoner, was sie vermuten ließ, dass er gerade sein geliebtes Silber polierte.

»Soll ich den Tee zubereiten, Miss Victoria?«, erkundigte er sich und half ihr aus dem Mantel.

»Ich würde mich gern frisch machen und danach Fotos entwickeln, Hopkins. Würde es Ihnen mit dem Tee in eineinhalb Stunden passen?«

»Selbstverständlich, Miss Victoria.« Der Butler verstaute ihre Handschuhe und den Hut auf der Ablage im Korridor. »Was das Abendessen betrifft, dachte ich bei diesem warmen Wetter an kalten Braten und Salat.«

»Das hört sich wunderbar an.«

Im Bad, das an ihr Zimmer grenzte, zog Victoria sich aus und wusch sich. Während sie ihr Haar kämmte, entdeckte sie ein paar neue Sommersprossen auf ihrer hellen Haut. *Und das, obwohl ich einen Strohhut getragen habe,* dachte sie seufzend und betrachtete ihr herzförmiges Gesicht eingehender. Ihre grünen Augen leuchteten, und ihr schön geschwungener Mund verzog sich erneut zu einem Lächeln. Victoria wusste, dass viele Menschen sie für sehr hübsch hielten. Im Allgemeinen war sie auch ganz zufrieden mit ihrem Aussehen. Aber manchmal wünschte sie sich, eine weniger empfindliche Haut zu haben und ein weniger niedliches, puppenhaftes Gesicht. Außerdem wäre es ihr lieber, weniger jung auszusehen. In eineinhalb Jahren würde sie endlich volljährig werden.

In ihrem Zimmer inspizierte Victoria ihren Kleiderschrank. Dank des Erfolgs von *Mrs. Ellinghams Haushaltsratgeber* hatte sich ihre und Hopkins' prekäre finanzielle Situation entspannt, und sie hatte sich endlich ein paar neue Teile für ihre Sommergarderobe leisten können – worüber sie sehr glücklich war, denn sie liebte schöne Kleider. Victoria entschied sich für eines aus hellgrau und grün gestreiftem Musselin, das um den Ausschnitt spitzenbesetzt war.

An ihrem Schreibtisch vervollständigte sie die Karte des Parks, dann ging sie in ihre Dunkelkammer, nahm den Film aus der Kamera und entwickelte ihn. Sie kam zu dem Schluss, dass sie mit der Ausbeute dieses Nachmittags wirklich zufrieden sein konnte. Natürlich würden sich während der Versammlung der Konservativen viele Polizisten auf dem Gelände aufhalten. Trotzdem konnte es ihr und den anderen Frauen gelingen, in das Anwesen einzudringen und die Versammlung zu stören.

Jeremy wird nicht gerade glücklich sein, wenn ich festgenommen werde, überlegte Victoria. *Ganz zu schweigen von meinem Großvater und Großtante Hermione* ... Der Duke of St. Aldwyn und Lady Glenmorag missbilligten ihr Engagement bei den Suffragetten zutiefst. Aber das war ihr gleichgültig. Nein, sie wollte nicht in einem Land leben, das Frauen in Abhängigkeit hielt und zu Bürgern zweiter Klasse degradierte, indem es ihnen das Recht zu wählen verweigerte.

Victoria sah sich die Negative rasch an. Verwundert stellte sie fest, dass sie auch Lord Melbury und seine Begleiter aufgenommen hatte. In dem Moment, als die drei Männer den indisch inspirierten Garten betreten hatten, musste sie unbewusst auf den Auslöser gedrückt haben. Nachdenklich betrachtete sie das Negativ und entschied dann, es mit den anderen Bildern zu belichten.

Während die Fotografien an der Leine trockneten, sah Victoria sie noch einmal durch. Ja, sie gaben den Park gut wieder und zeigten mögliche Verstecke. Ganz davon abgesehen fand Victoria sie auch in künstlerischer Hinsicht gelungen. Sie bedauerte es ein bisschen, dass sie die Bilder nicht an den *Morning Star* verkaufen konnte, für den sie häufig professionell fotografierte.

Ihr Blick blieb an der Aufnahme von Lord Melbury und seinen Begleitern hängen. *Ja, etwas ist seltsam an ihnen*, dachte sie. Sie entschloss sich, das Bild Hopkins zu zeigen.

Als Victoria kurze Zeit später die Tür der Dunkelkammer öffnete, wehte ihr schon der Duft frisch gebackener Scones entgegen. Auf dem langen Küchentisch standen eine Etagere, die mit Gebäck bestückt war, sowie zwei Gedecke aus feinem Porzellan. Englische Rosen in einer Kristallvase bildeten einen roten Farbtupfer. Nach dem Tod von Victorias Vater hatten sie und Hopkins es sich nicht leisten können, mehr als die Küche zu heizen. Deshalb hatten sie es sich angewöhnt, hier zu speisen. Was den Butler aber nicht daran hinderte, eisern einen gewissen Standard aufrechtzuerhalten. Er deckte stets sorgfältig ein und ließ es auch nie an einer Dekoration fehlen.

»Miss Victoria ...«

Hopkins rückte ihr den Stuhl zurecht, ehe er an den Herd trat und den Kessel von der Gasflamme nahm. Victoria legte die Fotografie auf den Tisch und sah ihm zu, wie er das Wasser in die frisch polierte silberne Teekanne goss. Er war, obwohl schon Ende sechzig, ein gut aussehender Mann. Mit seinen silbergrauen Haaren und seinem würdevollen Auftreten hätte man ihn ohne Weiteres für einen im Dienst gealterten Diplomaten halten können. Victoria kannte ihn seit ihrem fünften Lebensjahr, denn er war der Butler ihres Vaters gewesen. Er hatte sie bei Kümmernissen getröstet und sie gegenüber ihren Gouvernanten in Schutz genommen.

Da Hopkins' Sohn Richard, ein Soldat, während der Kämpfe des Mahdi-Aufstandes im Sudan gefallen war, hatte der Butler Victorias Vater gewissermaßen an Sohnes statt angenommen – seine Frau war damals schon lange verstorben gewesen. Dr. Bernard Bredon, der nachgeborene Sohn eines Herzogs und ein Lord, war ein sehr bedeutender Gerichtsmediziner gewesen. Hopkins hatte ihm bei seiner Arbeit assistiert und ihn vor seinem Tod infolge von Lungenkrebs aufopferungsvoll gepflegt. Fast zwei Jahre war das nun schon her. Da Victorias

Vater ihr, außer der Wohnung, nichts hinterlassen hatte, arbeitete er unentgeltlich für sie, und sie liebte ihn wie einen exzentrischen Onkel. Auch wenn sie sich niemals die Freiheit herausgenommen hätte, ihm dies offen zu sagen.

Ja, Hopkins und Mrs. Dodgson sind meine Familie, dachte Victoria voller Zuneigung. Mrs. Dodgson, die resolute Zugehfrau, weigerte sich ebenfalls, Geld für ihre Dienste anzunehmen.

»Hopkins, ich habe einen ganzen Stapel Ihres Buches im Schaufenster einer Buchhandlung gegenüber dem Bahnhof Charing Cross gesehen«, sagte Victoria, als der Butler an den Tisch trat.

»Ich muss zugeben, ich bin durchaus zufrieden mit dem Anklang, den mein bescheidenes Werk gefunden hat.«

Hopkins räusperte sich. Was bedeutete, dass auch er vom Erfolg seines Buches überwältigt war. Er schenkte ihnen beiden Tee ein und setzte sich dann zu ihr. Es hatte Victoria einiges an Überredungskunst gekostet, ihn dazu zu bringen, denn nach seiner Ansicht war dies für einen Butler nicht schicklich. Ihren Vorschlag, ihn »Mr. Hopkins« zu nennen, hatte er höflich, aber entschieden zurückgewiesen, denn es war üblich, dass ein Butler lediglich beim Nachnamen genannt wurde.

Victoria nahm eines der Gurkensandwiches von der Etagere. »Hopkins …«, begann sie zögerlich, während sie in ihrem Tee rührte, »… ich habe heute Vormittag das Landgut von Lord Melbury besucht. Wie Sie ja wahrscheinlich wissen, sind Teile des Hauses an den Augustsonntagen für die Allgemeinheit geöffnet …«

»Eine sehr unerfreuliche Vorstellung, wenn ich dies einmal so deutlich sagen darf.«

»Der Butler von Lord Melbury und der Obergärtner sind bestimmt einer Meinung mit Ihnen …« Victoria lächelte.

»Ende September wird dort eine große Versammlung der Konservativen Partei stattfinden. Ich plane, mich mit anderen Suffragetten einzuschleichen und für das Frauenwahlrecht zu demonstrieren ...« Hopkins' rechte Augenbraue wanderte ein wenig in die Höhe. Victoria hatte nie herausgefunden, was er von der Forderung nach dem Frauenwahlrecht hielt. Wenn er es darauf anlegte, konnte Hopkins undurchschaubar sein. Aber sie vermutete, dass er kein so strikter Gegner der Suffragetten war wie Mrs. Dodgson, ihr Großvater und die Großtante. »Im Park wäre ich beinahe Lord Melbury in die Arme gelaufen. Zwei Männer waren bei ihm. Ich konnte mich gerade noch rechtzeitig verstecken. Es ist wahrscheinlich völlig unwichtig, aber ... etwas an dem Lord und seinen Begleitern kam mir merkwürdig vor. Sie wirkten so heimlichtuerisch. Und dann hat Lord Melbury die beiden auch noch zu einer abgelegenen Pforte im Park gebracht, vor der eine Kutsche wartete. Als wollte er nicht, dass jemand sie sieht ...«

»Ich glaube zwar nicht, dass Lord Melbury über die Verfügung seines Vorfahren sehr glücklich ist. Aber dass seine Abscheu so weit geht, dass er während der Öffnungszeiten das Haus nicht betritt, kann ich mir auch nicht vorstellen.«

»Dann finden Sie sein Benehmen also ebenfalls seltsam?«

»Ja, das tue ich.«

»Ich habe den Lord und seine Begleiter fotografiert. Würden Sie sich die Aufnahme einmal ansehen?« Victoria zeigte Hopkins die Fotografie. »Ich dachte, vielleicht kennen Sie ja den dunkelhaarigen Mann in dem maßgeschneiderten Anzug.«

Hopkins' Interesse war sofort geweckt. Er wischte seine Hände an der gestärkten Leinenserviette ab und studierte das Bild eingehend. »Nein, den dunkelhaarigen Gentleman kenne ich nicht«, sagte er schließlich. »Trotz seiner vornehmen Kleidung wirkt er ein bisschen … wie soll ich es formulieren … zwielichtig, nicht wahr?«

»Jetzt, wo Sie es sagen … Man könnte ihn sich gut in der Rolle eines Falschspielers oder eines triebhaften Verführers in einem Boulevardstück vorstellen.« Victoria nickte.

»Genau …« Hopkins gestattete sich die Andeutung eines Lächelns. »Lord Melbury in der Gesellschaft eines Arbeiters zu sehen ist ebenfalls seltsam. Der Lord ist dafür bekannt, im Hintergrund der Politik geschickt zu manipulieren, auch wenn er als Mitglied des Oberhauses keinen direkten Einfluss ausüben kann. Vielleicht hat er den Mann ja als Spion unter den Sozialisten angeheuert. Wenn Sie mich bitte einen Moment entschuldigen würden …« Er verließ die Küche und kehrte gleich darauf mit einem Vergrößerungsglas in der Hand zurück. Wieder studierte er die Fotografie eingehend.

»Diese Narbe auf der Wange des dunkelhaarigen Gentlemans. Unter deutschen Studenten, vor allem den adligen, herrscht doch dieser barbarische Brauch, mit Degen zu fechten. Da fügt man sich schnell Verletzungen im Gesicht zu. Schmisse nennt man sie, wenn ich mich recht erinnere«. »Ihr Vater hatte einmal den plötzlichen Tod eines deutschen Aristokraten in London zu untersuchen. Jener Adlige trug genauso eine Narbe von Fechtkämpfen aus seiner Studienzeit im Gesicht.«

»Sie meinen, die Verletzung könnte einer Mensur geschuldet sein?«, fragte Victoria verblüfft.

»Genau …«

»Als Freund des Kaiserreichs ist der Lord auch nicht gerade bekannt«, sagte Victoria nachdenklich. »Was hat er mit einem Arbeiter und einem deutschen Adligen zu tun? Falls Ihre Vermutung stimmt …«

»Ich kann mich gern ein wenig umhören«, erbot sich Hopkins.

»Das wäre sehr nett.«

»Vielleicht könnte auch Mr. Ryder in dieser Frage weiterhelfen ...« Hopkins' Stimme klang eine Spur zu beiläufig.

»Ich möchte Mr. Ryder damit lieber nicht behelligen.«

»Ich verstehe.« Hopkins bestrich einen Scone mit Butter und vermied es, sie anzusehen.

Victoria unterdrückte einen Seufzer. Sie wusste, dass ihr Butler und Mrs. Dodgson Jeremy sehr mochten und es begrüßen würden, wenn sie sich endlich mit ihm verlobte. Wobei sie – abgesehen von ihrem komplizierten Verhältnis zu Jeremy – das Wort »Verlobung« furchtbar altmodisch fand.

Zu Victorias Erleichterung vermied Hopkins es, über Jeremy zu sprechen. Sie beschloss, die Zeit bis zum Abendessen zu nutzen und ihre Fotografien zu sortieren. In der Dunkelkammer standen etliche Kartons mit Aufnahmen der letzten Monate. Auf dem Teppich der Bibliothek breitete Victoria diese aus. Zwischen unzähligen Fotografien vom Themseufer entdeckte sie auch eine von Jeremy. Vor wenigen Wochen hatte sie ihn fotografiert, als sie zusammen am Embankment spazieren gegangen waren, wie sie es oft während seiner Mittagspause taten. Es war warm gewesen an diesem Tag. Es hatte Flut geherrscht, die Themse hatte fast ihren höchsten Wasserstand erreicht. Eine leichte Brise hatte geweht, und die Luft war erfüllt gewesen vom Duft nach Tang und Salz.

Mit der Fotografie in der Hand setzte Victoria sich auf das Ledersofa. Gedankenverloren betrachtete sie Jeremy. Sein hellbraunes Haar war recht kurz geschnitten, wirkte jedoch immer ein wenig verstrubbelt. Er hatte ein ebenmäßiges, sympathisches Gesicht mit kleinen Lachfalten um Mund und Augen. Das für ihn so charakteristische schiefe Lächeln ließ einen ganzen Schmetterlingsschwarm in Victorias Bauch auffliegen.

Im Hintergrund der Fotografie war ein Schiff zu sehen, das zufällig im Moment der Aufnahme den Fluss hochfuhr, aber es erschien Victoria sehr passend. Denn bei ihrem allerersten Spaziergang an der Themse hatte Jeremy ihr halb scherzhaft, halb im Ernst gestanden, dass er, wenn er in einem anderen Jahrhundert geboren worden wäre, wahrscheinlich Seefahrer oder Entdecker geworden wäre. Diese Abenteuerlust hatte ihn auch dazu veranlasst, für die Geheimabteilung von Scotland Yard zu arbeiten.

Victoria liebte Jeremys Humor, seine Selbstironie und seinen Wagemut. Und sie verdankte ihm so viel. Im Frühjahr hatte Sir Francis Sunderland, ein hochrangiger Beamter des Innenministeriums, Victoria gegenüber mysteriöse Andeutungen über ihren verstorbenen Vater gemacht. Kurz darauf war Sir Francis ermordet worden. Als sie versucht hatte, das Geheimnis, das ihren Vater umgab, zu lüften, war sie Sir Francis' Mörder gefährlich nahe gekommen. Um nicht entdeckt zu werden, hatte er versucht, auch Victoria zu töten, und sie in der Wohnung überfallen. Wenn Jeremy sie nicht gerettet hätte, wäre sie bei lebendigem Leibe verbrannt.

Unwillkürlich berührte Victoria die Narbe auf ihrer Handinnenfläche – das einzige äußere Zeichen, das ihr von den Flammen geblieben war. Zu erfahren, dass ihr Vater, der für sie immer ein strahlender Held gewesen war, auch eine dunkle Seite gehabt hatte, hatte sie tief erschüttert. Deshalb hatte sie Jeremy gebeten, ihr Zeit zu geben.

Mittlerweile hatte Victoria ihrem Vater vergeben. Aber sie wusste nicht, wie sie und Jeremy eine Beziehung oder gar eine Ehe leben sollten. Ihr Engagement bei den Suffragetten und seine Arbeit für die Geheimabteilung von Scotland Yard waren einfach nicht miteinander vereinbar.

Victoria war froh, dass Hopkins in der Küche den Gong fürs Abendessen schlug und sie von ihren Grübeleien ablenkte.

Lord Melbury schenkte Portwein in sein Glas. Es wunderte ihn, dass seine Hand nicht zitterte und er keinen Tropfen verschüttete. Zusammen mit seinen männlichen Gästen hatte er sich nach dem Dinner in die Bibliothek zurückgezogen. Wie schon während des ganzen Abends nahm er sie wie durch einen Schleier wahr. Das, was er am Vormittag mit dem Arbeiter Walther Jeffreys und dem deutschen Adligen – instinktiv vermied er dessen Namen, denn auch wenn er wusste, dass es Unsinn war, fürchtete er, einer der Anwesenden könnte seine Gedanken lesen – vereinbart hatte, konnte seine Familie, ja sein ganzes Land in den Abgrund reißen.

»Nun, Melbury, Sie sind wahrscheinlich heilfroh, dass Sie Ihr Zuhause wieder für sich haben, nicht wahr?« Lord Kingston, ein alter Mann mit geplatzten Äderchen auf den Wangen, gesellte sich zu ihm. Er hatte den schnarrenden Tonfall des hohen Offiziers, der er gewesen war, beibehalten. »Hoffe, ich trete Ihnen nicht zu nahe, aber ich danke dem Himmel, dass keiner meiner Ahnen auf so eine absurde Idee verfallen ist. Die Vorstellung, dass das gemeine Volk in meinem Heim herumschnüffelt, ist geradezu ekelhaft.« Lord Kingston verzog angewidert den Mund. »In Ihr Schlafzimmer haben Sie den Plebs aber hoffentlich nicht gelassen?«

»Natürlich nicht.« Lord Melbury rang sich ein Lächeln ab. »Auch wenn ich vermute, dass ein Großteil der Besucher nicht wegen der Kunstsammlung gekommen ist. Die Leute wollen wissen, wie der Adel lebt. Aber mir ist lieber, das gemeine Volk, wie Sie es nannten, betritt an den Augustsonntagen Melbury Hall, statt uns ganz daraus zu vertreiben.«

»Wenn die Liberalen noch lange an der Macht bleiben und Lloyd George Premierminister wird, wird es so kommen, mein Guter. Merken Sie sich meine Worte.« Lord Kingston legte seinem Gegenüber die Hand auf den Arm. »Als Schatzkanzler versucht Lloyd George ja jetzt schon Vermögenssteuern festzulegen, die uns Adlige ruinieren. An die Vorgänge in Russland darf ich gar nicht denken. Wenn das Volk dort könnte, wie es wollte, würde es die Oberschicht samt dem Zaren massakrieren. Und ich schätze, in nicht allzu ferner Zukunft wird genau das geschehen. Hoffentlich wird uns das genug Warnung sein, um gegen die verdammten Sozialisten und Liberalen mit harter Hand vorzugehen – falls es dazu nicht schon zu spät ist.«

Lord Melbury klammerte sich an diese Worte. Vielleicht war der Plan, an dem er beteiligt war, ja doch nicht so verwerflich. Vielleicht diente er ja letztlich auch seinem Land.

ZWEITES KAPITEL

Hopkins weckte Victoria am nächsten Morgen um halb acht, indem er an ihre Tür klopfte. Außer in einem dringenden Notfall hätte er niemals das Schlafzimmer einer Dame betreten. Nachdem sich Victoria gewaschen und angezogen hatte – ein weiterer Vorteil ihrer erheblich verbesserten finanziellen Situation war, dass der Heißwasserboiler nun immer angeschaltet war –, ging sie in die Küche. Neben ihrem Platz lag die gebügelte Morgenausgabe der *Times*. Frisch gerösteter Toast, Butter und Marmelade standen für das Frühstück bereit.

»Guten Morgen, Miss Victoria.« Hopkins hantierte am Herd mit einer Pfanne, in der Eier und Speck brieten. »Mit der Morgenpost kam ein Brief für Sie. Aus Deutschland, der Briefmarke nach zu schließen.«

Erst jetzt bemerkte Victoria das Kuvert auf dem Silbertablett. Auf der Marke war die Germania abgebildet. *Um Himmels willen, dieser Brief stammt hoffentlich nicht von meiner Großmutter,* durchfuhr es sie.

Im Alter von acht Jahren hatte sie einige Monate bei Fürstin Leontine von Marssendorff in Deutschland verbracht. Victorias Vater war nach Indien gereist, um dabei behilflich zu sein, ein gerichtsmedizinisches Institut in Delhi aufzubauen. Da er Victoria das heiße Klima nicht zumuten und die Mutter seiner verstorbenen Frau ihre Enkelin kennenlernen wollte, hatte ihr Vater sie zu ihr geschickt. Die Zeit auf ihrem Schloss in Franken war Victoria nach all den Jahren immer noch in schlechtester Erinnerung. Ihre Großmutter war eine strenge und kaltherzige Frau. Victoria war schon als Kind sehr eigenwillig gewesen, und die Fürstin hatte geglaubt, darauf mit Bestrafung reagieren zu müssen. Schließlich hatte sie es nicht mehr bei ihr ausgehalten und war davongelaufen.

Beklommen nahm sie den Brief in die Hand. Doch die Schrift der Adresse ähnelte nicht der ihrer Großmutter. Und richtig, Rosalyn von Langenstein war als Absender angegeben. Neugierig schlitzte Victoria das Kuvert auf. Rosalyn war eine Internatsfreundin, die zwei Jahre zuvor einen deutschen Grafen geheiratet hatte und seitdem mit ihm am Rhein lebte. Schon seit Längerem hatte sie nichts mehr von ihr gehört.

Liebe Victoria, stand in Rosalyns ein wenig kindlicher Handschrift auf dem Briefbogen, *ich habe unzählige Briefe an dich begonnen, habe sie dann aber alle wieder vernichtet. Das, was ich dir mitzuteilen habe, muss ich mündlich tun. Nur so viel: Ich benötige ganz dringend deine Hilfe, das musst du mir glauben. Wenn es nicht so unendlich wichtig wäre, würde ich dich nicht behelligen. Es handelt sich in gewisser Weise um eine Sache auf Leben und Tod. Bitte, bitte, wenn du es irgendwie einrichten kannst zu verreisen, dann besuche mich. Ich werde überglücklich sein, wenn du ein Kommen möglich machen kannst, deine Rosalyn.*

»Sie haben hoffentlich keine schlechten Nachrichten erhalten?«, erkundigte sich Hopkins, stellte einen Teller mit einem kreisrund ausgestochenen Spiegelei vor sie und setzte sich dann zu ihr. Er hatte schon vor einer Weile gefrühstückt, aber es war mittlerweile ein lieb gewordenes Ritual für sie beide, dass er noch eine Tasse Tee mit ihr trank.

»Eine Freundin aus dem Internat bittet mich reichlich dramatisch, sie in Deutschland zu besuchen. Sie lebt in der Nähe von Coblenz.« Victoria butterte einen Toast und schnitt ein Stück von ihrem Spiegelei ab. Es war wachsweich, wie sie es liebte.

»Nun, eine solche Reise ließe sich momentan durchaus aus der Haushaltskasse finanzieren, sogar in der zweiten Klasse. Eine Fahrt von London per Schiff und Bahn über Köln nach Coblenz dürfte nicht mehr als vierzehn, fünfzehn Stunden dauern. Deutschland soll landschaftlich durchaus pittoresk sein und auch kulturell sehr viel zu bieten haben.«

In Hopkins' Stimme schwang eine gewisse Reserviertheit mit. Victoria unterdrückte ein Lächeln. Wie für so viele ihrer Landsleute stellten auch für ihn England und die Kolonien den Inbegriff der Zivilisation dar, alle anderen Länder betrachtete er mit einer gewissen Skepsis.

»Rosalyn neigt zu Übertreibungen.« Victoria schüttelte den Kopf. »Bevor ich mich für eine Reise entscheide, werde ich erst einmal versuchen, sie telefonisch zu erreichen und Näheres zu erfahren.«

»Ganz, wie Sie meinen, Miss Victoria.« Hopkins nickte zustimmend. »Wie ich gestern bereits ankündigte, habe ich mich am späteren Abend in den Pubs des Regierungsviertels ein wenig umgehört.«

»Ich hörte, wie Sie die Wohnung verließen.«

Obwohl sie wusste, dass Hopkins über ein beträchtliches schauspielerisches Talent verfügte, fiel es ihr schwer, sich ihn locker plaudernd in einem Pub vorzustellen.

»Darüber, dass Lord Melbury mit deutschen Adligen gesellschaftlich verkehrt, ist nichts bekannt. Aber einige meiner Gesprächspartner, Ministeriumsmitarbeiter und Sekretäre von Parlamentariern, waren der Ansicht, es sei durchaus möglich, dass der Lord Spione in der Arbeiterschaft angeheuert habe. Schließlich besitzt er Anteile an einigen Fabriken ...«

»Oh, das wusste ich gar nicht«, sagte Victoria verblüfft.

»Nachdem im vergangenen Jahrhundert die Getreidepreise wegen billiger Importe stark fielen, waren die Melburys so vorausschauend, ihr Kapital in die Industrie zu investieren. Was sie davor bewahrte, wie viele andere Landadlige, weite Flächen ihres Besitzes verkaufen zu müssen. Tatsächlich stammt mittlerweile ein großer Teil ihres Vermögens aus ihren Fabrikanteilen. Da dies nicht gerade eine Geldquelle ist, die einem Aristokraten angemessen wäre, hängen sie das allerdings nicht an die große Glocke.« Hopkins' missbilligender Gesichtsausdruck zeigte, dass auch er diese Form des Gelderwerbs als unpassend für einen Aristokraten erachtete.

»Von Lord Melburys Warte aus gesehen, wäre es natürlich klug, Spione anzuheuern, um über mögliche aufrührerische Bestrebungen in der Arbeiterschaft rechtzeitig informiert zu sein. Ich weiß nicht recht ...« Victoria unterbrach sich, während Hopkins aufstand, das benutzte Geschirr und Besteck wegräumte und ihr frisches für Toast und Marmelade brachte. »... es ist nur ein Gefühl, aber wie ein Spitzel hat der Arbeiter nicht auf mich gewirkt. Ich habe ihn zwar nur kurz gesehen, doch sein Benehmen erschien mir wirklich sehr selbstbewusst, ja zu den anderen beiden Männern ebenbürtig«, fuhr Victoria fort.

»Nun, es kann nicht schaden, wenn ich mich weiter umhöre.«

Hopkins' blaue Augen leuchteten. Victoria vermutete, dass er sich in den vergangenen Monaten mit seinen Haushaltspflichten nicht ganz ausgelastet gefühlt hatte und dass es ihn freute, endlich wieder seiner kriminalistischen Neigung nachgehen zu können.

»Miss Bredon …« Als Victoria die Eingangshalle durchquerte, winkte Mr. Jarvis sie zu sich. Er war der Portier des eleganten mehrstöckigen Wohngebäudes, ein jovialer Mann in den Dreißigern. »Eben wurde dieser Brief für Sie abgegeben. Ich hätte ihn gleich nach oben gebracht.«

Victoria nahm das Kuvert entgegen und riss es auf. Auf dem Briefbogen stand: *Komm nicht zu unserem Versammlungsraum im The Strand. Wir werden von der Polizei beobachtet. Bring deine Unterlagen zu Jemimah Kerry.* Darunter war eine Adresse im Stadtteil Shoreditch angegeben.

Zorn stieg in Victoria auf. England mochte ein Parlament besitzen, aber was das Frauenwahlrecht betraf, war es eine Diktatur. Ach, wie sie die selbstgerechten Parlamentarier und die staatlichen Organe – allen voran die Polizei – hasste. Sie trugen dazu bei, die ungerechten Verhältnisse zu stabilisieren.

Doch draußen auf der Straße besserte sich Victorias Laune. Die Nacht war recht kühl gewesen, und obwohl der wolkenlos blaue Himmel einen heißen Tag ankündigte, war es noch angenehm. Ladenbesitzer hatten die Gehsteige vor ihren Geschäften mit Wasser besprengt, um den Staub zu binden.

Victoria genoss die frische Luft, während sie durch die Straßen radelte. Am Piccadilly Circus glitzerte der vergoldete Eros im Morgenlicht. Taubenschwärme umflatterten die Nelsonsäule am Trafalgar Square, ehe sie sich gurrend auf den Rändern der beiden großen Brunnen niederließen. Auch Touristen waren schon unterwegs, die Souvenirs bei den fliegenden Händlern kauften oder sich mit der Säule des berühmten Admirals im Hintergrund fotografieren ließen.

Hinter der St. Paul's Cathedral bog Victoria nach Norden ab. Je weiter sie sich von der Innenstadt entfernte, desto ärmlicher wurden die Stadtviertel. In der Underwood Road, wo Jemimah lebte, duckte sich ein neugotisches Gebäudeensemble um eine kleine Kirche. Die grauen, rußbeschmutzten Fassaden wirkten so wenig einladend wie die zweistöckigen Backsteinhäuser, die sie umgaben. Jemimahs Wohnung befand sich im Souterrain in einem von ihnen. Victoria war es nicht geheuer, ihr Fahrrad an der Straße stehen zu lassen, deshalb trug sie es die schmale Treppe hinunter und lehnte es an die Wand.

Die Wohnungstür wurde ihr geöffnet, noch bevor sie geklopft hatte. Eine schmale Frau trat heraus. Victoria erschrak, als sie sie ansah. Die linke Gesichtshälfte und der Hals waren von Narbengewebe durchwirkt.

»Du musst Victoria Bredon sein ...« Falls Jemimah ihr Entsetzen bemerkt hatte, überspielte sie es. »Komm herein.« Beklommen folgte ihr Victoria in die Wohnung, die aus nur einem einzigen dämmrigen Raum bestand. Vor dem Fenster, dem hellsten Platz, stand ein Tisch mit einer Nähmaschine. Darauf lagen die Teile eines Anzuges. Victoria vermutete, dass sich Jemimah als Heimarbeiterin verdingte, eine Tätigkeit, deren Bezahlung oft kaum zum Leben reichte. Es gab einen Herd, ein Bett, außerdem ein Regal, in dem angeschlagenes Geschirr stand. Die Möbelstücke waren allesamt abgenutzt und schadhaft. Es roch nach Schimmel. Jemimah schob die Nähmaschine zur Seite und lud Victoria mit einer Handbewegung ein, auf dem Stuhl Platz zu nehmen. »Möchtest du einen Tee?«, fragte sie mit singendem, walisischem Akzent.

Victoria hatte den Eindruck, dass Jemimah gastfreundlich sein wollte und dass es sie kränken würde, wenn sie ablehnte. Deshalb nickte sie. Ihr wurde wieder einmal klar, wie privilegiert sie doch war.

Jemimah schenkte Tee aus einer Blechkanne, die auf dem Herd warm gehalten wurde, in eine Tasse, die sie Victoria reichte, und sich selbst in ein Marmeladenglas – was Victoria vermuten ließ, dass sie nur eine Tasse besaß. Sie nippte an dem

Tee, der bitter schmeckte. Dann holte sie die Fotografien und Skizzen der Parkanlage von Melbury Hall aus ihrer Handtasche und legte sie auf den Tisch. Da es nur den einen Stuhl gab, war Jemimah stehen geblieben. Jetzt, da sich Victorias Augen an das schlechte Licht gewöhnt hatten, sah sie, dass Jemimah feines braunes Haar und zierliche Hände hatte. Ihr gesundes Auge war groß und dunkel. Victoria schätzte sie auf Mitte zwanzig. Obwohl sie so entstellt war, konnte man sehen, dass sie einmal recht hübsch gewesen war.

»Ich kenne dich nicht«, sagte Victoria, um das Schweigen zwischen ihnen zu brechen. »Wie lange engagierst du dich denn schon bei den Suffragetten?«

»Ich hab mich erst vor 'nem Monat entschlossen mitzumachen, als ich Mrs. Pankhurst reden hörte. Die Polizei kennt mich noch nicht. Deshalb hat Mrs. Pankhurst entschieden, dass du die Sachen zu mir bringen sollst.«

Victoria nickte. »Sie ist eine mitreißende Rednerin.«

Emmeline Pankhurst war offenbar darüber informiert gewesen, dass sie den Park von Melbury Hall ausspioniert hatte. Victoria war sich darüber im Klaren, dass sie die Suffragetten wie eine Autokratin leitete und neben sich und ihren Töchtern Christabel, Sylvia und Adela niemanden sonst duldete. Aber sie war auch eine zutiefst charismatische und inspirierende Frau.

»Während Mrs. Pankhurst gesprochen hat, hab ich zum ersten Mal geglaubt, dass es für eine wie mich ein ganz anderes Leben geben kann und dass es sich lohnt, dafür zu kämpfen.«

»Wie ist denn ...?«, begann Victoria impulsiv, ehe sie erschrocken abbrach.

Sie hatte Jemimah fragen wollen, wie sie sich die schrecklichen Narben zugezogen hatte. Doch ihr wurde bewusst, wie taktlos dies war.

»Bei 'nem Brand in 'ner Streichholzfabrik vor zwei Jahren. Es macht mir nichts aus, dass du fragst. Zehn Arbeiterinnen sind umgekommen. Ich hör sie manchmal noch in meinen Träumen schreien. Der Besitzer hat behauptet, eine der toten Frauen hätt' das Feuer verursacht. Aber das ist nicht wahr. Der Phosphor war falsch gelagert und hat sich selbst entzündet.«

»Gab es denn keine gerichtliche Untersuchung?«

»Schon, aber es wurde im Sinne des Besitzers entschieden.«

Wie meistens in diesen Fällen, dachte Victoria bitter. Solange reiche und wohlhabende Männer die Regierung bildeten, würde sich an den schlimmen Verhältnissen in den Fabriken nie etwas ändern. Wobei vor allem Frauen die gesundheitsgefährdenden Arbeiten ausführten.

»Weshalb hast du denn die drei Männer fotografiert?«

Jemimah deutete auf das Bild, das Lord Melbury und seine Begleiter zeigte. Victoria hatte ganz vergessen, dass sie es in die Mappe zu den anderen Aufnahmen gelegt hatte.

»Ach, das war nur Zufall«, erklärte sie und wollte die Fotografie wieder an sich nehmen, als ihr eine Idee kam. »Kennst du Arbeiterinnen aus Lord Melburys Fabriken?«

»Nein, das tu ich nicht.« Jemimah schüttelte den Kopf. »Bevor es um die Versammlung der Konservativen Partei auf seinem Landgut ging, hab ich den Namen auch noch nie gehört.«

Victoria ging durch den Sinn, dass Hopkins gesagt hatte, dem Lord sei wahrscheinlich daran gelegen, dass über seine Besitzverhältnisse möglichst wenig bekannt wurde. Wahrscheinlich wussten die meisten seiner Arbeiter noch nicht einmal, für wen sie tätig waren.

»Könntest du dich einmal umhören, ob jemand ihn kennt?« Victoria deutete auf den breitschultrigen Mann mit der Schiebermütze. »Ich würde gern herausfinden, wer er ist. Möglicherweise ist er ein Spion des Lords.« Diese Erklärung erschien ihr gegenüber Jemimah am plausibelsten.

»Ich glaub zwar nicht, dass ich dir weiterhelfen kann, aber ich hör mich um.«

Jemimahs Blick wanderte zu der Nähmaschine, und Victoria begriff, dass sie sich wieder an die Arbeit setzen musste. Sie notierte ihr ihre Adresse am Green Park. Dann verabschiedete sie sich. Beim Hinausgehen sah sie, dass neben dem Fenster eine Postkarte hing, auf der ein Meeresstrand abgelichtet war. Ob Jemimah beim Nähen ab und zu einen Blick darauf warf und sich in ein anderes Leben träumte?

Als Victoria ihr Fahrrad die Treppe hinauftrug, hörte sie die Nähmaschine schon wieder rattern.

Jemimahs Schicksal verfolgte Victoria auf dem gesamten Weg zurück in die Innenstadt. Ihr Ziel war die Fleet Street, wo sich die großen Londoner Zeitungen befanden, denn sie wollte beim *Morning Star* um einen neuen Auftrag bitten. Auf der Straße herrschte das übliche Gedränge. Zeitungsjungen riefen die neuesten Schlagzeilen aus. Kaiser Wilhelm II. hatte sich mit dem russischen Zaren Nikolaus II. auf seiner Jacht auf der Ostsee getroffen, und in Manchester hatte ein Freier zwei Prostituierte getötet. Sandwichverkäufer sowie Obst- und Gemüsehändler zogen mit ihren Karren die Straße entlang und priesen ihre Waren an.

Victoria wollte eben das Zeitungsgebäude betreten, als sie eine vertraute Stimme ihren Namen rufen hörte. Hastig drehte sie sich um. Jeremy kam auf sie zu. Sein Hemdkragen stand offen, seine Krawatte war gelockert. Ihn so unverhofft zu sehen, brachte Victoria ganz durcheinander. Sie ertappte sich bei dem Wunsch, den jungen Mann vor allen Leuten zu umarmen. Gleichzeitig wünschte sie sich plötzlich weit weg.

»Ich wollte mir gerade ein Sandwich zum Lunch holen, Victoria. Hast du Lust, später mit mir zu essen?« Sein Lächeln allein reichte, ihr Herz schneller schlagen zu lassen.

»Ich bin schon mit Constance verabredet. Wie wäre es mit morgen?« Sie bemühte sich, ihre Stimme neutral klingen zu lassen.

»Um drei am Bootsanleger am See in Kensington Gardens?«

»Ja, gern.« Victoria nahm wahr, wie ein Kutscher sein Pferd zu einer Tränke am Straßenrand führte und ein Zeitungsjunge wieder und wieder die Schlagzeilen verkündete. Jeremy sah sie immer noch an. Seine braunen Augen waren voller Zärtlichkeit. »Ich ... äh ... ich muss jetzt zu Mr. Parker«, brachte sie hervor.

»Ja, natürlich. Ich wollte dich nicht aufhalten.« Er trat zur Seite, um einen Passanten vorbeizulassen, unabsichtlich streifte er dabei Victorias Arm. Eine kurze Berührung, die einen Schauer durch ihren Körper jagte. »Victoria, ich dürfte dir das eigentlich nicht sagen ...«, Jeremy hob in einer entschuldigenden Geste die Hände, »... aber falls du in irgendwelche ungesetzlichen Aktivitäten mit den Suffragetten verwickelt sein solltest, muss ich dich warnen. Scotland Yard hat den Auftrag erhalten, sehr hart gegen die Frauenrechtlerinnen vorzugehen.«

Victorias Glücksgefühl zerstob schlagartig. »Als ob uns die Polizei jemals mit Samthandschuhen angefasst hätte«, sagte sie unwirsch. »Verzeih, aber ich muss jetzt wirklich gehen.« Sie nickte Jeremy zu und eilte zum Eingang des *Morning Star*.

Ach, dachte sie unglücklich, während sie die Treppe zu den Redaktionsräumen hinaufstieg, *warum können wir nicht in einer anderen Zeit leben – in einem Jahrhundert, in dem Jeremy tatsächlich Seefahrer oder Entdecker hätte werden können oder in dem Frauen die gleichen Rechte wie Männer besitzen?*

Mr. Parker, der stellvertretende Chefredakteur des *Morning Star*, war ein kleiner, stets nervöser Mann. Er überlegte kurz, nachdem Victoria ihm ihr Anliegen vorgetragen hatte.

»Wie wäre es mit dem Thema Urlaub in London, Miss Bredon?«, sagte er schließlich mit einer weit ausholenden Geste. »Ja, Sommerfrische in der pulsierenden Großstadt, Momente des Innehaltens und der Entspannung im Herzen unseres geschäftigen Weltreichs … Das mögen unsere Leser bestimmt.«

Victoria versprach, im Laufe der kommenden Tage die gewünschten Fotografien abzuliefern. Von zu Hause holte sie ihre große Kamera, mit der sich qualitativ bessere Bilder als mit der Kodak aufnehmen ließen. Wie häufig, wenn Mr. Parker ihr einen Auftrag erteilte, hatte sie nicht von Anfang an ein Motiv vor Augen, sondern sie fuhr auf der Suche nach Inspirationen durch die Straßen und Grünanlagen. Allmählich verflog ihre niedergeschlagene Stimmung. Im St. James's Park entdeckte sie einige Kinder, die mit ihrer Nanny unter einem exotischen Baum saßen und an Eiswaffeln schleckten. Eine Szene, die Victoria an ihre Zeit in Italien erinnerte. Sie hatte das Land zwei Jahre zuvor für einige Monate bereist und dann einen Reiseführer geschrieben. Auch dafür hatte sie fotografiert. Die Bilder waren sehr gut geworden. Rasch machte sie einige Aufnahmen, dann radelte sie weiter durch die geschäftigen Straßen von Mayfair und Marylebone und von dort aus am Regent's Canal entlang. Sie mochte den Wasserweg mit den großen Gärten und den Villen an den Ufern und den Hausbooten, die dort ankerten.

Allmählich wurde es richtig heiß, und es schien Victoria kaum vorstellbar, dass der Herbst nicht mehr fern war. Ein Hausboot mit rotem Rumpf erregte nun ihre Aufmerksamkeit. Das Vorderdeck stand voller Blumentöpfe. Dazwischen saß ein

Schiffer in einem Schaukelstuhl, den Hemdkragen aufgeknöpft, eine Flasche Limonade in der Hand. Er ließ sich von der Sonne bescheinen. Ein kurzer Moment der Rast in einem ansonsten oft harten Leben. Victoria hielt an und machte einige Fotografien, ohne dass der Mann sie bemerkte.

Plötzlich hörte sie eine Kirchturmuhr zweimal schlagen. Ach herrje! Über ihrer Arbeit hatte sie ganz vergessen, auf die Zeit zu achten. Um zwei war sie ja mit ihrer Freundin Constance in der Harley Street verabredet. Victoria verstaute ihre Kamera in ihrer Umhängetasche und radelte los.

Die Praxis von Constance' Gynäkologen Dr. Fielding befand sich in einem weißen Haus, das Fenstertüren im ersten Stockwerk und einen schmalen schmiedeeisernen Balkon hatte. Victoria stellte ihr Fahrrad vor dem Gebäude ab und hastete zur Eingangstür. In dem Moment, als sie die Tür öffnete, kam ihr ein Mann entgegen. Sie war so in Eile, dass sie mit ihm zusammenstieß. Er strauchelte, sein Zylinder rutschte ihm vom Kopf und rollte die Stufen hinunter.

»O mein Gott, bitte entschuldigen Sie ...« Victoria jagte dem Hut nach und bekam ihn auf der Straße zu fassen. »Wie konnte ich nur so ungeschickt sein.«

Sie reichte dem Mann den Hut. Er trug einen Gehrock und grau gestreifte Hosen – die Kleidung der besser situierten Ärzte. Sein schwarzer Vollbart war kurz geschnitten. Der Fremde, Victoria schätzte ihn auf Mitte dreißig, hatte ein attraktives, feinknochiges Gesicht, seine dunklen Augen wirkten freundlich.

»Es besteht kein Grund, sich zu entschuldigen.« Er lächelte sie an. »Es war ebenso mein Fehler wie Ihrer. Außerdem ist mir noch nie ein Hut auf so charmante Weise vom Kopf geschlagen worden.«

»Dr. Prokowski, ist alles in Ordnung?« Eine matronenhafte Krankenschwester erschien auf der Treppe.

»Ja, niemand ist zu Schaden gekommen. Noch nicht einmal mein Zylinder.« Er klopfte den Straßenstaub von seinem Hut und verbeugte sich vor Victoria. »Es war mir ein Vergnügen, Ihnen zu begegnen, Miss.«

»Oh, ganz meinerseits ...«, erwiderte Victoria verlegen. Sie sah ihm nach, als er die Straße entlangging, und fragte sich, ob er wohl ebenfalls Gynäkologe war.

»Miss, falls Sie einen Termin bei Dr. Fielding haben, kommen Sie bitte herein. Ich kann nicht ewig an der Tür stehen bleiben.« Die Krankenschwester musterte Victoria missbilligend. Victoria vermutete, dass ihr einfacher grauer Baumwollrock und die weiße Bluse nicht dem Standard von Dr. Fieldings Patientinnen entsprachen.

»Ich bin mit Lady Hogarth verabredet«, erklärte sie.

»Lady Hogarth befindet sich noch im Sprechzimmer bei Dr. Fielding. Nehmen Sie bitte im Wartezimmer Platz.« Die Miene der Krankenschwester wurde etwas milder. Sie wies auf eine Tür auf der gegenüberliegenden Seite der Eingangshalle.

Die Wände des Wartezimmers waren mit einer dunkelgrünen Seidentapete verkleidet, in die ein Blumenmuster eingewebt war. Die weiße Stuckdecke und die weiße Kamineinfassung bildeten dazu einen eleganten Kontrast. Die Stühle waren mit dem gleichen Stoff bespannt wie die Wände. Auf dem glänzend polierten Mahagonitisch lagen Zeitschriften. Victoria erwartete, die üblichen Modejournale und Gesellschaftsblätter vorzufinden, doch es gab auch die *Times* und den *Spectator*. Was, wie Victoria fand, sehr für Dr. Fielding sprach, da seine Patientinnen anscheinend nicht nur als gebärfähige Wesen, sondern als Geschöpfe mit Verstand und Intelligenz betrachtete.

Ob ich irgendwann einen Gynäkologen aufsuchen werde, weil ich von Jeremy schwanger bin?, fragte sich Victoria, schob den Gedanken jedoch sofort beiseite. Bislang waren sie ja noch nicht einmal ein richtiges Paar. Oder doch?

Sie nahm den *Spectator* in die Hand. Die Politikseiten befassten sich mit dem Treffen zwischen Kaiser Wilhelm und Zar Nikolaus. Sie erörterten die Frage, welche Folgen eine eventuelle Annäherung zwischen dem Kaiserreich und Russland für England nach sich ziehen würde. Schließlich hatten England und das Zarenreich kürzlich einen Beistandspakt geschlossen. Mehrere Artikel widmeten sich der angespannten politischen Situation und berichteten von Pogromen gegen Juden und Attentaten in Russland.

Eine ältere Dame, die, ihrer vornehmen Kleidung nach zu schließen, der Oberschicht oder der Aristokratie angehörte und die Victoria vage bekannt vorkam, betrat das Wartezimmer und nickte ihr frostig zu. Sie vertiefte sich in ein Modejournal.

Victoria las die Artikel über Russland. Sie sympathisierte mit den Arbeitern und der jüdischen Bevölkerung und verstand einfach nicht, wie der Zar und seine Regierung glauben konnten, mit ihrer rückständigen, repressiven Politik die Opposition auf Dauer ausschalten zu können.

»Victoria ...« Sie war so in Gedanken versunken gewesen, dass sie gar nicht bemerkt hatte, wie Constance in das Wartezimmer gekommen war. Die Freundin stand vor ihr und lächelte sie an. Sie trug einen Mantel aus altrosafarbener Spitze und ein farblich darauf abgestimmtes Sommerkleid aus feinem, fließendem Batist. Mittlerweile war deutlich zu erkennen, dass sie im fünften Monat schwanger war. Die ältere Dame ließ das Modejournal sinken und bedachte Constance mit einem indignierten Blick. »Hast du Lust, mit mir in Hampstead Heath spazieren zu gehen und danach bei mir zu Hause zu Abend zu essen?«

Constance hakte sich bei Victoria unter, und sie verließen das Wartezimmer und den Eingangsbereich. Lady Constance Hogarth war nicht eigentlich schön, aber ihr apartes Gesicht mit den Grübchen in den Wangen strahlte Lebendigkeit und Lebensfreude aus, was es sehr anziehend machte. Wie immer gab sie sich keine Mühe, ihren starken amerikanischen Akzent zu verbergen.

»Gern, wenn dir das nicht zu anstrengend wird.« Victoria nickte. Sie freute sich, die Freundin zu sehen.

»Dr. Fielding meinte, mit mir und dem Baby sei alles in Ordnung und Bewegung würde mir guttun.«

Constance verdrehte die Augen und grinste, nachdem die Krankenschwester die Eingangstür hinter ihnen geschlossen hatte. »Hast du bemerkt, wie mich die ältere Dame angesehen hat? Man hätte meinen können, ich sei nackt.«

»Großtante Hermione wäre von deinem Anblick auch schockiert gewesen.« Victoria lachte.

»Ich verstehe einfach nicht, weshalb die meisten englischen Damen der Ansicht sind, eine Schwangerschaft sei etwas Unanständiges und müsse durch ein Korsett versteckt werden. Dr. Fielding sieht das anders. Nun, sonst hätte ich ihn auch nicht als Gynäkologen.«

»Ein weiterer Punkt, der für ihn spricht. Neben der Tatsache, dass die *Times* und der *Spectator* in seinem Wartezimmer ausliegen.«

»Ja, ich kann Dr. Fielding uneingeschränkt empfehlen.«

Constance bedachte Victoria mit einem vielsagenden Seitenblick, und die sah verlegen weg.

Der blau-silberne Daimler der Hogarths parkte ganz in der Nähe der Praxis. Barreth, der Chauffeur, begrüßte Victoria und öffnete dann die Türen des Fonds.

»Louis hält sich noch auf Ivy Manor auf?«, erkundigte sich Victoria, während Barreth ihr Fahrrad auf dem Gepäckträger verstaute. Ivy Manor war der Landsitz der Familie Hogarth in den Cotswolds.

»Allmählich bezweifle ich, dass dieser Umbau jemals fertig wird. Ständig gibt es neue Katastrophen.« Constance stöhnte und verzog das Gesicht. »Vorgestern ist ein Wasserrohr geplatzt, was dazu geführt hat, dass der gesamte Westflügel überschwemmt wurde. Louis leistet dem Verwalter seelischen Beistand. Der Arme ist völlig fertig mit den Nerven. Stell dir vor, er hat schon mit Kündigung gedroht. Allmählich fühle ich mich an den Bau einer mittelalterlichen Kathedrale erinnert, die erst nach Jahrhunderten vollendet wurde ... Ich habe Louis jedenfalls klargemacht, dass ich Ivy Manor erst mit unserem Kind betreten werde, wenn dieses scheußliche viktorianische Interieur beseitigt ist. Das arme Kleine bekommt sonst einen Schock fürs Leben.«

»Was hat Louis darauf erwidert?«

»Er meinte, er habe die viktorianische Ausstattung in seiner Kindheit auch ertragen müssen. Woraufhin ich sagte, vielleicht erkläre dies ja einige seiner seltsamen Angewohnheiten.« Constance' Stimme war voller Wärme. Sie und Louis liebten sich sehr. Victoria empfand stets einen Anflug von Neid über ihre glückliche Ehe, wenn sie mit den beiden zusammen war. Wofür sie sich gleich darauf wieder schämte. Der Daimler fuhr jetzt am Regent's Park entlang, eine Gegend, die von eleganten klassizistischen Reihenhäusern mit schmiedeeisernen Balkonen geprägt war. »Louis ist sehr gespannt auf die Ausstellungseröffnung am Mittwoch, und ich bin es auch.« Constance legte

Victoria die Hand auf den Arm. »Du freust dich bestimmt sehr darauf ...«

»Ich kann es kaum erwarten, die Gemälde meiner Mutter in der Galerie zu sehen.« Victorias verstorbene Mutter Amelie war eine bekannte Malerin gewesen. Victoria war überglücklich, dass die renommierte Galerie Slater in der Burlington Street ihre Werke ausstellen wollte.

»Denkst du, dass die Verwandten deines Vaters zur Eröffnung kommen werden?«

»Da die Ausstellungseröffnung ein gesellschaftliches Ereignis werden dürfte, ist damit zu rechnen, dass zumindest Großtante Hermione erscheinen wird. Auch wenn ich gut auf sie verzichten könnte.« Victoria seufzte. »Ich hätte übrigens nicht gedacht, dass Louis sich für Malerei interessiert. In Rom, auf eurer Hochzeitsreise, hat er sich ja nicht sehr für Museen und antike Stätten begeistern können. Er war sehr zufrieden, wenn wir beide allein losgezogen sind.« Sie hatte Constance und Louis in Rom kennengelernt.

»Er interessiert sich auch nicht für Malerei.« Constance lachte. »Wie bei so vielen englischen Adligen sind das Reiten und die Jagd seine wahren Leidenschaften, dicht gefolgt von Politik und Geschichte. Aber Louis weiß, wie viel dir diese Ausstellung bedeutet. Deshalb wird er mich zur Eröffnung begleiten.«

»Das ist sehr freundlich von ihm.« Victoria war gerührt.

Der Daimler hatte Primrose Hill mit seinen vornehmen viktorianischen Reihenhäusern passiert und das kleinstädtisch anmutende Viertel Camden durchquert, wo Jeremy in einer stillen Seitenstraße wohnte, und fuhr nun durch den Stadtteil Hampstead.

Hampstead war lange ein Dorf gewesen, wovon die Cottages mit ihren Gärten zeugten. Wenig später parkte Barreth den

Wagen auf dem Parliament Hill. Victoria liebte den weiten Blick über die Stadt. Aus einem Dunstschleier ragte die Kuppel der St. Paul's Cathedral. Während sie in Richtung Heide gingen, hakte Victoria sich bei der Freundin ein. Noch war die Landschaft sommerlich grün, aber in wenigen Wochen würde sie von einem violetten Blütenteppich überzogen sein. Ein Schäfer, der seine Herde weiden ließ, vervollkommnete die pittoreske Szenerie.

»Louis und ich würden übrigens gern nach der Ausstellungseröffnung ein kleines Fest geben, um das Ereignis zu feiern.«

»Wirklich? Das ist sehr nett von euch.«

»Wir dachten an dich, Hopkins, Mrs. Dodgson, Jeremy und einige unserer Freunde als Gäste. Wie steht es eigentlich zwischen dir und Jeremy? Du hast ihn noch gar nicht erwähnt. Er kommt doch hoffentlich zu der Vernissage?« Constance warf Victoria einen fragenden Blick von der Seite zu.

Victoria schätzte die Freimütigkeit der Freundin eigentlich sehr, aber manchmal wäre es ihr lieber, wenn diese weniger direkt sein würde.

»Jeremy hat vor zu kommen. Wir treffen uns recht häufig ...«, erwiderte sie ausweichend.

»Ihr trefft euch?« Constance' Stimme klang amüsiert.

»Ja ...« Victoria dachte an den Fahrradausflug, den sie und Jeremy im Frühjahr nach Hampstead Heath unternommen hatten. Sie hatte ihre Zeichenutensilien dabeigehabt, denn Jeremy hatte sie dazu ermutigt, ihren lange unterdrückten Wunsch, zu malen und zu zeichnen, wieder lebendig werden zu lassen. Ach, wie gern würde sie mehr Zeit mit ihm verbringen! Wenn das Leben nur nicht so kompliziert wäre ... »Ich liebe Jeremy, und ich bin mir darüber im Klaren, dass er auf eine Entscheidung von mir wartet. Aber ich sehe einfach keine

Zukunft für uns als Paar«, sagte sie unglücklich. »Ich bin bei den Suffragetten aktiv und gerade wieder einmal in eine illegale Aktion involviert. Meine Mitstreiterinnen und ich planen, während der Versammlung der Konservativen in das Anwesen des Earls of Melbury einzudringen.«

»Tatsächlich? Ich wünsche euch viel Erfolg.« Constance lächelte erneut.

»Jeremy darf das alles eigentlich gar nicht wissen. Schließlich arbeitet er für die Geheimabteilung von Scotland Yard.« Victoria schluckte. Constance und Louis waren, neben Hopkins, die einzigen Menschen außerhalb von Scotland Yard, die davon wussten. »Solange wir Frauen kein Wahlrecht haben, werde ich mich weiter an ungesetzlichen Aktionen beteiligen. Sir Arthur Stanhope, der Commissioner von Scotland Yard, wird es aber auf gar keinen Fall dulden, dass Jeremy mit einer Frau verheiratet ist, die das Gesetz bricht.«

»Ich kann mir nicht vorstellen, dass Jeremy verlangen würde, dass du etwas aufgibst, das dir wichtig ist. Außerdem ist er ja durchaus für das Frauenwahlrecht.«

»Aber nicht für Mrs. Pankhursts radikale Methoden. Ich weiß, er hat schon einmal seine Karriere für mich riskiert. Wären wir damals verheiratet gewesen, hätte er den Dienst quittieren müssen. Also werden wir uns niemals binden können. Ich will nicht, dass er erneut in eine solche Situation kommt, denn er liebt seine Arbeit.«

»Hast du denn schon einmal mit ihm über deine Bedenken gesprochen?«

»Nein, ich fürchte, dazu habe ich nicht genug Mut.« Victoria wandte unglücklich den Blick von Constance ab. An einem Teich ließen Kinder unter der Aufsicht ihrer Nannys Papierschiffchen ins Wasser gleiten, und in der Ferne konnte sie die hellen Mauern von Kenwood House sehen, einem herrschaft-

lichen Gebäude mit einer schönen, von Säulen durchbroche-
nen Fassade. Sie hatte es damals, während ihres Ausflugs mit
Jeremy, gezeichnet. »Ich habe einfach Angst, dass wir uns dann
fürchterlich streiten oder eine Entscheidung treffen werden,
die uns unglücklich macht.«

»Victoria, du musst dich mit Jeremy aussprechen.« Constance' Stimme klang sanft, aber nachdrücklich. »Ich bin sicher,
wenn ihr offen zueinander seid, werdet ihr einen Weg finden.«

»Ich verspreche dir, dass ich es versuche«, erwiderte Victoria
zögernd. »Ach, wahrscheinlich geschähe es mir ganz recht,
wenn Jeremy sich in eine andere Frau verlieben würde.«

»Ich bin überzeugt, dass du dir darüber keine Sorgen machen musst.« Constance lachte.

»Wie meinst du das?«

Constance schob Victoria ein Stück von sich weg und betrachtete sie kopfschüttelnd. »Ob du das nun wahrhaben willst
oder nicht – du bist nun einmal Jeremys große Liebe, so wie er
deine ist.«

Victoria musste wieder daran denken, wie Jeremy sie zum
Arzt gebracht hatte, nachdem er sie aus ihrer brennenden Wohnung gerettet hatte. Die Brandwunde an ihrer Hand hatte
furchtbar geschmerzt. Aber ihr Kuss – der einzige, den sie bisher
ausgetauscht hatten – hatte die Schmerzen völlig ausgelöscht. Sie
hatte sich so glücklich gefühlt wie noch nie in ihrem Leben. Sie
errötete tief, und auf einmal wurde ihr viel leichter ums Herz.
Einen Moment schlenderte sie beinahe unbeschwert neben
Constance her.

»Könnte ich vielleicht später von deinem Zuhause aus ein
Telefonat nach Deutschland tätigen?«, wandte Victoria sich
schließlich an die Freundin. Ihr war plötzlich eingefallen, dass
sie ja Rosalyn anrufen wollte. »Mein Vater war ja sehr begeistert von moderner Technik, weshalb die Wohnung am Green

Park über elektrisches Licht und fließendes warmes Wasser verfügt. Aber kurz bevor er einen Telefonapparat installieren lassen konnte, wurde er schwer krank.«

»Natürlich kannst du gerne unseren Apparat benutzen«, erwiderte Constance herzlich. »Habe ich dir eigentlich schon von der Kampagne erzählt, mit der meine Wohltätigkeitsorganisation im East End armen Frauen und Kindern das Lesen und Schreiben beibringen möchte?«

»Nein, das hast du nicht.«

Als Victoria am späten Abend nach Hause kam, fand sie Hopkins am Schreibtisch in der Bibliothek, wo er einen Brief verfasste. Neben ihm türmte sich ein Stapel Kuverts. Da Hopkins nicht nur der Butler, sondern auch der Sekretär ihres Vaters gewesen war, betrachtete er die Bibliothek ebenso wie die Küche als sein Reich.

»Mrs. Ellingham erhält recht viele Leserbriefe«, erklärte er auf Victorias fragenden Blick. »Ich erachte es als meine Pflicht, alle zu beantworten.«

»O ja, natürlich … Lady Hogarth sagte mir übrigens, dass Jenkins, ihr Butler, sehr angetan von Mrs. Ellinghams Werk sei. Er meinte, daraus spreche ein wahrhaft professioneller Geist, der mit den mannigfaltigen Erfordernissen eines großen Haushalts sehr vertraut sei.«

Victoria setzte sich zu Hopkins und ließ ihren Blick durch den Raum schweifen. Sie liebte die deckenhohen Bücherregale, die Gemälde an den Wänden und das abgenutzte Ledersofa. Früher hatte sie sich häufig mit ihrem Vater in der Bibliothek aufgehalten. Aber sie fühlte sich hier auch mit Hopkins zu Hause.

»Ich weiß Mr. Jenkins' Lob überaus zu schätzen. Schließlich

ist er ein sehr guter Butler.« Hopkins legte den Füllfederhalter beiseite. »Mir ging unser Gespräch über Lord Melbury und seine Begleiter nicht aus dem Sinn, und mir kam eine Idee, wie sich möglicherweise die Identität des gut gekleideten Mannes mit der Gesichtsnarbe herausfinden ließe.« Er räusperte sich. »Sie erinnern sich gewiss noch an Mr. Mandleville, den Schneider Ihres Vaters.«

»Ja, natürlich.« Victoria nickte.

Als Lehrling war George Mandleville unter Mordverdacht geraten. Er hatte einen Anzug an einen vornehmen Kunden ausliefern müssen, der damals im Savoy logiert hatte. Der Mann war ausgeraubt und erstochen in seinem Hotelzimmer gefunden worden. George Mandlevilles Herkunft, er war Sohn armer Fabrikarbeiter, hatte ihn in den Augen der Polizei zusätzlich verdächtig gemacht. Victorias Vater hatte mithilfe von Hopkins nachweisen können, dass ein Hotelangestellter für die Tat verantwortlich war. Freigiebig, wie Dr. Bredon war, hatte er George Mandleville Geld geliehen und ihn weiterempfohlen. Mit diesem Startkapital und dank seines Fleißes und Talents war es Mr. Mandleville gelungen, Teilhaber in dem distinguierten Schneideratelier Hutchinson zu werden, das jetzt als Mandleville & Hutchinson firmierte.

»Ich habe Mr. Mandleville gebeten, sich in der Savile Row nach einem reichen, möglicherweise adligen Herrn umzuhören, der deutscher Herkunft sein könnte. An dessen Narbe auf der rechten Wange würde sich bestimmt jeder erinnern. Ich bin sicher, falls dieser Herr Kunde dort ist, wird Mr. Mandleville herausfinden, wer er ist.« Hopkins wirkte sehr zufrieden.

»Das halte ich auch für wahrscheinlich.« Victoria lächelte. »Ich hatte übrigens eine ähnliche Idee. Als ich heute Morgen meine Notizen und Fotografien von Melbury Hall zu einer der Frauenrechtlerinnen brachte, habe ich festgestellt, dass ich zufällig das Bild der drei Männer mitgenommen hatte. Ich habe die Frau gebeten, sich nach dem Arbeiter zu erkundigen, und sie hat mir versprochen, dies zu tun.«

Hopkins wiegte den Kopf. »Ich bin sehr gespannt, was unsere Nachforschungen zutage fördern werden.«

Hopkins, dachte Victoria, *scheint keinen Zweifel zu hegen, dass wir etwas entdecken werden.* Sie fragte sich, ob sich seine Intuition als richtig erweisen würde.

»Haben Sie denn mittlerweile entschieden, ob Sie nach Deutschland reisen werden, Miss Victoria?«

»Ich habe von Lord und Lady Hogarths Heim aus versucht, Rosalyn telefonisch zu erreichen. Leider habe ich sie nicht zu Hause angetroffen. Ich werde morgen noch einmal anrufen.«

»Ich habe Mrs. Dodgson erzählt, dass Sie möglicherweise an den Rhein reisen werden. So kamen wir auf Kaiser Wilhelm zu sprechen. Mrs. Dodgson ist der Ansicht, dass der Kaiser nichts von dem bescheidenen, zurückhaltenden Wesen seiner Großmutter Königin Victoria geerbt hat und sich mit seinem pomphaften Auftreten und seinen kriegerischen Reden manchmal richtiggehend vulgär benimmt.« Hopkins lächelte.

»Für eine glühende Royalistin ist das eine sehr harte Aussage. Aber ich muss sagen, so ganz unrecht hat Mrs. Dodgson nicht.« Victoria erwiderte sein Lächeln und wünschte ihrem Butler eine gute Nacht.

DRITTES KAPITEL

»Richten Sie Lady Langenstein bitte aus, dass ich angerufen habe«, sagte Victoria zu Rosalyns englischem Butler am Telefon. »Ich werde später noch einmal versuchen, sie zu erreichen.«

Der korrekte Titel wäre wohl Gräfin gewesen, überlegte Victoria, als sie die Telefonzelle verließ. Licht flutete durch die Glastüren des Londoner Hauptpostamtes in St. Martin's Le Grand. Die Säulen vor der Fassade warfen lange Schatten auf den im Stil der griechischen Antike gestalteten Marmorboden.

Rosalyn nahm, wie der Butler ihr mitgeteilt hatte, an der Sitzung einer Wohltätigkeitsorganisation teil. Victoria seufzte, während sie die breiten Stufen zur Straße hinunterschritt. Sie wusste, dass Rosalyn ein großes Herz hatte und am Wohl ihrer Mitmenschen wirklich interessiert war. Ihr ging es vor allem darum, die Armut zu lindern. Victoria war allerdings davon überzeugt, dass Rosalyn das Frauenwahlrecht für unwichtig hielt. Ganz anders als Constance, die mit ihrer Wohltätigkeitsorganisation das Ziel hatte, das Schicksal der hilfsbedürftigen Frauen und Kinder im East End durch Bildung zu verbessern und damit die Ursachen der Armut zu bekämpfen.

Victoria hoffte, dass sie die Internatsfreundin am Nachmittag erreichte und erfuhr, was sie so verstört hatte.

Als sie mit dem Fahrrad an der St. Paul's Cathedral vorbei-radelte und die Queen-Anne-Statue passierte, die steif und hoheitsvoll auf ihrem Sockel stand, wanderten ihre Gedanken zur Ausstellung ihrer Mutter. Mr. Slater, der Besitzer der Galerie, hatte ihr angeboten, dass sie schon vor der offiziellen Eröffnung vorbeikommen könne, wenn die meisten Gemälde an den Wänden hingen.

Ihr Vater hatte ihre Mutter über alles geliebt und ihren frühen Tod nie verwunden. Da ihre Gemälde ihn zu sehr an sie erinnerten, hatte er sie einlagern lassen. Victoria hatte die Bilder zum ersten Mal im Frühjahr gesehen, als Mr. Montgomery, ihr Vormund, sie ihr übergeben hatte. Eigentlich hätte sie die Gemälde und Zeichnungen erst mit ihrer Volljährigkeit erhalten sollen, zusammen mit dem Brief ihres Vaters, in dem er ihr gestanden hatte, dass er sie lange belogen und sich damit schuldig gemacht hatte. Doch da Victoria die Lüge, die auf ihrem Vater gelastet hatte, aufgedeckt hatte, hatte ihr Vormund ihr den Brief und die Gemälde schon im Frühjahr ausgehändigt. In den letzten Jahren war ihre Mutter weitgehend in Vergessenheit geraten, und Victoria hoffte sehr, dass sie durch die Ausstellung in der viel beachteten Galerie wieder die Aufmerksamkeit erfuhr, die ihr als Künstlerin gebührte.

Wenig später erreichte Victoria Burlington House, das im Stil eines italienischen Palazzo erbaut worden war. Bei schlechtem Wetter kam Victoria das riesige Gebäude, das unter anderem die Royal Academy of Arts beherbergte, immer etwas absurd vor. Doch an diesem Augusttag, an dem sich ein wolkenlos blauer Himmel über der Stadt wölbte, wirkte es mit seinen Statuen, Säulen und Kolonaden ausnahmsweise einmal nicht deplatziert.

Die Galerie Slater lag in der Nähe des Südflügels. Mit etwas gemischten Gefühlen stellte Victoria ihr Fahrrad neben dem

Eingang ab. Sie freute sich darauf, die Werke ihrer Mutter in den eleganten, großzügig geschnittenen Räumen zu sehen. Aber plötzlich hatte sie auch ein bisschen Angst davor. Sie fragte sich, ob ihr die Bilder in der offiziellen Umgebung nicht vielleicht fremd sein würden.

Victoria war froh, dass sie im Eingangsbereich niemanden antraf. Durch die geöffnete zweiflügelige Tür sah sie im angrenzenden Raum Gemälde, Zeichnungen und Skizzen, die sie als Säugling und als kleines Kind zeigten. Langsam ging sie näher. *So hat mich meine Mutter also wahrgenommen*, schoss es ihr durch den Kopf. Nachdem Mr. Montgomery ihr die Bilder ausgehändigt hatte, hatte sie sie ausgepackt und in der Bibliothek ihrer Wohnung aufgestellt. Aber erst hier, an den Wänden der Galerie, konnte Victoria sie richtig betrachten. Mal blickte ihr kindliches Ich vorwitzig und neugierig, mal schüchtern in die Welt, doch in allen Bildern glaubte sie eine große Zärtlichkeit zu erkennen. Das galt auch für die Porträts ihres Vaters. So entspannt und glücklich, wie er darauf wirkte, hatte Victoria ihn in späteren Jahren nie mehr erlebt. Victoria wurde die Kehle eng, und sie kämpfte gegen die Tränen an, die ihr in die Augen schossen.

»Guten Tag, Miss Bredon, wie schön, dass ich Sie in meinen Räumlichkeiten begrüßen darf.« Die Stimme Mr. Slaters riss sie aus ihrer Versunkenheit. Hastig wischte sie sich über die Augen in der Hoffnung, dass der Galerist ihr nicht anmerkte, wie aufgewühlt sie war.

»Nun, ich bin so gespannt auf die Ausstellung ...« Sie bemühte sich um ein Lächeln und reichte ihm die Hand.

Mr. Slater war ein großer, schlanker Mann Ende vierzig, der sein Haar wie ein Bohemien nackenlang trug. Das schwarze Samtjackett und der theatralisch über die Schulter geworfene Seidenschal ließen ihn fast wie die Karikatur eines Künstlers wirken. Er besaß jedoch großen Kunstverstand, machte immer wieder mit ungewöhnlichen Ausstellungen von sich reden und war zudem ein kühl kalkulierender Geschäftsmann. Victoria war sich darüber im Klaren, dass auch die Tatsache, dass ihre Mutter die Gattin des berühmten Gerichtsmediziners Dr. Bernard Bredon und die Schwiegertochter eines Herzogs gewesen war, zu seinem schnellen Entschluss, die Ausstellung zu organisieren, beigetragen hatte. Denn dies versprach ein großes öffentliches Interesse.

»Es müssen nur noch die Schilder mit den Bezeichnungen der Werke und dem Entstehungsjahr angebracht werden. Sonst sind wir fertig. Ohne mich loben zu wollen, muss ich sagen, dass ich mit der Hängung sehr glücklich bin.« Zufrieden blickte Mr. Slater sich um. »Für heute haben übrigens Mr. Reeves von der *Times* und Mr. Harper vom *Daily Chronicle* ihr Kommen angekündigt. Sie wollen sich die Ausstellung schon vor der offiziellen Eröffnung in Ruhe ansehen. Mein Gefühl sagt mir, dass sie ein großer Erfolg werden wird. Sie könnten sich nicht vielleicht entschließen, mehr Werke zum Verkauf freizugeben, als Sie bisher festgelegt haben?«

»Es tut mir leid, aber nein, auf keinen Fall.« Entschieden schüttelte Victoria den Kopf. »Es fällt mir schon schwer, überhaupt Bilder verkaufen zu müssen, obwohl meine Mutter sich gewünscht hätte, dass auch andere Menschen teil an ihrer Kunst haben können.« Zu ihrem Bedauern boten ihre Wohnung und sicher auch jedes andere Heim, in dem sie später einmal leben würde, nicht genügend Platz.

»Ich kann Sie gut verstehen.« Falls Mr. Slater wegen ihrer Antwort enttäuscht sein sollte, ließ er es sich nicht anmerken. »Ich habe aber noch ein anderes Anliegen. Als wir die Bilder vor ein paar Tagen noch einmal genau in Augenschein genommen haben, ist uns bei einem etwas Merkwürdiges aufgefallen.«

»Tatsächlich? Worum geht es denn?«, fragte Victoria verblüfft.

»Kommen Sie doch bitte mit in mein Büro.«

Mr. Slaters Büro war mit Art-déco-Möbeln aus dunklem, glänzendem Holz ausgestattet und makellos aufgeräumt. Selbst die Schreibutensilien standen akkurat ausgerichtet auf der Lederunterlage. An den Wänden hingen schlichte, aber exquisite japanische Farbholzschnitte.

»Es geht um dieses Gemälde.«

Mr. Slater nahm ein kleines Bild aus der Verpackung und legte es auf seinen Schreibtisch. Das Gemälde unterschied sich sowohl im Sujet als auch in der Malweise ein wenig von den anderen, was Victoria schon bei der ersten Betrachtung aufgefallen war. Es bestach durch ein raffiniertes Spiel aus Licht und Schatten. Dargestellt war eine Burgruine auf einem Felsvorsprung über einem Fluss in der Abenddämmerung. Der Rhein, vermutete Victoria, denn die Szenerie erinnerte sie an die Bilder englischer Romantiker, die das Rheintal als Kulisse ihres Schaffens gewählt hatten. Ihre Mutter musste es als ganz junge Frau gemalt haben. Victoria fand es sowohl in der Technik als auch der Komposition perfekt.

»Was ist damit?« Sie wandte sich Mr. Slater zu.

»Es wurde nicht von Ihrer Mutter gemalt. Sehen Sie…«
Mr. Slater richtete den Strahl einer kleinen Taschenlampe auf die Signatur in der rechten unteren Ecke und hielt ein Vergrößerungsglas darüber. Victoria benötigte einen Moment, um zu begreifen, was er meinte. Die Signatur verschwamm ein wenig mit den Wellen des Flusses. Erst jetzt, da sie sehr gut ausgeleuchtet und obendrein vergrößert war, erkannte Victoria ein *J* und ein *C* statt des *AM*, der Abkürzung für Amelie von

Marssendorff. So hatte ihre Mutter ihre Bilder vor ihrer Heirat signiert.

»Meine Güte, Sie haben recht«, sagte Victoria verblüfft.

»Nun, ich bin sehr froh, dass wir diesen Irrtum noch rechtzeitig vor der Ausstellung bemerkt haben. Es wäre sehr peinlich gewesen, wenn wir dieses Gemälde fälschlich als eines Ihrer Mutter ausgegeben hätten.« Mr. Slater vollführte eine theatralische Handbewegung.

»Wissen Sie vielleicht, wer hinter dem Kürzel *JC* steht?«

Victoria mochte das kleine Bild sehr, und sie bedauerte es ein bisschen, dass es nicht von ihrer Mutter stammte. Andererseits erklärte dies, warum es sich von den übrigen Werken unterschied.

»Nein, ich kenne keinen Maler mit dieser Signatur.«

»Könnten Sie es mir bitte einpacken lassen? Ich würde es gern mit nach Hause nehmen.«

»Selbstverständlich, ich gebe meinem Assistenten Bescheid.« Mr. Slater nickte und blickte auf seine Taschenuhr. Dann seufzte er bedauernd. »Wenn Sie mich jetzt bitte entschuldigen würden, Miss Bredon, ich bin zum Lunch verabredet. Wir sehen uns spätestens bei der Ausstellungseröffnung. Mein Assistent wird Sie gern herumführen.«

»Oh, das ist nicht nötig«, erwiderte Victoria, erleichtert, dass Mr. Slater anderweitig beschäftigt war und sie sich die Bilder ungestört ansehen konnte. »Ihr Assistent hat sicher noch genügend andere Dinge zu erledigen.«

Ganz beseelt von ihren Eindrücken fuhr Victoria schließlich nach Hause zurück. Ihre Mutter hatte viele Landschaften in einem impressionistisch inspirierten Stil gemalt. Beim Betrachten hatte Victoria geglaubt, den Duft eines sommerlichen

Waldes oder eines herbstlichen Feldes wahrzunehmen oder die Kälte eines Wintertages zu spüren.

Es gab viele Bilder von ihr als Kind, und es erfüllte Victoria mit Wehmut, dass sie keinerlei Erinnerung mehr daran hatte, wie ihre Mutter sie gemalt hatte. Zu ihrem großen Bedauern war ihr nur sehr wenig von ihr im Gedächtnis geblieben. Sie verband den Duft von Orangen mit ihrer Mutter – danach hatte das Mittel gerochen, mit dem sie ihre Pinsel gereinigt hatte. Sie erinnerte sich daran, wie ihre Mutter sie auf dem Schoß gehalten und der Spitzenbesatz ihres Kleides ihre Wange berührt hatte, an das Gefühl der Geborgenheit, das sie dabei empfunden hatte. Auch dass ihre Mutter ihr Märchen in deutscher Sprache vorgelesen hatte, war ihr gegenwärtig geblieben.

Da Hopkins nicht da war, packte Victoria das kleine Gemälde auf dem Küchentisch aus. Es musste ihrer Mutter viel bedeutet haben, denn es war das einzige Bild in ihrem Besitz, das von einem anderen Maler stammte. Die letzten Sonnenstrahlen streiften den Burgturm, während sich über dem Fluss und den Bergen bereits die Dunkelheit ausbreitete. Als Victoria das Bild das letzte Mal intensiv betrachtet hatte, hatte sie vor allem die romantische Stimmung wahrgenommen. Jetzt kam es ihr vor, als ob das Gemälde Schmerz und Abschied ausstrahlte.

Sie hob es hoch, um es aus der Nähe anzusehen. Plötzlich glitt es ihr aus den Händen und fiel auf den gekachelten Küchenboden. Victoria verwünschte ihre Unachtsamkeit, während sie sich bückte, um es aufzuheben. Auf den ersten Blick schien es nicht beschädigt, doch als sie es umdrehte, bemerkte sie, dass das Papier, das auf der Rückseite über den Rahmen gespannt war, gerissen war. Sie betrachtete die Beschädigung eingehend, betastete dann vorsichtig den Riss und stellte fest, dass etwas hinter dem Papier steckte. Vorsichtig bewegte sie das Bild. Zu ihrer Überraschung glitt ein Kuvert durch den Spalt.

Das Kuvert war unversiegelt, ein Name stand nicht darauf. Darin befand sich ein zusammengefaltetes Blatt Papier. Gespannt faltete Victoria es auseinander.

Meine Geliebte, las sie perplex, *ich werde die Tage mit dir nie vergessen. Du hast mir ein Glück geschenkt, von dem ich nicht ahnte, dass es einem Menschen vergönnt sein kann. Geschweige denn, dass ich mir jemals erträumt hätte, es erfahren zu dürfen. Ich hoffe, dass ich auch dich ein wenig glücklich gemacht habe. In tiefer Liebe, dein Jakob.*

Victoria war völlig durcheinander. Dieser Mann hatte ihre Mutter geliebt. Und auch sie hatte wohl viel für ihn empfunden, sonst hätte sie sein Bild und seinen Brief nicht aufbewahrt.

Sie biss sich auf die Lippen. Sie hatte geglaubt, ihre Mutter durch deren Gemälde ganz neu kennengelernt zu haben. Nun musste sie feststellen, dass sie ihr wieder fremd geworden war. Ach, wenn sie doch nur mehr über sie wüsste . . . Victoria nahm das kleine Bild und ging damit in die Bibliothek.

Frustriert strich Victoria sich eine Haarsträhne, die sich aus ihrem Knoten gelöst hatte, aus dem Gesicht. Als sie vier Jahre alt gewesen war, hatte es in ihrem damaligen Zuhause am Holland Park gebrannt. Ein Großteil der Briefe und Fotografien sowie die Tagebücher ihrer Mutter waren dabei vernichtet worden. Seitdem litt Victoria unter Atemnot, was der Mörder, der sie im Frühjahr hier in der Wohnung am Green Park überfallen und ein Feuer gelegt hatte, ausgenutzt hatte.

Vor ihr auf dem Schreibtisch türmten sich Reiseberichte vom Rhein, kunstgeschichtliche Werke und Lexika. Doch in keinem hatte sie die Burg entdeckt, die auf dem kleinen Gemälde ab-gebildet war. Hatte sie sich geirrt, und die Szenerie stellte gar keine Rheinlandschaft dar? Möglicherweise gab sie ja auch gar keinen realen Ort wieder, sondern war ganz der Fantasie des Malers entsprungen.

Noch einmal schritt Victoria an den deckenhohen Regalen entlang und inspizierte die einzelnen Fächer. Die in Leder gebundenen Bände englischer Literatur nahmen viel Raum ein, ebenso die medizinischen Fachbücher ihres Vaters sowie Chemie- und Biologielehrbücher. Nein, hier würde sie nichts finden, das ihr weiterhalf. Ohne viel Hoffnung stieg Victoria auf die Leiter und untersuchte auch die höher gelegenen Regal-abschnitte. Hier standen vor allem politische Schriften von der Antike bis zur Neuzeit, denn ihr Vater war sehr an Politik inte-ressiert gewesen. Ein anderes Fach enthielt Bücher zur Theorie der Malerei, die wohl ihrer Mutter gehört hatten. Und tatsäch-lich, zwischen den meist dicken Bänden entdeckte Victoria ein schmales Buch mit dem deutschen Titel *Der Rhein*. Es enthielt Lithografien und Texte verschiedener Dichter. Schon nach wenigen Seiten blieb ihr Blick an der Lithografie einer Burg-ruine hängen, die von einem sehr hohen, fensterlosen Turm mit Zinnen beherrscht wurde.

Rasch stieg Victoria von der Leiter und verglich die Litho-grafie mit dem kleinen Gemälde. Ja, es war kein Zweifel mög-lich. Die Burgruine war dieselbe. *Burg Fürstenberg* stand unter der Lithografie. Als Victoria eine Karte des Rheins inspizierte, stellte sie fest, dass diese Burg nur etwa fünfzig Kilometer von dem Ort entfernt lag, an dem Rosalyn mit ihrem Gatten lebte.

Nachdenklich starrte Victoria auf die Karte. Ein Schlüssel, der sich im Schloss der Wohnungstür drehte, brachte sie wieder zu sich. Gleich darauf hörte sie Hopkins' Schritte im Korridor.

Ihr Blick fiel auf die kleine Uhr auf dem Kaminsims. Die Zeiger standen auf halb vier.

Um Himmels willen, durchfuhr es Victoria entsetzt, *um drei Uhr war ich ja mit Jeremy in Kensington Gardens verabredet.*

Sie stürzte aus der Bibliothek und an dem verblüfften Butler vorbei. »Verzeihen Sie, Hopkins, aber ich bin in Eile«, rief sie ihm zu, während sie hastig ihren Hut aufsetzte und nach ihren Handschuhen griff.

Jeremy saß auf einer Bank neben dem Bootssteg und war vertieft in ein Buch. Das Treiben um ihn herum – die Kinder, die über die Wiese tollten, den Hund, der bellend eine Ente jagte, und den Eisverkäufer, der seine Ware anpries, schien er nicht wahrzunehmen. *Dass Jeremy sich völlig in etwas versenken kann, ist auch etwas, das ich an ihm liebe*, dachte Victoria verträumt.

Als sie auf ihn zuradelte, blickte er hoch, als hätte er ihre Gegenwart gespürt. Im nächsten Augenblick leuchtete sein Gesicht auf, was sie sehr glücklich machte.

»Es tut mir so leid, Jeremy ... Ich hatte die Zeit vergessen«, sagte sie verlegen.

»Ich habe mir das Warten mit John Galsworthys *Der reiche Mann* vertrieben. Eine interessante Lektüre. Hat dich etwa ein wichtiges Suffragettentreffen aufgehalten?« Sein schiefes Lächeln löste ein Gefühlsdurcheinander in ihr aus. Gleich darauf wurde Jeremy ernst und betrachtete sie erschrocken. »Ist etwas passiert, Victoria? Du wirkst so aufgewühlt ...«

»Ich habe eine merkwürdige Entdeckung gemacht. Ich erzähle dir davon auf dem See.«

Jeremy entrichtete den Obolus bei dem Bootsverleiher, einem vierschrötigen Mann, der mit einem starken Cockney-

Akzent sprach. Er brachte Victoria zum Lächeln. Jeremy krempelte sich die Hemdsärmel hoch, half Victoria in den Kahn und ruderte mit wenigen geschickten Schlägen von dem Steg weg und in die Mitte des ummauerten Kanals, eines Ausläufers des Serpentine. Jetzt, am Spätnachmittag, waren viele Boote auf dem See unterwegs. Jenseits einer weitläufigen Rasenfläche stand der Kensington Palace. Die Nachmittagssonne ließ das Backsteingemäuer rot glühen. Im Laub der Bäume zeigten sich, wie Victoria sah, die ersten herbstlichen Verfärbungen. Einige Nannys gingen mit ihren Schützlingen den Uferweg entlang und versammelten sich um die Peter-Pan-Statue. Die hellen Kinderstimmen schallten über das Wasser.

»Also, was ist los? Nun rück schon heraus mit der Sprache...«

Trotz der direkten Worte war Jeremys Stimme voller Zärtlichkeit, und Victoria erkannte, dass er sich wirkliche Sorgen machte. Sie schluckte.

»Ich war heute Vormittag in der Galerie Slater, um mir die Gemälde meiner Mutter in Ruhe vor der offiziellen Eröffnung anzusehen. Eines der Bilder, eine Rheinlandschaft, war, wie Mr. Slater festgestellt hatte, nicht von ihr. Es trug nicht ihre Signatur. Ich habe es mit nach Hause genommen und dort entdeckt, dass hinter der Leinwand ein Liebesbrief an meine Mutter verborgen war.« Victoria wiederholte die Worte des Briefes. Wieder berührten die wenigen Sätze sie tief. Jeremy zog die Ruder ein und lauschte nachdenklich ihren Worten. »Ich weiß so wenig über meine Mutter. Ich bin immer davon ausgegangen, dass mein Vater ihre große Liebe war. Aber dieser Brief stellt das auf einmal völlig infrage«, endete Victoria bedrückt.

»Meiner Ansicht nach siehst du das zu dramatisch.« Jeremy schüttelte den Kopf. »Deine Mutter kann diesen Jakob doch geliebt haben, bevor sie deinen Vater kennenlernte. Oder er hat sie geliebt, und sie hat seine Gefühle nicht erwidert.«

»Er muss ihr viel bedeutet haben, denn sonst hätte sie seinen Brief und das Gemälde nicht aufbewahrt«, widersprach Victoria aufgeregt.

Jeremy tauchte die Ruder wieder ins Wasser, und das Boot glitt langsam weiter über den See. »Ich finde, das schließt sich nicht aus. Sie kann deinen Vater geliebt haben und Jakob trotzdem freundschaftlich verbunden geblieben sein. Er ist Maler, vielleicht hat er sie ja ermutigt, ihren Weg als Künstlerin einzuschlagen.«

»Ja, vielleicht…«, erwiderte Victoria, aber sie war nicht überzeugt.

»Es ist nicht nur der Liebesbrief, der dich beschäftigt, oder?« Jeremy sah sie ruhig an.

»Nein…«, gab Victoria zu, während ihr durch den Kopf schoss, dass Jeremy sie wirklich gut kannte. »Ich habe vor ein paar Monaten erst erfahren, dass mein Vater eine Seite hatte, die mich sehr enttäuscht hat, und ich fände es furchtbar, wenn jetzt auch das Bild, das ich von meiner Mutter habe, verzerrt würde. Ich weiß, es kommt vor, dass Eheleute Affären haben, dennoch kann ich nicht glauben, dass sie meinen Vater betrogen hat.« Victoria atmete tief durch. Dass Jeremy schweigend weiterruderte, half ihr, ihre Gedanken zu ordnen. »Gestern habe ich einen Brief meiner Internatsfreundin Rosalyn bekommen«, fuhr sie schließlich fort. »Rosalyn lebt mit ihrem Ehemann, einem deutschen Grafen, am Rhein. Ihre Nachricht war ein bisschen bizarr. Sie scheint in Schwierigkeiten zu stecken und bittet mich um Hilfe. Mr. Montgomery hat mir mit den Bildern auch Briefe meiner Mutter übergeben. Darunter sind welche, die sie an eine Freundin namens Leah Wagner geschrieben hat. Sie ist Malerin, wie meine Mutter es war, und auf den Briefen ist die deutsche Stadt Bonn als Adresse angegeben. Ich habe beschlossen, zu Rosalyn zu reisen, und werde versuchen, mich dann auch mit Leah Wagner zu treffen. Vielleicht kann sie mir ja sagen, wer Jakob ist.«

»Während meiner Studienzeit in Deutschland war ich am Rhein. Ich würde dich gern begleiten.«

Jeremy hatte das ganz sorglos dahingesagt, doch er brach ab, als ihm der Sinn seiner Worte aufging. Natürlich musste auch ihm klar sein, dass das unmöglich sein würde, solange sie nicht verheiratet waren. *Constance hat recht*, dachte Victoria. Sie musste sich mit Jeremy aussprechen. Stille breitete sich zwischen ihnen aus. Beide hingen verlegen ihren Gedanken nach. Eine Ente fühlte sich von dem Boot gestört. Entrüstet schnatternd flog sie von der Wasseroberfläche hoch.

»Hast du mir eigentlich jemals von deiner Freundin Rosalyn erzählt?«, fragte Jeremy um Neutralität bemüht.

»Es ist gut möglich, dass ich Rosalyn nie erwähnt habe.« Victoria war froh, dass sie sich wieder auf sicherem Terrain befanden. »Ich habe Rosalyn gegenüber immer ein etwas schlechtes Gewissen, weil ihr, glaube ich, unsere Freundschaft viel mehr bedeutet als mir. Ich habe, ehrlich gesagt, nie so richtig verstanden, warum sie sich ausgerechnet mir angeschlossen hat. Wir sind völlig unterschiedlich.«

»Was ist sie denn für ein Mensch?«

»Sie ist sehr nett und hat ein großes Herz. Ihre Mutter ist Engländerin und ihr Vater ein reicher Amerikaner, der mit Öl ein Vermögen gemacht hat. Auf dem Internat waren einige Mädchen, die ein Stipendium hatten. Manche der Schülerinnen aus gutem Haus piesackten diese Mädchen. Rosalyn tat das nie. Im Gegenteil, sie versuchte, ihnen zu helfen, auch finanziell, wenn es nötig war.«

»Das hört sich sympathisch an.«

»Wie gesagt, ich mag Rosalyn, aber sie ist so furchtbar romantisch. Sie hat unzählige Liebesromane verschlungen und davon geträumt, dass sich das Leben so abspielt wie in diesen Romanen beschrieben.«

»Ach, du meine Güte ...«

»Paradoxerweise war Rosalyn sehr gut in Mathematik – ganz im Gegensatz zu mir. Sie hat regelmäßig Preise gewonnen.« Victoria schüttelte lächelnd den Kopf. »Ihren Gatten hat sie dann tatsächlich kennengelernt wie in einer dieser Schmonzetten. Sie war mit einer Reisegruppe am Rhein unterwegs. Als sie in ein Boot steigen wollte, brachten es die Wellen eines Dampfers zum Schaukeln. Rosalyn verlor das Gleichgewicht und fiel ins Wasser, was Graf Langenstein, der sich am Ufer aufhielt, bemerkte. Er stürzte sich in die Fluten, um sie zu retten. In ihrem Brief hat sie ihn als ihren *blonden Siegfried* geschildert.«

»Das klingt wirklich nach einem Groschenroman.«

Sie hatten die Brücke erreicht, die den Kanal überspannte und die Grenze zum eigentlichen See markierte. Jeremy wendete das Boot und ruderte langsam zurück.

»Zwei Monate später haben sie geheiratet. Rosalyns Vater hat dem Paar zur Vermählung eine Burg am Rhein geschenkt und sie aufwendig renovieren lassen.«

»Meine Güte ...« Jeremy grinste. »Hat denn der Graf Ähnlichkeiten mit dem Helden aus der Nibelungensage?«

»Auf dem Hochzeitsbild, das sie mir geschickt hat, sieht er sehr gut aus. Seine Profession ist allerdings weniger romantisch, denn er ist die rechte Hand des preußischen Oberregierungspräsidenten in Coblenz. Natürlich sehr respektabel, aber nicht gerade aufregend.«

»Die Familie deiner Mutter wirst du nicht besuchen?«

»Ich lege nicht den geringsten Wert darauf, meiner Großmutter zu begegnen«, entgegnete Victoria grimmig.

»Ist sie wirklich so schlimm?«

»Noch viel schlimmer. Du weißt ja, dass ich bis zum Frühjahr immer wieder Asthmaanfälle hatte. Auch als Kind habe ich schon daran gelitten. Ich habe nicht verstanden, warum mich mein Vater nach Deutschland schickte und ich nicht bei Hopkins in London bleiben konnte. Ich habe mich im Schloss meiner Großmutter fremd und einsam gefühlt, ich hatte Angst in den riesigen Räumen und langen Korridoren. Und wenn ich Angst habe, werde ich trotzig. Meine Großmutter hatte nicht das geringste Verständnis dafür, dass es für ein achtjähriges Kind nicht einfach ist, in einer fremden Umgebung zurechtzukommen. Sie hat geglaubt, meinen Eigensinn mit Strafen brechen zu müssen. Sie hat mich einsperren lassen, obwohl ich vor Panik keine Luft mehr bekam, sogar ohnmächtig bin ich ein paarmal geworden.« Victoria schauderte. Unwillkürlich hatte sie die Arme um die Knie gezogen, als müsste sie sich schützen.

»Das ist ja furchtbar. War dein Großvater denn auch so streng?«

»Er lebte damals schon nicht mehr. Irgendwann habe ich es nicht mehr ausgehalten und bin davongelaufen. Am nächsten Tag hat mich die Polizei an einem Dorfbahnhof aufgegriffen. Meine Großmutter hatte inzwischen an meinen Vater telegrafiert. Er bestand darauf, dass ich nach London zurückgebracht wurde. Ich weiß noch, dass ich auf Hopkins zugestürzt bin und mich an ihm festgeklammert habe, als wollte ich ihn nie wieder loslassen.«

»Er hat wahrscheinlich auch diese Situation mit Würde gemeistert?«

»Ich glaube, er war gerührt.« Victoria entspannte sich wieder. »Ach, es war ein großes Glück, dass Hopkins wegen einer Krankheit in London geblieben war – er hatte irgendeinen langwierigen Infekt – und meinem Vater erst später nach Indien folgen sollte.«

»Hopkins krank, das kann ich mir kaum vorstellen.« Jeremy lächelte.

»Er ist auch nur ein Mensch.«

Ganz in der Nähe des Bootes landete ein Schwan mit ausgebreiteten Schwingen auf dem See, er wirbelte eine Kaskade von Wassertropfen auf. Jeremy hielt mit dem Rudern inne. Victorias Blick fiel auf seine gebräunten Unterarme, auf seine Lippen, die leicht geöffnet waren. Sie wollte über seinen Hals streichen und seine warme Haut unter ihren Händen fühlen. Unwillkürlich beugte sie sich vor und brachte das Boot damit zum Schwanken. Jeremy reagierte sofort. Er hielt sie mit seinen kräftigen Händen fest. Sein Gesicht war ihrem so nah, dass sie an nichts anderes denken konnte, als ihn zu küssen, ja mehr noch, sie wollte sich ihm hingeben, ganz in ihm versinken ...

Stimmen brachten sie wieder zu sich. Ein Boot, in dem zwei Männer mit zwei Frauen, die ihre spitzengesäumten Sonnenschirme aufgespannt hatten, saßen, glitt an ihnen vorüber. Eine der Frauen blickte neugierig zu ihnen.

»Danke ...«, murmelte Victoria und befreite sich vorsichtig von Jeremy.

»Alles in Ordnung?«, fragte er besorgt.

»Ja ...«

Victoria senkte den Blick, um ihre Gefühle vor Jeremy zu verbergen. Ach, was war sie doch für ein Feigling ...

Als Hopkins ihr die Wohnungstür öffnete, glaubte Victoria, eine gewisse Anspannung an ihm wahrzunehmen.

»Lady Glenmorag ist zu Besuch. Ich habe sie in die Bibliothek gebeten«, sagte er denn auch prompt.

»Ach, du meine Güte.« Victoria seufzte. Großtante Hermione hatte ihr gerade noch gefehlt. »In welcher Stimmung ist sie?«

»Ich glaube sagen zu dürfen, sie war schon in schlechterer Gemütsverfassung.«

Eine Aussage, die Victoria nicht wirklich tröstlich fand. Ihre Großtante saß auf dem Ledersofa. Sie trug ein Kleid aus hellgrauer Seide, das ihren rosigen Teint vorteilhaft betonte. Ihr Hut war, der neuesten Mode entsprechend, übergroß. Ein breites Band hob seine elegante Form noch hervor. Die Schwester ihres Großvaters väterlicherseits sah wie immer blendend aus und wirkte weit jünger als Mitte sechzig.

»Großtante ...«

Victoria reichte ihr die Wange zum Kuss und setzte sich dann zu ihr. Auf dem Schreibtisch türmten sich die Bücher, die sie zuvor auf der Suche nach der Burg am Rhein durchgeblättert hatte.

»Dem Raum ist gar nicht anzusehen, dass es hier gebrannt hat.«

»Die Bibliothek war kaum betroffen. Außerdem ist mittlerweile die ganze Wohnung renoviert. Sie waren längere Zeit nicht hier.«

Victoria fragte sich ungeduldig, warum ihre Großtante sie wohl sehen wollte. Meistens bedeutete dies nämlich, dass sie mit Schwierigkeiten zu rechnen hatte.

»Nun, es wäre sicher kein Fehler gewesen, wenn die Werke der französischen Literatur und Oscar Wildes den Flammen zum Opfer gefallen wären.«

»Haben Sie sie tatsächlich gelesen?«, konnte sich Victoria nicht verkneifen zu bemerken.

»Ich habe davon gehört. Das reicht.« Lady Glenmorag vollführte eine wegwerfende Handbewegung. »In Florenz habe ich Sir Arthur Stanhope und seine Gattin getroffen, die dort ebenfalls Ferien machten. Sir Arthur hat dich gar nicht erwähnt. Was mich hoffen lässt, dass du deine Aktivitäten bei diesen fürchterlichen Frauen eingestellt hast und auch nicht mehr in polizeilichen Ermittlungen herumpfuschst.« Victoria hatte einige recht unerfreuliche Begegnungen mit Sir Arthur gehabt, der nicht nur der Commissioner von Scotland Yard, sondern auch der Leiter der geheimen Abteilung war, für die Jeremy arbeitete. Nach der Suffragettendemonstration würde sie, davon war sie überzeugt, eine weitere unerfreuliche Begegnung mit ihm haben. »Wie steht es denn eigentlich zwischen dir und diesem Journalisten?«, wechselte Großtante Hermione abrupt das Thema. »Das war doch der Mann, mit dem ich dich eben auf der Piccadilly gesehen habe, oder?«

Jeremy hatte sie nach der Bootsfahrt nach Hause begleitet. Sie hatte ihm von der geplanten Feier in Constance' und Louis' Heim erzählt und scheinbar unbeschwert mit ihm geplaudert.

»Ich treffe mich gelegentlich mit Mr. Ryder. Warum interessiert Sie das?«, antwortete Victoria betont gleichmütig, während sie dachte, dass es ihrer Großtante ähnlich sah, Salz in ihre Wunde zu streuen.

»Lady Manningtree hat dich gestern bei einem Gynäkologen in der Harley Street gesehen.«

»Was hat das mit mir und Mr. Ryder zu tun?«, fragte Victoria verblüfft.

»Meine Liebe ...« Großtante Hermione hob vielsagend die Augenbrauen.

»Ich habe dort meine Freundin Lady Hogarth abgeholt.«

Victoria errötete, als sie begriff, was ihre Großtante hatte sagen wollen. Nein, sie würde ihr bestimmt nicht mitteilen, dass sie und Jeremy sich bisher nur einmal geküsst hatten –

ganz zu schweigen davon, dass sie noch niemals miteinander intim geworden waren.

Lady Glenmorag bedachte sie mit einem durchdringenden Blick und beschloss dann offensichtlich, ihr zu glauben, denn sie hakte nicht weiter nach. »Deine Großmutter, Fürstin Leontine, hält übrigens so wenig von deiner Liaison mit diesem Journalisten wie ich«, sagte sie stattdessen.

»Sie haben mit meiner Großmutter über mich und Mr. Ryder korrespondiert?« Victoria konnte es nicht fassen.

»Natürlich, meine Liebe. Wir machen uns beide Sorgen um dich.«

»Meine Großmutter geht mein Leben wirklich nichts an.«

Lady Glenmorag seufzte. »Sie leidet unter dem Zwist mit dir.«

»Ich kann mir nicht vorstellen, dass sie unter irgendetwas leidet.«

»Du bist oft sehr hart in deinen Urteilen.« Lady Glenmorag schüttelte missbilligend den Kopf. »Deine Großmutter wird älter. Da liegt es nahe, dass man sich mit den Menschen, die einem nahestehen, versöhnen möchte.« Sie ließ ihre Stimme salbungsvoll klingen.

»So, wie Sie das sagen, könnte man annehmen, meine Großmutter ginge auf die neunzig zu und wäre nicht nur wenige Jahre älter als Sie«, antwortete Victoria sarkastisch. »Außerdem stehen wir uns nicht nahe.«

»Wie schade, dass du das so siehst ...« Großtante Hermione erhob sich anmutig. »Wir sehen uns dann am Mittwochabend bei der Ausstellungseröffnung.«

Victoria unterdrückte ein Seufzen. Genau das hatte sie befürchtet.

»Dein Journalist kommt auch?«

»Davon gehe ich aus«, erwiderte Victoria kurz angebunden.

Offenbar wollte ihre Großtante unter allen Umständen eine Beziehung zwischen ihr und Jeremy verhindern, sonst hätte sie sich nicht mit ihrer Großmutter, die sie eigentlich nicht ausstehen konnte, verbündet.

Dabei müssten sich die beiden eigentlich keine Sorgen machen, dachte Victoria melancholisch. *Schließlich bin ich selbst mein größter Gegner.*

Ihr fiel noch etwas ein. Dr. Bernard Bredon war das schwarze Schaf der Familie gewesen. Mit seinem Vater hatte er gebrochen, aber mit Lady Glenmorag hatte er sich gelegentlich getroffen. Sie hatte auch Victorias Mutter gekannt. »Großtante, sind mein Vater und meine Mutter sich eigentlich jemals fremd geworden?«, fragte Victoria.

»Was meinst du damit?« Lady Glenmorag betrachtete sie indigniert.

»Nun ja, ob sie sich während ihrer Ehe irgendwann nicht mehr nahestanden«, fügte Victoria schulterzuckend hinzu.

»Meine Liebe«, ihre Großtante lachte trocken auf, »wann immer ich deine Eltern zusammen erlebt habe, offenbaren sie ihre Gefühle füreinander geradezu schamlos.«

»Der Besuch Ihrer Großtante war hoffentlich nicht unerfreulich?« Hopkins warf Victoria einen besorgten Blick zu. Er stand am Herd und rührte in einer Kupferkasserolle. Der Inhalt verströmte einen süßen Duft.

»Nicht mehr als sonst. Sie hat wieder einmal versucht, mein Leben in ihrem Sinne zu beeinflussen.«

»Was ihr vermutlich nicht gelungen ist ...« Hopkins hob eine Augenbraue.

Victoria schüttelte den Kopf. »Ich habe mich übrigens entschieden, nach Deutschland zu reisen. Ich gehe gleich noch einmal los und schicke meiner Freundin ein Telegramm, dass ich am Freitag gegen Mittag ankommen werde. Ich werde den Zug am Donnerstagabend ab Liverpool Street nehmen.«

»Ich kümmere mich selbstverständlich um die Zugfahrkarten und das Ticket für die Fähre von Harwich nach Rotterdam sowie um eine Kabine zweiter Klasse. Ist Ihr Pass denn noch gültig?«

»Ich fürchte, nein.«

»Für das Reisen in Deutschland ist überall ein Pass erforderlich. Man benötigt ihn selbst für die Anmeldung in einem Hotel.« Hopkins' Stimme klang entrüstet, fand Victoria, als ob ein Pass eine Art Urkunde der Leibeigenschaft darstellte. »Soll ich wegen dieses Ausweispapiers für Sie beim Außenministerium vorstellig werden?«

»Das wäre sehr nett. Und ... äh ... ich wäre Ihnen sehr dankbar, wenn Sie morgen bei Mr. Montgomery vorbeigehen und ihn um eine Bescheinigung bitten würden, dass ich allein reisen darf.« Diese Demütigung wollte sich Victoria gern ersparen.

Ach, wenn sie doch nur endlich volljährig wäre ...

»Natürlich ...« Hopkins tauchte eine Gabel in die Kasserolle. Als er sie wieder herauszog, hing ein dünner weißlicher Faden daran. Er zog den Faden länger und länger und wirbelte dann die Gabel in der Luft herum. »Ich versuche Zucker zu spinnen«, erklärte er.

Victoria sah einen Moment erstaunt zu. »Ah ...«, murmelte sie, dann holte sie sich zurück in die Realität. »Könnten Sie bitte dafür sorgen, dass mein Schrankkoffer morgen Abend abgeholt wird?«, fragte sie. »Ich werde ihn vorausschicken.«

»Gewiss, Miss Victoria ... Mrs. Dodgson hilft Ihnen sicher gern beim Packen.«

Hopkins' Miene wirkte leicht besorgt. Victoria wusste, dass er und Mrs. Dodgson davon überzeugt waren, dass sie zwei linke Hände hatte. Der Butler ließ jetzt den gesponnenen Zucker, der aussah wie ein kleines weißes Nest, vorsichtig auf eine Porzellanplatte gleiten.

»Wie hübsch!«

»Ich habe dieses kleine Kunstwerk als Verzierung für einen Kuchen gedacht.« Hopkins wirkte sehr angetan. »Während Sie sich mit Ihrer Großtante unterhielten, kam übrigens ein Brief für Sie.« Er wandte sich wieder der Kasserolle auf dem Herd zu.

Das Kuvert aus schlichtem Papier sah auf dem kleinen Silbertablett ganz deplatziert aus. Rasch öffnete Victoria den Umschlag. Er enthielt die Nachricht, dass die Versammlung der Suffragetten an diesem Abend in die Farringdon Street verlegt worden war.

Im Postamt von St. Martin's Le Grand gab Victoria ein Telegramm an Rosalyn und eines an Leah Wagner auf. Rosalyn schrieb sie von ihrem Kommen am Freitag, die Freundin ihrer Mutter unterrichtete sie darüber, dass sie Deutschland besuchen wolle und sie gern kontaktieren würde. Danach entschloss sie sich, rasch zum *Morning Star* zu fahren, um Mr. Parker mitzuteilen, dass sie für ein oder zwei Wochen nicht in London sein würde.

Als Victoria dem Redakteur sagte, dass sie an den Rhein reisen wolle, reagierte er enthusiastisch. »Miss Bredon, ich wäre Ihnen außerordentlich dankbar, wenn Sie sich entschließen könnten, trotz Ihres Urlaubs für uns zu fotografieren. Schließlich waren viele unserer Leser am Rhein und werden sich freuen, Fotografien der Landschaft im *Morning Star* zu sehen. Auch ich selbst habe mich während meiner Jugend an diesem schönen Fluss aufgehalten.«

Verträumt zitierte er Lord Byrons berühmte Zeilen. *The castle crag of Drachenfels frowns over the wide und winding Rhine. Whose breast of waters broadly swells between the banks which bear the vine.*

Romantische Gedichte zu zitieren passte überhaupt nicht zu Mr. Parker, und so vermutete Victoria, dass er damals verliebt gewesen war. Etwas, das sie sich bei dem immer nervös wirkenden, immer hektisch agierenden Mann nur mit Mühe vorstellen konnte. Wenn sie nicht wegen ihres Gefühlsdurcheinanders so bedrückt gewesen wäre, hätte sie sich darüber amüsiert.

»Ich würde nichts lieber tun, als am Rhein zu fotografieren«, versprach sie.

»Sehr schön.« Mr. Parker klatschte erfreut in die Hände. »Wir werden es Ihnen natürlich extra honorieren, dass Sie sich dieser Mühe während Ihres Urlaubs unterziehen.«

»Das ist sehr nett von Ihnen.«

Mrs. Ellinghams erfolgreiche Zeitungskolumne erschien weiterhin jede Woche im *Morning Star*, und Victoria lieferte die Rezepte und Haushaltstipps in der Redaktion ab. Sie konnte sich nicht ganz des Verdachts erwehren, dass sie den Bonus Mrs. Ellingham zu verdanken hatte.

Victoria versprach Mr. Parker, vor ihrer Reise noch eine neue Kolumne vorbeizubringen, und machte sich dann auf den Weg zur Versammlung.

Der Versammlungsraum in der Farringdon Street lag in einem Hinterhaus, das nur über versteckt liegende Treppen und verwinkelte Gänge zu erreichen war. Ohne die genaue Beschreibung, die dem Brief beigelegen hatte, hätte Victoria ihn niemals gefunden. Etwa vierzig Frauen, von denen Victoria die meisten nicht kannte, saßen an den abgewetzten Tischen. Eine angespannte Stimmung lag in der Luft. Jemimah konnte Victoria nirgends entdecken.

»Was ist denn geschehen? Warum habt ihr die Versammlung verlegt?«, wandte sie sich an eine junge Frau mit wild gelocktem Haar. Ihr Name war, erinnerte sich Victoria, Ella.

»Dich hat hoffentlich niemand verfolgt?«

»Nein, darauf habe ich genau geachtet.«

»Einige von uns haben Sprengstoffanschläge auf Briefkästen geplant. Scotland Yard hat davon Wind bekommen und die Frauen verhaftet.« Ellas Stimme klang hart. »Unter ihnen ist auch Jemimah.«

»O Gott...«

»Deine Fotografien und Skizzen von Melbury Hall konnte sie vorher an uns weitergeben, Scotland Yard hat in ihrem Zimmer bestimmt nichts gefunden, was auf dich hindeutet. Sie wird dich ganz sicher nicht verraten.«

»Das habe ich auch nicht befürchtet.« Victoria schüttelte den Kopf. »Mir tun Jemimah und die anderen einfach nur leid.« Bei dem Gedanken, dass die junge Frau, die so Schreckliches durchgemacht hatte, nun auch noch eine Haft zu ertragen hatte, empfand sie wieder hilflosen Zorn.

»Jemimah weiß, was sie tut. Die Aufnahmen und Zeichnungen sind übrigens sehr hilfreich.«

Victoria verfolgte geistesabwesend, wie zwei ihrer Mitstreiterinnen die lila-weiß-grüne Fahne der Suffragetten über dem Rednerpult aufhängten. Einige Frauen nähten kleine Stoffpuppen, deren Erlös der Kampagne für das Frauenwahlrecht zugutekommen würde.

Plötzlich nahm Victoria eine Veränderung der Atmosphäre wahr, als ob sich eine elektrische Spannung in dem Versammlungsraum bilden würde. Sie wandte den Kopf. Eine schlanke Frau in mittlerem Alter, die das ausgezehrte Gesicht und die beseelt glühenden Augen einer Heiligen hatte, schritt zum Podium. Emmeline Pankhurst war, trotz aller Gefahr, persönlich gekommen. Die Gespräche erstarben, und die Frauenrechtlerinnen hielten den Atem an.

Mrs. Pankhurst schien jede einzelne Frau anzusehen, während sie zu sprechen begann. »Wenn es für Männer richtig ist, für ihre Freiheit zu kämpfen, ist es auch für Frauen richtig, für ihre Freiheit zu kämpfen. Ich würde nicht ein einziges Gesetz übertreten, wenn ich das Recht hätte, diejenigen zu wählen, die für die Gesetze verantwortlich sind, denen ich gehorchen muss.«

Sie sprach Victoria aus der Seele. Nein, ihren Kampf für das Frauenwahlrecht würde sie niemals aufgeben. Sie musste endlich offen mit Jeremy reden, darüber, ob eine gemeinsame Zukunft möglich war. Sie konnte nicht länger in Ungewissheit leben.

Victoria stand auf und schlüpfte aus dem Versammlungsraum.

Es war bereits eine ganze Weile dunkel, als Victoria mit dem Fahrrad in die stille, von Bäumen gesäumte Straße in Camden einbog. In vielen Häusern brannte schon Licht. Es war recht warm an diesem Abend, dennoch lag schon ein herbstlicher Geruch in der Luft. Als Victoria von ihrem Fahrrad stieg, sah sie Jeremy durch das geöffnete Fenster seines Wohn- und Arbeitszimmers am Schreibtisch sitzen. Sein Gesichtsausdruck war angespannt, was sie an ihm nicht kannte. Ihr Herz klopfte plötzlich wie wild.

Victoria hatte eben ihr Fahrrad an den schmiedeeisernen Zaun seines kleinen Vorgartens gelehnt, als Jeremy die Haustür öffnete.

»Ich dachte mir doch, dass ich jemanden gehört hätte. Aber mit dir habe ich nicht gerechnet.« Das Lächeln, das sein Gesicht erhellte, machte ihr wieder klar, was sie zu verlieren hatte, wenn sie ihre Beziehung endgültig löste.

»Ich weiß, es ist schon spät«, begann sie, bevor sie es sich wieder anders überlegen konnte, »aber ich muss unbedingt mit dir reden.« Victoria fühlte sich plötzlich ganz hilflos.

»Die Nachbarn klatschen ohnehin schon über uns.«

Zärtlicher Spott funkelte in Jeremys Augen auf, während er beiseitetrat, um sie ins Haus zu lassen. Dass eine Frau einen Mann, mit dem sie nicht verheiratet oder verwandt war, spätabends aufsuchte, galt als skandalös.

Sie gingen ins Wohnzimmer, wo Victoria sich auf das Sofa setzte. Sie mochte den Raum, in dem sich überall Bücher stapelten, und den leichten Geruch von Pfeifentabak in der Luft. Über dem gekachelten Kamin hingen Bilder von Segelschiffen. Immer wenn sie Jeremy besuchte, stellte sie sich vor, mit ihm bei stürmischem Wetter auf dem Meer zu sein. Sie wusste, dass sie sich bei ihm sicher fühlen würde. Jeremy zog seinen Schreibtischstuhl heran und setzte sich ihr gegenüber.

»Es tut mir leid, aber ich muss gleich noch einmal weg. Ich wollte dir gerade schreiben, dass ich dich morgen zur Ausstellung nicht abholen kann. Aber ich werde auf jeden Fall kommen.«

»Oh, das ist schon in Ordnung.« Victoria empfand einen Stich der Enttäuschung. War das ein schlechtes Omen? Sollte sie die Unterredung vielleicht doch verschieben? »Du hast etwas für Sir Arthur zu erledigen?«, fragte sie.

»Ja.« Er nickte.

Für einen Moment nahm sie wieder die Anspannung in seinem Gesicht wahr. Victoria war versucht, eine harmlose Unterhaltung zu beginnen, aber dann straffte sie sich und holte tief Atem.

»Jeremy, du weißt ja, dass ich mich bei den Suffragetten engagiere und wie wichtig mir der Kampf für das Frauenwahlrecht ist.«

»Das ist mir in der Tat nicht entgangen.« Er grinste flüchtig, trotzdem war sein Blick ernst und forschend.

»Ich bin an etwas Illegalem beteiligt. Nicht an den geplanten Sprengstoffanschlägen auf die Briefkästen. Ich würde nichts tun, bei dem die Gefahr besteht, dass Menschen verletzt werden.«

»Davon bin ich überzeugt.« Er nickte.

»Ich kann dir nicht sagen, in welche Aktion ich involviert bin.«

»Darüber bin ich mir auch im Klaren.« Seine Stimme klang trocken.

»Jeremy, ich werde für das Frauenwahlrecht kämpfen, bis es durchgesetzt wird, und du arbeitest für die Geheimabteilung von Scotland Yard. Ich weiß, wie viel dir das bedeutet.«

»Worauf willst du hinaus?«

Victoria spürte Zorn in sich aufsteigen. Stellte er sich absichtlich so dumm? »Das weißt du doch genau!«, rief sie.

»Nein, ich verstehe dich wirklich nicht.«

»Wir können nicht zusammenbleiben. Sir Arthur würde niemals akzeptieren, dass du eine Suffragette heiratest. Du müsstest den Dienst quittieren.«

»Ich schätze Sir Arthur als Vorgesetzten, aber ich richte nicht mein Leben nach ihm aus.« Jeremy beugte sich vor und nahm Victorias Hände in seine. »Es ist mir wichtig, meinem Land zu dienen. Da gibt es allerdings noch andere Möglichkeiten als die Geheimabteilung. Wir finden einen Weg. Vertrau mir.« Victoria konnte es nicht fassen. War es so einfach? Hatte sie sich die ganze Zeit umsonst gesorgt? »Ich könnte den Nordpol erforschen oder den Mount Everest besteigen«, fuhr Jeremy fort. Seine braunen Augen lachten sie zärtlich aus.

»Ich werde dich ganz sicher nicht ins ewige Eis oder an den Himalaya begleiten.«

»Aber abgesehen davon, könntest du dir vorstellen, mit mir zu leben?«

»Ja, das könnte ich. Ach, Jeremy, ich liebe dich, das weißt du doch.« Victoria hatte das Gefühl, von einer schweren Last befreit zu sein.

»War das etwa ein Heiratsantrag?«, fragte er verblüfft.

»Ich glaube, ja.« Sie lächelte ihn an. »Obwohl es zugegebenermaßen unüblich ist, wenn ich als Frau ihn stelle. Ich hoffe, das stört dich nicht.«

»Wenn ich mich irgendwann vor dich hinknien und dir einen Ring überreichen darf.«

Jeremy stand auf, zog sie hoch und dann an sich. Sein Kuss war vertraut und aufregend, leidenschaftlich und zärtlich und weckte nie gekannte Gefühle in ihr. Ja, sie wollte sich ihm ganz hingeben.

»Ich liebe dich so sehr«, flüsterte sie, als er sie schließlich losließ. Sie sah ihn an, versuchte, sich jede Einzelheit in seinem Gesicht einzuprägen. Die Mulde über seiner Oberlippe, die Lachfalten neben seinem Mund, die Wangen, die sich jetzt am späten Abend ein bisschen stoppelig anfühlten, seine geschwungenen Brauen. Dann schmiegte sie sich an ihn. »Ach, ich war so dumm ... Warum nur habe ich mich nicht schon viel früher mit dir ausgesprochen?«

»Ich dachte, du bräuchtest noch Zeit.«

»Vielleicht ging es auch gar nicht um mein Engagement bei den Suffragetten und deine Arbeit für Scotland Yard. Vielleicht habe ich einfach nur Angst, dich zu sehr zu lieben und dadurch verletzlich zu werden«, sagte sie reuevoll. »Was meinst du, sollen wir es morgen bei der Feier in Constance' und Louis' Heim allen mitteilen, dass wir ...«

»... uns verloben werden?«, half Jeremy ihr nach.

»Ich mag das Wort nicht, es klingt so altmodisch.« Victoria seufzte und hob den Kopf.

»Wir könnten natürlich auch wie deine Eltern gleich nach Gretna Green durchbrennen.« Um Jeremys Mund zuckte es.

»Das würden uns Hopkins und Mrs. Dodgson wahrscheinlich niemals verzeihen.«

Victoria wollte ihn wieder küssen, aber ein Klopfen an der Tür hielt sie zurück. Jeremy befreite sich sanft und ging in den Flur. Sie hörte, wie er leise mit jemandem sprach.

»Ich muss los«, erklärte er, als er zu ihr zurückkehrte. »Ich begleite dich bis zur High Street und rufe dir dort eine Droschke. Morgen lasse ich dein Fahrrad zu dir nach Hause bringen.«

Wieder hatte Victoria den Eindruck, dass etwas Jeremy Sorgen bereitete, aber sie wollte ihn nicht mit Fragen behelligen, die er doch nicht beantworten durfte. Sie wollte sich einfach an dem Beisammensein mit ihm freuen. Glücklich nickte sie und hakte sich bei ihm ein. Sie konnte immer noch nicht ganz fassen, was geschehen war.

»Sie wirken sehr glücklich, Miss Victoria. Wenn Sie mir diese Bemerkung gestatten«, sagte Hopkins, als er ihr spät am Abend aus dem Mantel half.

»Ach, Hopkins, ich könnte die ganze Welt umarmen.«

Victoria strahlte ihn an. Da sie gemeinsam mit Jeremy verkünden wollte, dass sie ein Paar waren, ließ sie es dabei bewenden. Mrs. Dodgson hätte wahrscheinlich weiter nachgebohrt, doch Hopkins, der stets auf Diskretion bedacht war, hielt seine Neugier zurück.

»Wie schön«, sagte er. »Ihr Abendkleid wurde übrigens vor einer Weile geliefert. Ich habe mir erlaubt, es in Ihr Zimmer zu bringen.«

»Ach, ich muss es mir sofort ansehen.« Victoria wollte davoneilen. Dann aber fiel ihr Jemimah ein. »Hopkins, Sie werden ja morgen Mr. Montgomery aufsuchen. Könnten Sie ihn bitten, sich um eine junge Frau namens Jemimah Kerry zu kümmern? Sie wurde verhaftet, da sie an einem geplanten Sprengstoffanschlag auf Briefkästen beteiligt gewesen sein soll. Mr. Montgomery soll bitte ihre Verteidigung übernehmen und dafür sorgen, dass sie aus der Haft freikommt.«

Hopkins war kaum merklich zusammengezuckt. Nun jedoch nickte er gemessen. »Ich werde Mr. Montgomery Ihren Wunsch selbstverständlich ausrichten.«

In ihrem Zimmer entfernte Victoria das Seidenpapier, in das das Abendkleid eingeschlagen war. Danach trat sie vor den Spiegel und hielt es sich an. Der dunkelgrüne Taft passte gut zu ihrem Haar. Der Schnitt des Kleides war einfach, wodurch die grünen und silbernen Blütenstickereien besonders hervorgehoben wurden. Eine breite Schärpe betonte die Taille, von der aus v-förmig zwei Chiffonstreifen über die Schultern und zum Rücken führten. Der dazugehörige Mantel aus Samt hatte dieselbe Farbe wie das Kleid und war ebenfalls mit grünen und silbernen Stickereien versehen.

Victoria hoffte, dass sie Jeremy in ihrer Abendgarderobe gefiel. Sie errötete bei der Erinnerung an ihren Kuss, und ihr Körper erglühte bei der Vorstellung, an seinem Arm durch die Ausstellung zu wandern.

VIERTES KAPITEL

Von ihrer Wohnung bis zur Galerie Slater war es nicht weit, doch zur Feier des Tages hatten sie sich eine Droschke genommen.

»Ich war noch nie in einer Ausstellung, geschweige denn bei einer Ausstellungseröffnung.«

Mrs. Dodgson schnaufte aufgeregt. Für diesen besonderen Anlass hatte sie ihren fülligen Körper in ein violettes Seidenkleid gezwängt.

»Nun, ich habe gelegentlich welche besucht.« Hopkins entfernte ein Stäubchen von seinem Hosenbein. »Vor allem, wenn ich Herrschaften auf Reisen ins Ausland begleitete. Es schadet nie, sich zu bilden. Meine wahre Leidenschaft gilt allerdings nicht der Kunst, wie Sie ja wissen. Trotzdem sehe ich der Ausstellung Ihrer Mutter voller Erwartung und Vorfreude entgegen, Miss Victoria.«

»Das will ich doch hoffen«, neckte Victoria ihn. Sie war ebenso aufgeregt wie Mrs. Dodgson.

Ein ausgefüllter Tag lag hinter ihr. Am Morgen war ein Telegramm von Rosalyn eingetroffen, dass sie sich auf Victoria freute und ihr eine Kutsche zum Coblenzer Hauptbahnhof schicken würde. Victoria hatte wieder für die Serie »Urlaub in der Stadt« fotografiert und die Aufnahmen anschließend entwickelt. Bei dieser Gelegenheit hatte sie auch das Bild von Lord Melbury und seinen Begleitern noch einmal abgezogen, denn Hopkins wollte sich weiter umhören. Mrs. Dodgson hatte tatsächlich die Hände über dem Kopf zusammengeschlagen, als sie Victorias Schrankkoffer inspiziert hatte. So unordentlich, wie die Kleider darin hingen, müsse man sich ja vor deutschen Dienstboten schämen, hatte sie gesagt und Victoria gebeten, eine Liste der Kleidungsstücke zu erstellen, die sie mitnehmen wollte. Mit dieser Liste hatte sie das Packen dann selbst übernommen. Am späten Nachmittag war schließlich eine Coiffeuse gekommen, die Victoria festlich frisiert hatte.

Es begann zu dämmern. Bald würden die Straßenlaternen Häuser und Gehwege bescheinen. Auf der Piccadilly waren noch viele Menschen unterwegs. Victoria erschien es, als ob auch die Passanten an diesem schönen Spätsommerabend heiter und festlich gestimmt wären.

Die Fenster der Galerie waren hell erleuchtet. In den Räumen eilten Kellner, die Silbertabletts voller Champagnerkelche trugen, zwischen den Besuchern umher. Andere balancierten Tabletts voller Häppchen.

Mr. Slater kam auf Victoria zu. Er trug statt seines Samtjacketts einen dunklen Abendanzug. »Miss Bredon, es ist mir eine Ehre, Sie an diesem außergewöhnlichen Abend begrüßen zu dürfen.« Er blickte zu Hopkins, der Mrs. Dodgson eben ein Glas Champagner reichte und dann mit ihr weiterschritt. »Die beiden sind sicher liebe Verwandte von Ihnen?«

Hopkins verströmte wieder die Aura eines pensionierten Diplomaten, und Mrs. Dodgson ließ ihren Blick selbstbewusst über die vornehm gekleideten Gäste schweifen. Sie war zwar eine glühende Royalistin, stand aber mit beiden Beinen im Leben und ließ sich von Rang und Namen nicht einschüchtern. Trotz ihres einfachen Seidenkleides und der Strassbrosche an ihrem Kragen hätte man sie ohne Weiteres für eine exzentrische Adlige halten können.

»In gewisser Weise, ja.« Victoria unterdrückte ein Lächeln.

Mr. Slater berührte vertraulich Victorias Hand. »Miss Bredon, ich muss sagen, ich bin überwältigt von dem Echo, das die Ausstellung gefunden hat. Sicher, die Voraussetzungen sind gut. Es waren lange nur selten Bilder Ihrer Mutter in der Öffentlichkeit zu sehen, was die Aufmerksamkeit für eine retrospektive Gesamtschau natürlich gesteigert hat. Aber letztlich sind es die Gemälde und Zeichnungen, die für sich sprechen. Mr. Reeves von der *Times*, das kann ich Ihnen jetzt schon verraten, wird schreiben, dass sie eine, für eine Frau ganz ungewöhnliche, beinahe männliche Kraft und Originalität ausstrahlen, und Mr. Harper vom *Daily Chronicle* wird Ihre Mutter gar als die Neuentdeckung dieses Sommers feiern.«

»Wie schön, dass wenigstens Mr. Harper in der Lage ist, die Werke unabhängig vom Geschlecht der Künstlerin zu beurteilen.« Constance hatte sich in der Begleitung ihres Gatten zu ihnen gesellt.

Mr. Slater blinzelte irritiert. »Lady Hogarth, Lord Hogarth ...« Er verbeugte sich und wandte sich dann eilig einem anderen Ausstellungsbesucher zu.

»Ich fürchte, ich habe den Armen verunsichert.« Constance blickte ihm amüsiert hinterher. »Aber ich werde niemals verstehen, warum Männer immer glauben, dass Frauen es als Kompliment auffassen, mit einem Mann verglichen zu werden. Ich bin sehr beeindruckt von den Bildern deiner Mutter, Victoria, ich hätte sie sehr gern kennengelernt. Sie muss ein ganz besonderer Mensch gewesen sein.«

»Ich bin kein Kunstexperte ...« Louis, ein schlanker, gut aussehender blonder Mann, räusperte sich. »Aber die Bilder haben so etwas ... Wie soll ich es ausdrücken ... Sie vermitteln mir das Gefühl, lebendig zu sein ...« Er schwieg ein wenig verlegen.

»Für einen englischen Adligen bist du jetzt aber sehr aus dir herausgegangen, mein Lieber.« Constance küsste ihn auf die Wange.

»Ich verstehe genau, was Louis meint.« Victoria lächelte ihn an. »Meine Mutter hätte sich über seine Worte gefreut. Und ...«

Sie brach ab. Jeremy bahnte sich einen Weg durch die Menge. Ausnahmsweise war sein Haar sorgfältig gekämmt. Sein Frack und die weiße Hemdbrust standen ihm, fand Victoria, sehr gut.

»Constance, Louis ...«

Nachdem Jeremy einige Worte mit ihnen gewechselt hatte, reichte er Victoria seinen Arm, und die beiden entfernten sich von ihren Freunden.

»Ich bin so glücklich, dass du hier bist«, sagte sie impulsiv.

»Um nichts in der Welt hätte ich mir diesen Abend mit dir entgehen lassen.« Er lächelte, aber sie spürte, dass er seine Worte ernst meinte.

Victoria fühlte sich ganz leicht und beschwingt. *Ich werde diesen Abend niemals vergessen*, dachte sie. Ihre Hochstimmung erlitt einen Dämpfer, als jetzt Großtante Hermione auf Jeremy und sie zuschritt.

»Ach, du meine Güte«, murmelte Victoria. Es war zu spät, noch die Flucht zu ergreifen.

»Nur Mut ...« Jeremy zwinkerte ihr zu.

Großtante Hermione wirkte wie immer viel jünger, als sie war. Ihr Kleid aus hellblauer Seide betonte ihre rosige Haut. Es war, der neuesten Mode nach, aus schräg zugeschnittenen Stoffbahnen genäht und modellierte ihre schlanke Taille vorteilhaft.

»Lady Glenmorag ... Mr. Ryder«, stellte Victoria die beiden einander vor.

»Mylady ...« Jeremy verbeugte sich vor ihrer Großtante.

Großtante Hermione bot Victoria die Wange zum Kuss und reichte dann Jeremy großmütig die Hand. »Mr. Ryder, Sie sind Journalist, nicht wahr? Wollen Sie nicht lieber in die Politik gehen?«

»Nein, das beabsichtige ich nicht«, erwiderte Jeremy verblüfft.

»Nun, Mr. Churchill hat seine Karriere ebenfalls als Journalist begonnen und ist jetzt Unterstaatssekretär für die Kolonien, auch wenn er bedauerlicherweise von den Konservativen zu den Liberalen gewechselt ist.«

Victoria verdrehte die Augen. Ihre Großtante versuchte also abzuklären, welche beruflichen und gesellschaftlichen Aussichten Jeremy besaß und ob er den St. Aldwyns Ehre machen würde, falls sie ihn heiratete.

»Ich vergleiche mich lieber nicht mit Mr. Churchill«, erklärte Jeremy höflich, aber entschieden. —

»Sie sollten eine politische Laufbahn dennoch in Erwägung ziehen.« Großtante Hermione wandte sich wieder Victoria zu. »Ich bin nicht sehr erfreut darüber, eine Künstlerin in der Familie zu haben. Aber immerhin hat deine Mutter keine Nackten gemalt. Und ich habe sogar die Duchess of Dover unter den Besuchern erblickt.«

»Das adelt die Ausstellung natürlich sehr.«

»Allerdings.« Großtante Hermione entging Victorias Ironie völlig. »Man stelle sich vor, sie und ich wären hier auf Bohemiens oder Anarchisten getroffen.«

»Anarchisten lieben Kunstausstellungen.« Jeremys Stimme klang ganz ernst.

»Ja, nicht wahr?« Großtante Hermione blinzelte. Sie entdeckte Hopkins und Mrs. Dodgson und zuckte zusammen. »Du hast doch wohl hoffentlich niemandem gesagt, dass es sich bei den beiden um deinen Butler und deine Zugehfrau handelt, oder? Nein? Nun, das war sehr klug von dir, meine Liebe. Ach, die Herzogin schaut gerade in meine Richtung. Wir unterhalten uns später weiter.« Ihre Großtante tätschelte ihr rasch die Hand und verschwand.

Victoria tauschte einen Blick mit Jeremy und sah das Lachen in seinen Augen. Nur mit Mühe konnte sie selbst ein Kichern unterdrücken. Sie hakte sich wieder bei ihm ein, und sie schlenderten weiter.

Im angrenzenden Raum hingen überwiegend Landschaften. Langsam schritten sie von Bild zu Bild, ließen sich Zeit, jedes einzelne Gemälde zu betrachten. Es war nicht nötig, dass sie sich austauschten. Victoria spürte, dass Jeremy die Gemälde nicht nur gefielen, sie berührten ihn.

Sie hatten eben den letzten Ausstellungsraum betreten, als das Orchester zu spielen begann. Die anderen Besucher eilten in die Eingangshalle der Galerie.

Jeremy sah Victoria an. »Ich erkenne so viel von dir in den Bildern«, sagte er voller Zuneigung. »Deinen Mut und deine Sensibilität und deinen ganz eigenen Blick auf die Welt ... Komm, lass uns mit den anderen gehen und die Musik genießen.«

»Warte ...« Victoria hielt ihn zurück und küsste ihn, bis Mr. Slaters Stimme sie in die Gegenwart zurückholte.

»Ladys und Gentlemen, es ist mir eine große Freude, Sie an diesem schönen Augustabend in meiner Galerie willkommen heißen zu dürfen«, verkündete er. »Unter uns ist ein Gast, der Amelie Bredon nähergestanden hat als jeder andere Mensch, ihre Tochter Victoria ...«

»Wir sollten uns wirklich besser zu den anderen Besuchern gesellen«, flüsterte Jeremy, und sie hasteten den anderen nach.

»Miss Victoria ...« Mrs. Dodgson keuchte auf und umklammerte ihren Arm.

»Was ist denn?«, fragte Victoria erschrocken. Ihre Zugehfrau wirkte, als würde sie gleich in Ohnmacht fallen. Gebannt starrte sie zum Eingang. Zwei vornehme Damen und ein Herr betraten die Galerie.

»Ach du meine Güte ...«, murmelte Victoria. Einen Augenblick war es ganz still, gleich darauf begannen die Gäste, aufgeregt zu wispern. Mr. Slater schien ebenfalls einer Ohnmacht nahe, doch er riss sich zusammen. »Ich bin außer mir vor Freude, Ihre Königliche Hoheit, Prinzessin Louise, sowie Großfürst Alexander von Russland und seine Gattin, Großfürstin Xenija, begrüßen zu dürfen«, erklärte er mit bebender Stimme.

Arm in Arm mit Jeremy verließ Victoria die Galerie. Vor dem Gebäude standen Ausstellungsbesucher in Grüppchen zusammen und plauderten miteinander. Zwischen ihnen gingen Kellner umher und schenkten den letzten Champagner aus. Prinzessin Louise, ihre Cousine, die Großfürstin Xenija, und der Großfürst unterhielten sich mit einigen Aristokraten, darunter Lady Glenmorag. Um ihrer Mutter willen freute sich Victoria, dass die Prinzessin und ihre Verwandten die Vernissage besucht hatten. Dadurch würde die Ausstellung bestimmt viel Aufmerksamkeit erfahren. Sie bemerkte, dass ihre Großtante ihr einen besorgten Blick zuwarf, und sie schmiegte sich unwillkürlich enger an Jeremy.

Dieser Abend ist wunderschön, dachte sie. *Ich wünschte, er würde niemals zu Ende gehen.*

»Was geht dir gerade durch den Kopf?«, hörte sie Jeremy fragen, »du wirkst so entrückt.«

»Dass ich sehr glücklich bin ...« Victoria lächelte ihn an.

Sie gesellten sich zu Hopkins und Mrs. Dodgson, die bei Constance und Louis standen. Mrs. Dodgsons Wangen waren gerötet, sie wirkte ein bisschen beschwipst.

»Was meint ihr, sollen wir uns auf den Weg nach Hampstead machen?« Constance sah von Victoria zu Jeremy. »Wer will bei Louis und mir im Daimler mitfahren, und wer nimmt die Kutsche?«

»Sind Sie schon jemals in einem Automobil gefahren?«, wandte sich Hopkins an Mrs. Dodgson. »Nein? Aber Sie würden es gern tun, nicht wahr?«

»Unbedingt.« Mrs. Dodgson nickte heftig.

»Nun, dann würde ich vorschlagen, dass Mrs. Dodgson und ich uns Ihnen anschließen, Lady Hogarth.« Hopkins' Stimme klang beiläufig.

Die beiden wollen mir und Jeremy ein wenig Zeit allein geben, begriff Victoria belustigt. Nun, die Ankündigung der Verlobung würde sie bestimmt sehr erleichtern.

Auf der anderen Straßenseite entdeckte Victoria den Daimler und dahinter die Kutsche der Hogarths. Während Hopkins einen Kellner herbeiwinkte, damit er ihrer aller Champagnergläser an sich nahm, fasste Victoria nach Jeremys Hand. Sie sah einen Mann, der mit einem Korb voller Blumen über die Straße auf sie zukam. Über den Dächern von Burlington House hing der Mond rund und gelb wie eine reife Frucht. Hinter sich hörte sie die Prinzessin lachen.

Einen Moment lang schloss Victoria die Augen, um die Stimmung dieser Nacht ganz in sich aufzunehmen. Als sie sie wieder öffnete, sah sie, dass der Mann zwei Rosensträuße aus dem Korb genommen hatte und damit auf die Prinzessin und die Großfürstin zuging. Das Licht der Straßenlaterne fiel auf ihn, und Victoria schreckte aus ihren Träumereien. Zwischen den Rosen sah sie etwas Metallenes aufblitzen. Bevor sie auch nur einen weiteren Gedanken fassen konnte, stieß Jeremy einen wütenden Schrei aus.

»Vorsicht, der Mann hat eine Waffe!«, rief er.

Im nächsten Augenblick packte er Victoria an den Schultern, riss sie zu Boden und warf sich auf sie. Schüsse peitschten durch die Nacht. Menschen schrien auf. Gläser zerschellten. Ein Pferd wieherte schrill. Einige Sekunden später ertönte Peitschenknallen, und eine Kutsche schoss die Straße entlang.

»Victoria ...« Jeremy richtete sich auf. »Bist du verletzt?«

»Nein, nein ...«, erwiderte sie benommen.

In der Ferne schrillten die Trillerpfeifen von Polizisten.

»Der Mann mit der Waffe ... Wo ist er?«

»Geflohen ...«

Behutsam half Jeremy ihr auf die Beine. Was war mit ihren Freunden? Panisch blickte Victoria sich um. Wie aus großer Distanz registrierte sie ihre Umgebung. Constance klammerte sich an Louis. Ihre Augen waren weit aufgerissen. Hopkins, der gelassen wie immer wirkte, stützte Mrs. Dodgson. Auch sie schienen unverletzt. Einige Männer umringten schützend die Prinzessin, die Großfürstin und den Großfürsten und rannten mit ihnen zu einer Kutsche. Großtante Hermione lehnte kreidebleich an der Hauswand. Sie hielt immer noch ein Champagnerglas umklammert, ihr Diadem war verrutscht. Neben ihr kauerte die Herzogin von Dover am Boden.

Plötzlich bemerkte Victoria etwas Feuchtes an ihren Fingern. Verwundert sah sie, dass sich ihr Handschuh rot verfärbt hatte. War sie doch verletzt? Aber sie fühlte gar keinen Schmerz ... Dann erkannte sie, dass der Ärmel von Jeremys Frack zerfetzt war und Blut seinen Arm hinunterrann.

Sie schrie auf. »Jeremy, du bist verwundet!«

»Ich bin Arzt.« Ein Mann in Abendkleidung bahnte sich den Weg durch die Umstehenden. Er kam Victoria vage bekannt vor.

»Es ist nur ein Streifschuss ...« Jeremy schüttelte abwehrend den Kopf. »Ich muss ... mit der Polizei sprechen.« Victoria wusste, dass er eigentlich hatte sagen wollen, ... *mit Sir Arthur sprechen.*

»Das hat Zeit. Du musst die Wunde untersuchen und desinfizieren lassen.«

»Ich bin nicht schwer verletzt ...«

»Jeremy!« Victoria verlor die Geduld. »Sei nicht kindisch. Wenn du dich nicht sofort untersuchen lässt, werde ich niemals wieder ein Wort mit dir reden. Das schwöre ich dir.« Voller Sorge blickte sie ihn an.

»Hören Sie auf die junge Dame«, mischte sich der Arzt ein. »Auch eine oberflächliche Wunde kann sich entzünden, wenn sie nicht rechtzeitig behandelt wird.«

Sein Englisch hatte einen leicht russischen Akzent. Seine Augen flößten Victoria Vertrauen ein. Ja, er war der Arzt, mit dem sie vor der Praxis von Dr. Fielding zusammengestoßen war. An seinen Namen konnte sie sich nicht mehr erinnern.

»Jeremy ...«, beharrte sie.

»Nun gut ...« Er gab nach und ließ sich von ihr und dem Arzt die Stufen hinauf und in die Galerie führen.

»Setzen Sie sich hierher.« Der Mediziner dirigierte ihn zu einem der Stühle in der Eingangshalle und öffnete seine Tasche. Er nahm eine Schere heraus und schnitt damit rasch die blutgetränkten Ärmel des Fracks und des Hemdes ab. Victoria kniete sich neben Jeremy und hielt seinen Arm fest. Sie hörte ihn scharf einatmen und spürte, wie sich sein Körper versteifte, während der Arzt die Wunde mit Desinfektionsmittel säuberte. »Sie hatten recht, Sir«, hörte sie ihn endlich sagen. »Die Kugel hat Ihren Arm nur gestreift. Ich werde die Wunde jetzt verbinden, dann können Sie gehen.«

Victoria nahm wahr, wie der Blick des Arztes kurz teilnahmsvoll auf ihr ruhte, ehe sie sich wieder ganz auf Jeremy konzentrierte, der den Kopf an die Wand gelehnt hatte und sie erschöpft ansah.

Ich liebe dich, las sie von seinen Lippen ab. Es ist alles gut.

Victoria rang sich ein Lächeln ab.

Was, wenn die Kugel Jeremy tödlich getroffen hätte?

Als Victoria aufwachte, war sie vollkommen verwirrt. Sie lag auf dem Ledersofa in der Bibliothek. Hinter den hohen Fenstern zeichnete sich die Morgendämmerung ab. Sie fühlte sich völlig zerschlagen von den Geschehnissen der vergangenen Nacht, sie erschienen ihr wie ein wirrer Albtraum. Nachdem der Arzt Jeremys Wunde verbunden hatte, war die Polizei eingetroffen.

Jeremy hatte sich mit einem Sergeant unterhalten und war dann mit ihm gefahren. Victoria vermutete, dass er darauf bestanden hatte, zu Sir Arthur Stanhope gebracht zu werden. Sie hatte unterdessen mit den anderen Ausstellungsbesuchern darauf gewartet, zu dem Anschlag befragt zu werden.

Wobei es, dachte sie grimmig, *immerhin eine Abwechslung war, in einem polizeilichen Verhör einmal nicht die Beschuldigte zu sein.*

Später war sie mit Hopkins nach Hause zurückgekehrt. Sie hatte auf Jeremy warten wollen, der ihr versprochen hatte nachzukommen, sobald er es ermöglichen konnte, war jedoch irgendwann auf dem Sofa eingeschlafen.

Als sie hörte, dass es an Tür klingelte, sprang sie auf und eilte in den Korridor. Hopkins war ihr zuvorgekommen, er öffnete im Morgenmantel und mit wirr vom Kopf abstehendem Haar die Tür. Bei einer anderen Gelegenheit hätte Victoria sein Aussehen sicher amüsiert. Die Ereignisse schienen nicht spurlos an ihm vorübergegangen zu sein.

»Mr. Ryder, ich hoffe, es geht Ihnen den Umständen entsprechend gut!« In Hopkins' Stimme schwang aufrichtige Sorge mit.

»Danke, Hopkins, ich bin wohlauf.« Jeremy nickte ihm zu.

»Das ist erfreulich zu hören. Sir ...« Hopkins verneigte sich und entfernte sich taktvoll.

Während Victoria Jeremy in die Bibliothek führte, erforschte sie ängstlich sein Gesicht. Er wirkte sehr bleich, was durch den Bartschatten auf seinen Wangen und seinem Kinn noch verstärkt wurde, und hatte dunkle Ringe unter den Augen. Irgendjemand hatte ihm einen abgetragenen braunen Tweed-Anzug und ein Hemd geborgt, beides war ihm zu groß. Ihr Herz zog sich schmerzhaft zusammen, als er sie jetzt auf die ihr so vertraute Weise schief anlächelte.

»Tut mir leid, ich fürchte, ich sehe ziemlich heruntergekommen aus. Aber Sir Arthur konnte auf die Schnelle nichts anderes auftreiben.«

»Du wirkst nicht so, als ob du wohlauf wärest«, sagte sie nachdrücklich und hoffte, dass er nicht bemerkte, dass ihr die Kehle eng wurde. Sie fürchtete, dass sie nicht mehr aufhören würde zu weinen, wenn ihr die Tränen kamen.

»Die Wunde tut höllisch weh. Aber ich schätze, das ist normal.«

»Ach, Jeremy ...« Victoria senkte den Kopf und biss sich auf die Lippen.

»Ich kann nicht lange bleiben.«

Er berührte ihre Wange und strich eine Strähne zurück, die sich aus ihrem Haar gelöst hatte. Erst jetzt wurde Victoria klar, dass sie noch immer ihr Abendkleid trug.

»Die Schüsse sollten den Großfürsten und die Großfürstin treffen, nicht wahr?«, flüsterte sie.

»Scotland Yard wird es als ein Attentat auf sie erscheinen lassen.«

»Was meinst du damit? War jemand anderes das eigentliche Ziel?« Victoria sah ihn verblüfft an.

»Ja, ich.« Jeremy seufzte. »Und wenn ich nicht bemerkt hätte, dass dich etwas irritiert hat, wenn ich deinem Blick nicht gefolgt wäre, wäre ich jetzt wohl nicht mehr am Leben.«

»Jeremy ...« Victoria konnte nicht glauben, was er sagte.

»Ich war einer Sache auf der Spur ... Deshalb haben diese Leute beschlossen, mich zu beseitigen.« Seine Stimme klang ganz sachlich.

»Nein ...«

Victoria presste die Hand auf den Mund, um nicht laut aufzuschreien. Wenn Jeremy zufällig das Opfer eines Attentats geworden wäre, wäre das schlimm genug gewesen. Aber dass jemand ihn gezielt hatte töten wollen, war einfach unfassbar grauenvoll.

»Victoria, ich muss London verlassen und untertauchen.«

»Nimm mich mit ...«

»Das kann ich nicht ...«

»Ich liebe dich. Ich möchte bei dir sein, und ich habe keine Angst, wegen dir mein Leben zu riskieren. Ich bin keine schwache Frau, die du beschützen musst.«

»Das weiß ich doch.« Jeremy lächelte und hob die Hände. »Könntest du bitte die Frauenemanzipation beiseitelassen? Darum geht es hier gar nicht.«

»Ach, und worum dann?« Victoria schob das Kinn angriffslustig vor.

»Ich kann dich nicht mitnehmen, weil ich zu gefährlich für dich wäre, sondern weil du mir zu gefährlich werden könntest.

Mit dir würde ich zu schnell erkannt. Du bist nun einmal nicht gerade unauffällig.« Jeremy legte seine Hände auf ihre Schultern und blickte sie eindringlich an. »Versprich mir, dass du wie geplant nach Deutschland reisen wirst. Ich hoffe, dass die Männer, die ich versucht habe auszuspionieren, in ein paar Wochen gefasst sind. Dann bin ich nicht länger in Gefahr.«

»Schwör mir, dass du zu mir zurückkehren wirst.«

»Das schwöre ich. Ich liebe dich auch.«

Jeremy zog sie an sich und küsste sie. Viel zu schnell machte er sich von ihr los – behutsam, aber entschieden.

»Ich muss jetzt gehen.« Seine Stimme klang rau.

Victoria nickte stumm und begleitete ihn zur Tür, sah ihm nach, wie er die Treppe hinunterging. Auf dem Absatz des zweiten Stockwerks drehte er sich noch einmal um und blickte zu ihr hoch. Seine Miene spiegelte Sehnsucht und Sorge wider. Sie versuchte, sein Bild ganz in sich aufzunehmen, während sie sich gleichzeitig Mut machte. *Wir werden uns wiedersehen*, dachte sie, *ja, ganz bestimmt werden wir das.*

Es gelang ihr, sich zu beherrschen, bis er außer Sichtweite war, dann stolperte sie blind vor Tränen in den Korridor zurück, wo sie mit Hopkins zusammenprallte.

»Miss Victoria...«, hörte sie ihn erschrocken sagen.

»Ach, Hopkins, es ist mir so peinlich...«, murmelte sie.

»Pschhh...«

Der alte Butler legte seine Arme tröstend um sie und hielt sie fest. Victoria klammerte sich an ihn, und dann begann sie haltlos zu schluchzen.

»Passen Sie auf sich auf!« Mrs. Dodgson umarmte Victoria, während Hopkins ihre kleine Reisetasche auf dem Gepäckträger des Zweite-Klasse-Abteils verstaute.

»Mrs. Dodgson, ich fahre nur für ein oder zwei Wochen nach Deutschland. Ich trete keine Weltreise an.«

»Deutschland ist anders als England. Ich habe gehört, dass Männer dort in der Gegenwart von Frauen rauchen und man sich das Essen mit dem Messer statt mit der Gabel in den Mund schiebt.« Was aus Mrs. Dodgsons Mund so klang, als ob die Deutschen Kannibalismus praktizierten.

»In der Tat barbarische Sitten«, stimmte Hopkins Mrs. Dodgson prompt zu.

Er hatte sich wieder ganz in sein würdevolles Selbst verwandelt. Ihm war nicht anzumerken, dass sie sich am frühen Morgen wie ein kleines Kind an seiner Brust ausgeweint hatte. Was Victoria immer noch etwas peinlich war. Aber Hopkins' Zuwendung hatte sie in ihrem Kummer und ihrer Sorge um Jeremy ein wenig trösten können.

Die Stimme des Schaffners schallte über den Bahnsteig. Er verkündete, dass der Zug gleich abfahren werde. Nachdem Mrs. Dodgson Victoria ein letztes Mal umarmt und Hopkins sich vor ihr verbeugt hatte, verließen sie das Abteil. Gleich darauf setzte sich der Zug in Bewegung. Victoria winkte den beiden Lebewohl, bis sie hinter den Stahlsäulen, die die Metallkonstruktion des Bahnhofsdaches trugen, verschwanden.

Hopkins hatte ihr an einem Zeitungsstand im Bahnhof Liverpool Street einige Ausgaben großer Londoner Zeitungen besorgt. Alle verkündeten die Nachricht von dem Attentat in dicken Lettern auf der Titelseite. Victoria konnte sich nicht überwinden, sie zu lesen. Der Schock, dass Jeremy beinahe durch die Schüsse getötet worden wäre, saß noch viel zu tief.

Sie starrte durch das Fenster, an dem das ärmliche Stadtviertel Spitalsfield mit seinen tristen, rußgeschwärzten Gebäuden und verkommenen Hinterhöfen vorbeizog.

Victoria fragte sich, ob Jeremy inzwischen in Sicherheit war.

Sie hoffte es so sehr. Es war einfach unvorstellbar, dass jemand versucht hatte, ihn zu töten.

Vom gegenüberliegenden Bahnsteig, eine Mütze tief in die Stirn gezogen und verborgen hinter einer Säule, verfolgte Jeremy, wie Victoria Hopkins und Mrs. Dodgson zuwinkte. Trotz aller Risiken, die er damit auf sich nahm, hatte er sich einfach überzeugen müssen, dass sie die Reise tatsächlich antrat.

Als der Zug den Bahnhof verlassen hatte, ging auch Jeremy, nicht ohne sich zu vergewissern, dass ihm niemand folgte. Wie naiv er gewesen war zu glauben, ihm könne nichts passieren. Er war russischen Anarchisten auf der Spur gewesen, die einen Bankraub verübt hatten. Mit dem erbeuteten Geld wollten sie den Kampf gegen das Zarenregime finanzieren.

Während meiner Nachforschungen hätte ich mich von Victoria fernhalten müssen, dachte er. *Ich hätte sie niemals in Gefahr bringen dürfen.* Immer wieder hatte ihn in den vergangenen Stunden die Vorstellung gepeinigt, dass sie von den Schüssen hätte verwundet oder gar getötet werden können.

Auf der Liverpool Street waren an diesem Abend viele Menschen unterwegs. Jeremy ging rasch auf den Eingang der nahen U-Bahn-Station Bishopsgate zu. Als er den Bahnsteig der Metropolitan Line erreicht hatte, schlossen sich gerade die Türen eines Zuges. Er sprintete los und konnte sich eben noch in den Wagen drängen, ehe die U-Bahn abfuhr. Er war sicher, einen etwaigen Verfolger abgeschüttelt zu haben.

Die Wunde am Arm schmerzte stark, er fühlte sich zudem ein bisschen fiebrig. Aber sein Verstand war ganz klar. Irgendjemand musste ihn an die Anarchisten verraten haben. Er würde herausfinden, wer dies gewesen war, und ihn zur Verantwortung ziehen.

Außer Atem ließ Victoria sich auf den Sessel im Speisewagen sinken. Nur ganz knapp hatte sie den Zug vom Kölner Hauptbahnhof nach Coblenz erreicht. Die Überfahrt von Harwich aus war problemlos verlaufen, das Schiff war pünktlich am frühen Morgen im Hafen von Rotterdam angekommen. Doch auf der Strecke zwischen Rotterdam und Köln hatte es ein Zugunglück gegeben, weshalb sich die Weiterfahrt um einige Stunden verzögert hatte. Eigentlich hätte sie gegen Mittag in Coblenz ankommen sollen, nun war es Nachmittag. Während der Nacht hatte die Sorge um Jeremy sie wach gehalten, und sie fühlte sich völlig erschöpft.

Victoria bestellte beim Kellner ein Sandwich und ein Glas Mineralwasser. Der Zug fuhr jetzt in einem großen Bogen durch ein Kleineleuteviertel. Zwischen Regenwolken kam die Sonne hervor. Im Gegenlicht ragte der Dom wie ein dunkler Berg hinter den niedrigen Häusern auf.

Das Sandwich, das der Kellner gleich darauf brachte, hätte wahrscheinlich nicht Hopkins' Zustimmung gefunden, denn die Brotscheiben waren ziemlich trocken. Aber hungrig, wie Victoria war, aß sie es schnell auf. Der Speisewagen war fast bis auf den letzten Platz besetzt. Deutsche Satzfetzen drangen an Victorias Ohr, wie schon auf der Fahrt von Rotterdam nach Köln. Anfangs hatte sie ein bisschen Mühe gehabt, sich in die Sprache einzuhören. Aber mittlerweile verstand sie das Gesagte gut. Sie hatte häufig deutsche Kindermädchen gehabt und war ihrem Vater dankbar, dass er sie die Sprache ihrer Mutter hatte lernen lassen.

Jetzt durchquerte der Zug eine Ebene. Auf den ausgedehnten Feldern wuchsen Gemüse und Blumen. Auf einer Hügelkette standen Kirchen. In dem diffusen Licht erschienen sie Victoria wie archaische Heiligtümer. Auf der gegenüberliegenden Seite der Ebene tauchten nun Berge auf. Das musste das

Siebengebirge sein, zu dem auch der von Byron besungene Drachenfels gehörte.

Victoria holte Stifte und ihren Skizzenblock aus ihrer Handtasche. Sie hatte oft in der Gesellschaft von Jeremy gemalt und gezeichnet und fühlte sich dadurch mit ihm verbunden. Rasch umriss sie die Berge, die immer mehr Konturen annahmen. Der Zug fuhr in den Bahnhof von Bonn ein und verließ ihn nach kurzem Aufenthalt wieder. Obwohl auf ihre Zeichnung konzentriert, nahm Victoria beiläufig wahr, wie ein Mann den Mittelgang entlangging. Er war auf ihrer Höhe, als der Zug ruckartig über eine Weiche fuhr. Einer ihrer Stifte rollte über den Rand des Tisches und fiel auf den Boden.

Der Mann hob ihn auf und reichte ihn ihr, stutzte jedoch plötzlich. »Verzeihen Sie«, sagte er auf Englisch, »ich möchte nicht zudringlich sein. Aber sind Sie nicht Miss Bredon?« Er hatte dunkles Haar, einen schwarzen Vollbart und ein feinknochiges Gesicht. Victoria registrierte seinen leichten russischen Akzent.

»Oh, Sie haben den Streifschuss am Arm meines ...«, sie zögerte kurz, »... meines Verlobten versorgt«, sagte sie dann aber doch. »Wir sind uns auch am Eingang von Dr. Fieldings Praxis begegnet. Ich habe Ihnen versehentlich den Hut aus der Hand geschlagen.«

»Allerdings. Wie geht es Ihrem Verlobten?«

»Dank Ihrer schnellen Hilfe gut. Die Wunde hat sich nicht entzündet. Es war wirklich ein großes Glück, dass Sie zur Stelle waren. Hingen Sie etwa auch wegen des Eisenbahnunglücks in Rotterdam fest?«

»Ich habe London schon gestern am frühen Morgen verlassen und die Nacht in Bonn verbracht.«

»Sie Glücklicher. Wenn Sie keinen Platz finden, können Sie sich gern zu mir setzen«, bot sie ihm an.

Großtante Hermione wäre entsetzt, dachte sie. Natürlich war es nicht schicklich, dass eine unverheiratete junge Frau einem fremden Mann anbot, bei ihr Platz zu nehmen. Aber sie hatte sich dem starren Rollenkorsett noch nie angepasst.

»Sehr gern«, erwiderte er höflich und ließ sich auf dem Sessel ihr gegenüber nieder. »Mein Name ist Lew Prokowski. Ich habe die Ausstellungseröffnung besucht, deshalb war ich vor Ort.«

»Victoria Bredon.« Sie reichte ihm die Hand. Er schien ihr das unkonventionelle Verhalten nicht übel zu nehmen. Sie entspannte sich. »Sie besitzen eine Praxis in der Harley Street?«

»Ja, zusammen mit meinem Onkel.«

Für einen Arzt russischer Abstammung ist es bestimmt nicht einfach, dort Fuß zu fassen, ging es ihr durch den Kopf. Sie fragte sich, ob er Russland aus politischen Gründen verlassen hatte oder ob er Jude und vor den Pogromen geflohen war. Aber es erschien ihr zu direkt, ihn darauf anzusprechen.

Als hätte er ihre Gedanken erraten, sprach er weiter. »Als ich vor zwanzig Jahren nach England kam, lebte mein Onkel bereits im Land. Er hat mich unterstützt. Sonst hätte ich gar nicht studieren können.«

Der Kellner trat an den Tisch und erkundigte sich, ob der Herr auch etwas zu essen oder zu trinken wünschte und ob das gnädige Fräulein einen weiteren Wunsch habe. Victoria entschied sich für einen türkischen Mokka und Lew Prokowski für ein Kännchen Tee.

»Das müsste der Drachenfels sein.« Lew Prokowski deutete auf einen steilen, felsigen Berg auf der anderen Rheinseite, auf dem eine Burgruine stand.

»Ja, natürlich. Danke, dass Sie mich darauf aufmerksam gemacht haben. Ohne Sie hätte ich den wunderschönen Anblick ganz verpasst«, entgegnete Victoria lebhaft. Wieder blitzte die Sonne zwischen den Wolken hervor. Unter dem dunklen Himmel und umgeben von gleißendem Licht wirkte die Ruine tatsächlich sehr romantisch.

Der Kellner brachte das Bestellte. Victoria nippte an ihrem Mokka. Lew Prokowski trank einen Schluck Tee, dann wies er auf Victorias Skizze. »Sind Sie denn Künstlerin wie Ihre Mutter?«

»Nein, ich male nur zu meinem Vergnügen.«

»Ich finde die Zeichnung sehr gelungen.«

»Es ist nett, dass Sie das sagen«, wehrte Victoria verlegen ab.

»Ich sage das nicht aus Höflichkeit.« Er lächelte. »Ich habe früher selbst Mal- und Zeichenstunden genommen und male gelegentlich immer noch. Mein Talent auf diesem Gebiet ist leider begrenzt. Aber ich traue mir ein einigermaßen fachkundiges Urteil zu. Die Gemälde Ihrer Mutter fand ich sehr beeindruckend. Ich bin überzeugt, dass sie viele Menschen in ihren Bann ziehen werden. Sie haben bestimmt die Rezensionen gelesen?«

»Nein, das habe ich noch nicht ...« Victoria schüttelte den Kopf.

»Am Bonner Bahnhof gab es englische Zeitungen zu kaufen. Falls es Sie interessiert, kann ich Ihnen gern den gestrigen *Evening Standard* geben. In der *Times* steht eine Vorbesprechung.« Ehe Victoria ablehnen konnte, war er schon aufgestanden und hatte die beiden Blätter von der Gepäckablage geholt.

Zögernd schlug Victoria das Feuilleton der Abendzeitung *Evening Standard* auf. Die große Schwarz-Weiß-Fotografie über dem Artikel zeigte ein Gemälde von ihr als Kind. Sie war drei oder vier Jahre alt und saß auf einem Stuhl. Sie trug ein

hübsches Kleid mit einer dazu passenden Schürze, ihre Aufmerksamkeit war auf die Puppe in ihrer Hand gerichtet.

»Das sind Sie, nicht wahr?«

»Ja …«

Victoria spürte einen Kloß in ihrem Hals. Ihr Interesse war
nun doch geweckt. Rasch überflog sie die Zeilen.

*Amelie Bredons ungewöhnlicher Stil vereinigt Impressionis-
mus und Realismus*, schrieb der Rezensent. *Die Ausstellung in
der Galerie Slater trägt dazu bei, eine zu Unrecht fast ver-
gessene Malerin neu zu entdecken. Die Kunstwelt wäre ärmer
ohne ihre Werke.*

Ähnlich positiv äußerte sich der Rezensent der *Times*. Auch
wenn er sich, wie Mr. Slater ihr schon verraten hatte, zu der Aussage verstieg, dass es höchst ungewöhnlich war, solch kraftvolle
und innovative Bilder von einer Frau gemalt zu sehen. Doch
Victorias Freude über die positive Besprechung überwog, und
sie war bereit, über die gönnerhafte Bemerkung hinwegzusehen.

»Vielen Dank, dass Sie mich auf die Zeitungen aufmerksam
gemacht haben«, sagte sie impulsiv. »Ich hoffe so sehr, dass die
Menschen die Ausstellung jetzt nicht nur sensationslüstern
wegen des Attentats besuchen.«

»Sehen Sie es einfach so, dass die Ausstellung nun vielleicht
Besucher findet, die ohne das Attentat nicht gekommen wären.
Ich bin überzeugt, viele dieser Menschen werden trotzdem von
den Gemälden berührt sein.«

»Dieser Gedanke ist mir noch gar nicht gekommen. Ich
hoffe, Sie haben damit recht.« Victoria lächelte Lew Prokowski
an. Im nächsten Augenblick verkündete der Kellner, dass der
Zug in wenigen Minuten den Bahnhof Coblenz erreichen
werde. »Oh, ich muss aussteigen.« Hastig stand Victoria auf.
Der russische Arzt holte ihre Reisetasche von der Gepäckablage und begleitete sie zur Tür des Speisewagens.

»Es war schön, Sie zu treffen«, sagte Victoria herzlich und reichte ihm die Hand.

»Die Freude liegt ganz auf meiner Seite.« Er verbeugte sich vor ihr. »Sind Sie denn an den Rhein gereist, um hier zu malen, wenn Sie mir diese Frage gestatten?«

»Eigentlich besuche ich eine Freundin in der Nähe von Coblenz. Aber ich werde fotografieren und auch ganz bestimmt malen. Und Sie? Machen Sie Urlaub in Deutschland?«

»Mein Aufenthalt ist professioneller Natur. Ich bin hier, um mich über Kuren zu informieren, und zwar speziell im Hinblick auf Frauenleiden.«

Victoria wollte ihn fragen, welche Orte er denn beabsichtigte aufzusuchen, doch der Zug hielt nun mit kreischenden Bremsen an. Vom Bahnsteig aus winkte Victoria Lew Prokowski noch einmal zu. Es war wirklich schön gewesen, diesem freundlichen, interessanten Mann zu begegnen.

Auf dem Bahnhofsvorplatz hielt Victoria auf die Droschken zu, als ein älterer Mann mit einem Backenbart, der die grüne Livree eines Kutschers trug, ihr in den Weg trat und sie ansprach. Victoria benötigte einen Moment, um ihn zu verstehen, denn sein Deutsch hatte eine leichte Dialektfärbung. Schließlich begriff sie, dass er sie fragte, ob sie das Fräulein Bredon sei, und sie bejahte.

»Ich bin Gottfried, der Kutscher der Familie von Langenstein. Die Frau Gräfin hat mir aufgetragen, Sie abzuholen.« Er schob seine Mütze zurück. »Geben Sie mir bitte Ihre Reisetasche, gnädiges Fräulein.«

»Aber ich habe die Gräfin doch noch gar nicht über die Verspätung meines Zuges informieren können«, sagte Victoria erstaunt.

»Ich warte hier schon seit Mittag, wie's mir die Frau Gräfin aufgetragen hat.« Seine Stimme klang gleichmütig.

»Ach, das tut mir aber leid, seitdem sind ja etliche Stunden vergangen.«

Victoria überquerte an seiner Seite den Platz, der von großen stuckgeschmückten Häusern umgeben war.

»Das hat mir gar nichts ausgemacht, gnädiges Fräulein. In der Zeit zwischen der Ankunft der Züge aus Köln bin ich in die Bahnhofsgaststätte gegangen. Die Frau Gräfin hat mir Geld für etwas zu essen und zu trinken und für Zigaretten gegeben. Ich hatte eine gute Zeit.« Er grinste.

»Das freut mich für Sie.« Es war typisch für Rosalyn, so fürsorglich und großzügig zu sein.

Die Kutsche war ein Landauer, dessen Verdeck wegen des unbeständigen Wetters hochgeklappt war. Gottfried half Victoria in den Wagen. Nachdem er die Tasche verstaut hatte, setzte er sich auf den Bock und schnalzte mit der Zunge. Gemächlich setzten sich die beiden Braunen in Bewegung.

Neugierig blickte Victoria aus dem Fenster. Die Kutsche rollte eine breite Straße entlang. Auch hier waren die Häuser groß und reich verziert. Sie entdeckte eine riesige Festung auf einem Berg. Das musste die Festung Ehrenbreitstein sein. Victoria erinnerte sich vage, irgendwo gelesen zu haben, dass sie von großer militärischer Bedeutung für das preußische Militär war.

Ein heftiger Regenschauer ging nieder. Die Tropfen prasselten gegen die Fenster, sodass man kaum noch etwas sehen konnte. Als der Regen nachließ, passierte die Kutsche ein Barockschloss. Nach einer kurzen Fahrt durch ein gutbürgerliches Viertel bog der Landauer in eine von Bäumen gesäumte Uferstraße ein, und sie fuhren am Rhein entlang. Hinter der Stadtgrenze von Coblenz verengte sich das Rheintal. Auf der anderen

Seite des Flusses erblickte Victoria eine Burg auf einem Felsvorsprung. Ein hoher, eckiger Turm überragte ein zinnenbewehrtes Gebäude mit einem gotischen Erker. Eine mit kleinen Türmen bestückte Mauer umgab die Anlage. Unterhalb davon lag ein Dorf am Rheinufer. In diesem Moment kam die Sonne zwischen den Wolken hervor und überflutete die Landschaft mit Licht, was sie wie eine Theaterkulisse wirken ließ.

Kurze Zeit später erreichte die Kutsche einen kleinen Ort, in dem sich hübsche, mit Weinlaub bewachsene Fachwerkhäuser aneinanderreihten. Hinter dem Dorf fuhr der Landauer eine steile, gepflasterte Straße zwischen Weinbergen hinauf und durch ein gotisches Torhaus auf einen Hof, wo Gottfried die Pferde anhalten ließ. Gleich darauf öffnete er den Kutschenschlag.

»So, da wären wir, gnädiges Fräulein«, sagte er.

Victoria ließ sich von ihm aus der Kutsche helfen. Ehe sie sich noch richtig umsehen konnte, eilte ihr schon Rosalyn entgegen.

»Victoria, wie schön, dass du gekommen bist!«, rief sie und umarmte sie stürmisch.

»Ich freue mich auch.« Victoria erwiderte die Umarmung und erklärte der Freundin kurz, weshalb sie sich verspätet hatte.

Rosalyn hakte sie unter und zog sie in ein gotisch anmutendes Haus. Victoria nahm eine holzgetäfelte Halle wahr, mit einem Kamin, der von Ritterrüstungen flankiert wurde. Gegenüber einer breiten Steintreppe hing ein Wandteppich mit mittelalterlichen Motiven. Die bleigefassten Fensterscheiben waren weit geöffnet, sodass man auf das Rheintal hinaussehen konnte.

»Es tut mir so leid, dass ich nicht mitgekommen bin, um dich abzuholen«, sprudelte Rosalyn hervor. »Aber ich hatte am Nachmittag ein wichtiges Treffen mit einem Frauenkomitee, das ich unmöglich absagen konnte. Ist es dir recht, wenn ich dich gleich in dein Zimmer bringe?«

»Ja, es ist mir recht, wenn ich mich kurz zurückziehen kann. Ich würde mich gern ein wenig frischmachen und ausruhen«, erwiderte Victoria.

Während Rosalyn sie die Treppe hinaufführte und von dem Treffen erzählte, betrachtete Victoria die Freundin unauffällig. Rosalyn hatte ein liebliches, von blondem Haar umrahmtes Gesicht. Ihre Stimme klang fröhlich, und sie lächelte, doch Victoria glaubte zu bemerken, dass sich hinter der heiteren Fassade Angespanntheit verbarg. Rosalyns große blaue Augen, die so schwärmerisch blicken konnten, erschienen leicht gerötet. In dem Gang im ersten Stockwerk standen ebenfalls Ritterrüstungen an den Wänden.

»Ich hoffe, dass dir das Zimmer gefällt.«

Rosalyn öffnete eine Tür und gab den Blick frei auf ein Himmelbett aus Eichenholz mit schweren Samtvorhängen. Die Wände waren mit Pflanzen bemalt, die samtbezogenen Sessel und die Frisierkommode mit Schnitzereien verziert.

»Es ist wunderschön ...«, murmelte Victoria höflich und bemühte sich, ihr Lächeln zu verbergen.

»Hast du Hunger, soll ich dir eine Tasse Tee und etwas Gebäck bringen lassen?«, fragte Rosalyn. »Ach, wie konnte ich nur so gedankenlos sein ...«

Victoria schüttelte den Kopf. »Danke, ich habe im Zug eine Kleinigkeit gegessen.«

»Dein Koffer kam gestern Nachmittag an. Clara, dein Dienstmädchen für die Zeit, in der du hier bist, hat deine Sachen eingeräumt.« Rosalyn betätigte eine Klingel und setzte sich dann zu Victoria, die in einem Sessel Platz genommen hatte. »Clara hat noch nicht viel Erfahrung als Zofe, sie ist sehr jung und schüchtern und erst seit ein paar Wochen bei uns. Aber sie ist lernwillig und geschickt. Ich dachte, es wird ihr Selbstvertrauen geben, wenn sie dir zu Diensten sein kann. Denn du bist nicht hochmütig und hast viel Geduld.«

»Es ist nett, dass du das sagst.« Auch für Äußerungen wie diese mochte sie Rosalyn.

»Da ist noch etwas, das ich dir sagen muss.« Rosalyn seufzte. »Für heute Abend haben sich Gäste angekündigt. Freunde von meinem Gatten Friedrich, die sich zurzeit zur Kur in Ems aufhalten. Wir dachten ja, dass du gegen Mittag kämest. Das Dinner ist in zwei Stunden. Wenn du dich lieber ausruhen und früh zu Bett gehen möchtest, kann ich das sehr gut verstehen.«

»Nein, ich nehme gern am Dinner teil.«

Alles ist besser, als wieder schlaflos im Bett zu liegen und über Jeremy nachzugrübeln, dachte Victoria unglücklich.

»Friedrichs Freund und seine Gattin sind nett. Leider wird auch die Mutter seines Freundes mitkommen. Sie ist ... nun ja ... nicht ganz einfach ...« Rosalyn verzog den Mund.

»Schlimmer als Großtante Hermione wird sie schon nicht sein«, versuchte Victoria die Freundin zu beruhigen.

»Da wäre ich mir nicht so sicher ...«

Ehe Rosalyn noch etwas hinzufügen konnte, klopfte es und ein Dienstmädchen betrat das Zimmer. Es knickste mit gesenktem Blick vor Victoria.

»Gnädiges Fräulein ...«, murmelte es.

»Guten Tag, Clara, schön, Sie kennenzulernen«, sagte Victoria freundlich auf Deutsch.

»Sprich sie lieber mit Du an. Sonst verwirrst du sie nur«, flüsterte Rosalyn, ehe sie laut hinzufügte: »Wir sehen uns dann später vor dem Dinner im Salon.«

Zu Victorias Zimmer gehörten ein Bad mit fließend heißem und kaltem Wasser und ein Klosett mit Wasserspülung. Darüber wölbte sich eine Spitzbogendecke. Die Wände waren mit Pflanzen bemalt wie die des Schlafzimmers.

Es geht doch nichts über moderne sanitäre Anlagen, dachte Victoria, als sie eine halbe Stunde später aus der Wanne stieg und sich abtrocknete. Sie hatte sich entschlossen, noch schnell ein Bad zu nehmen, bevor sie sich zum Dinner umzog, und war nun froh darüber. Sie fühlte sich wie neugeboren.

Clara war ein hübsches, ziemlich stämmiges Mädchen von vielleicht fünfzehn Jahren, dessen runde Augen die gleiche Farbe hatten wie sein Haar – haselnussbraun. Sie war tatsächlich sehr schüchtern. Alle Versuche, ein Gespräch zu beginnen, scheiterten daran, dass sie kaum mehr als einen Satz herausbrachte. Immer wieder warf sie Victoria, während sie ihr beim Ankleiden half und sie frisierte, scheue Blicke zu.

Aber Clara war wirklich geschickt, und es gelang ihr, Victorias lockiges Haar zu einer kunstvollen Flechtfrisur zu bändigen. Victoria hatte sich für ein einfach geschnittenes elegantes Abendkleid entschieden, das ohne Korsett getragen werden konnte. Ein Muster aus goldenen Kreisen war in die rote Seide eingewebt. Die Schärpe unter der Brust und der Besatz am Saum der Ärmel und des Rockes waren ebenfalls goldfarben. Als Schmuck trug sie ein eng anliegendes Halsband und Ohrringe aus roten geschliffenen Halbedelsteinen, die ihrer Mutter gehört hatten.

»Danke, das hast du gut gemacht«, wandte Victoria sich an Clara. Diese knickste und errötete prompt ob des Lobes.

Stumm begleitete sie Victoria die Treppe hinunter. An der Tür zum Salon knickste sie wieder, ehe sie eilig verschwand.

FÜNFTES KAPITEL

Ich bin gespannt, ob ich ihr bis zu meiner Abreise einen ganzen Satz entlocken kann, dachte Victoria, als sie den Raum betrat. Rosalyn stand vor einer Reihe von Fenstertüren, die in einen Garten führten, der Mann neben ihr musste ihr Gatte sein. Die Einrichtung war wie die in Victorias Zimmer in mittelalterlichem Stil gehalten. An den Wänden hingen Gemälde, die Männer und Frauen in gotischer Tracht zeigten.

Victoria hatte nicht direkt den Eindruck, einen Streit unterbrochen zu haben, aber die Stimmung zwischen Rosalyn und ihrem Gatten schien irgendwie angespannt und das Lächeln der Freundin künstlich, als sie auf sie zueilte.

»Victoria, endlich kann ich dich meinem lieben Friedrich vorstellen«, sagte sie.

»Fräulein Bredon ...« Friedrich von Langenstein verbeugte sich vor ihr. »Rosalyn hat mir viel von Ihnen erzählt. Ich freue mich wirklich sehr, Sie kennenzulernen.«

»Oh, ganz meinerseits ...«

Der Graf sah, wie Victoria feststellte, noch besser aus als auf der Hochzeitsfotografie. Er war Mitte vierzig und groß und breitschultrig wie ein Athlet. Mit seinem markanten Kinn, den gut geschnittenen Gesichtszügen und den graublauen Augen wäre er die Idealbesetzung für jeden Siegfried gewesen. Sein

Abendanzug saß wie angegossen. Rosalyn trug ein Abendkleid aus hellblauer Seide. Trotz des Altersunterschiedes waren die beiden ein wirklich schönes Paar.

»Ich hoffe sehr, dass Sie sich bei uns am Rhein wohlfühlen werden.« Seine Stimme klang herzlich, und Victoria hatte den Eindruck, dass er es ehrlich meinte.

»Was ich bisher von der Landschaft gesehen habe, hat mir sehr gut gefallen. Ich will auch unbedingt einen Ausflug zum Drachenfels unternehmen. Schließlich ist er für jeden englischen Touristen ein Muss. Außerdem habe ich einem Zeitungsredakteur versprochen, dort zu fotografieren.«

»Rosalyn sagte mir schon, dass Sie als Fotografin arbeiten.« Anders als bei Großtante Hermione hörte sich das Wort *arbeiten* aus Friedrich von Langensteins Mund nicht anstößig an, wie Victoria überrascht feststellte. Anscheinend war er weniger konservativ, als sie befürchtet hatte. Er blickte zu Rosalyn, die seltsam geistesabwesend wirkte. Ihr Verhalten bestätigte Victorias Vermutung, dass zwischen den beiden etwas nicht stimmte. Friedrich von Langenstein räusperte sich. »Rosalyn erzählte mir auch, dass Ihr Vater ein bedeutender Gerichtsmediziner war. Vor Kurzem hatte ich das Vergnügen, bei einem Empfang Professor Hartenstein zu begegnen. Er lehrt Gerichtsmedizin an der Universität Gießen. Wir kamen auf London zu sprechen, und er sagte mir, dass er dort einige Monate lang bei einem Dr. Bernard Bredon Vorlesungen besucht habe, um sich fortzubilden. Das muss Ihr Vater gewesen sein. Professor Hartenstein hält sehr große Stücke auf ihn.«

»Das freut mich. Der Name Hartenstein sagt mir allerdings nichts.«

Victoria wollte hinzufügen, dass sie Hopkins nach ihm fragen wolle, doch der Butler, der jetzt die Tür des Salons öffnete, hielt sie davon ab. Ein schlanker, attraktiver Mann erschien hinter ihm. Sein braunes, in der Mitte gescheiteltes Haar und seinen Schnurrbart durchzogen graue Strähnen. Er verströmte die Aura eines selbstsicheren Gentlemans, der sich seiner Stellung in der Welt bewusst ist.

Seine Gattin, die mit ihm den Salon betrat, war einige Jahre jünger, etwas größer als er und recht füllig. Ihre Frisur – sie trug das Haar im Nacken hochgesteckt und über der Stirn in Locken gedreht – passte ebenso wenig zu ihren ausgeprägten Gesichtszügen und den vollen Wangen wie ihr mit Rüschen überladenes cremefarbenes Taftkleid. Ihre Augen waren groß und sehr hell und blickten, so kam es Victoria vor, unsicher in die Welt.

Die alte Dame, die den beiden folgte, war zierlich und klein und stützte sich auf einen Gehstock. Trotzdem wirkte sie alles andere als gebrechlich. Ihr Abendkleid aus silberfarbener Seide und Spitze passte perfekt zu ihrem weißen Haar und ihrem porzellanfarbenen Teint. Sie hatte ein schönes, herzförmiges Gesicht, ihre Haut war fast faltenlos.

Verblüfft starrte Victoria sie an. *Das war nicht möglich…* So hätte ihre Mutter ausgesehen, wenn sie siebzig Jahre alt geworden wäre. Nur dass deren Augen nicht so kühl geblickt hätten. Nein, sie täuschte sich nicht. Sie kannte die alte Dame.

Rosalyn war neben ihre Gäste getreten. »Prinz Heinrich, Prinzessin Sophie, darf ich Ihnen meine Freundin Miss Victoria Bredon vorstellen? Sie ist Engländerin wie ich und heute nach einer anstrengenden Reise hier eingetroffen.«

»Sehr erfreut.« Der Prinz verbeugte sich vor Victoria, seine Gattin reichte ihr die Hand. Nun wandte sich Rosalyn der Mutter des Prinzen zu. »Miss Victoria Bredon … Fürstin Leontine von Marssendorff.«

Die alte Dame musterte sie distanziert. Victoria nahm wahr,

dass sich Stille über den Salon senkte, als ob die Anwesenden spürten, dass hier gerade etwas Unerwartetes geschah. Während ihrer Zeit in Deutschland war sie ihrem Onkel nie begegnet. Er war damals schon erwachsen gewesen und hatte irgendwo studiert. Sie erinnerte sich plötzlich auch wieder, dass er der jüngere der beiden Brüder ihrer Mutter war.

»Du trägst also den Schmuck deiner Mutter«, bemerkte ihre Großmutter knapp, ohne eine Begrüßung.

Ihre Stimme war tiefer, als man es von einer so kleinen Frau erwartet hätte, und sie klang ein bisschen rauchig. Victoria war sie gleich wieder vertraut, obwohl sie damals nur wenige Monate in Deutschland verbracht hatte.

»Verzeihen Sie, Fürstin, Sie kennen die Freundin meiner Gattin?«, fragte Graf Langenstein verblüfft.

»Sie ist meine Enkelin.«

»Ach, ich hatte ja keine Ahnung. Was für eine Überraschung ...« Rosalyn klatschte in die Hände.

»Es ist ziemlich lange her, seit wir uns das letzte Mal gesehen haben.«

Großtante Hermione hätte alles getan, um unseren Zwist zu verschleiern, schoss es Victoria durch den Kopf. *Aber meine Großmutter ist anders ...*

Sie hatte plötzlich das Gefühl, keine Luft mehr zu bekommen wie damals als Kind, als sie panisch an die abgesperrte Zimmertür gehämmert hatte.

»Mehr als zehn Jahre«, erwiderte sie kühl.

Rosalyn und Friedrich von Langenstein, ihr Onkel und dessen Gattin starrten sie irritiert an.

Mit einem nervösen Lächeln wandte sich die Prinzessin nun an ihren Ehemann. »Heinrich, ich wusste ja gar nicht, dass du eine englische Nichte hast.«

»Sie ist die Tochter meiner Schwester Amelie.«

»Du hast nur selten von deiner Schwester erzählt. Sie war Malerin, nicht wahr?«

»Genau …«, schaltete sich die Fürstin trocken ein. Sie ließ Victoria nicht aus den Augen.

»Amelie? Dann ist die Malerin Amelie Bredon deine Mutter?«, fragte Rosalyn eine Spur zu fröhlich. Sie versuchte ganz offensichtlich, Konversation zu machen. »In London wurde eine große Ausstellung mit ihren Bildern eröffnet. In einer der englischen Abendzeitungen stand eine sehr positive Besprechung«, wandte sie sich erklärend an die Fürstin, während sie ein Exemplar von einem Tisch nahm, es aufschlug und Victorias Großmutter reichte. »Wirklich furchtbar, dieser Anschlag, wie gut, dass niemand ernsthaft verletzt wurde.«

»Ach, diese Besprechung muss ich unbedingt sehen.« Die Prinzessin beugte sich ebenfalls über die Zeitung.

Victoria hatte den Eindruck, dass die Züge ihrer Großmutter etwas weicher wurden, während sie das Kinderbild betrachtete, das ihre Tochter Amelie von ihrer Enkelin gemalt hatte. Doch gleich darauf sagte sie sich, dass sie sich getäuscht haben musste.

»Ich kann an diesem Gemälde wirklich nichts Außergewöhnliches entdecken«, bemerkte die Fürstin gleichgültig.

»Da es nicht in Farbe, sondern nur in Schwarz-Weiß abgebildet ist, kann man es wahrscheinlich nicht richtig beurteilen«, schaltete sich Rosalyn rasch ein. Victoria warf ihr einen dankbaren Blick zu. »Gefällt es Ihnen in Ems, Fürstin?« Wieder versuchte Rosalyn, die Situation zu retten. »Sind Sie gut untergekommen?«

»Meine Schwiegermutter hat eine Villa gemietet«, warf die Prinzessin ein.

»Wie ungewöhnlich«, bemerkte Friedrich von Langenstein.

»Ich nehme die Mahlzeiten gern dann ein, wann es mir passt, und nicht, wann es der Zeitplan eines Hotels vorschreibt. Außerdem lege ich keinen Wert darauf, mit Neureichen und Menschen von dubioser, angeblich adliger Herkunft zu verkehren, wie es sich nun einmal in einem Hotel nicht vermeiden lässt«, antwortete Leontine von Marssendorff.

Victoria dachte, dass der Seitenhieb an Rosalyn gerichtet war, doch sie sah, wie die Prinzessin zusammenzuckte. Anscheinend stammte sie aus einer Familie von niederem Adel.

Der Butler erschien. Er verbeugte sich und öffnete die Flügeltür zu einem angrenzenden Raum, in dem hochlehnige Stühle mit roten Samtbezügen um eine Tafel standen. Sie war wunderschön mit Silber, edlem Porzellan und Kristall gedeckt, ein Gesteck aus roten Rosen zog sich über die ganze Länge. Es duftete verführerisch, aber Victoria graute es vor dem Dinner, und sie hatte den Eindruck, dass es nicht nur ihr so ging. Ach, warum hatte sie nur nicht Rosalyns Angebot angenommen und war früh schlafen gegangen!

Sie straffte sich, als der Blick ihrer Großmutter sie traf. Jetzt noch zu gehen wäre einer Niederlage gleichgekommen. Nein, sie würde der Fürstin nicht weichen.

Endlich neigt sich das Dinner dem Ende zu, dachte Victoria, als ein Diener erschien und türkischen Mokka servierte. Das gemeinsame Mahl war tatsächlich ein einziger Albtraum gewesen. Sie hatte das erste Glas Wein zu schnell getrunken, was dazu geführt hatte, dass ihr übel geworden war. Benommen hatte sie versucht, den Gesprächen am Tisch zu folgen. Friedrich von Langenstein und ihr Onkel hatten sich über die Isolation des Kaiserreichs unterhalten, die eine Folge der verfehlten Bündnispolitik war, und darüber, was dies im Falle eines Krieges wohl für das Land bedeuten würde. Wobei Krieg kein Thema war, das Victorias Stimmung verbessert hätte.

Rosalyn und die Prinzessin hatten sich bemüht, sie in ihre Unterhaltung einzubeziehen, und ihr Fragen zu London gestellt, zum gesellschaftlichen Leben, zu Ausstellungen und angesagten Couturiers, die Victoria einsilbig beantwortet hatte. Sie war sehr wütend auf ihre Großmutter. Gleichzeitig fühlte sie sich verletzlich wie ein Kind – ein Gefühl, das sie wirklich hasste. Zu allem Überfluss hatte sie auch noch ständig daran denken müssen, wie absurd Jeremy den Speisesaal gefunden hätte, von dessen mit dunklem Holz getäfelter Decke ein pseudoromanischer Leuchter baumelte, auf dem statt Kerzen elektrische Lichter brannten.

»Victoria ...« Etwas verspätet bemerkte sie, dass Rosalyn sie ansah. »Gibt es eigentlich einen Mann, in den du verliebt bist? In deinen Briefen hast du nie einen erwähnt.«

Victoria verwünschte die Freundin für diese Frage. Sie legte ebenso wenig Wert darauf, in Gegenwart ihrer Großmutter über Jeremy zu sprechen wie in der ihrer Großtante Hermione. Ganz abgesehen davon hatte sie Rosalyn ohnehin nur selten geschrieben.

»Ja ... ja, es gibt einen Mann«, erwiderte sie zögernd. »Wir sind gewissermaßen verlobt.«

»Wie schön!« Rosalyn lächelte sie an.

»Meinst du etwa diesen Journalisten, den deine Großtante erwähnt hat?«, fragte prompt ihre Großmutter.

»Ja, sein Name ist Jeremy Ryder.«

»Wahrscheinlich vertritt er ähnlich ungebührliche Ansichten wie du. Ist er etwa auch für das Frauenwahlrecht?«

»Er kann Mrs. Pankhurst nicht leiden.«

Dieses Thema hatte ihr gerade noch gefehlt. Gut, dass ihr diese ausweichende Antwort eingefallen war ...

»Ich habe in der letzten Zeit immer wieder in den Zeitungen gelesen, dass Frauen in England auf sehr gewalttätige Weise für das Wahlrecht kämpfen. Stimmt das denn?«, wollte nun die Prinzessin wissen.

»Meine Enkelin wird Ihnen sicher detailliert darüber Auskunft geben können. Schließlich wurde sie wegen ihrer Umtriebe selbst schon von der Polizei verhaftet, wie ich von ihrer Großtante weiß.«

»Um Himmels willen, Victoria ...« Ihr Onkel verzog ärgerlich den Mund.

»Da Frauen Steuern zahlen wie die Männer, steht ihnen auch das Recht zu, zu wählen wie die Männer«, erwiderte Victoria.

»Den meisten Frauen fehlt der geistige Horizont, um bei einer Wahl eine angemessen Entscheidung treffen zu können.« Ihr Onkel stippte Asche von seiner Zigarre in einen kelchförmigen Aschenbecher.

»Ach, tatsächlich?«

»Da ich Parlamente für einen Fehler halte, bin ich gegen jegliches Wahlrecht.« Ihre Großmutter stellte ihre Mokkatasse mit einem Klirren auf dem Unterteller ab, als ob sie damit ihre Worte noch unterstreichen wollte. »Allerdings bin ich nun wirklich nicht der Ansicht, dass Frauen einen geringeren geistigen Horizont besitzen als Männer. Der alte Kaiser Wilhelm hätte besser öfter auf seine Ehefrau Augusta hören sollen statt auf diesen Junker Bismarck. Und Kaiser Friedrichs Gattin Victoria hatte viel mehr Verstand als er selbst, von ihrem Sohn einmal ganz zu schweigen.« Das Wort »Junker« hatte sie wie ein Schimpfwort ausgesprochen.

»Mutter ...«, begann Victorias Onkel.

»Oder sind Sie etwa nicht der Meinung, dass sich der jetzige Kaiser oft wie ein dummer Junge verhält?« Sie ignorierte ihn und wandte sich Friedrich von Langenstein zu.

»Nun … manchmal agiert der Kaiser in der Tat nicht sehr geschickt.« Er räusperte sich.

»Und jetzt würde ich gern aufbrechen. Ich habe ein Alter erreicht, in dem ich früh zu Bett gehe, und nach Ems liegt noch mindestens eine Stunde Fahrt vor uns.« Sie griff nach ihrem Gehstock und stand auf. Alle Anwesenden taten es ihr gleich.

»Besuch uns doch einmal in Ems.« Die Prinzessin umarmte Victoria und küsste sie auf die Wange. »Ich würde dich so gern näher kennenlernen.«

»Ich glaube nicht, dass ich die Zeit für einen Ausflug nach Ems finden werde«, schwindelte Victoria. Die Prinzessin war nett zu ihr gewesen, deshalb wollte sie sie nicht brüskieren.

»Ich würde mich ebenfalls über deinen Besuch freuen«, erklärte ihr Onkel steif.

Victoria hatte den Eindruck, dass nur die Höflichkeit aus ihm sprach. Sie glaubte nicht, dass er sich wirklich für sie interessierte, und sie konnte sich auch nicht vorstellen, dass er und seine Schwester Amelie sich nahegestanden hatten. Er war so reserviert und konservativ, so ganz anders, als sie gewesen war.

»Du bist uns jederzeit willkommen.« Ihre Großmutter bedachte sie wieder mit einem unergründlichen Blick, der offenließ, ob ihre Bemerkung ehrlich gemeint war.

Vielen Dank, freiwillig werde ich kein Haus betreten, in dem meine Großmutter lebt, dachte Victoria grimmig.

»Victoria, kann ich gleich noch zu dir aufs Zimmer kommen?«, flüsterte ihr Rosalyn zu, während sich Friedrich von Langenstein von den Gästen verabschiedete. »Ich muss unbedingt mit dir reden.«

Victoria war todmüde, aber Rosalyn blickte sie so flehentlich an, dass sie nickte. »Ja, natürlich können wir uns noch unterhalten.«

Es dauerte nicht lange, bis Rosalyn an ihre Zimmertür klopfte und hereinschlüpfte. Ihre Lippen zitterten.

»Ach, Victoria, ich bin dir ja so dankbar, dass du gekommen bist«, brach es aus ihr heraus. »Ich weiß wirklich nicht mehr aus noch ein.«

Rosalyn ließ sich auf die gepolsterte Bank am Fußende des Bettes sinken. Victoria setzte sich zu ihr und berührte ihren Arm. »Was ist denn geschehen?«

»Ich ... ich hatte eine Affäre.« Rosalyn verbarg das Gesicht in ihren Händen.

Victoria brauchte einen Moment, um die Worte der Freundin zu verarbeiten, dann musste sie sich jedoch gestehen, dass sie so etwas fast vermutet hatte.

»Liebst du den Mann denn?«, fragte sie sanft.

»Nein, nicht mehr. Das heißt, ich habe ihn, glaube ich, nie wirklich geliebt ...« Rosalyn legte die Hand auf die Brust und sah Victoria beschwörend an. »Friedrich darf von dem, was ich dir jetzt erzähle, niemals etwas erfahren.«

»Selbstverständlich werde ich ihm nichts sagen«, beteuerte Victoria.

Rosalyns Gestik und Wortwahl waren so melodramatisch, dass sie, obwohl ihr die Freundin aufrichtig leidtat, ein Lächeln unterdrücken musste.

»Ich war so verliebt in Friedrich, als wir uns kennenlernten, und auch zu Beginn unserer Ehe ...« Rosalyn seufzte. »Aber dann ... Er ist immer so korrekt ...«

»Was meinst du damit?«

»Er fährt morgens zu einer festgesetzten Zeit ins Regierungspräsidium nach Coblenz und kommt abends meist zur selben Zeit zurück.« Rosalyn blickte auf ihre Hände. »Er ist mir gegenüber immer höflich und rücksichtsvoll, er wird auch bei einem Streit nie laut. Vielleicht wäre auch alles anders gekommen, wenn ich gleich zu Beginn unserer Ehe schwanger geworden wäre. Ich möchte unbedingt Kinder ... Aber obwohl wir sehr verliebt waren und häufig miteinander ... intim waren, kam es nicht dazu.« Rosalyn stockte verlegen. »Ich habe mich einsam gefühlt. Die Damen aus Friedrichs Kreisen sind mir gegenüber wirklich nett. Aber sie sind so gesetzt und langweilig. Ganz anders als du ...«

»Meine Großtante und meine Großmutter sehen das nicht so positiv wie du«, erwiderte Victoria trocken.

»Deine Großmutter und du, ihr mögt euch nicht besonders, nicht wahr?«

»Darüber können wir später einmal reden.«

»Vor ein paar Wochen machte uns ein englischer Adliger, Lord Cecil Fisher, seine Aufwartung.« Rosalyn senkte den Kopf. »Ein Freund seines verstorbenen Vaters ist mit meinem Vater bekannt. Du weißt ja, wie das so ist ...«

»Gewiss.« Victoria nickte.

Unter dem Adel und der Oberschicht war es üblich, bei Auslandsreisen Empfehlungsschreiben von Verwandten und Freunden mitzuführen, mit denen man sich in der Gesellschaft vorstellte.

»Lord Fisher war zur Kur in Godesberg, um seine Nervenschmerzen zu lindern – er hat seine linke Hand bei einer militärischen Übung verloren. Er ist witzig und charmant, er hat mir das Gefühl vermittelt, schön und begehrenswert zu sein. Außerdem sieht er sehr gut aus. Er hat uns häufig besucht. Friedrich hat sich gern mit ihm unterhalten. Was mir natürlich sehr gelegen kam. Lord Fisher und ich sind zusammen ausgeritten. Wir haben Ausflüge an den Rhein und ins Siebengebirge gemacht ... Endlich war mein Leben wieder aufregend. Und dann, kurz bevor er in den Süden abreiste, habe ich mich ihm hingegeben ...« In Rosalyns Augen schimmerten Tränen.

»Rosalyn, ich verstehe ja, dass du Friedrich gegenüber Schuldgefühle hast«, versuchte Victoria die Freundin zu beruhigen. »Aber dass da mit Lord Fisher mehr war als nur eine freundschaftliche Beziehung, bedeutet doch nicht das Ende deiner Ehe...« Victoria errötete unwillkürlich. Im Frühjahr, bevor sie sich in Jeremy verliebt hatte, hatte sie sich selbst von einem anderen Mann verführen lassen und hätte fast mit ihm geschlafen.

»Ach, es ist viel schlimmer...« Rosalyn schluchzte auf.

»Bist du etwa schwanger?«, fragte Victoria erschrocken.

»Um Himmels willen, nein!« Rosalyn sah sie entsetzt an.

»Dann verstehe ich nicht, warum du so verstört bist.«

Rosalyn sah einem Nachtfalter nach, der durch das Zimmer flatterte, dann senkte sie wieder den Kopf. »Lord Fisher ist vor ungefähr zwei Wochen aus Godesberg abgereist. Er wollte einige Wochen in Italien und Südfrankreich verbringen, um sich über sein weiteres Leben klar zu werden, denn wegen des Unfalls musste er den Militärdienst quittieren. Seit er fort ist, ist mir, als ... als wäre ich von einem schweren Fieber genesen.«

»Du willst damit sagen, dass du deine romantische Schwärmerei überwunden hast?« Victoria musste wieder ein Lächeln unterdrücken.

»Ja, mir wurde klar, dass ich Friedrich wirklich liebe.« Tränen rannen über Rosalyns Wangen.

»Aber, das ist doch gut...«

»Nein, das ist es nicht...« Rosalyn schluchzte erneut auf. »In der vergangenen Woche habe ich mit einigen Damen in Coblenz an einer Séance teilgenommen. Ich tue das gelegentlich. Ich finde es immer spannend und aufregend.« Victoria enthielt sich eines Kommentars. Sie hielt Séancen für Unsinn. Aber sie wusste, dass sie bei Menschen aus allen Schichten sehr beliebt waren. Manche Teilnehmer wollten mit einem geliebten Toten in Kontakt treten, für andere waren sie ein gruseliges Gesellschaftsspiel. »Eine der anwesenden Damen hoffte, Botschaften von ihrer kürzlich verstorbenen Tochter zu empfangen. Aber das Medium, Madame Regnier, erklärte, da sei eine andere Stimme, die zu ihr spreche. Die eines toten Mannes. Sie lauschte und wurde ganz bleich und sagte, der Tote sei ermordet worden. Sein Name sei Cey.«

»Ja und?« Victoria verstand nicht, worauf die Freundin hinauswollte.

»Cey war mein Kosename für Lord Fisher ...«

»Rosalyn ...« Victoria konnte es nicht fassen. »Du kannst nicht im Ernst glauben, dass Lord Fisher ermordet wurde.«

»Du hast die Szene nicht miterlebt.« Rosalyn schüttelte den Kopf. »Es war sehr unheimlich, und Madame Regnier war tief erschüttert. Die anderen Damen waren ebenfalls völlig verstört. Es war wirklich so, als hätte uns ein kalter Hauch gestreift ...«

»Menschen beeinflussen sich gegenseitig in ihrer Wahrnehmung.«

»Das weiß ich. Aber so war es in diesem Fall nicht«, beharrte Rosalyn. »Cecil kam nie im Grand Hotel des Bains in Venedig an, wo er logieren wollte. Ich habe dort angerufen und unter einem Vorwand nach ihm gefragt.«

»Er kann seine Reisepläne kurzfristig geändert haben ...«

»Sein Zimmer wurde nicht storniert.«

»Vielleicht ist er an einen Ort gereist, von dem aus er nicht telefonieren oder telegrafieren konnte. Es gibt so viele abgelegene Gegenden.« Victoria zuckte mit den Schultern.

Rosalyn schwieg einen Moment, ehe sie flüsterte: »Ich habe solche Angst, dass Friedrich Cey getötet hat.«

Victoria starrte die Freundin ungläubig an. »Das meinst du

nicht im Ernst!« Bei allem Mitgefühl für Rosalyn musste sie an sich halten, um nicht laut aufzulachen.

»Ich glaube, er hat bemerkt, dass wir eine Affäre hatten. Seit einiger Zeit verhält er sich mir gegenüber so abweisend.«

»Selbst wenn du damit recht haben solltest ... Ich schätze deinen Gatten so ein, dass er in diesem Fall Lord Fisher gefordert hätte.«

»Ich traue ihm ja auch keinen feigen Mord zu. Aber ich fürchte, dass er die Tat in einem Zornesausbruch begangen hat.«

»Denkst du nicht, dass er sich dann der Polizei gestellt hätte?«

»Oh, wenn es nur um ihn selbst gehen würde, bestimmt. Aber Friedrich würde alles tun, um die Ehre seiner Familie nicht zu beflecken. Ach, ich könnte ihm einen Mord verzeihen, schließlich wäre ich ja selbst schuld an der Tat. Aber ich könnte nicht mit einem Mörder leben. Ich muss einfach wissen, ob Friedrich Cecil getötet hat oder ob er unschuldig ist. Am Morgen von Ceys Abreise war er nicht in seinem Büro. Sein Sekretär konnte mir nicht sagen, wo er den Vormittag verbracht hat.«

Rosalyn weinte wieder. Sie wirkte so verzweifelt, dass Victoria begriff, dass jeder Appell an ihre Vernunft sinnlos war. Sie nahm die Freundin in den Arm. »Warum hast du mich denn um Hilfe gebeten?«, fragte sie, als Rosalyn sich wieder etwas beruhigt hatte. »Was soll ich für dich tun?«

»Ich kann Cecils Godesberger Hotel nicht aufsuchen. Durch Friedrichs Position bin ich zu bekannt in der Gegend. Ich wäre dir so dankbar, wenn du dich dort erkundigen würdest, ob Friedrich mit Lord Fisher gesehen wurde.«

»Wie stellst du dir das vor? Ich kann dem Personal ja kaum eine Fotografie deines Gatten zeigen ...«

»Dir fällt bestimmt etwas ein.« Rosalyn sah Victoria hoffnungsvoll an.

»Wo hat Lord Fisher denn gewohnt?«, gab Victoria nach.

»Im Hotel Godesberger Hof.«

»Hast du ein Bild von ihm?«

Rosalyn nickte. Sie holte ein kleines Mäppchen, das in bestickte rote Seide eingeschlagen war, aus ihrem Abendtäschchen und schlug es auf. Darin befand sich eine Fotografie. Lord Cecil Fisher war Mitte oder Ende zwanzig und wirklich ein Beau. Er saß lässig auf einem Stuhl vor einer romantischen Landschaftskulisse. Victoria konnte sich gut vorstellen, dass der Lord mit einem Blick aus seinen großen dunklen Augen viele Frauenherzen verzauberte. Sein Haar war modisch an der Seite gescheitelt und mit Brillantine geglättet. Es lockte sich nur an den Schläfen. Sein Sommeranzug war elegant. Er war sicher nicht der Typ Mann, der lange einer Frau nachtrauerte. Seine Hände ruhten in seinem Schoß.

»Hat er eine Prothese getragen?«, fragte Victoria.

»Ja, das hat er. Sie steckte in einem Handschuh. Auf den ersten Blick war gar nicht zu erkennen, dass die Hand künstlich war.«

Ein Gedanke kam Victoria in den Sinn. »Ist Lord Fisher denn nicht mit einem Butler gereist?«

»Sein Butler hatte kurz vor der Reise nach Deutschland gekündigt, und Cecil wollte nicht auf die Schnelle einen neuen einstellen. Schließlich ist das ja eine Vertrauensposition.«

Dem würde Hopkins ganz gewiss zustimmen...

»Ich kann dir gar nicht sagen, wie dankbar ich dir bin, dass du mir helfen willst. Ich werde für immer in deiner Schuld stehen.« Rosalyn umarmte Victoria stürmisch. »Und ich freue mich so, dass du verlobt bist. Du liebst diesen Mann bestimmt sehr?«

»Ja, das tue ich«, erwiderte Victoria leise.

Während sie sich später auszog, musste sie daran denken,

dass sie als Kind manchmal in den medizinischen Lehrbüchern ihres Vaters geblättert hatte. Deshalb wusste sie, wie Männer und Frauen aussahen, wenn sie nackt waren, auch die Details des Beischlafs hatten sich ihr allmählich erschlossen. Aber sie hatte keine Ahnung, wie es sich *anfühlte*, mit einem Mann intim zu sein. Wenn sie aus den Gefühlen schloss, die ein Kuss in ihr auslöste, musste es überwältigend sein. Wieder durchströmte Victoria ein heißes Verlangen nach Jeremy.

SECHSTES KAPITEL

Das Hotel Godesberger Hof war ein imposantes Gebäude mit einer Kuppel über dem Mitteltrakt. Es lag direkt am Rhein, mit Sicht auf den bekannten Drachenfels am anderen Ufer. In das grüne Laub unterhalb der Burgruine mischten sich die ersten herbstlich bunten Tupfer. Victoria verbannte die Erinnerung an die Bootsfahrt mit Jeremy auf dem See in Kensington Gardens, die sie plötzlich überfiel, aus ihren Gedanken.

Hier werde ich malen und fotografieren können, überlegte sie, während die Droschke, die sie am Bahnhof von Godesberg gemietet hatte, vor dem Hotel hielt. In ihren Augen war Rosalyns Verdacht immer noch völlig absurd. Trotzdem freute sie sich ein bisschen auf ihre Aufgabe. Manchmal spielte sie ganz gern Detektiv. Ein Interesse, das sie von ihrem Vater übernommen hatte, der ja nicht nur Gerichtsmediziner gewesen war, sondern auch zusammen mit Hopkins an der Aufklärung etlicher Kriminalfälle beteiligt gewesen war. Nicht immer zur Freude von Scotland Yard.

Friedrich von Langenstein war schon früh nach Coblenz gefahren, deshalb hatte Victoria ihn am Morgen nicht mehr gesehen. Sie und Rosalyn hatten zusammen gefrühstückt. Die Freundin hatte erschöpft gewirkt, als ob sie während der Nacht kaum ein Auge zugetan hätte. Da der Butler ihnen serviert hatte, hatten sie nicht offen miteinander sprechen können. Gleich nach dem Frühstück war Victoria aufgebrochen. Rosalyn hatte sie zur Kutsche begleitet und ihr noch einmal zugeflüstert, wie dankbar sie ihr war.

Ein Türsteher in blauer Livree verbeugte sich vor Victoria und nahm sich ihrer Reisetasche an. Sie beabsichtigte, nicht mehr als zwei Tage unterwegs zu sein, und hatte nur einige wenige Kleidungsstücke mitgenommen. Nachdem sie den Kutscher bezahlt hatte, geleitete der Türsteher sie die wenigen Stufen zum Eingang hinauf.

Das Entree des Hotels war groß und hell. An beiden Seiten standen tiefe Chintzsofas, die farblich mit den cremefarbenen Wänden harmonierten. Ein dicker Teppich auf dem Marmorboden dämpfte die Schritte. Licht brach sich in dem riesigen Kronleuchter und ließ das geschliffene Glas funkeln.

»Gnädiges Fräulein, was kann ich für Sie tun?« Der Mann am Empfang, der ebenfalls eine blaue Uniform trug, schenkte ihr ein einstudiertes Lächeln.

»Mein Name ist Bredon. Der Butler der Familie von Langenstein hat ein Zimmer für mich reserviert.«

»O ja, gewiss. Wir freuen uns sehr, einen Gast des Grafen und der Gräfin bei uns begrüßen zu dürfen. Wenn ich bitte Ihren Pass sehen dürfte? Es ist nur eine Formalität ...«

Während der Rezeptionist die Angaben aus ihrem Pass in den Meldeschein und in das Gästebuch übertrug, musste Victoria daran denken, wie indigniert Hopkins sich einmal über die deutsche Ausweispflicht geäußert hatte. Sie verkniff sich ein Lächeln und unterschrieb den Meldeschein. Der Rezeptionist wünschte ihr überschwänglich einen schönen Aufenthalt und winkte einen Pagen herbei, der ihr Gepäck zu einem Fahrstuhl trug.

»Sind Sie Engländerin, gnädiges Fräulein?«, fragte der Page, nachdem sich der Aufzug in Bewegung gesetzt hatte. Er war vielleicht fünfzehn oder sechzehn Jahre alt, hatte ein sommersprossiges Gesicht und kecke blaue Augen.

»Ja, das bin ich«, erwiderte sie amüsiert. »Woran hast du das denn erkannt? Ich glaubte eigentlich, akzentfrei Deutsch zu sprechen.«

»Das tun Sie auch. Aber ich hab gehört, wie Sie Ihren Namen sagten, und der kam mir englisch vor. Wir haben hier nämlich viele englische Gäste. Ich möchte später einmal in einem großen Hotel in London arbeiten. Möglichst im Ritz oder im Savoy.«

»Dort bin ich hin und wieder. In beiden Hotels gibt es deutsche Angestellte. Es besteht also kein Grund, weshalb du es nicht schaffen solltest.«

»Meinen Sie das ernst, gnädiges Fräulein?« Die Augen des Pagen strahlten.

»Ja, du musst nur gut Englisch können.« Victoria überlegte rasch. Der Junge schien aufgeweckt zu sein. »Hast du vielleicht Lord Fisher gekannt, der ein paar Wochen lang hier wohnte?«

»Klar hab ich das. Er war nett und großzügig mit dem Trinkgeld.«

»Weißt du, ob Lord Fisher hier einen Diener hatte?«

»Der Franz hat ihn meistens betreut«, erwiderte der Junge wie aus der Pistole geschossen.

»Könntest du Franz zu mir aufs Zimmer schicken? Ich hätte ein paar Fragen an ihn.« Victoria drückte dem Jungen ein Markstück in die Hand.

»Ich tue, was ich kann, gnädiges Fräulein.« Er zwinkerte ihr verschwörerisch zu.

Tatsächlich klopfte es eine knappe halbe Stunde später an Victorias Zimmertür. Das Hausmädchen, das ihre Reisetasche ausgepackt hatte, war gerade eben wieder gegangen. Als Victoria öffnete, stand ein braunhaariger, gut aussehender junger Mann vor ihr, der die Livree eines Dieners trug.

»Gustav hat gesagt, dass Sie ein paar Fragen zu Lord Fisher hätten.« Franz' Stimme klang zögernd. »Wir dürfen eigentlich nicht über die Gäste sprechen.«

»Ja, natürlich ... Bitte kommen Sie doch herein.« Victoria bedeutete ihm, in einem der mit hellem Chintz bezogenen Sessel Platz zu nehmen. Das Zimmer war luxuriös mit Mahagonimöbeln eingerichtet. Franz war anzusehen, dass er sich nicht wohl in seiner Haut fühlte. »Ich verstehe Ihre Zurückhaltung wirklich. Es ist nur so ...«, Victoria gab vor, nach Worten zu suchen, »... dass eine Freundin von mir sehr verliebt in Lord Fisher ist. Ihre Eltern dürfen davon nichts wissen. Sie sind gegen die Verbindung. Sie wollte sich mit Lord Fisher heimlich in Venedig treffen. Er teilte ihr mit, dass er ein Zimmer im Grand Hotel des Bains nehmen werde, aber in Venedig musste sie erfahren, dass er gar nicht im Hotel ankam. Wissen Sie denn, ob er seine Pläne geändert hat? Bitte ... Meine Freundin macht sich große Sorgen. Sie müssen mir einfach helfen.« Victoria blickte den jungen Mann beschwörend an.

»Meines Wissens hat Lord Fisher seine Pläne nicht geändert.«

Franz war, wie Victoria angenommen hatte, noch jung genug, um sich einer romantischen Geschichte nicht zu verschließen.

»Haben Sie ein Zimmer im Grand Hotel für ihn gebucht?«

»Ja, ich habe mit dem Hotel telefoniert. Normalerweise macht das der Empfangschef. Aber da ich zwei Jahre in Italien gearbeitet habe, ist mein Italienisch viel besser als seines.« Er grinste.

»Glauben Sie denn, dass Lord Fisher sich an Sie gewandt hätte, wenn er ein Zimmer in einem anderen Hotel hätte reservieren wollen?«

»Ich denke schon, er war mit meiner Arbeit sehr zufrieden.«
Franz zuckte mit den Schultern.

»Wann genau ist Lord Fisher abgereist?«

»Es muss der ... warten Sie ... ja, es muss der 16. August
gewesen sein. Ich erinnere mich, weil meine Cousine an diesem
Tag Geburtstag hat. Er wollte den Zug um acht Uhr nach Basel
nehmen. Ich habe ihm die Fahrkarten besorgt.« Franz wirkte
zunehmend irritiert von Victorias Fragen.

»Ist er in einer Kutsche des Hotels zum Bahnhof gefahren?«

»Ja, ich habe ihn selbst nach unten begleitet und mich von
ihm verabschiedet.«

»Hat er an dem Morgen denn irgendwie seltsam gewirkt?
So, als ob ihn etwas bedrücken würde?«

»Nein, gar nicht.« Franz schüttelte den Kopf. »Er hat sich
auf die Reise gefreut, er war froh, den Herbst und den Winter
im Süden verbringen zu können. ›Glauben Sie mir, Franz, es
gibt nichts Scheußlicheres als einen englischen Winter‹, hat er
häufig gesagt.«

»Sie hatten auch nicht den Eindruck, dass sich Lord Fisher
während seines Aufenthalts von irgendjemandem bedroht
fühlte?«

»Um Himmels willen, nein. Warum hätte ihn denn jemand
bedrohen sollen?« Franz sah sie überrascht an, was Victoria gut
verstehen konnte.

»Ach, das war nur so eine Idee ... Wie ich schon sagte, die
Familie meiner Freundin ist gegen die Verbindung. Ich dachte,
dass ihm einer ihrer Brüder nachgestellt haben könnte«, improvisierte sie.

»Die Schmerzen in seinem amputierten Armstumpf haben
Lord Fisher zugesetzt. Zumindest am Anfang seines Aufenthalts. Durch die Kur wurden sie besser. Aber abgesehen von
den Schmerzen hat er auf mich immer optimistisch gewirkt.

Wie ein Mensch, der viele Pläne hat. Nehmen Sie es mir nicht übel, gnädiges Fräulein, wenn ich ganz offen bin. Ich sage das nicht gern, aber da Lord Fisher nicht im Hotel des Bains wohnt, vermute ich, dass er Ihrer Freundin überdrüssig wurde und sich deshalb kurzfristig für ein anderes Hotel in Venedig oder ein anderes Reiseziel entschieden hat.« Franz erhob sich. »Wenn Sie mich jetzt bitte entschuldigen würden.«

»Danke für Ihre Hilfe.« Victoria seufzte tief und gab Franz ein großzügiges Trinkgeld. »Meiner Freundin wird das ganz und gar nicht gefallen. Aber ich fürchte, Sie haben mit Ihrer Annahme recht.«

Wobei sich, dachte sie, *Franz' Vermutung mit meiner deckt. Lord Fisher wird seine Reisepläne spontan geändert haben.*

Victoria beschloss, zum Bahnhof von Godesberg zu fahren und sich dort zu erkundigen, ob der Lord tatsächlich den Zug nach Basel genommen hatte. Anschließend wollte sie einen Ausflug auf den Drachenfels unternehmen.

Sie zog einen robusten Baumwollrock an und festes Schuhwerk. Vor dem Spiegel setzte sie ihren Strohhut auf und musterte sich prüfend. Die Krempe, so hoffte sie, war breit genug, um sie vor der Sonne zu schützen. Victoria hängte sich ihre Tasche mit der Fotoausrüstung um und machte sich voller Tatendrang auf den Weg.

»Na, gnädiges Fräulein, wollen Sie etwa Godesberg schon wieder verlassen?«

Der Bahnbeamte mit dem gezwirbelten Kaiser-Wilhelm-Schnurrbart, der bei ihrer Ankunft an der Sperre gestanden und die Fahrkarten der ankommenden Reisenden eingesammelt hatte, hob grüßend die Mütze.

»Dass Sie sich noch an mich erinnern ...«

»So eine hübsche junge Dame vergisst man nicht so schnell.« Er zwinkerte ihr zu.

Ganz offensichtlich war der Mann einem Flirt nicht abgeneigt, was Victoria sehr gelegen kam.

»Nein, ich reise noch nicht ab. Ich hätte da eine Frage. Vielleicht können Sie mir weiterhelfen ... Sie scheinen ja über ein gutes Personengedächtnis zu verfügen ...« Sie schenkte ihm einen tiefen Blick aus ihren grünen Augen. »Es geht um eine meiner Freundinnen. Sie wüsste gern, ob dieser Mann vor ungefähr zwei Wochen von hier abgereist ist. Sein Zug fuhr um acht Uhr am Morgen.« Victoria holte die Fotografie aus ihrer Handtasche und zeigte sie dem Beamten.

Dieser strich über seinen Schnurrbart und betrachtete die Aufnahme. »Ja, der Herr ist mit dem Acht-Uhr-Zug nach Basel abgereist«, sagte er schließlich.

»Sind Sie ganz sicher?«

»Ja, er kam mit einer Kutsche vom Godesberger Hof. Ich achte da immer drauf. Die feinen Herrschaften sollen sich in Godesberg ja wohlfühlen. Wenn nicht zu viel zu tun ist, erkundige ich mich, wie ihr Aufenthalt war, oder mache einen kleinen Scherz. An diesen Herrn erinnere ich mich auch so gut, weil er mich auf Englisch gefragt hat, ob ich Feuer hätte. Ich versteh die Sprache ja nicht. Aber als er dann auf seine Zigarettenpackung gedeutet hat, hab ich begriffen, was er meinte, und hab ihm Streichhölzer gegeben.«

»Und der Herr ist wirklich durch die Sperre gegangen?«, insistierte Victoria.

»Ja, natürlich. Warum hätte er mir denn sonst seine Fahrkarte zeigen sollen?«

Eine Gruppe von Reisenden kam nun die Treppe herauf und beanspruchte die Aufmerksamkeit des Beamten. Victoria bedankte sich rasch und verließ den Bahnhof.

Damit hat sich Rosalyns Verdacht endgültig als falsch erwie-sen, dachte sie erleichtert, während sie zu den Droschken ging, die in einer Reihe vor dem Gründerzeitgebäude im Schatten unter Bäumen standen. *Noch nicht einmal Rosalyn mit ihrer überbordenden Fantasie kann ernsthaft glauben, dass ihr Gatte Lord Fisher im Zug abgepasst, ihn zum Aussteigen gezwungen und dann irgendwo ermordet hat.*

»Zur Fähre bitte«, nannte sie dem Kutscher ihr Ziel und ließ sich dann erleichtert auf das Polster sinken. Sie freute sich wirklich auf ihren Ausflug zum Drachenfels.

Müde, aber zufrieden betrat Victoria am Abend den Speisesaal des Hotels. Natürlich war es nicht ziemlich für eine junge unverheiratete Frau, die Mahlzeiten nicht auf dem Zimmer, sondern in der Öffentlichkeit einzunehmen. Aber sie hatte keine Lust, sich sittsam zurückzuziehen. Auf Reisen mit ihrem Vater hatte sie gelegentlich in großen Hotels gespeist. Sie liebte die festliche Atmosphäre beim Dinner, die Kristallgläser und das Silber, die im Kerzenlicht schimmerten, den opulen-ten Blumenschmuck und die eleganten Roben der vornehmen Damen.

Victoria bemerkte die Blicke, die ihr folgten, während sie den großen Saal durchquerte. Der Oberkellner jedoch schien darüber informiert zu sein, dass sie ein Gast der von Langen-steins war. Falls er sich über ihr Verhalten wunderte, ließ er es sich nicht anmerken. Er winkte einen seiner Untergebenen her-bei, der sie zu einem Tisch direkt vor einem der hohen Fenster führte und ihr die Speisekarte reichte. Die Kristallleuchter an der Decke brannten schon, aber draußen war es noch dämmrig, sodass Victoria den Rhein und die Drachenburg sehen konnte. Über dem Turm der Ruine stand ein fast noch voller Mond, umgeben von einem regenbogenfarbenen Hof. Ein Anblick, der Mr. Parker sicher entzückt hätte.

Plötzlich wünschte Victoria sich, Jeremy wäre bei ihr und sie könnte den Abend mit ihm verbringen. Sie vermisste ihn schmerzlich. Auch während ihres Ausflugs hatte er ihr gefehlt. Sie hatte sich immer wieder bei dem Wunsch ertappt, all die Eindrücke mit ihm teilen zu können. Sie dachte an die hübschen Dörfer, in denen sich gepflegte kleine Fachwerkhäuser aneinanderreihten, die Brunnen auf den Plätzen und die Weinberge, die sich malerisch die Hänge hinaufzogen. Ja, sie konnte die Begeisterung der Touristen für diese Gegend nun gut verstehen.

Die Ruine der Drachenburg hatte auch im hellen Sonnenlicht sehr romantisch gewirkt. Das schöne Wetter hatte viele Reisende angelockt. Außer Deutschen und Engländern waren Holländer, Franzosen und sogar Russen unter ihnen gewesen, wie Victoria aus ihren Sprachen geschlossen hatte. Eine Gruppe englischer Touristen hatte sich am Fuß des verwitterten Turms versammelt und andächtig Byron rezitiert. Victoria hatte sie fotografiert, ebenso wie ihre im Schatten der Ruine picknickenden Landsleute. Auch Reisende, die auf Maultieren zur Burg ritten, hatten ein schönes Motiv abgegeben. Der Blick ins Rheintal, wo der Fluss majestätisch zwischen den steilen Felsen dahinströmte, war grandios gewesen. Man hatte bis nach Köln und Coblenz sehen können, und das Wasser hatte türkisblau geschimmert, wie man es eigentlich vom Mittelmeer kannte.

Der Kellner trat wieder an ihren Tisch und fragte Victoria, ob sie gewählt habe. Sie hatte sich für ein leichtes Abendessen entschieden – eine Gurkensuppe, Fisch in Weißweinsoße mit Kartoffeln und zum Dessert ein Zitronensorbet. Dazu bestellte sie ein Glas Rheinwein.

Wenig später servierte der Kellner die Suppe. Sie schmeckte Victoria sehr gut. An einem Nachbartisch unterhielten sich einige Gäste über Politik. Was bedeutete, dass die Männer sprachen und die Frauen geduldig zuhörten. Victoria verdrehte die Augen und fragte sich, ob sich dies jemals ändern würde. Thema der hitzigen Diskussion war die angespannte politische Lage in Russland und das erst kürzlich zurückliegende Treffen zwischen dem Kaiser und dem Zaren an der Ostsee. Einige der Männer vertraten die Ansicht, dass Russland dringend politische Reformen benötige, andere waren der Meinung, die Regierung müsse die Opposition noch mehr unterdrücken.

Was wohl Lew Prokowski bewogen hat, Russland zu verlassen?, ging es Victoria durch den Kopf, während sie einen Schluck von ihrem Wein trank. Sie bedauerte es, dass sie sich im Zug nicht länger hatten unterhalten können. Vielleicht würden sie sich ja in London wieder einmal begegnen. Ihre Gedanken wanderten zu ihrer Mutter und dem Maler namens Jakob. Bonn war nur wenige Kilometer von Godesberg entfernt. Sie hatte sich entschieden, am kommenden Tag dorthin zu fahren und Leah Wagner aufzusuchen. Die Freundin ihrer Mutter hatte ihr Telegramm nicht beantwortet. Aber möglicherweise hatte sie ja Glück und würde Leah trotzdem antreffen. Oder jemand konnte ihr sagen, wohin sie verzogen war.

Der Fisch war ebenso gut wie die Suppe, sehr zart und genau richtig gebraten, und das Zitronensorbet hätte, so vermutete Victoria, sogar Hopkins' Zustimmung gefunden. Draußen war es jetzt ganz dunkel. Die hohen Fenster reflektierten den Speisesaal, nur noch der Mond war als silberne Scheibe inmitten der Spiegelung zu erkennen.

Victoria beschloss, vor dem Schlafengehen noch einen kleinen Spaziergang zu machen. In dieser letzten Augustnacht war es draußen bestimmt schön. Sie wollte schnell ihren Mantel holen und hatte eben den Aufzug verlassen, als ein Zimmermädchen auf sie zueilte. Offenbar hatte es vor ihrer Tür auf sie gewartet.

»Sind Sie Fräulein Bredon?«, fragte es leise, während es sich ängstlich umblickte.

»Ja, die bin ich«, erwiderte Victoria erstaunt.

»Ich muss mit Ihnen über Lord Fisher sprechen.«

»Komm mit in mein Zimmer.«

»Lieber nicht. Elsa, die für die Räume auf diesem Korridor zuständig ist, wird jede Minute Ihr Bett für die Nacht richten und nachsehen, ob alles in Ordnung ist.« Das junge Mädchen schüttelte den Kopf. »Ich möchte nicht, dass sie mich mit Ihnen sieht und es der Hausdame meldet.«

»Ich wollte ohnehin an den Rhein. Komm mir in ein paar Minuten nach«, erwiderte Victoria. »Ich warte dort auf dich, wo die Straße, die am Hotel vorbeiführt, in den Uferweg mündet.«

Was wird mir das Zimmermädchen wohl mitteilen?, fragte Victoria sich, während sie am Ufer auf und ab schritt. Es war kühler, als sie erwartet hatte, über dem Rhein schwebte jetzt ein Dunstschleier. Trotz des Mantels fröstelte sie. Doch es dauerte nicht lange, bis das Zimmermädchen die Straße entlangkam. Seine weiße Schürze und sein Häubchen schimmerten hell in der Dunkelheit.

»Setz dich zu mir.«

Victoria deutete auf eine Bank, die unter einer Gaslaterne stand. Das Mädchen hatte sein blondes Haar geflochten und zu Schnecken über die Ohren gesteckt. Nervös zupfte es an seiner weißen Schürze herum.

»Woher weißt du denn, dass ich mich nach Lord Fisher erkundigt habe? Und wie heißt du eigentlich?« Victoria beugte sich zu ihr.

»Mein Name ist Marie.« Das Mädchen senkte den Kopf.

»Ich habe Gustav und Franz im Speisesaal der Bediensteten darüber sprechen hören.« Ihre weiche, dialektgefärbte Stimme passte zu ihrer zarten Erscheinung.

»Und was willst du mir sagen?«

»Franz meinte, Sie hätten ihn gefragt, ob Lord Fisher von jemandem bedroht worden wäre ...«

»Ja, das habe ich.«

»Am Tag vor Lord Fishers Abreise hatte ich frei. Ich habe bei meiner Großmutter in Köln übernachtet, am frühen Morgen bin ich dann mit dem Zug zurück nach Godesberg gefahren. Lord Fisher war immer freundlich zu mir. Er hat mir oft ein Trinkgeld gegeben und mir sogar ein Seidentuch und Parfüm geschenkt.«

War er etwa zudringlich geworden? War es das, was Marie ihr erzählen wollte?

Das Mädchen las die Frage in Victorias Augen und schüttelte den Kopf. »Er hat mich nie unsittlich berührt ... Er war nur nett. Als ich an dem Morgen aus dem Zug stieg, sah ich ihn auf dem Bahnsteig und er mich. Und ... Er hat mich so seltsam angeblickt, als ob er mir etwas sagen wollte. Tatsächlich ist er auf mich zugegangen. Aber der Mann, der bei ihm war, hat ihn zurückgehalten.«

»Ein Mann war bei ihm?«

»Ja, Lord Fisher hatte Angst vor ihm. Da bin ich mir ganz sicher. Gleich darauf fuhr auf dem gegenüberliegenden Gleis ein Zug ein. Sein Begleiter hat ihn am Arm gefasst und in ein Abteil geschoben.«

Um Himmels willen ... Es ist doch nicht möglich, dass Friedrich Lord Fisher tatsächlich am Bahnhof abgepasst und verschleppt hat, durchfuhr es Victoria.

»Wie sah dieser Mann denn aus?«, fragte sie.

»Er war mittelgroß und hatte dunkles Haar.«

»Nicht etwa sehr groß und blond und außergewöhnlich gut aussehend?«, vergewisserte sich Victoria.

»Nein, gut sah er nicht gerade aus, eigentlich eher abstoßend, seine Nase war ganz schief.«

Das sprach eindeutig gegen Friedrich von Langenstein…

»Ist dir sonst noch etwas an dem Mann aufgefallen?«

»Er hatte sehr breite Schultern. Wie ein Schmied.« Marie zögerte.

»Sag mir ruhig, was dir durch den Kopf geht.«

»Im Godesberger Hof sind ja viele englische Touristen zu Gast. Irgendwie kam mir der Mann englisch vor.« Marie sah Victoria unsicher an.

»Lag das vielleicht an seiner Kleidung?«

»Ich glaube, ja… Er trug einen Anzug aus einem groben Stoff wie viele englische Herren, wenn sie Ausflüge unternehmen.«

»Meinst du Tweed?«

»Ich kenne das Wort nicht.«

Von einem Baum fiel eine unreife Kastanie in ihrer stacheligen Schale, rollte über den Uferweg und dann ins Wasser, wo sie für einen Moment die Spiegelung der Gaslaterne zerstörte.

»Bist du dir wirklich ganz sicher, dass du dir Lord Fishers Angst nicht nur eingebildet hast?«, fragte Victoria eindringlich.

»Nein, ich habe mich nicht getäuscht«, beharrte das Mädchen. »Ich habe an dem Morgen auch Frau Röder davon erzählt, der Hausdame. Sie hat mich ausgelacht und gemeint, ich wolle mich wohl nur wichtigmachen. Aber das stimmt nicht. Bitte, Sie müssen mir glauben.« Ein flehentlicher Ton schwang in Maries Stimme mit.

»Ich glaube dir«, sagte Victoria.

Zumindest war sie davon überzeugt, dass das Mädchen sie nicht bewusst anlog.

SIEBTES KAPITEL

Victoria ging die Stufen vor dem Bonner Hauptbahnhof hinunter und überquerte dann die Straße. Ihre Reisetasche und die Fotoausrüstung hatte sie an der Gepäckaufbewahrung abgegeben. Ihr Ziel war das nächstgelegene Postamt. Der Beamte am Schalter hatte ihr den Weg beschrieben und gesagt, es sei nicht weit bis dorthin.

Vor dem Einschlafen hatte sie lange über das nachgegrübelt, was Marie ihr erzählt hatte. Victoria war immer noch überzeugt, dass das Mädchen sie nicht belogen hatte, aber vielleicht hatte es die Situation missdeutet. Jedenfalls war ihr nicht wohl dabei, die Sache auf sich beruhen zu lassen. Sie glaubte zwar nicht daran, dass Lord Fishers Geist Rosalyn während der Séance erschienen und er einem Mord zum Opfer gefallen war, aber das änderte nichts daran, dass der Lord nicht im Hotel des Bains angekommen und das Zimmer nicht storniert worden war.

Das Postamt lag tatsächlich ganz in der Nähe des Bahnhofs an einem weitläufigen Platz – ein gelbes Gebäude mit grünen Fensterläden, dem eine Beethoven-Statue den Rücken zukehrte. Am Telegrafenschalter schrieb Victoria den Text ihres Telegramms an Hopkins, in dem sie seinen Anruf erbat, und die Telefonnummer der von Langensteins für den Postbeamten auf ein Blatt Papier. Nachdem sie das Telegramm abgeschickt hatte, fühlte sie sich etwas beruhigt. Es konnte nicht schaden, mit Hopkins über Lord Fisher zu sprechen, denn er war, was den englischen Adel betraf, eine wandelnde Enzyklopädie.

Der Zeitschriftenladen neben dem Postamt war trotz des Sonntags geöffnet. Victoria erwarb einen Stadtplan und schlug ihn gleich auf, um Leah Wagners Adresse ausfindig zu machen.

»Kann ich Ihnen helfen, gnädiges Fräulein?«, erkundigte sich der ältliche Besitzer, da Victoria ratlos auf die Karte blickte.

»Ich suche den Fahrweg, aber ich kann ihn nirgends finden.«

»Zeigen Sie einmal...« Der Ladenbesitzer studierte den Stadtplan und deutete dann auf eine gestrichelte Linie außerhalb der Stadt, neben der ein einzelnes Gebäude eingezeichnet war. »Das müsste er sein.«

»Wissen Sie vielleicht, ob dort eine Frau namens Leah Wagner wohnt?«

»Tut mir leid, da bin ich überfragt.« Bedauernd schüttelte er den Kopf. »Ist aber ein ganzes Stück bis dorthin. Sicher vier, fünf Kilometer. Da nehmen Sie mal besser eine Droschke.«

Victoria bedankte sich. Da das Wetter schön war, beschloss sie, trotz des gut gemeinten Rates einen Spaziergang zu unternehmen. Die frische Luft und die Bewegung würden ihr guttun.

»Autsch!«

Victoria blieb am Rand eines Weizenfeldes stehen. Ein Stein war in ihren Schuh geraten. Sie humpelte zu einer Mauer und ließ sich darauf nieder. Eine Hummel summte an ihr vorbei. Während sie ihren Schuh auszog und ausschüttelte, wünschte sie sich, doch eine Droschke genommen zu haben. Der Weg war beschwerlicher, als sie gedacht hatte. Zudem war es mittlerweile richtig heiß geworden. Dieser Sommer schien kein Ende nehmen zu wollen.

In der Nähe des Bahnhofs war sie durch Straßen gelaufen, in denen die Häuser geradezu von Türmchen, Giebeln und Stuckverzierungen strotzten. Dann hatte sie ein Barockschloss passiert, das mit seinen Haubendächern und Seitenflügeln träge wie ein schlafendes Tier unter dem blauen Himmel ruhte. Direkt hinter dem Schloss hatte sich die Straße durch ein kleines Industrieviertel geschlängelt, ehe die Bebauung dörflich wurde.

Victoria konsultierte erneut den Stadtplan. Nicht weit entfernt gabelte sich der Weg, der nunmehr durch Felder und Wiesen führte. Rechts ging es einen Hügel zu einer Kirche hinauf. Links musste es zu dem Haus gehen, in dem Leah lebte oder früher einmal gelebt hatte.

Seufzend zog Victoria ihren Schuh wieder an und lief weiter. Der Weg verlief nun zwischen hohen Böschungen, und schließlich passierte sie eine Steinbrücke über einen Bach. Hinter der nächsten Biegung sah Victoria einen von Büschen und Wiesen umgebenen Garten. Ein Hausgiebel mit blau gestrichenen Fensterläden lugte durch die dichten Zweige. Weit und breit war kein anderes Gebäude zu sehen.

Victoria öffnete das hölzerne Gartentor, das schief in den Angeln hing. Blumenrabatten säumten die Steinplatten zum Hauseingang. Der Giebel war mit Jugendstilornamenten verziert, das Hausdach leicht gerundet wie ein kieloben liegendes Boot. Die Eingangstür lag unter einem Portikus. Victoria betätigte den Klopfer. Sie hörte das dumpfe Geräusch im Innern des Gebäudes widerhallen, doch nichts regte sich. Auch als sie noch einmal klopfte, erfolgte keine Reaktion.

Ach, herrje! Sie biss sich auf die Lippen. Sollte sie den Weg etwa völlig umsonst zurückgelegt haben?

Suchend blickte Victoria sich um. Ein Pfad führte am Haus entlang. Kurz entschlossen folgte sie ihm. Er mündete unterhalb einer Terrasse in einen Garten – ein wildes Durcheinander aus blühenden Blumen, Sträuchern, Obstbäumen und Gemüsebeeten, das wahrscheinlich die meisten Gärtner entsetzt hätte. Victoria fand es jedoch ganz zauberhaft.

»Frau Wagner?«, rief sie.

Ein paar Vögel, die sich an einer Wassertränke erfrischten, flogen erschrocken davon. Am Rand eines kleinen Gewächshauses, dessen Scheiben zum Schutz gegen die Sonneneinstrahlung gekalkt waren, wuchsen rote Stockrosen. Dahinter trat jetzt eine Frau hervor, die einen zerbeulten Strohhut trug. Ihre Füße waren nackt, in der Hand hielt sie eine Gartenschere. An dem grauen Kittel, den sie über ihr Kleid gezogen hatte, hingen Weinlaub und andere Blätter. Als sie Victoria sah, blieb sie stehen, und ihre Augen weiteten sich. Sie fasste sich an die Brust.

»Amelie . . .«, flüsterte sie. Victoria verschlug es die Sprache. Im nächsten Moment huschte ein Lächeln über das Gesicht der Frau. Sie eilte auf Victoria zu und ergriff ihre Hände. »Bitte entschuldige . . . Ich bin Leah, und du musst Victoria sein. Ich war einige Wochen in Berlin und habe dein Telegramm erst gestern Abend erhalten. Ach, wie schön, dass du trotzdem einfach gekommen bist. Die ganze Zeit, während ich den wilden Wein zurechtgestutzt habe, habe ich eine Antwort an dich formuliert und mich gefragt, wie du wohl aussehen könntest und wann wir uns endlich treffen werden.« Leah Wagner hatte leuchtende graue Augen. Ihr breiter, ausdrucksvoller Mund schien gern zu lachen. Sie musste um die vierzig Jahre alt sein, aber auf Victoria wirkte sie viel jünger. »Ich wasche mir nur schnell die Füße und ziehe mir etwas anderes an.« Leah hakte Victoria unter und führte sie zur Terrasse. »Dann musst du mir von dir erzählen.«

Sie schlüpfte in ein Paar Holzpantinen und verschwand durch eine weit geöffnete Fenstertür ins Haus. Dahinter lag ein Wohnzimmer. Die Möbel aus honiggelbem Holz hatten schlichte, moderne Formen – was Victoria nach dem mittelalterlichen Ambiente auf Rosalyns Burg sehr wohltuend fand. Über dem mit lindgrünem Samt bezogenen Sofa hing ein großer Wandteppich, in den wie ein Spiegelbild des Gartens ein Meer von Blüten eingewebt war.

Victoria setzte sich auf einen der Korbstühle und lauschte der im Wohnzimmer tickenden Standuhr. Bienen und Hummeln schwirrten durch den Garten, auf einem der Obstbäume saß eine Amsel und zwitscherte fröhlich ein Lied.

Als Leah Wagner wieder auf der Terrasse erschien, trug sie ein Sommerkleid mit einem bestickten Oberteil, um ihre Haare hatte sie ein buntes Tuch gebunden.

»Vorhin dachte ich einen Moment lang wirklich, deine Mutter stünde vor mir. Du bist ihr wie aus dem Gesicht geschnitten.« Sie lächelte Victoria entschuldigend an.

»Das höre ich oft. Aber wenn ich mir Fotografien von ihr anschaue, finde ich gar nicht, dass ich ihr so sehr ähnle.«

»Doch, das tust du. Du bist genauso hübsch wie sie.« Leah lachte, wurde dann aber ernst. »Nach Amelies Tod habe ich deinem Vater einige Male geschrieben. Er hat mir nie geantwortet. Vor gut eineinhalb Jahren habe ich in einer Zeitung eine Notiz gelesen, dass der bekannte englische Gerichtsmediziner Dr. Bernard Bredon gestorben sei. Ich habe einen Brief an die letzte Adresse geschickt, die ich von deiner Mutter hatte, aber er kam mit dem Vermerk, dass der Adressat unbekannt sei, wieder zurück. Daraufhin habe ich an deine Großmutter geschrieben und sie gebeten, mir mitzuteilen, wo ich dich erreichen kann. Aber sie hat nicht auf meinen Brief reagiert.«

Das sieht der Fürstin ähnlich, dachte Victoria bitter.

»Lebst du denn bei der Familie deines Vaters? Wie ist es dir all die Jahre ergangen? Es muss mindestens fünfzehn Jahre her sein, seit ich dich das letzte Mal gesehen habe.«

»Ich lebe mit dem Butler meines Vaters am Green Park. Sein Name ist Hopkins.«

»Tatsächlich? Wie unkonventionell.«

»Meine Großtante Hermione würde das weniger positiv ausdrücken.« Victoria lächelte. »Glücklicherweise ist der Rechtsanwalt meines Vaters mein Vormund und nicht mein Großvater.«

»Bist du Malerin wie deine Mutter geworden? Gibt es einen Mann in deinem Leben? Ach, entschuldige ...« Leah schlug die Hand vor den Mund. »Ich muss dir sehr neugierig und indiskret erscheinen. Aber ich habe so oft an dich gedacht und mich gefragt, wie es dir wohl geht ...«

Victoria erzählte, dass ihr Vater nie über den Tod ihrer so früh schon verstorbenen Mutter hinweggekommen war, dass sie erst kürzlich wieder begonnen hatte zu malen und als Fotografin arbeitete. Sie sprach davon, dass sie und Jeremy vorhatten zu heiraten, und sie berichtete von der Ausstellung ihrer Mutter. Ganz selbstverständlich bot Leah ihr das Du an.

Victoria erfuhr, dass sie mit einem Maler verheiratet war. Gelegentlich lebte sie für einige Wochen mit ihm in Berlin, dann wieder er mit ihr hier am Rande von Bonn. Ein Arrangement, mit dem Leah sehr zufrieden zu sein schien.

Irgendwann gingen sie in die Küche, deren Fenster von Efeu und Weinlaub umwuchert waren, sodass Victoria sich ein bisschen wie in einer Höhle vorkam. An einem großen, alten Tisch aßen sie eine Kleinigkeit, ehe sie Leahs Atelier aufsuchten.

Es lag im ersten Stockwerk und hatte einen nach Norden ausgerichteten Wintergarten. Die Schiebefenster standen offen, weshalb es warm, aber nicht stickig war. Es roch nach Farben und nach Terpentin. Auf einer Staffelei stand eine Leinwand. Darauf waren Stockrosen vor einem grünen Hintergrund skizziert. Obwohl sie noch unfertig waren, wirkten die Blumen üppig und kraftvoll. Auch auf den Bildern, die an den Wänden lehnten, waren Blumen oder Stillleben abgebildet. Sie schienen Leahs favorisierte Sujets zu sein, und sie bevorzugte klare, kontrastreiche Farben. Victoria fand ihre Malweise expressiv und aufregend.

Leah ging zu einem Regal. »Ich habe hier ein Album mit Fotografien von deiner Mutter, falls du sie sehen möchtest.«

»Natürlich...« Mit klopfendem Herzen setzte Victoria sich zu Leah auf das abgewetzte Samtsofa voller Kissen, das in einer Ecke des Ateliers stand. »Wo habt ihr euch eigentlich kennengelernt?«, fragte sie.

»In Paris. Wir waren beide dort, um uns künstlerisch weiterzuentwickeln. Unser erster Lehrer war ganz furchtbar.« Leah schüttelte lächelnd den Kopf. »Er war der Meinung, dass Frauen nur in der Lage sind, gegenständlich zu malen und zu zeichnen, und jede Abstraktion sie überfordere. Nachdem wir drei Tage lang verknotete Seile und Holzmaserungen abgezeichnet hatten, griff der alte Widerling deiner Mutter an die Brust. Es reichte uns, und wir suchten uns einen anderen Lehrer.«

»Ich kann es gar nicht glauben, dass meine Großmutter meiner Mutter erlaubt hat, nach Paris zu gehen. Diese Stadt muss für sie ein Sündenbabel sein.« Victoria verzog das Gesicht.

»Wenn mich meine Erinnerung nicht trügt, hat deine Mutter ihren Vater dazu überredet, ihr die Erlaubnis zu geben. Sie konnte ihn wohl um den Finger wickeln. Amelie sollte allerdings bei einer sehr respektablen, verarmten Gräfin leben. Nach ein paar Wochen haben wir uns dann zusammen eine Wohnung genommen.« Leah schlug das Album auf. »Diese Fotografien wurden aufgenommen, kurz nachdem wir uns kennengelernt haben«, sagte sie.

Victoria beugte sich vor. Ihre Mutter stand am Ufer der Seine, eine Brücke im Hintergrund. Auf einem anderen Bild saß sie auf einer Bank in einem Park und hielt einen Zeichenblock und einen Stift in den Händen. Langsam blätterte Leah weiter.

Weitere Fotografien zeigten Amelie auf den Straßen und Plätzen von Paris – vor dem Louvre, auf der Avenue des Champs-Élysées, erneut an der Seine und auf der Terrasse eines Cafés. Auf manchen Bildern blickte sie – so kam es Victoria vor – erwartungsvoll in die Welt, gespannt darauf, was ihr das Leben schenken würde. Dann wieder wirkte sie ganz verträumt und dem Augenblick hingegeben. Obwohl sie noch sehr jung war, besaß sie doch eine ganz besondere Würde.

Victoria musste an den Brief denken, den ihr Vater kurz vor seinem Tod an sie gerichtet hatte und den Mr. Montgomery ihr dann zusammen mit den Gemälden übergeben hatte. Dass ihre Mutter überall Wunder gesehen habe, hatte er ihr darin mitgeteilt. Ihr wurde die Kehle eng, und sie schluckte.

»Wir wollten unbedingt Renoir, Monet, Pissarro und all die anderen impressionistischen Künstler im Original und nicht nur als Schwarz-Weiß-Abbildungen in Büchern sehen. Die Farben der Gemälde haben uns aufgewühlt. Wir waren richtig trunken davon«, hörte sie Leah sagen. »Von morgens bis abends waren wir in Museen und Ausstellungen, danach sind wir stundenlang durch die Straßen gelaufen, haben miteinander geredet und skizziert.«

»Das muss eine wunderschöne Zeit gewesen sein.«

»Ja, es war eine wunderschöne und aufregende und inspirierende Zeit.« Leahs Stimme klang wehmütig.

»Meine Großtante Hermione hat einmal erwähnt, dass mein Vater und meine Mutter sich bei einem Ball kennengelernt haben. Weißt du denn, warum sie damals nach London gereist ist?«

»Weil sie auch Turner im Original sehen wollte. Dieser Reise stand deine Großmutter übrigens wohlwollend gegenüber.« Leah lächelte. »Sie hatte in Baden-Baden eine englische katholische Adlige kennengelernt, deren Söhne geeignete Heiratskandidaten für deine Mutter gewesen wären. Jene Adlige veranstaltete einen Ball, bei dem Amelie dann deinem Vater begegnete.« Leah blätterte wieder eine Seite um. »Diese Bilder hatte sie einem Brief an mich beigelegt.«

Auf einer Fotografie trug ihre Mutter ein duftiges Ballkleid. Zart und anmutig erhob sich ihr Hals aus einem Gewoge aus Spitze. Ein anderes Bild zeigte ihre Mutter und ihren Vater an jenem Abend. Sie hielten Champagnergläser in den Händen und waren in eine Unterhaltung vertieft. Selbst auf der Fotografie schien die Luft zwischen ihnen zu knistern – zwei Menschen, die wie füreinander geschaffen waren.

Aber stimmt das überhaupt?, durchfuhr es Victoria. *War mein Vater wirklich die große Liebe meiner Mutter, wie ich immer geglaubt habe?* Über all den Gesprächen hatte sie ganz vergessen, Leah nach dem Mann namens Jakob zu fragen.

»Leah, für meinen Besuch gibt es, außer dass ich dich gern kennenlernen wollte, einen konkreten Anlass …« Victoria berichtete Leah von dem Gemälde mit der romantischen Burgruine und dem Liebesbrief, den sie zwischen der Leinwand und der Papierbespannung gefunden hatte, ehe sie ihr eine Fotografie des Gemäldes zeigte. Vor ihrer Abreise aus London hatte sie das Bild sorgfältig ausgeleuchtet und dann aufgenommen. »Ich hoffe so sehr, dass du weißt, wer dieser Jakob ist und welche Rolle er im Leben meiner Mutter gespielt hat.« Erwartungsvoll blickte sie die Freundin ihrer Mutter an.

»Ich habe leider keine Ahnung. Amelie hat ihn mir gegenüber nie erwähnt. Auch das Gemälde habe ich noch nie gesehen.« Leah schüttelte den Kopf, runzelte dann jedoch die Stirn, als wäre ihr plötzlich etwas eingefallen.

»Woran denkst du gerade?«

»Ich habe mich an etwas erinnert. Aber wahrscheinlich hat das gar nichts zu bedeuten ...«

»Bitte, sag es mir.«

»Ein paar Monate, nachdem deine Eltern in Gretna Green geheiratet hatten, kam deine Mutter nach Deutschland. Das war im Frühjahr 1887. Sie hatte wenig mehr als einen Koffer voller Kleidung mit nach London genommen. Sie wollte aus dem Schloss in Franken, in dem sie aufgewachsen war, einige Dinge holen. Auf der Rückreise beabsichtigte sie, Station in Bonn zu machen und sich mit mir zu treffen. Einige Stunden vor unserer Verabredung habe ich sie zufällig im Hofgarten gesehen. Ein Mann war bei ihr. Er und deine Mutter umarmten sich.« Leah seufzte. »Als wir uns dann am Nachmittag trafen, schien deine Mutter von innen heraus zu strahlen, sie war ganz geistesabwesend. Ich habe mich unwillkürlich gefragt, ob sie in diesen Mann verliebt war, aber ich habe nicht gewagt, sie zu fragen. Ich konnte mir keinen Reim darauf machen, denn wie ich ihren Briefen entnommen hatte, war sie sehr glücklich und verliebt in deinen Vater. Im folgenden Jahr habe ich Amelie in London besucht. Du warst gerade geboren worden.« Leah lächelte Victoria an. »Deine Eltern haben sich geliebt, das war ganz deutlich zu sehen und zu spüren. Die Art, wie sie sich angeblickt und berührt haben ... Ich sagte mir, dass ich die Begegnung zwischen Amelie und diesem Mann missdeutet haben

143

musste. Und auch falls er tatsächlich dieser Jakob war, bin ich fest davon überzeugt, dass deine Mutter deinen Vater wirklich geliebt hat.«

»Wann genau hat sich meine Mutter denn mit ihm getroffen? Ich meine, in welchem Monat?«

»Ich meine mich zu erinnern, dass es Mitte April war.«

Neun Monate später bin ich geboren worden, durchfuhr es Victoria. *Was, wenn Jakob mein Vater ist?* Aber nein, das war unmöglich.

»Ist etwas? Du bist ja ganz blass geworden ...« Leah berührte besorgt ihre Hand.

»Mir geht es gut«, wehrte Victoria ab.

»Ich kann mich gern in Kunsthandlungen in Bonn und Köln nach einem Maler mit den Initialen *JC* erkundigen und dir eine Liste mit Kunsthändlern in Coblenz, Mainz und Wiesbaden geben, wenn du möchtest.«

»Das wäre sehr nett.«

Victoria zwang sich zu lächeln. Sie wollte Leah nicht merken lassen, wie verstört sie war. Ja, sie musste unbedingt mehr über Jakob und ihre Mutter herausfinden.

Reagiere ich völlig überzogen? Hat Jeremy recht, wenn er sagt, dass ich mich, sobald es um diesen Liebesbrief geht, melodramatisch verhalte?

Unglücklich verfolgte Victoria, wie der Zeiger der Uhr am Bahnsteig weiterrückte. Ein paar Informationen hatte Leah ihr noch geben können. Während der Fahrt in Leahs Einspänner zum Bonner Bahnhof hatte Victoria sich gezwungen, scheinbar heiter mit ihr zu plaudern. Leah von ihrem Verdacht zu erzählen wäre ihr wie ein Verrat an ihrer Mutter vorgekommen. Sie hatte Leah gefragt, ob ihre Mutter außer ihr noch andere enge Freundinnen gehabt hatte, in der Hoffnung, von ihnen etwas über Jakob zu erfahren.

»Soviel ich weiß, nicht«, hatte Leah gesagt, während sie über die Steinbrücke gefahren waren. Sie hatte mit der Peitsche geknallt, um das Pferd, das träge dahintrottete, dazu zu bewegen, schneller zu laufen. Als die Stute in ein etwas zügigeres Tempo verfallen war, hatte sie sich Victoria erneut zugewandt. »Deine Mutter wurde von Gouvernanten erzogen, und in den zwei Jahren, die sie in einem Pensionat in der Schweiz verbrachte, hat sie meiner Kenntnis nach keine richtigen Freundschaften geschlossen.«

Worin wir uns, hatte Victoria gedacht, *ähnlich sind.*

Leah hatte noch erwähnt, dass ihre Mutter immer voller Zuneigung von ihrem Kindermädchen gesprochen und es wohl sehr geliebt hatte. Sie glaubte sich zu erinnern, dass das Mädchen Johanna geheißen hatte. Mehr wusste sie jedoch nicht über sie. Auch ihre Patin, eine Gräfin Beerheim – an ihren Vornamen konnte Leah sich nicht mehr entsinnen –, habe Amelie gern gemocht.

An einem anderen Gleis fuhr nun ein Zug ein, und eine Dampfwolke wehte über den Bahnsteig. Victoria wich einigen Reisenden aus, die aus den Wagen stiegen. Sie versuchte sich den bloßen Gedanken, dass ihr Vater möglicherweise nicht ihr leiblicher Vater war, zu verbieten. Aber sie konnte die Zweifel nicht aus ihrem Kopf verbannen. Auch ihr Vater hatte sie enttäuscht. Was, wenn es mit ihrer Mutter genauso war?

Ach, wenn ich doch nur Jeremy von meinem Gespräch mit Leah erzählen könnte, schoss es Victoria niedergeschlagen durch den Kopf. *Wahrscheinlich würde es ihm gelingen, meine Ängste zu zerstreuen, und schließlich würde ich darüber lachen.*

Jetzt fuhr an ihrem Gleis der Zug nach Coblenz ein. Er kam mit quietschenden Bremsen zum Stehen.

»Fräulein Bredon, das ist ja eine Überraschung, Sie hier am Bahnhof zu treffen.« Durch den Dampf kam Friedrich von Langenstein auf sie zu. »Sie machen mir doch sicher die Freude und leisten mir Gesellschaft.« Er wies auf ein Erste-Klasse-Abteil.

Auch das noch ... Victoria war überhaupt nicht in der Stimmung, Konversation zu treiben. »Es tut mir leid, aber ich habe nur ein Ticket für die zweite Klasse«, entgegnete sie.

»Sie sind selbstverständlich mein Gast.«

Friedrich von Langenstein winkte einen Bahnbeamten herbei, schilderte ihm die Situation und beglich die Differenz. Victoria blieb nichts anderes übrig, als ihm in das Abteil zu folgen.

Nun, immerhin hat er Lord Fisher nicht auf dem Gewissen, versuchte Victoria sich in Galgenhumor, während sie sich auf den bequemen Polsterbänken niederließen. Gleich darauf fuhr der Zug los.

»Ich habe den Oberregierungspräsidenten vertreten und der Enthüllung einer Statue unseres Kaisers in einem Dorf nördlich von Bonn beigewohnt«, eröffnete Friedrich von Langenstein das Gespräch. »Rosalyn fühlte sich nicht wohl. Deshalb konnte sie mich leider nicht begleiten.«

»Oh, tatsächlich ... Wie schade.« Victoria ging davon aus, dass die Unpässlichkeit nur vorgeschoben war und die Freundin ihren Gatten wegen ihres Verdachts mied.

»Rosalyn hat mir gestern erzählt, dass Sie nach Godesberg fahren und die Nacht im Godesberger Hof verbringen wollten«, betrieb Friedrich von Langenstein weiter Konversation.

»Äh ... ja ... Ich habe einem Redakteur des *Morning Star* versprochen, den Drachenfels zu fotografieren«, verschleierte Victoria den wahren Hintergrund ihres Aufenthalts. »Die Ruine ist bei englischen Touristen sehr beliebt. Der Godesberger Hof schien mir ein geeigneter Ausgangspunkt zu sein.«

»Ich muss gestehen, ich nehme den Drachenfels und das Rheintal oft gar nicht mehr richtig wahr. Was eigentlich eine Schande ist.«

Victoria verdrehte innerlich die Augen, besann sich jedoch auf ihre guten Manieren. »Mit dem Buckingham Palace, dem Parlament und dem Tower geht es mir ähnlich.«

Die Fahrt nach Coblenz würde, fürchtete sie, sehr lang werden. Gärten und die Rückfronten von Gründerzeithäusern zogen vorbei. Im Hintergrund hob sich klar umrissen die Silhouette des Siebengebirges von dem blauen Septemberhimmel ab.

»Darf ich fragen, woher Sie meine Verwandten kennen?«, wechselte sie das Thema.

»Aus Sankt Petersburg und Berlin. Ihr Onkel ist Wirklicher Geheimer Rat im Auswärtigen Amt. Zuvor war er einige Jahre Botschafter in Sankt Petersburg.«

»Wirklicher Geheimer Rat ... Ist das eine hohe Position?«

»Sie ist direkt dem Staatssekretär des Auswärtigen Amtes nachgeordnet.« Friedrich von Langenstein lächelte ob des verständnislosen Blickes, mit dem Victoria ihn bedachte. »In anderen Ländern ist dieser Staatssekretär der Außenminister«, führte er aus.

»Oh ... Ich verstehe ... Und könnten Sie mir vielleicht erklären, warum meine Großmutter so harsch über Bismarck gesprochen hat? Ich hätte eigentlich gedacht, dass ihr jemand wie er sympathisch ist.«

Victoria hatte keine Scheu, diese Frage zu stellen. Der Graf hatte ja miterlebt, dass das Verhältnis zwischen ihr und ihrer Großmutter nicht gerade harmonisch war.

»Nun, Ihre Großmutter ist eine geborene Prinzessin von

Altenstein-Maarberg. Ihre Familie gehörte im Krieg von 1866 zu den Verbündeten Österreichs, das bekanntlich von Preußen besiegt wurde. Die Altenstein-Maarbergs mussten ihr Territorium an Preußen abtreten. Außerdem dürfte es Ihre Großmutter Bismarck verübeln, dass er versuchte, den Einfluss der katholischen Kirche im Rheinland zurückzudrängen.«

»Ja, ich weiß, sie ist strenggläubig ...«

Der Zug hatte Godesberg passiert und fuhr nun am Rhein entlang. Am anderen Ufer lag ein Ort mit hübschen barocken Häusern. Friedrich von Langenstein blickte wie Victoria aus dem Fenster.

»Meine Gattin freut sich wirklich sehr über Ihren Besuch«, sagte er nach einer Weile. »Seit Sie hier sind, ist sie viel fröhlicher, als sie es in letzter Zeit war.«

»Oh, ich freue mich auch, Rosalyn endlich einmal wiederzusehen.«

Friedrich von Langenstein verfiel erneut in Schweigen. Victoria war sich immer noch nicht im Klaren darüber, ob sie Rosalyn auch von Maries Beobachtung am Bahnsteig erzählen oder ihr nur die gute Nachricht überbringen sollte, dass ihr Ehemann nichts mit Lord Fishers Verschwinden zu tun hatte.

»Verzeihen Sie, dass ich Sie damit behellige ... Aber da wir gerade ungestört sind ... Ich fürchte, meine Gattin ist nicht mehr glücklich in unserer Ehe ...«

Victoria schreckte auf und starrte den Grafen überrascht an. Sie benötigte einen Augenblick, um zu begreifen, was Friedrich von Langenstein gesagt hatte. *Um Himmels willen ... Ein preußischer Adliger, der über Schwierigkeiten in seiner Ehe sprach ...* Männer sprachen grundsätzlich selten über ihre Gefühle, und für einen Mann von seinem Stand war es ganz sicher verpönt. Zumal einer Frau gegenüber, die er kaum kannte.

»Oh, Rosalyn liebt Sie sehr. Vorgestern nach dem Dinner haben wir uns lange unterhalten. Sie hat mir davon erzählt, wie viel Sie ihr bedeuten«, versicherte sie ihm.

»Aber sie ist nicht glücklich mit mir, nicht wahr? Bitte, sagen Sie mir die Wahrheit.«

»Nein, zurzeit ist sie nicht glücklich«, gab Victoria zu. Sie hoffte, dass Friedrich von Langenstein sie nicht auf Lord Fisher ansprechen würde. Denn sie befürchtete, sich zu verraten. »Rosalyn sorgt sich, dass Sie das Interesse an ihr verloren haben, dass Sie sie nicht mehr begehrenswert finden.«

»Wie kann sie das nur glauben!« Friedrich von Langenstein fuhr entsetzt auf. »Ganz im Gegenteil ...«

»Rosalyn legt Ihr rücksichtsvolles Verhalten als Kälte aus. Wenn Sie nicht einer Meinung mit ihr sind, sollten Sie mit ihr streiten.«

»Aber sie ist doch so zart und verletzlich und so verträumt ...«

»Ach, das ist nur eine Seite von ihr.« Victoria schüttelte den Kopf. »Rosalyn hat ein großes Herz. Sie möchte geliebt werden, und sie möchte ihr Herz verschenken. Aber sie hat auch eine sehr bodenständige Seite.«

»Wie meinen Sie das?«

»Wissen Sie, dass Rosalyn in der Schule Preise in Mathematik gewonnen hat?«

»Nein, das hat sie nie erwähnt.«

»Meiner Ansicht nach braucht Rosalyn eine Aufgabe, die über das Organisieren von Wohltätigkeitsveranstaltungen hinausgeht.«

»Welche Art von Aufgabe haben Sie denn im Sinn?«

»Auf jeden Fall etwas, das mit Menschen zu tun hat. Aber es wäre wahrscheinlich nicht schlecht, wenn Rosalyn ihr mathematisches Talent dabei auch ausleben könnte.«

»Ich denke darüber nach. Und vielen Dank für das Gespräch. Sie haben mir sehr geholfen.«

Friedrich von Langenstein wirkte etwas steif und unbeholfen. Aber Victoria war sich darüber im Klaren, dass es ihn viel Überwindung gekostet haben musste, ihr seine Sorgen zu offenbaren.

Sie lächelte ihn an. Es war, wie sie mit einem selbstkritischen innerlichen Seufzer feststellte, viel einfacher, bei anderen Menschen in Gefühlsdingen klarzusehen als bei sich selbst.

Auf der anderen Rheinseite wurde nun die Festung Ehrenbreitstein sichtbar. Gleich darauf überquerte der Zug den Rhein.

»Sagen Sie, gefällt Ihnen eigentlich Ihr Zuhause ... die Burg?«, fragte Victoria, ohne darüber nachzudenken, ob diese Frage vielleicht zu persönlich war.

»Ehrlich gesagt, nein. Ich hätte eine Villa in Coblenz vorgezogen.« Er grinste.

»Das kann ich verstehen.«

»Das muss aber unser Geheimnis bleiben.«

»Ich werde schweigen wie ein Grab«, beteuerte Victoria und erwiderte sein Lächeln.

Ach, du meine Güte ... Victoria wusste wieder einmal nicht, ob sie über Rosalyns Geschmack lachen oder den Kopf schütteln sollte. Der »Innere Garten« grenzte an das Wohnzimmer und war im Stil eines mittelalterlichen Kreuzganges gestaltet. Ein Diener hatte ihr mitgeteilt, dass sie die Freundin dort finden würde. Inmitten von Blumenbeeten plätscherte ein Brunnen vor sich hin. Rosalyn saß auf einer Steinbank und las. Ihr blondes Haar fiel offen über ihren Rücken, was Victoria an ein Burgfräulein auf einem präraffaelitischen Gemälde denken ließ.

Ja, eine praktische Tätigkeit, die sie ausfüllt, würde ihr wirklich guttun, dachte sie. Friedrich von Langenstein hatte in Coblenz noch etwas erledigen müssen, deshalb war sie allein zurückgekehrt. Nach der gemeinsamen Zugfahrt fand Victoria ihn viel sympathischer. Sie hoffte, dass er und Rosalyn wieder zueinanderfinden würden.

Rosalyn hörte ihre Schritte auf dem Kies zwischen den Beeten. Sie ließ das Buch sinken und sah sie erwartungsvoll und besorgt zugleich an. »Und? Hast du etwas über Friedrich herausgefunden?«, flüsterte sie.

Victoria beschloss, ihr zumindest vorerst nichts über Maries Beobachtung zu erzählen. Das würde die Freundin nur wieder aufregen.

»Du kannst beruhigt sein. Dein Gatte hat Lord Fisher weder am Hotel Godesberger Hof noch am Bahnhof von Godesberg abgepasst«, sagte sie.

»Du bist dir ganz sicher?«

»Ja, ich habe mit dem Diener gesprochen, der Lord Fisher im Godesberger Hof betreut hat, und mit dem Bahnbeamten an der Sperre. Der Diener hat Lord Fisher zur Kutsche begleitet und hat ihn abfahren sehen, und der Bahnbeamte hat mir versichert, dass der Lord den Bahnsteig allein betreten hat.«

»O mein Gott ...« Rosalyn legte die Hand auf die Brust und stieß einen tiefen Seufzer der Erleichterung aus.

»Ich bin Friedrich zufällig am Bonner Hauptbahnhof begegnet und mit ihm im Zug nach Coblenz gefahren. Er macht sich Sorgen um dich und um eure Ehe, und er leidet unter der Entfremdung.«

»O mein Gott«, seufzte Rosalyn wieder. »Ich bin so dumm gewesen ...«

»Ja, das bist du.«

Victoria ergriff Rosalyns Hand und dachte reuevoll daran,

wie lange sie die Aussprache mit Jeremy vermieden und sich völlig unnötig um ihre Beziehung gesorgt hatte.

»Ich bin froh, dich um Hilfe gebeten zu haben. Ach, ich bin dir so dankbar.«

»Ich glaube immer noch, dass du mich überschätzt.« Victoria schüttelte lächelnd den Kopf.

Sie brach ab. Friedrich von Langenstein war im Garten erschienen. Er hielt einen großen Strauß Orchideen in den Händen und wirkte etwas nervös, aber entschlossen. Das war es also, was er hatte »erledigen müssen«. Rosalyn eilte strahlend auf ihren Gatten zu und umarmte ihn.

Victoria stand hastig auf und schlüpfte davon.

»Miss Bredon . . .« In der Halle sprach der Butler sie an. »Ein Mr. Hopkins hat vor einer Stunde versucht, Sie telefonisch zu erreichen. Er will um sieben Uhr noch einmal anrufen. Der Telefonapparat befindet sich in der Bibliothek. Wenn Sie dort warten möchten . . .«

In der Bibliothek hatte sich ausnahmsweise einmal Friedrich von Langensteins Geschmack durchgesetzt. Die hohen Spitzbogenfenster mit den Butzenscheiben bildeten die einzige Reminiszenz ans Mittelalter. An den Wänden hingen Bilder preußischer Generäle, in einem Regal stand eine Bronzestatue Friedrichs des Großen hoch zu Ross, einen Dreispitz auf dem Kopf.

Den Schreibtisch dominierte ein großer Globus. Um sich die Wartezeit zu vertreiben, tippte Victoria die Weltkugel an, die sich langsam zu drehen begann. *Wie riesig doch Russland ist*, dachte sie unwillkürlich, *und wie ausgedehnt das britische Empire und seine Kolonien sind.* Das deutsche Kaiserreich und Österreich-Ungarn wirkten dagegen winzig. Sie konnte die

Angst der Deutschen vor einer militärischen Einkreisung durch Russland, England und Frankreich nachvollziehen. Auch wenn dies durch die mehr als ungeschickte Bündnispolitik seitens des Kaisers und seiner Regierung selbst verschuldet war.

Punkt sieben, als die Uhr auf dem Kaminsims zu schlagen begann, klingelte das Telefon, und Victoria nahm den Hörer ab. Eine Frau von der Vermittlung fragte sie, ob sie ein Auslandsgespräch entgegennehmen wolle. Als Victoria bejahte, tönte gleich darauf Hopkins' Stimme, statisch verzerrt, durch die Leitung.

»Miss Victoria, Sie sind hoffentlich gut angekommen und wohlauf?«, erkundigte er sich.

Victoria versicherte ihm, dass es ihr bestens gehe. »Ich bin hier in eine merkwürdige Geschichte hineingeraten«, sagte sie dann. Sie erzählte Hopkins von Rosalyns Affäre mit Lord Cecil Fisher – sie wusste, dass ihren Butler so etwas nicht erschüttern konnte –, von der Séance und dass der Lord weder im Grand Hotel des Bains in Venedig angekommen war noch sein Zimmer storniert hatte. »Ich wüsste einfach gern, ob an der Beobachtung des Zimmermädchens, dass sich Lord Fisher vor seinem Begleiter gefürchtet hat, etwas dran ist«, schloss sie. »Deshalb wäre ich Ihnen sehr dankbar, wenn Sie ein paar Nachforschungen anstellen könnten.«

»Ich verstehe«, tönte wieder Hopkins' Stimme, begleitet von einem Rauschen, an ihr Ohr. »Lord Fisher plante, sagten Sie, im Grand Hotel des Bains in Venedig abzusteigen?«

»Ja, ein Diener seines Godesberger Hotels hat dort ein Zimmer für ihn reserviert.«

»Die Familie Fisher hat in der Agrarkrise der Sechzigerjahre des letzten Jahrhunderts einen großen Teil ihres Vermögens verloren. Ich bezweifle sehr, dass Lord Fisher sich den Aufenthalt im Grand Hotel des Bains hätte leisten können. Es ist ein erstklassiges Haus.«

»Ja, ich weiß.« Bei ihrem Aufenthalt in Italien hatte Victoria auch Venedig besucht. Das Grand Hotel des Bains war ein prächtiger Bau. Es lag direkt am Strand und war von einem Park umgeben. Sie hatte einen Blick in die Eingangshalle geworfen, die verschwenderisch mit Marmor ausgestattet war. Wer dort logierte, musste wirklich wohlhabend sein. »Der Godesberger Hof ist auch sehr luxuriös. Rosalyn meinte übrigens, Lord Fisher sei ohne Butler unterwegs gewesen, da sein bisheriger kurz vor der Reise gekündigt habe.«

»Sobald ich weitere Informationen habe, werde ich mich bei Ihnen melden, Miss Victoria.«

»Ist denn Jemimah Kerry freigekommen?«

»Es gab Komplikationen. Aber Mr. Montgomery ist zuversichtlich, morgen alles regeln zu können. Ich werde mich um die junge Miss kümmern. Briefe oder andere Nachrichten sind seit Ihrer Abreise nicht für Sie eingetroffen«, fügte Hopkins nach einer kurzen Pause hinzu.

Womit er sicher sagen wollte, dass Jeremy nicht versucht hatte, Kontakt mit ihr aufzunehmen … Victoria biss sich auf die Lippen und versuchte, sich ihre Angst um ihren Liebsten nicht anmerken zu lassen.

ACHTES KAPITEL

Victoria blieb am Fuße des steilen Burgbergs stehen und blickte sich um. Ja, aus dieser Perspektive hatte Jakob die Ruine Fürstenberg gemalt. Das Gespräch mit Leah hatte ihr keine Ruhe gelassen. Deshalb hatte sie sich zu dem Ausflug entschlossen. Vielleicht erinnerte sich ja hier noch jemand an einen Mann, der vor etwa zwanzig Jahren eine Zeit hier verbracht und die Ruine gemalt hatte.

Sie hatte die Zugfahrt am Rhein entlang genossen. Burg Fürstenberg lag etwa fünfzig Kilometer südlich von Coblenz. An diesem schönen Septembertag hatte die Landschaft nichts Melancholisches. Selbst der viereckige Turm aus dicken Steinquadern wirkte einladend unter dem wieder strahlend blauen Himmel. Unterhalb der Ruine schmiegte sich das Dörfchen Rheindiebach in eine Krümmung des Rheins. Auf dem Weinberg, der sich bis zu dem Felsen erstreckte, auf dem die Burg stand, arbeiteten einige Leute. Die Kopftücher der Frauen leuchteten bunt zwischen dem Weinlaub hervor. Langsam stieg Victoria den steilen Weg hinauf.

Friedrich von Langenstein war schon nach Coblenz aufgebrochen, als Victoria zum Frühstück heruntergekommen war. Aber Rosalyn hatte sie angetroffen. Sie hatte sehr glücklich gewirkt. Ja, ein ganz eigenes Strahlen hatte sie umgeben.

Ein Schild am Burgtor verkündete, dass das Anwesen in Privatbesitz und das Betreten verboten war. Victoria holte das Stativ aus ihrer Kameratasche und machte einige Aufnahmen von der Ruine und dem Rheintal. *Wie lange Jakob wohl hier war?*, fragte sie sich. *Und ob meine Mutter ihn begleitet hat?* Es berührte sie eigentümlich, dass ihre Mutter vielleicht einmal selbst an dieser Stelle gestanden und auf den Fluss hinuntergeblickt hatte.

Sie wollte gerade ihre Fotoausrüstung zusammenpacken und weitergehen, als sich das Burgtor öffnete und ein älterer Mann mit wettergegerbter Haut herauskam, der eine Schubkarre vor sich her schob. Sicherlich der Gärtner.

»Grüß Gott, junges Fräulein.« Er nickte ihr freundlich zu.

Victoria erwiderte seinen Gruß und zeigte ihm die Fotografie des Gemäldes. »Kennen Sie vielleicht den Maler dieses Bildes?«, fragte sie ihn.

»Nein, da kann ich Ihnen nicht weiterhelfen.« Der Mann schüttelte den Kopf. »Aber fragen Sie doch mal im Ort im Gasthaus Kerner nach. Da übernachten im Sommer häufig auswärtige Gäste.«

Der Gasthof, den der Gärtner ihr genannt hatte, befand sich neben der Kirche. Die weiß gekalkten Häuser, die sich um den kleinen Platz gruppierten, machten den Eindruck, als ob sie von wohlhabenden Menschen bewohnt würden. In der mit dunklem Holz getäfelten Gaststube hielten sich jetzt, am frühen Nachmittag, keine Besucher auf. Aber hinter dem Tresen stand eine füllige Frau, die Weingläser polierte.

»Wir haben immer wieder einmal Maler unter unseren Gästen«, sagte sie, als Victoria ihr die Fotografie zeigte und ihr Anliegen vortrug, »aber dass einer dieses Bild gemalt hätte, nein, daran kann ich mich nicht erinnern.«

»Sein Vorname ist Jakob, und sein Nachname beginnt mit einem C«, versuchte Victoria es weiter. »Ich wäre Ihnen sehr dankbar, wenn Sie einmal in den Gästebüchern des Jahres 1887 nachschauen könnten, ob Sie einen Gast hatten, auf den dies zutrifft.«

»Das würde ich wirklich gern tun, mein Fräulein. Aber vor fünf Jahren hatten wir ein schweres Unwetter. Unser Keller stand unter Wasser, alle Gästebücher, die dort gelagert wurden, waren völlig durchweicht. Wir mussten sie wegwerfen. Versuchen Sie Ihr Glück doch einmal in den Nachbardörfern. Vielleicht hat der Maler, nach dem Sie suchen, ja dort ein Zimmer genommen.«

Victoria bedankte sich für die Auskunft und bat um ein Glas Wasser.

»Ich werde Ihnen einen frischen Traubensaft geben. Dieses Jahr hatten wir eine frühe Lese«, sagte die Gastwirtin und schenkte aus einem Krug in ein Glas ein. »Setzen Sie sich ruhig in unseren Hof«, bot sie dann an. »Dort ist es jetzt schöner als in der Gaststube.«

Victoria nahm das Angebot gern an. In dem gepflasterten Innenhof standen Holztische und Stühle. Weinlaub rankte an einer Pergola empor, in einem Blumenkübel wuchs ein Feigenbaum. Sie suchte sich einen Platz im Halbschatten und legte die Fotografie neben ihre Kameratasche auf den Tisch. Der helle Traubensaft schmeckte gut, er hatte genau die richtige Süße. Vom Rhein her war das Tuckern eines Schiffes zu hören, das stromaufwärts fuhr. Victoria holte einen kleinen Zeichenblock und Bleistifte aus ihrer Tasche, denn sie wollte den hübschen Innenhof skizzieren.

Sie hatte eben die ersten Striche auf das Blatt Papier gebracht, als ein alter, gebeugt gehender Mann in den Hof trat. Er nickte ihr zu und schien sich auf den Lehnstuhl, der neben dem Feigenbaum stand, setzen zu wollen, doch dann überlegte er es sich anders und kam mit langsamen Schritten zu ihr. Seine Augen waren ganz hell, sein Gesicht war von Falten durchfurcht. Er war sicherlich über achtzig Jahre alt.

»Sie war'n schon mal hier, kleines Fräulein, nicht?« Er verzog seinen zahnlosen Mund zu einem Lächeln.

»Da müssen Sie sich täuschen. Ich bin heute zum ersten Mal in diesem Gasthof.«

»Doch. Sie war'n schon mal hier zu Gast. Eine so hübsche junge Frau vergess ich nicht. Ich weiß noch genau, wie ich Ihren Ehemann beneidet hab.« Er kicherte. »Er hat gemalt. Ich hab ihn mit der Staffelei unterhalb des Weinbergs geseh'n. Und Sie war'n immer bei ihm.«

Victorias Magen verkrampfte sich. »Wissen Sie noch, wann das war?«

»Kann mich nicht erinnern...« Er runzelte die Stirn und schüttelte schwerfällig den Kopf. »Aber ich weiß noch, dass es Frühjahr war, weil der Rhein Hochwasser hatte und die Narzissen im Schnee geblüht ham.«

Meine Mutter war tatsächlich mit Jakob hier, begriff Victoria, *und sie hat sich als seine Gattin ausgegeben. Bestimmt haben sie sich ein Zimmer geteilt. Ich könnte wirklich seine Tochter sein.* Ihr wurde übel.

»Ich hoffe, mein Vater hat Sie nicht belästigt.« Die Gastwirtin erschien im Hof und legte dem alten Mann den Arm um die Schultern. »An die Vergangenheit kann er sich noch gut erinnern. Aber was die Gegenwart betrifft, ist er ein bisschen wirr im Kopf.« Sie führte ihn behutsam zu dem Lehnstuhl neben dem Feigenbaum.

Kaum saß der alte Mann, schlief er auch schon ein. Die Frau

lächelte Victoria noch einmal entschuldigend an, ehe sie wieder im Haus verschwand.

In ihrem Zimmer im Hause der von Langensteins holte Victoria Jakobs Liebesbrief aus ihrer Handtasche und starrte auf die Zeilen. Während der ganzen Rückfahrt mit dem Zug hatten sie die Worte des alten Mannes verfolgt.

»Wer bist du, Jakob?«, fragte sie leise. »Hat meine Mutter dich wirklich geliebt?«

Als sie aufblickte, sah sie ihr Gesicht im Spiegel der Frisierkommode. Ihre helle Haut war nun doch von der Sonne gerötet, und ihre Sommersprossen hatten sich vermehrt. Nach dem langen Tag hatten sich einige Strähnen aus ihrer Frisur gelöst. Ihre großen grünen Augen wirkten ratlos und verwirrt. Äußerlich glich sie ihrem Vater überhaupt nicht. Aber sie hatte oft sagen hören, dass sie ihm im Charakter ähnelte. Sie habe seine Eigenwilligkeit und Hartnäckigkeit geerbt und sei unkonventionell wie er, hatte Hopkins ihr einmal auf ihr beharrliches Nachfragen erklärt.

Großtante Hermione würde sicher noch hinzufügen, dass ich wie er dazu neige, unerwünschtes Aufsehen zu erregen und die Familie St. Aldwyn in Misskredit zu bringen, überlegte sie sarkastisch. Aber vielleicht besaß sie diese Eigenschaften ja durch ihre Erziehung. Nein, es war doch nicht möglich, dass sie das Kind dieses Mannes namens Jakob war.

Ein anderer Gedanke kam Victoria plötzlich in den Sinn. Sie war immer wie selbstverständlich davon ausgegangen, dass ihr Vater ihre Mutter darin unterstützt hatte zu malen. Aber vielleicht stimmte das ja gar nicht. Vielleicht hatte sie ja ihre Kunst gegen seinen Willen ausgeübt, und Jakob hatte sie dazu ermutigt?

Sie musste unbedingt Klarheit über ihre Mutter und Jakob erlangen.

Victoria fand Rosalyn im Wohnzimmer. Sie saß auf dem Sofa und blätterte in einem großen, schmalen Buch. Auf dem Tisch vor ihr lagen Kinderzeichnungen. Sie wirkte sehr glücklich.

»Ich muss dich etwas fragen, Rosalyn«, sagte Victoria und nahm neben der Freundin Platz. »Würdest du es mir übel nehmen, wenn ich für ein paar Tage meine Großmutter in Ems besuche? Ich würde gern mit ihr über meine Mutter sprechen.«

»Nein, überhaupt nicht. Im Gegenteil ... Ich kann dich nur ermutigen, dich mit ihr auszusprechen. Ich bin überzeugt, dass sie dich liebt. Bestimmt kommt ihr euch wieder näher.«

Wieder näher?, dachte Victoria. *Wir standen uns noch nie nah.* Rosalyn war eine unverbesserliche Romantikerin.

»Wenn du möchtest, kann Clara dich begleiten. Es wird ihr guttun, einmal einen anderen Haushalt kennenzulernen.«

»Natürlich nehme ich sie gern mit«, erwiderte Victoria freundlich.

»Ehrlich gesagt, kommt es mir gar nicht so ungelegen, dass du deine Großmutter besuchen willst.« Rosalyn wirkte etwas verlegen. »Friedrich würde nämlich gern mit mir nach Paris reisen. Der Oberregierungspräsident war so freundlich, ihm kurzfristig Urlaub zu gewähren.«

»Ach, wie schön für euch ...«

Da hatte Friedrich von Langenstein sich aber mächtig angestrengt.

»Ja, nicht wahr? Und ich weiß jetzt auch, warum er an dem Tag, als Lord Fisher aus Godesberg abreiste, nicht in seinem Büro war. Friedrich hat einen Sohn aus erster Ehe, aber er wollte trotzdem überprüfen lassen, ob er noch...« Rosalyn brach ab und errötete.

»...zeugungsfähig ist?« Durch die vielen Gespräche mit ihrem Vater hatte Victoria keine Scheu, medizinische Dinge beim Namen zu nennen.

»Ja, und er ist es. Was bedeutet, es liegt an mir, dass ich noch nicht guter Hoffnung bin. Obwohl ich mich auch habe untersuchen lassen... Der Arzt konnte nichts feststellen.«

»Rosalyn, ich glaube, du solltest mehr Geduld mit dir haben. Eine gute Freundin von mir war auch längere Zeit verheiratet, ehe sie schwanger wurde.«

»Meinst du wirklich?«

»Ja«, erklärte Victoria entschieden. Sie überlegte wieder, wie es wohl sein würde, von Jeremy ein Kind zu erwarten. Sie war nun selbst etwas verlegen. Um von dem Thema abzulenken, fragte sie: »Woher hast du denn diese Kinderzeichnungen?«

»Friedrich hatte die Idee, dass ich dem Aufsichtsgremium des Kaiserin-Augusta-Waisenhauses in Coblenz beitreten könnte. Ich war heute Nachmittag gleich dort und habe es mir angesehen. Das hier ist der letzte Jahresbericht.« Rosalyn deutete auf das Buch in ihrem Schoß. »Ich könnte doch die Buchführung des Waisenhauses überprüfen, sagte er. Wenn die anderen Mitglieder des Gremiums nichts dagegen haben, werde ich das gern tun. Ich hätte nie gedacht, dass Friedrich mir eine solche Aufgabe zutrauen würde.«

Victoria verbarg ein Lächeln. Rosalyns Ehe schien auf einem sehr guten Weg zu sein.

Es kam nicht oft vor, dass Hopkins sich in Bezug auf den englischen Adel irrte. Aber was Lord Fisher betraf, war dies, wie er selbstkritisch zugeben musste, der Fall gewesen. Seine Nachforschungen hatten ergeben, dass der Lord ein Jahr zuvor eine Erbschaft gemacht und eine Wohnung im vornehmen Stadtteil Mayfair erworben hatte. Sie war nicht sehr groß, aber für einen Junggesellen völlig ausreichend. Was durchaus Hopkins' Wohlwollen erregt hatte, denn er fand jegliches Protzen mit Besitz einem wirklichen Aristokraten unangemessen, ja vulgär.

Der Butler des Lords hatte tatsächlich vor seiner Reise nach Deutschland gekündigt. Lord Fisher war häufig zu Gast in gewissen Etablissements und unterhielt Affären mit einigen Damen der feinen Gesellschaft. Aber dies war für einen Junggesellen seines Standes nichts Ungewöhnliches. Er spielte, aber auch seine Schulden bewegten sich nach Hopkins' Kenntnisstand im Rahmen.

Nein, Hopkins hatte wirklich nichts herausgefunden, was merkwürdige Umstände an der Abreise des Lords erklären oder gar auf einen Mord hinweisen könnte.

Als es an der Wohnungstür klingelte, legte Hopkins das Silberputztuch beiseite – er war gerade dabei, das Teegeschirr zu polieren – und eilte in den Korridor.

Es war Hopkins zur zweiten Natur geworden, sich zu beherrschen und keine Gefühlsregungen zu zeigen, doch er hatte Mühe, sein Erschrecken zu verbergen, als er Jemimah Kerrys vernarbtes Gesicht sah. Mr. Montgomery, Victorias Vormund, der die junge Frau aus dem Gefängnis abgeholt hatte, machte ihm ein Zeichen. Hopkins begriff, dass der Anwalt unter vier Augen mit ihm sprechen wollte.

»Gehen Sie doch schon einmal in die Küche«, sagte er freundlich zu Jemimah und wies auf den Raum am Ende des Korridors. Stumm und mit gesenktem Kopf huschte die junge Frau an ihm vorbei.

»Das arme Ding.« Mr. Montgomery seufzte und schüttelte den Kopf, nachdem sich die Tür hinter Jemimah geschlossen hatte. Seine Hängebacken und die braunen Augen verliehen ihm die Aura eines melancholischen Spaniels, was selbst Hopkins sich erlaubte zu denken, wann immer er ihm begegnete. »Ich weiß, dass Dr. Bredon das Engagement seiner Tochter bei den Suffragetten gutgeheißen hätte. Außerdem hatte er eine ähnlich ausgeprägte ... Wie soll ich sagen ...«, er hüstelte, »... soziale Ader. Aber ich würde es doch begrüßen, wenn Miss Bredon sich weniger in Schwierigkeiten bringen und sich Freundinnen suchen würde, die nicht die fatale Neigung haben, in Konflikt mit dem Gesetz zu geraten. Miss Kerry ist ja nicht die erste junge Dame unter Miss Bredons Mitstreiterinnen, der ich juristischen Beistand leiste. Vier Pfund hat es gekostet, sie auf Kaution freizubekommen. Und ich musste im Hintergrund einige Hebel in Bewegung setzen.«

»Ich bin sicher, Miss Bredon weiß Ihren Einsatz zu schätzen«, versicherte ihm Hopkins.

»Tun Sie mir den Gefallen, Hopkins, und sorgen Sie dafür, dass Miss Bredon möglichst lange in Deutschland bleibt. Das Innenministerium ist, was die Aktivitäten der Suffragetten betrifft, gerade sehr in Alarmbereitschaft. Auch meine Möglichkeiten sind begrenzt, und ich möchte nicht, dass Miss Bredon mehrere Wochen im Gefängnis verbringen muss.«

Die beiden Männer verabschiedeten sich voneinander, und Hopkins schloss die Wohnungstür hinter dem Anwalt. Er stimmte Mr. Montgomery insgeheim zu, dass es gut war, dass Victoria sich in Deutschland aufhielt. Mrs. Dodgson würde bestimmt seine Meinung teilen.

Jemimah stand in der Küche und betrachtete den Gasherd und den großen Küchenschrank mit dem Vitrinenaufsatz und dem feinen Porzellangeschirr darin mit großen Augen.

»Setzen Sie sich doch«, forderte Hopkins sie freundlich auf.

Stumm nahm die junge Frau am Küchentisch Platz. Sie hielt die Arme ängstlich an den Körper gepresst, als fürchtete sie, etwas zu beschädigen oder zu beschmutzen. Hopkins hatte Mühe, sie sich dabei vorzustellen, wie sie Bomben in Briefkästen warf. In seiner Freizeit widmete er sich gelegentlich der Vogelbeobachtung. Jemimah erinnerte ihn an einen scheuen Vogel. Er kam zu dem Schluss, dass es am besten war, sie vorerst nicht mit Fragen zu behelligen. Vielleicht konnte sie ja dann allmählich Vertrauen zu ihm fassen.

Hopkins kochte Tee und stellte einen Teller mit einem großen Stück Dattel-Walnuss-Kuchen vor die junge Frau. Er hatte wieder einmal ein neues Rezept ausprobiert. Während Jemimah mit gesenktem Kopf aß und an ihrem Tee nippte, zog Hopkins wieder die Baumwollhandschuhe an und widmete sich dem Silber. Silber zu polieren war eine seiner Lieblingstätigkeiten, die, wie er fand, außerdem einen überaus beruhigenden Einfluss hatte.

»Der Name des Arbeiters is' Walther Jeffreys ...«

»Wie bitte?« Hopkins fuhr auf. Für einen kurzen Moment hatte er Jemimahs Anwesenheit ganz vergessen.

»Der Arbeiter auf der Fotografie, die Miss Bredon mir gegeben hat, er heißt Walther Jeffreys, und er arbeitet im Stahlwerk Bloom & Young.«

»Haben Sie Scotland Yard davon erzählt?«

»Nee, natürlich nicht ...« Jemimah schüttelte heftig den Kopf.

»Miss Bredon und ich haben uns gefragt, wie es dazu kommen konnte, dass sich ein Arbeiter zusammen mit dem Lord und einem anderen vornehmen Herrn im Park von Melbury Hall aufhielt. Könnte es denn sein, dass Mr. Jeffreys für Lord Melbury unter den Arbeitern spioniert?«

»Walther Jeffreys ist kein Spitzel. Da is' sich die Frau, die mir von ihm erzählt hat, ganz sicher. Sie kennt ihn schon ewig. Er ist Mitglied in der Labour-Partei. Er will, dass sich die Welt ändert. Dass die Armen an die Macht kommen und die Reichen und die Lords und Herzöge vertrieben werden. Er würd' die Arbeiter nie an 'nen Kerl wie Lord Melbury verraten, hat die Frau gesagt.«

Jemimahs Schüchternheit war für einen Augenblick wie weggeblasen. Ihre Augen leuchteten hoffnungsfroh, ehe sie wieder in sich zusammensank und die Teetasse umklammerte, als müsste sie sich daran wärmen.

Hopkins war nun wirklich kein Freund von gesellschaftlichen Umsturzgedanken, aber er konnte verstehen, warum diese Ideen Jemimah Hoffnung gaben. Er fand keine Erklärung dafür, warum sich Lord Melbury mit Walther Jeffreys und jenem anderen, offenbar reichen oder sogar adligen Herrn zu einem vertraulichen Gespräch getroffen hatte.

»Wissen Sie, wo Mr. Jeffreys wohnt?«

»In Stepney, in der Mile End Road, mit seiner Familie, die Nummer weiß ich nicht. Aber Sie müssen mir versprechen, ihn nicht an die Polizei zu verraten.« Jemimah sah Hopkins flehentlich an.

Er versicherte ihr, dass er dies nicht tun werde. Nachdem er einen Korb mit Lebensmitteln für sie gefüllt hatte, wofür sie sich schüchtern bedankte, begleitete er sie die Treppe hinunter und hielt auf der Straße ein Hansom Cab, eine der offenen Kutschen an, denn es war ihm nicht entgangen, dass sie hinkte, und der Korb war schwer. Jemimah konnte ihr Glück kaum fassen. Hopkins bezahlte den Kutscher und erklärte ihr, dass er in den nächsten Tagen einmal bei ihr vorbeikommen werde.

Als die Kutsche losfuhr, überlegte er bereits, wie er sich, ohne Verdacht zu erregen, nach Walther Jeffreys umhören konnte.

In einem Schaufenster, in dem ein maßgeschneiderter, dreiteiliger Anzug auf einem Ständer hing, nahm Hopkins sein Spiegelbild wahr. Er hatte sich gerade nach Stepney aufmachen wollen, als ihn Mr. Mandlevilles Nachricht erreicht hatte, dass er Neuigkeiten für ihn habe. Deshalb hatte er beschlossen, zuerst die Savile Row aufzusuchen.

Hopkins trug einen Bowler und einen Mantel von guter Qualität, der allerdings seine besten Tage schon hinter sich hatte. So konnte er durchaus für einen Angestellten der Londoner Baubehörde gehalten werden. In armen Stadtteilen wie Stepney wurden in den letzten Jahren immer wieder Wohnblocks und ganze Straßenzüge wegen baulicher Mängel und schlechter sanitärer Bedingungen abgerissen. Deshalb war es durchaus wahrscheinlich, dass auch die Häuser in der Mile End Road, in der Walther Jeffreys mit seiner Familie lebte, von der Baubehörde inspiziert wurden und er nicht auffiel. Für den Fall, dass ihn der Arbeiter oder dessen Frau nach einem Ausweis fragen würden, hatte Hopkins sich eine Beglaubigung erstellt, die auch einem kritischen Blick standhalten sollte.

Der junge Mann am Empfang des Schneiderateliers Mandleville & Hutchinson war an diesem warmen Septembernachmittag hinter seinem Tisch eingenickt. Nun weckte ihn Hopkins' Räuspern, in dem eindeutig Missbilligung mitschwang. Schuldbewusst schreckte der Ertappte hoch, gleich darauf jedoch war ihm die Erleichterung anzusehen. Er schien sicher zu sein, dass der grauhaarige ältere Herr, der ihm gegenüberstand, kein Kunde war.

»Was kann ich für Sie tun?«, fragte er von oben herab.

»Ich möchte Mr. Mandleville sprechen«, entgegnete Hopkins.

»Nun, ich bedaure. Aber ich glaube nicht, dass Mr. Mandleville Zeit für Sie hat.« Der Angestellte hob die Augenbrauen.

»Sein Terminplan für heute ist voll.« Er beugte sich über das Kundenbuch zum Zeichen, dass das Gespräch für ihn beendet war.

»Falls Sie es in Ihrem Beruf zu etwas bringen wollen, sollten Sie lernen, nicht nach dem ersten Augenschein zu urteilen, junger Mann. Ferner sollten Sie darauf achten, dass Ihr Krawattenknoten korrekt geknüpft ist. Und jetzt melden Sie Mr. Mandleville, dass Mr. Hopkins ihn zu sprechen wünscht, und zwar auf der Stelle.«

Hopkins' eisige Stimme hatte ihre Wirkung nicht verfehlt. Der junge Mann sprang auf und war schon durch die Tür zum Empfangssalon verschwunden. Kurz darauf kehrte er mit hochrotem Gesicht zurück.

»Wenn Sie bitte mitkommen würden, Sir. Ich bedaure das Missverständnis zutiefst.«

Unter Bücklingen und gestammelten Entschuldigungen geleitete er Hopkins zu Mr. Mandleville.

»Mr. Hopkins, wie schön, dass Sie so schnell kommen konnten.« Mit ausgestreckter Hand kam Mr. Mandleville auf ihn zu. Das Zimmer mit der schokoladenbraunen Seidentapete, dem marmoreingefassten Kamin und den dunkelgrau-braun gestreiften Samtsesseln war auf dezente Weise elegant, ähnlich wie die perfekt geschnittenen, maßgefertigten Anzüge, die Mr. Mandleville innerhalb weniger Jahre zu einem gefragten Herrenschneider hatten werden lassen. Sein Akzent war ebenso gepflegt wie seine Erscheinung. Nichts deutete mehr darauf hin, dass Mr. George Mandleville einst als Lehrling im Keller einer Schneiderei in der Savile Row geschuftet hatte.

»Ich habe den Namen des Mannes, nach dem Sie suchten, herausgefunden«, erklärte Mr. Mandleville schließlich, nachdem sie sich über das für September ungewöhnlich schöne Wetter ausgetauscht hatten. »Er ist tatsächlich deutscher Herkunft, sein Name ist Graf Karl von Waldenfels. Er ist Kunde bei meinem Kollegen Mr. Daniels.«

Hopkins verspürte eine gewisse Befriedigung, dass er sich zumindest in diesem Fall nicht getäuscht hatte. Er bedankte sich gebührend für die Information.

»Hat Ihnen Mr. Daniels eventuell mitgeteilt, wer den Grafen bei ihm eingeführt hat?«, erkundigte er sich dann. Die Crème de la Crème der Herrenschneider in der Savile Row – und zu diesen gehörte Mr. Daniels ebenso wie Mr. Mandleville – akzeptierten neue Kunden nur auf Empfehlung.

»Der deutsche Botschafter.«

»Oh, tatsächlich ...« Hopkins hatte insgeheim gehofft, dass Graf Waldenfels auf Empfehlung von Lord Melbury zu Mr. Daniels gekommen war. Er hätte so eventuell mehr über die Beziehung der beiden Männer erfahren können.

»Mr. Daniels meinte, Graf Waldenfels sei ein richtiger Gentleman, sein Englisch sei nahezu perfekt. Er lässt wohl mittlerweile seine gesamte Garderobe in London anfertigen.«

»Die englische Schneiderkunst ist, was die Bekleidung für einen Gentleman betrifft, nun einmal unübertroffen«, erwiderte Hopkins aus tiefster Überzeugung.

»Sie sagen es.« Mr. Mandleville neigte zustimmend den Kopf.

»Wusste Mr. Daniels, ob Graf Waldenfels engeren Umgang mit einer der Adelsfamilien im Lande pflegt?«

»Mr. Daniels nannte keine speziellen Namen. Aber der Graf verkehrt wohl mit einigen der ersten Familien des Königreichs und ist, wenn er in England weilt, häufig zu Gast bei Jagden und Wochenendgesellschaften.«

Hopkins und Mr. Mandleville unterhielten sich über eine dieser opulenten Gesellschaften in Blenham Palace, dem Familiensitz der Herzöge von Marlborough, an der König Edward VII. kürzlich teilgenommen hatte und über die groß berichtet worden war. Der modebewusste Herrscher war, wie Mandleville mit Nachdruck feststellte, eine wahre Inspiration für jeden Schneider. Mrs. Dodgson hatte jede Zeile über den Besuch verschlungen.

Hopkins wollte sich schon verabschieden, als ihm noch etwas einfiel. »Ist Ihnen vielleicht ein Lord Cecil Fisher bekannt?«

»Oh, wir haben die Freude, ihn zu unseren Kunden zählen zu dürfen.« Mr. Mandleville lächelte. »Die Fishers sind nun in der vierten Generation unserem Haus verbunden.«

»Er soll vor etwa einem Jahr eine größere Erbschaft gemacht haben ...«

»Ja, er deutete so etwas an. Vorher mussten wir des Öfteren recht lange warten, bis unsere Rechnungen beglichen wurden.« Mr. Mandlevilles wegwerfende Handbewegung besagte, dass dies bei einem Gentleman nicht der Rede wert war. »Aber in der letzten Zeit zahlt er sehr pünktlich.« Wieder huschte ein Lächeln über sein Gesicht. »Lord Fisher ist sehr beliebt bei den Frauen.«

»So etwas habe ich gehört ...«

»Vor einigen Monaten kam er mit Miss Simonds hierher.« Er hüstelte. »Sie waren eindeutig ein Liebespaar.«

»Oh, wirklich ...« Hopkins war beeindruckt. Evangelina Simonds war eine Sängerin, die auf den Bühnen des West End in den vergangenen Jahren eine steile Karriere gemacht hatte.

»Miss Simonds benötigte für einen Maskenball einen Anzug, und wir durften ihn ihr nähen. Es wäre uns übrigens eine Ehre, auch einmal für Sie tätig werden zu dürfen, Mr. Hopkins. Sie sind ja ein Freund des Hauses ...«

Ein Frack aus der Savile Row, der wie angegossen saß ...

Ganz leicht um die Schultern und das Gewicht auch an den Hüften kaum zu spüren, dachte Hopkins sehnsüchtig.

»Ihr Angebot ist überaus freundlich. Aber ich glaube nicht, dass ich Bedarf an einem neuen Anzug habe. Außerdem würde ich ihn selbstverständlich bezahlen«, wehrte Hopkins standhaft ab. Seine und Victorias finanzielle Situation hatte sich zwar erheblich verbessert, aber ein Frack aus der Savile Row wäre doch eine ganz beträchtliche Ausgabe und zudem überflüssiger Luxus.

»Warum sehen Sie sich nicht einfach einmal eine Auswahl an Stoffen an?«, lockte Mr. Mandleville.

»Nun gut, wenn Sie meinen ...« Hopkins konnte nicht widerstehen. Er folgte dem Herrenschneider in den Nebenraum, wo unzählige Stoffproben auf den Tischen lagen. Hopkins ließ seine Finger darübergleiten und unterdrückte ein Seufzen.

Die Stoffproben zu berühren war ein solcher Genuss ...

Stepney war eine ganz andere Welt als Mayfair, der Stadtteil, in dem die Savile Row lag. Hopkins hatte die U-Bahn genommen, obwohl er die Londoner öffentlichen Verkehrsmittel eigentlich verabscheute. Aber dies war er seiner Rolle schuldig, denn ein Angestellter der Baubehörde hätte keine Kutsche benutzt. An der Haltestelle Stepney Green stieg er aus.

Während Hopkins die triste Mile End Road entlangging, drangen jiddische und slawische Sprachfetzen an sein Ohr. An den Hauswänden standen Werbesprüche in hebräischen und kyrillischen Buchstaben. Neben dem Eingang einer Metzgerei pries ein Schild koscheres Fleisch an. Stepney war ein Stadtviertel, in dem viele jüdische Einwanderer aus Russland lebten. Aber auch Sozialisten und Anarchisten, die vor der zarentreuen Polizei geflohen waren, hatte es hierher verschlagen.

Hopkins erkundigte sich in einigen Läden nach Walther Jeffreys. Die Besitzerin eines schäbigen Kolonialwarengeschäfts konnte ihm schließlich seine Adresse nennen. Offenbar ließ die Familie öfter bei ihr anschreiben.

Das Haus mit der Nummer 195, in dem der Arbeiter mit seiner Familie wohnte, hatte zwei Stockwerke. Es war mit verwitterten Holzlatten verkleidet und unterschied sich dadurch von den Backsteinfassaden der Nachbargebäude. Einige ärmlich gekleidete Männer und Frauen standen davor, die bedrückt und aufgeregt wirkten. Hopkins hielt auf den Eingang zu.

»He, Mister«, hielt ihn eine korpulente Frau auf, der ein Vorderzahn fehlte und auf deren Kopf ein zerdrückter Hut saß. Sie sprach mit russischem Akzent. »Falls Sie von der Polizei sind und zu Emily Jeffreys wollen, die is' schon auf der Wache.«

»Nein, ich komme von der Baubehörde und habe die Aufgabe, die Wohnungen in diesem Haus zu inspizieren«, entgegnete Hopkins, der eine gewisse Besorgnis empfand. »Steckt Mrs. Jeffreys etwa in Schwierigkeiten?«

»Na ja, so könnte man's auch nennen.« Ein ausgemergelter Mann zuckte mit den Schultern. »Ihr Mann Walther wurde vor ein paar Stunden aus der Themse gezogen. Offenbar isser ertrunken.«

Hopkins war so perplex, dass es ihm auf der Zunge lag zu fragen, wo genau denn der Leichnam gefunden worden war. Gerade noch rechtzeitig besann er sich auf seine Rolle und erklärte, dass er zu einem späteren Zeitpunkt wiederkommen werde.

NEUNTES KAPITEL

Die Räume des Clubs in der Pall Mall, dem der Gerichtsmediziner Dr. Gordon Ash angehörte, waren gediegen mit Holz und Leder ausgestattet. Durch seine Zusammenarbeit mit Victorias Vater unterhielt Hopkins gute Kontakte zu den Polizeiwachen der Stadt. So hatte er recht schnell herausgefunden, dass Dr. Ash Walther Jeffreys' Leichnam obduziert hatte. Was ein glücklicher Umstand war, denn er war mit Dr. Bredon befreundet gewesen.

»Wie weit sind Sie denn mit Dr. Bredons Buch gediehen?«, erkundigte sich Dr. Ash in der Bibliothek des Clubs. Er war schottischer Herkunft. Da er aus ärmlichen Verhältnissen stammte, hatte er nur unter großen Opfern Medizin studieren können. Obwohl mittlerweile arriviert und wohlhabend, legte er auf sein Äußeres keinen Wert. Sein Anzug war zu weit für seinen hageren Körper, und sein dunkles Haar hätte wieder einmal geschnitten werden müssen. Da Hopkins Dr. Ash schätzte, war er bereit, darüber hinwegzusehen.

Hopkins hielt, ebenso wie der Gerichtsmediziner, ein Glas Whisky in der Hand. Jetzt, am späteren Abend, war es durchaus vertretbar für einen Butler, ein hochprozentigeres alkoholisches Getränk zu sich zu nehmen.

»Ich hoffe, die Aufsatzsammlung demnächst an den Verlag geben zu können.«

Die Aufsätze behandelten Themen wie den Nachweis von Arsen in den Körpern von Toten, die in arsenhaltiger Erde gelegen hatten, oder die Unterscheidung von menschlichem und tierischem getrocknetem Blut, bei denen Dr. Bredon über Forschungsansätze nicht hinausgekommen war. Hopkins hatte sie zusammengestellt, überarbeitet und ein Vorwort dazu verfasst. Er hatte das Werk eigentlich schon vor einigen Wochen abschließen wollen. Doch die Veröffentlichung des Haushaltsratgebers hatte ihren zeitlichen Tribut gefordert.

»Ich bin davon überzeugt, dass die Aufsätze sehr inspirierend sein werden. Es war Dr. Bredons großes Verdienst, der Gerichtsmedizin völlig neue Wege zu erschließen. Nicht nur ich verdanke ihm unendlich viel, auch all meine Kollegen verehren ihn. Ich ertappe mich gelegentlich bei einem Problem immer noch dabei, dass ich ihn um Rat fragen möchte.« Dr. Ash seufzte. »Er ist viel zu früh von uns gegangen.«

»Dieser Ansicht bin ich ebenfalls.« Auch Hopkins vermisste Victorias Vater. Die beiden Männer tranken schweigend ihren Whisky.

»Sie wollten mich wegen des toten Arbeiters, Walther Jeffreys, sprechen?«, fragte Dr. Ash schließlich. Da er wusste, dass Hopkins gelegentlich als Privatdetektiv tätig war, wunderte er sich nicht über dessen Interesse.

»Allerdings, Sir.« Hopkins nickte.

»Der Leichnam wurde im Hafen gefunden. Da Walther Jeffreys eine große Menge Alkohol im Blut hatte, ist er meiner Meinung nach in die Themse gestürzt und ertrunken. Ich konnte an seinem Tod nichts Verdächtiges feststellen.«

Dr. Ash holte ein paar Fotografien des Leichnams aus seiner Aktentasche und breitete sie vor Hopkins aus. Einige Clubmitglieder, die in der Nähe saßen, blickten neugierig zu ihnen herüber. Hopkins inspizierte die Aufnahmen. Das Gesicht des

Toten war aufgedunsen und hatte nicht mehr viel Ähnlichkeit mit dem selbstbewussten Mann, der auf Victorias Fotografie abgebildet war.

»Diese Flecken auf dem Rücken und den Schultern ...«, Hopkins deutete auf einige Verfärbungen, »... kommen mir etwas merkwürdig vor.«

»Meiner Ansicht nach sind die Prellungen erfolgt, als Jeffreys im Todeskampf gegen einen stumpfen Gegenstand, einen Bootsrumpf oder Ähnliches, geprallt ist. Möglicherweise auch erst *post mortem.*«

»Hätte er sich dann nicht an einer Ankerkette festgekrallt?«

»Vielleicht hat er das ja. Aber er war, wie gesagt, schwer alkoholisiert, und um seinen Todeszeitpunkt herum setzte die Ebbe an der Themse ein. Das Wasser entwickelt dann einen ziemlich starken Sog, und man benötigt viel Kraft, sich dem zu widersetzen.« Dr. Ash sah Hopkins fragend an. »Gibt es denn einen Grund, Hopkins, warum Sie an einer natürlichen Todesursache zweifeln?«

»Keinen richtigen Grund, es ist mehr ein Gefühl, Sir«, gab Hopkins zu. Vorerst wollte er dem Gerichtsmediziner nicht mehr anvertrauen.

Gleich am nächsten Morgen packte Victoria mit Claras Hilfe ihre Reisetasche erneut. Natürlich nahm sie auch wieder ihre Fotoausrüstung mit. Gottfried brachte sie zum Coblenzer Hauptbahnhof, von wo aus sie und Clara die Eisenbahn nach Ems nahmen. Nachdem der Zug den Rhein überquert hatte, fuhr er durch das idyllische Lahntal. Interessiert hielt Victoria Ausschau nach Fotomotiven und zeichnete auch hin und wieder eine rasche Skizze.

Am anderen Ufer der Lahn, eines Nebenflusses des Rheins, sah man nun die kleine Stadt Ems liegen. Die Fassaden der Häuser waren überwiegend in hellen Farben gehalten, viele hatten schmiedeeiserne Balkone. Blumen blühten in einem Park, und aus dem Fluss stieg eine Fontäne auf – was eine fast südländische Atmosphäre verbreitete. Einen reizvollen Kontrast dazu bildeten die steilen, felsigen Berge entlang des Tales.

»Es ist schön hier«, hörte Victoria Clara leise sagen. Es war das erste Mal, dass das Mädchen von sich aus das Wort an sie richtete.

»Ja, das finde ich auch«, erwiderte sie freundlich. »Ems ist einer der berühmtesten Badeorte Deutschlands. Laut meinem Reiseführer waren Kaiser Wilhelm I. und Zar Alexander II. hier häufig zu Gast, und noch immer soll der Kurort beim Adel sehr beliebt sein.«

Gleich darauf hielt der Zug am Bahnhof. Wie am ersten Abend bei Rosalyn, als sie unerwartet der Fürstin Leontine wiederbegegnet war, fühlte Victoria plötzlich einen Druck auf der Brust. Vergebens versuchte sie sich zu sagen, dass ihre Großmutter keine Macht mehr über sie hatte. Sie hoffte so sehr, dass der Besuch nicht umsonst sein würde.

Auf dem Bahnsteig winkte sie einen Gepäckträger herbei, der sie und Clara zu den Droschken begleitete. Als sie eben in der Kutsche Platz genommen hatten, fasste Clara sich an den Leib und verzog das Gesicht, als ob sie Schmerzen hätte. Sie war ganz blass geworden.

»Clara, geht es dir nicht gut?«, fragte Victoria erschrocken.

»Ich glaube, ich habe mir den Magen verdorben.« Das Mädchen schüttelte den Kopf. »Es ist bestimmt nichts Schlimmes.«

»Du musst es mir unbedingt sagen, wenn es dir nicht bald besser geht.«

»Ja, gnädiges Fräulein.«

Clara nickte gehorsam, doch Victoria beschloss, auf sie zu achten.

Die Fahrt führte durch ein Villenviertel und dann einen Berg hinauf. Auch hier stammten die Gebäude aus dem letzten Viertel des vergangenen Jahrhunderts. Manche besaßen Giebel und Erker aus Fachwerk, andere waren ganz aus Holz im Stil von Landhäusern erbaut. Nach wenigen Minuten hielt die Droschke vor einem großen Anwesen. Die Villa inmitten des parkartigen Gartens hatte einen Turm und bogenförmige Fenster. Kletterrosen rankten an der Fassade hoch. Einige der altrosafarbenen Blumen blühten noch. Sie hatten dem Gebäude den Namen gegeben. Rosenvilla stand über dem Portal.

Ein kahlköpfiger Diener mittleren Alters ließ Victoria ein. Zu ihrer Überraschung war die Eingangshalle schlicht und elegant gestaltet. Der untere Teil der Wände war mit rötlich schimmerndem Holz getäfelt, der obere mit einer dunkelblauen Seidentapete verkleidet. Über dem Kamin hing ein großer Spiegel. Die beiden Bodenvasen chinesischer Herkunft, die ihn flankierten, bildeten den einzigen Schmuck.

»Gnädiges Fräulein«, der Diener verbeugte sich vor ihr. »Ich bin Wilhelm, und ich freue mich sehr, Sie im Namen der Dienerschaft begrüßen zu dürfen.«

Seinem Alter und seiner Livree nach zu schließen musste der Mann eine gehobene Position im Haushalt ihrer Großmutter innehaben. Offenbar hatte ihre Großmutter einen Teil des Personals mit nach Ems genommen. *Hopkins würde es mit Schaudern zur Kenntnis nehmen, dass er sich mit dem Vornamen ansprechen lässt,* dachte Victoria amüsiert.

»Ihre Großmutter erwartet Sie in der Bibliothek. Ich werde mich dann gleich um Ihre Zofe kümmern und ihr den Dienstbotentrakt zeigen. Und wenn Sie mir bitte Ihren Pass anvertrauen könnten? Dann würde ich Sie bei der Polizei anmelden.«

Victoria reichte dem Diener ihren Pass, und Wilhelm führte sie durch die Halle und dann einen Korridor entlang. Ihr Anflug von guter Laune war im Nu verflogen.

Cremefarbene Regale standen an den Wänden der Bibliothek. Die Chintzbespannung der beiden Sofas und der Sessel war lindgrün und hatte ein eingewebtes Blattmuster, passend zum Grünton der Seidentapete. Die Jalousien vor den Fenstern waren geschlossen, die Tür zum Garten stand jedoch offen. Ein Windhauch blähte die Vorhänge auf. Victoria erhaschte einen Blick auf eine Vogeltränke inmitten eines Rosenbeets.

Ihre Großmutter saß in einem Sessel und hatte die Augen geschlossen. Für einen Moment schien es Victoria, als ob sie erschöpft wäre, doch als die Fürstin sie nun ansah, war der Blick ihrer grünen Augen klar und kühl.

»Ich war sehr überrascht, als dein Telegramm heute Morgen kam«, sagte sie und forderte Victoria mit einer Handbewegung auf, Platz zu nehmen, »denn ich habe nicht mit deinem Besuch gerechnet.«

»Großtante Hermione sagte mir, dass Sie sich gern mit mir aussöhnen würden. Sie sind nun einmal meine Großmutter. Deshalb dachte ich, jetzt, da wir uns so unverhofft wiedergesehen haben, sollte ich Sie näher kennenlernen«, schwindelte Victoria. Nichts lag ihr ferner als das. Sie besuchte ihre Großmutter ja nur, um mehr über ihre Mutter und Jakob zu erfahren.

»Wie schön, dass du mich näher kennenlernen möchtest.« Es war der Fürstin nicht anzumerken, ob sie ihr glaubte oder nicht.

Victoria beschloss, gleich mit ihrem eigentlichen Anliegen herauszukommen. »Wie Sie wissen, gibt es zurzeit ja in London eine Ausstellung mit den Werken meiner Mutter. Unter den Gemälden fand sich auch eines, das nicht von ihr stammt. Es muss ihr viel bedeutet haben. Ich wüsste gern, wer der Maler ist. Sein Name ist Jakob.« Victoria holte die Fotografie der Rheinlandschaft aus ihrer Handtasche und reichte sie der Fürstin.

Ihre Großmutter stand auf, trat an die geöffnete Terrassentür und betrachtete die Aufnahme. »Ich habe dieses Bild nie gesehen«, sagte sie schließlich, als sie zu Victoria zurückkehrte und sich wieder setzte.

»Der Name Jakob sagt Ihnen auch nichts?«

»Deine Mutter hat ihn mir gegenüber nie erwähnt.« Ihre Großmutter verzog voller Ungeduld den Mund. Ihre Stimme klang schroff.

Victoria hatte auch nicht angenommen, dass ihre Mutter etwas, das ihr wirklich wichtig war, der Fürstin anvertraut hätte. Aber sie hatte gehofft, dass ihre Großmutter dem Maler vielleicht einmal begegnet war.

»Vor zwei Tagen habe ich mich mit einer Freundin meiner Mutter, Leah Wagner, getroffen«, fuhr sie fort. »Sie erzählte mir von Mutters Kindermädchen Johanna und von ihrer Patin. Ich würde mich gern mit den beiden treffen.«

»Da wirst du kein Glück haben. Johanna starb vor einigen Jahren an Tuberkulose.«

»Oh...« Victoria versuchte, sich ihre Enttäuschung nicht anmerken zu lassen.

»Amelies Patin, Gräfin Irene von Beerheim, lebt bei Ingelheim. Sie ist geistig verwirrt. Ich bezweifle, dass du ihr einen vernünftigen Satz wirst entlocken können. An ihren Bruder, meinen verstorbenen Gatten, oder an Amelie wird sie sich nicht mehr erinnern.«

»Könnten Sie mir trotzdem die Adresse geben?«, beharrte Victoria, die unwillkürlich an den alten Mann aus Rheindiebach denken musste. Vielleicht erinnerte sich ja auch ihre Großtante an Namen und Begebenheiten aus der Vergangenheit.

»Es ist Jahre her, seit ich sie das letzte Mal besucht habe. Und einer geistig Verwirrten zu schreiben, erübrigt sich ja. Wilhelm hat mich manchmal zu ihr begleitet. Vielleicht weiß er noch, wo sie wohnt.« Ihre Großmutter blickte zur Terrassentür, als der Wind erneut den Vorhang hochwirbelte. Einige welke Blätter wehten in das Zimmer. Als die Fürstin sich wieder Victoria zuwandte, war ihre Miene noch strenger geworden. »Es ist nun bald zwei Jahre her, dass dein Vater gestorben ist, nicht wahr?«

»Ja.« Victoria nickte. Sie fragte sich, worauf ihre Großmutter hinauswollte. »Leah Wagner erzählte mir, dass sie Ihnen geschrieben und Sie gebeten habe, ihr meine Adresse zu geben. Sie sagte mir, dass sie vom Tod meines Vaters aus einer deutschen Zeitung erfahren und gern Kontakt mit mir aufgenommen hätte. Wie schön wäre es gewesen, von ihr zu hören. Sie haben mir ja keine einzige Zeile geschrieben.«

Die ganze Zeit hatte sie versucht, ihre wahren Gefühle gegenüber ihrer Großmutter zu verbergen, doch nun stieg Zorn in ihr auf.

»Ich habe für dich gebetet. Aber ich konnte kein Bedauern über den Tod deines Vaters heucheln. Ich habe es ihm nie verziehen, dass er, ein atheistischer Protestant, meine einzige Tochter verführt und zur Ehe genötigt hat.«

Einen Moment verschlug es Victoria die Sprache. »Er hat sie nicht verführt und zur Ehe genötigt. Sie hat ihn aus freien Stücken geheiratet, denn sie hat ihn geliebt. Sie war mit ihm glücklich ...«, erwiderte sie dann heftig.

Stimmte das etwa nicht? Machte sie sich nur etwas vor? Ach, sie wusste ja noch nicht einmal, ob ihr Vater tatsächlich ihr leiblicher Vater war.

Ihre Großmutter schien ihr Zögern nicht wahrzunehmen. »Glück ist eine Illusion«, sagte sie mit harter Stimme. »Jeder Mensch hat auf dem Platz, auf den Gott ihn gestellt hat, seine Pflicht zu erfüllen. Darauf kommt es im Leben an.«

»Wie können Sie nur so bigott sein ...«

»Du wirst es noch früh genug merken, meine Liebe, dass die Liebe der Realität selten standhält«, bemerkte die Fürstin schroff.

Traf das auch auf ihre Liebe zu Jeremy zu? War sie nur eine romantische Illusion, zu schwach, um der Wirklichkeit standzuhalten?

Victorias Herz hämmerte plötzlich wie wild in ihrer Brust. Die Aufregung schnürte ihr wieder die Kehle zu, und sie rang nach Atem. Ihre Großmutter stand auf und verließ auf ihren Gehstock gestützt die Bibliothek, ohne sie noch eines weiteren Blickes zu würdigen.

So viel zu Großtante Hermiones Behauptung, dass sich die Fürstin gern mit mir aussöhnen würde, dachte Victoria sarkastisch, als es ihr wieder besser ging. Nein, angenehm würde die Zeit bei ihr bestimmt nicht werden.

Victoria beschloss, den Nachmittag zu nutzen und sich weiter nach Jakob umzuhören. Clara hatte ihre Reisetasche ausgeräumt und durfte nun tun und lassen, was sie wollte. Das junge Mädchen konnte sein Glück kaum fassen, als Victoria ihm ein wenig Geld gab, damit es in ein Café gehen oder sich etwas Schönes kaufen konnte.

Auf dem Weg in den Ort dachte Victoria bedrückt daran,

dass Johanna nicht mehr am Leben war. Sie hätte so viele Fragen an sie gehabt. Nun musste sie selbst herausbekommen, was im Frühjahr 1887 geschehen war. Im Schaufenster der Kunsthandlung Claasen in der Römerstraße stand ein Gemälde des Emser Kurshauses auf einer Staffelei. Daneben waren kleinere Ansichten des Lahntals und zwei Ikonen, die wohl vor allem russische Kurgäste ansprechen sollten, ausgestellt.

Es ist wirklich wie verhext, überlegte sie, als sie die Stufen zur Ladentür hinaufstieg. *Ständig stoße ich bei der Suche nach Jakob auf eine unsichtbare Mauer.*

Landschaftsbilder und -drucke dominierten auch an den Wänden der Kunsthandlung. Ein hagerer Mann, der einen förmlichen schwarzen Anzug mit hohem, steifem Kragen trug, wandte sich ihr hilfsbereit zu. Da aus seiner Westentasche eine goldene Uhrkette hing und auch seine Manschettenknöpfe wertvoll wirkten, vermutete Victoria, dass er der Inhaber war. Sie zeigte ihm die Fotografie des Gemäldes und fragte ihn, ob er einen Maler mit den Initialen *JC* und dem Vornamen Jakob kenne.

Herr Claasen studierte die Aufnahme eingehend. »Wann soll das Bild denn entstanden sein?«, fragte er dann.

»Wahrscheinlich im Jahr 1887.«

»Soweit das anhand einer Schwarz-Weiß-Fotografie zu beurteilen ist, scheint das Bild wirklich gelungen und nicht das Werk eines Freizeitmalers zu sein.« Er wiegte den Kopf. »Weshalb es mich wundert, dass ich noch nie von einem Maler mit diesem Vornamen und diesen Initialen gehört habe. Wenn Sie sich bitte kurz gedulden würden. Ich sehe einmal in unseren Büchern nach, ob ich etwas über den Mann finde.«

Herr Claasen verschwand in einem Nebenraum. Victoria hoffte, dass er etwas über Jakob herausfinden würde, doch als er einige Minuten später in den Laden zurückkehrte, schüttelte er bedauernd den Kopf. »Es tut mir sehr leid. Aber weder in dem Verzeichnis der Künstler, deren Werke wir einmal angeboten haben, noch in unserer Korrespondenz Ende der 1880er-Jahre taucht ein Maler mit diesen Initialen auf. Versuchen Sie es doch einmal bei meinem Kollegen von der Kunsthandlung Röder. Wenn auch er Ihnen nicht weiterhelfen kann, sollten Sie sich an Herrn Velbert in Wiesbaden wenden. Seine Kunsthandlung ist auf Landschaftsmalerei vom Rhein spezialisiert.«

Eine knappe halbe Stunde später verließ Victoria auch die Kunsthandlung Röder wieder, die am Ende des Kurparks, gegenüber einem barocken Gebäude mit kleinen Zwiebeltürmen lag. Herr Röder hatte sich ähnlich geäußert wie sein Kollege. Auch er hatte das Gemälde sehr gelungen gefunden und sich gewundert, noch nie von einem Maler mit diesen Initialen gehört zu haben.

Victoria verbannte die Befürchtung, dass Jakob vielleicht wirklich nur zu seinem Vergnügen gemalt hatte und sie deshalb nie etwas über ihn herausfinden würde, aus ihren Gedanken. Sie beschloss, am kommenden Tag nach Wiesbaden zu fahren. Vielleicht würde man ihr ja in der Kunsthandlung Velbert weiterhelfen können.

Über den Hängen des Lahntals waren Wolken aufgezogen, eine Dunstschicht verschleierte den Himmel. Vom Kurpark wehte Blumenduft zu ihr herüber. Victoria fühlte sich unruhig und gereizt. Wieder wünschte sie sich schmerzlich, bei Jeremy zu sein.

Ganz in der Nähe entdeckte sie das Atelier eines Fotografen. Sie würde einen neuen Film kaufen und danach in Ems fotografieren. Von der Stadt und dem Kurviertel hatte sie noch nicht allzu viel gesehen, so konnte sie sich wenigstens ablenken.

Im Kurgarten entdeckte Victoria die Statue eines älteren Herrn mit Backenbart, der einen legeren Anzug trug und jovial in die Welt blickte. Die Inschrift am Sockel besagte, dass es sich bei dem ganz unmilitärisch dargestellten Herrn um Kaiser Wilhelm I. handelte. Vor dem barocken Kurhaus nahm sie Kurgäste auf, die mit Wassergläsern in der Hand auf und ab promenierten, und die jungen Mädchen, die das Wasser im Brunnenhaus abfüllten. Victoria kostete es auch selbst, denn ihr war sehr warm, doch sie mochte den leicht metallischen Geschmack nicht besonders. Eine Kolonnade verband das Kurhaus mit dem Kursaal und grenzte das Gebäudeensemble zur geschäftigen Römerstraße, der Hauptstraße des Ortes, hin ab. Üppige Blumenbeete lagen zwischen kleinen Alleen, viele der breiten Ruhebänke waren besetzt. Auch die hübsche russisch-orthodoxe Kirche am anderen Flussufer mit ihren goldenen Zwiebeltürmen bannte Victoria auf den Film.

Ich bin gespannt, ob sich Mr. Parker für eines der Bilder erwärmen wird, ging es ihr durch den Kopf, während sie die Straße zu der Villa, die ihre Großmutter für die Zeit ihres Kuraufenthalts gemietet hatte, hinaufging. Es war sehr schwül geworden. Über den Hängen entlang der Lahn türmten sich Gewitterwolken, und sie freute sich auf die Kühle im Haus.

Sie hatte eben den Garten betreten, als ihr eine ungewöhnlich große Frau entgegenkam. Trotz der Hitze trug sie ein langärmliges schwarzes Kleid. Sie hatte ein faltiges, aber rosiges Gesicht, das jetzt von einem Lächeln erhellt wurde.

»Fräulein Victoria, ach, ich hab mich so gefreut, als Ihre Großmutter dem Personal mitteilen ließ, dass Sie zu Besuch kommen werden«, sagte sie zu Victorias Überraschung.

»Verzeihung, ich kenne Sie nicht . . .«

»Aber natürlich tun Sie das. Sie haben oft genug meinen Kuchen gegessen.«

Die Erinnerung an eine große Küche mit gewölbter Decke blitzte in Victoria auf, in der unzählige blinkende Kupferkessel an den Wänden hingen.

»Sie sind Greta, nicht wahr, die Köchin meiner Großmutter? Sie haben mich dabei ertappt, wie ich mir aus der Speisekammer etwas zu essen stibitzen wollte, als mich meine Großmutter wieder einmal hungrig zu Bett geschickt hatte«, sagte sie langsam.

»Sehen Sie, jetzt ist es Ihnen wieder eingefallen.« Greta lächelte sie an. »Danach haben Sie sich abends oft zu mir geschlichen. Mein Gott, Sie sind wirklich das Ebenbild Ihrer Mutter. Schon als Kind waren Sie ihr so ähnlich. Manchmal hatte ich das Gefühl, dass sie bei mir am Tisch saß.«

»Sie haben meine Mutter gekannt?«

»Ja, natürlich. Ich arbeite jetzt seit über fünfzig Jahren für die Fürstin. Ich war vierzehn, als ich als Küchenmädchen anfing. Später wurde ich dann Köchin. Meine Zimtschnecken hat Ihre Mutter besonders gern gemocht, und Ihnen haben sie auch gut geschmeckt.«

Victoria erinnerte sich daran, dass sie sich einmal während eines Gewitters zu Greta in die Schlossküche geflüchtet hatte. Sie hatte sich vor dem Toben draußen gefürchtet, sich aber bei der Köchin geborgen gefühlt.

»Greta, würden Sie mir von meiner Mutter erzählen?«, bat sie impulsiv.

»Gern, gnädiges Fräulein. Aber ich muss jetzt zum Fleischer, und danach habe ich das Abendessen vorzubereiten. Kommen Sie doch so gegen zehn heute Abend in die Küche. Dann müssten alle Arbeiten erledigt sein, und wir können uns in Ruhe unterhalten.«

»Das werde ich gern tun.«

Victoria fühlte sich auf einmal viel besser. Sie hatte die

schlechten Erinnerungen an die Zeit bei ihrer Großmutter mit den Jahren verdrängt. Offenbar waren dabei auch die wenigen guten in Vergessenheit geraten.

Kerzen brannten in silbernen Leuchtern auf der Tafel im Speiseraum, das Geschirr war erlesen, und die Tischmitte zierte ein Bukett lachsfarbener Orchideen. Victoria sehnte sich dennoch nach Hopkins und ihren Mahlzeiten, die sie in der Küche in ihrer Wohnung gemeinsam einnahmen. Am frühen Abend hatte es heftig gewittert. Noch immer rauschte draußen starker Regen nieder.

»Victoria, wie schön, dass du gekommen bist.« Ihre angeheiratete Tante Sophie lächelte sie freundlich an. »Heinrich wird sich gewiss auch sehr freuen, wenn er zurück ist.«

Sie hatte sich für ein Abendkleid mit einem großen Blumenmuster entschieden, das wie das rüschenüberladene Taftkleid nicht zu ihrer Figur passte. Das samtene Haarband, an dem eine Feder steckte, wirkte irgendwie fehl am Platz.

Die Fürstin trug ein graublaues Seidenkleid, dessen Oberteil mit einer Perlenstickerei verziert war. Ihr weißes Haar war perfekt frisiert. Victoria musste zugeben, dass sie immer noch eine sehr schöne Frau war.

»Ich freue mich auch, hier zu sein«, schwindelte Victoria.

Wilhelm servierte nun den ersten Gang – eine Fleischbrühe mit fein gehackter Petersilie und Eierstich. An der Anrichte stand ein Hausmädchen in schwarzem Kleid und weißem Spitzenhäubchen, bereit, ihm zur Hand zu gehen.

Wieder etwas, das Hopkins schockiert hätte, überlegte Victoria und begann, die Suppe zu löffeln. Für ihn war es undenkbar, dass Frauen in einem vornehmen Haushalt bei Tisch halfen.

»Ich habe in einer Modezeitschrift gelesen, dass Poiret nicht nur in Paris, sondern auch in London ein Atelier besitzt«, wandte sich nun Sophie an sie.

»Ja, mein Debütantinnenkleid war aus diesem Atelier.« Victoria nickte.

»Ach, wirklich? Wie aufregend. Es soll möglich sein, seine Roben ohne Korsett zu tragen.«

Victoria wollte gerade sagen, dass sie so gut wie nie ein Korsett trug, aber ihre Großmutter, die bisher schweigend gegessen hatte, sah Sophie so süffisant an, dass sie sich zurückhielt.

»Ich kann mir nicht vorstellen, dass es dir stehen würde, ein Kleid ohne Korsett zu tragen, meine Liebe«, bemerkte die Fürstin dann auch herablassend. Der Blick auf die füllige Taille ihrer Schwiegertochter sprach Bände.

Sophie senkte verlegen den Kopf.

Wie konnte ihre Großmutter nur so herzlos sein! Victoria war nahe daran, sie zornig anzufahren. Aber da sie annahm, dass dies die Situation für Sophie noch unangenehmer machen würde, ließ sie es sein. Wieder fiel ihr das Atmen schwer.

Ihre Großmutter musterte sie über den Tisch hinweg. »Du hattest einen angenehmen Nachmittag?«

»Danke, ja, ich habe fotografiert.«

»Ich erinnere mich. Deine Großtante hat mir berichtet, dass du Geld mit dem Fotografieren verdienst.« Die Fürstin sah sie indigniert an. »Das ist wirklich keine angemessene Beschäftigung für eine junge Dame. Malst du etwa auch wie deine Mutter?«

»Gelegentlich«, entgegnete Victoria knapp. Sie erwartete, eine spöttische Bemerkung zu hören, doch ihre Großmutter wirkte plötzlich wie in Gedanken versunken. Für einen Moment glaubte Victoria sogar, einen Anflug von Traurigkeit auf ihrem Gesicht wahrzunehmen. Gleich darauf sagte sie sich allerdings, dass sie sich getäuscht haben musste. Denn nun herrschte ihre Großmutter Wilhelm an, endlich die Suppenteller abzuräumen.

Victoria tauschte einen Blick mit der Tante. Sie fragte sich, wie lange diese die Fürstin wohl schon ertrug.

»Hier gibt's leider keinen Speisesaal für die Bediensteten, gnädiges Fräulein. Deshalb müssen wir mit der Küche vorliebnehmen«, erklärte Greta, als Victoria später am Abend die Küche betrat. »Nehmen Sie doch schon einmal am Tisch Platz.«

Sie fügte hinzu, sie sei gleich wieder zurück, und verschwand durch eine Tür. In der Küche stand ein großer Kohleherd. Über einer Anrichte hing ein mit Kreuzstichen verziertes Tuch. Victoria las: *Mach es wie die Sonnenuhr, zähl die heiteren Stunden nur.* Auf einem Wandbord standen Tonschüsseln und Krüge, blank polierte Kupfergefäße hingen an Haken.

Mit Schaudern erinnerte sich Victoria an die Tage im Frühjahr, als sie sich auf der Suche nach dem Mörder Francis Sunderlands als Spülmädchen in ein Landgut in Cornwall eingeschlichen hatte. Das Dasein als Spülmädchen war die Hölle und Kupfergefäße zu reinigen eine besonders schlimme Strafe gewesen.

Als Greta wieder zurückkehrte, hielt sie einen Teller voller Zimtschnecken in den Händen.

»Ach, wie nett von Ihnen, dass Sie extra für mich gebacken haben«, sagte Victoria lächelnd.

»Aber das war doch selbstverständlich.« Greta stellte den Teller vor sie auf den Tisch. »Ich hätte wirklich nicht gedacht, dass ich Sie noch einmal wiedersehen würde. Wo Ihre Großmutter damals so streng zu Ihnen war. Ich konnt's Ihnen nicht verdenken, dass Sie weggelaufen sind.«

Victoria knabberte an einer der Schnecken und erinnerte sich sofort. Der Geschmack war so wie damals in ihrer Kindheit. »Haben Sie denn auch Johanna, das Kindermädchen meiner Mutter, gekannt?«, fragte sie.

»Natürlich, Johanna kam oft mit Ihrer Mutter zu mir in die Küche. Sie war eine sehr liebenswerte Person.« Greta ließ sich schwerfällig auf der Bank ihr gegenüber nieder.

»Tatsächlich? Wie ungewöhnlich ... Wie kam es denn dazu, dass meine Großmutter sie einstellte? Ich hätte ehrlich gesagt ja eher vermutet, dass sie eine strenge, unnahbare Bedienstete für die Kindererziehung bevorzugt hätte. Aber meine Mutter scheint Johanna sehr gern gehabt zu haben.«

»Die Fürstin hat Johanna nicht eingestellt. Das war Ihr Großvater, Fürst Ferdinand. Die Geburt Ihrer Mutter war sehr schwer, Ihre Großmutter wär beinahe dabei gestorben. Danach war sie lange sehr krank. Als sie sich so weit erholt hatte, dass sie reisen konnte, ist sie in den Süden gefahren und hat dort zwei oder drei Jahre lang gelebt.«

Victoria hatte Mühe, sich die Fürstin krank und leidend vorzustellen. »Und meine Mutter blieb mit Johanna in Deutschland?«

»Ja.« Greta nickte.

»Was war Johanna denn für ein Mensch?«

»Sie war noch ganz jung, als sie die Stelle antrat. Erst Anfang zwanzig. Ich weiß noch, dass etliche der Dienstboten ihr nicht zutrauten, der Aufgabe gewachsen zu sein. Aber sie hatte Persönlichkeit. Und man konnte auf den ersten Blick erkennen, wie warmherzig sie war. Das war es wohl auch vor allem, was Ihr Großvater für seine kleine Tochter wollte. Amelie war von der Geburt nämlich auch sehr mitgenommen, und für ein paar Wochen hing ihr Leben an 'nem seidenen Faden.« Greta lächelte vor sich hin. »Man hätte wirklich nicht gedacht, zu was für einem vor Leben nur so sprühenden Persönchen sie sich mal entwickeln würde.«

»Sie war ein temperamentvolles Kind?«, fragte Victoria leise.

Greta nickte erneut. »Bei schönem Wetter waren Johanna und Ihre Mutter oft stundenlang draußen unterwegs, danach hatte sie noch Energie genug, in meiner Küche umherzuhüpfen und ohne Punkt und Komma zu reden. Mit ihrem Charme hat sie mir alles Mögliche abgeschwatzt. Den Fürsten konnte sie sowieso um den Finger wickeln. Und dann wieder war sie ganz still und ernsthaft.«

»Hat Johanna ihr denn auch das Malen und Zeichnen beigebracht?«, fragte Victoria.

»Ja, sie hat sie gelehrt, Pflanzen und Tiere zu zeichnen.« Greta stand auf und nahm ein dünnes Buch von einem Regal. »Ich dachte, vielleicht würden Sie das hier gern sehen wollen«, sagte sie. »Ich nehme es überall hin mit.«

Victoria schlug das Buch auf. Es war ein Album. Auf einer der schwarzen Seiten klebten die kolorierten Zeichnungen eines Rotkehlchens und einer Kornblume. »Für Greta« stand in ungelenker Kinderschrift darüber. Die Zeichnungen waren technisch nicht perfekt, aber sie besaßen einen ganz eigenen Charme.

Die Sepia-Fotografie auf der anderen Seite war verblasst. Sie zeigte Amelie im Alter von sechs oder sieben Jahren inmitten einer Wiese. Sie trug einen Strohhut und ein geblümtes Sommerkleid und blickte mit gerunzelter Stirn in die Kamera, als ob sie dem Apparat misstraute. Die junge Frau, die sie an der Hand hielt, hatte blondes, lockiges Haar. Es war so dicht, dass es ihren Kopf wie einen Heiligenschein umgab. Ihr Gesicht mit den geraden Brauen und der leicht gebogenen Nase war zu markant, um wirklich hübsch zu sein, aber einnehmend.

Was für ein Glück meine Mutter hatte, dass es dieses Kinder-mädchen in ihrem Leben gab, ging es Victoria durch den Kopf. *Ihre Liebe zur Natur hat sie bestimmt Johanna zu verdanken und auch, dass sie ein liebevoller und warmherziger Mensch geworden ist.*

»War denn meine Großmutter, als sie wieder nach Hause zurückkehrte, mit Johannes Erziehungsstil einverstanden?«, fragte sie. Sie konnte sich nicht vorstellen, dass die Fürstin das freie Leben gutgeheißen hatte, das das Kindermädchen ihrer Mutter ermöglicht hatte.

»Nicht in allem, nach dem, was ich von der Dienerschaft darüber hörte.« Greta lächelte. »Aber Ihre Mutter liebte Johanna, und sie hatte ihren Vater auf ihrer Seite. Als Johanna an Tuberkulose erkrankte, Ihre Mutter und Ihr Großvater waren da schon nicht mehr am Leben, hat Ihre Großmutter den Aufenthalt im Sanatorium bezahlt.«

»Das hätte ich nun nicht erwartet«, konnte sich Victoria nicht verkneifen, sarkastisch zu sagen.

»Ach, die Fürstin ist gar nicht so schlimm, wie man manchmal denkt.« Greta hob ihre schwieligen Hände. »Ich hoffe, Sie nehmen mir diese Bemerkung nicht übel. Vor ein paar Jahren, als ich eine üble Wunde am Bein hatte, hat sie dafür gesorgt, dass ich in einem richtig guten Krankenhaus versorgt wurde.«

»Wissen Sie vielleicht, ob noch Verwandte von Johanna leben? Falls ja, würde ich sie nämlich gern besuchen.«

»Soviel ich weiß, sind ihre Eltern früh gestorben, und sie war ein Einzelkind.« Greta schüttelte zu Victorias Enttäuschung den Kopf. »Und andere Verwandte scheint es nicht mehr zu geben. Sie hat nie davon erzählt.«

»Hat meine Mutter Ihnen gegenüber jemals den Namen Jakob erwähnt?«

»Nicht dass ich mich erinnern könnte, Fräulein Victoria.«

»Meine Mutter war noch einmal, nachdem sie meinen Vater geheiratet hatte, in Franken. Das sagte mir eine Freundin. Haben Sie sie damals gesehen?«

»Aber ja. Sie kam zu mir in die Küche, wie sie es immer als Kind tat. So hübsch wie eh und je und strahlend vor Glück. Wir Dienstboten wussten natürlich, dass Ihre Großmutter gegen diese Heirat war ...«

»Das kann ich mir vorstellen.«

Victoria nickte. Bedienstete waren eigentlich immer, auch wenn die Herrschaft noch so sehr versuchte, ihre Geheimnisse zu bewahren, bestens informiert.

»Man hätte meinen können, Ihre Mutter hätte den Antichrist persönlich zum Mann genommen. Umso mehr hab ich mich gefreut, dass sie die richtige Wahl getroffen hatte. Ihr Großvater war zuerst auch zornig, dass Ihre Mutter ohne seine Einwilligung geheiratet hatte. Aber als er sah, wie glücklich seine Tochter war, war er schnell bereit, ihr zu verzeihen. Ihre Mutter hat mir eine Fotografie Ihres Vaters gezeigt. Ein sehr gut aussehender Mann, das muss ich schon sagen.«

»Ja, das war er ...«

Eigentlich hätte sich Victoria über Gretas Worte gefreut. Aber jetzt fragte sie sich, ob ihre Mutter nicht wegen Jakob so glücklich gewesen war.

»Mit Ihrer Großmutter hat sich Ihre Mutter damals heftig gestritten. Wobei die beiden schon immer kein ganz einfaches Verhältnis zueinander hatten. Einen ganz schlimmen Streit hatten sie auch, bevor Ihre Mutter nach London ging.« Greta schüttelte gedankenverloren den Kopf.

»Wissen Sie möglicherweise, worum es dabei ging?«, fragte Victoria erstaunt. Leah hatte doch gesagt, dass diese Reise mit dem ausdrücklichen Segen der Fürstin stattgefunden hatte.

»Nein, leider nicht. Die damalige Zofe Ihrer Großmutter meinte, so wütend hätte sie Ihre Mutter noch nie erlebt. Und Ihre Mutter konnte ziemlich temperamentvoll sein. Die Fürstin hat nach dem Streit ganz rote Augen gehabt, so als ob sie geweint hätte. Was noch nie vorgekommen war.«

Auch für Victoria war es kaum vorstellbar, dass jemand die Fürstin zum Weinen bringen konnte.

Sie sah Greta dankbar an. »Es war sehr schön, mit Ihnen zu plaudern«, sagte sie und stand auf. »Sie haben mich meiner Mutter viel nähergebracht. Ich glaube, ich muss jetzt allein sein und alles überdenken.«

ZEHNTES KAPITEL

Am nächsten Morgen erwachte Victoria ausgeruht. Greta zu begegnen hatte sie mit ihrem Besuch bei ihrer Großmutter ausgesöhnt. Als sie gegen acht ins Frühstückszimmer kam, hielt sich dort zu ihrer Erleichterung nur ihre Tante Sophie auf. Auf dem Tisch standen eine Tee- und eine Kaffeekanne, ein Porzellankorb mit Brot und Brötchen, gekochte Eier, silberne Platten mit Wurst und Käse und Schälchen mit Marmelade. Anscheinend war es in Deutschland üblich, sich selbst zu bedienen.

Victoria wünschte Sophie einen guten Morgen und schenkte sich Tee ein. Regen tropfte gegen die Fenstertüren, und der nasse Garten wirkte grau und trübselig.

»Meine Großmutter frühstückt im Bett?«, erkundigte sie sich.

»Nein, sie steht meistens gegen fünf Uhr auf und besucht die Frühmesse. Danach geht sie zum Brunnen am Kurhaus und trinkt ein oder zwei Gläser Wasser, ehe sie sich einer Massage oder einem medizinischen Bad wegen ihrer steifen Hüfte unterzieht.«

»Oh, wirklich?« Victoria dankte dem Himmel, dass sie die Fürstin wenigstens nicht an diesem Morgen ertragen musste.

»Heinrich ist schon wieder nach Coblenz gefahren.« Sophie

wirkte bedrückt. »Seit wir letzte Woche nach Ems gekommen sind, war er fast jeden Tag dort.«

»Verbringt ihr eigentlich jeden Urlaub mit Großmutter Leontine?«

Victoria nahm an, dass sie Sophie als ihre angeheiratete Tante wahrscheinlich hätte siezen müssen. Doch da diese gar nicht so viel älter als sie schien, kam ihr dies albern vor.

»Um Himmels willen, nein!« Sophie fuhr so entsetzt auf, dass Victoria fast gelacht hätte. »Heinrich möchte sich mit seiner Mutter aussöhnen, deshalb ist es ihm wichtig, einige Zeit mit ihr in Ems zu verbringen.«

»Haben sich die beiden denn gestritten?«

»Ja ... Dass Heinrich zwei Jahre lang deutscher Botschafter in Russland war, hat die Fürstin ihm noch nachgesehen. Als junge Frau hat sie sich selbst eine Zeit lang dort aufgehalten und Freundschaften zum Adel geknüpft. Aber sie hat es ihm sehr übel genommen, dass er dann eine Stelle als Wirklicher Geheimer Rat im Auswärtigen Amt annahm. Heinrich befürchtet, dass sie nie wieder ein Wort mit ihm sprechen wird, falls er zum Staatssekretär ernannt werden wird.«

»Und? Konnte er sich mit meiner Großmutter aussöhnen?«, fragte Victoria.

»Leider, nein.« Sophie schüttelte den Kopf. »Heinrich ist ein glühender Verehrer Bismarcks, worüber sie sich häufig streiten. Und mich kann die Fürstin sowieso nicht ausstehen. In ihren Augen bin ich nicht ebenbürtig, da ich von Geburt nur eine Baronesse und nicht von altem Adel bin. Mein Großvater bekam den Titel Baron verliehen, da er mit Stahl ein Vermögen machte.«

Die Prinzessin trug auch an diesem Morgen ein überreichlich mit Spitze besetztes Kleid, das ihrer stämmigen Figur und ihrem vollen Gesicht nicht gerade schmeichelte. Unwillkürlich fragte Victoria sich, ob ihr Onkel sie wohl wegen ihres Geldes geheiratet hatte, und sie tat ihr leid.

»Meine Mutter ... sie hat ja noch einen Bruder ...«

»Ja. Fürst Theodor lebt mit seiner Familie auf dem Stammsitz in Franken. Er hat eine bayrische Prinzessin geheiratet, die die Fürstin zwar auch nicht mag, die aber zumindest dem Hochadel entstammt.« Sophie rührte unglücklich in ihrem Kaffee. »Ich würde so gern abreisen, aber Heinrich meint, wir müssten noch zwei Wochen bleiben wie verabredet. Sonst würden wir seine Mutter erst recht brüskieren. Ich bin wirklich so froh, dass du gekommen bist.« Sie blickte Victoria flehentlich an. »Du bleibst doch hoffentlich noch ein paar Tage?«

»Ja, das werde ich.« Victoria nickte.

Sophie sah sie plötzlich unsicher an. »Findest du mich ... eigentlich auch zu dick?«

»Äh ... nein ... Du könntest dich allerdings vorteilhafter kleiden und frisieren«, sagte sie dann zögernd.

»Wie meinst du das?«

»Na, Rüschen und Spitzen und Löckchen stehen dir meiner Meinung nach nicht. Dazu ist dein Gesicht zu markant.« Victoria traf einen Entschluss. »Ich werde jetzt gleich nach Wiesbaden fahren, um mich nach einem Maler zu erkundigen. Komm doch mit, wenn du willst. Wir könnten einen guten Schneider und einen Coiffeur für dich ausfindig machen.«

»Oh! Was für eine gute Idee. Ich fahre liebend gern mit dir dorthin. Conradi in der Wilhelmstraße hat einen ausgezeichneten Ruf als Modeatelier. Das weiß ich von Rosalyn. Sie fährt regelmäßig nach Wiesbaden, um dort Kleider in Auftrag zu geben. Coblenz ist, was Mode betrifft, wohl ziemlich provinziell.«

»Dann ist das abgemacht.« Victoria lächelte Sophie an.

»Wahrscheinlich macht sich bei den Modeateliers bemerkbar, dass Wiesbaden ein weltberühmtes Kurbad ist.«

Vielleicht kann ich ja auch für mich selbst ein Kleid nähen lassen, dachte sie sehnsüchtig. Sie war sehr gespannt auf die Modelle des Ateliers.

Regen rann an den Kutschenfenstern hinunter. Victoria bedauerte es, dass die Sicht durch die Scheiben beeinträchtigt war, denn so bekam sie nur einen ungefähren Eindruck von den hochherrschaftlichen Häusern entlang der Straße. Sophie und sie waren von Ems nach Wiesbaden mit dem Zug gefahren und hatten dann am dortigen Hauptbahnhof eine Kutsche genommen. Nun tauchte ein Park am Straßenrand auf und gleich darauf ein weitläufiger Platz mit zwei Brunnen, von Arkaden flankiert. Victoria glaubte, ein Gebäude mit einer klassizistischen Fassade und einer Kuppel auszumachen.

»Das ist das Kurhaus«, erklärte Sophie. »Es ist innen wunderschön. Kurz nach unserer Hochzeit haben Heinrich und ich dort an einem Ball teilgenommen. Die Böden und die Säulen an den Wänden sind aus Marmor. Die vergoldeten Stuckdecken haben im Licht der Kronleuchter gefunkelt, als wir tanzten…« Wehmut schwang in ihrer Stimme mit. Sie brach ab.

Nein, um diese Ehe stand es nicht zum Besten. Victoria bezweifelte, dass ihr Onkel seine Frau Sophie – anders als Friedrich von Langenstein Rosalyn – jemals geliebt hatte.

Nun hielt die Kutsche an. Victoria und Sophie spannten ihre Schirme auf und sprangen auf die Straße. Während Sophie den Kutscher bezahlte, weidete sich Victoria am Schaufenster des Ateliers Conradi. Zwei Kleider waren dort drapiert. Das eine, es war aus bordeauxfarbenem Samt, war schlicht, aber raffiniert geschnitten mit einem tief heruntergezogenen Kragen als Blickfang. Das andere Kleid hatte ein länger geschnittenes Oberteil aus grünem Samt und einen fließenden Rock aus Seide der gleichen Farbe. Seine einzige Verzierung bestand in der Blumenstickerei auf dem Oberteil. Beide Kleider konnte sich Victoria gut an Sophie vorstellen.

Herr Conradi, ein eleganter Herr mit sorgfältig gescheiteltem dunklem Haar, war gleich bereit, Sophie zu empfangen. Wozu sicher beitrug, wie Victoria amüsiert vermutete, dass Sophie ihren Titel erwähnt hatte, und auch, dass Rosalyn von Langenstein eine gute Freundin war.

Prüfend musterte der Schneider Sophies Kleid. »Durchlaucht, ich würde Ihnen etwas Schlichtes empfehlen«, sagte er dann mit Nachdruck, »Kleider, die Ihre besondere Persönlichkeit zum Ausdruck bringen.«

Victoria fiel ein Stein vom Herzen. Sophie schien bei Herrn Conradi in guten Händen. Rasch verabschiedete sie sich von ihr und sagte, dass sie in zwei Stunden wiederkommen werde, um sie abzuholen.

Die Kunsthandlung Velbert lag in der Altstadt von Wiesbaden, in der Nähe der neugotischen Marktkirche. Die fünf hohen, spitzen Türme ragten – so kam es Victoria vor – irgendwie verloren in den grauen Himmel. Hastig schlüpfte sie durch die Ladentür, um dem Regen zu entkommen.

Sie fand sich in einem langen, schmalen Raum wieder, der mit seiner gewölbten Decke an eine Katakombe erinnerte. Ein Gaslicht brannte, sonst wäre es an diesem trüben Tag wohl zu dunkel darin gewesen. Gemälde, Radierungen und Stiche hingen so dicht nebeneinander an den Wänden, dass sich einige der Rahmen berührten. Darunter waren viele

Landschaften, was Victoria hoffen ließ, am richtigen Ort zu sein.

»Kann ich Ihnen helfen?« Ein junger Mann, der einen grauen Anzug trug und einen sorgfältig gestutzten Schnauzbart hatte, trat hinter einer Theke hervor.

»Ich suche nach dem Maler dieses Bildes.« Victoria reichte ihm die Fotografie des Gemäldes. »Sein Vorname ist Jakob und sein Nachname beginnt mit einem C. Mehr weiß ich leider nicht über ihn.«

»Wann entstand das Gemälde denn? Wissen Sie das vielleicht?«

»Wahrscheinlich wurde es im Jahr 1887 in dem Ort Rheindiebach gemalt.«

»Ach, die Burgruine Fürstenberg, nicht wahr?« Er lächelte.

»Ja, genau.« Victoria nickte.

»Ich schaue einmal in unseren Verzeichnissen nach.«

Derweil der junge Mann einige große Bände auf die Theke legte und sie durchblätterte, lauschte Victoria dem Geräusch des Regens. Die Bilder an den Wänden gefielen ihr, und sie hätte sie gern ausgiebig betrachtet, jetzt war sie dafür allerdings zu angespannt.

»Es tut mir sehr leid, aber ich kann nichts über einen Maler mit diesem Vornamen finden«, sagte der Mann schließlich, nahm die Fotografie noch einmal zur Hand und besah sie sich genau. »Trotzdem kommen mir diese Initialen irgendwie bekannt vor. Ich meine, auch einmal eine Rheinlandschaft in einem ähnlichen Stil gesehen zu haben, soweit man das bei einer Schwarz-Weiß-Fotografie beurteilen kann.«

»Tatsächlich? Sie sind der erste Kunsthändler, den ich das sagen höre.« Victoria schöpfte wieder Hoffnung.

»Wahrscheinlich kann Ihnen mein Vater weiterhelfen. Er ist zurzeit auf Reisen in Italien, wir erwarten ihn in einer guten

Woche wieder zurück. Versuchen Sie es dann doch noch einmal bei uns, wenn Sie bis dahin nicht weitergekommen sind.«

»Das werde ich auf jeden Fall tun«, versicherte Victoria dankbar.

Durch eine Dachluke fiel spärliches Licht in das Treppenhaus. Neben der Tür im ersten Stock stand mit Kreide der Name »Jeffreys« geschrieben.

Auf Hopkins' Klopfen öffnete ein etwa acht Jahre altes, zierliches Mädchen. Es trug einen geflickten Baumwollkittel und Holzschuhe. Sein Haar war zu Zöpfen geflochten. Trotz der Tränenspuren auf seinem Gesicht betrachtete es Hopkins neugierig.

»Da ist ein Mister, Mum.«

Es wandte sich zu seiner Mutter um, die zusammen mit zwei ärmlich gekleideten Frauen, vermutlich Nachbarinnen oder Freundinnen, an einem Tisch saß. Sie sah erschöpft aus, ihr Gesicht war vom Weinen verschwollen, doch Hopkins fiel gleich die Ähnlichkeit zu dem Mädchen auf. Sie hatte die gleiche Gesichtsform und ebenso rotbraunes Haar, nur dass ihres schon erste graue Strähnen aufwies, obwohl sie nicht älter als Mitte dreißig sein konnte.

»Sie sind vermutlich von der Baubehörde?« Mrs. Jeffreys sprach derbes Cockney, was so gar nicht zu ihrem schmalen Körper zu passen schien.

»Allerdings, das bin ich.« Hopkins nickte.

»Sollen wir dich mit dem Herrn allein lassen, Emily?«, fragte eine der Frauen.

»Ja, und nehmt Maud und die beiden Jungen mit.«

Zwei Knaben, deren Alter Hopkins auf vier und sechs Jahre schätzte, krochen aus einer Ecke hervor. An ihren Beinen haftete der Sand, mit dem der Boden bestreut war. Bei dem älteren glaubte Hopkins eine gewisse Ähnlichkeit mit seinem Vater zu erkennen.

»Ich will aber hierbleiben«, erklärte er weinerlich.

»Nein, du kommst mit.« Eine der Frauen fasste ihn resolut an der Hand.

Ein vielleicht zwei Monate alter Säugling regte sich in einem Korb, der ihm als Bett diente. Ein anderes Kind, das ein Jahr alt sein mochte, stemmte sich an Brettern hoch, die zwischen einen Schrank und ein Bett genagelt waren – eine Art Laufstall. Es sah Hopkins schüchtern an. Wie in vielen Arbeiterhaushalten diente die Küche gleichzeitig auch als Schlafzimmer. Die Wand über dem gusseisernen Herd war rußig und schimmlig vor Feuchtigkeit. Auf dem Herd stand ein angeschlagener Topf, in dem etwas vor sich hin köchelte. Ein Regal enthielt ein paar Tassen und Teller, auf einem Schrank lagen einige Bücher. Hopkins vermutete, dass sie Walther Jeffreys gehört hatten. Eine Leine, an der fadenscheinige Wäschestücke und Windeln hingen, war durch den Raum gespannt. Es roch durchdringend nach Urin und nach Kohl, den es hier wohl häufig zu essen gab.

»Jemimah hat mir gesagt, dass Sie 'ne Art Detektiv sind.« Mrs. Jeffreys sah Hopkins fragend an, als die beiden Besucherinnen und die älteren Kinder außer Hörweite waren. »Die Polizei hat behauptet, dass Walther betrunken gewesen wär, als er in die Themse gestürzt is'. Aber das kann nich' sein. Er hat kaum je ein Glas Bier angerührt. Und es gab auch keinen Grund, warum er an dem Abend im Hafen gewesen sein sollte.«

»Glauben Sie denn, dass jemand Ihren Gatten ermordet haben könnte?«, fragte Hopkins sanft.

»Ich wüsst' nicht, wer.« Die Augen der Frau füllten sich mit

Tränen. »Walther war ein guter Mann«, sagte sie, aber Hopkins glaubte, in ihrer Stimme ein leichtes Zögern wahrzunehmen.

»Kennen Sie vielleicht diese beiden Männer?« Er legte die Fotografie vor sie auf den Tisch, auf der Walther Jeffreys mit Lord Melbury und dem deutschen Grafen zu sehen war.

Mrs. Jeffreys starrte das Bild an. »Was hatt' denn Walther mit den beiden feinen Herren zu schaffen?«, flüsterte sie dann ungläubig.

»Sie kennen die beiden Männer also nicht?« Sie schüttelte stumm den Kopf. »Und Ihr Gatte hat auch nie erwähnt, dass er Kontakt zu Lord Melbury oder einem Graf Waldenfels hatte?«, vergewisserte sich Hopkins noch einmal.

»Nein ...«

»Miss Jemimah erwähnte mir gegenüber, dass Ihr Ehemann im Stahlwerk Bloom & Young arbeitete. Ich habe mich erkundigt. Das Werk gehört Lord Melbury.«

»Das stimmt. Der Lord ließ sich aber kaum einmal dort blicken.« Das Kind im Laufstall begann zu quengeln, wurde aber auf ein »Pschhh, Robbie« seiner Mutter wieder still.

»Mrs. Jeffreys ...« Hopkins räusperte sich. »Es tut mir sehr leid, dass ich dies fragen muss. Aber Ihr Gatte war nun einmal bei Lord Melbury auf dessen Landgut. Halten Sie es für denkbar, dass er im Auftrag des Lords Arbeiter ausspioniert und dafür Geld erhalten hat?«

»Walther? Ein Spion für einen Fabrikbesitzer?« Sie starrte ihn an. »Auf gar keinen Fall. Er war ehrlich, und er hat die Reichen verabscheut.«

»Aber er hat sich mit einem Grafen und einem Lord auf dessen Gut getroffen«, beharrte Hopkins.

»Ich hab keine Ahnung, was Walther dort gemacht hat.« Ihre Stimme wurde schrill. »Denken Sie denn, dass dieser Lord und der Graf etwas mit seinem Tod zu tun haben?«

»Ich weiß es nicht«, erwiderte Hopkins ehrlich.

Der Säugling in dem Korb begann zu schreien. Mrs. Jeffreys stand hastig auf und hob ihn hoch. Gleichzeitig jammerte das Kind im Laufstall. Der Inhalt des Topfes auf dem Herd kochte über und spritzte zischend auf die heiße Platte. Mrs. Jeffreys sah den Säugling in ihren Armen verwirrt an, als wüsste sie plötzlich nicht mehr, was sie mit ihm tun sollte, und begann zu weinen. Ihr Körper wurde ganz schlaff. Der Gestank der vollen Windel des Säuglings mischte sich mit dem von angebranntem Haferbrei.

Hopkins schob den Topf an den Rand des Herdes, wo die Platte weniger heiß war. Dann nahm er ein grobes Leinentuch und eine Windel von der Leine, legte beides auf den Tisch und nahm Mrs. Jeffreys den Säugling ab.

»Haben Sie irgendwo einen Schwamm und eine Wasch-schüssel?«, fragte er und krempelte seine Ärmel hoch.

Schluchzend füllte Mrs. Jeffreys heißes Wasser aus einem Kessel, der ebenfalls auf dem Herd stand, und kaltes aus einem Krug in eine Schüssel und reichte Hopkins einen Schwamm und ein Handtuch.

Während Hopkins den Säugling säuberte und wickelte, hatte sie sich so weit gefasst, dass sie das ältere Kind füttern konnte.

»Sie sind vielleicht ein merkwürdiger Detektiv ...« Ein zaghaftes Lächeln huschte unter Tränen über ihr Gesicht. »Es tut mir leid. Seit Walthers Tod weiß ich manchmal nich' mehr aus noch ein ...«

»Ich hatte einen Sohn, Richard.«

»Walther hat nie eins der Kinder gewickelt.«

»Als Richard ein Säugling war, war meine Frau eine Zeit lang krank. Deshalb musste ich helfen.«

»Ihr Sohn lebt nicht mehr?«

»Er war Soldat und fiel während des Mahdi-Aufstandes«, sagte er.

»Als Kanonenfutter sind die Söhne von unsereinem gut.« Sie seufzte.

Nachdem Hopkins den Säugling fertig gewickelt hatte, säuberte er seine Hände mit Kernseife und Wasser aus dem Krug und nahm das Kind dann auf den Schoß.

»Wie heißt der Kleine denn?«, fragte er.

»Simon ...«

»Ein hübscher Junge.«

Ach, ich habe viel zu wenig Zeit mit Richard verbracht, dachte er.

»Jemimah hat mir gesagt, dass Sie nett sind. Und dass das Fräulein, für das Sie arbeiten, dafür gesorgt hat, dass sie aus dem Gefängnis freikommt.« Mrs. Jeffreys betrachtete Hopkins forschend. »Und Jemimah hat auch gesagt, dass Sie nichts an die Polizei verraten würden. Versprechen Sie mir auch, dass Sie nichts von dem, was ich Ihnen jetzt sage, an die Polizei weitergeben werden?«

»Ja, ich verspreche es.«

Das Kind auf Mrs. Jeffreys' Schoß protestierte, da sie unwillkürlich mit dem Füttern innegehalten hatte. Sie schob einen weiteren Löffel Brei in seinen weit aufgesperrten Mund.

»In den letzten Monaten war Walther abends so oft weg. Er sagte, er würde zusätzliche Stunden arbeiten und an Versammlungen der Partei teilnehmen. Er war bei der Labour-Partei aktiv ...«

»Miss Jemimah hat mir das erzählt.« Hopkins nickte.

»Wenn Walther dann zu Hause war, hat er auf mich oft so abwesend gewirkt. Als ob ihn was ganz stark beschäftigen würd'. Er bekam auch Nachrichten, die ich nich' sehen durft'. Ich dachte, er hätt' 'ne andere Frau, und bin ihm eines Abends nachgeschlichen. Das Haus, zu dem er ging, war keins, in dem sich die Partei traf ... Später in der Nacht, als er endlich hier war, hab ich ihm gesagt, dass ich wüsst', wo er gewesen is'. Er soll mich nich' mehr anlügen. Walther wurd' so wütend, wie ich ihn noch nie erlebt hab. Ich dachte schon, er würd' mich schlagen. Was er bis dahin niemals gemacht hat ... Das hat mich noch mehr darin bestärkt zu glauben, dass er 'ne andere hatt' ...« Mrs. Jeffreys kratzte die Reste des Breis zusammen und gab sie dem Kind zu essen. »Wir haben uns furchtbar gestritten. Und dann hat er mir gestanden, dass er zu einem Treffen der Anarchisten gegangen is' ...«

»Tatsächlich?«

Hopkins zuckte zusammen. Der Säugling, der auf seinem Schoß eingeschlafen war, spürte die plötzliche Bewegung und begann zu wimmern.

»Vor knapp zwei Wochen wurd' doch auf den Großfürsten und die Großfürstin geschossen. Danach wurd' Walther wieder so geistesabwesend. Ich hab befürchtet, dass er was damit zu tun haben könnt'. Aber er wollt' nich' mit mir drüber reden. Und jetzt isser tot. Und ich werd' den Gedanken nich' los, dass ihn die Anarchisten umgebracht ham, weil er sie vielleicht verraten wollt'. Aber ich kann das der Polizei nich' sagen. Weil ... die Anarchisten würden es vielleicht erfahren. Und ich kann doch die Kinder nich' in Gefahr bringen ...« Mrs. Jeffreys begann wieder zu weinen.

»Haben Sie denn vielleicht eine Ahnung, welcher Gruppierung von Anarchisten Ihr Mann angehörte?«, fragte Hopkins behutsam, nachdem sie sich wieder etwas beruhigt hatte.

»Wahrscheinlich russischen. Walther kam als Junge mit seiner Familie nach England. Sie hießen, glaube ich, Jefimow. Sein Vater hat ihnen einen englischen Namen gegeben. Walther war immer stolz auf seine Herkunft.« Mrs. Jeffreys stand auf. Sie setzte den Kleinen in den Laufstall und holte dann eine Fotografie, deren Ränder ganz brüchig waren, aus dem

Regal. Um eine Kirche mit Zwiebeltürmen drängten sich kleine Holzhäuser.

»Das is' das Dorf, aus dem die Familie kam«, sagte sie. »Es liegt in der Nähe von der Stadt Kiew.«

Hatte Walther Jeffreys von dem angeblichen Attentat auf den Großfürsten und die Großfürstin gewusst, das ja in Wirklichkeit gegen Jeremy Ryder gerichtet gewesen war, und hatte er seine Gesinnungsgenossen tatsächlich verraten wollen?

Hopkins schöpfte tief Luft, als er wieder auf der Straße stand, und trat dann nachdenklich den Nachhauseweg an. Jetzt, am frühen Abend, strömten viele Passanten mit ihm auf die U-Bahn-Station Stepney Green zu. Um für die Nachbarschaft seine Identität als Mitarbeiter der Baubehörde glaubwürdig zu machen und Mrs. Jeffreys nicht zu gefährden, verzichtete er wieder darauf, eine Droschke zu nehmen.

Warum hätte sich Walther Jeffreys mit Lord Melbury und Graf von Waldenfels treffen sollen?, fragte er sich ratlos. Das ergab einfach keinen Sinn. Nein, auch wenn Mrs. Jeffreys es nicht wahrhaben wollte, vermutete Hopkins, dass ihr Gatte als Spitzel für den Lord tätig gewesen war und deshalb den Tod gefunden hatte.

Die Fenster der Villa waren hell erleuchtet, an diesem regnerischen Tag war es früh dunkel geworden. Das Licht wurde von dem nassen Kiesweg und den feuchten Blättern reflektiert. *Herr Conradi und der Coiffeur haben wirklich Wunder bei Sophie bewirkt*, dachte Victoria, als sie und ihre Tante am Abend durch den Garten gingen. Der Besitzer des Schneiderateliers hatte ihnen ein Friseurgeschäft empfohlen, das Sophie dann am Nachmittag aufgesucht hatte. Die Prinzessin trug das bordeauxfarbene Kleid, das sie im Schaufenster des Schneiderateliers gesehen hatten. Es hatte nur ein wenig geändert werden müssen, sodass sie es gleich hatte mitnehmen können. Es schmeichelte ihrer Figur, wie Victoria schon vermutet hatte. Sophies Haar war in der Mitte gescheitelt, nach hinten gekämmt und im Nacken zu einem lockeren Knoten zusammengefasst, was, wie Victoria fand, das intensive Kastanienbraun gut zur Geltung brachte. Ihr Gesicht wirkte so zudem viel schmaler. Sie selbst hatte ein Winterkleid aus dunkelgrünem Wollstoff mit schwarzem Pelzkragen in Auftrag gegeben.

Der Besuch in der Kunsthandlung Velbert hatte ihr Zuversicht geschenkt. Doch in den beiden anderen Kunsthandlungen, die sie danach noch aufgesucht hatte, waren Jakobs Initialen wieder völlig unbekannt gewesen. Nun, in Mainz und Coblenz konnte sie noch nach Jakob forschen, und vielleicht wusste der alte Herr Velbert ja wirklich etwas über ihn. Leah wollte sich in Köln und Umgebung umhören. Victoria beschloss, die Hoffnung nicht aufzugeben.

Als Sophie und sie die Halle betraten, kam ihre Großmutter die Treppe herunter, was Victorias Laune nicht gerade hob. Die Fürstin betrachtete ihre Schwiegertochter prüfend, ehe sie sich an Victoria wandte.

»Es ist ein Telegramm aus England für dich angekommen. Clara, dein Mädchen, hat es auf dein Zimmer gebracht.«

»Oh, tatsächlich?« Sicher kam es von Hopkins.

»Erwartest du dringende Nachrichten?«

»Nein. Vermutlich kommt das Telegramm von Mr. Parker, dem stellvertretenden Chefredakteur des *Morning Star*. Ich habe ihm versprochen, am Rhein zu fotografieren«, redete Victoria sich heraus.

»Natürlich, du fotografierst ja gegen Bezahlung.« Ihre

Großmutter rümpfte die Nase. Sophie war schon ins Wohnzimmer gegangen. Die Fürstin blickte ihr nach, während sie halblaut sagte: »Aus einem hässlichen Entlein wird nie ein schöner Schwan. Da kann sie sich noch so sehr bemühen.«

»Aber vielleicht eine schöne Ente«, konnte Victoria sich nicht zurückhalten zu antworten. »Wenn Sie mich bitte entschuldigen würden ...« Sie ließ ihre Großmutter einfach stehen und eilte die Treppe hinauf.

Das Telegramm war natürlich von Hopkins. *Lord Fisher Vermögen geerbt. Namen der Begleiter Lord Melburys Graf Karl von Waldenfels und Walther Jeffreys. Jeffreys vermutlich von bespitzelten Arbeitern ermordet*, las Victoria.

Überrascht starrte Victoria auf die Zeilen. Die Suche nach Jakob hatte sie so beansprucht, dass sie an die seltsame Begegnung im Park von Melbury Hall in den letzten Tagen überhaupt nicht mehr gedacht hatte. Und jetzt stellte sich heraus, dass einer der drei Männer tot war.

Victoria begegnete Wilhelm in der Halle. »Gibt es in diesem Haus einen *Debrett's*?«, erkundigte sie sich.

»*Debrett's*, gnädiges Fräulein?« Er blickte sie fragend an.

»Verzeihung, ich meine ein Verzeichnis, in dem deutsche Adelsfamilien und wichtige Persönlichkeiten aufgeführt sind«, berichtigte sie sich.

»Oh, ich verstehe. Hierzulande ist das der *Gotha*. Sie müssten ihn in der Bibliothek finden. Ich sah ihn beim Staubwischen im Regal ganz links, in einem der unteren Fächer.«

Der Regen schlug gegen die Fenstertüren, aber das Gaslicht brannte und erhellte den Raum mit den eleganten cremefarbenen Möbeln. Victoria hatte den *Gotha* eben gefunden und aus dem Regal genommen, als die Tür geöffnet wurde. Sie rechnete damit, dass Wilhelm nach ihr sehen wollte, doch nun hörte sie ein gedämpftes Klacken – das Geräusch des Gehstocks ihrer Großmutter auf dem Teppich.

»Interessierst du dich für eine spezielle Adelsfamilie?«, wollte ihre Großmutter prompt wissen.

Manchmal hatte die Fürstin wirklich Adleraugen … Victoria unterdrückte ein Seufzen. Aber, nun gut, sie konnte sie ja auch direkt nach dem Grafen fragen.

»Kennen Sie einen Graf Karl von Waldenfels?«

»Ja, er entstammt einem alten preußischen Adelsgeschlecht.« Das Wort »preußisch« hörte sich aus ihrem Mund wieder wie ein Schimpfwort an. »Im Deutsch-Französischen Krieg wurde er hoch dekoriert. Danach machte er Karriere beim Militär. Außerdem besitzt er Anteile an Stahlwerken. Weshalb fragst du nach ihm?«

»Oh, ich bin ihm in London begegnet …« Was in gewisser Weise ja der Wahrheit entsprach.

»Abgesehen von der Tatsache, dass er verheiratet ist, kann ich dir nur dringend raten, die Finger von ihm zu lassen. Er ist gefährlich.«

Victoria hatte den Grafen ja gesehen und auf der Fotografie betrachtet, und sie glaubte zu verstehen, was ihre Großmutter meinte, trotzdem hakte sie nach: »Weshalb halten Sie ihn für gefährlich?«

»Meiner Ansicht nach ist er ein Spieler. Nicht so sehr am Kartentisch oder beim Roulette. Er ist jemand, der dazu neigt, alles im Leben auf eine Karte zu setzen. Und Frauen benutzt er und wirft sie dann weg.«

Der kritische Blick, mit dem ihre Großmutter sie bedachte, bevor sie wieder aus dem Raum schritt, zeigte Victoria nur zu deutlich, dass die Fürstin der Meinung war, dass sie sich gewiss nur zu leicht von einem Mann wie dem Grafen verführen lassen würde.

ELFTES KAPITEL

Sie saß mit Jeremy in einem Boot auf dem See in Kensington Gardens. Er lächelte sie an. Lichtfunken tanzten in seinen braunen Augen. Sie berührte seine Wange, seinen Mund. Nun nahm er sie in die Arme. »Ich liebe dich«, sagte er leise. Der innige Klang seiner Stimme und sein Kuss ließen alles um Victoria herum versinken. Es gab nur noch ihn und sie. Den Geschmack seines Mundes. Ihren Körper, der auf seine Berührung reagierte, der ihr plötzlich so fremd und dann wieder ganz vertraut war.

Ein Windstoß, der das Boot zum Schwanken brachte, ließ sie aufschauen. Ein breitschultriger Mann stand am Ufer unter den Bäumen. Er hielt eine Waffe auf Jeremy gerichtet. Sie wollte schreien, ihn warnen, ihn auf den Boden des Bootes ziehen. Aber sie brachte keinen Laut über ihre Lippen, ihre Glieder waren ganz starr. Ein Schuss krachte. Jeremy bäumte sich auf. Seine Brust verfärbte sich rot, während er in ihren Armen zusammenbrach. Sie presste die Hand auf die Wunde, doch das Blut sickerte darunter hervor. Sie konnte es nicht aufhalten. Jeremys Kopf sank auf seine Brust, sein Körper wurde ganz schlaff.

»Nein, Jeremy! Nein!«, schrie sie verzweifelt.

Der Schrei hallte in Victoria nach, als sie mit wild klopfendem Herzen erwachte. Sie benötigte einen Moment, bis sie begriff, dass sie sich in ihrem Zimmer in der von ihrer Großmutter gemieteten Villa in Ems befand. Sonnenlicht fiel durch einen Spalt zwischen den Vorhängen. Die Zeiger ihres Weckers standen auf halb sieben.

Nein, sie wollte nicht wieder einschlafen und womöglich diesen Albtraum weiterträumen! Victoria schlug die Bettdecke zurück und stand entschlossen auf.

Auch nachdem sie sich gewaschen und angezogen hatte, fühlte sie sich noch ein bisschen schwach. *Ich hätte nicht auf Jeremy hören sollen*, dachte sie unglücklich. *Wenn ich doch nur bei ihm geblieben wäre!*

Als sie auf den Korridor hinaustrat, begegnete ihr eines der Stubenmädchen.

»Soll ich der Köchin Bescheid sagen, dass Sie Ihnen das Frühstück zubereiten soll, gnädiges Fräulein?«, fragte es.

»Ja, das wäre nett.« Victoria nickte. Das Mädchen zögerte.

»Ist noch etwas?«

»Clara geht es, glaube ich, nicht gut. Ich habe sie eben in ihre Kammer begleitet. Ihr war schwindlig. Als ich noch einmal nach ihr sehen wollte, lag sie im Bett. Sie hat mich wieder weggeschickt.«

»Danke, dass du es mir gesagt hast.« Victoria ließ sich den Weg zu den Dienstbotenkammern beschreiben und eilte dann die Hintertreppe hinauf. Tatsächlich hörte sie hinter der Tür ein Jammern. »Clara, ich bin es! Lass mich zu dir«, rief sie und klopfte an die Tür. »Clara!«

Als das Mädchen ihr schließlich öffnete, war es ganz bleich, und seine Augen standen voller Tränen.

»Es ist nichts Schlimmes, gnädiges Fräulein«, flüsterte es. »Nur Bauchkrämpfe und ein wenig Schwindel. Es ist sicher eine Magenverstimmung. Ich hätte gestern vielleicht noch nicht normal essen dürfen. Das habe ich bestimmt nicht vertragen.«

Jetzt ging es Clara schon den dritten Tag in Folge nicht gut. Auch am Tag ihrer Ankunft in Ems hatte sie ja über Bauchschmerzen geklagt.

»Ich rufe einen Arzt«, sagte Victoria.

»Nein, gnädiges Fräulein, bitte nicht! Ich will keinen Doktor. Meine Mutter ist gestorben, nachdem der Doktor bei uns war. Und mein kleiner Bruder auch.« Clara umklammerte ihren Arm.

»Wahrscheinlich sind die beiden gestorben, weil der Arzt zu spät gerufen wurde«, versuchte Victoria ihr sanft zuzureden.

»Nein, bitte, bitte, keinen Arzt. Ich will nicht sterben.« Clara starrte sie voller Angst an.

Sie wirkte so panisch, dass Victoria nachgab. »Gut, leg dich wieder hin. Aber wenn es dir in einer Stunde immer noch nicht besser geht, lasse ich einen Arzt holen.«

Clara nickte stumm. Victoria wartete in dem kleinen Zimmer unter der Dachschräge, bis sie sich ins Bett gelegt hatte. Das Mädchen schloss erschöpft die Augen und schlief gleich darauf ein. Victoria beobachtete es noch einige Minuten, ehe sie leise die Tür hinter sich zuzog und den Dienstbotentrakt verließ. Sie hoffte inständig, dass Clara wirklich nur unter einer Magenverstimmung litt.

Im Frühstückszimmer war der Tisch bereits gedeckt. Eine sorgfältig gebügelte Zeitung, die sicher Hopkins' Zustimmung gefunden hätte, lag für sie bereit. Wilhelm überprüfte gerade das Silberbesteck und rückte ein Messer zurecht.

»Ich hoffe, es ist alles zu Ihrer Zufriedenheit, gnädiges Fräulein.« Er verbeugte sich vor Victoria. »Waltraud sagte mir eben, dass es Ihrem Mädchen nicht gut geht.«

»Clara behauptet, es sei nur eine Magenverstimmung. Ich sehe gleich noch einmal nach ihr.« Victoria setzte sich. »Und danke, ja, das Frühstück sieht ganz wunderbar aus.« Ihr kam ein Gedanke. Ihre Großtante, Gräfin Irene Beerheim, ging ihr einfach nicht aus dem Kopf. Möglicherweise war ihr Geisteszustand ja doch nicht so schlecht, wie ihre Großmutter behauptet hatte. Oder sie erinnerte sich in einem lichten Moment an Jakob. »Meine Großmutter sagte mir, dass die Patin meiner Mutter bei Ingelheim lebt, Wilhelm. Wissen Sie vielleicht, wo genau?«

»Ich habe Ihre Durchlaucht gelegentlich zu Ihrer Großtante begleitet. Ja, natürlich kann ich Ihnen die Adresse geben.« Mit einer weiteren Verbeugung zog Wilhelm sich zurück.

Während Victoria ihr Ei aufschlug und ein Brötchen mit Butter bestrich, überflog sie die Titelseite der Zeitung. Die Überschriften vermeldeten, dass sich Zar Nikolaus zum ersten Mal seit mehr als einem Jahr wieder in der Öffentlichkeit zeigte. Sein Onkel, der Großfürst Sergei Alexandrowitsch, war im Februar 1905 einem Attentat zum Opfer gefallen, und er selbst fürchtete sich davor, dass ihm dasselbe zustieß. Und in Odessa waren aus Unmut über ein restriktives Wahlgesetz neue Aufstände ausgebrochen.

Nach dem Frühstück ging Victoria wieder zu Clara. Sie schlief jetzt. Ihr Atem ging ruhig, und ihre Wangen hatten ein bisschen Farbe bekommen. Als Victoria die Hand auf ihre Stirn legte, hatte sie den Eindruck, dass ihre Temperatur nicht erhöht war.

Auf der Treppe nach unten begegnete ihr Wilhelm, der ihr ein Blatt Papier mit der Adresse der Gräfin gab. Victoria bat ihn, die Dienstmädchen regelmäßig nach Clara sehen zu lassen. Dann ging sie in ihr Zimmer und zog für die Fahrt zur Patin ihrer Mutter einen leichten Sommermantel an. Sie setzte ihren breitkrempigen Hut auf, streifte dazu passende Handschuhe über und machte sich auf den Weg zum Bahnhof.

Die Villa der Gräfin Beerheim lag in den Weinbergen in der Nähe des Ortes Ingelheim am Rhein. Die Rebstöcke, die sich in langen Reihen den Hang hinaufzogen, der ockerfarbene Verputz und das flache Dach des Hauses verliehen dem Anwesen ein beinahe mediterranes Flair. Victoria reichte dem Dienstmädchen ihre Karte. Sie erklärte, dass sie eine Verwandte der Gräfin sei, und bat darum, mit der alten Dame sprechen zu dürfen.

Das Dienstmädchen führte sie in einen Raum im Erdgeschoss, dessen Wände mit einer bedruckten Ledertapete verkleidet waren. Sie sagte, dass sie die Frau Gräfin verständigen werde, und ersuchte Victoria zu warten. Dem Sofa und den Sesseln nach zu schließen, diente der Raum als Empfangssalon. Die Fenster gingen zum Rhein hinaus, und Victoria vertrieb sich die Zeit damit, die Landschaft zu betrachten. Auf der anderen Flussseite lag ein Kloster hoch oben am Berg, in dessen Nähe stand ein Bauwerk, das wie ein Denkmal wirkte.

»Miss Bredon...« Eine Dame, die Victoria auf fünfzig Jahre schätzte, hatte den Empfangssalon betreten und blickte sie fragend an. Sie hatte ihr Haar zu einem Knoten im Nacken frisiert und trug ein schlichtes dunkles Seidenkleid, das ihre resolute Ausstrahlung unterstrich. Nun stutzte sie. »Du meine Güte, du musst Amelies Tochter sein, so ähnlich, wie du ihr siehst.

Ich hatte ganz vergessen, dass sie ja nach ihrer Heirat Bredon hieß. Was führt dich denn hierher?« Die Frau lächelte Victoria an, kam auf sie zu und ergriff ihre Hände. »Ich bin Olga, die Tochter der Gräfin. Deine Mutter war meine Cousine.«

»Ich habe mich kürzlich mit einer Freundin von Amelie getroffen. Sie sagte mir, dass meine Mutter ihre Patin sehr gern hatte. Deshalb möchte ich meine Großtante besuchen. Und ich möchte ihr die Fotografie eines Bildes zeigen, nach dessen Maler ich suche.«

»Meine Mutter ist leider sehr verwirrt.« Olga zögerte. »Ich glaube nicht, dass sie verstehen wird, wer du bist.«

»Ich weiß, meine Großmutter hat mir das bereits gesagt. Trotzdem würde ich sie gern sehen, wenn das möglich ist.«

»Wir können es ja einmal versuchen.«

Während Olga Victoria eine breite Holztreppe hinaufbegleitete, erkundigte sie sich nach ihrer Reise und nach ihrer Großmutter. Sie hatte eine lebhafte Art, die Victoria mochte.

Schließlich öffnete sie die Tür zu einem sonnigen Eckzimmer. Dort saß eine weißhaarige Dame in einem Lehnstuhl. Ihr Gesicht war von Runzeln durchzogen. Trotzdem war die Ähnlichkeit mit ihrer Tochter unverkennbar. Obwohl es an diesem Tag recht warm war, lag eine Decke über ihren Beinen. Sie strickte an einem Schal aus dicker grauer Wolle.

»Stricken ist die einzige Fertigkeit, die meine Mutter nicht vergessen hat«, flüsterte Olga Victoria zu. Sie bedeutete der Pflegerin, das Zimmer zu verlassen, und setzte sich dann mit Victoria zu ihrer Mutter.

»Das ist Victoria, die Tochter Amelies. Erinnerst du dich noch an Amelie, Mutter?«

»Amelie ...« Victorias Großtante ließ das Strickzeug sinken und blickte Victoria an. Ein Lächeln erhellte ihr Gesicht. »Mein liebes Patenkind ...« Sie tätschelte ihre Hand.

»Nein, Mutter.« Olga seufzte. »Das ist nicht Amelie …«

»Natürlich ist sie das …« Victorias Großtante verzog verärgert den Mund.

»Ich freue mich sehr, Sie kennenzulernen.« Victoria zauderte nicht lange. Sie holte die Fotografie des Gemäldes aus ihrer Handtasche und zeigte sie ihrer Großtante. Wenn sie sich an Amelie erinnerte, würde sie vielleicht auch etwas mit dem Namen Jakob anfangen können. »Erinnern Sie sich vielleicht an dieses Bild oder an einen Maler namens Jakob?«

Die Gräfin Beerheim starrte die Aufnahme ein. »Leontine …«, sagte sie unvermittelt.

»Meine Großmutter hat etwas mit dem Bild zu tun?«, fragte Victoria verblüfft.

»Leontine …« Sie brach ab und runzelte die Stirn, als ob sie versuchte, sich auf etwas zu besinnen. »Leontine war immer zu streng zu dir, Amelie«, sprach sie dann weiter. »Ach, sie ist eine furchtbare Frau. Ich verstehe nicht, wie mein Bruder Leontine heiraten konnte …« Ihre Stimme wurde schrill.

»Du gehst jetzt besser«, sagte Olga rasch. »Sie steigert sich sonst wahrscheinlich in einen Anfall hinein.«

Victoria verkniff sich die Bemerkung, dass sie die Aversion ihrer Großtante gut verstehen konnte. »Wie war denn die Ehe meiner Großeltern?«, erkundigte sie sich, nachdem sie das Zimmer verlassen hatten.

»Soviel ich weiß, war es nicht gerade eine Liebesheirat, aber deine Großeltern haben sich arrangiert und kamen miteinander aus«, erwiderte Olga sachlich. »Das ist mehr, als man über so manche Ehe sagen kann.«

Ich hoffe nicht, dass das einmal auf meine Ehe mit Jeremy zutreffen wird, durchfuhr es Victoria. Wie konnten die Menschen nur mit so wenig zufrieden sein?

»Ich würde mich gern noch ausführlich mit dir unterhalten.«

Olga blickte sie bedauernd an. »Aber ich bekomme gleich Besuch. Soll dich der Kutscher zum Bahnhof von Ingelheim bringen? Komm doch noch einmal vorbei, solange du in Deutschland bist. Und dann lass es uns vorher wissen. Ich würde mir gern etwas mehr Zeit nehmen.«

Victoria erklärte, dass sie dies gern tun würde. Aber sie begriff niedergeschlagen, dass auch diese Begegnung sie nicht weitergebracht hatte.

Ein ihr unbekannter Diener empfing Victoria an der Eingangstür der Villa. Er war groß und schlank, hatte sorgfältig geöltes Haar und machte, ganz anders als Wilhelm, einen versnobten Eindruck. Victoria schätzte ihn auf Anfang vierzig.

»Sind Sie auch ein Diener meiner Großmutter?«, fragte sie perplex.

»Mein Name ist Konrad, gnädiges Fräulein, ich bin der Diener Seiner Durchlaucht, des Prinzen.« Seine nach unten gezogenen Mundwinkel machten deutlich, dass er das Öffnen der Haustür eigentlich als unter seiner Würde erachtete. »Es ist Post für Sie gekommen, gnädiges Fräulein.« Konrad hielt auf einen halbrunden Tisch zu und kehrte mit Silbertablett und Brieföffner zu ihr zurück. »Ich habe übrigens, bevor ich meinen Dienst bei seiner Durchlaucht antrat, einige Jahre in England gearbeitet.« Seine Stimme klang stolz, als hätte er als Butler den Haushalt eines Herzogs geleitet.

»Ach, wirklich?«, antwortete Victoria geistesabwesend.

Auf dem Tablett lagen ein Telegramm von Rosalyn und ein Brief von Leah Wagner. *Verbringe wundervolle Tage mit Friedrich in der Hauptstadt der Liebe,* hatte Rosalyn telegrafiert. *Würde gern noch länger bleiben, da Friedrich kurzfristig Auftrag erhalten hat, Kontakte zu hiesigen Industriellen aufzu-*

nehmen. Hoffe, deckt sich mit deinen Plänen. Komme sonst früher zurück. Erbitte Antworttelegramm.

Victoria seufzte. Sie gönnte der Freundin aufrichtig eine romantische Zeit, und natürlich würde sie Rosalyn nicht um eine frühere Rückkehr bitten. Aber sie hätte den Besuch bei ihrer Großmutter gerne bald beendet. Sie hoffte, dass der Brief von Leah Wagner bessere Nachrichten enthielt. Hastig schlitzte Victoria ihn auf. Leah teilte ihr mit, dass sie bisher noch nichts über Jakob herausgefunden hatte, aber sie wollte sich weiter nach ihm umhören. Victoria schluckte ihre Enttäuschung herunter. Sie war von Ingelheim aus direkt weiter nach Mainz gefahren und hatte sich den ganzen Nachmittag in den dortigen Kunsthandlungen vergeblich nach ihm erkundigt.

»Wie schön, dass du endlich wieder da bist.« Sophie war aus der Bibliothek gekommen, ihr Blick fiel auf das Telegramm.

»Rosalyn telegrafiert aus Paris. Sie ist sehr glücklich. Sie und Friedrich möchten ihren Aufenthalt verlängern. Ich werde also noch bleiben.«

»Ach, darüber freue ich mich.« Sophie lächelte sie an, wirkte aber plötzlich traurig. »Es ist lange her, dass Heinrich und ich das letzte Mal in Paris waren.« Gleich darauf fing sie sich jedoch wieder. »Heinrich und ich und deine Großmutter werden heute Abend eine konzertante Aufführung der Oper *Hoffmanns Erzählungen* von Jacques Offenbach im Marmorsaal des Emser Kurhauses besuchen. Willst du nicht auch mitkommen?«

»Ach, ich weiß nicht...« Victoria stand nicht der Sinn danach, den Abend in Gesellschaft der Fürstin zu verbringen, ihr fiel bedauerlicherweise nur keine glaubwürdige Entschuldigung ein.

»Die Musiker und Sänger sollen sehr gut sein«, fuhr Sophie

fort. Ihr war die Enttäuschung anzusehen. »Und der Marmorsaal ist wirklich prächtig.«

Victoria gab sich einen Ruck. »Na schön, ich komme mit«, ließ sie sich überreden. Sie hatte tatsächlich schon lange keine Opernaufführung und auch kein Konzert mehr besucht. »Hast du gehört, wie es Clara geht?«

»Wohl ganz gut wieder ...«

»Ich sehe gleich einmal nach ihr.«

Victoria eilte die Treppe hinauf. Im Dienstbotenkorridor begegnete ihr eines der Mädchen.

»Clara hat vorhin etwas gegessen«, sagte es und knickste.

Als Victoria die Kammer betrat, saß Clara, von Kissen gestützt, im Bett.

»Es geht mir wirklich wieder gut, gnädiges Fräulein«, beteuerte sie. »Ich wäre auch aufgestanden, wenn Wilhelm ... ich meine, Herr Kerber ... es mir nicht verboten hätte.«

»Du hast keine Krämpfe mehr gehabt?«, vergewisserte sie sich.

»Nein, ich habe das Essen gut vertragen.«

»Schön, dann wirst du morgen sicher wieder aufstehen können.«

Victoria lächelte Clara zu und verließ erleichtert den Dienstbotentrakt.

Hopkins hatte den Küchentisch bereits gedeckt. In einer Vase standen einige hübsch arrangierte Dahlien.

»Sie haben mir doch erzählt, Lord Fisher sei mit Evangelina Simonds liiert.« Mrs. Dodgson war in die Küche gekommen. Den ganzen Nachmittag hatte sie die Wohnung geputzt, jetzt kramte sie in ihrer geräumigen Handtasche und förderte dann zwei Ausgaben des *Tatler* daraus zutage. Sie war eine begeisterte Leserin des Gesellschaftsmagazins, da dieses häufig über die Mitglieder der königlichen Familie berichtete. »In einer Ausgabe habe ich den Lord mit Miss Simonds entdeckt und in einer anderen mit einer Roberta Stevens. Im Gegensatz zu Miss Simonds stammt Miss Stevens aus einer sehr respektablen Familie in Yorkshire. Der *Tatler* deutet an, dass Lord Fisher bald um Miss Stevens' Hand anhalten könnte.« Mrs. Dodgson schlug die beiden Zeitschriften auf und legte sie auf den Tisch.

»Tatsächlich?«

Interessiert beugte Hopkins sich darüber. Er hatte gelegentlich Fotografien von Miss Simonds in Zeitschriften und Magazinen gesehen. Sie war Mitte zwanzig. Ihr Gesicht mit den hohen Wangenknochen hatte etwas Katzenhaftes, der leicht schiefe Mund erhöhte seltsamerweise ihren Reiz. Um ihre Lippen lag stets ein leicht süffisantes Lächeln. Selbst auf der Zeitungsfotografie war ihre erotische Ausstrahlung unverkennbar. Miss Stevens war, schätzte Hopkins, genauso alt wie die Sängerin und, wie sich Mrs. Dodgson ausgedrückt hatte, unzweifelhaft respektabel. Sie war blond und hübsch, und Hopkins konnte sich gut vorstellen, wie sie inmitten einer Jagdgesellschaft mit ihrem Pferd über eine Wiese preschte, einen großen Haushalt effizient leitete und einem zufriedenen Gatten eine Schar gesunder, lebenstüchtiger Kinder gebar.

»Ich hoffe sehr, dass bald etwas über die Verlobung von Miss Victoria und Mr. Ryder im *Tatler* stehen wird.« Mrs. Dodgson seufzte.

»Nun, ich würde sagen, die Aussichten stehen nicht schlecht.«

Hopkins stellte einen Orangenmarmorkuchen und eine Etagere mit Scones auf den Tisch und schenkte dann Mrs. Dodgson und sich Tee ein.

»Mhhh … Sie meinen es aber wieder gut mit mir.« Die Zugehfrau hälterin lächelte. »Sind Sie denn bei Ihren Nachforschungen in Bezug auf Mr. Jeffreys weitergekommen?«

»Leider nicht wirklich.«

Hopkins hatte versucht, sich unter Walther Jeffreys' Arbeitskollegen und seinen Parteigenossen umzuhören. Aber sobald er dessen russische Herkunft oder das Thema Anarchismus angeschnitten hatte, war er auf eine Mauer des Schweigens gestoßen. Wegen seiner Nachforschungen zu Walther Jeffreys' Tod hatte er nicht mehr weiter in Lord Fishers Umfeld recherchiert. *Vielleicht*, dachte er, *sollte ich einmal mit der Sängerin Evangelina Simonds sprechen.*

Miss Simonds lebte in einer neoklassizistischen Villa am Regent's Canal. Durch die Fenstertüren des Empfangssalons konnte Hopkins am Ende des Gartens Schwäne auf dem Wasserweg entlanggleiten sehen. Offiziell hieß es, dass ein reicher Gönner ihr das Haus gemietet hatte. Inoffiziell war bekannt, dass es sich bei diesem um den siebten Earl of Drummond handelte, einen reichen alten Lebemann.

»Miss Simonds ist bereit, Sie zu empfangen«, verkündete nun der Butler. Hopkins' Hoffnung, dass der Name Lord Fisher ihm den Weg zu der Sängerin ebnen würde, hatte sich bewahrheitet. Der Butler geleitete ihn in einen Salon mit orientalisch anmutenden Samtsofas und Sesseln, auf denen üppige Kissen lagen. Die Farben Dunkelblau und Silber dominierten. Miss Simonds saß in einem der Sessel. Die Fenstertüren eröffneten denselben Blick wie die des Empfangssalons. Miss Simonds' Hals war ebenso grazil wie der der Schwäne. Sie trug einen tief ausgeschnittenen Morgenrock aus Seide, der die Ansätze ihrer Brüste sehen ließ. Hopkins hob taktvoll den Blick.

»Sie sind ... Mr. Hopkins?«

Ihre Stimme klang leicht rauchig, und Hopkins konnte sich gut vorstellen, wie sie damit ein Auditorium in ihren Bann zog. *Ja, sie hatte eine unbestreitbar erotische Ausstrahlung ...*

»Ich hatte die Freude, der Butler des Gerichtsmediziners Dr. Bernard Bredon gewesen zu sein, und bin nun der Butler seiner Tochter Miss Victoria Bredon ...«

»Der Name Dr. Bredon sagt mir etwas. Aber was haben Sie mit Cey zu tun? Steckt er etwa wieder einmal in Schwierigkeiten? Ich dachte, er würde sich in Deutschland oder im Süden aufhalten.«

»Nun, möglicherweise befindet er sich tatsächlich in Schwierigkeiten. Eine Freundin von Miss Bredon, die am Rhein lebt, fand heraus, dass Lord Fisher nie an seinem Reiseziel Venedig ankam. Außerdem ist er unter merkwürdigen Umständen aus Godesberg abgereist.«

»Diese Freundin Miss Bredons hatte eine Affäre mit Cey, habe ich recht?« Sie hob die Augenbrauen.

»Nun, so könnte man es ausdrücken.« Hopkins hüstelte. »Sie erfuhr bei einer Séance, dass Lord Fisher ermordet wurde.«

»Meine Güte, wie dramatisch.«

Evangelina Simonds lachte auf, aber Hopkins konnte spüren, dass die Sängerin besorgt war.

»Könnte denn jemand einen Grund haben, Lord Fisher zu töten, Miss Simonds?«, fragte er ruhig.

»Nein, natürlich nicht ...« Sie vollführte eine wegwerfende Handbewegung.

»Das Zimmermädchen seines Godesberger Hotels sah ihn am Bahnhof mit einem Mann, vor dem er offenbar Angst hatte. Danach verschwand Lord Fisher.«

»Cey neigt zu schnellen Entschlüssen. Wahrscheinlich hat er kurzfristig seine Reisepläne geändert und hält sich jetzt irgendwo in den Alpen oder in einem abgelegenen Ort in den Karpaten auf.«

»Bei allem Respekt, aber irgendetwas beunruhigt Sie, Miss Simonds, auch wenn Sie es nicht wahrhaben wollen ...«

»Sagten Sie nicht, dass Sie ein Butler sind? Sie benehmen sich ähnlich penetrant wie ein Geistlicher.«

»Ich würde sagen, ein Butler und ein Priester benötigen beide manchmal die Qualitäten eines Seelsorgers«, erwiderte Hopkins gelassen.

»Cey ist ein Freund. Ich will nichts sagen, was ihn in ein schlechtes Licht rücken könnte ...«

»Möglicherweise hat ihn jemand ermordet, Miss Simonds.«

»Ach, wahrscheinlich hat das alles überhaupt nichts zu bedeuten.« Sie zögerte. »Wie Sie sich sicher denken können, waren wir ein Liebespaar.« Hopkins neigte diskret den Kopf. »Cey hatte Albträume. Er ist jemand, der das Leben leichtnimmt, selbst den Verlust seiner Hand akzeptierte er schnell. Aber da war etwas, das ihn quälte. Wenn ich ihn darauf ansprach, wich er mir aus.«

»Sie haben eine Vermutung, was ihn beschäftigte?«

»Als Cey in Geldnöten war, hat er ein- oder zweimal einen falschen Wechsel ausgestellt.«

»Seine Geldprobleme waren doch aber mit seiner Erbschaft im vorigen Jahr beendet?«

Miss Simonds zögerte. »Ich habe mich gefragt, ob diese Erbschaft ... ob sie mit rechten Dingen zuging ...«, sagte sie schließlich widerstrebend.

Der Marmorsaal des Kurhauses war wunderschön. Seinen Namen hatte er wegen der marmorverkleideten Wände. Eine antikisierte grün-goldene Kassettendecke spannte sich da-

rüber. Hohe Spiegel reflektierten das Licht der Kronleuchter.

Die konzertante Darbietung von *Hoffmanns Erzählungen*
gefiel Victoria sehr. Wobei sie sich nicht vorstellen konnte, dass
ihre Großmutter eine große Musikliebhaberin war. Sie vermutete, dass es der Fürstin vor allem darum ging, bei dem gesellschaftlichen Ereignis gesehen zu werden. Dass sie jetzt in der
Pause angeregt mit zwei alten, ganz offensichtlich hochadligen
Damen plauderte, bestätigte Victorias Einschätzung.

Sophie bahnte sich mit zwei Champagnerkelchen in den
Händen den Weg durch die Menge. Heinrich war mit ihnen gekommen, worüber Sophie sehr glücklich zu sein schien. Allerdings hatte er sich gleich zu Beginn der Pause zu einem Grüppchen von Herren aus der Gesellschaft gesellt. Nein, er schien
die Nähe seiner Gattin wirklich nicht zu suchen. Ihm war auch
nicht aufgefallen, dass Sophie ihre äußere Erscheinung geändert hatte. Victoria hatte bisher noch kaum ein persönliches
Wort mit ihm gewechselt. Er schien sich kein bisschen für seine
Nichte zu interessieren.

»Danke, das ist nett von dir.«

Victoria lächelte Sophie an und nahm einen der Champagnerkelche entgegen. Das elegante Abendkleid ihrer Tante
aus dunkelroter, weich fließender Seide und einem Oberteil aus
silberner Spitze war eine Kreation des Ateliers Conradi. Sie
selbst trug ein einfach geschnittenes Abendkleid aus dunkel-
braunem Samt, dessen Blickfang eine Schärpe und halblange
Ärmel aus Spitze waren. Eine goldene Kette schmiegte sich eng
um ihren Hals. Victoria erhaschte einen Blick auf sich in einem
Wandspiegel. Sie fand, dass die Farbe ihr wirklich gut stand
und dass sie hübsch aussah. Sie wünschte sich sehnlichst, dass
Jeremy sie so sehen könnte.

Ihr Onkel drehte sich um. Er schien Sophie zu suchen.

Anscheinend erinnert er sich doch daran, dass seine Gattin anwesend ist, konstatierte Victoria sarkastisch. Er sagte etwas zu dem Mann neben ihm, mit dem er sich intensiv unterhalten hatte. Die beiden reichten ihre geleerten Champagnergläser einem Kellner und kamen dann durch den Saal auf sie zu.

Victoria erstarrte. Der Begleiter ihres Onkels trug wie Heinrich einen perfekt sitzenden Frack. Er war sehr attraktiv, hatte dunkles Haar und einen Schnurrbart. Die Narbe auf seiner Wange verlieh ihm die Aura eines Freibeuters. Und er blickte sie auf eine, so schien es Victoria, wissende Weise an. Aber das war ausgeschlossen. Er hatte nicht bemerkt, wie sie ihn im Park von Melbury Hall fotografiert hatte ... Er konnte sie nicht wiedererkennen ... Er war jedoch, so irreal sie diese Begegnung auch empfand, der Mann, den sie zusammen mit Lord Melbury und dem Arbeiter an jenem Augustsonntag gesehen hatte. Nun stand er vor ihr.

»Meine Mutter und meine Gattin kennen Sie ja schon, Waldenfels«, hörte sie ihren Onkel sagen. »Darf ich Ihnen meine Nichte Miss Bredon vorstellen? Sie ist Engländerin.«

»Sehr erfreut.« Er verbeugte sich vor ihr. »Ich hatte ja keine Ahnung, Marssendorff, dass Sie so eine reizende Verwandte haben.«

Wieder ruhte sein Blick auf ihr. Ein leicht amüsiertes Lächeln umspielte seine Lippen, während er sie musterte. Victoria hatte das Gefühl, langsam, Kleidungsstück um Kleidungsstück bis auf die bloße Haut ausgezogen zu werden. Ihr Herz klopfte ihr bis zum Hals.

»Graf Waldenfels, ich wusste ja gar nicht, dass Sie sich auch in Ems aufhalten.« Ihre Großmutter war zu ihnen getreten. Ihre Stimme zerstörte den Bann, in den der Graf Victoria geschlagen hatte.

»Ich bin erst heute angereist, aber ich werde ein oder

zwei Wochen bleiben.« Er wandte sich höflich der Fürstin zu.

»Dann werden Sie sicher häufig unser Gast sein.« Sophie lächelte ihn an. »Sie logieren bestimmt im Hotel d'Angleterre?«

»Natürlich habe ich dort Unterkunft genommen. Es ist nun einmal das beste Haus am Platz. Und ja, es wird mir eine Freude sein, Sie zu besuchen...«

Victoria schluckte. »Kann es sein, dass Sie kürzlich in London waren?«, bemühte sie sich, im Plauderton zu sagen. »Es kommt mir so vor, als ob ich Sie bei einem Ball oder einem Empfang gesehen hätte ... Oder bei einem Ausritt im Hyde Park ...«

»Ich halte mich regelmäßig in London auf. Schon allein, um meine Garderobe zu ergänzen. Denn meiner Meinung nach ist die britische Schneiderkunst unübertroffen«, antwortete er liebenswürdig. »Aber es liegt sicher schon einige Monate zurück, seit ich zum letzten Mal dort war. Es muss im Juni ... nein, im Mai gewesen sein ...«

Er lügt, schoss es Victoria durch den Kopf.

»Wenn uns die Damen bitte entschuldigen würden.«

Ihr Onkel legte seine Hand auf Waldenfels' Arm. Die beiden Männer verneigten sich vor ihnen und kehrten zu ihrer Herrenrunde zurück.

Victoria stellte fest, dass ihr Mund ganz trocken war. »In welcher Beziehung stehen denn der Graf und Onkel Heinrich zueinander?« Fragend wandte sie sich an Sophie, erneut um einen unbeschwerten Tonfall bemüht.

»Karl von Waldenfels ist ein guter Freund von Heinrich. Er stammt aus uraltem preußischem Adel. Angeblich hat er sich älter gemacht, als er war, um am Deutsch-Französischen Krieg teilnehmen zu dürfen. Soviel ich weiß, hat er viele Tapferkeitsauszeichnungen erhalten.« Sophies Augen leuchteten schwärmerisch. »Er hat seine militärische Laufbahn als Oberst beendet und ist gelegentlich noch als Ratgeber für das Militär tätig. Und er ist sehr reich.«

»Ist er Großgrundbesitzer?«

»Das auch. Aber vor allem besitzt er Anteile an Unternehmen der Schwerindustrie. Am Unternehmen meiner Familie ebenfalls.«

Die Musiker begannen ihre Instrumente zu stimmen, und die Besucher begaben sich zu ihren Plätzen zurück.

»Hast du etwa ein Auge auf den Grafen geworfen?«, hörte Victoria plötzlich ihre Großmutter neben sich sagen.

»Nein, ich finde ihn nur interessant«, schwindelte Victoria. »Warum haben Sie mir nicht gesagt, dass er mit Ihrem Sohn befreundet ist?«

»Weil ich ihn nicht mag. Du solltest dich vor ihm in Acht nehmen.« Die Stimme ihrer Großmutter klang spröde. »Er ist, wie ich dir schon sagte, ein gefährlicher Mann.«

In diesem Fall war Victoria ausnahmsweise einmal einer Meinung mit der Fürstin ...

Während die ersten Takte der Musik erklangen, hatte Victoria das seltsame Gefühl, beobachtet zu werden. Als ihr Blick auf einen der Wandspiegel fiel, sah sie, dass Graf Waldenfels sie unverwandt betrachtete.

Victoria wollte die Blicke des Grafen ignorieren, doch sie konnte nicht anders, als immer wieder in den Spiegel zu sehen. Der Graf musterte sie weiterhin anzüglich. Sie war erleichtert, als die Aufführung endlich zu Ende war, und gleichzeitig zornig über sich selbst, da sie sich so sehr von ihm hatte verunsichern lassen.

Zusammen mit ihren Verwandten verließ Victoria den Marmorsaal. Vor dem hell erleuchteten Kurhaus warteten die Kutschen der Besucher. Ihr Onkel war einsilbig wie immer, auch als Sophie versuchte, ihn in eine Unterhaltung zu ziehen. Victoria war froh, dass das Gespräch an ihr vorbeiging, denn ihr war nicht nach Konversation zumute. Als sie nach ihrer Großmutter in die Kutsche stieg, sah sie Karl von Waldenfels ein Stück entfernt mit einem Mann sprechen, der offenbar nicht im Kursaal gewesen war, denn er trug keine Abendgarderobe. Zu ihrem Bedauern stand er im Schatten, sodass sie sein Gesicht nicht sehen konnte.

Während die Kutsche die Straße entlangrollte und dann die Lahn überquerte, die dunkel dahinfloss, fragte sie sich wieder, was wohl hinter der Begegnung zwischen dem Grafen, Lord Melbury und dem ermordeten Arbeiter Walther Jeffreys in Melbury Hall steckte. Sie würde Hopkins auf jeden Fall darüber informieren, dass sich der Graf in Ems aufhielt.

Tropfen schlugen gegen die Fenster der Kutsche und kündigten neuen Regen an.

ZWÖLFTES KAPITEL

Victoria ging die Straße hinauf, bis ein Waldweg abzweigte, der, laut der Karte, zu ihrem ersten Ziel, dem Bismarckturm, führte. Der Septembertag war sonnig. Nur noch der aufgeweichte Weg und die tiefen Pfützen erinnerten an den heftigen Regen der vergangenen Nacht. Sie war froh, dass sie festes Schuhwerk anhatte. Sophie hatte ihr gesagt, dass der Spaziergang zum Bismarckturm und zu den Heinzelmannshöhlen, die sich im Kalkgestein der Hügel gebildet hatten, sehr romantisch sei und schöne Ausblicke eröffne.

Victoria versuchte, sich ganz auf die Umgebung zu konzentrieren, denn sie wollte auch außerhalb der Kurstadt fotografieren. Doch Graf Waldenfels ging ihr nicht aus dem Kopf. Wie merkwürdig, dass ausgerechnet ihr Onkel mit ihm befreundet war … Wieder glaubte Victoria, den Blick des Grafen auf sich ruhen zu fühlen, und sie kam sich nackt und verletzlich vor. Energisch schob sie den Gedanken an ihn weg.

Da und dort wehten lange Spinnwebfäden durch die Luft, die mit winzigen funkelnden Tropfen benetzt waren. Durch die Bäume konnte man immer wieder den Ort Ems unten im Flusstal sehen. Harmonisch fügten sich das barocke Kurhaus und die klassizistischen Hotels und Wohngebäude mit ihren Erkern und schmiedeeisernen Balkonen in die Landschaft ein.

Nach einer Weile erreichte Victoria den Bismarckturm, ein wuchtiges, quadratisches Bauwerk aus grauem Stein mit Säulen an jeder Ecke. Auf einer Informationstafel stand, dass oben in die Plattform eine große Metallschale eingelassen war, in der zu Gedenktagen ein Feuer zu Ehren des früheren Reichskanzlers entzündet werden konnte. Victoria fand das Bauwerk sehr martialisch. Es schien ihr den Charakter des früheren Reichskanzlers gut zu repräsentieren. Einer der wenigen Punkte, in denen sie und ihre Großmutter übereinstimmten, war wohl, dass sie beide keine großen Sympathien für Bismarck hegten.

Bisher war der Weg zwar bergauf verlaufen, doch hinter dem Bismarckturm wurde er immer steiler. Victoria geriet, obwohl sie ihre Jacke auszog, ins Schwitzen. Bis auf Vogelgezwitscher war es still. Sonnenlicht fiel zwischen den Baumkronen hindurch und malte helle Flecken auf den Waldboden.

Die Stille wurde durch aufgeregte Kinderstimmen und das Rascheln von Füßen im Laub am Hang etwas oberhalb von ihr unterbrochen. Als Victoria dorthin blickte, sah sie eine Gruppe von Kindern den Berg herunterrennen. Nun sprangen die ersten vor ihr auf den Weg. Ihre Gesichter waren sehr blass und ihre Augen weit aufgerissen, als ob sie etwas erschreckt hätte.

»Was ist denn los? Warum seid ihr so aufgeregt?«, fragte Victoria besorgt.

»Dort oben ... dort liegt ein Toter, Fräulein.« Ein sommersprossiger Junge deutete den Hang hinauf.

Ein Toter?

Ehe Victoria reagieren konnte, rannten sie schon weiter. Victoria zögerte kurz, dann kletterte sie den Berg hinauf.

Dicht unterhalb des Hügelkamms lag eine große umgestürzte Eiche. Die Äste waren zersplittert, und die Wurzeln, an denen noch Erde haftete, ragten gen Himmel. Offenbar hatte das aufgeweichte Erdreich an dieser steilen Stelle nachgegeben und den

Baum umstürzen lassen. Plötzlich nahm Victoria einen stechenden, süßlichen Geruch wahr. Sie schluckte, hangelte sich vorsichtig an einem Busch vorbei weiter, und dann sah sie es. In dem Loch, das die Wurzeln in den Waldboden gerissen hatten, lag ein Leichnam. Er war lehmverschmiert, aber es war unverkennbar, dass es die Leiche eines Mannes war. Halb lag, halb hing er in dem Loch, seine Glieder waren ganz verdreht.

Victoria zwang sich, nicht wegzusehen. Wie es ihr Vater getan hätte, betrachtete sie den Fundort der Leiche genau. Am Rand des Lochs befand sich eine Grube. Ob der Tote dort vergraben gewesen war? Langsam und darauf bedacht, keine möglichen Spuren zu zerstören, ging sie näher. In der Grube lag ein unförmiger Klumpen, in dem sie bei genauerem Hinsehen einen Hut zu erkennen glaubte.

Ihr Vater hätte den Ort fotografiert ...

Ohne weiter nachzudenken, holte Victoria ihre Kamera aus ihrer Umhängetasche und machte einige Aufnahmen von dem Leichnam und von der Umgebung. Sie lief um die Grube herum und schrie erschrocken auf, als sie stolperte und beinahe gestürzt wäre. Ein Schuh lag auf dem Waldboden. Er war dunkel vor Nässe, aber sauber. Ein Herrenschuh aus feinem Leder, der sehr gut verarbeitet war. Er musste zu dem Toten gehören.

Victoria wurde es übel. Sie wollte nur noch weg von dem beklemmenden Ort. Sie rannte und strauchelte und schlitterte den Hang hinunter. Auf dem Weg blieb sie schwer atmend stehen. In einiger Entfernung sah sie die Kinder, die ihr ängstlich und aufgeregt entgegenstarrten. Sie ging zu ihnen und bemühte sich, ruhig zu wirken.

»Haben Sie den Toten gesehen, Fräulein?«, fragte der Junge, der ihr gesagt hatte, dass im Wald ein Leichnam lag. Er war groß und kräftig und anscheinend der Älteste der Gruppe.

»Ja, das habe ich.« Victoria nickte. »Kommt, wir gehen zusammen zur Polizei.«

Eine Weile liefen sie schweigend den Weg hinunter. Auch Victoria war noch ganz mitgenommen vom Anblick des Toten. Dann wandte sie sich an den großen Jungen, der neben ihr ging.

»Wie heißt du denn?«, fragte sie ihn.

»Oskar...«

»Wohnt ihr in der Nähe?«

»Nee, in Alt Ems. Das ist das Dorf im Süden vom Kurviertel.«

»Spielt ihr öfter dort oben im Wald?«

»In den Ferien, ja. Seit die Schule wieder angefangen hat, nicht mehr so häufig.« Er blickte sich zu den anderen Kindern um, die zustimmend nickten.

»Und ihr habt nie diesen seltsamen süßlichen Geruch wahrgenommen?«

»Nee, Fräulein, bestimmt nicht. Ich weiß, wie was Totes riecht. Ich hab schon öfter 'nen toten Hund oder 'ne tote Katze im Wald gefunden. Vor dem starken Regen lag da noch kein Toter.«

Was wahrscheinlich bedeutet, überlegte Victoria nachdenklich, *dass der Tote vergraben worden und erst durch den Erdrutsch und den umgestürzten Baum wieder an die Erdoberfläche gelangt ist.*

Aufgebracht verließ Victoria eine gute Stunde später die Polizeiwache. »Gnädiges Fräulein, bei allem Respekt. Aber ob der Leichnam vergraben war oder nicht, das lassen Sie mal uns beurteilen«, hatte ihr ein Gendarm namens Weber gönnerhaft erklärt. Sein schneidiger Schnurrbart und sein schnarrender

Kasernenhofton machten ihn Victoria nicht sympathischer. Der Kaiser hatte mit verschränkten Armen und grimmigem Blick von einem Gemälde auf sie heruntergesehen. Für die Aussagen der Kinder hatte der Mann sich überhaupt nicht interessiert, sondern sie gleich mit einem jungen Kollegen nach Hause geschickt. Victoria hatte darauf verzichtet, dem Gendarmen mitzuteilen, dass sie den Leichenfundort fotografiert hatte.

Und ich habe immer geglaubt, Scotland Yard wäre voreingenommen, dachte Victoria ärgerlich. *Im Vergleich zu diesem Beamten sind die Polizisten in London geradezu ein Ausbund an Objektivität und Gründlichkeit.*

Sie wünschte sich, Jeremy von ihrem Erlebnis erzählen zu können. Er hätte ihr ruhig und teilnahmsvoll zugehört. Sie sehnte sich so sehr danach, sich an ihn zu schmiegen und von ihm festgehalten zu werden und einfach an nichts mehr denken zu müssen.

Victoria war so geistesabwesend, dass sie mit einem Mann vor der Wache zusammenstieß. Zerstreut murmelte sie eine Entschuldigung.

»Miss Bredon, ist das denn möglich...« Eine bekannte Stimme ließ sie aufblicken. Lew Prokowksi stand vor ihr und lächelte sie an.

»Was tun Sie denn in Ems?«, fragte sie verblüfft.

»Nun, ich sagte Ihnen ja, dass ich mich über Kuren zur Linderung von Frauenleiden informieren möchte. Deshalb arbeite ich ein paar Wochen in der Praxis eines hiesigen Kollegen mit. Und Sie? Wollten Sie nicht eine Freundin in der Nähe von Coblenz besuchen?« Er brach ab und musterte Victoria besorgt. »Verzeihen Sie, wenn ich das so offen sage, aber Sie wirken ganz verstört...«

»Ich ... ich habe im Wald eine Leiche gefunden.« Victoria atmete tief durch. »Das heißt, eigentlich haben Kinder den

Toten entdeckt. Aber ich habe ihn auch gesehen und war deswegen auf der Polizeiwache ...«

Ihre Stimme klang selbst in ihren Ohren zu hoch, und sie hatte plötzlich das Gefühl, dass ihre Beine jeden Moment unter ihr nachgeben würden. Lew Prokowski bemerkte, dass sie zitterte, und griff stützend nach ihrem Arm.

»Aber das ist ja furchtbar. Ich habe ganz in der Nähe eine Wohnung gemietet. Möchten Sie nicht mitkommen und sich setzen und ein Glas Wasser trinken? Natürlich nur, wenn es Ihnen nichts ausmacht, die Wohnung eines Mannes zu betreten ...«, fügte er rasch hinzu.

Victoria schüttelte den Kopf. »Es macht mir nichts aus. Im Moment sind mir Konventionen sowieso gleichgültig.«

Lew Prokowski wohnte tatsächlich nur wenige Gebäude entfernt in einem der weißen Gründerzeithäuser. Er geleitete Victoria in ein Treppenhaus, dessen Wände mit Stuck verziert waren. In seiner Wohnung im zweiten Stock führte er sie ins Wohnzimmer und wartete, bis sie auf dem Ledersofa Platz genommen hatte. Dann erklärte er, er werde gleich wiederkommen. Kurz darauf hörte Victoria in einem angrenzenden Raum Wasser rauschen.

Das Wohnzimmer war groß und hell und zweckmäßig, aber geschmackvoll eingerichtet. Außer dem Sofa gab es noch zwei Ledersessel und einen großen Esstisch, der Lew Prokowski wohl als Schreibtisch diente, denn es lagen medizinische Fachbücher darauf sowie ein Stapel beschriebener Papierbögen. Auch eine gerahmte Fotografie stand dort, von der Victoria jedoch nur die Rückseite sehen konnte. Eine Anrichte diente ebenfalls als Ablage für Bücher. Die Fenster gingen auf die Lahn hinaus. In der Ferne sah man die Fontäne aus dem Fluss aufsteigen.

Nun kam der Arzt zurück und reichte Victoria ein Glas Wasser. Während sie es langsam austrank, fühlte sie sich nicht mehr ganz so zittrig.

»Vielen Dank für Ihre Hilfe, Dr. Prokowski. Ich kann mir nicht erklären, warum mich der Anblick des Toten so mitgenommen hat«, sagte sie schließlich verlegen. »Mein Vater war Gerichtsmediziner. Ich habe ihn häufig in der Pathologie besucht. Als Kind habe ich mich sogar in den Obduktionssaal geschlichen und dort meine erste Leiche gesehen. Was mich überhaupt nicht entsetzt hat ...«

»Kinder nehmen Dinge manchmal anders wahr als Erwachsene. Außerdem sind Sie ja damals nicht zufällig auf eine Leiche gestoßen.« Er lächelte ein wenig. »Und vielleicht reagieren Sie auch so dünnhäutig, weil Ihr Verlobter bei jenem Attentatsversuch verletzt wurde. So ein Schock klingt oft noch lange nach.«

»Ja, das ist möglich.« Victoria senkte den Kopf. »Der Polizist, der meine Aussage aufgenommen hat, war übrigens ganz furchtbar. Genau so, wie man sich einen borniert en preußischen Beamten vorstellt.«

»Glauben Sie mir, die russische Polizei ist viel schlimmer.«

»In den letzten Wochen habe ich viel über Aufstände und Attentate und Hinrichtungen in Russland gelesen ...«

»Vor über vierzig Jahren wurde die Leibeigenschaft in Russland abgeschafft, aber die Bauern sind immer noch rechtlos. Arbeiter werden kaum besser behandelt als Vieh. Ein großer Teil der Bevölkerung lebt in bitterster Armut und kann weder lesen noch schreiben. Dem Zaren sind die Nöte der Menschen völlig gleichgültig. Er und seine Clique aus Beratern verweigern noch die kleinsten Reformen. Die Menschen sind hoffnungslos und verzweifelt und sehen keinen anderen Ausweg als Gewalt. Mit Zar Nikolaus wird es keinerlei Gerechtigkeit geben. Ich hoffe und bete, dass seine Herrschaft bald ein Ende finden wird.« Leidenschaft und Zorn sprachen aus der Miene des Arztes und aus seiner Stimme. Victoria war erschrocken und berührt zugleich.

»Haben Sie denn aus politischen Gründen Ihre Heimat verlassen?«, fragte sie impulsiv.

»1881 wurde Zar Alexander II. ermordet...«

»Das weiß ich...«

»Meine Familie und ich sind Juden. Wir lebten in Kiew. Nach dem Attentat kam es dort zu einem Pogrom gegen die jüdische Bevölkerung. Wie so oft dienten die Juden als Sündenbock... Möglicherweise schürte die zaristische Regierung bewusst diese Unruhen, um von ihrem Versagen abzulenken. Wie auch immer... Jedenfalls unternahmen die Polizei und die Armee nichts, um die Mordbanden, die in das jüdische Viertel eindrangen, aufzuhalten. Meine Eltern und mein jüngerer Bruder wurden erschlagen. Mein älterer Bruder und ich überlebten...«

»O mein Gott...«, flüsterte Victoria.

»Mein Bruder und ich zogen zu Verwandten nach Odessa. Obwohl wir noch sehr jung waren, schlossen wir uns einer revolutionären Gruppe an. Wir nahmen uns gegenseitig das Versprechen ab, dass, wenn einer von uns gefasst werden würde, der andere nach England gehen sollte, denn ein Spross unserer Familie sollte überleben. Mein Bruder wurde nach einer Versammlung verhaftet, ich konnte entkommen. Ich schlug mich nach England durch, was mehrere Wochen dauerte. Als ich dort bei meinem Onkel ankam, erfuhr ich, dass mein Bruder hingerichtet worden war. Er war noch nicht einmal zwanzig Jahre alt...« Lew Prokowski brach ab. Er starrte einen Moment vor sich hin und fuhr sich dann über die Stirn, als wäre er aus einem bösen Traum erwacht. »Es tut mir leid«, er schüttelte den Kopf, »ich sollte Sie nicht mit meiner Lebensgeschichte behelligen.«

»Sie müssen sich nicht entschuldigen ... Ich weiß nur nicht, was ich sagen soll ... Mein Leben kommt mir auf einmal ganz belanglos vor. Sie haben so Schreckliches erlebt...« Victoria suchte nach Worten. »Außerdem habe ich Sie ja gefragt, und ich habe eine ehrliche Antwort erwartet.«

»Trotzdem ...« Lew Prokowski stand auf. »Ich schlage vor, dass ich Sie jetzt in Ihr Hotel begleite.«

»Ich wohne privat bei meiner Großmutter.«

»Gut, dann begleite ich Sie zu Ihrer Großmutter.«

»Ich habe Ihre Zeit schon lange genug in Anspruch genommen. Mir geht es wieder gut, ich kann sehr gut allein gehen.«

»Ich bin Arzt, und ich muss in diesem Fall darauf bestehen, dass Sie sich meiner Diagnose beugen.«

Sein Lächeln ließ Victoria nachgeben. »Gut, dann akzeptiere ich Ihre Begleitung.«

Als sie aufstand, fiel ihr Blick auf die Fotografie, die auf dem Tisch stand. Eine schöne junge Frau war darauf abgebildet. An einer Ecke des Rahmens war ein Trauerflor befestigt.

Ob Lew Prokowski Witwer ist?, ging es ihr durch den Sinn. Unwillkürlich blickte sie auf seine Hände, aber er trug an der linken Hand keinen Ring.

Auf der Straße hielt ihr Begleiter eine Droschke an und half Victoria hinein, bevor er selbst einstieg. Victoria nannte dem Kutscher die Adresse der Rosenvilla. Der Sonnenschein, die flanierenden Passanten, die Gäste eines Cafés, die an kleinen Tischen an der Straße saßen – alles erschien ihr nach Lew Prokowskis Worten irreal.

»Haben Sie denn schon einmal das Emser Heilwasser versucht?«, erkundigte er sich nun.

Victoria begriff, dass er die düstere Stimmung vertreiben wollte.

»Ja, und ich finde, es schmeckt ziemlich scheußlich«, antwortete sie. »Glauben Sie denn, dass es eine Heilwirkung besitzt?«

»Ehrlich gesagt, vermute ich eher einen Placeboeffekt. Wobei ein solcher aus medizinischer Sicht natürlich auch nicht zu verachten ist. Die Kuratmosphäre mag ein Übriges bewirken, damit es den Patienten besser geht.« Er lächelte ein wenig.

»Wenn es stimmt, dass eine Medizin schlecht schmecken muss, um zu heilen, dann hat das Emser Wasser gewiss eine positive Wirkung«, bemerkte Victoria.

»Dort an der Lahnbrücke befindet sich übrigens die Praxis von Dr. Bender, dem ich assistiere.« Lew Prokowski wies auf ein schmales Haus mit Jugendstilverzierung, auf dessen Balkonen Blumentöpfe standen. Es machte einen einladenden Eindruck. »Ludwig Bender ist ein alter Freund meines Onkels. Ich mag ihn und seine Familie sehr. Aber da sechs Kinder noch bei ihm leben und außerdem einige Enkel zu Besuch sind, bin ich doch froh über meine eigene Wohnung. Als alter Junggeselle bin ich so einen Trubel einfach nicht gewohnt.«

»Das kann ich verstehen.« Also war er nie verheiratet gewesen ... »Mein Mädchen ... Gestern Morgen hat es einen Schwindelanfall erlitten, begleitet von Bauchkrämpfen, und zwei Tage davor ging es ihr wohl auch schon nicht gut. Heute Morgen wirkte sie ganz wohlauf. Aber es könnte sein, dass sie mir etwas vorgespielt hat. Dürfte ich Sie bitten, Clara, falls es ihr wieder schlechter geht, zu untersuchen?«

»Ich würde sie mir gern unabhängig von einer etwaigen Verschlechterung ansehen. Bei einer Blinddarmentzündung ist es zum Beispiel nicht selten so, dass die Symptome mit denen einer Magenverstimmung wie starken Bauchkrämpfen einhergehen. Die Schmerzen lassen für kurze Zeit nach und kehren dann umso schlimmer zurück.«

»Clara hat leider panische Angst vor Ärzten. Für sie sind sie Todesboten.«

»Das ist mir vertraut.« Lew Prokowski seufzte. »Gerade bei armen Menschen ist dies nichts Ungewöhnliches, denn ein Arzt wird häufig erst gerufen, wenn es eigentlich schon zu spät ist. Versuchen Sie doch, Ihr Mädchen dazu zu überreden, mit Ihnen in Dr. Benders Praxis zu kommen.«

»Das werde ich tun.«

Die Droschke überquerte nun die Lahn. Auf dem Fluss schnellte ein Ruderboot mit einem halben Dutzend junger Männer an den Riemen über das Wasser. Victoria blickte ihm nach. Der Septemberhimmel war wolkenlos. Nichts erinnerte mehr an den Regen der vergangenen Tage.

»Was geht Ihnen gerade durch den Kopf?« Der Arzt blickte sie lächelnd an.

»Ich musste an Ruderregatten auf der Themse und unbeschwerte Sommertage denken…«, gab Victoria zu, während die Droschke am Bahnhof vorbeifuhr und dann in die Straße einbog, die den Hügel hinauf und zur Villa ihrer Großmutter führte.

»Würden Sie mir die Freude bereiten, mich einmal auf einem Spaziergang zu begleiten? Vielleicht könnten wir bei dieser Gelegenheit auch gemeinsam in der Natur malen. Ich finde die Gegend so schön.«

»Das würde ich sehr gern tun. Und nein, es macht mir nichts aus, dass sich dies für eine junge unverheiratete Frau eigentlich nicht schickt.« Sie verdrehte die Augen.

»Damit haben Sie meine Frage vorweggenommen und beantwortet.«

Die Droschke hielt nun vor der Villa. Am Gartentor drehte sich Victoria noch einmal um und blickte ihrem Begleiter nach.

Er ist wirklich ein ungewöhnlicher Mensch, dachte sie. *Wie schön, dass er sich in Ems aufhält.*

»Ihre Großmutter und Ihr Onkel erwarten Sie im Wohnzimmer«, teilte ihr Wilhelm, der sie einließ, mit.

»Richten Sie ihnen bitte aus, dass ich gleich komme. Wo finde ich denn Clara?«

»Ich glaube, in den Wirtschaftsräumen.«

Tatsächlich bügelte Clara dort mit einem Plätteisen spitzenbesetzte Blusen und Wäsche, eine Arbeit, vor der Victoria graute.

»Ich würde gern mit dir zu einem Arzt gehen«, erklärte Victoria. »Ich bin vorhin zufällig Dr. Prokowski begegnet, den ich aus London kenne. Ich bin überzeugt, dass du bei ihm in guten Händen wärst.«

Kaum hatte Victoria das Wort »Arzt« ausgesprochen, als Clara schon wieder abwehrend den Kopf schüttelte. »Das ist sehr nett von Ihnen ... Aber nein, ich möchte keinen Arzt. Es geht mir gut.«

»Dr. Prokowski meinte, du könntest eine Blinddarmentzündung haben. Diese kann sich kurzzeitig bessern. Aber wenn sie nicht rechtzeitig erkannt wird, endet sie tödlich.«

»Es geht mir wirklich gut ...« Claras Augen spiegelten ihre Panik wider. »Ich habe bestimmt keine Blinddarmentzündung.«

»Clara, bitte ...«

»Nein!«

Da Victoria sie nicht noch mehr aufregen wollte, gab sie

nach. Sie hoffte nur, dass Lew Prokowski mit seiner Vermutung falschlag, und nahm sich vor, Rosalyn über das starrsinnige Verhalten des Mädchens zu informieren. Vielleicht konnte ja die Freundin auf es einwirken, sich doch einem Arzt anzuvertrauen.

Das Wohnzimmer war ähnlich elegant eingerichtet wie der Rest des Hauses. Die Seidentapeten hatten einen warmen taubenblauen Farbton. Die Polsterung der beiden Sofas, die einander gegenüber vor dem Marmorkamin standen, war in etwas dunklerem Blau gehalten. An der Wand hing ein großes Gemälde, das eine mediterrane Landschaft mit Weinbergen und Zypressen zeigte.

Auf dem einen Sofa saß Victorias Onkel, er las in einer Zeitung und rauchte eine Zigarette. Ihre Großmutter hatte sich auf dem anderen niedergelassen. Sie hielt einen Stickrahmen in der Hand und zog einen Faden durch den Stoff. Beide wandten ihr nun den Kopf zu.

»Victoria, gut, dass du wohlbehalten zurück bist.« Prinz Heinrich ließ seine Zeitung sinken und nickte ihr zu. »Wie bedauerlich, dass du diese furchtbare Entdeckung machen musstest. Ein Gendarm war vorhin hier und hat mir mitgeteilt, dass du im Wald eine Leiche gefunden hast.«

»Deine Großtante Hermione hat anscheinend recht damit zu behaupten, dass du ein Talent dafür hast, in Schwierigkeiten zu geraten«, bemerkte ihre Großmutter auf ihre übliche kühle Weise.

»Ich hätte gern auf dieses Erlebnis verzichtet.« Victoria setzte sich neben ihren Onkel. »Hat der Gendarm denn etwas darüber gesagt, wer der Tote sein könnte?«

»Die Polizei geht wohl davon aus, dass es sich bei ihm um

einen Landstreicher handelt, der eines natürlichen Todes gestorben ist.« Prinz Heinrich zuckte mit den Schultern.

Victoria schüttelte den Kopf. »Das glaube ich nicht. Ganz in der Nähe des Leichenfundortes habe ich einen Schuh aus hochwertigem Leder gefunden. Solch einen trägt kein Landstreicher.«

»Nun, wahrscheinlich hat der Landstreicher die Schuhe gestohlen. Vor diesem Gesindel ist ja niemand sicher.«

»Außerdem muss der Tote vergraben gewesen sein. Die Kinder, die ihn vor mir entdeckten, sagten, dass sie dort häufig spielten. In den letzten Tagen haben sie keinen Leichengeruch wahrgenommen.«

»Victoria, ich muss doch sehr bitten.« Ihre Großmutter bedachte sie mit einem indignierten Blick. »Verschone uns bitte mit diesen unappetitlichen Einzelheiten.«

»Mein Vater pflegte zu sagen, dass Verwesung ein chemischer Prozess ist, der, wie alle derartigen Phänomene, eine ganz eigene Schönheit besitzt«, erwiderte Victoria heftig.

»Von deinem Vater hätte ich auch nichts anderes erwartet...« Ihre Großmutter winkte ab.

»Dein Vater war ein berühmter Gerichtsmediziner«, ihr Onkel griff wieder nach seiner Zeitung, »aber du bist es nicht. Also solltest du die preußische Polizei ihre Arbeit tun lassen und darauf vertrauen, dass sie korrekt ermittelt.«

»Ich halte den Gendarmen, der meine Aussage aufgenommen hat, für nicht sehr fähig.«

»Ich glaube nicht, dass du das beurteilen kannst.« Die Stimme ihres Onkels klang nicht mehr besorgt, sondern scharf.

Victoria lag eine sarkastische Antwort auf der Zunge, aber ihre Großmutter schnitt ihr das Wort ab. »Wer war eigentlich dieser Mann, der dich in der Droschke nach Hause begleitet hat?«, fragte sie.

»Dr. Prokowski, ein Arzt, den ich flüchtig aus London kenne und dem ich zufällig im Zug nach Coblenz begegnet bin.«

»Erst ein Journalist und jetzt ein Arzt ...« Ihre Großmutter hob die Augenbrauen, während sie wieder die Nadel durch den Stoff stach. »Du könntest mit deinen Männerbekanntschaften wirklich wählerischer sein. Ganz davon abgesehen schickt es sich für eine junge Dame aus gutem Hause nicht, sich von einem Herrn, den sie nicht näher kennt, begleiten zu lassen.«

Meine Großmutter ist wirklich genauso schlimm wie Groß-tante Hermione, dachte Victoria aufgebracht, als sie wenig später in ihr Zimmer ging, um sich umzuziehen.

DREIZEHNTES KAPITEL

Wieder einmal hatte Victoria sich in Galerien und Kunsthandlungen vergebens nach Jakob erkundigt, dieses Mal in Coblenz. Da der Zug von Coblenz zurück nach Ems erst in einer halben Stunde fuhr, kaufte sie sich eine Zeitung und suchte das Bahnhofsrestaurant auf. Dort setzte sie sich an einen Fenstertisch und bestellte eine Tasse Kaffee. Auch von dem Restaurant aus war die Festung Ehrenbreitstein oben am Berg auf der anderen Rheinseite zu sehen. Es kam Victoria vor, als ob sie die ganze Stadt, ja die ganze Gegend dominieren würde. In England gab es keine Burgen wie diese.

Langsam blätterte Victoria die Zeitung durch. Im Lokalteil wurde groß darüber berichtet, dass am Vortag »eine englische junge Dame aus gutem Hause« und Kinder die Leiche eines Landstreichers im Wald von Ems gefunden hätten. Ein Kriminalkommissar Henrichs von der preußischen Polizei – offenbar ein Vorgesetzter des borniertes Gendarmen – wurde mit den Worten zitiert, der Mann sei höchstwahrscheinlich eines natürlichen Todes gestorben. Das Ergebnis der gerichtsmedizinischen Untersuchung durch Professor Hartenstein von der Universität Gießen hatte bei Redaktionsschluss noch nicht vorgelegen.

Der Name Hartenstein sagte ihr irgendetwas. Dann erinnerte

sie sich daran, dass Friedrich von Langenstein am Abend ihrer Ankunft gesagt hatte, ein Professor Hartenstein habe Vorlesungen bei ihrem Vater gehört.

Gegenüber auf dem Bahnhofsvorplatz entdeckte Victoria ein Fotografenatelier. Sie hatte ihre Kamera dabei. Ob sie die Aufnahmen des Leichenfundortes entwickeln sollte? Vielleicht war darauf ja etwas zu erkennen, das für den Professor von Nutzen war. Sie zweifelte nach wie vor sehr an den Fähigkeiten der Emser Polizei. Victoria überlegte kurz, dann beschloss sie, das Atelier aufzusuchen.

In dem Fotografenatelier stand eine stattliche Anzahl Kameras unterschiedlicher Marken hinter den Glastüren eines großen Schrankes. An einer Wand hingen gerahmte Aufnahmen von Coblenz und dem Rhein. Victoria erkannte die Festung Ehrenbreitstein sowie das gigantische Reiterstandbild Wilhelms I. am Zusammenfluss von Rhein und Mosel. Sie hatte es zwar noch nie in natura gesehen, aber auf Bildern. Die Statue des alten Kaisers im Gehrock im Park von Ems war ihr viel sympathischer.

»Was kann ich für Sie tun, gnädiges Fräulein?« Der Angestellte hinter der Theke hatte schwarze Locken und große braune Augen, was wirkte, als hätte er ein sanftes Wesen, und war nicht viel älter als sie selbst.

»Ich würde gern einen Film entwickeln. Ich zahle natürlich auch dafür, dass ich die Dunkelkammer benutzen darf.«

»Das ist leider nicht möglich. Herr Martin, der Inhaber, erlaubt so etwas nicht.« Der Angestellte schüttelte bedauernd den Kopf. »Aber Sie können uns Ihren Film bedenkenlos anvertrauen. Das Atelier Martin ist ein traditionsreiches Unternehmen und kann auf eine jahrzehntelange Erfahrung zurückgreifen. Sozusagen aus den allerersten Tagen der Fotografie.« Er strich sich schwungvoll eine Locke aus der Stirn.

Wenn der Anlass ihres Besuchs in dem Atelier nicht so ernst gewesen wäre, hätte das salbungsvolle Gerede des jungen Mannes Victoria ein Lächeln entlockt.

»Ich glaube Ihnen gern, dass Sie gute Arbeit leisten. Aber ich fotografiere für die Londoner Zeitung *Morning Star*, und ich darf meine Bilder niemals von jemand anderem entwickeln lassen. Zu Hause habe ich eine Dunkelkammer.« Dass sie ihre Fotografien von niemand anderem entwickeln lassen durfte, war geschwindelt. Aber Victoria hoffte, so ihren Worten Nachdruck zu verleihen.

»Sie könnten morgen früh wiederkommen und Herrn Martin fragen.«

Victoria hatte den Eindruck, dass der junge Angestellte bald nachgiebiger werden würde, und beschloss, es weiter zu versuchen. »Ich wohne in Ems… Der Inhaber müsste ja nichts davon erfahren, dass ich in der Dunkelkammer gearbeitet habe. Ich gebe Ihnen fünf Mark.«

»Auf keinen Fall! Wenn herauskommt, dass ich Ihnen die Erlaubnis gegeben habe, die Dunkelkammer zu benutzen, feuert mich Herr Martin.« Der Angestellte wirkte entsetzt.

Ich muss auf andere Art vorgehen, dachte Victoria.

»Sind da Fotografien von Ihnen darunter?« Sie deutete auf die gerahmten Bilder an der Wand.

»Ja, die vom Deutschen Eck sind von mir.« Er nickte.

Auch wenn Victoria das Reiterstandbild des Kaisers, der mit wehendem Helmbusch und Mantel gen Frankreich ritt, schrecklich fand, waren die Aufnahmen an sich doch gelungen.

»Ich könnte versuchen, Bilder von Ihnen an den *Morning Star* zu verkaufen«, schlug sie vor. »Schließlich reisen viele englische Touristen an den Rhein.«

»Das würden Sie wirklich tun?«

»Ja, ich kann Ihnen nicht garantieren, dass die Bilder gedruckt werden. Aber ich verspreche Ihnen, dass ich mich darum bemühen werde.«

»Oh ...« Eine leichte Röte erschien auf den Wangen des Angestellten, die ihn noch jünger wirken ließ. »Gut, ich lasse Sie die Dunkelkammer benutzen«, gab er dann zu ihrer Erleichterung nach. »Aber seien Sie vorsichtig!«

Die Dunkelkammer war – was Victoria freute – technisch sehr modern ausgestattet. Es gab sogar elektrisches Licht. Sie ließ sich kurz von dem Angestellten erklären, wo sie welche Chemikalien und wo das Fotopapier finden würde, dann machte sie sich an die Arbeit.

Normalerweise fand Victoria den Augenblick, in dem sich die Konturen der Fotografien im Entwicklerbad abzuzeichnen begannen, immer magisch. Aber nun war sie beklommen. Als die Entwicklung abgeschlossen war, nahm sie die Aufnahmen mit einer Zange aus dem Bad und hängte sie zum Trocknen an die Leine, die durch den Raum gespannt war. Im Rotlicht wirkten die Fotografien der Leiche wie mit Blut übergossen. Sie schluckte.

Nein, auf den Aufnahmen war nichts zu erkennen, was ihr einen Hinweis auf die Identität des Toten oder die Todesursache gegeben hätte. Vielleicht sollte sie trotzdem einmal mit Professor Hartenstein sprechen und ihm ihre Zweifel an der Theorie des Kriminalkommissars darlegen. Victoria nagte nachdenklich an ihrer Unterlippe und sah auf die Uhr. Es war erst kurz nach Mittag. Sobald die Aufnahmen getrocknet waren, würde sie zum Bahnhof zurückeilen und sich nach einer Zugverbindung nach Gießen erkundigen.

Es war schon später Nachmittag, als Victoria die Stadt Gießen erreichte. Die Gießener Universität war ein barockes Gebäude, das mit seinen Seitenflügeln und Nebengebäuden wie ein Schloss wirkte. Der Pförtner musterte Victoria etwas irritiert, als sie ihn nach Professor Hartenstein und der Gerichtsmedizin fragte, beschrieb ihr dann aber den Weg.

Victoria bemerkte, dass ihr, während sie durch die langen Flure ging, neugierige Blicke folgten. Auf dem Innenhof vor der Gerichtsmedizin standen einige Studenten und rauchten. Andere saßen auf den Stufen, die zum Eingang führten, lasen in Büchern und machten sich Notizen.

»Na, möchten Sie hier etwa nächstes Jahr mit dem Medizinstudium beginnen?«, rief ihr ein schlaksiger junger Mann zu. Die anderen lachten.

»Arthur, mal nur den Teufel nicht an die Wand«, meinte nun einer aus der Gruppe. »Frauen, die Medizin studieren, das könnte man uns wirklich ersparen. Die schaffen das intellektuell doch gar nicht ...«

»Gegen eine so hübsche Kommilitonin hätte ich nichts.« Der Student namens Arthur grinste. »Und der Intellekt ist bei einer Frau nun wirklich nicht das Wichtigste.«

Victoria verdrehte innerlich die Augen und ging weiter. Sie hatte keine Lust, sich mit den eingebildeten Laffen zu streiten. Als sie den Eingang der Gerichtsmedizin fast erreicht hatte, hörte sie einen der Studenten zu seinen Kommilitonen sagen: »Weiß jemand von euch, was das Stas'sche Verfahren ist? Es wurde in einem der Aufsätze erwähnt, aber ich kann mir keinen Reim drauf machen.«

»Ich habe keine Ahnung«, erwiderte ein anderer.

»Ich auch nicht.«

Victoria konnte nicht widerstehen. Sie drehte sich um. »Was, das wissen Sie nicht? Mit dem Stas'schen Verfahren lassen sich

Pflanzengifte wie Nikotin im Körpergewebe isolieren. Falls Sie mir nicht glauben, finden Sie die Antwort bestimmt in Ihren Lehrbüchern, wenn Sie fleißig suchen.«

»Die will tatsächlich Medizin studieren ...« Einer der jungen Männer stöhnte.

Victoria ging hoch erhobenen Hauptes weiter und dankte ihrem Vater und Hopkins im Stillen für die Unterhaltungen über Rechtsmedizin.

Professor Hartensteins Büro befand sich am Ende eines weiß gekalkten Flures. Während Victoria an die Tür klopfte, nahm sie den scharfen Geruch von Karbol wahr, der ihr von ihrem Vater so vertraut war. Ein großer, knochiger Mann, den sie auf Ende vierzig schätzte, öffnete ihr. Er hatte eine Halbglatze und einen rotblonden Schnurrbart. Die Ärmel seines Hemdes waren bis zu den Ellbogen hochgekrempelt. Die Unterarme des Mediziners waren, ebenso wie seine Handrücken, von Sommersprossen übersät.

»Ja, bitte? Was kann ich für Sie tun?« Er blickte Victoria fragend an.

»Mein Name ist Victoria Bredon«, stellte sie sich vor. »Mein Vater war Dr. Bernard Bredon.«

»Dr. Bredons Tochter ... Das ist ja eine Überraschung! Was bringt Sie denn nach Gießen?« Er trat beiseite, um sie einzulassen.

An den Wänden des Büros hingen große Darstellungen anatomischer Zeichnungen, die Victoria ebenfalls vertraut waren. Dicke medizinische Bücher standen in Regalen. Professor Hartenstein bot Victoria an, vor seinem Schreibtisch Platz zu nehmen. Darauf lagen einige Schwarz-Weiß-Fotografien des Leichenfundortes und des Toten. Auf ihnen war nicht mehr zu erkennen als auf ihren Bildern, wie Victoria rasch feststellte.

»Ich habe es sehr bedauert, vom Tod Ihres Vaters zu erfahren. Er war ein genialer Gerichtsmediziner, der Zusammenhänge erkannte und Lösungen entdeckte, wo wir normalen Ärzte völlig im Dunkeln tappten.« Professor Hartenstein verschränkte die Hände vor sich auf dem Schreibtisch. »Ich habe gehört, dass sein Diener und Assistent – wie hieß er noch ... Hopkins? – einen Band mit bisher unveröffentlichten Forschungsergebnissen Ihres Vaters veröffentlichen wird?«

»Ja, Hopkins arbeitet daran.« Victoria nickte. »Das Buch wird im kommenden Jahr erscheinen.«

»Nun, ich bin sehr gespannt darauf.« Professor Hartenstein schwieg einen Moment. »Jetzt fällt es mir wieder ein ... Vor Kurzem erwähnte Graf Langenstein, dass Sie mit seiner Gattin befreundet seien und sie besuchen würden. Ich glaube, ich habe Sie auch einmal als Kind in der Rechtsmedizin des St. Mary Hospital gesehen.«

»Das ist gut möglich. Ich war dort öfter einmal.« Victoria lächelte. »Zurzeit besuche ich meine Großmutter in Ems. Dort habe ich gestern bei einem Spaziergang zusammen mit ein paar Kindern zufällig die Leiche dieses Mannes entdeckt.« Sie wies auf die Fotografien. »Es stand groß in der Zeitung ... Auch dass Sie die Obduktion vornehmen.«

»Ach, du lieber Himmel, Sie waren das?«

»Ja, die Emser Polizei vermutet, wie Sie wahrscheinlich wissen, dass der Tote ein Landstreicher war und eines natürlichen Todes starb. Aber ich hatte den Eindruck, dass der Leichnam vergraben wurde und durch einen Erdrutsch oder den umgestürzten Baum an die Erdoberfläche geriet. Und die Theorie, dass der Mann ein Landstreicher war, erscheint mir auch sehr fraglich. Denn ganz in der Nähe des Fundortes bin ich über einen Schuh gestolpert, der aus hochwertigem Leder gefertigt war. Deshalb wollte ich fragen, ob die Obduktion schon abgeschlossen ist.«

»Ja, das ist sie. Ich bin gerade fertig geworden. Vom körperlichen Zustand des Toten her würde ich sagen, dass alles für die Landstreicherthese der Polizei spricht. Der Mann war etwa fünfzig Jahre alt, schlecht ernährt, hatte dicke Hornhaut an den Füßen, und seine Beinmuskeln und Sehnen waren gut ausgeprägt. Die Gelenke wiesen zudem deutliche Verschleißerscheinungen auf, was alles dafür spricht, dass er viel zu Fuß unterwegs war.«

»Und die Todesursache?«

»Herzversagen.«

»Oh ... Tatsächlich?«

»Die Kleidung des Mannes war übrigens von sehr minderer Qualität. Wahrscheinlich hat er die Schuhe gestohlen.«

»Das hat mein Onkel auch vermutet. Wie lange war der Mann denn schon tot, als die Kinder und ich ihn fanden?«

»Etwa einen Tag.«

»Nun, das erklärt, warum die Kinder keinen Leichengeruch wahrgenommen haben«, erwiderte Victoria nachdenklich. »Dann muss ich mich getäuscht haben. Dabei war ich so sicher, dass der Tote Fäulnisgeruch verströmte.«

»Ich schätze, in der Nähe lag ein totes Tier. Das war es, was Sie gerochen haben.«

»Ja, so muss es gewesen sein.« Victoria nickte.

»Sie sind wirklich mit den Termini der Rechtsmedizin sehr vertraut. Möchten Sie etwa Ärztin werden?«

»Nein, aber mein Vater hat mir viel von seiner Arbeit erzählt und ich habe oft bei Gesprächen zugehört, die er und Hopkins miteinander führten.«

»Im kommenden Jahr werden Frauen erstmals in Gießen zum Medizinstudium zugelassen werden.«

»Worüber einige Studenten nicht gerade sehr glücklich zu sein scheinen«, antwortete Victoria trocken.

»Ach, das sind ungehobelte Kerle, die sich daran schon ge-
wöhnen werden.« Professor Hartenstein lachte. »Aber um
noch einmal auf den Toten zurückzukommen … Ich bin mit
der preußischen Polizei wirklich nicht immer einer Meinung,
in diesem Fall hat sie mit ihrer Einschätzung allerdings richtig-
gelegen.«

Nachdenklich rührte Hopkins in einem Topf mit Lamm-Stew,
der auf dem Herd stand. Nach und nach hatte er Miss Simonds
entlockt, dass ein entfernter Onkel von Lord Fisher, ein Lord
Montague, ihm angeblich ein Vermögen vererbt hatte und dass
sie befürchtete, Lord Fisher könnte das Testament gefälscht
haben. Alarmiert von dieser Information hatte Hopkins umgehend Somerset House aufgesucht, wo alle Testamente englischer Bürger öffentlich einsehbar waren. Ein Testament eines
Lord Montague existierte tatsächlich nicht. Was bedeutete,
dass Lord Fisher die Sängerin ganz offensichtlich angelogen
hatte. Er musste auf andere Art an seinen plötzlichen Reichtum
gekommen sein.

Miss Simonds hatte Hopkins außerdem anvertraut, dass sie
Lord Fisher einmal mit einem Mann angetroffen hatte, der die
Ausstrahlung eines ehemaligen Boxers gehabt und auf sie sehr
unangenehm gewirkt habe. Sie habe gespürt, dass es dem Lord
nicht recht gewesen sei, dass sie ihn mit diesem Mann gesehen
hatte. Was Hopkins an den Mann hatte denken lassen, mit dem
das Zimmermädchen Marie Lord Fisher am Godesberger Bahnhof beobachtet hatte.

Hopkins war durchaus zufrieden mit sich, dass er die finanzielle Situation Lord Fishers ursprünglich richtig eingeschätzt
hatte. Er schwor sich dennoch, dass ihm dies eine Lehre sein
würde. Bei einer ähnlichen Gelegenheit musste er einfach

seinen Instinkten vertrauen und eine Information von Anfang an überprüfen. Und wie überaus merkwürdig, dass Heinrich von Marssendorff mit Graf Waldenfels befreundet war. Der Mann gefiel ihm ganz und gar nicht.

Ein Klingeln an der Wohnungstür riss ihn aus seinen Gedanken. Er streifte den Löffel am Topf ab, legte ihn auf einen Teller und schritt dann in den Korridor. Jemimah stand klein und schüchtern im Treppenhaus. Hopkins bat sie in die Küche.

»Ich habe gerade ein Stew zubereitet«, sagte er. »Möchten Sie mit mir essen?«

Jemimah sah ihn dankbar an. »Oh ... ich ... Sehr gern«, wisperte sie.

Hopkins deckte den Tisch. Da er vermutete, dass sich die junge Frau von Silber, feinem Porzellan und gestärkten Servietten eingeschüchtert fühlen würde, entschied er sich für solide Keramik. Jemimah sah ihm stumm zu.

»'ne Frau, die mit mir in der Streichholzfabrik gearbeitet hat, is' jetzt Putzfrau in 'nem Varieté in Vauxhall«, sagte sie leise, als er den Eintopf in die tiefen Teller füllte. »Sie is' sich ziemlich sicher, dass sie Walther Jeffreys in den Garderoben der Tänzerinnen gesehen hat. Viele Tänzerinnen sind da, also, Sie wissen schon ...« Jemimah senkte den Kopf.

»O ja ... allerdings ...« Viele Tänzerinnen waren auch Prostituierte. »Woher kennt die Putzfrau Jeffreys denn?«

»Ihr Mann war ein Kollege von Walther. Sie hat sich gewundert, dass sie ihn in den Garderoben gesehen hat. Sie hat eigentlich gedacht, dass er seiner Frau treu wär'. Er war wohl mit irgendwelchen Männern dort.«

»Könnten Sie mir ein Gespräch mit Ihrer früheren Kollegin vermitteln?«

»Natürlich ...« Jemimah stocherte in ihrem Stew.

Hopkins konnte sich eigentlich nicht vorstellen, dass ihr sein

Essen nicht schmeckte. »Bedrückt Sie etwas, Miss Jemimah?«, fragte er freundlich.

»Der Mann, für den ich näh, hat rausgefunden, dass ich bei den Suffragetten bin, und jetzt gibt er mir keine Arbeit mehr. Ich weiß nich', wie ich die Miete zahlen soll. Und wer anderes gibt mir wahrscheinlich auch keine Arbeit, sobald er das mit den Suffragetten erfährt. Aber wenn ich dort nich' mehr mitmach, könnt' ich genauso gut tot sein ...«

Sie fuhr sich mit dem Ärmel über die Nase. Eine Träne tropfte in ihr Essen. So viel hatte die junge Frau noch nie auf einmal gesagt.

»Ich kenne einen Schneider in der Savile Row«, sagte Hopkins begütigend. »Wenn Sie möchten, kann ich mich gern bei ihm für Sie verwenden.«

»Das würden Sie wirklich tun?«

»Gewiss ...«

In einer Mischung aus freudiger Aufregung und schlechtem Gewissen dachte Hopkins daran, dass er doch entschieden hatte, sich von Mr. Mandleville einen neuen Frack nähen zu lassen. Selbstverständlich gegen Bezahlung ...

In einvernehmlichem Schweigen aßen sie weiter. Jemimah schlang das Stew herunter, als hätte sie seit Langem nichts mehr im Magen gehabt. Als sie fertig war, wischte sie sich den Mund ab.

»Das war wirklich gut«, sagte sie.

Hopkins lächelte. »Wären Sie daran interessiert, ein Orangen-Bergamotte-Eis zu versuchen?«, fragte er. »Ich habe es heute Nachmittag frisch gemacht.« Genau genommen war es eine seiner neuen Kreationen, was er natürlich nicht verraten wollte.

»Ich hab noch nie Eis gegessen.« Die junge Frau blickte ihn aus großen Augen an. »Und was is' denn Bergamotte?«

»Das Öl wird aus Zitrusfrüchten gewonnen«, erklärte Hopkins. »Sie kennen doch sicher Zitronen und Orangen?«

Er räumte das benutzte Geschirr ab, ehe er in der Speisekammer verschwand, wo er die Schüssel mit dem Eis aus dem mit Stroh und dicken Eisplatten ausgekleideten Kühlschrank nahm. Wieder in der Küche füllte er für sich und Jemimah je einige Kugeln in ein Schälchen.

»Ich hab auch noch nie 'ne Orange gegessen.« Jemimah kostete andächtig. »Ich hab sie nur mal auf 'nem Werbeplakat gesehen. Sie sollen in Ländern wachsen, wo immer die Sonne scheint und wo es immer warm is'.«

»Nun, das ist eine etwas idealisierte Vorstellung.«

Hopkins hatte seine Dienstherren häufig auf Reisen in südliche Länder begleitet. Er erinnerte sich mit Missbehagen an heftige Platzregen, glühend heiße Tage und vor allem an lärmende Einheimische, die jede englische Zurückhaltung vermissen ließen. Aber er dachte auch mit Bedauern, wie ungerecht das Schicksal seine Gaben verteilte.

Die Tänzerinnen hatten sehr viel nackte Haut sehen lassen ... Hopkins bahnte sich mit einer in Cellophan verpackten Orchideenrispe den Weg zu den Garderoben. Die Tische unterhalb der Bühne waren voll besetzt, und nach Ende der Vorstellung servierten die Kellner noch eine Runde Getränke.

Jemimahs frühere Kollegin, eine Mrs. Drew, hatte nicht gewusst, mit wem Walther Jeffreys in der Garderobe gewesen war. Sie glaubte aber gehört zu haben, dass er mit seinen Begleitern – an deren Aussehen sie sich auch nicht erinnerte – eine Tänzerin namens Claudine aufgesucht habe.

Hinter der Bühne fragte Hopkins einen Beleuchter nach der Tänzerin. Ihre Garderobe war die letzte am Ende des schmalen

Korridors und eigentlich eher ein Verschlag als ein Zimmer. Eine Gaslampe verbreitete ein schummriges Licht. Es roch süßlich nach billigem Parfüm und Puder. Die Tänzerin trug noch ihr Kostüm mit dem weiten Ausschnitt und den üppigen Volants, die den nur knöchellangen Rock umspielten. Darunter blitzte ein roter Unterrock hervor. Ihr rotbraunes Haar war hochgesteckt, über der Stirn kringelten sich Löckchen. Hopkins vermutete, dass sie Anfang zwanzig war, aber ihr grell geschminkter Mund und ihre Augen wirkten nicht mehr jung.

»Ich habe Ihre Darbietung sehr genossen.« Hopkins überreichte ihr die teuren Blumen mit einer Verbeugung.

»Oh, ein Verehrer ...« Sie kicherte und deutete auf eine gepolsterte Bank, die zwischen den Schminktisch und die Wand gequetscht war. Zögernd ließ sich Hopkins darauf nieder. Claudine setzte sich neben ihn. Ihr Akzent war nicht Französisch, wie man ihres Namens wegen hätte vermuten können, sondern reinstes Cockney. Sie musterte Hopkins ungeniert. »Sie sind ein feiner Herr, nicht wahr? Lassen Sie mich raten ... Bestimmt arbeiten Sie in einer Bank oder in einem Kaufhaus ...«

Derlei Berufe waren nicht gerade das, was Hopkins unter einer angemessenen Tätigkeit eines Gentlemans verstand, doch das sagte er natürlich nicht ...

Claudines Hand wanderte langsam seinen Oberschenkel hinauf. Zu spät realisierte Hopkins, dass die Bank nicht nur zum Sitzen diente. Er nahm ihre Hand von seinem Bein.

»Verzeihen Sie, aber ich möchte lediglich mit Ihnen reden.«

»Ach, so einer sind Sie ...« Sie lächelte neckisch. »Haben Sie etwa Probleme mit dem Frauchen?«

»Äh ... nein ... Ich möchte eigentlich nur wissen, ob Sie diesen Mann und seine Begleiter kennen.« Hopkins zog die Fotografie aus der Innentasche seines Anzugs und deutete auf Walther Jeffreys.

»He, sind Sie etwa von der Polente?« Sie sprang auf. »Nicht mit mir.«

»Ich bin keineswegs von der Polizei«, erklärte Hopkins begütigend. »Und ich möchte Sie auch ganz gewiss nicht in Schwierigkeiten bringen. Ich zahle Ihnen ein Pfund, wenn Sie mir sagen, ob Sie diesen Mann oder seine Begleiter kennen.«

Claudine musterte Hopkins aus schmalen Augen. »Zwei Pfund ...«, sagte sie.

»Nun, gut ...«, willigte Hopkins scheinbar widerstrebend ein, doch er hatte sein Angebot bewusst niedrig angesetzt.

»Ja, der Kerl war vor ein paar Wochen hier. Ich kenn aber nicht seinen Namen.« Claudine lehnte sich gegen den Schminktisch. »Er hat sich nicht so recht wohlgefühlt, wenn Sie meine Meinung wissen wollen. Nach einer Pfeife Opium wurde er dann lockerer. Der hier ...«, sie wies auf den Grafen, »... hat ihn mitgebracht. Der war vorher schon öfter hier. Er hat immer gut gezahlt.« Wieder wurden ihre Augen schmal.

»Aber Sie hatten ihn nicht so gern als Ihren ... äh ... Kunden?«, interpretierte Hopkins ihr Mienenspiel.

»Er mochte es gern hart. Fesseln und Schläge. Aber er war nicht derjenige, der sich fesseln ließ ...«

»Ich verstehe ...«

»Aber der da«, sie zeigte wieder auf Walther, »war harmlos. Sie waren zu dritt an dem Abend.«

»Der andere Herr von der Fotografie begleitete die beiden?«

»Nee, das hätte ich Ihnen doch gleich gesagt.« Sie verzog ungeduldig den Mund. »Der Kerl war bei einer Kollegin. Das kostet Sie aber noch mal zwei Pfund, wenn Sie mit der reden wollen.«

»Schon gut ...«, willigte Hopkins ein. Claudine verschwand und kehrte kurz darauf mit einer jungen Frau zurück, die sich als Fleur vorstellte. Ihr breites, sommersprossiges Gesicht und der schottische Akzent bewiesen, dass sie ebenso wenig Französin war wie Claudine.

»Der Mann war ein feiner Pinkel. Aber nett und gut aussehend.« Fleur setzte sich zu Hopkins auf die Bank. Er rückte sicherheitshalber ein Stück von ihr weg. »Es macht's immer angenehmer, wenn die Kerle gut aussehend sind.« Sie grinste.

»Gewiss, das ist verständlich ...« Hopkins räusperte sich.

»Er behielt seinen Handschuh an, als wir ... Na ja ... Ich hab ihn gefragt, ob er das immer so macht ... Ich dachte, es wär 'ne Marotte von ihm. Aber dann hat er mich mit der Hand berührt, und ich hab gemerkt, sie war gar nicht echt. Ich bin ganz schön erschrocken, das kann ich Ihnen versichern. Ich hab laut aufgeschrien ...«

»Sie wollen damit sagen, die Hand war eine Prothese?«

»Ja, er hat gemeint, er hätt' sie bei einem Unfall verloren. Und ich hab noch gedacht, dass er immerhin Glück hatte, dass es nicht die rechte gewesen is'.« Fleur nickte nachdenklich.

Also haben Walther Jeffreys, Graf Waldenfels und Lord Fisher sich gekannt, begriff Hopkins. Walther Jeffreys war tot, und der Lord war unter merkwürdigen Umständen aus Godesberg abgereist. Nein, ihm war ganz und gar nicht wohl bei der Vorstellung, dass der Graf sich in Ems aufhielt, wo auch Victoria weilte.

VIERZEHNTES KAPITEL

»Deinem Dienstmädchen geht es nach wie vor gut?« Sophie schenkte allen Kaffee ein.

»Clara hat mir eben beim Frisieren geholfen.« Victoria setzte sich an den Frühstückstisch. »Sie hatte eine gesunde Gesichtsfarbe und wirkte ganz munter.«

»Ich finde es völlig überflüssig, so viel Aufhebens um Dienstboten zu machen«, bemerkte Victorias Großmutter spitz.

»Gräfin Attenbach ist nach Ems gekommen«, wechselte Sophie hastig das Thema. Sie trank einen Schluck Kaffee und wies auf die *Emser Zeitung*, die vor ihr auf dem Frühstückstisch lag.

»Das alberne Ding«, sagte die Fürstin. »Ist schon über vierzig und glaubt, sich wie eine Zwanzigjährige kleiden zu müssen.« Sie war offensichtlich sehr schlecht gelaunt.

Ach, warum hatte ihre Großmutter statt der Frühmesse nicht den festlichen Gottesdienst am Vormittag besuchen können? Schließlich gab es am Sonntag keine Kuranwendungen. Und warum kommentierte sie fast alles, was Sophie sagte, so abfällig? Victoria musste sich wieder beherrschen, ihre Großmutter nicht anzufahren. Sie bedauerte es nicht, dass ihr Onkel an diesem Morgen länger schlief. Auf ihn konnte sie auch gut verzichten.

»Steht denn in der Zeitung, wer sich zu Besuch in Ems aufhält?«, wandte sie sich an Sophie.

»Ja, jeden Tag sind alle Kurgäste in der Zeitung aufgelistet.« Sophie nickte.

»Wirklich alle?« Victoria konnte es kaum glauben.

»Ja, die Hotelgäste und die Besucher, die in Gasthöfen und Pensionen oder bei Privatpersonen logieren. Wir stehen auch in der Zeitung.« Sophie zeigte Victoria die Spalte, in der ihr Name stand: Rosenvilla, Miss Victoria Bredon, London, England. In einer anderen Spalte waren die Fürstin, Victorias Onkel und Sophie aufgeführt. Wie Victoria feststellte, war bei allen Gästen der Titel, der Rang oder der jeweilige Beruf vermerkt. Hopkins würde dies, vermutete sie, höchstwahrscheinlich sehr vulgär finden. »Es gibt auch Gäste, die sich mit einem Pseudonym anmelden«, erzählte Sophie. »Einmal stand tatsächlich in der Zeitung: Seine Königliche Hoheit, Graf Meinartz.«

»Dieses Pseudonym wurde dann wahrscheinlich schnell durchschaut.« Victoria lächelte.

Ihre Großmutter schnaubte.

»Was hast du denn heute vor?«, erkundigte sich Sophie freundlich. »Heinrich und ich werden einen Ausflug nach Nassau unternehmen. Die Stadt soll hübsch sein. Du kannst uns gerne begleiten.«

»Es ist sehr nett, dass du mir anbietest mitzukommen. Aber ich muss unbedingt ein paar Briefe schreiben«, schwindelte Victoria.

»Bist du denn gestern in Coblenz bei deiner Suche nach dem Maler Jakob weitergekommen?«, fragte Sophie und nahm sich ein Brötchen.

Auch Sophie und ihren Onkel hatte Victoria mittlerweile nach ihm gefragt. Aber beide hatten ihn nicht gekannt.

»Dieser Maler ist dir ja wirklich sehr wichtig.«

Ihre Großmutter bedachte sie mit einem durchdringenden Blick. Sie schien noch etwas hinzufügen zu wollen, doch nun betrat Wilhelm, ein kleines Silbertablett, auf dem ein Kuvert lag, in den Händen, das Frühstückszimmer.

»Eben wurde ein Telegramm für Sie überbracht, gnädiges Fräulein«, sagte er mit einer Verbeugung.

»Schon wieder?«, bemerkte ihre Großmutter, während sie sich eine weitere Tasse Kaffee einschenkte. »Das ist ja bereits das dritte Telegramm, das du innerhalb weniger Tage erhalten hast.«

»Wahrscheinlich hat Mr. Parker vom *Morning Star* einen neuen Auftrag für mich«, murmelte Victoria.

»Deine Fotografien müssen sehr begehrt sein.«

Das Telegramm war, wie Victoria vermutet hatte, von Hopkins: *Lord Fisher kannte Graf Waldenfels und Walther Jeffreys,* stand auf dem Papierstreifen, der auf das Formular geklebt war. *Erbschaft des Lords zweifelhaft.*

Der Lord hatte also beide Männer gekannt … Victoria starrte auf die Worte. Walther Jeffreys war ermordet worden, und Lord Fisher war verschwunden …

»Heute Abend erwarte ich Gäste zum Dinner. Ich möchte dich sehr bitten, pünktlich zu erscheinen«, sprach die Fürstin weiter.

Geistesabwesend erwiderte Victoria, dass sie rechtzeitig von ihrem Spaziergang zurück sein werde.

Victoria ging das Gespräch mit Professor Hartenstein nicht aus dem Sinn, als sie nach dem Frühstück zum Kurpark spazierte. Der Mann hatte Vorlesungen bei ihrem Vater gehört. Er lehrte an einer Universität und war ein ernst zu nehmender Gerichtsmediziner … Und doch …

Statt sich in den Park zu setzen und ein wenig zu skizzieren, wie Victoria es eigentlich geplant hatte, beschloss sie, zu den *Emser Nachrichten* zu gehen. In der Redaktion wurde, wie sie vermutet hatte, gearbeitet. Ein hilfsbereiter Journalist führte sie ins Archiv. Die Zeitungen der letzten vier Wochen waren noch nicht gebunden. Sie steckten in einer Mappe aus dicker Pappe. Victoria nahm an einem Tisch zwischen den Regalen Platz. Vorhänge dämpften das Licht, aber es war hell genug, sodass sie ohne Schwierigkeiten lesen konnte. Es roch nach Staub und Druckerschwärze.

Victoria sagte sich, dass sie bestimmt Gespenster sah. Trotzdem war sie sehr nervös, während sie die Seiten umblätterte. Bei dem Konzert im Marmorsaal hatte Graf Waldenfels gesagt, dass er im Hotel d'Angleterre logierte. Wahrscheinlich hatte er sich auch bei einem früheren Aufenthalt dort eingemietet. Nun war sie bei der Kurliste vom 16. August angelangt und fuhr mit ihrem Finger die Zeilen entlang. An jenem Tag hatte das Hotel viele illustre Gäste beherbergt. Victoria stockte – auch der Name des Grafen war verzeichnet. Am 16. August war Lord Fisher unter merkwürdigen Umständen vom Godesberger Bahnhof abgereist. Schnell fand sie heraus, dass Graf Waldenfels vom 15. bis zum 17. August in Ems geweilt hatte.

Victoria hatte plötzlich das Gefühl, keine Luft mehr zu bekommen. Hastig verließ sie das Archiv. Draußen atmete sie ein paarmal tief durch. Als sie sich beruhigt hatte, dachte sie an die Kinder, die den Toten gefunden hatten. Vielleicht sollte sie noch einmal mit ihnen sprechen. Es konnte gut sein, dass ihnen noch etwas Ungewöhnliches aufgefallen war, dass sie beim Spielen jemanden im Wald beobachtet hatten, den sie sonst dort noch nie gesehen hatten.

Das Dorf Alt Ems war nur etwa eine Viertelstunde Fußweg vom Kurpark entfernt, und doch hätte der Kontrast zum Badeort kaum größer sein können. Hier gab es keine eleganten Gründerzeitgebäude. Die Häuser waren klein und standen eng beieinander. Viele hatten Fachwerkwände, manche Dächer waren gar mit Stroh gedeckt.

Durch das Schaufenster eines dämmrigen Kramladens sah Victoria eine Frau Waren in die Regale räumen. Kurz entschlossen klopfte sie an die Scheibe. Die korpulente Frau öffnete ihr.

»Es tut mir leid, wegen des Sonntags darf ich Ihnen nichts verkaufen«, sagte sie.

Auf der Theke waren Emser Pastillen und Flaschen mit Heilwasser dekoriert. Anscheinend verirrten sich manchmal Kurgäste hierher.

»Ich möchte nichts kaufen.« Victoria schüttelte den Kopf. »Ich habe nur eine Frage. Kennen Sie vielleicht einen Jungen namens Oskar, der Sommersprossen hat und recht groß und kräftig ist?«

»Sie meinen sicher den Oskar Vogt«, erwiderte die Inhaberin. »Er trägt samstags oft Waren für mich aus. Ein wilder Junge, aber nicht unrecht. Er hat hoffentlich nichts angestellt?« Sie sah Victoria neugierig an.

»Nein, ganz und gar nicht«, versicherte Victoria rasch. »Ich möchte ihn nur etwas fragen. Könnten Sie mir denn sagen, wo er wohnt?«

»Wenn Sie auf der Straße in Richtung Martinskirche gehen«, die Ladenbesitzerin deutete auf einen gelben Kirchturm mit einer barocken Haube, »kommen Sie nach etwa zweihundert Metern an ein grün gestrichenes Hoftor. Dort wohnen die Vogts.«

Im Hof des Hauses, in dem Oskar wohnte, saß eine Frau, die eine ausgebleichte blau gestreifte Schürze über ihrem Sonntagskleid trug, auf einer Bank und schälte Kartoffeln. Sie war groß, hatte ein rundes, sommersprossiges Gesicht und ein energisch vorspringendes Kinn. Die Ähnlichkeit mit ihrem Sohn war unverkennbar.

»Sie sind also das englische Fräulein, das mit den Kindern zusammen den Leichnam gefunden hat.« Frau Vogt musterte Victoria, nachdem diese sich vorgestellt hatte, prüfend, aber nicht unfreundlich. »Seitdem spricht Oskar von fast nichts anderem mehr. Sie finden ihn in unserem Garten an der Lahn. Er soll die Beete wässern. Aber wahrscheinlich macht er mit den anderen Kindern wieder nur Unsinn. Richten Sie ihm aus, dass er sich auf etwas gefasst machen kann, wenn er nicht in einer Stunde mit einem Eimer voller Bohnen nach Hause kommt.«

Victoria versprach lächelnd, die Mahnung weiterzugeben. Am Ufer der Lahn befand sich eine ganze Reihe von Kleingärten. Bohnen rankten an Stangen empor, und Kartoffelpflanzen gediehen in langen Reihen zwischen Kürbissen und Kohlköpfen. Die meisten Besitzer hatten rundum Blumen gepflanzt – Dahlien, Hortensien, Astern und Sonnenblumen reckten sich stolz gen Himmel. Schon von Weitem hörte Victoria die Kinder toben.

Die Mahnung von Frau Vogt war anscheinend berechtigt. Der Lärm rührte von der Wiese her, die an einer Seite an die Gärten, an der anderen an den Fluss grenzte. Dort hüpften die Kinder lustvoll kreischend zwischen Büschen und Weiden hin und her, verfolgt von Oskar, der irgendetwas in den Händen hielt, mit dem er sie erschreckte.

»Oskar ...«, rief Victoria dem Jungen zu.

Er kam auf sie zugerannt, die Hände hinter dem Rücken versteckt. Im nächsten Augenblick hielt er ihr etwas vor die Nase. Ein Grinsen huschte über sein sommersprossiges Gesicht. Die Kinder, die einen Kreis um sie gebildet hatten, schrien aufgeregt, und unwillkürlich stieß auch Victoria einen Schrei aus.

Oskar hielt ihr eine abgetrennte Hand in einem schwarzen Lederhandschuh hin. Es war keine echte Hand, sondern eine Prothese, die Prothese einer linken Hand ...

»O mein Gott, wo hast du die her?«, fragte Victoria atemlos.

Oskar schien sehr zufrieden mit dem Schrecken, den er ihr eingejagt hatte. »Die Hand ist gruselig, nicht?«, erwiderte er statt einer Antwort.

»Gib sie mir, bitte. Und nun sag schon: Wo habt ihr die Hand gefunden?«

Oskar gab ihr die Prothese. »Im Wald, ganz in der Nähe der Stelle, wo wir den Toten entdeckt haben«, sagte er nun. »Wir waren gestern Abend noch einmal dort ...«

Gedanken wirbelten durch Victorias Kopf. Lord Fisher hatte anstelle der linken Hand eine Prothese getragen. Sie hatte sich in Bezug auf den Leichengeruch nicht getäuscht. Die Polizei und auch Professor Hartenstein hatten gelogen. Der Tote im Wald war Lord Fisher. Er war ganz sicher ermordet und schon vor einiger Zeit vergraben worden ...

»Habt ihr irgendjemandem die Prothese gezeigt oder von ihr erzählt?«

»Nee, haben wir nicht.« Oskar schüttelte den Kopf. »Wir würden auch bestimmt ausgeschimpft.« Die anderen Kinder nickten bestätigend. Ein Mädchen kaute auf seinem Zopf.

Victoria spürte die Sonne warm auf ihrem Gesicht. Die Lahn roch so dicht am Ufer brackig. Fliegen schwirrten über das hohe Gras.

»Hört zu, es ist wichtig, dass ihr niemandem von der Hand erzählt«, sagte sie ernst. »Ich glaube, dass sie zu dem Toten gehörte, den ihr gefunden habt. Wenn sein Mörder erfahren würde, dass ihr die Prothese entdeckt habt, könnte euch das in Gefahr bringen.«

»Aber der Tote war doch ein Landstreicher, und er ist einfach so im Wald gestorben«, protestierte ein blondes dünnes Mädchen.

»Dieser Ansicht ist die Polizei, ich bin es nicht.«

»Wir können die Prothese nicht behalten?« Oskars Mundwinkel senkten sich enttäuscht.

»Ich möchte sie lieber wegwerfen. Dafür schenke ich euch ein Spielzeug. Ein Springseil oder einen Kreisel oder Murmeln. Was auch immer ihr euch wünscht.«

Oskar krauste die Stirn. »Wir hätten gern einen Ball. Damit können wir alle spielen.«

»Ihr werdet einen Ball bekommen. Aber versprecht mir, dass ihr niemandem gegenüber die Prothese erwähnt.«

»Ich verspreche es«, murmelte Oskar.

»Ich auch«, sagte ein Kind nach dem anderen.

Victoria befestigte einen großen Stein mit ihrem Taschentuch an der Prothese. Begleitet von den Kindern ging sie ans Ufer und schleuderte sie, so weit sie konnte, auf die Lahn hinaus. Für einen Moment richtete sich die Hand im Wasser noch einmal auf – wie zu einem makabren Abschiedsgruß –, dann zog der Stein sie in die Tiefe. Victoria bekam eine Gänsehaut. Sie fröstelte plötzlich trotz der Wärme.

Über den bewaldeten Hügeln des Lahntals wölbte sich ein klarer Himmel. Victoria starrte aus dem Zugfenster, ohne die Landschaft richtig wahrzunehmen. Rosalyn hatte also recht gehabt, Lord Fisher war umgebracht worden ... Aber aus welchem Grund? Und warum verschleierten preußische Polizeibeamte und ein renommierter Gerichtsmediziner einen Mord?

Professor Hartenstein konnte sich unmöglich über das Alter des Toten und den Todeszeitpunkt so auffallend getäuscht haben. Ein derartiger Fehler wäre sicher nicht mal einem einfachen Landarzt unterlaufen. Sie wurde zornig, als sie daran dachte, wie anschaulich er ihr den schlechten körperlichen Zustand des angeblichen Landstreichers beschrieben hatte. Victoria konnte es immer noch nicht fassen, dass dies wirklich geschehen war.

Ihr war nicht wohl dabei gewesen, das Telegramm, in dem sie Hopkins über den Mord an Lord Fisher unterrichtet und kurz die Umstände geschildert hatte, von Ems abzuschicken. Deshalb war sie noch einmal nach Coblenz gefahren und hatte es dort aufgegeben.

Einige Männer und Frauen saßen mit ihr im Zugabteil. Die meisten Männer lasen Zeitung. Eine Frau strickte an einem Strumpf. Zwei andere unterhielten sich leise. Victoria fühlte sich auf einmal sehr verletzlich. In was war sie da nur hineingeraten? Ohne Anweisung von einer übergeordneten Stelle würden preußische Polizeibeamte den Mord an einem englischen Lord bestimmt nicht vertuschen.

Hatte Lord Fisher vielleicht für England in Deutschland spioniert? Aber Spione, die enttarnt wurden, verhaftete man üblicherweise und verurteilte sie vor Gericht. Sie wurden nicht umgebracht. Victoria durchdachte alle Möglichkeiten. War Lord Fisher ein Spion in deutschen Diensten gewesen und hatte seine Agententätigkeit England gegenüber offenlegen wollen? Wenn dies zutraf – wie hatten die Deutschen dann davon erfahren? Gab es einen Verräter auf englischer Seite? Oder hatte der Mord gar nichts mit Spionage zu tun?

Sosehr Victoria auch grübelte, sie fand keine Antwort auf ihre Fragen. Ach, wenn sie nur Jeremy erreichen könnte. Wie sehr sie sich danach sehnte, seine Stimme zu hören und ihm von ihren Erlebnissen zu erzählen.

Wie immer frisierte Clara am Abend vor dem Dinner Victorias lockiges, widerspenstiges Haar sehr geschickt. Sie beteuerte, dass es ihr weiter gut gehe. Victoria sprach sie noch einmal auf einen Arztbesuch an, doch das Mädchen brach gleich wieder entsetzt in Tränen aus. Sie musste es erst beruhigen, bevor sie sich von ihm beim Umkleiden helfen ließ.

Als Victoria schließlich nach unten ging, waren alle Gäste schon um die festlich gedeckte Tafel im Speisezimmer versammelt. Ihre Großmutter bedachte sie mit einem strafenden Blick, während sich die Männer höflich erhoben. Entsetzt sah Victoria, dass Graf Waldenfels unter den Gästen war ... Sie schluckte. Wenigstens hatte er seinen Platz zwischen ihrer Großmutter und einer ältlichen Dame mit einem länglichen Pferdegesicht und nicht neben ihr.

»Darf ich Ihnen meine Enkelin Fräulein Victoria Bredon vorstellen? Die Enkelin des Duke of St. Aldwyn und Tochter Lord Bredons?« Die Stimme der Fürstin klang frostig. »Graf und Gräfin Hombach ...« Sie wies auf einen Mann, der einen eisgrauen Backenbart hatte und mager wie ein Skelett war. Wahrscheinlich war er schon zur Zeit des Deutsch-Französischen Krieges uralt gewesen. Seine Gattin war eine rosige, rundliche Frau und schätzungsweise vierzig Jahre jünger. »Fürst und Fürstin Cronburg.« Die Dame mit dem Pferdegesicht, deren Diamantschmuck glitzernde Funken über die Tafel warf, schenkte Victoria ein schmales Lächeln. Ihr Gatte war ein dünner, nervös wirkender Mann und wie sie sicher schon in den Siebzigern. »Baron und Baronin Aldersleben.« Die Baronin war eine hübsche blauäugige Blondine. Ihr Gatte hatte die straffe Körperhaltung eines lang gedienten Soldaten. »Graf Waldenfels kennst du ja schon ...« Er hob leicht die Augenbrauen. Wieder hatte Victoria das Gefühl, dass er sie mit seinem Blick entkleidete. »Graf Thomé ...« Dieser war vermutlich in den Drei-

ßigern, hatte ein leichtes Doppelkinn und machte einen gutmü-
tigen Eindruck.

»Sehr angenehm ...« Victoria nahm Platz zwischen ihm und
Heinrich. Sophie saß auf der anderen Seite ihres Gatten.

In der Mitte der ovalen Tafel stand eine Silberschale voller
Rosen, die einen schweren Duft verströmten. Kerzen brannten auf zwei mehrarmigen Leuchtern. Die Flammen spiegelten
sich in den geschliffenen Gläsern – Gläsern für den Aperitif, für
Rot- und Weißwein, für Wasser und für einen Dessertwein –,
im Silberbesteck und in den Serviettenringen. Das Porzellan
war noch feiner als das, von dem gewöhnlich gespeist wurde.
An diesem Abend stand nicht nur Wilhelm an der Anrichte
bereit, sondern auch Konrad und eine Reihe anderer Diener
waren da.

*Onkel Heinrich und Großmutter legen offenbar Wert da-
rauf, die Gäste zu beeindrucken*, dachte Victoria spöttisch.

Während die Diener den ersten Gang, eine Bouillon, servierten und Wasser und Weißwein in die Gläser füllten, wandte
sich die Fürstin Cronburg Victoria zu.

»Meine Liebe, wenn Ihr Großvater ein Herzog ist, sind Sie
doch sicher eine Prinzessin, nicht wahr?«

»Nein, in England erbt nur der älteste Sohn den Adelstitel.
Mein Vater war der zweitgeborene Sohn und deshalb bürgerlich, sein Titel war nur ein Ehrentitel. Und ich bin ebenfalls
bürgerlich.«

»Wie erstaunlich ...« Die Fürstin widmete sich sichtlich irritiert ihrer Bouillon.

»Ja, eine seltsame Sitte. Ich verstehe auch nicht, warum in
England Menschen, die eigentlich adlig wären, nicht adlig sind,
während hierzulande Menschen einen Adelstitel tragen, der
ihnen nicht unbedingt gebührt.« Wieder ein Seitenhieb ihrer
Großmutter gegen Sophie ...

269

»Ist es denn gerecht, wenn jeder Sohn und jede Tochter, zum Beispiel eines Herzogs, zum Hochadel zählt? In England findet man die inflationäre Ausbreitung des Adels auf dem Kontinent, nun ja, *ungewohnt* ...«

Victoria ließ das Wort so abschätzig klingen, wie Großtante Hermione es tat, wenn sie *interessant* sagte. Ihre Großmutter sah sie ärgerlich an. Gräfin Hombach und Baronin Aldersleben schnappten nach Luft.

Graf Waldenfels ist in einen Mord involviert, und ich sitze mit ihm an einer festlich gedeckten Tafel und betreibe Konversation. Wie absurd das doch ist, ging es Victoria durch den Kopf.

»Meiner Ansicht nach adelt Schönheit jede Frau.« Graf Waldenfels blickte sie mit einem leichten Lächeln an, als hätte er ihre Gedanken erraten.

»Wie galant, mein Lieber.« Fürstin Cronburg berührte spielerisch seine Hand.

Bemerkte eigentlich sonst niemand an der Tafel, wie anzüglich sie der Graf betrachtete? Wieder machte er Victoria verlegen. Ihre Haut begann zu brennen.

»Ich würde doch sagen, Klugheit und Intelligenz zeichnen eine Frau ebenfalls aus«, zwang sie sich, ruhig zu bemerken.

»Als Zugabe zur Schönheit kann ich sie akzeptieren.« Er lächelte ihr über sein Weinglas hinweg zu.

»An Klugheit und Intelligenz mangelt es Männern oft genug«, bemerkte ihre Großmutter.

»Da gehen Sie aber hart mit uns ins Gericht, meine liebe Leontine.« Fürst Cronburg stieß ein keckerndes Lachen aus. »Wir wollen doch hoffen, dass wir Herren der Schöpfung hier an der Tafel reichlich damit gesegnet sind. Waldenfels, wie beurteilen Sie denn das Treffen zwischen dem Kaiser und dem Zaren an der Ostsee? Glauben Sie, dass es stimmt, was die Zeitungen schreiben? Dass sich Zar Nikolaus zu einem Bündnisvertrag mit seinem Vetter Kaiser Wilhelm hat überreden lassen?«

»Und so ein Gegengewicht zu dem kürzlich zwischen Russland und England geschlossenen Beistandsvertrag besteht? Die Zeitungen liegen falsch.« Die Ausstrahlung des Verführers und Lebemannes fiel von Waldenfels ab. Er strahlte Kälte und Entschiedenheit aus, was Victoria an den jungen Mann denken ließ, der im Krieg gegen Frankreich viele Auszeichnungen erhalten hatte. Jemand, der keine Angst vor dem Tod hatte und nicht davor zurückschreckte zu töten, der vielleicht gern tötete. »Auch falls Nikolaus sich von Wilhelm überredet haben lassen sollte, diesem Vertrag zuzustimmen, wird er ihn nicht unterzeichnen.«

»Das heißt, Deutschland und Österreich-Ungarn bleiben zwischen England, Frankreich und Russland für die nächsten Jahrzehnte eingekreist«, ließ sich Baron Aldersleben vernehmen. Es war mehr eine Feststellung als eine Frage.

»Stümperhafte Diplomatie«, Victorias Onkel seufzte, »es war einfach nur dumm von unserem Kaiser und seinen Außenministern – um dies einmal ganz offen zu sagen –, dass sie es versäumten, England als Verbündeten zu gewinnen.«

»Unter Bismarck hätte es dieses Fiasko nicht gegeben.« Aldersleben nickte ihm zu. »Die außenpolitische Situation ist schlichtweg verfahren und deprimierend.«

»Manchmal muss man Gegebenheiten schaffen, die Dinge in Bewegung bringen. Wie Bismarck, als er das kurze Gespräch zwischen Kaiser Wilhelm I. und dem französischen Außenminister hier auf der Emser Kurpromenade in einer Pressemitteilung so verschärfte, dass es zur Kriegserklärung Frankreichs führte – zum Krieg, den der König von Preußen und die deutschen Fürsten auf seiner Seite gewannen.« Waldenfels trank wieder einen Schluck von seinem Wein, ehe er den Löffel

in die Bouillon tauchte. Seine Augen waren undurchdring-
lich.

Der schwere Duft der Rosen und der Kerzenrauch legten
sich auf Victorias Brust. Oder waren es Waldenfels' Worte, die
ein Gefühl der Beklemmung in ihr auslösten? Auch wenn sie
nicht verstand, warum.

Dass Bismarck diese Kriegserklärung aktiv befördert hatte,
war Victoria neu und machte ihr den früheren Reichskanzler
nicht sympathischer.

»Nur dass wir keinen Bismarck mehr haben, der auf eine
solche Finte verfallen würde. Ein genialer Schachzug – den
Gegner dazu zu bringen, sich selbst schachmatt zu setzen.
Oder, um es prosaischer zu sagen – lass den Gegner die Grube
graben, in die er hineintappen soll.« Wieder stieß Fürst Cronburg sein keckerndes Lachen aus.

Victorias Großmutter blähte die Nasenflügel. »Ich würde
vorschlagen, dass wir es damit für heute Abend mit der Politik
gut sein lassen«, erklärte sie scharf.

Der Graf hat irgendetwas Wichtiges gesagt, ging Victoria
durch den Sinn, *auch wenn ich noch nicht verstehe, was genau
es war ...*

Statt um Politik drehte sich die Unterhaltung nun um Menschen, die Victoria nicht kannte und die sie nicht interessierten.
Das Gefühl der Beklemmung verließ sie während des ganzen
festlichen Dinners nicht mehr. Sie war froh, als sich die Tisch-
gesellschaft nun erhob, um sich vom Garten aus ein Feuerwerk
anzusehen.

Auf der Terrasse schenkten Wilhelm und die anderen Diener
noch einmal Champagner aus. Victoria verzichtete darauf, sich
ein Glas reichen zu lassen. Sie hatte genug von den oberfläch-

lichen Gesprächen. Langsam schritt sie den Kiesweg entlang und ging tiefer in den dunklen Garten hinein. Bisher hatte sie ihn immer nur von der Villa aus gesehen. Er war größer, als sie gedacht hatte, fast ein kleiner Park.

Jenseits einer Rasenfläche stand ein einstöckiges, aus Stein erbautes Gartenhaus, das vermutlich als Gästehaus diente. Der Duft von Rosen, die an den Mauern hochrankten, wehte zu Victoria herüber. Sie schlenderte weiter den Hang hinauf und blieb schließlich vor einer Laube am höchsten Punkt des Gartens stehen. Unter ihr lagen die erleuchteten Häuser von Ems. Auch auf dem Berg gegenüber brannten Lichter, was sie für einen Moment an eine archaische Opferstätte oder an ein römisches Wachfeuer denken ließ.

Die Nacht war sternenklar und kühl. Victoria zog ihren Abendmantel enger um sich. Die Federn am Kragen schmiegten sich an ihr Gesicht. Sie schloss die Augen und beschwor Jeremys Gesicht herauf, träumte, von ihm berührt und in den Armen gehalten zu werden. Sie wollte ihn endlich wieder küssen und von ihm geküsst werden, Einklang mit ihm und wachsende Lust spüren. Sich ihm hingeben.

Victoria bemerkte zu spät, dass jemand den Kiesweg entlangkam, um sich noch unauffällig in die Laube zurückziehen zu können. Ein großer, schlanker Mann, dessen weiße Hemdbrust matt in der Dunkelheit schimmerte und der sich geschmeidig bewegte. Karl von Waldenfels.

»Victoria ... Sie sind eine besondere Frau.« Er blieb vor ihr stehen. »Neben einer bemerkenswerten Schönheit besitzen Sie auch Intelligenz, wie ich am heutigen Abend feststellen durfte. Sie haben wirklich eine ganz besondere Ausstrahlung.«

»Wie überaus freundlich von Ihnen«, erwiderte sie sarkastisch.

Seine Augen konnte sie in der Dunkelheit nicht deutlich

erkennen. Aber sie spürte erneut seinen Blick auf ihrem Körper.

»Glauben Sie mir ... In Ihnen schlummert eine große Leidenschaftlichkeit, die nur darauf wartet, von einem Mann geweckt zu werden.« Seine Stimme war weich und lockend.

»Wer sagt Ihnen denn, dass es keinen Mann in meinem Leben gibt?«

Warum sprach sie überhaupt mit ihm?

Über den Bergen stieg eine Rakete in den Nachthimmel auf und explodierte zu grünen Lichtschweifen.

»Ob ein anderer Mann der richtige ist, um Ihre Leidenschaft ganz zu entfachen?«

Er trat noch näher an sie heran. Victoria nahm den Geruch wahr, der von ihm ausging. Wein, Zigarettenrauch und ein Hauch von ... Von was? Es war etwas Gewürzähnliches ...

»Was fällt Ihnen ein!«

»Tun Sie nicht so prüde.« Er lachte leise. »Ich weiß, wonach Sie sich sehnen. Sie wollen einen Mann, der Sie endlich aus Ihren selbst auferlegten Zwängen befreit. Der Sie nimmt und Sie schreien lässt vor Lust und Ihnen nie gekannte Wonnen schenkt.«

Ein roter Funkenregen stob über den Himmel.

Victoria hatte genug. Sie wandte sich zum Gehen, aber Karl von Waldenfels hielt sie fest. »Kommen Sie zu mir ins Hotel d'Angleterre«, flüsterte er ihr ins Ohr.

Sie wollte ihn anherrschen, doch sie konnte nur mühsam atmen, und ihre Stimme versagte. Die Finger des Grafen fuhren über ihre Wange, ihre Lippen. Er beugte sich über sie. Gleich würde er sie küssen ...

Sie drehte den Kopf zur Seite, wollte ihn wegstoßen. Im nächsten Moment hatte er sie gepackt. Instinktiv öffnete Victoria den Mund, um einen Schrei auszustoßen. Seine Lippen pressten sich auf ihre, und seine Zunge drang tief in ihren Mund ein. Gleichzeitig drängte er sie in die Laube. Victoria bekam keine Luft mehr. Halb ohnmächtig nahm sie wahr, dass der Graf sie auf eine Bank gestoßen hatte.

Plötzlich ließ er von ihr ab. Victoria kam zu sich, hörte Schritte auf dem Kies. Einen Augenblick später tauchte die zierliche Gestalt ihrer Großmutter aus der Dunkelheit auf.

»Fürstin, wollen Sie sich nicht zu uns gesellen? Der Ausblick von hier auf das Feuerwerk ist noch schöner als der von der Terrasse.« Seine Worte klangen zuvorkommend und höflich. Nicht mehr lockend und anzüglich wie noch gerade eben.

»Ja, in der Tat.« Victorias Großmutter wandte ihren Blick zum Himmel, wo eine Rakete eine rot-goldene Spirale in die Schwärze malte und verglühte. »Aber mir wird kalt, und ich möchte wieder hinein. Victoria, würdest du mir bitte deinen Arm reichen? Ich fühle mich unsicher mit dem Gehstock auf dem Kiesweg.«

»Natürlich …« Victorias Atem beruhigte sich, ihre Stimme gehorchte ihr wieder. Sie reichte der Fürstin den Arm. Während sie langsam mit ihr zur Villa schritt, spürte sie Waldenfels nur zu deutlich hinter sich. Mit Mühe konnte sie ein Zittern unterdrücken.

Wenn meine Großmutter nicht gekommen wäre, hätte der Graf mich vergewaltigt, begriff sie. Was ihr die Fürstin aber niemals glauben würde. Bestimmt war diese davon überzeugt, dass sie sich Waldenfels nur zu gern hingegeben hätte.

Er hatte tatsächlich einen Blauschwanz beobachtet … Noch ganz beglückt von diesem Erlebnis schritt Hopkins auf sein Zuhause am Green Park zu. An diesem Sonntag war er mit einem Fernglas durch die Grafschaft Kent gestreift. In einem

Wäldchen hatte er den kleinen, in England so seltenen Vogel erspäht. Zuerst hatte er es gar nicht glauben können. Aber die blauen Schwanzfedern und die orangefarbenen Streifen auf beiden Seiten der Brust waren unverkennbar. Auch der Regen, der auf der Zugfahrt zurück nach London eingesetzt hatte, konnte Hopkins' gute Laune nicht trüben.

»Einen wunderschönen guten Abend«, begrüßte er Mr. Jarvis, der in der Eingangshalle in seiner Portiersloge saß, ohne auf seine übliche Gemessenheit zu achten.

»Ihnen auch einen guten Abend, Mr. Hopkins. Es ist übrigens ein Telegramm aus Deutschland für Sie angekommen.« Der Portier händigte ihm ein Kuvert aus. »Ich hoffe, es ist nichts Besorgniserregendes?«

Hopkins schwante nichts Gutes. Er murmelte eine ausweichende Antwort und begann noch auf der Treppe zu lesen.

Um Himmels willen … Der kleine Vogel verschwand endgültig vor seinem inneren Auge. Er war nicht leicht aus der Fassung zu bringen, aber jetzt … *Lord Fisher ermordet und im Wald von Ems vergraben …* In was war Miss Victoria da nur hineingeraten? Nein, es war ganz sicher kein Zufall, dass sich auch Graf Waldenfels in dem Kurort aufhielt.

Kurz darauf arbeitete Hopkins' Verstand wieder klar. Er würde selbstverständlich so schnell wie möglich nach Ems reisen. Ein Blick auf die Küchenuhr zeigte ihm, dass er an diesem Tag keine Fähre mehr erreichte, aber glücklicherweise war er im Besitz eines gültigen, wenn auch überaus lästigen Passes. Er würde die erstmögliche Verbindung am kommenden Morgen nehmen.

Hopkins packte seinen Koffer, was bei seiner jahrzehntelangen Erfahrung nicht viel Zeit in Anspruch nahm. Nachdem er eine Nachricht für Mrs. Dodgson geschrieben hatte – die sicher auch ganz außer sich vor Sorge sein würde –, beschloss er, Jemimah über seine Reise zu unterrichten und ihr einige Lebensmittel zu bringen. Er legte ein Brot, einen Kuchen, eine Nierenpastete sowie zwei Orangen in einen Korb und stellte auch noch eine Flasche Milch und ein Glas Erdbeermarmelade dazu.

Vor dem Haus hielt er ein Hansom Cab an und nannte dem Kutscher Jemimahs Adresse. Der Himmel war wolkenverhangen. Schon bald hatten sie die Underwood Road in Shoreditch erreicht, wo die junge Frau wohnte. Die Fensterläden der meisten Häuser in der Straße waren geschlossen. Hopkins bat den Kutscher anzuhalten und entlohnte ihn. Während er mit dem Korb am Arm vorsichtig die Stufen hinunterstieg, hörte er die Kutsche davonfahren.

Unten angelangt, klopfte er an die Tür. Sie war nur angelehnt. »Miss Jemimah?«, rief er.

Eigentlich hatte Hopkins beabsichtigt, ihr den Korb an der Tür zu überreichen, denn es schickte sich nicht, dass er am Abend das Zuhause einer jungen Frau betrat. Aber als Jemimah nicht antwortete, machte er sich Sorgen und ging zögernd in den kleinen Raum. Es war düster, durch das Fenster fiel kaum Licht.

»Jemimah?«, fragte er.

Außer dem Geruch von Schimmel und Moder nahm er plötzlich den von Kautabak und Alkohol wahr. Hopkins fuhr herum, riss instinktiv den rechten Arm mit dem Korb hoch. Die Lebensmittel fielen heraus, die Milchflasche und das Marmeladenglas zersplitterten auf dem Boden. Er nahm etwas silbrig Schimmerndes wahr. *Ein Messer ...*

Den Korb wie einen Schild vor sich haltend, wich Hopkins zurück. Er taumelte gegen einen Stuhl, der polternd umfiel. Plötzlich hörte er Jemimah schreien.

»Jemimah, laufen Sie weg!«, rief er.

Er stolperte, fiel zu Boden. Ein Tritt, und der Korb flog ihm aus den Händen. Der Angreifer beugte sich über ihn. Schemenhaft nahm er wahr, wie Jemimah neben dem Mann auftauchte. Im nächsten Moment brüllte dieser vor Schmerz auf. Er packte die junge Frau, schleuderte sie von sich. Jemimah stürzte. Hopkins versuchte, auf die Beine zu kommen, doch sein Widersacher trat ihm gegen die Knie, sodass er erneut zu Boden sackte. Der Mann hob den Arm mit dem Messer, und Hopkins begriff, dass er in diesem jämmerlichen Kellerloch sterben würde.

FÜNFZEHNTES KAPITEL

Die Eingangshalle des Bordells in Whitechapel war schäbig. Das Gleiche galt für das halbe Dutzend Prostituierte, die auf den durchgesessenen Sesseln und Sofas hockten. Sie waren schlecht ernährt, und ihre Kleidung war erbärmlich. Die Besitzerin, eine hagere Frau mit scharf geschnittenen Gesichtszügen, beäugte Jeremy abschätzend.

»Das erste Mal hier, junger Mann?«

»Ja, bin erst vor Kurzem nach London gezogen«, nuschelte er.

»Na, dann machen Sie sich's bequem. Anna...«, sie blickte in Richtung einer jungen Frau, deren Augen ganz glasig vom Alkohol waren, »... bring dem Herrn einen Gin.«

»Nein, ich möchte lieber gleich...« Jeremy drehte seine Kappe verlegen in den Händen.

»Ach so, ich verstehe.« Die Besitzerin lachte gackernd. »Dann suchen Sie sich mal eine von meinen Schönen aus.«

Die Frauen warfen sich in Positur und lächelten ihn an. Jeremy gab vor, sie genau in Augenschein zu nehmen, ehe er seine Wahl traf und auf ein Mädchen deutete, das sicher nicht älter als sechzehn oder siebzehn war. Es hatte ein hübsches Gesicht und einen kirschförmigen Mund und wirkte noch nicht so hart und verbraucht wie die anderen Frauen.

»Die da hätt' ich gern«, sagte er.

»Ja, unsere Christine, die wollen viele. Da ham Sie Glück, dass die gerade frei is'. Ein Shilling, der Herr, wenn ich bitten darf.« Die Besitzerin streckte ihre Hand aus, und Jeremy gab ihr die geforderte Summe. Dann ging er Christine nach zu einer Treppe im hinteren Bereich der Eingangshalle.

In den vergangenen Wochen hatte Jeremy einige der Anarchisten aufgespürt. Doch der Spitzel Michael Farnon, von dem er überzeugt war, dass er ihn verraten hatte, war ihm immer wieder entschlüpft. Ein paar Tage zuvor hatte er dann von Christine den Hinweis erhalten, dass Farnon regelmäßig das Bordell in Whitechapel besuchte. Jeremy hatte den Bruder der jungen Frau vor dem Gefängnis bewahrt. Aus diesem Grund war sie bereit, ihn mit Informationen zu versorgen. Vor einer Stunde hatte ihn eine Botschaft von Christine erreicht, dass Farnon sich wieder in dem Bordell aufhielt.

Sie hatten nun den ersten Stock erreicht. Aus dem dämmrigen Korridor kam ihnen ein breitschultriger Mann entgegen. Flüchtig nahm Jeremy sein Gesicht wahr. Seine schiefe Nase wirkte, als wäre sie einmal gebrochen worden.

Vielleicht ein ehemaliger Boxer, ging es Jeremy durch den Kopf.

»Farnon ist mit Cathy im vorletzten Raum rechts«, flüsterte Christine Jeremy zu. »Nummer 7 ...«

»Danke ...« Er schenkte ihr ein kurzes Lächeln.

Christine ließ ihn wünschen, die gesellschaftlichen Verhältnisse in England wären andere und Frauen wären nicht gezwungen, sich aus Armut zu prostituieren. Die junge Frau schlüpfte in ein Zimmer. Jeremy zog seine Pistole unter seiner Jacke hervor, entsicherte sie und bewegte sich leise weiter.

Vor der Tür mit der Nummer 7 blieb er stehen und lauschte. Aus einem Raum hörte er ein Stöhnen. Irgendwo lachte eine

Frau keckernd. Jeremy drückte die Klinke hinunter und stieß die Tür mit der Schulter auf. Rasch glitt er in das Zimmer. Er erwartete, Farnon im Bett mit der Prostituierten zu finden, und zielte mit der Waffe dorthin, doch auf dem Bett lag nur eine Frau. Sie starrte mit weit aufgerissenen toten Augen zur Decke. In ihrem Hals klaffte eine tiefe Schnittwunde, die Laken des Bettes waren blutgetränkt.

Michael Farnon kauerte mit dem Rücken an der Wand auf dem Boden. Sein schütteres rotblondes Haar hing ihm in die Stirn. Sein Hemd war zerrissen. Er blutete aus mehreren Wunden in der Brust. Anscheinend hatte er sich gewehrt ...

Jeremy kniete sich neben den Mann und legte seine Finger an dessen Halsschlagader. Zu seiner Überraschung fühlte er ganz leicht das Blut pulsieren. Farnon schlug die Augen auf und sah Jeremy an, schien ihn jedoch nicht zu erkennen.

»Ich hole einen Arzt«, sagte Jeremy.

»Wer ...?« Farnon blinzelte.

»Ryder, den Sie an die Anarchisten verraten haben ...«

Farnons Blick wurde klarer. Er streckte die Hand nach Jeremys Arm aus und hielt ihn fest.

»Waren ... es waren ... nich' die Anarchisten, die ... die auf Sie geschossen haben ...«, brachte er mühsam hervor. »Da war ... da war ... ein Mann ...«

»Was für ein Mann?«

»Hat sich mit mir im Hinterzimmer von 'nem Pub in Whitechapel getroffen. Trug ... trug 'ne Maske ...« Farnon brach ab. »Durst ...«

Sein Blick glitt zu einem Waschkrug, der auf einer Kommode stand. Jeremy holte ihn und setzte ihn Farnon an die Lippen. Dieser trank einen Schluck.

»War einfach gekleidet ... Hat ... hat versucht, wie jemand

aus der Unterschicht zu sprechen. War aber ... war aber einer aus der Oberschicht ...«

»Der Maskierte?«

»Ja ... Hat sich durch seinen Akzent verraten ... Wollte wissen, ob ... ob jemand aus der Geheimabteilung auf die Anarchisten angesetzt ist ...«

»Er hat von der Geheimabteilung gewusst?«

Farnon nickte. »Hab ihm gesagt, dass Sie ... Hätt' nich' gedacht, dass Sie ... dass Sie getötet werden sollten ... Wirklich nich' ...«

»Wie oft haben Sie sich mit ihm getroffen?«

»Nur einmal. Hab ihm gesagt, dass ... dass der geplante Bankraub der Anarchisten aufgeflogen is' ...«

»Ist Ihnen an dem Mann irgendetwas aufgefallen, außer dem Akzent?« Farnon schüttelte den Kopf. »War er der Mann, der Cathy getötet und Sie verletzt hat?«

»Glaub nich' ... War kleiner ... Und solche wie der machen sich nich' die Hände schmutzig ...«

Farnon hustete. Blut rann aus seinem Mundwinkel. Dann sank sein Kopf beiseite. Er war tot.

Jeremy blieb noch einen Moment neben ihm knien. In den angrenzenden Räumen hatte niemand etwas bemerkt. Wer auch immer die junge Frau und Farnon getötet hatte, war ein Profi gewesen. Er musste an den Mann denken, dem er an der Treppe begegnet war.

Schließlich stand er auf und ging zu Christine. Er trug dem jungen Mädchen auf, die Polizei zu benachrichtigen, jedoch zu verschweigen, dass sie ihn kannte. Dann verließ er das Bordell.

»Sir Arthur hat gleich Gäste.«

Der Diener am Hintereingang von Sir Arthurs Heim musterte Jeremy, der einfach gekleidet war und einen ungepflegten Vollbart trug, abweisend.

»Wenn Sie es nicht wagen, Sir Arthur zu stören, dann verständigen Sie den Butler. Er kennt mich. Andernfalls, das garantiere ich Ihnen, werden Sie jede Menge Ärger bekommen.«

Jeremy kümmerte sich nicht um den Protest des Mannes, sondern ging an ihm vorbei in den Korridor, wo er sich auf einen Stuhl sinken ließ. Der Diener verschwand, nachdem er Jeremy noch einen letzten aufgebrachten Blick zugeworfen hatte. Anscheinend hatte seine Drohung gewirkt.

Jeremy glaubte wieder den metallischen Geruch von Blut wahrzunehmen, der in dem Bordellzimmer gehangen hatte. Farnon hatte ihn verraten und war dafür verantwortlich, dass er und Victoria beinahe ums Leben gekommen wären. Aber Jeremy hatte ihm nicht den Tod gewünscht, und Cathy war ohnehin ein unschuldiges Opfer. Dazu, einem Menschen die Kehle durchzuschneiden, gehörte viel Kaltblütigkeit.

Aus der Spülküche war Geschirrgeklapper zu hören. In einem anderen Raum unterhielten sich Bedienstete. Ein Hausmädchen ging, einen Stapel Tücher in den Händen, an ihm vorbei und warf ihm einen neugierigen Blick zu. Jeremy lehnte seinen Kopf gegen die Wand. Es fiel ihm schwer, seine Gedanken zu ordnen. Was Farnon ihm von dem Maskierten erzählt hatte, klang bizarr, aber er konnte sich nicht vorstellen, dass ihn der Mann im Angesicht des Todes angelogen hatte.

»Sir ...« Aldgate, Sir Arthurs Butler, ein schmächtiger Mann Anfang vierzig, kam auf ihn zu. »Wenn Sie mir bitte folgen würden.«

Jeremy ging hinter dem Butler die Hintertreppe hinauf und dann in den zweiten Stock zum Arbeitszimmer des Commissioners, wo an einer Wand ein Gemälde hing, das die Seeschlacht von Trafalgar zeigte. Sir Arthur hatte, wie Jeremy wusste, eine Vorliebe für patriotische Bilder. Kurz darauf betrat der Commissioner in Abendgarderobe den Raum. Er war ein breitschultriger Mann Anfang fünfzig mit buschigen Brauen und strengen Gesichtszügen. Seine Miene war umwölkt.

»Ryder, was tun Sie hier in London?«, fuhr er ihn an.

»Ich musste herausfinden, wer mich verraten hat.«

»Sie mussten überhaupt nichts. Sie hatten die Order, sich an einen sicheren Ort zu begeben.«

»Michael Farnon sagte mir, dass nicht die Anarchisten für die Schüsse verantwortlich sind.«

»Farnon ist untergetaucht.«

»Ich habe ihn in einem Bordell in Whitechapel aufgespürt. Kurz vorher hat ihn jemand mit einem Messer so schwer verletzt, dass er wenige Minuten später starb. Der Prostituierten, die sich bei ihm befand, wurde die Kehle durchgeschnitten.«

Sir Arthur ging zu einem Schrank und nahm eine Flasche und ein Glas heraus. Nachdem er den Brandy in ein Glas gegossen hatte, reichte er es Jeremy.

»Trinken Sie das und setzen Sie sich.«

Jeremy ließ sich in einem Ledersessel nieder. Der Alkohol brannte in seiner Kehle. »Farnon deutete an, dass ein maskierter Mann aus der Oberschicht für den Anschlag auf mich verantwortlich sei. Dieser Mann war über die Geheimabteilung informiert und warnte die Bankräuber. Es tut mir leid, Sir. Ich weiß, wie abenteuerlich sich das anhört. Aber ich glaube Farnon.«

»Nun, vielleicht ist das alles gar nicht so abenteuerlich ...«

»Sir?«

Der Commissioner seufzte. »Einer unserer Agenten hat entdeckt, dass dem Kriegsministerium in Berlin Konstruktionspläne unseres neuen Kriegsschiffes sowie Pläne eines Seekrieges gegen Deutschland vorliegen. Nur ein Mann mit Zugang zu unserer Regierung oder zur Admiralität konnte daran gelangen. Seit einiger Zeit ist, wie wir ebenfalls von einem Mittelsmann wissen, Lord Cecil Fisher in Deutschland verschwunden.«

»Ist Lord Fisher nicht wegen eines Unfalls aus der Royal Navy ausgeschieden?«

»Ja, aber über eine gewisse Miss Stevens hat er Kontakt zu Admiral Cromer. Das sind zurzeit noch Spekulationen. Lord Fisher macht Miss Stevens den Hof und hält sich häufig auf dem Landgut ihrer Familie in Yorkshire auf, was wiederum an das des Admirals grenzt. Die Familie Cromer und die Familie Stevens sind befreundet, und der Admiral kennt und schätzt Lord Fisher aus der Navy. Er war sicher häufig bei ihm zu Gast. Möglicherweise, und das bereitet mir erst recht Sorge, handelt es sich auch um einen Kreis von Verrätern.«

»Aber warum sollten diese Männer mit Anarchisten paktieren?«

»Das, Ryder, entzieht sich leider meiner Kenntnis.« Der Commissioner lächelte grimmig. »Sie erinnern sich noch an den Arbeiter namens Walther Jeffreys, der Versammlungen der Anarchisten besuchte?«

»Ja, das tue ich.« Jeremy nickte. »Aber er hatte keine Verbindung zu der Gruppe, die den Bankraub plante.«

»Vielleicht doch. Vor einer Woche ertrank Walther Jeffreys in der Themse. Der Gerichtsmediziner Dr. Ash konnte an seinem Tod nichts Verdächtiges feststellen. Ich habe da mittlerweile jedoch meine Zweifel. Und auch Hopkins, Miss Bredons Butler, scheint nicht an eine natürliche Todesursache zu glauben. Er suchte nämlich Mr. Jeffreys' Witwe auf und unterhielt sich mit dessen Arbeitskollegen. Wir haben davon erfahren, da wir seit dem Anschlag auf Sie viele Anarchisten beschatten lassen.«

»Woher kennt Hopkins denn Walther Jeffreys?« Jeremy war perplex.

»Das entzieht sich meiner Kenntnis. Da ich Hopkins nicht noch in seinem Verdacht bestärken wollte, habe ich vorerst darauf verzichtet, ihn vernehmen zu lassen. Obwohl er sich regelmäßig mit einer der Polizei wohlbekannten Suffragette namens Jemimah Kerry trifft.« Der Commissioner lächelte wieder grimmig. »Jedenfalls bin ich froh, dass sich Miss Bredon zurzeit in Deutschland aufhält. Sonst würde sie sich gewiss in die Ermittlungen einmischen.«

Ja, Victoria hätte sich das nicht nehmen lassen ...

Während Jeremy in einem Hansom Cab durch das abendliche London fuhr, war er erleichtert, Victoria in Sicherheit zu wissen. Nach dem Gespräch mit Sir Arthur war er umgehend zum Green Park gefahren. Dort hatte ihm der Portier mitgeteilt, Mr. Hopkins habe gerade eben das Haus verlassen. Er wisse nicht mit Sicherheit, wohin Miss Bredons Butler gefahren sei, aber er habe einen Korb bei sich gehabt, und soviel er wisse, kümmere sich Mr. Hopkins um eine junge Frau, deren Gesicht schrecklich entstellt sei.

Jeremy hatte aus dieser Beschreibung geschlossen, dass es sich bei der jungen Frau um Jemimah handelte. Da er von Sir Arthur ihre Adresse erhalten hatte, hatte er sich sofort auf den Weg zu ihr gemacht.

Das Hansom Cab überholte nun zwei Betrunkene, die sich stritten. Dann kam es vor einem ärmlichen Haus zum Stehen. Einer der Betrunkenen fluchte. Der andere schimpfte ihn einen Bastard und torkelte gegen einen Zaun. Hatte da nicht eben auch eine Frau geschrien? Jeremy lauschte. Aus dem Souterrain des Hauses ertönte ein Poltern. Er wartete nicht, bis ihm der Kutscher den Fahrpreis nannte, sondern drückte ihm hastig zehn Pence in die Hand, dann rannte er die Stufen hinunter. Die Tür zum Untergeschoss war nur angelehnt.

»Hopkins?« Jeremys Augen benötigten einen Moment, bis sie sich an das spärliche Licht in dem Raum gewöhnt hatten.

»Schnell! Helfen Sie ihm. Ein Mann will ihn umbringen«, rief eine Frau.

Jeremy spürte mehr, als dass er sah, wie jemand auf ihn zustürzte. Er wich dem Angreifer aus, der fluchend gegen ein Möbelstück prallte. Jeremy stolperte, bekam einen Stuhl zu fassen. Er schmetterte ihn mit aller Kraft gegen den Mann. Seine Augen hatten sich nun so weit an das Zwielicht gewöhnt, dass er erkannte, wie sein Gegner zusammenbrach. Er blieb reglos liegen.

»Hopkins?«, versuchte er es noch einmal.

»Ich bin hier, Sir.«

Jeremy stieß einen Seufzer der Erleichterung aus. Eine Kerze flammte auf. Jemimah hielt sie in der Hand. Hopkins stand auf. Der rechte Ärmel seines Mantels war aufgeschlitzt, doch er selbst schien unverletzt zu sein. Er zog seinen Mantel zurecht und strich eine Haarsträhne zurück, die ihm in die Stirn hing.

»Mr. Ryder, wie überaus erfreulich, Sie zu sehen«, sagte er dann.

»Ganz meinerseits«, erwiderte Jeremy trocken. »Aber, Hopkins, würden Sie mir bitte erklären, was das hier zu bedeuten hat?«

»Sehr gern, Sir. Vielleicht wäre es jedoch ratsam, auf diesen Mann ein Auge zu haben?«

Hopkins wies auf den Angreifer, der sich nun stöhnend regte. In seinem linken Arm steckte eine Glasscherbe. Er war mittelgroß und sehnig. Sein Backenbart sagte Jeremy, dass er eindeutig nicht der Mann war, den er in dem Bordell gesehen hatte und den er für den Mörder Michael Farnons hielt. Was allerdings nicht bedeutete, dass er mit diesem nichts zu tun hatte.

»Haben Sie ein Seil oder einen Strick oder sonst etwas, mit dem wir diesen Kerl fesseln können?«, wandte sich Jeremy an Jemimah.

»Ich kann Stoffstreifen aneinanderknoten, Sir.«

»Das tut es auch.«

Jeremy sah ihr dabei zu, wie sie rasch einen Stoff in Streifen schnitt und die Teile miteinander verknotete. Jetzt im Kerzenschein erkannte er betroffen ihr entstelltes Gesicht. Er konnte gut verstehen, warum sich Victoria und Hopkins für sie einsetzten.

»Hat der Mann Ihnen wehgetan?«, erkundigte sich Hopkins.

»Er hat mich hier getroffen, aber das ist nicht schlimm.« Jemimah wies auf eine Schwellung an ihrer Schläfe.

»Danke, dass Sie mir zu Hilfe gekommen sind. Andernfalls hätte er mich wahrscheinlich erstochen.«

Stolz leuchtete in Jemimahs Augen auf. Trotz ihres verunstalteten Gesichts hatte sie etwas Anmutiges an sich.

Hopkins half Jeremy, den Unbekannten mit dem improvisierten Strick zu fesseln.

»Würden Sie bitte Sir Arthur von dem Angriff berichten?«, bat Jeremy Hopkins dann. »Ich würde gern hierbleiben und den Mann bewachen. Ich vermute, dass der Mordanschlag auf Sie und Jemimah mit Ihren Nachforschungen zu Walther Jeffreys zusammenhängt.«

»Das ist gut möglich, Sir.« Hopkins räusperte sich, dann eilte er rasch hinaus.

Während Jeremy das Haus, in dem Victoria mit Hopkins lebte, betrat, musste er wieder einmal daran denken, wie Victoria nach dem Anschlag auf ihn in der Bibliothek der Wohnung gewartet hatte. Er schätzte Hopkins wirklich sehr, aber er hätte sich gewünscht, jetzt Victoria statt seiner zu treffen. Ihm erschien die Zeit, seit er sich von ihr hatte verabschieden müssen, um für eine Weile unterzutauchen, unendlich lang. Er hoffte, dass sie es noch nicht bereut hatte, ihm ihre Liebe gestanden zu haben. Manchmal suchte ihn eine abergläubische Furcht heim, dass sie niemals wirklich zusammen sein würden, dass eine missgünstige höhere Macht ihr Schicksal wenden und sie trennen würde.

Auf sein Klingeln hin öffnete Hopkins ihm sofort. Er war wieder tadellos gekleidet, nichts wies darauf hin, dass er wenige Stunden zuvor dem Tod entronnen war.

»Wie geht es Jemimah?«, erkundigte sich Jeremy, während Hopkins ihm aus dem Mantel half.

»Sie schläft im Gästezimmer, Sir. Ich glaube sagen zu dürfen, dass sie die unerfreuliche Begebenheit recht gut verwunden hat. Jedenfalls war es ein großes Glück, dass sie nicht zu Hause war, als der Mann bei ihr einbrach. Sie hat, wie sie mir erzählte, an einer Versammlung der Suffragetten teilgenommen.«

»Womit sich für Victoria die Bedeutung der Frauenrechtlerinnen wieder einmal bewiesen haben dürfte.« Jeremy grinste. Hopkins hatte ihn mittlerweile in die Bibliothek begleitet, wo er auf dem Ledersofa Platz nahm.

»Hat die Polizei herausgefunden, wer der Mann ist?«

»Nein, er hat kein einziges Wort gesagt. Ich gehe aber davon aus, dass er vorhatte, Jemimah zu töten und Sie später hier in der Wohnung zu überfallen und ebenfalls umzubringen. Heute wurde ein Polizeispitzel in einem Bordell in Whitechapel umgebracht. Was, wie ich vermute, mit dem versuchten Mordanschlag auf Sie und die junge Frau zusammenhängt und mich zu der Frage bringt, warum Sie Nachforschungen zu Walther Jeffreys angestellt haben.«

»Scotland Yard geht nicht mehr davon aus, dass sein Tod ein Unfall war?«

»Inzwischen nicht mehr.«

»Nun, alles begann mit dieser Fotografie, die Miss Victoria zufällig Ende August im Park von Melbury Hall aufnahm.« Hopkins holte das Bild aus einer der Schreibtischschubladen und reichte es Jeremy, der es aufmerksam betrachtete.

»Was hat denn Lord Melbury mit Graf Waldenfels und Walther Jeffreys zu schaffen?«, fragte Jeremy verblüfft.

»Sie kennen den Grafen, Sir?«

»Nicht persönlich. Aber Graf Waldenfels steht im Verdacht, Angehörige der englischen Oberschicht und des Adels als Spione für das Kaiserreich anzuwerben. Auch wenn ihm dies bislang nie nachgewiesen werden konnte.«

»Um auf Ihre ursprüngliche Frage zurückzukommen, Sir ...« Hopkins räusperte sich. »Miss Victoria kamen die drei Männer seltsam vor. Der Graf und Walther Jeffreys verließen das Anwesen nicht durch den Haupteingang, sondern durch eine Pforte im Park und fuhren dann gemeinsam in einer Kutsche, die dort bereitstand, davon. Miss Victoria zeigte mir die Aufnahme und bat mich, mich nach dem Grafen umzuhören. Zu diesem Zeitpunkt wusste ich natürlich noch nicht, dass es sich bei Waldenfels um einen Grafen handelt. Aber aufgrund der Mensur schloss ich, dass er ein Deutscher sein könnte. Jemimah hörte sich unter Arbeitern um ...«

»Wie kam Victoria überhaupt dazu, im Park von Melbury Hall zu fotografieren?«

»Wegen ...«, Hopkins zögerte einen Moment. »Ende September wird es dort eine Versammlung der Konservativen geben. Die Suffragetten planen, dieses Treffen für Ihre Zwecke zu nutzen.«

»Ich verstehe.« Jeremys Stimme klang trocken.

»Aus diesem Grund sprach Miss Victoria nicht mit Ihnen über ihre Beobachtung, Sir. Wie auch immer...« Hopkins räusperte sich wieder. »Leider haben sich inzwischen Dinge in Deutschland ereignet, die mich aufs Äußerste beunruhigen. Miss Victoria hält sich zurzeit in Ems bei ihrer Großmutter auf, wo zugleich Graf Waldenfels weilt. Er ist mit ihrem Onkel befreundet.«

»Hopkins, Sie scherzen...«

»Leider nein, Sir. Bei einem Spaziergang in der Umgebung von Ems hat Miss Victoria eine männliche Leiche gefunden. Die preußische Polizei hat versucht, den Mord zu vertuschen. Sie behauptet, bei dem Mann handle es sich um einen Landstreicher. Doch Miss Victoria fand, wie sie mir in einem Telegramm mitteilte, heraus, dass der Tote kein anderer als Lord Cecil Fisher ist. Meines Erachtens besteht die berechtigte Befürchtung, dass der Graf in den Mord involviert ist.«

»Lord Fisher wurde ermordet?« Jeremy war fassungslos.

»Er steht im Verdacht, Konstruktionspläne eines englischen Kriegsschiffes sowie Pläne eines Seekrieges gegen das Kaiserreich an die Deutschen weitergegeben zu haben.«

»Nun, dies würde einiges erklären, Sir.« Hopkins neigte zustimmend den Kopf. »Als ich das Telegramm erhielt, beschloss ich, morgen früh nach Deutschland zu reisen. Ich gehe davon aus, dass Sie dies nach Kenntnis der Situation auch tun werden, und habe mir die Überlegung gestattet, dass es am besten wäre, wenn wir zusammen fahren würden. Ich könnte mich als Ihr Butler ausgeben.«

Und ich habe gedacht, Victoria wäre in Deutschland in

Sicherheit ... Jeremy begriff erst allmählich die Tragweite dessen, was ihm Hopkins da berichtete.

»Selbstverständlich werde ich mit Ihnen reisen ...«, sagte er. »Aber ich bezweifle, dass ich überzeugend einen Lord mimen kann.«

»Auch darüber habe ich nachgedacht, Sir.« Hopkins wirkte sehr zufrieden mit sich. »In Ems halten sich viele englische Touristen von Stand auf, die sicher mit dem *Debrett's* sehr vertraut sind. Ihren Adelstitel muss es also tatsächlich geben. Andererseits dürfen Sie keine sehr bekannte Persönlichkeit sein. So kam ich auf Geoffrey, den sechsten Earl of Lothian.«

»Und der wäre?«

»Lord Lothian hat den Titel erst vor etwa einem Jahr von einem entfernten Vetter geerbt. Vorher lebte er einige Zeit in den Vereinigten Staaten, wo er eine kleine Werft für Jachten und Segelboote besaß. Mittlerweile lebt er in Schottland, in der Nähe von St. Andrews. In der Gesellschaft verkehrt er kaum.«

»Was ist mit der Garderobe eines Lords? Ich besitze nur einen Frack. Und der ist seit dem Attentat nicht mehr salonfähig.«

»Auch darum werde ich mich kümmern.« Hopkins ließ sich so weit gehen, eine wegwerfende Geste zu vollführen. »Ich schätze, dass es einige Zeit in Anspruch nehmen wird, über Sir Arthur gefälschte Pässe für uns beide und für Miss Victoria zu bekommen. Aber wir werden gewiss den Abendzug ab Liverpool Station erreichen. Wir nehmen dann die nächstmögliche Fähre von Harwich nach Rotterdam.«

In Hopkins' blauen Augen lag ein Ausdruck, der Jeremy sagte, dass Widerstand zwecklos war.

»Was ist mit Jemimah? Sie kann nicht in ihrem Zuhause bleiben. Das wäre zu gefährlich.« Jeremy sah Hopkins' zufriedener Miene an, dass der Butler für dieses Problem ebenfalls eine Lösung gefunden hatte.

»Mrs. Dodgson wird bestimmt einverstanden sein, hier in die Wohnung zu ziehen und auf Miss Jemimah aufzupassen, bis wir wieder zurück sind. Wobei es wünschenswert wäre, wenn auch ein Polizist zu ihrem Schutz abgestellt werden könnte.«

»Dem wird Sir Arthur gewiss zustimmen.« Jeremy nickte. »Ich werde in Deutschland bleiben, um herauszufinden, was genau die Pläne Lord Melburys und die des Grafen Waldenfels sind«, sagte er dann langsam. »Denn da Anarchisten involviert sind, glaube ich nicht, dass es dabei nur um Spionage geht.«

»Darin bin ich einer Meinung mit Ihnen, Sir.« Hopkins neigte wieder den Kopf.

»Sie möchte ich bitten, Victoria nach London zurückzubegleiten. Ich kann sie nicht in Gefahr bringen.«

»Das würde ich sehr gern tun, Sir. Allerdings habe ich Zweifel, dass sie damit einverstanden ist.«

»Ich werde sie schon überzeugen.« Jeremys Stimme klang zuversichtlicher, als ihm zumute war.

SECHZEHNTES KAPITEL

»Fräulein Bredon, Fräulein Bredon ...« Victoria erwachte wieder mit wild klopfendem Herzen aus einem Albtraum, in dem sie ohnmächtig zusehen musste, wie Jeremy niedergeschossen wurde und verblutete. »Fräulein Bredon ...«

Es dauerte einen Augenblick, bis Victoria begriff, dass jemand an ihre Zimmertür hämmerte und ihren Namen rief.

»Was ist denn?« Schlaftrunken stieg sie aus dem Bett und öffnete. Im Korridor stand ein junges Dienstmädchen, das vor Aufregung zitterte. »Clara ... Sie schreit vor Schmerzen ...«, stammelte es.

Victoria ließ das Stubenmädchen stehen und eilte die Treppe zum Dienstbotentrakt hinauf. Sie hatte noch nicht alle Stufen zurückgelegt, als sie schon das Wehklagen hörte.

Clara lag zusammengekrümmt in ihrem Bett und presste den Unterarm auf ihren Mund. Sie wimmerte, als Victoria sich über sie beugte. Ihre Stirn war schweißnass.

»Clara, wo hast du Schmerzen? Im Bauch?«, fragte sie rasch.

Das Mädchen nickte stumm. Tränen rannen seine Wangen hinunter.

»Ich hole jetzt einen Arzt.« Victoria streichelte Claras Hand. »Du musst keine Angst vor ihm haben. Er wird dir helfen und deine Schmerzen lindern.«

»Kein Arzt ...« Clara schluchzte erneut auf.

»Ich hätte schon viel früher einen rufen sollen.« Victoria schalt sich innerlich selbst. »Ich bin bald wieder zurück.«

Das Stubenmädchen, das sie verständigt hatte, und einige andere standen im Korridor und starrten sie ängstlich an.

»Eine von euch passt auf Clara auf, bis ich mit einem Arzt wiederkomme«, befahl Victoria. »Es wird nicht lange dauern.«

In ihrem Zimmer warf sich Victoria einen Mantel über und zog Schuhe an. Dann rannte sie aus dem Haus. Draußen war es noch dämmrig und kühl, und über der Lahn schwebte Dunst. Die Straßen waren fast noch menschenleer. Ein Bäcker, der vor seinem Laden einen Karren mit Backwaren belud, blickte sie verwundert an, als sie an ihm vorbeieilte.

Es schien Victoria ewig zu dauern, bis sie endlich das Haus erreichte, in dem Lew Prokowski wohnte. Die Eingangstür stand einen Spalt offen. Sie hastete die Treppe hinauf und klopfte nach Atem ringend an seine Wohnungstür. Gleich darauf hörte sie Schritte, und Dr. Prokowski öffnete. Er war bereits angekleidet.

»Miss Bredon, um Himmels willen ... Was ist geschehen?« Erschrocken sah er sie an.

Victoria wurde erst jetzt klar, dass ihr die Haare wild ins Gesicht fielen, dass ihr Mantel offen stand und sie darunter nur ein Nachthemd trug. Verlegen raffte sie den Mantel um sich.

»Clara ...«, brachte sie mühsam hervor, »... meine Zofe ...«

»Ich komme mit Ihnen.«

Lew Prokowski zog ein Jackett über, das an einem Schrank in der Diele hing. Dann holte er seine Arzttasche.

Ich hätte nicht nachgeben dürfen. Hoffentlich habe ich nicht zu spät reagiert, dachte Victoria verzweifelt, als sie wenig später mit Lew Prokowski in einer Droschke saß, die die immer noch stille Straße entlangpreschte. Er hatte dem Kutscher gesagt, dass es sich um einen Notfall handelte, und dieser ließ die Pferde galoppieren.

Sie würde es sich nie verzeihen, wenn Clara starb.

Als Victoria mit dem Arzt Claras Kammer betrat, lag das Mädchen immer noch mit angezogenen Beinen im Bett. Seine Stirn glänzte von Schweiß.

»Clara ...« Victoria kniete sich neben das Bett. »Ich habe einen Arzt mitgebracht. Bei Dr. Prokowski bist du in guten Händen.«

»Clara, können Sie versuchen, die Beine auszustrecken?«, fragte Lew Prokowski. »Nein? Das macht nichts. Ich kann Sie auch so untersuchen.« Deutsch sprach er ebenso wie Englisch mit einem russischen Akzent.

»Dann werde ich jetzt hinausgehen«, sagte sie sanft zu dem Mädchen.

Claras Blick war voller Angst.

»Vielleicht bleiben Sie besser hier«, sagte Lew Prokowski leise zu Victoria. »Sie könnten mir helfen. Ziehen Sie das Nachthemd des Mädchens hoch, bitte.«

»Gut.«

Victoria nickte. Behutsam streifte sie das Hemd bis zur Brust des Mädchens hinauf und sah dann voller Entsetzen, dass Claras Bauch dick angeschwollen war. Sie nahm wahr, dass Lew Prokowski stutzte, bevor er den Leib des Mädchens abtastete.

»Sie hat keine Blinddarmentzündung ...« Er blickte Victoria an.

»Aber was ...« Der Arzt öffnete seine Tasche. Er nahm ein

Hörrohr heraus, setzte es auf Claras Bauch und horchte. »Ist sie ...?« Mit einem Mal glaubte Victoria zu begreifen.

»Ja, sie ist schwanger, sie liegt in den Wehen.« Ein Lächeln umspielte seinen Mund.

»Clara, du bekommst ein Kind. Hast du das denn nicht gewusst?« Victoria streichelte die Hand des Mädchens.

Es starrte sie aus weit aufgerissenen Augen an. »Nein ... Ich ... hab nichts Böses getan ...«

»Natürlich hast du das nicht«, versuchte Victoria zu trösten.

»Es ist gut möglich, dass das Mädchen wirklich keine Ahnung hatte, dass es schwanger ist«, raunte Lew Prokowski Victoria zu.

Clara schrie auf, als wieder eine Wehe ihren Körper überrollte. Schmerzen und Angst verzerrten ihr noch kindliches Gesicht.

»Können Sie heißes Wasser und saubere Tücher holen?« Der Arzt sah Victoria fragend an.

»Ja, natürlich ... Ich bin gleich wieder hier.« Sie strich Clara beruhigend über die Stirn.

Wahrscheinlich hat ein Mann Clara verführt oder missbraucht, und sie hat nicht begriffen, dass die Veränderungen, die dann in ihrem Körper vor sich gingen, von einer Schwangerschaft rühren, überlegte Victoria, während sie in Richtung Küche eilte. Wobei ja nicht nur Mädchen aus armen Verhältnissen wenig oder gar keine Ahnung von Sexualität hatten. Auch bei jungen Frauen aus privilegierten Verhältnissen war dies die Regel. Sie selbst war eine Ausnahme, da sie ja schon als Kind in den medizinischen Lehrbüchern ihres Vaters geblättert hatte. Und später hatte ihr Vater ihr alle Fragen beantwortet. Zumindest theoretisch wusste sie also über alles Bescheid ... Victoria errötete unwillkürlich.

»Victoria ...« Sie bemerkte ihre Großmutter erst, als diese

ihr vor der Küchentür in den Weg trat. Eine Falte auf ihrer Stirn sagte Victoria, dass sie erbost war. »Würdest du mir bitte erklären, was hier vor sich geht?«, fuhr die Fürstin sie an. »Du läufst halb nackt durch die Stadt, und dein Mädchen schreit, dass es im ganzen Haus zu hören ist.«

»Es tut mir leid, wenn Sie sich durch Claras Schreie gestört fühlen«, erwiderte Victoria schroff. »Aber ich fürchte, sie wird sie nicht unterdrücken können. Sie liegt nämlich in den Wehen.«

»Dein Mädchen bekommt ein Kind?«, stieß ihre Großmutter fassungslos aus. »Ist es denn verheiratet?«

»Ja, Clara bekommt ein Kind. Und nein, sie ist nicht verheiratet. Sicherlich ist das unvereinbar mit Ihren Moralvorstellungen, aber es ist nun mal nicht mehr zu ändern.«

Victoria ließ die Fürstin einfach stehen, gab Wasser in eine Schüssel, nahm einige ordentlich geplättete Tücher aus dem Küchenschrank und eilte zurück in den Dienstbotentrakt.

»Um Himmels willen, Hopkins, das ist alles unser Gepäck?« Jeremy wies auf einen Schrankkoffer, neben dem ein großer und ein kleiner Handkoffer standen. Außerdem lagen dort noch zwei in Wachstuch gewickelte Pakete.

»Ein Schrankkoffer ist für die Garderobe eines Lords unumgänglich.« Hopkins klang gänzlich ungerührt. »Da wir so kurzfristig reisen, konnte ich ihn leider nicht vorausschicken. Der kleine Koffer beinhaltet Ihre Kleidung für den Reisetag, der größere meine Kleidung.«

»Und die Pakete?«

»Alle Reiseführer über Deutschland warnen vor den furchtbaren Federbetten, die dort in Gebrauch sind. Sie sollen so dick sein, dass man in Gefahr geraten kann, darunter zu ersticken.

Deshalb hielt ich es für ratsam, unsere dünnen englischen Bettdecken mitzunehmen. Ich habe mir die Freiheit genommen, Ihre Garderobe für den heutigen Tag zusammenzustellen.« Hopkins drehte sich zu dem Ledersofa um, auf dem ordentlich ausgebreitet ein gestärktes Hemd, ein dreiteiliger maßgeschneiderter Tweed-Anzug, eine passende Seidenkrawatte und ein Hut lagen. Davor stand ein Paar feiner Lederschuhe.

»Wo haben Sie das denn alles her? Auf die Schnelle für mich anfertigen lassen konnten Sie die Sachen ja wohl kaum.«

»Mr. Mandleville hält immer ein paar Anzüge in verschiedenen Größen für spezielle Gelegenheiten vorrätig. Ich habe ihm Ihre Größe beschrieben. Wenn Sie sich nun umziehen möchten, werde ich Ihnen beim Ankleiden helfen.«

Hopkins richtete seinen Blick auf die Wand, während sich Jeremy seiner Kleidung entledigte und die Hose anzog. Dann half er ihm in das Hemd, die Weste und das Jackett, ehe er ihm schließlich ein Paar wertvolle goldene Manschettenknöpfe reichte.

»Sie haben die Pässe, Sir?«, erkundigte er sich.

»Ja, Sir Arthur war darüber nicht ganz glücklich. Aber er ließ sie anfertigen. Einer der Pässe lautet auf den Namen Timothy Parson. Wäre es Ihnen recht, diesen Namen als mein Butler zu tragen?«

»Gewiss, Sir.« Hopkins Blick fiel nun auf Jeremys schiefen Windsorknoten. »Verzeihen Sie, Sir, aber ich würde Ihnen gern die Krawatte binden.«

Er knüpfte den Knoten neu, und Jeremy schwante, dass es nicht ganz einfach werden würde, Hopkins' Ansprüchen an seinen »Herrn« zu genügen.

Victoria warf einen Blick aus dem kleinen Fenster der Dachkammer. Am Sonnenstand erkannte sie, dass es mittlerweile früher Abend war. Nachdem sie Wasser und Tücher geholt hatte, war sie rasch in ihr Zimmer gegangen und hatte sich angezogen. Seitdem harrte sie mit Lew Prokowski bei Clara aus. Sie hatte das Gefühl, inzwischen ganz taub vom Schreien des Mädchens zu sein. Immer wieder hatte sie ihm beruhigend zugesprochen, seine Hand gehalten und seine Lippen mit Wasser benetzt. In den Wehenpausen wirkte Clara zunehmend apathisch.

Ob jede Geburt so eine furchtbare Quälerei war?

Victoria schreckte hoch. Sie musste für einen Moment eingenickt sein. Der Arzt hatte das Mädchen regelmäßig untersucht und überprüft, wie weit der Muttermund sich geöffnet hatte. Sie hatten nicht viel miteinander gesprochen. Sie war einfach dankbar für seine Gegenwart und auch dafür, wie einfühlsam und sanft er das völlig verstörte Mädchen behandelte.

Clara schrie erneut gellend auf, als ihr Körper von einer Wehe erfasst wurde.

»Ist es nicht möglich, ihr Äther zu verabreichen, damit sie nicht so leiden muss?«, fragte Victoria voller Angst.

Lew Prokowski schüttelte den Kopf »Dazu sind die Wehen zu schwach.« Als er sich vorbeugte, um erneut den Muttermund zu kontrollieren, sah Victoria den Ansatz des kindlichen Schädels im Geburtskanal.

Dem Himmel sei Dank, dachte sie. Bald würde Clara die Geburt überstanden haben.

Der Arzt hielt nun wieder das Hörrohr auf die Bauchdecke. Erschrocken sah Victoria, dass seine Miene Sorge ausdrückte.

»Stimmt etwas nicht mit Clara oder dem Kind?«, fragte sie leise.

»Die Herztöne des Ungeborenen sind zu schwach.« Während er ein Skalpell aus seiner Tasche holte, wirkte Lew Prokowski wieder ruhig und entschlossen. »Blicken Sie lieber zur Seite, falls Sie kein Blut sehen können.« Er schenkte Victoria die Andeutung eines Lächelns. Sie schluckte.

»Was … was geschieht mit mir?« Clara bäumte sich auf und stöhnte vor Qual. Blut sickerte zwischen ihren Schenkeln hervor, das Laken färbte sich rot.

Aus den Augenwinkeln verfolgte Victoria, wie der Arzt eine Geburtszange in den Muttermund einführte und gleichzeitig auf Claras Unterleib drückte.

Das Mädchen verkrampfte sich unter einer neuen Wehe. Dann glitt der Kopf des Kindes, zwischen den Backen der Zange, aus dem Mutterleib. Gleich darauf folgte der kleine Körper. Behutsam hob Lew Prokowski den Säugling hoch und versetzte ihm einen Klaps auf das Gesäß. Das Kleine stieß einen Schrei aus. Seine Lungen füllten sich mit Luft.

Clara atmete schwer. Sie hatte die Lider geschlossen.

»Würden Sie das Kind bitte halten?« Vorsichtig nahm Victoria den Säugling in die Arme. Er erschien ihr so winzig und verletzlich. Der Arzt durchtrennte die Nabelschnur. Gleich darauf trieb eine weitere Wehe die Nachgeburt aus Claras Körper. Das Mädchen öffnete die Augen. »Sie haben einen gesunden Jungen zur Welt gebracht«, sagte Lew Prokowski und nickte Victoria zu.

Sie verstand und legte den Kleinen auf Claras Bauch. »Dein Kind …«, flüsterte sie sanft. »Ich freue mich für dich.«

Clara schaute den Säugling an. Zuerst verzog sich ihr Gesicht in Abwehr, dann jedoch entspannte sie sich. Sie hob die Hand und berührte das Köpfchen des Kleinen, als müsste sie sich seiner vergewissern. Der Kleine öffnete den Mund und suchte instinktiv die Brust. Kurz darauf begann er zu saugen.

Ein plötzliches Glücksgefühl durchströmte Victoria, das sie

all die Schrecken der vergangenen Stunden vergessen ließ. Sie lächelte Lew Prokowski an.

»Ein neuer Mensch, ein neues Leben«, sagte er leise, während er ihr Lächeln erwiderte. »Es ist immer wieder ein Wunder.«

Victoria begleitete Lew Prokowski zur Gartentür. Mittlerweile war es dunkel geworden. Nur im Westen über den Hügeln entlang der Lahn war noch ein schmaler heller Lichtstreifen am Himmel zu sehen. Nachdem Clara den Säugling gestillt hatte, hatte der Arzt sie und den Kleinen noch einmal untersucht. Jetzt wachte eines der Dienstmädchen bei ihr.

»Ich komme morgen wieder und sehe nach dem Mädchen und dem Kind«, wandte er sich nun an Victoria. »Ich lasse auch eine Hebamme schicken, die sich um die beiden kümmern wird.«

»Denken Sie, dass Clara den Schock über die Schwangerschaft und die Geburt überwinden und eine Beziehung zu ihrem Kind aufbauen kann, Dr. Prokowski?«, fragte sie.

»So, wie sie sich bisher verhalten hat, bin ich ganz zuversichtlich, Miss Bredon.«

»Nennen Sie mich doch Victoria. Ich war dabei, als Sie einem Kind auf die Welt geholfen haben. Deshalb können wir uns, finde ich, Förmlichkeiten sparen.«

»Gern. Lew.« Er lächelte. »Wird Ihre Freundin Clara weiterbeschäftigen, jetzt, da sie ein Kind hat?«

»Rosalyn hat ein großes Herz. Ich bin sicher, sie wird sich nicht daran stören.«

»Das ist ein großes Glück. Nur wenige Dienstherren verhalten sich einer ledigen Mutter gegenüber so großzügig«, erwiderte er nachdenklich.

Victoria war immer noch ganz aufgewühlt und durcheinander von dem Erlebten. »Ich bin Ihnen sehr dankbar, Lew«, sagte sie impulsiv. »Ich bezweifle, dass Clara und das Kind diese schwere Geburt ohne Sie überstanden hätten.«

»Jetzt überschätzen Sie mich aber ...«

»Das tue ich ganz sicher nicht«, erklärte Victoria entschieden. »Wenn ich selbst einmal eine schwierige Geburt durchstehen muss, hoffe ich, dass ich einen Arzt wie Sie an meiner Seite haben werde.«

»Nun, ich wünsche Ihnen viele leichte Geburten. Es war mir eine Freude, Ihrem Dienstmädchen beistehen zu können.« Lew sah sie an. Victoria nahm plötzlich wahr, dass irgendwo im Garten eine Grille zirpte und eine spät blühende Blume einen intensiven Duft verströmte. Sie hatte den Eindruck, dass er noch etwas hinzufügen wollte, doch er zog nur den Hut vor ihr und verbeugte sich. »Bis morgen, auf Wiedersehen.«

»Ja, bis morgen«, erwiderte sie herzlich.

Immer noch aufgewühlt, kehrte Victoria in die Villa zurück. Sie hätte gleichzeitig lachen und weinen können. Als sie nach Clara sah, schlief das Mädchen, der Säugling ruhte in ihrem Arm und schlummerte ebenfalls. Victoria betrachtete die beiden versonnen. Sie fragte sich, wie es wohl sein würde, einmal ihr und Jeremys Kind in den Armen zu halten. Sie wusste, Jeremy hätte ihre Freude über die glücklich überstandene Geburt geteilt.

Plötzlich verspürte sie einen Bärenhunger. Sie hatte den ganzen Tag außer ein paar Löffel von der Suppe, die Greta gegen Mittag in die Kammer gebracht hatte, nichts gegessen. Ihr war allerdings nicht danach, ihre Verwandten zu sehen. Deshalb bat sie ein Dienstmädchen, ihr ein Tablett mit Essen auf ihr Zimmer zu bringen.

Auf der Frisierkommode stand ein Strauß üppiger roter Treibhausrosen, die einen schweren Duft verströmten. Eine Karte steckte nicht darin. Wer hatte sie nur geschickt?

Als es wenig später an der Tür klopfte, dachte Victoria, das Mädchen käme mit dem Essen, doch als sie öffnete, sah sie, dass es ihre Großmutter war.

»Mir wurde gesagt, dass dein Mädchen einen Jungen zur Welt gebracht hat.« Ihre Großmutter ging, ohne um Einlass zu bitten, an ihr vorbei ins Zimmer.

»Ich hoffe, Sie halten es ein paar Tage lang mit einem unehelichen Kind unter Ihrem Dach aus«, erwiderte Victoria sarkastisch. Ihre Großmutter und ihre rigiden Moralvorstellungen waren das Letzte, wonach ihr gerade der Sinn stand.

»Ich wollte eigentlich fragen, wie es dem Mädchen und dem Kind geht.«

»Tatsächlich?« Victoria konnte es nicht glauben. »Dank Dr. Prokowski sind die beiden wohlauf.«

Ihre Großmutter schwieg. Für einen Moment wirkte sie tief in Gedanken versunken, ehe sie unvermittelt fragte: »Warum verabscheust du mich eigentlich so?«

Victoria starrte sie an. Und dann brach alles, was sich in den letzten Tagen an Ärger in ihr aufgestaut hatte, aus ihr heraus. »Weil Sie kalt und gefühllos sind und weil Sie Menschen wie Sophie, die Ihren Ansprüchen nicht genügen, absichtlich demütigen und verletzen.«

»Sophie ...« Die Fürstin verzog verächtlich den Mund. »Das dumme Ding hat Heinrich nur des Titels wegen geheiratet. Sie war nur eine Baronesse.«

»Ich bin davon überzeugt, dass Sophie nicht berechnend ist. Ich glaube, dass sie viel für Heinrich empfindet. Ganz im

Gegensatz zu ihm. Aber Sie können das sicher nicht verstehen. Ich kann mir nicht vorstellen, dass Sie jemals einen Menschen wirklich geliebt haben.«

Victorias Großmutter erstarrte. »Du bist immer noch so unverschämt, wie du es als Kind warst«, fuhr sie Victoria an.

»Ich hatte Heimweh und habe mich einsam gefühlt.« Victoria trat einen Schritt auf sie zu. »Wenn Sie mir gegenüber ein bisschen liebevoll gewesen wären, hätte ich mich Ihnen bestimmt zugewendet.«

»Dein Vater hatte dich hoffnungslos verwöhnt, statt dich zu erziehen. Du hast eine harte Hand gebraucht ...«

»Wissen Sie, wie das ist, in einem Zimmer eingesperrt zu sein und keine Luft mehr zu bekommen und verzweifelt gegen die Tür zu hämmern und niemand macht Ihnen auf? Bis ich endlich ohnmächtig wurde, habe ich jedes Mal eine Todesangst ausgestanden. Ich verstehe nicht, wie jemand so grausam sein kann. Das ist der Grund, weshalb ich Sie nicht leiden kann.«

Die Fürstin fasste sich an die Brust. »Ich dachte ... ich dachte, du hättest das nur gespielt ...« Ihre Stimme klang mit einem Mal brüchig.

»Gespielt? Auf so eine Idee können auch nur Sie verfallen«, sagte Victoria verächtlich.

Wieder schnürte es ihr die Kehle zu. Sie zwang sich, ruhig und gleichmäßig zu atmen, denn sie wollte vor der Fürstin keine Schwäche zeigen. Einen Augenblick maßen sie sich mit Blicken. Dann drehte sich ihre Großmutter um und verließ das Zimmer. Victoria ließ sich auf das Bett sinken und verbarg das Gesicht in den Händen. Sie fühlte sich plötzlich zu Tode erschöpft.

Das klägliche Weinen eines Säuglings weckte Victoria. Sie hatte das Gefühl, aus einem todesähnlichen Schlaf zu erwachen. Sie benötigte einen Augenblick, um zu begreifen, was das Weinen zu bedeuten hatte. Dann erinnerte sie sich wieder.

Clara, die in den Wehen lag … Die Geburt des Jungen … Und danach der heftige Streit mit ihrer Großmutter …

Die Zeiger ihres Weckers standen auf elf. Sonnenlicht fiel durch die Vorhänge auf den Teppich. Victoria zog sich rasch an und lief die Treppe zum Dienstbotentrakt hinauf, dann klopfte sie an die Tür von Claras Kammer. Das Mädchen lag im Bett, Greta saß daneben und wiegte den Kleinen in den Armen, der die Händchen zu Fäusten ballte und in die Luft reckte. Clara betrachtete die beiden. Nicht abweisend, sondern eher verwundert, als könne sie immer noch nicht richtig begreifen, was geschehen war. Neben dem Bett stand eine Wiege.

»Guten Morgen, Clara. Wie geht es dir?« Victoria lächelte das Mädchen aufmunternd an.

»Ganz gut, gnädiges Fräulein«, murmelte sie.

»Ein properes Kerlchen, der Junge.« In Gretas roten Wangen bildeten sich Grübchen. »Ist doch immer wieder schön, so was Kleines zu halten.« Die Köchin reichte Victoria den Jungen. Langsam schritt diese mit ihm auf und ab.

»Die Hebamme war heute Morgen schon hier. Sie hat die Wiege gebracht. Und Ihre Großmutter war auch hier. Sie hat sich erkundigt, wie es Clara und dem Kind geht.«

»Ach, wirklich?« Victoria sah Greta an. Sie gab sich keine Mühe, ihre Überraschung zu verbergen.

»Ihre Großmutter … Sie ist nicht so kalt, wie die Leute oft denken.«

Victoria zuckte innerlich zusammen, doch sie verzichtete auf eine Antwort. »Wissen Sie, ob die Fürstin im Hause ist?«, fragte sie stattdessen.

»Soviel ich weiß, macht Ihre Durchlaucht zusammen mit ihrem Herrn Sohn und der Prinzessin Besuche.«

Victoria war erleichtert, dass sie ihrer Großmutter nicht gleich über den Weg laufen würde. Der Kleine war wieder eingeschlafen, und sie legte ihn vorsichtig in die Wiege.

Auf dem Frühstückstisch stand noch ein Gedeck. Victoria setzte sich und breitete die gestärkte Leinenserviette auf ihrem Schoß aus. Wilhelm erschien und erklärte, dass er gleich frischen Tee und Wurst und Käse bringen werde. Die Tür zum Garten stand offen. Ein Gärtner lockerte die Erde in dem Rosenbeet vor dem Gartenhaus mit einer Hacke. Die vollen Blüten waren ein Abgesang auf den Sommer, auch das Laub auf der Wiese und der herbe Geruch in der Luft kündigten den Herbst an. Fast zwei Wochen war sie nun schon in Deutschland. Es kam Victoria viel länger vor.

»Gnädiges Fräulein ...« Wilhelm war zurückgekommen. Er stellte die Silberplatten auf den Tisch und schenkte dann Tee in die feine Tasse.

Victoria fiel wieder der Strauß Rosen ein. Sie hatten so stark geduftet, dass sie sie am vergangenen Abend vor dem Schlafengehen auf den Korridor gestellt hatte.

»Wilhelm, wissen Sie, wer mir die Rosen geschickt hat?«, fragte sie.

»Graf Waldenfels hat Ihnen, Ihrer Großmutter und der Prinzessin gestern Blumen gesandt«, erklärte er.

Graf Waldenfels ... Wie konnte er es wagen? Victoria kam es vor, als hätte er sich durch den Strauß Zugang zu ihrem Zimmer verschafft.

Tatsächlich fand sie, als sie wenig später nach dem Frühstück in ihr Zimmer zurückging, eine Karte aus exquisitem Papier auf dem Boden neben der Kommode. Sie musste zwischen den Blumen gesteckt haben, dann jedoch herausgefallen sein. Darauf bedankte sich Waldenfels für den »reizenden Abend«.

Victorias Magen zog sich zusammen. Über der Geburt von Claras Jungen und dem Streit mit ihrer Großmutter hatte sie den Mord an Lord Fisher und dass der Graf versucht hatte, sie zu vergewaltigen, ganz verdrängt. Nun holte sie all das Schreckliche wieder ein.

Sie nahm die Blumen und die Karte und ging nach draußen in den Garten, wo sie nach einigem Suchen einen Komposthaufen fand, auf den sie beides warf. Als sie zum Haus zurückkam, öffnete Wilhelm gerade Lew Prokowski die Tür. Ihn zu sehen munterte Victoria auf.

»Ich habe Clara heute Vormittag schon besucht«, sagte sie gleich. »Ihr und dem Kind scheint es gut zu gehen.«

»Das freut mich zu hören.« Er zögerte kurz. »Ich habe mir den Nachmittag freigenommen, um zu malen. Würden Sie mir vielleicht die Freude bereiten, mich zum Concordiaturm zu begleiten? Die Aussicht soll sehr schön sein.«

»Sehr gern.«

»Wie schön. Der Kutscher wartet an der Straße auf mich. Wir sehen uns dann in einer Viertelstunde?«

»Ich hole schnell meine Malsachen und ziehe feste Schuhe an.« Victoria war froh über einige unbeschwerte Stunden ohne Tod und Gewalt und bedrückende Fragen.

Nachdem Lew seine Visite bei Clara beendet hatte, stiegen sie in die Kutsche, die die Straße auf die andere Flussseite nahm. Victoria verstaute ihre Utensilien unter dem Sitz, wo schon die Lews lagen. Auf der Lahn fuhr ein Ausflugsdampfer vorbei. Das Deck war voller Menschen, die die zur Neige gehenden schönen Herbsttage genießen wollten. Lew bat den Kutscher, an der Praxis seines Freundes zu halten, und brachte seine Arzttasche hinein. Am Fuß des Berges ließ der Kutscher sie aussteigen, und sie schlugen den von Felsen gesäumten Weg ein, der zum Gipfel hinaufführte. Er war steil, deshalb sprachen sie nicht viel miteinander. Aber Victoria fand das Schweigen nicht störend.

»Weshalb malen Sie eigentlich?«, fragte Lew schließlich, als sie das Plateau am Turm fast erreicht hatten. »Warum ist es Ihnen wichtig, sich künstlerisch auszudrücken?«

»Ich glaube, ich male, weil ich das Wesen eines Menschen, eines Ortes oder eines Gegenstands erkennen und festhalten möchte«, sagte Victoria nachdenklich. »Ich habe das Gefühl, dem beim Malen näher zu kommen als beim Fotografieren. Auch wenn ich längst nicht so gut male, wie ich fotografiere. Und wie steht es mit Ihnen? Was ist für Sie der Grund zu malen?«

»Ich bin ein Anhänger von Professor Freud und glaube, dass viele der Kräfte, die uns antreiben, in unserem Unterbewusstsein verborgen sind.« Er lächelte schwach. »Aber vermutlich male ich, weil es mir das Gefühl gibt, in das Chaos, das in der Welt herrscht, eine Ordnung bringen zu können.«

»Um die Mächte der Finsternis zu bannen?« Victoria hatte die Bemerkung mehr als Scherz gemeint. Aber für einen Moment verdüsterte sich die Miene des Arztes. »Vielleicht ...«, sagte er ausweichend, ehe er auf eine Stelle am Hügelrand deutete. »Was meinen Sie, ist das dort unser Platz?«

Der felsige, von Büschen durchsetzte Hang fiel hier schroff ab. Weit unten wand sich der Fluss durch die Stadt.

Victoria nickte. »Das ist ein wunderschöner Platz. Der Gegensatz zwischen den wilden Hügeln und dem sanften Flusstal gefällt mir.«

»Dann lassen Sie uns die Staffeleien dort aufstellen.« Lew schien seine gute Laune wiedergefunden zu haben.

Während Victoria versuchte, die Landschaft und Stimmung des Septembertages festzuhalten – noch sommerlich, aber das Licht schon golden und ein Hauch von Dunst über den Hängen und Baumwipfeln –, empfand sie Lews stille Gegenwart als sehr angenehm. Als das Aquarell fertig war, klemmte sie es zum Trocknen an die Staffelei und setzte sich mit Bleistiften und dem Zeichenblock auf einen großen Stein. Sie hatte kaum ein paar Striche gezeichnet, da brach ihr der Bleistift ab. Rasch holte sie ein Federmesser aus ihrer Handtasche. Victoria setzte es an den Stift, als sie von einem Aufblitzen am nahen Waldrand abgelenkt wurde. Sie blickte in die Richtung. Einige Vögel flatterten aufgeregt – von irgendetwas oder irgendwem aufgestört – über den Bäumen. Stand dort jemand? Oder bildete sie sich das nur ein?

»Autsch ...«

Victoria stieß einen Schmerzenslaut aus, denn das kleine Messer war von dem Stift abgerutscht und ihr in den Handballen gefahren. Blut quoll aus der Wunde. Lew fuhr zu ihr herum und kniete sich dann neben sie.

»Zeigen Sie einmal ...« Vorsichtig nahm er ihre Hand. »Die Wunde ist sehr tief. Ich fürchte, sie muss genäht werden.« Er holte ein sauberes Tuch aus der Ledertasche, in der er seine Malutensilien aufbewahrte, und legte ihr einen provisorischen Verband an. »Meinen Sie, Sie schaffen es, bis zur Praxis von Dr. Bender zu gehen?«

»Natürlich, ich bin ja nicht schwer verletzt.« Victoria rang sich ein Lächeln ab und blickte dann noch einmal zum Waldrand. Sie musste sich geirrt haben. Dort stand eindeutig niemand. »Ich glaubte, eben dort drüben jemanden gesehen zu haben. Deshalb war ich einen Moment unaufmerksam«, erklärte sie und wies mit der unverletzten Hand in Richtung der Bäume.

Lew schüttelte den Kopf. »Mir ist nichts aufgefallen. Ich war aber auch auf meine Zeichnung konzentriert«, sagte er und räumte ihre Utensilien zusammen. Dann hängte er sich seine und, trotz ihres Protestes, auch ihre Tasche über die Schulter.

In Gedanken versunken ging Victoria hinter Lew den Hügel zur Stadt hinunter. Hatte sie sich nur eingebildet, jemanden gesehen zu haben, oder waren sie beobachtet worden?

SIEBZEHNTES KAPITEL

Zwei Tage waren jetzt vergangen, seit Victoria das Telegramm an Hopkins abgeschickt hatte ... Zwei Tage, in denen so viel hatte geschehen können ...

Während er die ersten Häuser von Ems im Lahntal erblickte, hoffte Jeremy inständig, dass Waldenfels und seine Leute nicht ahnten, dass Victoria Lord Fishers Leichnam identifiziert hatte.

Er nahm wahr, dass Hopkins, der ihm im Zug gegenübersaß, *Bradshaw's Continental Railway Guide and General Handbook* zuschlug. Sie hatten, worüber Jeremy froh war, ein Erster-Klasse-Abteil für sich.

»Laut *Bradshaw* ist das Hotel d'Angleterre das beste am Platz in Ems, Sir«, sagte der Butler.

»Hopkins, ich gebe mich zwar als Lord Lothian aus«, Jeremy seufzte, »aber ich besitze nicht das Vermögen eines Lords. Sir Arthur wird über eine exorbitante Spesenrechnung nicht begeistert sein.«

»Vor allem dürfte Sir Arthur daran gelegen sein, dass Ihre Tarnung nicht aufgedeckt wird. Wir müssen auf einen gewissen Standard achten, der Ihrem Namen entspricht.« Hopkins ließ sich nicht beirren. »Das Hotel Römerbad sowie das Vier Türme Hotel stehen auch in einem guten Ruf. Soll ich diese Häuser in Augenschein nehmen?«

»Tun Sie das, Hopkins, äh … Parson«, besann sich Jeremy auf seine Rolle.

Er stand auf, da der Zug nun in den Bahnhof einfuhr. Hopkins reichte ihm den Hut, half ihm in den Mantel und rückte den Kragen zurecht, ehe er einen Gepäckträger herbeirief.

»Ich würde gern Miss Bredon sehen.«

Der kahlköpfige Diener, dem Jeremy wenig später seine Karte reichte, war offensichtlich des Englischen nicht mächtig. Er bedeutete Jeremy stumm, ihm zu folgen, und dirigierte ihn in einen Empfangssalon, wo er auf einen Stuhl deutete und überdeutlich die Worte »Warten Sie bitte« sagte.

Da Jeremy ein Jahr lang in Berlin und Heidelberg studiert hatte, beherrschte er die Sprache gut. Aber dies passte nicht zur Biografie seines Alter Ego. Außerdem wollte Jeremy Graf Waldenfels ohnehin auch lieber im Unklaren darüber lassen, dass er Deutsch verstand.

Der kleine, sonnige Raum war mit stilvollen Empiremöbeln eingerichtet. Vor den Fenstertüren erstreckte sich ein Garten den Hügel hinauf. Jeremy stellte sich vor, wie Victoria die Wege entlangschlenderte. Von dort oben hatte man sicher einen schönen Blick auf die Stadt und das Flusstal. Bestimmt mochte sie die Aussicht sehr.

Nein, ihr durfte nichts zugestoßen sein …

Das Öffnen der Tür riss ihn aus seinen Gedanken. Hastig drehte er sich um. Doch die Frau, der er sich gegenübersah, war nicht Victoria. Sie war zierlich und schön, um die siebzig Jahre alt und unverkennbar Victorias Großmutter Leontine von Marssendorff. Auch der Blick, mit dem sie ihn bedachte, unverhohlen prüfend, sowie ihre Körperhaltung erinnerten ihn an sie.

»Sprechen Sie Französisch, Lord Lothian?«, fragte sie knapp.

»Ein wenig ...«

»Das ist gut. Mein Englisch lässt zu wünschen übrig. In meiner Jugend war Französisch die Sprache des Adels.« Die Fürstin gab sich keine Mühe zu verhehlen, dass sie es bedauerte, dass dies nicht mehr selbstverständlich war. Sie setzte sich, ihren Gehstock in der Hand, und bedeutete auch Jeremy, Platz zu nehmen. »Gehe ich recht in der Annahme, dass Sie meine Enkelin zu sehen wünschen?«

»Allerdings ...«

»Victoria ist ausgegangen. Darf ich fragen, in welcher Beziehung Sie zu ihr stehen?« Wieder traf ihn ein forschender Blick.

Sie war wohlauf ... Erleichterung durchflutete Jeremy. »Wir sind uns bei gesellschaftlichen Anlässen begegnet. Von ihrem Diener erfuhr ich, dass sie sich in Ems aufhält. Da ich beabsichtige, einige Tage hier zu verbringen, um mich verschiedenen Kuranwendungen zu unterziehen, beschloss ich, ihr meine Aufwartung zu machen.«

Die Fürstin nickte verstehend. »Victorias Großtante, Lady Glenmorag, hat Sie in ihren Briefen nie erwähnt. Sie kennen Lady Glenmorag sicher?«

»Leider hatte ich noch nicht das Vergnügen. Ich habe den Titel noch nicht lange. Miss Bredon und ich sind uns auch erst vor Kurzem das erste Mal begegnet.«

Jeremy wusste nicht, wie häufig die beiden Damen miteinander korrespondierten. Er wollte lieber kein Risiko eingehen, denn er vermutete, dass der richtige Earl of Lothian Lady Glenmorag nicht kannte.

»Habe ich Sie richtig verstanden ... Sie sind noch nicht lange ein Lord?«

»Ja, der bisherige Inhaber des Titels, ein Vetter dritten Grades, starb vor wenigen Monaten ohne einen männlichen Nachkommen.«

»Darf ich fragen, welche Profession Sie vorher ausgeübt haben?«

»Ich habe einige Jahre in Amerika gelebt und Jachten und Segelschiffe gebaut.«

Die Fürstin zuckte leicht zusammen. »Aber jetzt zählen Sie zum Adel?«, vergewisserte sie sich.

»Und mir ist ein Sitz im Oberhaus zu eigen«, erwiderte Jeremy ernst.

»Tatsächlich?« Der desinteressierten Stimme der Fürstin war deutlich anzuhören, dass sie dies für ein unwichtiges Detail hielt. »Und Sie leben wo?«

»Auf meinen Landgütern in Schottland und Irland.«

»Sie sind wahrscheinlich anglikanischen Glaubens?«

Jeremy hätte fast gesagt, er nehme doch an, dass Lord Lothian Anglikaner sei. Gerade noch rechtzeitig besann er sich auf seine Rolle. »Ja, natürlich ...«

Wurde er hier etwa auf seine Tauglichkeit als möglicher Heiratskandidat überprüft? Es schien ihm so.

»Nun ja ...« Die Fürstin seufzte bedauernd. »Leider gibt es nur noch wenige katholische Adelsfamilien in Ihrem Land ...« Sie dachte kurz nach, ehe sie zu Jeremys Überraschung fragte: »Haben Sie sich schon in einem Hotel eingemietet?«

»Mein Butler sieht sich gerade nach Zimmern für uns um.«

»Zur Villa gehört ein Gästehaus im Garten. Ich würde mich freuen, wenn Sie für die Dauer Ihres Aufenthalts mein Gast wären. Hotels sind so unbequem.«

»Das ist ein sehr großzügiges Angebot. Ich weiß aber nicht, ob ich es annehmen kann.« Jeremy war überrascht. Dies hatte er nicht zu hoffen gewagt.

»Natürlich können Sie es annehmen.«

Die Fürstin schenkte ihm ein Lächeln. Mit einem solchen hatte sie, nahm Jeremy an, früher sicher viele Männerherzen gebrochen. Dieses Lächeln war ihm ebenfalls von Victoria nur zu vertraut.

»Dann akzeptiere ich Ihr Angebot«, willigte er ein.

»Ich unterrichte meinen Diener, dass er alles Nötige veranlasst.« Sie erhob sich, zum Zeichen dafür, dass die Unterhaltung für sie beendet war.

Auch Jeremy stand auf. »Da ist nur eine Sache, Durchlaucht. Parson, mein Butler, ist kein Diener im deutschen Sinne. Er legt großen Wert darauf, mit dem Nachnamen und von den anderen Dienstboten auch mit Mister angesprochen zu werden. In diesen Dingen ist er sehr empfindlich, und ich würde ihn ungern verärgern.«

»Ich werde Wilhelm informieren.«

Die Miene von Victorias Großmutter ließ keinen Zweifel daran, dass sie derlei Rücksichten eigentlich für überflüssig hielt.

Lew geleitete Victoria in die Praxis Dr. Benders. Auf halbem Weg hatte sie ein Bauer auf seinem Karren mitgenommen, wofür Victoria dankbar gewesen war, denn die Wunde schmerzte sehr. Lew bat sie, am Schreibtisch Platz zu nehmen und ihren Unterarm auf ein Kissen zu legen.

Während er den provisorischen Verband entfernte, fiel ihr Blick auf eine Fotografie mit einem Trauerflor. Auch in der Praxis hatte Lew also das Bild der jungen Frau stehen. Sie musste ihm viel bedeutet haben. Sie war wirklich sehr schön, ihr Gesicht erinnerte Victoria an die Darstellung eines Engels – keines dieser süßlichen Wesen, wie sie die Kunst des vergangenen Jahrhunderts geliebt hatte, sondern an einen kämpferischen Engel, der das Paradies bewachte. Die großen Augen wirkten sanft, um das Kinn und den ausdrucksvollen Mund lag ein entschiedener, fast harter Zug. Einige Strähnen hatten sich aus ihrer Frisur gelöst, was den Eindruck von kaum gebändigter Wildheit noch verstärkte. Sie musste eine ganz besondere Frau gewesen sein.

Victoria biss die Zähne zusammen, als Lew nun begann, die Wunde mit Jod zu säubern, und musste daran denken, wie Jeremy zusammengezuckt war, als er den Streifschuss mit dem Desinfektionsmittel behandelt hatte.

»Können Sie versuchen, die Hand ruhig zu halten, während ich den Schnitt nähe?«, wandte sich Lew ihr zu. Es sah sie teilnahmsvoll an.

Victoria nickte. »Ich versuche es.«

Sie schloss die Augen und bemühte sich, nicht aufzustöhnen, als er die Nadel und den Faden durch die Haut und das Fleisch des Handballens zog. Die Stiche schmerzten fürchterlich.

»Es ist überstanden...«

Victoria öffnete die Lider. Lew lächelte sie an.

»Dem Himmel sei Dank...«, murmelte sie.

»Ist das eine Brandwunde?« Mit den Fingerspitzen berührte er die Narbe auf ihrer Handinnenseite.

»Ja, ich habe sie mir bei einem Wohnungsbrand zugezogen. Ich wurde überfallen. Ein Mann wollte mich umbringen. Jeremy... mein Verlobter... hat mich gerettet...«

»Sie lieben ihn sehr?« Lew sah sie forschend an.

»Ja, das tue ich. Ich kann mir ein Leben ohne ihn nicht mehr vorstellen«, erwiderte Victoria leise.

Wieder fuhr ein Ausflugsdampfer die Lahn entlang. Sie hörte das Brummen der Motoren und die Stimmen der Passagiere. Aber es schien ihr sehr weit entfernt zu sein. Während Lew die Wunde verband, spürte sie die Wärme seiner Haut und seinen Atem auf ihrer Wange.

»Gibt es denn eine Frau, die Sie lieben?«

»Es gab eine. Aber sie lebt nicht mehr.« Lew schaute zu der

Fotografie. »Inna war Ihnen sehr ähnlich. Sie war schön, mutig und tapfer, wie Sie es sind.«

Nachdem Lew den Verband befestigt hatte, hielt er Victorias Hand noch einen Moment lang fest. Victoria war versucht zu fragen, woran Inna gestorben war. Aber irgendetwas in Lews Blick hielt sie davon ab.

»Ich bin nicht tapfer.« Sie schüttelte den Kopf.

»Doch, das sind Sie.« Lew ließ ihre Hand los. »Darf ich Sie zur Villa Ihrer Großmutter begleiten?« Seine Stimme klang ein wenig rau.

»Natürlich dürfen Sie das ...«

»Sind Sie gut untergebracht, Hopkins?«, wandte sich Jeremy an Victorias Butler, der eben den Frack aus dem Schrankkoffer nahm und ihn über einen Bügel hängte.

Jeremy hätte seine Sachen auch selbst ausgepackt. Doch da er fürchtete, Hopkins könnte sich dadurch brüskiert fühlen, ließ er es sein.

»Ja, ich bin durchaus zufrieden, Sir. Eine recht behagliche Kammer. Ich habe allerdings die Bettdecke ausgetauscht und werde dies auch hier tun, wenn Sie es möchten.« Hopkins' Blick wanderte zu der dicken Daunendecke auf dem Bett im Empirestil. »Die Köchin und der Diener der Fürstin scheinen übrigens recht fähig zu sein. Zumindest dem ersten Augenschein nach.«

Jeremy versicherte Hopkins, dass er erfreut sei, dies zu hören, und dass er gern die dünne Decke nehme. Dann sagte er, dass er einen Spaziergang unternehmen wolle, was Hopkins mit einem wohlwollenden Nicken quittierte. Jeremy stand weniger der Sinn danach, Ems zu erkunden, er machte sich einfach Sorgen um Victoria, und er hoffte, sie zu treffen. Denn so groß war der Ort ja nicht.

Die Nachmittagssonne verlieh den Fassaden einen orangenen Schimmer. Jeremy hatte eben eine Brücke überquert, als er Victoria unter den Menschen entdeckte, die die Straße am Kurhaus bevölkerten. Sie war in Begleitung eines Mannes. Er zog sich in eine Toreinfahrt zurück, denn er wollte sie auf keinen Fall überraschen. Die Gefahr, dass sie spontan seinen Namen sagte, erschien ihm zu groß.

Jetzt, am Nachmittag, war die Straße am Kurhaus voller flanierender Gäste. Victoria hing ihren Gedanken nach, als sie sich einen Weg durch die Menschen bahnten, und auch Lew schien nicht nach Reden zumute zu sein. Als sie die Lahn überquert hatten, lagen die Hügel auf dieser Flussseite bereits im Schatten.

Am Gartentor der Villa blieben sie stehen. »Ich sehe morgen wieder nach Clara«, sagte Lew. »Verständigen Sie mich, wenn es ihr oder dem Kind nicht gut gehen sollte. Oder wenn die Wunde an Ihrer Hand im Laufe des Tages stark zu schmerzen beginnt und sich entzündet.«

»Das werde ich . . .« Spontan umarmte Victoria ihn und küsste ihn auf die Wange. »Danke . . . für alles . . .«, flüsterte sie.

»Sie müssen mir nicht danken . . .«

Er sah sie an, mit Wehmut in den Augen, während sein Mund sie anlächelte. Dann verbeugte er sich und wandte sich zum Gehen.

Zärtlichkeit durchflutete Jeremy, während er Victorias Anblick in sich aufnahm. Ihr Haar leuchtete rot unter dem Strohhut hervor, ihre Nase war von Sommersprossen gesprenkelt. Was er mochte, Victoria dagegen hasste es. Jeremy lächelte vor sich hin.

Er war den beiden langsam zur Brücke über die Lahn und dann den Hügel hinauf gefolgt. Als sie das Grundstück der Villa erreichten, blieb er stehen. So, wie der Mann Victoria ansah, war er in sie verliebt. Daran hatte Jeremy keinen Zweifel. Er kam ihm irgendwie bekannt vor.

Victoria umarmte ihren Begleiter jetzt und küsste ihn auf die Wange. Jeremy war sich Victorias Liebe sicher, trotzdem empfand er einen Stich der Eifersucht. Und plötzlich begriff er ... Dieser Mann war der Arzt, der den Streifschuss an seinem Arm versorgt hatte. Wie kam er nach Ems? Und in welcher Verbindung stand er zu Victoria?

Wahrscheinlich hatte ihre Großmutter sie dabei beobachtet, wie sie diesen Mann auf offener Straße umarmt und auf die Wange geküsst hatte, und sie würde sie gleich zur Rede stellen. Aber Victoria bereute es nicht.

Hinter den Fenstertüren des Speisezimmers im Erdgeschoss nahm sie eine Bewegung wahr. Erfreulicherweise hielt sich dort nicht ihre Großmutter auf. Ein Diener deckte den Tisch fürs Abendessen.

Konrad öffnete ihr die Eingangstür. Als Victoria in die Halle trat, sah sie durch die Tür des Speisezimmers den Diener, den sie schon von draußen bemerkt hatte, um die Tafel herumgehen. Er betrachtete kritisch die Gedecke. Sie hatte ihn bei ihrer Großmutter noch gar nicht gesehen. Aber der Mann erinnerte sie an jemanden. Ja, an Hopkins. Grauhaarig, würdevoll, schon ein wenig älter ...

Moment ... Es war Hopkins.

Ich halluziniere ..., durchfuhr es Victoria.

»Der Earl of Lothian ist seit heute Nachmittag unser Gast. Ihre Durchlaucht hat ihn eingeladen, einige Tage hier zu verbringen«, teilte ihr Konrad mit. »Mr. Parson ist der Butler des Lords. Aber Sie kennen ihn ja sicherlich.«

Hopkins drehte sich zu ihr um und verneigte sich vor ihr. »Miss Bredon«, erklärte er gemessen auf Englisch, »ich bin sehr erfreut, Sie wiederzusehen.«

»Mr. ... Mr. Parson ... Äh ... Lord Lothian ... wer ... wo ist er?« Victoria hatte Mühe, ihre Stimme unter Kontrolle zu halten und sich ihre Verblüffung nicht anmerken zu lassen.

»Lord Lothian unternimmt gerade einen Spaziergang durch die Stadt. Ein wirklich reizender Ort, wie ich finde.«

»Mr. Parson, wenn Sie nun bitte mitkommen würden«, wandte sich Konrad an Hopkins. »Dann zeige ich Ihnen das Haus.«

»Sehr gern.«

Hopkins ließ noch einmal prüfend seinen Blick über den Tisch schweifen. Dann folgte er gemessenen Schrittes dem Diener. Victoria starrte ihm fassungslos nach.

»Danke, Eva.«

Victoria nickte dem Mädchen, das ihr anstelle von Clara beim Ankleiden und Frisieren geholfen hatte, freundlich zu. Es hatte sie all ihre Selbstbeherrschung gekostet, mit ihm zu plaudern und sich ihre Anspannung nicht anmerken zu lassen.

Sie konnte es immer noch nicht fassen, dass sich Hopkins tatsächlich in Ems, in der Villa ihrer Großmutter aufhielt. Sie hatte noch keine Gelegenheit gefunden, unter vier Augen mit ihm zu sprechen. Wer verbarg sich nur hinter Lord Lothian?

Victoria blickte noch einmal prüfend in den Spiegel der Frisierkommode – sie trug eine eng anliegende goldene Halskette und Ohrringe, die mit altrosafarbenen Halbedelsteinen besetzt waren. Ihr Abendkleid hatte einen cremefarbenen Rock aus

Seide. Das Oberteil war mit stilisierten Rosen bestickt. Irgendwie war es ihr gelungen, den linken Handschuh über den Verband zu ziehen. Man sah ihr die Aufregung an. Die Pupillen
ihrer Augen wirkten riesengroß.

Als Victoria den Salon vor dem Speisezimmer betrat, hielten
sich dort ihre Großmutter, Heinrich und Sophie, der Fürst und
die Fürstin Cronburg auf und – sie erschrak – Graf Waldenfels.

»Gnädiges Fräulein ...« Er verbeugte sich galant vor ihr.

*Niemand hier würde glauben, dass er noch vor wenigen
Tagen versucht hat, mich zu missbrauchen*, dachte Victoria
angewidert. Wieder fühlte sie seine Zunge in ihrem Mund. Sie
wagte es immer noch nicht, sich vorzustellen, was geschehen
wäre, wenn ihre Großmutter sie nicht gesucht hätte.

Sie zwang sich, ihn und das Fürstenpaar höflich zu begrüßen.

»Du hast wahrscheinlich bereits erfahren, dass Lord Lothian
für einige Tage hier zu Gast sein wird«, wandte sich ihre Großmutter nun an sie.

»Ja, es ist sehr nett von Ihnen, dass Sie ihn eingeladen haben,
hier zu wohnen ... Ich freue mich sehr ...«

»Da ist er ja schon. Guten Abend, Lord.« Die Fürstin lächelte
so liebenswürdig, wie Victoria sie selten gesehen hatte.

Victoria fuhr herum, und ihr Herzschlag setzte für den
Bruchteil einer Sekunde aus. Der Mann mit dem braunen Haar
und dem sorgfältig gestutzten Bart, der nun auf sie zutrat, war
Jeremy. Er war hagerer als bei ihrer letzten Begegnung. Die
Schatten unter seinen Augen kündeten davon, dass eine an-
strengende Zeit hinter ihm lag. Aber er war es. Das ihr so
vertraute schiefe Lächeln bewirkte, dass Zärtlichkeit und Sehnsucht sie durchfluteten.

»Miss Bredon ...«

»Lord Lothian ...« Als er ihre Hand berührte und an seine

Lippen zog, setzte dies ein Feuerwerk von Gefühlen und Empfindungen in ihr frei. Victoria senkte den Kopf. Ihre Verwandten und die Gäste sollten nicht bemerken, was in ihr vorging. »Wie schön, Lord, Sie in Ems zu sehen«, murmelte sie.

»Nun, ich habe mich recht spontan zu der Reise entschlossen«, erwiderte er und fügte dann so leise, dass nur sie es hören konnte, hinzu: »Es gab wichtige Gründe ...«

Bestimmt waren er und Hopkins wegen der Ermordung Lord Fishers nach Ems gekommen ... Was ging hier nur vor ...

Konrad öffnete nun die Flügeltür zum Speisesaal. Victoria blickte rasch auf den Tisch im Salon, wo der Plan lag, wer wo an der Tafel platziert war. Sie saß neben Lord Lothian.

Neben den Journalisten Jeremy Ryder hätte mich meine Großmutter bestimmt nicht gesetzt, schoss es ihr durch den Kopf.

Jeremy reichte ihr seinen Arm und führte sie in den Speisesaal. Obwohl sie mehr als aufgeregt war, hätte Victoria beinahe laut aufgelacht.

Victoria war am Leben. Ihr war nichts zugestoßen ... Am kommenden Morgen würde sie sich mit Hopkins auf den Weg nach England machen und in Sicherheit sein ...

Jeremy fühlte sich ganz schwach vor Erleichterung. Ihm gegenüber an der Tafel saß Graf Karl von Waldenfels. Ein Mann, der höchstwahrscheinlich zwei Menschen auf dem Gewissen hatte und der in einen perfiden Plan verstrickt war, von dem Jeremy nur Bruchstücke kannte.

Du darfst dich von deinen widersprüchlichen Empfindungen nicht beeinflussen lassen. Du musst einen klaren Kopf bewahren, versuchte er sich zu sagen. Doch das Ambiente – der elegante Speisesaal, die vornehmen Gäste, Hopkins, der mit durchgedrücktem Rücken zusammen mit einem Diener an der Anrichte stand – verstärkte das Gefühl der Unwirklichkeit.

»Lord, Sie sind sicher nach Ems gekommen, um zu kuren?«

Jeremy schreckte auf. Erst verspätet bemerkte er, dass sich Fürst Cronburg mit einem etwas eingerosteten Englisch an ihn gewandt hatte.

»Äh ... ja ... genau ...«

»Ich bin wegen meines Rückens hier. Kann nicht mehr lange im Sattel sitzen. Noch nicht einmal die Jagd macht mir mehr Spaß. Es ist ein Jammer.« Der Fürst ignorierte einen strafenden Blick seiner Gattin. »Bevorzugen Sie die Jagd auf Rebhühner und Fasane oder die Fuchs- und die Treibjagd, Lord?«

»Tja ...« Jeremy konnte der Jagd nicht viel abgewinnen, ganz anders als dem Segeln, das seine große Leidenschaft war. Sein Kopf war wie leer.

Hopkins, der sich ihm mit einer Platte näherte, auf der Stücke gebratenen Lachses lagen, warf ihm einen beschwörenden Blick zu.

»Der Lord bevorzugt die Jagd auf Rebhühner und Fasane, nicht wahr?« Victoria berührte seine Hand. »Sie erinnern sich doch noch gewiss an das Wochenende auf Claringdon Hall, als ich die Ehre hatte, Ihr Gewehr nachzuladen?« Ihre Augen funkelten amüsiert. Trotzdem merkte Jeremy, dass sie nervös war.

»Gewiss ...« Ihre Finger auf seiner Hand zu spüren reichte, um einen Hitzeschauer durch seinen Körper zu jagen.

»Kennen Sie Lord Darlington?«, bellte der Fürst.

»Leider nicht ...«

»Ein guter Bekannter von mir. Habe einige Male an Fuchsjagden teilgenommen, die er auf seinem Landgut in Yorkshire veranstaltete. Einmal stürzte Darlington, als sein Pferd an einem Hindernis strauchelte. Er stand auf und ritt weiter, als wäre nichts geschehen. Erst am Abend erfuhren wir, dass er sich bei dem Sturz zwei Rippen gebrochen hatte. Guter Mann, das muss ich wirklich sagen.« Fürst Cronburg schob ein Stück Lachs und eine kleine Butterkartoffel mit seinem silbernen Fischmesser auf seine Gabel und führte sie dann zum Mund.

Victoria übersetzte, und er hörte ihre deutschen Worte wie ein Echo.

»Mein Gott, Jagen …« Ihre Großmutter hob gelangweilt die Augenbrauen und begann eine Konversation mit der Fürstin über eine Wohltätigkeitsveranstaltung.

Waldenfels nahm einen Schluck Wein und sah Jeremy dann an. »Auch ich zähle wie der Fürst englische Adlige zu meinen Freunden und Bekannten. Schade, es gibt so viele persönliche Kontakte und verwandtschaftliche Beziehungen zwischen Deutschen und Engländern. Wovon natürlich die Ehe zwischen Kaiser Friedrich und seiner Gattin Victoria die berühmteste war.« Sein Englisch war perfekt und fast akzentfrei. »Umso bedauerlicher finde ich die politische Entfremdung zwischen unseren beiden Ländern. Wussten Sie, dass ein Gemälde unseres Kaisers in der Uniform eines englischen Marineadmirals in Osborne House auf der Isle of Wight hängt?«

»Ich habe davon gehört …«

»England hat immer davon profitiert, wenn es auf der Seite Preußens stand«, ließ sich Prinz Heinrich, wie Jeremy erfahren hatte, der Onkel Victorias, vernehmen. »Sei es im Siebenjährigen Krieg zur Zeit Friedrichs des Großen oder in den Kriegen gegen Napoleon.«

»Blücher und Wellington waren beide beeindruckende Feldherren«, erwiderte Jeremy vorsichtig.

»Beeindruckend? Ich würde sagen, genial«, bemerkte Waldenfels, während er sich Wein nachschenken ließ. »Schade, dass die Flottenpolitik zu einer tiefen Kluft zwischen unseren beiden Ländern geführt hat.«

»Was nicht die Schuld Englands ist ...«

»Nun, Deutschland muss seine Interessen wahren.« Waldenfels griff nach seinem Weinglas, trank jedoch nicht. »Würden Sie, Lord, ein Bündnis zwischen Deutschland und England befürworten?«

»Nun, unter bestimmten Voraussetzungen ...«

Jeremy fragte sich, was Waldenfels mit seinen Fragen bezweckte. Trieb er nur Konversation, oder versuchte er in Erfahrung zu bringen, ob Lord Lothian vielleicht als Verbündeter zu gewinnen wäre?

»Lord, wie haben Sie und Victoria sich denn kennengelernt?« Die Prinzessin wandte sich nun an ihn und bat Victoria zu übersetzen.

»Auf einer Wochenendgesellschaft in den Cotswolds, die gemeinsame Freunde, Lord und Lady Hogarth, veranstalteten«, sagte Jeremy.

Was nicht ganz der Wahrheit entsprach. Diese Wochenendgesellschaft hatte es tatsächlich gegeben, aber damals hatten sie sich schon gekannt. Er sah, wie Victoria sich das Lachen verkniff. Zum ersten Mal begegnet waren sie sich, als er sie während einer Suffragettendemonstration vor dem Parlament in London vor der Verhaftung gerettet hatte.

Ach, er hatte sie so vermisst ... Ihr Lachen, ihren Eigensinn und die Entschlossenheit, mit der sie sich Menschen und Dingen zuwandte, die ihr wichtig waren. Wieder berührten ihre Finger seine. Ganz kurz nur, aber ausreichend, dass ihm ganz heiß vor Verlangen wurde.

ACHTZEHNTES KAPITEL

In der Villa war es still geworden. Vor einer Weile schon hatte Victoria die letzten Dienstboten in ihre Kammern gehen hören.

Victoria lächelte vor sich hin. Ihre Großmutter versuchte ganz offensichtlich, sie mit dem Earl of Lothian zu verkuppeln, aber sie würde es sicher nicht gutheißen, wenn sie sich nachts zu ihm schlich … Rasch schlüpfte sie aus dem Abendkleid. Die helle Seide würde von der Villa aus vielleicht in dem dunklen Garten zu erkennen sein. Sie musste etwas Unauffälligeres anziehen, denn sie wollte Jeremy endlich unter vier Augen sprechen.

Sie war so erleichtert und glücklich gewesen, als sie ihn wohlbehalten wiedergesehen hatte. Ihre Albträume waren nicht Wirklichkeit geworden. Dennoch empfand sie eine wachsende Beklemmung.

Victoria griff nach einer Bluse und einer dunklen Wolljacke sowie einem mausgrauen Rock, als sie ihr Bild im Spiegel auffing. Sie trug nur ein Hemd. Ihre Augen wirkten riesengroß, und ihre Brust hob und senkte sich unter ihren Atemzügen. Die Erinnerung an Jeremys Berührung löste einen Schauder in ihr aus und ließ ihren Atem schneller werden. Sie biss die Zähne zusammen. Es gab jetzt Wichtigeres als ihre Sehnsüchte.

Victoria hatte sich gerade angezogen und ihr Haar zu einem lockeren Knoten im Nacken zusammengebunden, als es leise an der Tür klopfte und sie Hopkins ihren Namen sagen hörte.

»Miss Victoria ...«

»Hopkins, was tun Sie denn hier?« Sie ließ ihn ins Zimmer. Seine Augen blickten in die Ferne.

»Mr. Ryder hat mich gebeten, Sie zu ihm zu begleiten.«

»Wie bitte ...?«

»Er ist der Ansicht, dass Sie nicht allein durch den nächtlichen Garten laufen sollten. Worin ich ihm zustimme. Und wegen Ihrer Großmutter hielt er es für zu riskant, Sie aufzusuchen.«

»Hopkins, was geht hier vor?«

»Darüber wird Ihnen Mr. Ryder Auskunft geben.« Hopkins' Miene war unerschütterlich. Victoria sah ein, dass sie nichts von ihm erfahren würde. Sie folgte ihm auf den Korridor und dann die dunkle Hintertreppe hinunter in den Garten.

Hopkins zog sich vor dem Gartenhaus dezent zurück. Nun öffnete sich die Tür. Jeremy hatte seinen Frack gegen eine einfache Hose und einen dunkelblauen Wollpullover getauscht.

»Ich habe noch einen Rundgang durch den Garten unternommen«, erklärte er auf Victorias fragenden Blick hin und zog sie ins Innere.

»Was geht hier vor? Warum lässt du mich von Hopkins abholen?« Ihre Sorge verwandelte sich in Ärger.

»Du hast keine Ahnung, in was du da hineingeraten bist.« Seine Stimme klang angespannt.

Er bat sie in das einzige Zimmer des kleinen Hauses. Die Samtvorhänge vor den Fenstern waren zugezogen. Victoria registrierte ein breites Bett mit einer seidenen Steppdecke. Auf dem Schreibtisch brannte eine Petroleumlampe. Ihr Schein fiel auf ein Buch, Ciceros politische Reden, was sie jäh tiefe Zuneigung empfinden ließ. Jeremy mochte in die Rolle des Earls of Lothian geschlüpft sein, aber seine wahren Interessen konnte er nicht verbergen. Doch nun sah sie die Pistole, die auch auf dem Schreibtisch lag, und das Gefühl von Sicherheit und Geborgenheit, das sie für einen Moment empfunden hatte, zerplatzte wie eine Seifenblase. So hatte sie sich das Wiedersehen mit Jeremy nicht vorgestellt.

Victoria versuchte, sich ihre Angst und ihre Enttäuschung nicht anmerken zu lassen. »Du und Hopkins, ihr seid wegen des Telegramms, das ich Hopkins geschickt habe, nach Ems gekommen, nicht wahr?«

Jeremy setzte sich auf die Schreibtischkante. Unter dem Pullover zeichnete sich sein drahtiger, muskulöser Oberkörper ab. Sie blieb vor ihm stehen.

»Ja, das sind wir ...« Seine Miene war ernst und konzentriert, während er ihr in knappen Worten berichtete, was Hopkins und er vermuteten, herausgefunden zu haben – dass Lord Fisher im Auftrag Lord Melburys und Karl von Waldenfels' Konstruktionspläne von Kriegsschiffen der englischen Marine gestohlen hatte und dass der Lord und der Graf mit den Anarchisten paktierten.

»Aber warum sollten englische Adlige mit deutschen Verschwörern zusammenarbeiten?« Victoria konnte es immer noch nicht recht glauben.

»Vermutlich wegen des Geldes.« Jeremy hob resigniert die Schultern. »Auch wenn ich dafür noch keine konkreten Beweise habe, bin ich mir trotzdem so gut wie sicher, dass Waldenfels und Melbury nicht nur für den Mord an Lord Fisher und Walther Jeffreys verantwortlich sind, sondern auch für den Überfall auf Jemimah und Hopkins. Und dass dies alles Teil eines größeren Planes ist, dessen eigentliche Dimension noch im Dunkel liegt«, schloss Jeremy müde.

Victoria sah Jeremy ungläubig an. »Überfall? Von welchem Überfall sprichst du?«

»Ein Mann hat Jemimah in ihrem Zimmer aufgelauert. Er hätte sie umgebracht, wenn Hopkins sie nicht an jenem Abend aufgesucht hätte, um ihr Lebensmittel zu bringen und sie über seine Reise nach Ems in Kenntnis zu setzen. Dank einer Reihe glücklicher Umstände kam ich gerade noch rechtzeitig dort an und konnte den Mann überwältigen.«

»O mein Gott . . .« Victoria presste die Hand auf den Mund.

»Und ich dachte, du wärst in Deutschland in Sicherheit.« Jeremy schüttelte den Kopf. »Dabei musstest du ausgerechnet hier mitten in diese perfide Intrige hineinspazieren.«

»Also hatte ich von Anfang an recht mit meiner Vermutung, dass sich hinter dem Treffen zwischen Lord Melbury, dem Grafen und dem Arbeiter etwas Seltsames verbarg«, sagte Victoria leise. »Meinst du, dass Walther Jeffreys noch am Leben wäre, wenn ich dir dieses Foto gleich gezeigt hätte?«

»Ich glaube nicht. Es lag ja kein konkreter Verdacht gegen die Männer vor. Deshalb hätten sie nicht festgenommen werden können. Und wahrscheinlich hatten Lord Melbury und Graf Waldenfels zu diesem Zeitpunkt schon längst geplant, Jeffreys ermorden zu lassen.« Jeremy schwieg einen Moment. Dann erschien ein Lächeln auf seinem bisher so ernsten Gesicht. »Ich weiß nicht, wann Sir Arthur Lord Melbury festnehmen lassen wird. Aber es ist ziemlich unwahrscheinlich, dass es eine Versammlung der Konservativen auf Melbury Hall geben wird. Du hast das Grundstück also umsonst ausspioniert. Die Suffragetten müssen sich auf einen anderen Ort für ihre Demonstration einstellen.«

Victoria begriff erst langsam die Tragweite dessen, was

Jeremy gesagt hatte. »Sind Lord Melbury und Waldenfels etwa auch verantwortlich dafür, dass du beinahe umgebracht worden wärst?«

»Ja, sie planen etwas mit den Anarchisten, auch wenn sich mir leider immer noch nicht erschließt, was.«

Victoria empfand Verachtung den beiden Männern gegenüber. Das hell erleuchtete Zimmer erschien ihr wie eine fragile Blase in einer bedrohlichen, düsteren Welt. Fast hätte sie Jeremy für immer verloren. Die Gegenwart war so kostbar.

Sie klammerte sich an ihn. »Halt mich fest und küss mich«, flüsterte sie.

Jeremy nahm ihr Gesicht in seine Hände. Sein Kuss war leidenschaftlich und wild und voller Verlangen. Victoria konnte ihren eigenen Zorn und ihre Furcht darin spüren. Allmählich entspannten sie sich, und ihre Liebkosungen wurden gefühlvoller, ruhiger.

»Ich hatte solche Angst um dich«, murmelte er.

Sie erstickte seine Worte mit ihren Lippen, schmiegte sich an ihn, wollte sich nie wieder von ihm lösen. »Ich will dich…«, flüsterte sie.

Sein Atem ging schnell. »Du willst … wirklich …?« Er sah sie besorgt und zärtlich zugleich an.

»Ja, auch wenn ich mich wahrscheinlich sehr ungeschickt anstelle …« Plötzlich fühlte sie sich ganz unbeholfen.

»Schhh…«

Langsam begann er, sie zu entkleiden. Seine Lippen wanderten über ihre Wangen und ihren Hals, über ihre Brüste und weiter über ihren Leib, bis sie vor Lust aufstöhnte.

Victorias Körper entwickelte ein Eigenleben, unabhängig von ihrem Verstand, als ob er einer fremden, berauschenden Melodie folgte. Sie küsste Jeremy wieder, half ihm, Hemd und Hose abzustreifen. Als sie ganz nackt waren, hob er sie hoch und trug sie zum Bett. Sanft ließ er sie auf die Decke gleiten.

Als Jeremy sich auf sie legte, drängte sie sich ihm entgegen. Ihn endlich in sich zu spüren war Wonne und verzehrende und beglückende Qual zugleich.

Victoria schrie auf, als etwas in ihr explodierte. Im selben Moment hörte sie auch Jeremy einen unterdrückten Schrei ausstoßen. Er bäumte sich auf, und zusammen wurden sie in eine unendliche Weite katapultiert, die sie alles um sich herum vergessen ließ.

Als Victoria aufwachte, fühlte sie sich immer noch ganz leicht vor Glück. Ihr Körper war ihr fremd und doch so vertraut wie selten zuvor. Sie hätte niemals geglaubt, so viel empfinden zu können. Sie öffnete die Augen. Jeremy hatte sich aufgerichtet und betrachtete sie zärtlich.

»Du bereust es hoffentlich nicht, dass wir ...?«

»Wie kannst du das fragen ...« Sie strich über seine nackte Brust, was schon wieder ein tiefes Begehren in ihr weckte. »Ich hoffe, du bereust nichts ...«

»Nein, ganz im Gegenteil ...« Er grinste. »Um nichts in der Welt möchte ich diese Erfahrung missen.« Vorsichtig berührte er den Verband an ihrem Handballen. »Was ist das denn für eine Verletzung?«

»Nichts Schlimmes. Du erinnerst dich noch an den Arzt, der deine Schusswunde versorgt hat? Ich habe Dr. Prokowski im Zug nach Coblenz und dann in Ems wiedergetroffen. Gestern waren wir zusammen am Concordiaturm. Wir haben unsere Zeichenutensilien dorthin mitgenommen. Lew malt gern, so wie ich. Als ich einen Stift spitzen wollte, ist mir das Messer abgerutscht. Er hat die Wunde genäht und verbunden ...«

»Du hast ihn beim Abschied im Garten auf die Wange ge-küsst.«

»Du hast mich beobachtet?« Victoria runzelte die Stirn.

»Ich habe mir Sorgen um dich gemacht und bin gleich nach unserer Ankunft aufgebrochen, um dich suchen. Ich hatte ge-hofft, dir in Ems zu begegnen, deine Großmutter hatte mir er-zählt, du seist ausgegangen. Und als ich dich fand ... Wenn du allein gewesen wärst, hätte ich dich angesprochen. Aber da du ja nichts vom meinem Inkognito wusstest, habe ich es nicht gewagt.«

»Bist du etwa eifersüchtig?« Ihre grünen Augen funkelten amüsiert.

»Ein bisschen«, gab er zu.

»Dazu hast du keinen Grund.« Victoria wurde ernst. »Ich mag Lew Prokowski sehr gern. Er hat dir geholfen. Wenn er nicht zur Stelle gewesen wäre, hätte sich deine Wunde vielleicht entzündet. Und er hat Rosalyns Mädchen Clara, die mich nach Ems begleitet hat, bei einer schweren Geburt beigestanden. Aber ich liebe nur dich. Das musst du mir glauben.«

»Das tue ich ...« Jeremy küsste sie, ließ dann jedoch plötz-lich von ihr ab.

»Was ist?«, murmelte Victoria.

»Ich würde dich sehr gern weiter küssen. Aber wenn wir keinen Skandal auslösen wollen, solltest du in die Villa zu-rückkehren.«

»Wie spät ist es denn?« Victoria richtete sich widerwillig auf.

»Halb fünf ...«

Um Himmels willen ... Um fünf standen die Dienstboten auf ... Sie sprang aus dem Bett und begann hastig, sich anzu-ziehen.

»Victoria, wir müssen etwas Wichtiges besprechen. Ich möch-te, dass du deiner Großmutter gegenüber behauptest, du hättest ein Telegramm bekommen, in dem steht, dass es deinem Großvater oder Großtante Hermione sehr schlecht geht ... So etwas in der Art ... Deshalb müsstest du dringend sofort nach England zurückkehren. Ich werde vorschlagen, dich mit meinem Butler zusammen zu begleiten. In Coblenz nehmt ihr, du und Hopkins, den Zug nach Köln und weiter nach Rotterdam. Morgen seid ihr dann in London in Sicherheit.«

»Und was ist mit dir?« Victoria sah ihn überrascht an.

»Ich bleibe in Deutschland. Ich muss versuchen herauszufinden, welchen Plan Melbury und Waldenfels verfolgen. Ich habe einen Freund in Darmstadt. Einen Journalisten. Den werde ich als Erstes kontaktieren.«

Victoria ließ die Bluse, in die sie gerade schlüpfen wollte, sinken. Ihr war etwas eingefallen, das sie Jeremy in der vergangenen Nacht ganz vergessen hatte zu fragen.

»Warum warst du eigentlich in London, als Hopkins überfallen wurde?«

Ein Ausdruck von Schuldbewusstsein huschte über sein Gesicht, der sie alarmierte. »Ich war nie weg ...«

»Wie meinst du das?« Sie glaubte, sich verhört zu haben.

»Du hättest bei dem Anschlag auf mich getötet werden können. Ich musste einfach herausfinden, wer hinter den Schüssen auf mich steckte.«

»Du hast mir versprochen, dass du in Sicherheit sein würdest. Ich wäre nie nach Deutschland gefahren, wenn ich gewusst hätte, dass du in London geblieben bist.« Victoria war außer sich. Wie hatte Jeremy sie so hintergehen können? »Ich lege keinen Wert darauf, dass du mich rächst. Weißt du, wie oft ich in den vergangenen Wochen aus einem Albtraum aufgewacht bin, in dem ich zusehen musste, wie du erschossen wurdest? Ich habe mir dann immer gesagt, dass meine Ängste grundlos sind, weil du dich ja in einem sicheren Versteck befindest.«

»Victoria, es tut mir leid, dass du dich um mich gesorgt hast. Aber das ändert nichts daran, dass du Deutschland verlassen musst.«

»Ich denke überhaupt nicht daran ...«, wütete sie.

»Jetzt werde bitte wieder vernünftig.«

»Hör auf, mich wie ein kleines Kind zu behandeln.«

Jeremy stand auf und kam zu ihr. Er wollte sie an sich ziehen, doch Victoria stieß ihn weg. »Lass mich los!«

»Waldenfels schreckt vor nichts zurück, und er hat Verbündete bei der preußischen Polizei. Du bist hier nicht sicher.«

»Aber du bist es, ja? Dich wollten sie schon einmal umbringen! Du kannst nicht ernsthaft annehmen, dass ich nach London fahre und dich hier deinem Schicksal überlasse. Ich müsste mich ständig fragen, ob ich dich wiedersehen werde.« Tränen des Zorns schossen Victoria in die Augen. Sie versuchte, sie wegzublinzeln. »Hör auf, mich zu bevormunden!«

»Mein Beruf ist nun einmal nicht ungefährlich, und ich bin ein Mann.«

»Ah ... verstehe ... Als Frau muss ich beschützt werden und darf mich keinen Gefahren aussetzen? Wie kannst du nur so überheblich sein! Ich fahre nur nach London zurück, wenn du mitkommst.«

»Das kann ich nicht!« Seine Miene spiegelte Entschlossenheit wider, und Victoria erkannte, dass sie ihn nicht umstimmen würde.

»Dann bleibe ich auch.«

»Das ist Wahnsinn ...«

»Stell dich darauf ein, dass du eine Frau heiraten wirst, die sich manchmal wie eine Wahnsinnige verhält. Und falls dir das zu riskant ist, bist du an kein Versprechen gebunden. Wir sind ja nicht einmal verlobt.«

»Rede keinen Unsinn.« Jeremy versuchte Victoria festzuhalten, doch sie schlug seine Hand weg.

»Lass mich!«, fauchte sie, raffte ihre restlichen Kleidungsstücke zusammen und stürmte hinaus in den Garten.

Jeremy kannte Victoria gut genug, um zu wissen, dass es sinnlos war, ihr zu folgen, um erneut zu versuchen, sie umzu-
stimmen. Das würde sie nur noch mehr aufbringen. Für einen
Moment blitzte ein Anflug von grimmigem Humor in ihm auf,
als er sich vorstellte, wie Victorias Großmutter wohl reagieren
würde, wenn sie sich am frühen Morgen im Garten oder in der
Villa lautstark stritten.

Victoria war so schön, wenn sie zornig war. War es unrecht
von ihm gewesen, ihr zu verschweigen, dass er sich gar nicht an
einem geheimen Ort aufhalten würde? Hatte er sie damit tatsächlich bevormundet? Er hatte doch nur ihr Bestes gewollt.
Er hoffte inständig, dass sie, wenn sich ihr Zorn gelegt hatte,
vielleicht seinen Argumenten gegenüber zugänglich sein und
mit Hopkins nach England zurückkehren würde.

Wenn er den Tag über nur in ihrer Nähe bleiben könnte...

Zum ersten Mal verwünschte Jeremy seine selbst auferlegte
Aufgabe. Aber es musste ihm einfach gelingen, die Teile des
Puzzles zusammenzusetzen und den Plan, an dem Lord Melbury und Waldenfels beteiligt waren, aufzudecken. Ihn be-
drückte die Ahnung einer bevorstehenden Katastrophe.

Jeremy schlug im *Bradshaw* nach, wann ein Zug nach Darmstadt fuhr. Dann verstaute er einen einfachen Anzug, einen Hut
und den Pass, der auf seinen Namen lautete, in seinem kleinen
Koffer, denn er wollte sich in Coblenz umziehen, um etwaige
Verfolger abzuschütteln. Er schrieb eine Nachricht für Hopkins, dass er den Tag über unterwegs sein und einen Freund

besuchen wolle. Mehr erwähnte er nicht, für den Fall, dass jemand während seiner Abwesenheit das Häuschen durchsuchen würde.

Nachdem er das Halfter mit seiner Pistole umgehängt und unter seinem Jackett verborgen hatte, verließ er das Gartenhaus. Aus den Fenstern im Souterrain der Villa fiel Licht in den dämmrigen Garten. Jeremy sah Hopkins in der Küche am Tisch stehen und eine Zeitung bügeln. Es beruhigte ihn etwas, zu wissen, dass Hopkins auf Victoria achten würde.

Einen Moment lang glaubte Victoria, neben Jeremy zu liegen, und sie fühlte sich wieder ganz leicht vor Glück, ganz eins mit sich und ihm. Dann erinnerte sie sich an ihren hässlichen Streit. Sie war in einem Sessel eingenickt. Völlig übermüdet richtete sie sich auf. Helles Morgenlicht fiel in ihr Zimmer. Irgendwo im Haus hörte sie eine Uhr achtmal schlagen. Im Spiegel der Frisierkommode wirkte ihr Gesicht sehr bleich, das Haar hing ihr wirr ins Gesicht.

Wie hatte Jeremy sie nur so belügen können! Sie hatte geglaubt, er wäre anders als die meisten Männer. Aber er bevormundete sie und maßte sich an zu wissen, was gut für sie war, nur weil sie eine Frau war. *Genau wie die Regierung und der größte Teil der Gesellschaft*, dachte Victoria bitter.

Dabei war sie so glücklich darüber gewesen, dass er nach Ems gekommen war, um ihr beizustehen. Zornig kämpfte sie gegen die Tränen an, die ihr wieder in die Augen schossen.

Victoria zog sich um und richtete ihr Haar. Sie hoffte, dass sie Jeremy nicht beim Frühstück treffen würde. Als sie das Frühstückszimmer im Erdgeschoss betrat, saß er nicht am Tisch. Sie betrachtete ihre Großmutter ausnahmsweise als das kleinere Übel. Das Gedeck der Fürstin war unberührt. Die Fenstertür zum Garten stand offen. Kühle Luft wehte herein. Victoria unterdrückte einen Seufzer. Pflichtschuldig küsste sie ihre Großmutter auf die Wange.

»Sie besuchen heute nicht die Morgenmesse?«, konnte sie sich nicht verkneifen zu fragen.

»Ich fühle mich nicht besonders wohl.« Die Fürstin schüttelte den Kopf. Tatsächlich wirkte sie erschöpft, und Victoria kam es vor, als ob sie mühsam atmete. Man sah ihr die siebzig Jahre an, und Victoria empfand eine plötzliche Zuneigung für sie.

»Das tut mir leid. Soll ich einen Arzt rufen?«, erkundigte sie sich.

»Das ist nicht nötig.« Die schroffe Stimme ihrer Großmutter erstickte den Anfall von Sympathie gleich wieder im Keim.

Die Fürstin nippte an ihrem Tee. »Wilhelm hat mir mitgeteilt, dass Lord Lothian einen Freund besucht«, sagte sie dann.

»Oh, tatsächlich …« *Dann würde Jeremy wahrscheinlich den ganzen Tag unterwegs sein …* Erleichterung durchflutete Victoria.

»Der Lord ist in dich verliebt.« Ihre Großmutter bedachte sie mit einem ihrer durchdringenden Blicke. »Und so, wie ich dich gestern Abend in seiner Gegenwart erlebt habe, bin ich überzeugt, dass du auch in ihn verliebt bist.« Victoria schluckte hart an dem Brötchenbissen, den sie gerade im Mund hatte. Rasch schenkte sie sich Tee ein. Ihre Großmutter schaffte es wirklich genauso gut, Salz in ihre Wunden zu streuen, wie Großtante Hermione. »Dass dieser Journalist deine große Liebe ist, nehme ich dir also nicht ab, meine Liebe.« Die Fürstin lächelte süffisant.

»Verzeihen Sie, aber ich werde nicht mit Ihnen darüber sprechen, welchen Mann ich liebe.« Es klirrte, als Victoria die Teekanne auf das Stövchen zurückstellte.

Ihre Großmutter zuckte zusammen. »Das ist Meißner Porzellan, und es gehört nicht einmal uns. Bitte sei ein wenig vorsichtig, meine Liebe … Im Übrigen … Was spricht dagegen, dass du dich für den Lord entscheidest? Sicher nur dein dummer Stolz, der es dir verbietet einzugestehen, dass du einen Fehler gemacht hast.« Die Fürstin winkte ab. »Wirst du in drei Tagen noch in Ems sein?«

»Wahrscheinlich schon«, erwiderte Victoria überrascht. »Wenn Sie nichts dagegen haben …« Wo auch immer sie dann sein würde, ohne Jeremy würde sie ganz sicher nicht nach London zurückkehren.

»In drei Tagen werden Zar Nikolaus und seine Gattin Alexandra für einen Tag Ems besuchen. Am Abend veranstaltet der Kaiser zu ihren Ehren ein festliches Dinner im Kurhaus. Heinrich, Sophie und ich sind eingeladen. Ich verfüge über gute Beziehungen zum russischen Zarenhof. Deshalb denke ich, dass ich auch für dich und Lord Lothian eine Einladung erwirken könnte.«

»Der Zar kommt nach Ems?« Victoria konnte es kaum glauben. »Warum das denn?«

»Seine Gattin Alexandra ist ja eine Tochter des Großherzogs von Hessen-Darmstadt. Deshalb trifft sich die Zarenfamilie mit ihren deutschen Verwandten in Darmstadt. Kaiser Wilhelm, dessen Zusammenkunft mit Zar Nikolaus an der Ostsee ja nicht sehr erfolgreich war, hat den Zaren nach Ems eingeladen. Er hofft, ihn hier doch noch zu einem Bündnis mit Deutschland bewegen zu können.« Die abschätzige Miene der Fürstin zeigte deutlich, dass sie diesem Treffen keine großen Erfolgsaussichten beimaß. »Zar Nikolaus ist der Enkel von Zar Alexander II. Wilhelm hofft anscheinend, an die guten verwandtschaftlichen Beziehungen anknüpfen zu können. In Ems haben sich der alte Kaiser Wilhelm und Zar Alexander, der sein

Lieblingsneffe war, häufig zu Kur getroffen.« Victorias Großmutter stand auf und stützte sich schwer auf ihren Gehstock.
»Es ist natürlich deine Entscheidung, ob du zusammen mit
Lord Lothian an dem Dinner teilnehmen willst oder nicht.
Aber ich an deiner Stelle würde mir diese Gelegenheit nicht
entgehen lassen.« Sie nickte Sophie, die nun in das Frühstückszimmer kam, kurz zu und ging dann langsam durch die offen
stehende Fenstertür in den Garten.

»Hat dir deine Großmutter von dem Dinner erzählt?«
Sophie strahlte Victoria an. »Ach, ich bin so aufgeregt. Es ist
lange her, seit ich das letzte Mal an einem so großen festlichen
Ereignis teilgenommen habe.«

»In den Zeitungen stand aber noch nichts vom Besuch des
Zaren.«

Victoria hatte keinen Appetit an diesem Morgen – was sie
nicht wunderte. Nachdem sie dennoch ihr Brötchen gegessen
hatte, schenkte sie sich noch einmal Tee nach.

»Das Treffen des Kaisers mit dem Zaren und auch das Dinner sollen möglichst geheim bleiben.« Sophie schüttelte mitlei-
dig den Kopf. »Zar Nikolaus fürchtet sich auch in Deutschland
vor einem Attentat. Der arme Mann. Du nimmst doch sicher
mit Lord Lothian an dem Dinner teil? Deine Großmutter kann
euch ganz bestimmt Einladungen organisieren. Sie ist mit der
Großfürstin Marija Alexandrowna, der Tante des Zaren, gut
befreundet.«

»Ach ja?«

Victoria verfolgte, wie die Fürstin durch den Garten in Richtung Laube ging. Noch immer bewegte sie sich sehr langsam,
als ob ihr jeder Schritt schwerfiele. In der Nacht hatten die
Bäume viel Laub verloren. Blätter lagen auf dem Rasen und
zwischen den Blumen am Rand des Weges. Die Morgensonne
tauchte alles in ein milchiges Licht.

»Ich finde Lord Lothian übrigens sehr sympathisch.«

Victoria murmelte eine ausweichende Antwort. Sie war schon einmal so glücklich gewesen. Aber auch damals hatte das Glück nicht lange angehalten. Nach dem Streit mit Jeremy war sie sich nicht mehr sicher, ob sie sich mit ihm verloben wollte.

Die Fürstin hatte nun die Laube am oberen Ende des Gartens erreicht. Sie blieb, auf ihren Gehstock gestützt, stehen. Eine Amsel, die sich gestört fühlte, erhob sich zwischen den Blumen und flatterte in die Luft. Ihre Großmutter blickte dem Vogel nach, doch plötzlich knickte der Gehstock weg, und sie brach zusammen.

»Sophie . . .«, schrie Victoria entsetzt auf. »Meine Großmutter . . . hol Hilfe!«

Sie wartete die Antwort der Prinzessin nicht ab, sondern stürzte nach draußen und den Weg zur Laube hinauf. Die Fürstin lag reglos auf dem Boden. Ihr graues Seidenkleid, das in der Sonne glänzte, bauschte sich um sie und erinnerte Victoria an ein zerzaustes Vogelgefieder. Erleichtert sah sie, dass sich ihre Brust schwach hob und senkte. Doch als sie ihre Hand berührte und ihren Namen rief, reagierte ihre Großmutter nicht. Erst jetzt bemerkte Victoria, dass sie mit dem Kopf auf die steinerne Einfassung des Weges gefallen war. Stimmen ließen Victoria aufblicken. Wilhelm und Hopkins kamen den Weg entlanggerannt. Sophie folgte ihnen, zusammen mit einer hageren, schwarz gekleideten Frau. Es war Ilsbeth, die Zofe der Fürstin.

Victoria bemühte sich, sich ihre Sorge nicht anmerken zu lassen. »Ich fürchte, meine Großmutter hat sich bei dem Sturz am Kopf verletzt.« Sie übersetzte für Hopkins.

»O Gott . . .« Sophie presste die Hand gegen den Mund.

»Das muss nichts Schlimmes bedeuten. Immerhin blutet sie ja nicht.«

Hopkins bewahrte wie immer die Fassung. Er verschwand mit Wilhelm in der Laube. Gleich darauf kehrten die beiden Männer zurück. Sie trugen einen Liegestuhl aus Holz, auf dessen Polster sie die Fürstin vorsichtig betteten.

»Ihrer Durchlaucht geht es schon einige Zeit nicht gut, aber sie wollte ja keinen Arzt aufsuchen«, jammerte Ilsbeth. »Ach, wenn sie doch nur endlich zu sich kommen würde.«

Das hoffte Victoria ebenfalls inständig. Aber als Hopkins und Wilhelm die Fürstin in ihr Zimmer brachten und von der improvisierten Trage auf ihr Bett hoben, war sie immer noch ohnmächtig.

»Bewahrt meine Großmutter irgendwo Riechsalz auf?«, fragte Victoria.

»In der obersten Schublade der Kommode in ihrem Ankleidezimmer.« Die ältere Frau wirkte völlig verschreckt.

Victoria eilte in den angrenzenden Raum. Während sie die Schublade der Kommode öffnete, nahm sie flüchtig wahr, dass auf dem Möbel ein Porträt ihrer Mutter stand. Dann hatte sie das Fläschchen auch schon gefunden. Sie entkorkte es und hastete zurück ins Schlafzimmer. Als sie es ihrer Großmutter unter die Nase hielt und diese den stechenden Geruch einatmete, zitterten ihre Nasenflügel leicht, doch sie kam nicht wieder zu Bewusstsein.

»Ich hole Dr. Prokowksi.« Victoria wandte sich an Sophie. »Kannst du mit der Zofe bei meiner Großmutter bleiben?«

»Natürlich.« Sophie nickte. »Wir kümmern uns um sie.«

Victoria hoffte, Lew in der Praxis seines Freundes Dr. Bender in der Nähe der Lahnbrücke anzutreffen, aber ein Dienstmädchen teilte ihr mit, dass Lew sich den Vormittag freigenommen hatte. Sie wusste nicht, wohin er gegangen war.

Er muss in seiner Wohnung sein, dachte Victoria, während sie die Straße entlangrannte.

Wie an jenem Morgen, als sie Lew wegen Clara um Hilfe gebeten hatte, stand die Haustür einen Spalt offen. Victoria eilte die Stufen hinauf und klopfte an die Wohnungstür. Keine Reaktion erfolgte. Panisch rüttelte Victoria an der Klinke und bemerkte dann erstaunt, dass die Tür nicht verschlossen war.

»Lew?«, rief sie und betrat die Diele. Die Tür zum Wohnzimmer stand offen. Victoria blickte hinein. Sonnenlicht fiel auf das Parkett. Sie nahm den Geruch nach Zigaretten wahr und einen Duft, den sie nicht einordnen konnte. Inna sah ihr von der Fotografie auf dem Tisch ernst und herausfordernd entgegen. »Lew?«, rief sie noch einmal.

Nein, es war sinnlos. Er war nicht hier. Sie musste Dr. Bender um Hilfe bitten. Victoria hatte den Treppenabsatz im ersten Stockwerk gerade erreicht, als sie von unten Schritte hörte. Lew kam ihr entgegen. Erleichterung durchflutete sie.

»Victoria! Man hat mir in Dr. Benders Praxis gesagt, dass Sie nach mir gesucht haben. Geht es Clara nicht gut?«, fragte er.

Victoria schüttelte den Kopf. »Meine Großmutter ist im Garten gestürzt und seitdem nicht wieder zu sich gekommen.«

»Warten Sie hier. Ich hole nur schnell meine Tasche.« Er hastete die Stufen hinauf.

Victoria fühlte sich plötzlich ganz schwach und ließ sich gegen die Wand sinken. Was auch immer mit ihrer Großmutter sein mochte, bei Lew wusste sie die Fürstin zumindest in guten Händen.

Als Victoria wenig später mit Lew Prokowski das Schlafzimmer ihrer Großmutter betrat, hatte diese die Augen geöffnet und trug ein Nachthemd.

»Durchlaucht«, Lew verbeugte sich vor ihr, »ich bin Arzt. Mein Name ist Prokowski. Ihre Enkeltochter hat mich gerufen.«

»Ich weiß, Sie sind der Mann, der Claras Jungen zur Welt gebracht hat.« Die Fürstin bewegte nur mühsam die Lippen. Trotzdem klang sie ungeduldig.

»Nun, Ihr Gedächtnis scheint zu funktionieren. Können Sie sich denn erinnern, wie es zu dem Sturz kam?« Lew lächelte ein wenig.

»Nein ...«

»Und an das, was geschah, nachdem Sie aus der Ohnmacht erwachten?«

»Meine Zofe und meine Schwiegertochter waren damit beschäftigt, mir ein Nachthemd anzuziehen.« Ein strafender Blick traf Sophie, als wäre es der Fürstin unangenehm, dass diese sie nackt gesehen hatte.

»Ich werde jetzt Ihren Kopf abtasten, um festzustellen, ob etwas gebrochen ist.« Konzentriert ließ Lew seine Hände über den Schädel der Fürstin wandern.

»Und?«, fragte Victoria besorgt, als er die Untersuchung schließlich beendet hatte.

»Ich kann keine Fraktur feststellen.« Er nahm eine kleine Taschenlampe aus seiner Arzttasche und leuchtete damit in die Augen der Fürstin. »Haben Sie Kopfschmerzen?«, fragte er dann.

Die Fürstin nickte.

»Starke?«

Ihr schroffes »Ja« klang wie das Eingeständnis einer Niederlage.

»Sie haben sich bei dem Sturz eine schwere Gehirnerschütterung zugezogen. Ich werde Ihnen ein Mittel gegen die Schmerzen geben. Ihre Enkelin sagte mir, dass der Sturz ganz plötzlich erfolgte und dass es Ihnen heute Morgen nicht gut ging. Haben Sie denn in der letzten Zeit unter Schwindel gelitten?«

»Manchmal.«

»Und hatten Sie Atemprobleme?«

»Gelegentlich ...«

»Ihre Gesichtshaut und die Ihrer Hände ist leicht bläulich verfärbt. Ich vermute, dass Sie unter Eisenmangel leiden. Das möchte ich bei einer späteren Gelegenheit noch genauer untersuchen. Jetzt müssen Sie sich erst einmal einige Tage ausruhen und schonen. Das bedeutet, Sie müssen strikte Bettruhe einhalten.«

»Ich habe schon begriffen, was Sie sagten. Ich habe zwar Kopfschmerzen, aber mein Verstand hat nicht gelitten.« Unter halb geschlossenen Lidern warf die Fürstin dem Arzt einen gereizten Blick zu.

Lew bat um ein Glas Wasser. Während die Zofe es holte, breitete sich Stille im Schlafzimmer aus. Erst jetzt nahm Victoria den Raum richtig wahr. Er war mit eleganten Mahagonimöbeln im Empirestil ausgestattet wie die übrigen Räume der Villa. Die Tapete, die Vorhänge und die Polsterung der Sessel waren aus zartgrüner Seide, in die rosa changierende Rosen eingewebt waren. Auf der Frisierkommode standen Parfümflakons aus geschliffenem Glas. Das Perlmutt und Silber der Kämme und Bürsten schimmerte matt. Durch die offen stehende Tür konnte sie in das Ankleidezimmer blicken und das Porträt ihrer Mutter auf der Kommode sehen, neben dem eine Vase mit Rosen stand. Die Seidentapete dort hatte dasselbe Muster wie die im Schlafzimmer – fast so, als wäre die an der Hauswand hochrankende Kletterrose durchs Fenster ins Innere gewachsen.

Die Zofe kehrte zurück, und Lew gab einige Tropfen aus einem Medizinfläschchen in das Glas. Als er es der Fürstin reichte, zitterte deren Hand.

»Lassen Sie mich Ihnen helfen.«

Victoria setzte sich auf die Bettkante. Als sie stützend nach der Hand ihrer Großmutter griff, hatte sie den Eindruck, als wollte diese sie abwehren, doch dann ließ sie es zu, dass Victoria das Glas zu ihrem Mund führte. Gleich darauf ließ die Fürstin den Kopf in die Kissen sinken und schloss die Augen.

»Während der nächsten vierundzwanzig Stunden sollte immer jemand bei ihr sein«, wandte sich Lew an Victoria.

»Ich werde mich mit der Zofe meiner Großmutter und der Prinzessin abwechseln.«

»Das ist gut … Ich sehe nach Clara und komme gegen Abend noch einmal vorbei.«

»Danke wieder einmal für Ihre Hilfe!«

Als Victoria Lew die Hand reichte, registrierte sie erneut den Zigarettengeruch und jenen Duft, der ihr schon in seiner Wohnung aufgefallen war. Er musste Besuch gehabt haben, denn sie erinnerte sich nicht daran, ihn jemals rauchend erlebt zu haben.

Nachdem Lew gegangen war, sprach sich Victoria mit Sophie und Ilsbeth ab und übernahm die erste Krankenwache. Sie hatte sich ein Buch aus ihrem Zimmer geholt – Essays Victor Hugos über seine Rheinreise –, aber sie konnte sich nicht richtig auf den Inhalt konzentrieren. Der Sturz ihrer Großmutter hatte sie doch mehr aufgewühlt, als sie erwartet hätte.

Die Fürstin schlief mittlerweile tief. In dem breiten Bett, die Decke bis zur Brust hochgezogen, erschien sie Victoria sehr klein und verletzlich. Ihr Haar, sonst immer sorgfältig frisiert, war zu einem Zopf geflochten, der auf ihrer Brust lag, was ihrem Gesicht etwas Weiches, ja fast Mädchenhaftes verlieh.

Nach einer Weile machte sich der Schlafmangel der vergangenen Nacht bemerkbar, und Victoria nickte kurz ein. Sie schreckte hoch, als das Buch auf den Boden fiel. Ihre Großmutter bewegte sich unruhig im Schlaf, wachte jedoch nicht auf.

Victorias Blick fiel erneut auf das Gemälde. Ihrer Großmutter musste es viel bedeuten, sonst hätte sie es nicht mit nach Ems genommen. Leise stand sie auf und ging in das Ankleidezimmer. Wegen der dichten Rosenranken vor dem Fenster war es darin etwas dämmrig. Erst jetzt erkannte Victoria, wie meisterhaft das Bild gemalt war. Sie hatte das Gefühl, durch ein Fenster in die Vergangenheit zu blicken und ihre Mutter leibhaftig vor sich zu sehen. Ihre Wangen waren leicht gerötet, ihre Lippen umspielte ein Lächeln, die grünen Augen wirkten groß und strahlend. Das Haar fiel ihr offen auf die Schultern, und sie trug ein helles, duftiges Kleid mit weitem Ausschnitt, was ihr etwas sehr Sinnliches verlieh. Ihr Hut war ihr in den Nacken gerutscht, als wäre sie dem Maler entgegengerannt.

Meine Mutter war verliebt, als das Bild gemalt wurde, begriff Victoria. Sie blinzelte die Tränen weg, die ihr in die Augen gestiegen waren. In der rechten unteren Ecke befand sich die Signatur des Malers. Victoria starrte darauf. Zuerst dachte sie, sie hätte sich getäuscht, aber nein, dort standen tatsächlich die beiden Buchstaben J und C.

Der Maler des Bildes war Jakob ... Ihre Großmutter hatte sie belogen, als sie gesagt hatte, sie würde keinen Maler mit diesen Initialen kennen ...

Im Schlafzimmer stöhnte die Fürstin leise, was Victoria wieder in die Gegenwart zurückbrachte. Zorn stieg in ihr auf. Sie trat an das Bett und rüttelte ihre Großmutter an der Schulter. Die Augenlider der Fürstin zuckten.

»Großmutter, wer ist Jakob?«, fuhr Victoria sie an. »Und wagen Sie es nicht zu behaupten, dass Sie ihn nicht kennen.«

Die Augen ihrer Großmutter öffneten sich, und für einen Moment wurde ihr Blick klar. Dann senkten sich die Lider wieder über die Augäpfel. »Großmutter, wer ist Jakob?«, fragte Victoria erneut.

Die Fürstin reagierte nicht. Entweder war sie wirklich wieder eingeschlafen, oder sie stellte sich schlafend. Victoria biss sich auf die Lippen. Nein, von der Fürstin würde sie nichts über den Mann erfahren, in den ihre Mutter verliebt gewesen und der vielleicht ihr Vater war.

NEUNZEHNTES KAPITEL

Wiesen und Felder, auf denen Mägde und Knechte Kartoffeln aus dem Boden hackten, zogen an den Zugfenstern vorbei. Immer wieder war die ländliche Gegend von Industrieansiedlungen durchzogen. Jeremy vergewisserte sich mit einem Blick auf seine Taschenuhr, dass sie Darmstadt bald erreichen würden. Er hatte in einer Toilette am Coblenzer Hauptbahnhof die maßgeschneiderte Kleidung des Earls of Lothian gegen seine eigene ausgetauscht. Sowohl in Coblenz als auch später in Mainz, wo er in den Zug nach Darmstadt umgestiegen war, hatte er darauf geachtet, dass ihm niemand gefolgt war.

Jeremy beobachtete, wie der Rauch aus einem Industrieschornstein in den klaren Herbsthimmel hochstieg, und seine Gedanken wanderten zu Lew Prokowski. War er eifersüchtig auf den Arzt, oder lag er richtig mit seiner Vermutung, dass es seltsam war, dass Dr. Prokowski während des Attentats in London anwesend gewesen war und nun auch in Ems, wo Lord Fisher ermordet worden war? Andererseits ... Wenn der Arzt ihn hätte tot sehen wollen, warum hatte er dann seine Schusswunde versorgt? Um einen Verdacht von sich abzulenken, wäre eine plausible Erklärung, aber Jeremy hatte damals den Eindruck gehabt, dass Dr. Prokowski aufrichtig besorgt um ihn gewesen war.

Im Bahnhof und auf dem Platz waren viele Polizisten unterwegs. Wenig später fuhr der Zug in den Bahnhof am Steubenplatz ein. Jeremy nahm sich eine Droschke zum *Darmstädter Tagblatt*. Dort erfuhr er, dass sich sein Freund Werner Brauer für diesen Tag krankgemeldet hatte.

Jeremy wusste, dass der Journalist in der Nähe der Mathildenhöhe wohnte. Als er das Zeitungsgebäude verließ, wollte er sich wieder eine Droschke nehmen, um dorthin zu fahren, doch er überlegte es sich anders. Zuerst suchte er ein Postamt auf und schickte ein verschlüsseltes Telegramm an Sir Arthur Stanhope, in dem er fragte, ob Scotland Yard eine Verbindung zwischen Dr. Prokowski und russischen Anarchisten bekannt sei. Erst danach machte er sich auf den Weg zu seinem Freund.

Das Viertel, in dem Werner Brauer mit seiner Familie lebte, war etwa einen Kilometer von der Innenstadt entfernt. Jugendstilhäuser zogen sich eine Anhöhe hinauf, auf der eine russisch-orthodoxe Kapelle sowie ein Turm standen, dessen Form Jeremy an eine zum Himmel gerichtete Hand erinnerte. Die Septembersonne spiegelte sich in den Kuppeln der Kapelle und brachte das Wasser eines Sees in dem nahen Park zum Leuchten.

Als Jeremy aus der Kutsche stieg, sah er Kastanien und unreife Äpfel auf der Straße liegen. Dahlien und Gerbera blühten in den Gärten, hier und da färbte wilder Wein die Fassaden bunt. Die Szenerie war so beschaulich, dass er für einen Moment den Grund seines Kommens vergaß.

Werner Brauers Heim lag im Schatten einer alten Buche. Mit seinem Fachwerkgiebel und den grünen Fensterläden machte es einen gemütlichen Eindruck. Den Weg zum Haus säumten wild wuchernde Büsche, an manchen Stellen lugte Unkraut zwischen den Steinplatten hervor. Ein paar Stufen führten zu einem Portikus hinauf, an dessen Wand ein hölzernes Steckenpferd und ein Kreisel lehnten.

Ein gehetzt wirkendes Hausmädchen mit roten Wangen öffnete Jeremy. Irgendwo in dem Gebäude schrie ein Kind, es roch nach frischer Farbe. Nachdem Jeremy seinen Namen genannt und gesagt hatte, dass er den Hausherrn zu sprechen wünsche, verschwand das Mädchen in einem Korridor. Der Boden der kleinen Eingangshalle war gekachelt. Das Muster der Kacheln, Pflanzenornamente, setzte sich in der Wandtapete fort. Eine abgetretene Holztreppe führte in das obere Stockwerk. Auf einer der Stufen lag ein Ball.

»Jeremy, welch eine Überraschung! Was führt dich nach Deutschland?« Werner Brauer kam mit ausgestreckter Hand auf ihn zu.

»Die Arbeit natürlich. Was sonst?«, erwiderte Jeremy und begrüßte den Freund herzlich.

Der Journalist hatte die breitschultrige, muskulöse Statur eines Boxers. Während seines Semesters in Berlin hatte Jeremy ihn in einem Boxclub kennengelernt. Doch Brauers kurzsichtige Augen hinter den runden metallgefassten Brillengläsern blickten überraschend sanft und freundlich. Er war fast kahlköpfig, was ihn älter als Ende zwanzig erscheinen ließ. Sein Schnurrbart musste dringend gestutzt werden, ein Ärmel seiner Strickjacke war durchgewetzt. Um den Hals trug er einen Wollschal. Seine sonore Stimme war heiser, die Nase gerötet.

»In der Redaktion hat man mir gesagt, dass du krank bist. Ich hoffe, ich komme nicht ungelegen?«, fragte Jeremy besorgt.

»Ganz und gar nicht. Die Maler sind im Haus, und die beiden Jungen terrorisieren ihr Kindermädchen und das Hausmädchen. Ich bin dankbar für eine Ablenkung. Lass uns in mein Arbeitszimmer gehen. Dort sind wir weit weg vom Trubel.«

Werner Brauer geleitete Jeremy in den Korridor, in dem eben das Hausmädchen verschwunden war. In seinem Arbeitszimmer herrschte ein Maß an Unordnung, das Jeremy von seinem Zuhause vertraut war. Der Schreibtisch quoll von Büchern und Papierstapeln schier über. Auch auf den Bänden in dem breiten Bücherschrank lagen Papiere. Eine Wand wurde fast ganz von einem Orientteppich in leuchtenden Farben eingenommen. An einer anderen Wand hingen kubistische Gemälde und ein Abguss der Totenmaske Georg Büchners. Durch die beiden Fenster, um die herum Efeu wucherte, hatte man einen schönen Ausblick auf die Mathildenhöhe.

Der Journalist räumte ein paar Bücher von einem Sofa und dem einzigen Sessel und lud Jeremy dann ein, Platz zu nehmen.

»Deine Zwillinge sind jetzt wie alt?«, erkundigte sich Jeremy.

»Drei. Die Einzige, die die beiden wirklich im Griff hat, ist meine Frau. Aber die besucht zurzeit ihre Mutter in Heidelberg. Schade, dass du sie nicht antriffst. Sie hätte dich sehr gern kennengelernt. Oder bleibst du länger?«

Auf dem Schreibtisch entdeckte Jeremy die Fotografie einer hübschen, resolut wirkenden jungen Frau mit dunklen Haaren und Augen. »Leider nur ein paar Tage. Ich bin wie gesagt beruflich hier. Der *Spectator* möchte ein Stimmungsbild darüber, wie der britisch-russische Vertrag in Deutschland aufgenommen wird«, lenkte Jeremy das Gespräch in die Richtung, die ihn interessierte. »Da bist du natürlich meine erste Anlaufstelle.«

»Ich fühle mich geschmeichelt.« Der Journalist grinste,

wurde aber gleich darauf wieder ernst. »Der Kaiser, seine Minister und Ratgeber dürften, um es einmal ganz drastisch zu sagen, wirklich die Hosen vollhaben. Denn die wollten einfach nicht wahrhaben, dass England und Russland ihre Differenzen in Asien beilegen könnten. Die Nationalisten schäumen und sehen in diesem Vertrag das Werk böser Mächte, denn nun sind Deutschland und Österreich-Ungarn von den Bündnispartnern England, Russland und Frankreich ja quasi eingekreist. Die Liberalen, zu denen ich mich auch zähle, betrachten diesen Vertrag als die Quittung für die unfähige deutsche Außenpolitik. Ich fürchte, einem dauerhaften Frieden wird er uns nicht näher bringen. Dazu besitzen die Kriegstreiber in allen europäischen Mächten zu viel Einfluss.«

»Das sehe ich genauso.«

Jeremy nickte. Stille senkte sich über den Raum. Aus dem oberen Stockwerk war eine protestierende Kinderstimme zu hören.

»Hast du Lust auf einen guten Cognac? Damit lassen sich diese Themen leichter ertragen.« Werner Brauer sah ihn fragend an.

»Gern ...«

Der Journalist holte zwei bauchige Gläser und eine Flasche aus einem Winkel des Bücherschranks und schenkte Jeremy und sich ein.

»Prost! Auf unsere Freundschaft!« Sie stießen miteinander an.

Jeremy war sich darüber im Klaren, dass dieser Gedanke naiv und sentimental war, aber in diesem Moment wünschte er sich, das Verhältnis zwischen zwei Nationen wäre ebenso einfach wie das zwischen zwei Menschen.

Werner Brauer schnäuzte sich in ein kariertes Taschentuch. »Wirklich wütend bin ich über das verdammte Flottenwettrüsten zwischen Deutschland und England, in das uns der Kaiser, sein Flottenminister Tirpitz und Konsorten getrieben haben«, sagte er dann. »Damit ist jeder wirklichen Verständigung zwischen unseren beiden Ländern die Grundlage entzogen. Auch wenn der Kaiser nicht müde wurde, das Gegenteil zu beteuern.«

»Mit dieser Meinung gehörst du aber sicher zu einer Minderheit.«

»So ist es, ein großer Teil der Bevölkerung hierzulande ist mittlerweile, was die Seemacht England betrifft, völlig paranoid. Allen voran die Mitglieder des Deutschen Flottenvereins.«

»Umgekehrt verhält es sich genauso.« Jeremy trank einen Schluck von dem rötlich braun changierenden Cognac, der in seiner Kehle ein warmes Feuer entfachte. »Seit einiger Zeit ist ein Spionageroman in England ein Bestseller, in dem heraufbeschworen wird, wie die deutsche Flotte im Schutz der Inseln der Nordsee gegen England vorrückt.«

»Auf diese Idee hätte Tirpitz mal kommen sollen.« Brauer grinste, ehe ihn ein heftiger Hustenanfall heimsuchte.

»Sagt dir der Name Graf Karl von Waldenfels etwas?«, fragte Jeremy.

Der Journalist nickte. »Klar, er ist ein führendes Mitglied des Flottenvereins. Aber im Gegensatz zu vielen der maßgeblichen Gestalten dort ist er sehr intelligent. Ich vermute, dass er eine Annäherung zwischen England und Russland nicht für illusorisch hielt. Vor ein paar Wochen habe ich ihn bei einer Versammlung in Darmstadt sprechen hören. Er hat mehr oder weniger unverblümt die Möglichkeit eines Präventivkrieges gegen England, Frankreich und Russland erwogen. Womit er bei seinen Zuhörern auf große Zustimmung stieß. Es ist ein offenes Geheimnis, dass einige Mitglieder des Generalstabs und einflussreiche Männer aus Politik und Wirtschaft einem derartigen Krieg gegenüber nicht abgeneigt wären.«

»Wobei Deutschland bei einem Krieg gegen Frankreich im Westen, Russland im Osten und gegen England auf See schlechte Karten hätte«, erwiderte Jeremy nachdenklich.

»Ich bin mir auch sicher, dass weder der Kaiser noch Tirpitz oder Kriegsminister von Moltke einen solchen Krieg derzeit in Erwägung ziehen. Mit Frankreich und Russland würden sie es vielleicht noch aufnehmen, aber nicht mit England als drittem Gegner. Dazu ist die deutsche Flotte noch viel zu schwach. Und ich hoffe, dass dies lange so bleiben wird.«

»Graf Waldenfels ist mit Prinz Heinrich von Marssendorff befreundet . . .«

»Du bist wirklich gut informiert.« Werner Brauer wiegte anerkennend den Kopf.

»Ich bin meinerseits wiederum mit Miss Bredon, einer Nichte des Fürsten, befreundet«, gab Jeremy zu.

»Alle Achtung, du verkehrst ja in vornehmen Kreisen. Wobei ich weiß, dass ihr englischen Journalisten es da einfacher habt als wir deutschen. Für manch einen Adligen sind wir kaum mehr als Lakaien. Wie auch immer ... Heinrich von Marssendorff gehört ebenfalls zu den Befürwortern eines Präventivkrieges.«

»Tatsächlich? Das ist mir neu ...«, sagte Jeremy überrascht.

»Er hängt das nicht an die große Glocke, denn es könnte seine Chancen, Außenminister zu werden, mindern. Frankreich, Russland und deine Nation könnten es als einen ziemlichen Affront auffassen, wenn der neue Außenminister öffentlich verkündet hätte, dass er am liebsten einen Krieg gegen sie vom Zaun brechen würde.«

»Das stimmt allerdings ...« Jeremy hatte das Gefühl, während dieses Gesprächs eine wichtige Information erhalten zu haben, die er jedoch noch nicht richtig deuten konnte.

»Alfred Wiese hat übrigens seine Verlobung gelöst und

arbeitet jetzt als freier Journalist und Schriftsteller in Berlin«, wechselte Brauer das Thema.

»Ach, ich hätte wetten können, dass er eine Stellung als Beamter in einem Ministerium anstrebt.« Jeremy grinste. »Alfred kann ich mir so gar nicht als Bohemien vorstellen.«

»Die Beamtenstellung war wohl mehr der Wunsch seiner Verlobten.« Werner Brauer erwiderte sein Grinsen.

Sie unterhielten sich eine Weile über gemeinsame Freunde aus ihrer Studienzeit in Berlin. Jeremy bedauerte einmal mehr, dass das Verhältnis zwischen ihren beiden Nationen so angespannt war. Gegen zwei Uhr erklärte er schließlich, sich verabschieden zu müssen. Er hoffte, dass mittlerweile schon ein Telegramm von Scotland Yard im Postamt eingetroffen war, das Informationen über Lew Prokowski enthielt. Außerdem wollte er möglichst bald nach Ems zurückkehren. Er wusste, dass er sich auf Hopkins verlassen konnte. Trotzdem fühlte er sich besser bei dem Gedanken, in Victorias Nähe zu sein – auch wenn sie sicher noch zornig auf ihn war.

»Sind dir auf dem Weg vom Bahnhof hierher viele Polizisten auf den Straßen aufgefallen?«, fragte Brauer, als er Jeremy durch die Halle zur Haustür begleitete. Oben an der Treppe lugten zwei kleine blonde Jungen, die sich zum Verwechseln ähnlich sahen, durch die Stäbe des Geländers. Als Jeremy ihnen zulächelte, verschwanden sie sofort wieder.

»Jetzt, wo du es sagst ... Ja«, erwiderte Jeremy verwundert. »Gibt es dafür einen bestimmten Grund?«

»Seit einiger Zeit nimmt die Polizei verstärkt Verhaftungen unter Sozialisten und Kommunisten vor.« Brauer seufzte. »Ich hoffe nicht, dass es zu einer Neuauflage der Sozialistengesetzgebung kommen und die Sozialdemokratie wieder verboten wird. Manchmal beneide ich dich wirklich darum, dass du in so einem liberalen Land lebst.«

»Was soziale Absicherungen betrifft, seid ihr uns dafür weit voraus. Winston Churchill hat sich kürzlich in einer englischen Zeitung sehr überrascht darüber geäußert, dass es in Deutschland Arbeitsämter gibt.« Jeremy reichte dem Freund die Hand. »Komm mich doch einmal in London besuchen. Ich würde mich sehr freuen.«

»Wenn du mir versprichst, mit mir ein Rugby- und ein Fußballspiel zu besuchen, gern.« Werner Brauer lachte und erwiderte den Händedruck. »Fußball wird zwar mittlerweile auch in Deutschland gespielt, in Darmstadt gibt es sogar einen Verein, aber das Spiel steckt hier noch sehr in den Kinderschuhen.« Er winkte Jeremy von der Gartentür aus nach, während er sich schon wieder die Nase schnäuzte.

Als Jeremy die Anhöhe hinuntergelaufen war, kam ihm eine leere Droschke entgegen. Er hielt sie an und bat den Kutscher, ihn zum Postamt zu fahren.

Im Postamt war noch kein Telegramm von Sir Arthur eingetroffen, deshalb suchte Jeremy ein nahe gelegenes Gasthaus auf. In der dunkel getäfelten Wirtsstube bestellte er sich ein Bier, dazu Sauerkraut, Würstchen und Brot – ein Gericht, das er seit seiner Studienzeit in Deutschland nicht mehr gegessen hatte.

Eine Stunde später war sein Besuch im Postamt wieder vergebens. Jeremy hatte Sir Arthur mitgeteilt, dass er bis vier Uhr in Darmstadt bleiben werde. Er war zu nervös, um noch einmal in ein Wirtshaus zu gehen. So schlenderte er durch die Innenstadt – zu dem Schloss der Herzöge von Hessen und Darmstadt, das mit seiner strengen Barockfassade einen, wie Jeremy fand, recht abweisenden Eindruck machte, und über kleine, hübsche Plätze. Im Vergleich zur Londoner Innenstadt, wo tagsüber immer viele Menschen unterwegs waren, erschien ihm das Leben in der Residenzstadt sehr beschaulich. Auf einer von Bäumen gesäumten Straße, die auf einen Platz mit einer hohen Säule zuführte, rollten eine Straßenbahn und Kutschen an ihm vorbei. Gelegentlich sah er einen Fahrradfahrer. Wegen des schönen Wetters standen viele Fenster offen.

»Nein, gnädiger Herr, es ist wieder kein Telegramm für Sie angekommen«, teilte ihm der bärtige Postbeamte um vier Uhr am Telegrafenschalter mit. Jeremy wandte sich frustriert ab, als ihm der Mann nachrief: »Warten Sie, es kommt gerade eines herein.« Der Postbeamte blickte auf den Fernschreiber. »Ja, das Telegramm kommt aus London und ist für einen Herrn Ryder bestimmt«, sagte er dann.

Ungeduldig verfolgte Jeremy, wie der Mann den Papierstreifen abriss, auseinanderschnitt und auf ein Formular klebte. »Danke, ich benötige keinen Umschlag«, sagte er rasch.

Draußen, auf dem Platz vor dem Postamt, überflog er die wenigen Zeilen des verschlüsselten Textes. Dechiffriert besagte er, dass Lew Prokowski mit einer russischen Anarchistin namens Inna verlobt gewesen war und auch selbst im Verdacht stand, zu einer Gruppe von emigrierten russischen Anarchisten zu gehören.

Hopkins hatte sich seinen Aufenthalt in Deutschland schlimmer vorgestellt. Sicher, die Matratze seines Bettes war etwas weich, und er war sehr froh über seine Voraussicht, für sich und Mr. Ryder dünne englische Bettdecken mitgenommen zu haben. Die Ausmaße und das Gewicht des Federbettes ließen wirklich einen Erstickungstod während des Schlafes befürchten. Aber das Essen, das er am Vorabend zusammen mit den Bediensteten eingenommen hatte, war durchaus wohlschmeckend gewesen, und auch das selbst gebackene dunkle Brot, das es zum Frühstück gegeben hatte, hatte sich als sehr delikat erwiesen.

Er beobachtete so unauffällig wie möglich die Köchin, die am Herd stand und ein ihm unbekanntes Gerät betätigte – eine Art Trichter, der auf einem mit Löchern versehenen Metallbrett hin und her geschoben wurde, durch das der Teig in kochendes Wasser tropfte. In der Tat, sehr seltsam ...

Hopkins konnte sich mit Greta nur per Zeichensprache verständigen, aber er hatte sie als sehr kompetent erlebt. Ihr Essen war vorzüglich, die Küche blitzte vor Sauberkeit, und die Hausmädchen erfüllten ihre Aufgaben auf den Punkt. Er sah aus den Augenwinkeln, wie Konrad in die Küche kam und sich neben ihm an dem langen Eichentisch niederließ. Greta schöpfte nun die gekochten Teigstückchen – eine Art Nudeln – mit einer Kelle aus dem siedenden Wasser und gab sie in eine Schüssel.

»Das sind Spätzle, Mr. Parson«, sagte Konrad auf Englisch. »Eine deutsche Spezialität.«

»Oh, wie interessant ...«

Greta bemerkte, dass die beiden Männer über ihr Essen sprachen. Sie gab einen Löffel Spätzle auf einen Teller, goss etwas gebräunte Butter darüber und stellte ihn mit einer Gabel lächelnd vor Hopkins auf den Tisch. »Wie überaus freundlich ...« Hopkins bedankte sich gebührend, ehe er von den Teigknöpfchen kostete. Konrad übersetzte für Greta.

Das schmeckte ... überraschend gut ... Hopkins neigte anerkennend den Kopf. Er beschloss, sich das Rezept von Greta geben zu lassen.

Konrad streckte seine Beine unter dem Tisch aus. »Wie ist Lord Lothian denn so als Arbeitgeber?«, erkundigte er sich dann.

»Nun, er ist ein wahrer Gentleman ...« Auch wenn dies nicht der Fall gewesen wäre, hätte Hopkins einem anderen Dienstboten gegenüber niemals etwas Abfälliges über einen Dienstherrn verlauten lassen. Schließlich erachtete er Diskretion für eine eherne Tugend.

»Er ist ein Earl, habe ich sagen hören. Ich war in meiner Jugend zwei Jahre lang Lakai beim Baronet of Minster.«

»Tatsächlich?«

Hopkins war entschieden zu höflich, um Konrad darauf hinzuweisen, dass ein Baronet ein sehr niedriger englischer Adelsrang war. Ein Hausmädchen begann, den Tisch für den Nachmittagskaffee der Bediensteten zu decken. Es stellte nun Brot, Butter und Marmelade und einen Blechkuchen auf den Tisch. Auch Greta und Wilhelm setzten sich an die Tafel und begannen eine Unterhaltung. Ein anderes Hausmädchen schenkte Kaffee ein. Bedauernd registrierte Hopkins, dass es keinen Tee gab. Wie gern hätte er jetzt eine Tasse guten Earl Grey genossen. In Deutschland trank man wohl immer nur Kaffee. Doch er wollte nicht klagen. Der Strauß aus Sonnenblumen in einem hübschen Steingutkrug, der als Tischschmuck diente, fand seine Zustimmung.

»Haben Sie denn auch als Butler bei anderen Adligen als dem Lord gearbeitet?« Konrad bestrich eine Brotscheibe dick mit Butter und Marmelade.

»Bei dem einen oder anderen, ja ...« Hopkins erachtete es für unnötig, Konrad zu erzählen, dass er als Butler bei zwei Herzögen, einem Marquess und drei Earls angestellt gewesen war. Von den Adelshäusern, die ihn in einem niedrigeren Rang beschäftigt hatten, einmal ganz zu schweigen.

»Und waren Sie auch im Ausland unterwegs?«

»Gelegentlich ...«

Hopkins ließ sich von einem der Hausmädchen ein Stück

Blechkuchen auf den Teller legen. Der Kuchen war mit Krümeln, ähnlich denen eines Crumble, bedeckt.

Ja, er war oft mit seinen Dienstherren auf dem Kontinent und auch in den Kolonien in Übersee unterwegs gewesen. In Indien und Ceylon, in diversen afrikanischen Ländern sowie in Kanada, Australien und Neuseeland. Auch die USA hatte er bereist. Es gab Kollegen, die sich eine Anstellung danach aussuchten, ob sie ihnen die Möglichkeit, ferne Länder kennenzulernen, eröffnete. Für Hopkins war dies nie ein wichtiges Kriterium gewesen. Nicht dass er nicht in der Lage gewesen wäre, es mit Kakerlaken, unpünktlichen Zügen, schmutzigen Zimmern, Monsun- und Sandstürmen, Taschendieben und sonstigen Banditen aufzunehmen, aber er hatte immer erleichtert aufgeatmet, wenn er in Dover oder Harwich endlich wieder englischen Boden betreten hatte.

»Ich habe ein paar Jahre lang mit dem Prinzen und der Prinzessin in Russland gelebt. Der Prinz war dort als deutscher Botschafter«, sagte Konrad nun.

Hopkins gab wieder ein höflich-interessiertes »Tatsächlich?« von sich.

»Manchmal habe ich den Prinzen in den Sankt Petersburger Zarenpalast begleitet. Und auch andere Adelspaläste habe ich kennengelernt. So viel Prunk haben Sie noch nicht gesehen! Es gab riesige Kristallleuchter, vergoldetes Geschirr und Möbel, die mit Edelsteinen besetzt waren.«

Wie überaus vulgär, dachte Hopkins missbilligend.

»Ein paarmal durfte ich dem Zaren und der Zarin bei festlichen Dinners aufwarten. So aus der Nähe gesehen war der Zar ein ganz einfacher Mann. Seine Gattin dagegen war eine richtige Schönheit. Ich habe sie kürzlich auf Zeitungsfotos gesehen. Sie ist ziemlich gealtert. Was bei den Unruhen in Russland auch kein Wunder ist. Ständig in der Furcht vor einem Attentat leben zu müssen ...« Konrad seufzte theatralisch, während er sich Kaffee nachschenkte. »Der russische Innenminister war häufig zu Gast bei Seiner Durchlaucht. Die beiden haben sich sogar angefreundet. Sie sind zusammen auf die Jagd und auf der Ostsee und dem Schwarzen Meer zum Segeln gegangen. Gelegentlich haben sie ein Sankt Petersburger Edelbordell besucht.« Konrad grinste anzüglich. »Auch der Chef des Geheimdienstes war manchmal mit von der Partie.« Das war nun wirklich nichts, was ein Diener über seine Herrschaft ausplaudern sollte ... »Prinz Heinrich und der Innenminister korrespondieren immer noch häufig miteinander und schicken sich Geschenke. Champagner und Kaviar und Rheinwein, solche Dinge ...«

Greta und Wilhelm, hatte Hopkins den Eindruck, waren erstklassige Dienstboten. Auf Konrad traf dies jedoch eindeutig nicht zu. Hopkins kostete von dem Blechkuchen, und Konrad erzählte weiter über seine Zeit in Russland. Er gab eine reichlich fantastische Geschichte über eine Schlittenfahrt auf der vereisten Newa, bei der der Schlitten des Prinzen von einem Rudel Wölfe verfolgt worden war, zum Besten.

Hopkins war entsetzt ob so viel Indiskretion, doch er ließ sich den Appetit nicht verderben. Auch der Blechkuchen schmeckte nämlich köstlich. Ein weiteres Rezept, nach dem er Greta fragen würde.

ZWANZIGSTES KAPITEL

Das Porträt ihrer Mutter hatte sich in Victorias Gedächtnis eingebrannt. Auch jetzt, während sie die Treppe zu Claras Kammer hinaufging, sah sie es wieder in allen Einzelheiten vor sich. Das duftige Kleid mit dem weiten Ausschnitt, den erotisch leicht geöffneten Mund ...

Eine gute Stunde zuvor hatte sie den Platz am Bett ihrer Großmutter mit Sophie getauscht. Sie hatte Sophie gebeten, sie sofort zu benachrichtigen, wenn die Fürstin aufwachen sollte. Sie wollte ihre Großmutter mit dem Gemälde konfrontieren und sie zur Rede stellen, auch wenn sie nach wie vor bezweifelte, dass sie etwas von ihr über Jakob erfahren würde.

Warum nur hat sie mich belogen?, fragte sich Victoria wieder zornig. Wusste ihre Großmutter womöglich, dass Jakob ihr Vater war? Vielleicht war es in ihren Augen auch noch schlimmer, dass ihre Mutter ein uneheliches Kind von einem Künstler bekommen als dass sie einen Protestanten geehelicht hatte, und sie wollte diese Peinlichkeit noch nicht einmal ihrer Enkelin gegenüber offenbaren.

Als Victoria vorsichtig die Tür zu Claras Kammer öffnete, saß das Mädchen gegen zwei Kissen gelehnt im Bett. Seine Wangen hatten einen gesunden Farbton. Der Kleine lag schlafend neben ihr. Er trug ein weißes langes Kleid aus Baumwolle sowie eine Wollmütze und Socken, die ein bisschen zu groß waren.

»Gnädiges Fräulein ...« Clara lächelte sie schüchtern an.

Victoria setzte sich auf einen Hocker neben das Bett. »Ich habe einen Brief an Gräfin Langenstein geschrieben«, sagte sie leise. Claras Augen weiteten sich vor Schreck. »Du musst keine Angst haben. Ich bin überzeugt, dass die Gräfin dich weiter beschäftigen wird, wenn du dich vollständig erholt hast, und dass sie auch für deinen Jungen sorgt.«

Clara starrte sie an, als hätte es ihr die Sprache verschlagen. »Sie sind so ... so freundlich ...«, stammelte sie schließlich. »Und die Fürstin hat mir Kleidung für meinen Jungen geschenkt ... Ich ... ich verdiene das gar nicht.«

»Meine Großmutter hat dir Kleidung geschenkt?« Victoria konnte es kaum glauben.

»Ja, Greta hat sie mir gebracht.« Clara nickte eifrig. Der Junge schlug nun die Augen auf und begann zu weinen.

»Ich glaube, er hat Hunger«, sagte Clara sanft. Sie schob den Ausschnitt ihres Nachthemds zurück und legte den Kleinen an die Brust, an der er sofort kräftig zu saugen begann.

Victoria lächelte. »Er scheint einen gesunden Appetit zu haben«, sagte sie und verließ das Zimmer.

Nein, sie konnte es wirklich nicht glauben. Ihre Großmutter hatte Clara Säuglingskleidung geschenkt ... Sie wurde aus der Fürstin einfach nicht klug.

»Miss ... äh ... Bredon ...« Erst jetzt bemerkte sie, dass Hopkins ihr auf dem Korridor entgegenkam. »Ich habe eben eine Nachricht von Lord Lothian bekommen«, teilte ihr der Butler mit gesenkter Stimme mit. »Er erwartet Sie in einer Stunde in einem Separee im Hotel Römerbad.«

»Wie bitte?«

Gedachte Jeremy etwa, ihren Zwist durch ein romantisches

Rendezvous beizulegen? Nun, da täuschte er sich aber gewaltig. Wieder stieg Zorn in Victoria auf.

»Der Lord erwartet mich ebenfalls bei dem Dinner.« Hopkins hüstelte, als hätte er Victorias Gedanken erraten. »Ich soll Ihnen wohl servieren.«

Jeremy würde keinen Wert auf Hopkins als Anstandsdame legen, und auch Hopkins würde so etwas nicht erwarten. Hatte Jeremy etwas Wichtiges herausgefunden, worüber er nicht mit ihnen in der Villa sprechen konnte? Ein ungutes Gefühl nahm von ihr Besitz.

Das Separee lag im ersten Stockwerk des Hotel Römerbad. Jeremy erhob sich, als Victoria und Hopkins es betraten. Er trug einen Straßenanzug aus Tweed, Victoria hatte sich für ein schlichtes Abendkleid aus dunkelgrünem Samt und Hopkins für seinen Frack entschieden. Die beiden Fenster gingen auf den Kurgarten hinaus, wo an diesem milden Abend noch einige Spaziergänger unterwegs waren. Der Himmel über der Stadt war dunkel. Entlang der Lahn brannten schon die Gaslaternen.

Während Jeremy Victoria und Hopkins begrüßte und dann dem grauhaarigen Kellner mitteilte, dass er das Essen servieren könne, klang seine Stimme freundlich und entspannt. Aber Victoria kannte ihn gut genug, um zu wissen, dass ihn etwas beschäftigte. Sie zürnte ihm immer noch, gleichzeitig reichte schon sein Anblick, um ihren Körper in Aufruhr zu versetzen.

»Ich habe Champagner, eine Maronensuppe und Huhn bestellt«, sagte Jeremy, als der Kellner den kleinen Raum verlassen hatte. »Ich hoffe, das ist in Ordnung.«

»Aber natürlich«, erwiderte Victoria ungeduldig. Sie wollte sich nicht anmerken lassen, wie sehr Jeremys Nähe sie irritierte. »Was ist geschehen? Und, Hopkins, bitte bleiben Sie nicht stehen. Setzen Sie sich zu uns.«

»Gewiss, wenn Sie dies wünschen, Miss Victoria.«

Hopkins nahm neben ihr auf dem mit rotem Samt bezogenen Sofa Platz. Für einen Moment suchte die Vorstellung Victoria heim, dass dieses Möbel manchen Besuchern des Separees bestimmt zu ganz anderen Zwecken als zum Sitzen diente. Sie schluckte und schob das Bild von zwei nackten, ineinander verschlungenen Körpern energisch beiseite.

»Ich habe in Coblenz ein Telegramm aufgegeben.« Jeremy fuhr sich mit beiden Händen über das Gesicht. »Es müsste mittlerweile in der Villa eingetroffen sein. Darin steht, dass dein Großvater schwer erkrankt ist und dass du dringend nach London zurückkehren musst. Hopkins und ich werden dich begleiten.«

»Hast du dich etwa tatsächlich entschieden, mit mir zu reisen?« Victoria konnte es nicht recht glauben.

»Nein, das habe ich nicht ...«

»Das hast du nicht? Ich habe dir doch schon einmal gesagt, dass ich nicht ohne dich zurückkehren werde«, empörte Victoria sich. Sie war nahe daran, aufzuspringen und aus dem Separee zu stürmen.

»Hör mir bitte erst einmal zu.« Jeremy seufzte. »Ich habe von Sir Arthur erfahren, dass Lew Prokowski im Verdacht steht, mit russischen Anarchisten zu paktieren. Ich bin überzeugt davon, dass er in Karl von Waldenfels' Pläne involviert ist. Deshalb müssen wir die Stadt so schnell wie möglich verlassen. Ganz zu schweigen davon, dass er mich wahrscheinlich wiedererkennen würde.«

»Lew ist kein Anarchist ...«

Ein Klopfen an der Tür unterbrach Victoria. Rasch erhob Hopkins sich und nahm Aufstellung – ein Butler würde niemals mit seiner Herrschaft vertraut am Tisch sitzen. Der Kellner erschien mit einem Servierwagen, auf dem eine Suppenschüssel und ein versilberter Champagnerkühler standen.

»Danke, wir benötigen Sie erst einmal nicht mehr«, wandte sich Jeremy an den Kellner. »Mein Butler wird uns servieren.«

»Wie Sie wünschen.« Der ältere Mann verabschiedete sich mit einer Verbeugung.

»Lew ist kein Anarchist ...«, wiederholte Victoria fassungslos. »Sir Arthur muss sich täuschen.«

»Es tut mir leid, ich weiß, du vertraust Dr. Prokowski ...« Jeremy sah sie unglücklich an. »Aber es steht fest, dass er mit einer Frau verlobt war, die zu den Anarchisten gehörte. Er war anwesend, als auf mich geschossen wurde. Und nun hält er sich in Ems auf, wo irgendetwas Gefährliches vor sich geht. Findest du nicht auch, dass das zu viele Zufälle sind?«

»Lew war noch nicht in Deutschland, als Lord Fisher ermordet wurde«, protestierte Victoria. »Er hat deine Schusswunde versorgt und Claras Leben und das ihres Kindes gerettet. Er ist Arzt. Ein Mann, der heilt und Leben bewahrt. Kein Mensch, der tötet.« Sie war nahe daran, Jeremy vorzuwerfen, dass er nur eifersüchtig war.

Und doch ...

Lews Bruder war hingerichtet worden, weil er für gesellschaftliche Veränderungen gekämpft hatte. Lew war so verbittert und zornig gewesen, als er über die gesellschaftlichen Zustände in Russland gesprochen hatte. Und da war noch etwas ... Eine Erinnerung regte sich in Victorias Gedächtnis. Aber das konnte nicht sein ...

»Was geht dir gerade durch den Kopf?«, hörte sie Jeremy fragen. Er wusste ihr Mienenspiel wirklich gut zu deuten ...

»Ich war heute Vormittag in Lews Wohnung«, sagte Victoria widerstrebend. »Meine Großmutter war im Garten gestürzt, und ich wollte ihn zu Hilfe holen. Es roch nach Zigarettenrauch und nach etwas anderem, das mir bekannt vorkam. Jetzt fällt es mir ein. Ich glaube, dass es Nelkenduft war. Waldenfels bevorzugt Zigaretten, die mit Gewürznelkenaroma parfümiert sind.«

»Jetzt, da Sie es erwähnen, Miss Victoria ...« Da niemandem nach Champagner oder Essen zumute war, hatte sich Hopkins wieder gesetzt. »Auch in Dr. Prokowskis Kleidung hing dieser Geruch. Ich dachte noch, dass die Verbindung von Zigarettenrauch und Nelken sehr ungewöhnlich ist.«

»O mein Gott ...« Victoria fasste sich an die Brust.

»Es tut mir wirklich so leid«, sagte Jeremy sanft.

Victoria atmete tief durch. Jetzt war nicht der richtige Zeitpunkt, über Lew nachzugrübeln und es zu bedauern, dass er nicht der Mann war, für den sie ihn gehalten hatte.

»Hast du in Darmstadt etwas herausgefunden?«, zwang sie sich, Jeremy zu fragen.

»Mein Freund Werner Brauer hat mir erzählt, dass die Polizei in Darmstadt und Umgebung zurzeit viele Hausdurchsuchungen vornimmt und Männer inhaftiert, die verdächtigt werden, den Sozialdemokraten und radikalen Parteien nahezustehen. Werner mutmaßt, dass in Deutschland eine neue Sozialistengesetzgebung geplant ist. Aber für mich hört sich das jetzt fast so an, als ob die Polizei einen Anschlag befürchtet. Wer könnte das Opfer sein? Der Großherzog von Hessen-Darmstadt ja wohl kaum ...«

Victoria nahm wahr, dass sich der Raum verzerrt in dem Champagnerkühler spiegelte. Ein Tropfen Kondenswasser rann an dem grünen Flaschenhals hinunter. »Zar Nikolaus wird in wenigen Tagen seine Verwandten in Darmstadt besuchen und auch Kaiser Wilhelm in Ems treffen«, flüsterte sie.

»Was sagst du da?« Jeremy und Hopkins starrten sie an.

»Meine Großmutter hat es mir heute Morgen beim Frühstück erzählt. Durch ihren Sturz hatte ich es völlig vergessen... Der Kaiser will versuchen, den Zaren von dem Bündnis mit England abzubringen. Deshalb trifft er sich mit ihm für einen Tag in Ems und veranstaltet zu seinen Ehren ein festliches Dinner, zu dem auch meine Großmutter, mein Onkel und meine Tante eingeladen sind.«

»Aber dein Onkel und Waldenfels wissen doch sicher erst seit Kurzem von der Zusammenkunft zwischen Wilhelm und Zar Nikolaus in Ems«, sagte Jeremy schließlich. »Dass Lew Prokowski sich hier aufhält, muss dagegen schon seit Längerem geplant sein.«

»Mit Verlaub, Sir...« Hopkins räusperte sich. »Ich hatte heute Nachmittag ein Gespräch mit dem Kammerdiener des Prinzen. Prinz Heinrich war deutscher Botschafter in Russland und ist, laut Konrad, der, wie ich leider feststellen muss, die in seiner Position notwendige Diskretion sehr vermissen lässt, seit dieser Zeit eng mit dem russischen Innenminister befreundet.«

»Und Sie vermuten, dass der Innenminister meinen Onkel schon vor einiger Zeit über den Besuch des Zaren informiert hat?«, fragte Victoria.

»Allerdings... Solche Visiten wie die des Zaren und seiner Familie bei ihren Verwandten und auch Begegnungen zwischen Staatsoberhäuptern werden in der Regel einige Wochen oder gar Monate im Voraus anvisiert. Ich bin überzeugt, dass der Innenminister den Prinzen darüber vertraulich in Kenntnis gesetzt hat, gewissermaßen von Freund zu Freund.«

»Das würde ja bedeuten, dass mein Onkel in die Verschwörung involviert ist.« Victoria fühlte sich ihrem Onkel nicht besonders nah. Deshalb war sie darüber weit weniger entsetzt als über Lews Verstrickung.

»Laut meinem Freund gehört dein Onkel zu den Befürwortern eines Präventivkrieges. Der Prinz, der Graf und die Männer, die mit ihnen verschworen sind, dürften sich, anders als die deutsche Regierung, keinen Illusionen darüber hingegeben haben, dass ein Bündnis zwischen England und Russland sehr wahrscheinlich zustande kommen würde«, erklärte Jeremy nachdenklich.

»Das meinte Waldenfels also damit, als er sagte, manchmal müsse man wie Bismarck Gegebenheiten schaffen.« Victoria kam es vor, als ob sie mit einer ganz fremden Stimme spräche. Sie schien ihr sehr hoch und dünn und gar nicht zu ihr zu gehören. »Russland soll durch einen gewaltsamen Tod des Zaren ins Chaos gestürzt werden. Dadurch ist das Land mit sich selbst beschäftigt und in einem Krieg nicht länger für Deutschland gefährlich.«

»Bestimmt gehören Männer aus dem Generalstab und dem Kriegsministerium mit zu den Verschwörern.« Jeremy nickte. »Sobald Russland als Gegner ausfällt, dürfte es ein Leichtes sein, den Kaiser und seine Regierung davon zu überzeugen, einen Krieg gegen Frankreich zu beginnen und die Einkreisung durch die drei Mächte ein für alle Mal zu zerschlagen. Wahrscheinlich spekulieren die Verschwörer darauf, dass dieser Krieg schnell siegreich beendet werden wird, und darauf, dass England in einem solchen Fall die eigenen Interessen kühl gegen die des Kontinents abwägen und sich zu einem Friedensvertrag bereit erklären wird.«

Ein Luftzug brachte die Flamme des Gaslichts zum Flackern. In den Schatten, die über die Wände des Raumes huschten, glaubte Victoria plötzlich Heere zu sehen, die über weitläufige Felder aufeinander zumarschierten. Gewehrfeuer und Kanonendonner hallten in ihren Ohren wider, und gellende Schmerzensschreie erklangen. Eine bleierne Stille senkte sich über den Raum. Sie wusste, dass Jeremy und Hopkins wie sie empfanden.

»Wir müssen das Attentat verhindern«, flüsterte sie.

»Natürlich müssen wir das ...« Jeremy lächelte, und Victorias Herz, obwohl sie so aufgewühlt und verzweifelt war, begann wieder schneller zu schlagen. »Nur haben wir leider noch keine Idee, wie es vonstattengehen soll.«

»Was werden wir jetzt tun?« Die böse Vorahnung legte sich wie ein Ring um Victorias Brust, sie hatte das Gefühl, in dem kleinen Raum keine Luft mehr zu bekommen.

»Wir werden noch heute Nacht aus Ems abreisen und irgendwo im Rheinland übernachten. Unsere Gegner werden denken, dass wir wegen der Erkrankung deines Großvaters nach England unterwegs sind. Tatsächlich wirst du morgen mit Hopkins nach London zurückkehren, während ich nach Wiesbaden fahre. Dort lebt ein Kontaktmann der Geheimabteilung. Ich werde ihm einen Brief an Sir Arthur übergeben, den er diesem persönlich überbringen wird. Sir Arthur und die englische Regierung müssen wissen, was die Verschwörer planen.«

»Und du willst das Attentat ganz allein abwehren?«

»Ich habe keine andere Wahl.«

Jeremys Augen wirkten sehr dunkel, um seinen Mund lag ein harter Zug. Victoria spürte, dass er sich über die Schwierigkeit seiner Aufgabe keiner Illusion hingab.

»Ich bleibe bei dir.«

»Das ist zu gefährlich.«

»Du kannst doch nicht im Ernst glauben, dass ich nach London zurückkehre, nur um irgendwann zu erfahren, dass ein englischer Spion in Deutschland ums Leben kam. Hör endlich auf, mich beschützen zu wollen.« Es war Victoria völlig gleichgültig, dass Hopkins Zeuge ihres Streites wurde.

»Allein kann ich mich besser verstecken.«

»Das hast du, nachdem du angeschossen wurdest, schon einmal behauptet. Dieses Mal gebe ich nicht nach.« Aufgebracht funkelte Victoria Jeremy an. »Und falls du glauben solltest, dich heimlich davonschleichen zu können – ich werde auf jeden Fall nach Ems zurückkehren. Lew ist in mich verliebt. Vielleicht kann ich ihn ja von seinem Vorhaben abbringen.«

»Du wirst dich ganz bestimmt nicht mit ihm treffen!« Jeremys Miene war unnachgiebig.

»Wie willst du das denn unterbinden? Willst du mich etwa irgendwo einsperren?« Victoria musste sich beherrschen, um nicht zu schreien. »Und wag es bloß nicht, mir wieder vorzuwerfen, dass ich mich kindisch benehme.«

»Genau das tust du aber.«

»Ich bitte um Verzeihung, aber wenn ich etwas zu diesem Gespräch beitragen dürfte…« Hopkins räusperte sich. »Ich bin wirklich der Meinung, dass wir zu dritt mehr ausrichten können als Sie allein, Sir.«

Victoria warf ihm einen dankbaren Blick zu.

»Wie ich schon sagte … Zusammen mit Ihnen und Victoria falle ich zu schnell auf.«

»Ich glaube, diese Gefahr bewerten Sie über, Sir. Dank Sir Arthur sind Sie ja im Besitz diverser Pässe. Miss Victoria und ich könnten uns als Nichte und Onkel ausgeben – in Wiesbaden dürften sich um diese Jahreszeit noch viele englische Touristen und Kurgäste aufhalten – und Sie als ein Gentleman. Sie treffen sich mit dem Kontaktmann, übergeben ihm den Brief, und nach spätestens einer Nacht verlassen wir Wiesbaden wieder. Wir müssen ja nicht einmal im selben Hotel absteigen. An anderen Orten können wir es genauso halten.«

Jeremy schwieg und blickte vor sich hin.

Gib nach, bitte, gib nach!, beschwor Victoria ihn in Gedanken.

»Gut, ich bin einverstanden«, sagte er schließlich.

Aber Victoria sah Jeremy an, dass er mit seiner Entscheidung nicht glücklich war.

Victoria traf Sophie im Schlafzimmer ihrer Großmutter an. Eine kleine Petroleumlampe brannte auf der Frisierkommode, sie verbreitete ein schwaches Licht. Die Fürstin schlief. *Oder sie stellt sich wieder schlafend*, dachte Victoria traurig.

Das Porträt ihrer Mutter konnte sie nur als Schemen in dem dunklen Ankleidezimmer erkennen. Trotzdem sah sie es wieder in allen Einzelheiten vor sich.

»Kann ich bitte kurz auf dem Korridor mit dir sprechen?«, wandte sie sich leise an die Prinzessin.

»Natürlich.« Sophie verließ mit ihr den Raum.

»Wie geht es meiner Großmutter?«

»Sie ist bisher nicht aufgewacht. Aber ihr Schlaf war ruhig. Deshalb denke ich, dass sich ihr Zustand nicht verschlechtert hat.«

»Ich habe ein Telegramm aus London erhalten. Mein Großvater, der Herzog, hatte einen Herzinfarkt.« Wilhelm hatte Victoria das Telegramm eben überreicht. »Ich werde mich noch heute Nacht auf den Weg nach Hause machen. Lord Lothian ist so freundlich, mich zu begleiten.«

»Um Himmels willen ... Du Ärmste, wie schrecklich ... Erst der Sturz deiner Großmutter, und jetzt musst du dich auch noch um deinen Großvater sorgen.« Sophie legte Victoria die Hand auf den Arm und sah sie entsetzt an.

Angesichts ihrer aufrichtigen Bestürzung bekam Victoria ein schlechtes Gewissen. Sie und ihr Großvater standen sich noch nicht einmal nahe. Er hatte ihren Vater enterbt, da dieser Gerichtsmediziner geworden war, er war nicht einmal zu dessen Beerdigung gekommen. Nein, wegen ihres Großvaters hätte sie keine Reise abgebrochen.

»Ich hoffe sehr, dass sich sein Befinden wieder bessert«, schwindelte Victoria. »Würdest du dich um Clara und den Jungen kümmern, bis Rosalyn von ihrer Reise zurück ist?«

»Natürlich …« Sophie nickte. »Ich sage dem Chauffeur gleich Bescheid, dass er sich bereithalten soll. Dann kann er euch zum Bahnhof bringen.«

»Das wäre sehr nett.«

»Es war schön, dich kennenzulernen, Victoria.« Sophie umarmte Victoria. »Schreib mir bitte, sobald du Näheres über den Gesundheitszustand deines Großvaters weißt.«

»Ich fand es auch schön, deine Bekanntschaft zu machen, Sophie.« Victoria erwiderte die Umarmung.

Victoria hastete in ihr Zimmer und packte rasch ihre Reisetasche mit den nötigsten Kleidungsstücken. Den Schrankkoffer würde sie sich nachschicken lassen. Als sie in die Halle hinunterkam, warteten dort schon Jeremy und Hopkins auf sie. Draußen fuhr ein Automobil vor. Die Reifen knirschten auf dem Kies, das Scheinwerferlicht huschte über die Wände.

»Dann sollten wir wohl gehen«, sagte Jeremy. Er war noch immer ungehalten.

Während der Fahrt zum Bahnhof saß er mit Victoria im Fond, Hopkins hatte neben dem Chauffeur Platz genommen. Die Villen mit ihren dunklen Gärten zogen an ihnen vorbei. Geistesabwesend starrte Jeremy vor sich hin. Victoria hatte das Gefühl, sehr weit von ihm entfernt zu sein. Und sie hatte plötzlich schreckliche Angst davor, dass es ihnen nicht gelingen würde, das Attentat zu verhindern. Angst, dass sie vielleicht doch von der Polizei festgenommen werden würden. Sie schluckte und verkrampfte ihre Hände im Schoß. Dies alles wäre viel leichter zu ertragen gewesen, wenn sie sich Jeremy nahe gewusst hätte.

Müde betrat Victoria zusammen mit Jeremy und Hopkins spät in der Nacht die Eingangshalle des Hotels Goldener Stern am Bonner Rathausplatz.

»Ich werde mich um die Zimmer kümmern.« Hopkins schritt zur Rezeption.

Victoria ließ sich in einem der Ledersessel nieder. Jeremy dagegen ging in der Halle auf und ab. Auch während der Zugfahrt hatte die angespannte Stimmung zwischen ihnen angedauert. Schließlich hatte Victoria es nicht mehr ausgehalten. Sie hatte sich schlafend gestellt und war irgendwann tatsächlich eingenickt. Hin und wieder war sie aufgewacht, wenn der Zug in Bahnhöfen gehalten hatte. Sie hatte die beleuchteten Bahnsteige gesehen, die Schilder mit Ortsnamen wie Andernach, Bad Breisig und Remagen und die wenigen Fahrgäste beobachtet, die mitten in der Nacht noch reisten, ehe ihr wieder die Augen zugefallen waren.

Zu Beginn der Zugfahrt hatte Jeremy gesagt, dass er am nächsten Tag ein Automobil mieten wolle. Sie würden Richtung Rotterdam reisen, um mögliche Verfolger zu täuschen, und dann umkehren, um nach Wiesbaden zu fahren. Jeremy hoffte, dass sie so weniger leicht aufzuspüren wären als bei einer Reise mit dem Zug.

Wieder stieg Angst in Victoria auf. Sie waren drei Menschen, die eine Bluttat vereiteln wollten, das den Kontinent in den Abgrund reißen würde. Wie sollte ihnen das nur gelingen?

»Victoria ...«

Jeremy blieb neben ihr stehen. Seine Stimme hatte den distanzierten Tonfall verloren. Sie klang zögernd, war aber voller Wärme.

»Ja?« Hoffnungsvoll blickte sie ihn an. Würde er es ihr endlich verzeihen, dass sie darauf bestanden hatte, bei ihm zu bleiben?

»Miss Bredon, Ihr Zimmer liegt im ersten Stockwerk und hat die Nummer 111. Lord Lothian, Ihr Zimmer befindet sich auf der dritten Etage.« Hopkins war zu ihnen getreten und hatte den Moment der Nähe zerstört.

Victorias Zimmer ging zur Vorderseite des Hotels hinaus. Eine Gruppe junger Männer zog lärmend über den Platz. Im Schein der Laternen wirkte die Rokokofassade des Rathauses wie mit Zuckerguss glasiert. Es schien Victoria ewig her zu sein, seit sie Leah Wagner hier besucht und mit ihr über ihre Mutter und Jakob gesprochen hatte. Dabei war es vor nur zehn Tagen gewesen. Sie zog die Vorhänge zu.

Als sie begann, sich auszuziehen, musste Victoria unwillkürlich wieder daran denken, wie Jeremys Hände über ihre nackte Haut geglitten waren. Ihre Brustwarzen wurden hart, und sie atmete rascher. Nun, wahrscheinlich würde er, auch wenn sie sich nicht gestritten hätten, in dieser Nacht nicht zu ihr kommen. Schließlich lagen ihre Zimmer zwei Stockwerke auseinander, und es würde für Gerede sorgen, wenn er dabei gesehen würde, wie er zu ihr schlich.

Victoria schlüpfte zwischen die Laken und löschte das Licht. Während ihr die Augen vor Erschöpfung zufielen, wünschte sie sich, in Jeremys Armen einzuschlafen. Ach, sie hoffte so sehr, dass sie wieder zueinander fanden. Eine Trennung war einfach unvorstellbar.

Hopkins half Jeremy aus seiner Anzugjacke. Er hängte das Jackett über einen Bügel und strich es sorgfältig glatt, ehe er es im Kleiderschrank verstaute.

Sollte er Mr. Ryder auf Miss Victoria ansprechen, oder überschritt er damit seine Befugnisse als Butler? Hopkins war sich unschlüssig.

Jeremy hatte sich in Hemd und Hose auf das Bett fallen lassen und die Schuhe achtlos auf den Boden gekickt. Hopkins war bereit, ihm dies, in Anbetracht der dramatischen Ereignisse, die hinter ihnen lagen, nachzusehen.

»Wünschen Sie, dass ich Ihren Koffer auspacke, Sir?« Hopkins wies auf das kleine Reisegepäck. Wie Victoria hatte auch Jeremy seinen Schrankkoffer in Ems zurückgelassen.

»Danke, Hopkins, das schaffe ich schon selbst.«

»Sehr wohl, Sir.« Hopkins wandte sich zur Tür und zögerte dann. Victoria war wie eine Enkeltochter für ihn ... Und Mrs. Dodgson würde eine Intervention seinerseits wahrscheinlich auch für angemessen halten ... Dieses eine Mal durfte er sich nicht aus Höflichkeit und Diskretion zurückhalten. Langsam drehte er sich wieder um. »Sir, wenn Sie mir die Bemerkung gestatten ... Sie können Miss Victoria nicht immer beschützen.«

»Wie bitte?« Jeremy richtete sich perplex auf.

»Sie liebt sie. Deshalb möchte sie Ihnen in der Gefahr beistehen. Wenn Sie ihr dies nicht zubilligen, werden Sie sie verlieren.«

Jeremy starrte ihn ungläubig an. »Verschwinden Sie, Hopkins«, sagte er dann mit einem drohenden Unterton in der Stimme.

»Sie sollten sich mit Miss Victoria aussprechen, Sir.«

»Raus ...«

»Sehr wohl, Sir.«

Hopkins verbeugte sich, ohne eine Miene zu verziehen, und verließ den Raum.

Eva nahm eins von Victorias Abendkleidern aus dem Schrank. Nachdem sie es sorgfältig in Seidenpapier eingeschlagen hatte, hängte sie es in den Schrankkoffer. Sie mochte Fräulein Victoria. Sie war ihr gegenüber sehr nett gewesen, und wahrhaftig nicht jedes feine Fräulein hätte sich so um Clara gekümmert wie sie. Den meisten wäre das Schicksal des Mädchens völlig gleichgültig gewesen. Sie hoffte aufrichtig, dass es Fräulein Victorias Großvater bald wieder besser ging.

Nachdem Eva Victorias Kleidung und Schuhe eingepackt hatte, nahm sie sich der Bücher an, die noch im Zimmer lagen. Damit sie beim Transport keinen Schaden nahmen, wickelte sie sie ebenfalls in Seidenpapier. Eines der Bücher war sehr dick. Den Umschlag zierte eine Lithografie des Drachenfelses. Plötzlich glitt es ihr aus den Händen, und einige Papiere fielen heraus. Rasch bückte sie sich, um sie aufzuheben, hielt dann jedoch inne. Neben einem Notizzettel sah sie etliche Fotografien, und diese zeigten ... Eva schluckte, und ihr wurde übel ... einen Leichnam.

Sie erinnerte sich daran, wie in der Küche darüber geredet worden war, dass Fräulein Victoria zusammen mit ein paar Kindern die Leiche eines Landstreichers im Wald gefunden hatte. Sie schlug die Fotografien in Seidenpapier – sie konnte sich nicht überwinden, sie direkt zu berühren – und beschloss, sie Herrn Kerber zu zeigen. Er konnte entscheiden, was damit geschehen sollte.

In seinem Zimmer im Hotel d'Angleterre betrachtete Graf Waldenfels nachdenklich die Fotografien, die Heinrich von Marssendorff ihm völlig aufgeregt vorbeigebracht hatte. Er hatte ihm berichtet, seine Nichte habe von Anfang an die Theorie, dass es sich bei dem Toten um einen Landstreicher handelte, angezweifelt. Die meisten jungen Damen wären beim Anblick einer Leiche ohnmächtig geworden. Kaum eine hätte auf den Auslöser ihrer Kamera gedrückt. Victoria Bredon war wirklich eine sehr ungewöhnliche junge Frau. Karl von Waldenfels lächelte vor sich hin.

Sie war sehr schön und sehr erotisch. Wobei es besonders reizvoll war, dass sie sich dieser Ausstrahlung überhaupt nicht bewusst zu sein schien. Er erinnerte sich an ihr Widerstreben, als er sie im Garten geküsst hatte. Wieder hörte er sie panisch atmen. Was ihn erst recht erregt hatte. Er hoffte sehr, dass er sie irgendwann besitzen würde.

Er hatte den *Debrett's* zurate gezogen, den das Hotel d'Angleterre als erstklassiges Haus für seine Gäste bereithielt. Einen Earl of Lothian gab es tatsächlich, auch Alter und Werdegang passten auf den Mann, den er beim Dinner der Marssendorffs erlebt hatte. Nur der Akzent des Lords war nicht der typische, leicht näselnd hochmütige der Aristokratie. Der Earl hatte den Titel allerdings erst in seinen Zwanzigern geerbt und war nicht in einem Adelshaus groß geworden.

Die Tatsache, dass Lord Lothian wenige Tage, nachdem Victoria Bredon zusammen mit ein paar Bälgern die Leiche Lord Fishers im Wald entdeckt hatte, in Ems aufgetaucht war, gab ihm dennoch zu denken. Er klingelte nach einem Diener und trug ihm auf, Joseph Coyle aus einer in der Nähe liegenden Pension zu holen.

Etwa zwanzig Minuten später erschien der Mann, der sehr effektiv dazu beigetragen hatte, Lord Fisher nach Ems zu verschleppen und zu beseitigen, und der vor der Galerie Slater auf Jeremy Ryder geschossen hatte. Waldenfels bat ihn, Ryders Aussehen zu beschreiben. Das, was Joseph Coyle ihm mitteilte, zerstreute seinen Argwohn, dass es sich bei dem Lord in Wahrheit um den Journalisten und Geheimdienstmitarbeiter von Scotland Yard handeln könnte, keineswegs.

Karl von Waldenfels war nicht bereit, so kurz vor dem Erreichen seines Ziels ein Risiko einzugehen. Wenn der angebliche Earl tatsächlich Jeremy Ryder war, würde er versuchen, in Deutschland zu bleiben und den Mord an Lord Fisher aufzuklären, davon war er überzeugt. Und womöglich wusste er auch über das geplante Attentat Bescheid. Es musste ihnen gelingen, ihn so schnell wie möglich unschädlich zu machen.

EINUNDZWANZIGSTES KAPITEL

»Wenn es Ihnen recht ist, Miss Victoria, werde ich mich in die Innenstadt begeben und die Kleidung eines jungen Mannes für Sie kaufen.«

Hopkins' Augen fixierten einen imaginären Punkt an der Wand des Hotelzimmers. Er hatte sich als Mr. Palmer im Hotel Wilhelma gegenüber dem Wiesbadener Kurpark eingemietet, Victoria als seine Nichte. Jeremy war als Mr. Aldwin ganz in der Nähe im Hotel Quisisana abgestiegen. Auf der Fahrt mit dem Automobil nach Wiesbaden hatten sie sich darauf verständigt, Victoria, wenn sie nach Ems zurückkehrten, als Jungen auszugeben.

»Ja, natürlich, Hopkins, das ist mir recht. Vielen Dank«, erwiderte Victoria. Sie waren früh am Morgen in Bonn aufgebrochen. Nach der stundenlangen Fahrt fühlte sie sich wie zerschlagen. Hopkins dagegen wirkte frisch und ausgeruht.

»Ich müsste in einer, spätestens zwei Stunden wieder im Hotel sein. Vielleicht ist Mr. Ryder dann ja auch von seinem Treffen mit dem Mitarbeiter der Geheimabteilung zurückgekehrt.« Hopkins ließ seinen Blick für einige Sekunden durch das elegant eingerichtete Zimmer wandern, dessen Fenster auf den Kurpark hinausgingen. »Erfreulicherweise kann ich feststellen, dass sowohl das Hotel Goldener Stern als auch das Wilhelma englischen Standards genügen. Sogar Seife ist auf den Zimmern vorhanden. Das kann man nicht von jedem Haus in Deutschland sagen.«

»Oh, tatsächlich?« Darauf hatte Victoria noch gar nicht geachtet.

»Auch die Handtücher und die Bettwäsche sind von vorzüglicher Qualität.« Mit einer Verbeugung verabschiedete sich Hopkins.

Victoria ging in das angrenzende Badezimmer. Dort ließ sie sich kaltes Wasser über die Hände laufen und benetzte damit auch ihr Gesicht. Während der Fahrt nach Wiesbaden hatten sie verschiedene Möglichkeiten erwogen, wie sie das Attentat verhindern könnten. Aber keine war ihnen letztlich als durchführbar erschienen. Außerdem wussten sie immer noch nicht, wo es stattfinden sollte.

Jeremy und ich haben immerhin bei diesen Gelegenheiten miteinander gesprochen, dachte sie. Sonst hatten sie sich angeschwiegen. Zu allem Überfluss hatte Victoria auch noch ständig daran denken müssen, wie Jeremy und sie einmal in einem Automobil durch das nächtliche Cornwall gefahren waren. Jeremy hatte sie auf einem Landsitz vor Scotland Yard gerettet, als sie versucht hatte, das Geheimnis um ihren Vater zu lüften. Damals waren sie sich sehr nah gewesen.

Victoria biss sich auf die Lippen und ging wieder in ihr Zimmer. Vom See im Kurpark flatterten einige Enten hoch. Der Wind wirbelte Laub in die Luft. Manche der alten Platanen im Park waren schon herbstlich kahl. Aber das Wetter war strahlend schön – so ganz anders als bei ihrem letzten Aufenthalt in der Stadt, als der Himmel wolkenverhangen und die Straßen grau vor Nässe gewesen waren.

Herr Velbert hat mir gesagt, dass sein Vater vielleicht wisse, wer der Maler mit der Signatur JC ist, durchfuhr es Victoria. Sie war noch nicht dazu gekommen, die Kunsthandlung ein weiteres Mal aufzusuchen. Zu viel war in der vergangenen Woche geschehen. Jeremy würde bestimmt nicht begeistert darüber sein, wenn er hörte, dass sie sich allein auf den Weg dorthin gemacht hatte. Aber bis zu der Backsteinkirche mit den fünf hohen, spitzen Türmen, in deren Nachbarschaft die Kunsthandlung lag, war es ja nicht weit. Vermutlich war dies die einzige Möglichkeit, die ihr noch blieb, um etwas über Jakob herauszufinden.

Victoria rang kurz mit sich. Dann entschied sie, dass sie diese Chance einfach nutzen musste. Etwaige Verfolger hatten sie bestimmt abgeschüttelt. Da es recht windig war, band sie ihren Hut mit einem Schal fest, unter dem ihr rotes Haar gut verborgen war. Sie schrieb eine Nachricht für Hopkins und verließ das Zimmer.

Trotz des sonnigen Wetters erhellte Gaslicht die Kunsthandlung. Am Ende des Ladens entdeckte Victoria den jungen Herrn Velbert. War sein Vater etwa noch gar nicht aus dem Süden zurückgekehrt? Sie drängte die Enttäuschung zurück, die in ihr aufsteigen wollte.

»Guten Tag! Ich war in der vergangenen Woche schon einmal hier und habe mich nach einem Maler mit den Initialen *JC* erkundigt«, wandte sie sich an den adrett gekleideten Mann.

»Gewiss, ich erinnere mich.« Der Sohn des Inhabers drehte sich zu einer Tür hinter der Ladentheke um. »Vater«, rief er zu Victorias großer Erleichterung.

Der Mann, der gleich darauf erschien, besaß das gleiche längliche Gesicht wie sein Sohn. Auch er trug einen Schnauzbart, allerdings war seiner ergraut.

»Dies ist die junge Dame, von der ich dir erzählt habe, Vater.« Sein Sohn vollführte eine höfliche Geste in Victorias

Richtung. Herr Velbert musterte sie neugierig, während er sie begrüßte.

»Ich war schon in so vielen Kunsthandlungen, aber niemand kannte diesen Maler mit den Initialen *JC*.« Victoria brach ab, denn ihre Stimme zitterte vor Anspannung.

»Darf ich fragen, woher Ihr Interesse an ihm rührt?«

»Unter Gemälden meiner Mutter – sie war auch Malerin – fand ich dieses Bild«, antwortete Victoria ausweichend und holte die mittlerweile schon etwas abgegriffene Fotografie der Burg Fürstenberg aus ihrer Handtasche.

Herr Velbert betrachtete die Aufnahme eingehend. »Das ist eines seiner frühen Gemälde«, sagte er dann.

»Sie kennen den Maler also?«

»Ja.« Herr Velbert nickte. »Kurz nachdem er begann, erfolgreich zu werden, hat er seinen Namen und seinen Malstil geändert. Deshalb kennt ihn kaum jemand unter der Signatur, die Sie meinem Sohn nannten.«

»Wie lautete denn sein richtiger Name?«

»Jakob Cohen. Er änderte ihn in David Kohn.«

Endlich hatte sie seinen Namen herausgefunden ... Victoria wagte kaum, es zu glauben.

»Das Bild, das Ihre Mutter besaß, ist in einem romantisierenden, wenn auch naturalistischen Stil ausgeführt. Später malte Jakob Cohen mit kräftigen, dunkleren Farben und sehr expressiv«, sprach Herr Velbert weiter. »Ich bin ihm begegnet, als er ein junger Mann war. Damals lebte er noch in München. Zwei oder drei seiner frühen Gemälde habe ich verkauft. Sonst wüsste ich wahrscheinlich auch nicht seinen richtigen Namen.«

»Was hat Jakob Cohen denn dazu veranlasst, seinen Namen und seine Malweise zu ändern?«, fragte Victoria verwundert.

»Er hat nie darüber gesprochen. Aber ich vermute, dass ein einschneidendes, schmerzhaftes Erlebnis der Auslöser war.

Eine Zeit lang hat er überhaupt nicht mehr gemalt.« Wieder sah der Inhaber sie interessiert an. »Ich habe eines seiner späteren Bilder, die er unter dem Namen David Kohn malte, hier. Falls Sie es sehen möchten.«

»Sehr gern ...«

Herr Velbert verschwand im angrenzenden Raum. Ein Kunde betrat die Kunsthandlung, und der junge Mann, der sich während der Unterhaltung zwischen Victoria und seinem Vater mit einem Katalog beschäftigt hatte, ging zu ihm. *Ob die Heirat meiner Mutter jenes schmerzhafte Erlebnis war, weshalb Jakob Cohen seinen Namen änderte?*, ging es Victoria durch den Kopf. Sie hielt das für nicht unwahrscheinlich.

Nun kehrte Herr Velbert zurück. Das Bild, das er vor Victoria auf die Theke legte, war etwa achtzig mal sechzig Zentimeter groß. Eine Gebirgslandschaft in Violett-, Grau- und Brauntönen gemalt. Tief hängende Wolken bedeckten den Himmel, er sah aus, als ob sich ein Sturm ankündigte. Das Gemälde war düster und wild und wirkte so ganz anders als die Rheinlandschaft und das Porträt ihrer Mutter. Aber es zog Victoria ebenso in seinen Bann.

Nein, ein sehr glücklicher Mensch war Jakob wohl nicht ... Jakob ... Für sie würde er zeit ihres Lebens diesen Namen tragen ...

»Könnten Sie mir denn seine Adresse geben?«, fragte Victoria. Sie bemühte sich, sich ihre Aufregung nicht anmerken zu lassen. »Sein Gemälde muss meiner Mutter sehr viel bedeutet haben, deshalb würde ich ihn gern kennenlernen.«

»Das ist leider nicht möglich. Jakob Cohen, beziehungsweise David Kohn, ist nicht mehr am Leben.« Herr Velbert schüttelte bedauernd den Kopf.

Es konnte einfach nicht sein, dass ihre Suche nach ihm umsonst gewesen war ...

»Hat er denn Verwandte?«

»Ich weiß von einem Sohn. Er lebt in Biebrich.«

»Biebrich?« Victoria sah Herrn Velbert fragend an. »Wo liegt dieser Ort?«

»Biebrich grenzt an Wiesbaden.« Er lächelte. »Samuel Kohn betreibt dort eine Schreinerei. Ich vermute, er hat nichts dagegen, wenn ich Ihnen seine Adresse verrate. Schließlich besitzen Sie ja ein Bild seines Vaters.«

Victoria verließ die elektrische Straßenbahn in Biebrich an einer Haltestelle in der Nähe des Schlossparks. Sie war zu aufgewühlt gewesen, um ins Hotel zurückzukehren. Der Weg, den ihr Herr Velbert beschrieben hatte, führte ein Stück an dem Park vorbei. Alte Bäume warfen ihre Schatten auf den Gehsteig. Ein Pferd, das einen Gemüsekarren zog, trottete ihr in der nachmittäglichen Stille entgegen.

Schon bald hatte sie eine kleine Anlage im Zentrum des Ortes erreicht. Während sie ihren Blick über die mehrstöckigen Gebäude wandern ließ, die einen gediegenen Eindruck machten, entdeckte sie über einer Hofeinfahrt eine grüne, geschwungene Schrift: Schreinerei Kohn. Einer der Torflügel stand offen. Dahinter lag ein lang gezogener Hof, an dessen Ende ein flacher Backsteinbau, offenbar die Werkstatt, stand. Gehämmer und Sägen waren zu hören.

»Kann ich Ihnen helfen?«

Aus einer Tür im Hofinneren war eine junge Frau getreten. Sie hatte ein klares Gesicht mit großen blauen Augen. Obwohl sie eine gestreifte Schürze über einem schlichten Baumwollkleid trug, wirkte sie aber nicht wie ein Dienstmädchen.

»Ich würde gern Herrn Kohn sprechen«, sagte Victoria. *Bitte, bitte, er muss hier sein*, dachte sie.

»Ich wollte ohnehin gerade in die Werkstatt. Kommen Sie doch mit«, sagte die Frau freundlich. Während Victoria ihr folgte, bekam sie vor Aufregung kaum Luft.

In der Werkstatt roch es nach Sägespänen, Leim und Möbelpolitur. Gerüche, die Victoria eigentlich mochte, die sich ihr nun aber schwer auf die Brust legten. Ein Lehrjunge arbeitete an einer Hobelbank. Ein kräftiger Mann schnitt Bretter zurecht. Ein anderer fügte Holzteile zu einem Schrank zusammen. An einer Wand neben einem breiten Sprossenfenster stand eine Kommode aus rötlichem Kirschholz.

»Samuel, hier ist ein Fräulein, das zu dir möchte.«

Die blonde Frau wandte sich an einen großen, sehnigen Mann, der an einem Arbeitstisch im Hintergrund der Werkstatt Maße auf eine Holzplatte übertrug. Nun drehte er sich zu ihr um. Victoria schätzte ihn auf Mitte dreißig. Lockiges dunkles Haar fiel ihm in die Stirn. Er hatte einen Vollbart und ein markantes Gesicht. Seine Augen wirkten im Kontrast zu seinem Bart- und Kopfhaar sehr hell. Er war wirklich gut aussehend.

War er möglicherweise ihr Halbbruder ...? Ob er wohl Jakob ähnlich sah ...?

Unzählige Gedanken wirbelten Victoria durch den Kopf. Verschwommen im Licht, das durch die Fenster fiel, nahm sie den Staub wahr, der durch die Luft schwebte.

»Ja, bitte?« Samuel Kohn blickte sie fragend an. »Was kann ich für Sie tun?«

»Mein Name ist Victoria Bredon. Ich möchte gern mit Ihnen über Ihren Vater, Jakob Cohen, sprechen.«

»So hat schon ewig niemand mehr meinen Vater genannt.« Ein Anflug von Unwillen huschte über sein Gesicht.

»Verzeihen Sie, ich kannte ihn lange nur unter seinem Vornamen Jakob.« Victoria schluckte.

Samuel Kohn stutzte und sah sie genauer an. »Wie, sagten Sie, war noch einmal Ihr Name?«

»Victoria Bredon.«

»Victoria Bredon? Sie sind ... Sind Sie Amelie Bredons Tochter?«

»Ja.« Victoria nickte verblüfft.

»Lassen Sie uns in der Wohnung weiterreden.«

»Soll ich euch allein lassen?« Die blonde Frau blickte von Victoria zu Samuel Kohn, anscheinend war er ihr Ehemann.

»Du kannst gern mitkommen.« Er wandte sich Victoria zu. »Außer, Sie stören sich daran.«

»Nein, natürlich nicht.« Sie schüttelte den Kopf und fühlte sich plötzlich sehr beklommen.

Schweigend gingen sie vom Hof, den die Nachmittagssonne mit einem warmen gelben Licht füllte, in das Wohnhaus.

Die Küche befand sich im Erdgeschoss und hatte ein Fenster zur Straße hin. Samuel Kohn, seine Ehefrau und Victoria nahmen um den Tisch Platz, auf dem eine graue Wachstuchdecke lag. Auf der Bank entdeckte Victoria bunte Holzklötze und ein Bilderbuch. Anscheinend hatten die Kohns Kinder.

»Soll ich einen Kaffee kochen?« Frau Kohn stand unvermittelt wieder auf.

»Für mich nicht, danke.« Victoria wusste, sie würde keinen Schluck herunterbekommen. Frau Kohn blieb mit nervös vor der Brust verschränkten Armen vor dem pastellgelb gestrichenen Küchenbüffet stehen.

»Meine Mutter war Malerin. Sie starb, als ich noch ein kleines Kind war«, begann Victoria unsicher. »Vor ein paar Wochen wurde eine Ausstellung mit ihren Werken in einer renommierten Londoner Galerie eröffnet. Einige Tage vorher verständigte mich der Galerist darüber, dass unter ihren Bildern eines war, das – wie sich herausgestellt hatte – nicht von ihr stammte. Es zeigt eine Rheinlandschaft mit der Burg Fürstenberg und ist mit den Buchstaben *JC* signiert. Zwischen der Papierbespannung und der Leinwand entdeckte ich einen Brief – einen Liebesbrief, geschrieben von einem Mann namens Jakob. Er musste meiner Mutter sehr viel bedeutet haben, weil sie sonst das Bild und jenen Brief nicht aufbewahrt hätte. Eine Freundin hatte mich kurz zuvor gebeten, sie in Deutschland zu besuchen. Da ich nur sehr wenig über meine Mutter weiß, beschloss ich, nach Jakob zu suchen.«

Victoria holte den Brief aus ihrer Handtasche und reichte ihn Samuel Kohn. Während er die wenigen Zeilen las, verfinsterte sich seine Miene. »Er ist nie von ihr losgekommen«, sagte er verbittert und warf den Brief auf den Tisch. Seine Frau setzte sich neben ihn und legte ihre Hand beruhigend auf seine.

»Es tut mir so leid«, flüsterte Victoria unglücklich. »Ich kann die Affäre meiner Mutter auch noch immer nicht wahrhaben. Ich hatte immer geglaubt, sie und mein Vater hätten sich sehr geliebt.«

Nein, sie konnte Samuel Kohn nicht fragen, ob er annahm, dass sie die Tochter seines Vaters war …

»Verzeihung, aber was haben Sie gerade gesagt?« Samuel Kohn blickte sie irritiert an.

»Dass ich nicht glauben kann, dass meine Mutter eine Affäre hatte.«

»Um Himmels willen, nein. Ihre Mutter … Amelie … und mein Vater hatten keine Affäre. Er und Ihre Großmutter, die Fürstin von Marssendorff, liebten sich.«

»Aber, das … das ist unmöglich …«, stammelte Victoria.

»Amelie war die Tochter meines Vaters. Sie ist meine Halbschwester.«

Victoria hatte wieder das Gefühl, keine Luft mehr zu bekommen. »Woher ... woher wissen Sie ...?« Die Küche begann sich um sie zu drehen.

»Samuel, ich glaube, Fräulein Bredon wird ohnmächtig!«, rief Frau Kohn alarmiert. Er sprang zu ihr und fing sie auf.

»Mein Gott, Samuel, hättest du es ihr nicht etwas vorsichtiger sagen können?«, schalt seine Frau. »Man sieht dem Fräulein doch die ganze Zeit schon an, wie mitgenommen sie ist.« Sie stellte ein Glas Wasser vor Victoria und berührte sie tröstend an der Schulter.

»Bitte, entschuldigen Sie. Ich wollte Sie nicht verletzen.« Samuel Kohn, der eben noch so finster geblickt hatte, wirkte aufrichtig erschrocken.

»Es geht schon wieder«, wehrte Victoria ab. Ihr Magen rebellierte bei dem bloßen Gedanken an Wasser. »Sind Sie sich denn ganz sicher?«

Während der letzten Wochen war sie so fest davon überzeugt gewesen, dass ihre Mutter Jakob geliebt hatte, dass es ihr schwerfiel, diese Idee nun loszulassen. Und sich ihre Großmutter als seine Geliebte vorzustellen war schier unmöglich.

»Mein Vater litt unter Tuberkulose. Gegen Ende verschlechterte sich sein Zustand sehr schnell. Nach seinem Tod fand meine Mutter unter seinen Sachen die Liebesbriefe Ihrer Großmutter und einen Brief von ihm an die Fürstin. Mein Vater hatte ihn im Sterben liegend geschrieben. Er bestand nur aus wenigen Zeilen. In diesem Brief beteuerte er, wie auch in dem Brief, den Sie mir zeigten, dass Ihre Großmutter die große Liebe seines Lebens gewesen war. Meine Mutter hätte mir wahrscheinlich nichts davon erzählt, aber ich entdeckte sie weinend mit dem Brief in der Hand und beharrte darauf, dass sie ihn mir zu lesen gab. Danach warf ich alle Liebesbriefe ins Feuer.«

»Hatte Ihr Vater die Affäre mit ...«, es kostete Victoria

Überwindung, es auszusprechen, »... meiner Großmutter denn während seiner Ehe?«

»Davor.« Samuel Kohn hob müde die Schultern. »Er bemühte sich, meiner Mutter ein guter Gatte und mir und meiner jüngeren Schwester ein guter Vater zu sein. Aber ich habe immer gespürt, dass da eine Distanz war, dass uns nicht sein ganzes Herz gehörte. Ich war wütend auf Ihre Großmutter. Ich gehörte damals einer sozialistischen Jugendorganisation an, wovon mein Vater nichts wusste. Ich war davon überzeugt, dass Ihre Großmutter, diese reiche, verwöhnte, adlige Dame, nur mit meinem Vater gespielt und ihn aus einer Laune heraus benutzt hatte. Kurz darauf las ich zufällig im Gesellschaftsteil einer Zeitung, dass sie sich zur Kur in Ems aufhielt. Ich war fünfzehn Jahre alt, und ich kann sehr jähzornig sein.«

»Ja, das kannst du ...« Seine Frau seufzte und streichelte seine Hand.

»Wenn ich älter gewesen wäre, hätte ich es vermutlich nicht gewagt, aber so kaufte ich mir mit meinem ersparten Geld eine Fahrkarte und setzte mich in den Zug nach Ems. Ich schaffte es tatsächlich, bei Ihrer Großmutter vorgelassen zu werden. Wahrscheinlich, weil ich dem Diener gegenüber den Namen meines Vaters erwähnte. Ich teilte ihr mit, dass mein Vater gestorben sei, und schleuderte ihr meine ganze Verachtung ins Gesicht.«

»Ach, du meine Güte ...« Victoria konnte sich die Szene lebhaft vorstellen.

»Danach stürmte ich davon. Draußen auf dem Kies stolperte ich und fiel der Länge nach hin. Was die Dramatik meines Abgangs etwas verringerte.« Samuel Kohn lächelte selbstironisch. »Ihre Mutter, Amelie, hatte den Streit mitangehört und war mir nachgekommen. Ich wollte zuerst nicht mit ihr reden. Aber sie ließ nicht locker. Und dann fiel mir ein, dass mein Vater in jenem letzten Brief erwähnt hatte, dass er eine Tochter mit der Fürstin hatte, und ich erzählte ihr alles. Als ich damit fertig war, wurde sie blass wie Sie.« Wieder sah Samuel Kohn Victoria entschuldigend an. »Ich hätte vorgewarnt sein müssen.«

Dann war also meine Großmutter mit Jakob in Rheindiebach, begriff Victoria. *Und sie ist diejenige auf dem Gemälde in ihrem Ankleidezimmer, nicht meine Mutter.* Kein Wunder, dass die Fürstin vorgegeben hatte, Jakob nicht zu kennen. Aber da war noch etwas, das Victoria nicht verstand.

»Eine Freundin meiner Mutter sagte mir, dass sie meine Mutter im April 1887 in Bonn mit einem Mann gesehen habe. Meine Mutter habe sehr verliebt gewirkt. Ich dachte, sie hätte sich dort heimlich mit Jakob getroffen.«

»Nein, das war ich.« Samuel Kohn schüttelte den Kopf. »Ich bin im Jahr nach dem Tod meines Vaters viel erwachsener geworden. Meine Mutter kränkelte, und ich musste für die Familie Verantwortung übernehmen.«

»Also hatten Sie Kontakt zu meiner Mutter?«

»Kurz nach dem Gespräch in Ems schrieb sie mir und bat mich, mich in Wiesbaden treffen zu dürfen – Biebrich ist sehr kleinstädtisch, und sie wollte mir wohl Gerede ersparen. Ich beschloss abzulehnen, denn ich wollte mit ihr und ihrer Familie nichts zu tun haben. Aber Amelie ließ nicht locker. Sie konnte sehr hartnäckig sein.« Samuel Kohn lächelte wieder. »Schließlich gab ich nach. Wir sprachen lange miteinander. Sie erzählte von sich und von ihrer Zeit in Paris und dass es ihr Traum sei, Malerin zu werden. Ich war zuerst eifersüchtig, dass sie das Talent meines Vaters geerbt hatte. Für mich war er noch *mein* Vater, nicht *unser* Vater. Aber dann begann sie mich auszufragen.«

»Auszufragen? Wie meinen Sie das?«

»Danach, was ich wirklich gern täte. Was mich zutiefst interessierte … Ich erzählte ihr, dass ich wirklich gern Schreiner sei, aber dass ich keine Möglichkeit sähe, jemals einen eigenen Betrieb zu besitzen. Mein Vater hatte uns nur Schulden hinterlassen, und ich hatte vor, eine Arbeit in einer Fabrik anzunehmen, um meine Mutter, meine Schwester und mich zu ernähren. Ich erzählte ihr auch von meiner Liebe zu Büchern und von meinem Engagement bei den Sozialisten. Amelie war aufrichtig an mir interessiert. Ich stellte fest, dass ich sie mochte, obwohl ich mir eigentlich vorgenommen hatte, es nicht zu tun.« Samuel Kohn schwieg. Aus der Schreinerei war wieder gedämpftes Hämmern und Sägen zu hören. An den Fenstern fuhr ein Leiterwagen voller Fässer vorbei.

»Du hast mir erzählt, dass dir Amelie Bredon auch aus England schrieb«, sagte seine Frau sanft.

»Ja, sie schrieb mir regelmäßig. Davon, dass sie sich Hals über Kopf in Ihren Vater verliebt und ihn in Gretna Green geheiratet habe. Von ihrer Malerei … Im April 1887 trafen wir uns in Bonn. Von diesem Treffen wissen Sie ja schon. Anfang 1888 schrieb sie mir dann, dass sie eine kleine Tochter namens Victoria zur Welt gebracht habe.« Samuel Kohn sah Victoria an. Er wirkte bewegt. Victoria schnürte es die Kehle zu. Sie blinzelte die Tränen weg, die ihr in die Augen traten. »Amelie ermutigte mich, meine Gesellenzeit zu beenden und nicht in einer Fabrik zu arbeiten. Plötzlich begannen sich Galeristen für die Werke meines Vaters zu interessieren. Er wurde als Maler bekannt, und seine Bilder erzielten gute Preise. Wir konnten unsere Schulden tilgen, ich hatte sogar das Startkapital für einen eigenen Betrieb. Amelie hat es nie zugegeben, aber ich vermute, dass sie sich für sein Werk eingesetzt hat. Dann eines Tages kam ein Brief, den ich an sie geschrieben hatte, mit dem kurzen Vermerk zurück, dass sie gestorben sei. Ich konnte es zuerst nicht fassen …« Samuel Kohn blickte auf seine Hände. »Amelie war für mich wie eine Freundin. Ich verdanke ihr so viel. Ich hatte immer ein schwieriges Verhältnis zu meinem Vater. Doch durch sie konnte ich mich mit ihm aussöhnen.«

Victoria konnte sich Jakob noch nicht als ihren Großvater vorstellen, geschweige denn so von ihm sprechen. »Dürfte ich mir eine Fotografie Ihres Vaters ansehen?«, fragte sie.

»Natürlich.« Samuel Kohn wollte aufstehen, aber seine Frau legte ihm die Hand auf den Arm und sagte rasch: »Lass nur, ich hole das Bild aus dem Wohnzimmer.«

Sie eilte aus der Küche, und Samuel Kohn fuhr sich über das Gesicht, als würde er erst langsam wieder in die Gegenwart zurückfinden.

»Es tut mir leid, dass ich vorhin so aufbrausend reagiert habe«, sagte er schließlich. »Aber obwohl mittlerweile sehr viel Zeit vergangen ist, bin ich immer noch zornig auf Ihre Großmutter. Sie hat ihm so viel mehr bedeutet als meine Mutter. Für sie hat er seinen Namen geändert, so, als wollte er seine jüdische Herkunft abstreifen. In dem Brief, den ich verbrannt habe, stand, dass er jeden Tag seines Lebens an sie gedacht habe und dass er durch sie erst zu dem Maler geworden sei, der er immer habe sein wollen. Meine Schwester und ich sind in München geboren. Ich weiß es nicht genau … Vielleicht war mein Vater sich selbst auch gar nicht dessen bewusst … Aber ich glaube fast, dass er mit seiner Familie nach Biebrich zog, hing auch damit zusammen, dass er sich hier seiner Geliebten nahe fühlte.«

»Sie meinen wegen der Tage, die sie zusammen am Rhein verbrachten?«

»Ja. In jenem Brief stand auch, dass sie sich in Ems kennenlernten.«

»Meine Mutter hat ihrem Vater … also dem Fürsten … nichts von Jakob erzählt, oder?«

»Nein, sie hat ihn geliebt und wollte ihn nicht verletzen. Für Amelie blieb er trotzdem ihr Vater.«

Frau Kohn kehrte in die Küche zurück. Nach einem kurzen Blickwechsel mit ihrem Mann legte sie eine gerahmte Fotografie vor Victoria auf den Tisch. Während Victoria das Bild in die Hand nahm, um es sich aus der Nähe anzusehen, hämmerte ihr das Herz in der Brust.

David Kohn – oder Jakob Cohen – hatte blondes lockiges Haar und trug zu seinem Hemd ein Halstuch statt einer Krawatte. Seine Augen waren sehr hell wie die seines Sohnes. Sie erinnerten Victoria an die Augen von Elfenwesen. So als ob sie hinter der sichtbaren Welt noch eine andere Wirklichkeit wahrnehmen könnten. Sie schätzte, dass er zu der Zeit, als das Bild aufgenommen worden war, wenig älter als Mitte oder Ende dreißig gewesen war. Zu beiden Seiten seines Mundes hatten sich tiefe Falten eingegraben, was seiner Attraktivität jedoch keinen Abbruch tat.

Nein, er war bestimmt kein Mann, der das Leben, die Liebe oder seine Kunst leichtgenommen hat, ging es Victoria durch den Kopf. *Ob meine Großmutter ihn ebenso geliebt hat wie er sie? Oder hat Samuel Kohn recht mit seiner Annahme, dass er für sie nur ein Zeitvertreib gewesen ist?* Bis vor Kurzem hätte sie noch bezweifelt, dass ihre Großmutter überhaupt imstande war zu lieben. Jetzt war sie sich nicht mehr so sicher.

Plötzlich hörte Victoria eine Uhr in einem Raum drei Mal schlagen. Entsetzt zuckte sie zusammen. Es waren mehr als zwei Stunden vergangen, seit sie das Hotel verlassen hatte. Jeremy und Hopkins mussten außer sich vor Sorge sein. Sie sprang auf.

»Es tut mir leid, aber ich muss gehen«, sagte sie rasch. »Ich habe ganz die Zeit vergessen.«

»Ich bringe Sie hinaus.« Samuel Kohn stand auf, und Victoria reichte seiner Frau die Hand zum Abschied. Er begleitete sie zum Hoftor.

»Meine Schwester hat vier Kinder«, meinte er. »Ich werde

eine Weile brauchen, um zu begreifen, dass ich jetzt gewissermaßen eine weitere Nichte bekommen habe.« Er drückte Victorias Hand fest. »Ich würde mich freuen, Sie ... dich näher kennenzulernen.«

»Ich werde schreiben«, versprach Victoria.

An der Straßenecke blickte sie sich noch einmal um. Samuel Kohn stand immer noch vor dem Hoftor und hob nun grüßend seine Hand zum Abschied.

Geistesabwesend verfolgte Victoria, wie die Straßenbahn an feudalen Häusern mit großen Portalen und stuckverzierten Fassaden vorbeifuhr. Elegant gekleidete Menschen waren in der Herbstsonne auf den Trottoirs unterwegs. Manche Damen hatten gar ihre Sonnenschirme aufgespannt.

Ihre Mutter hatte ihren Vater nicht mit Jakob betrogen. Ihre Eltern hatten sich geliebt, und sie war nicht Jakobs Kind ... Victoria fühlte sich immer noch völlig durcheinander. Sie war erleichtert, dass sich der Verdacht gegen ihre Mutter, der sie so gequält hatte, als falsch erwiesen hatte, und sie leistete ihr still Abbitte. Aber sie konnte es immer noch nicht fassen, dass ihre streng katholische, rigide Großmutter als junge Frau eine Affäre gehabt hatte. Und sie war kaum imstande, sich Jakob Cohen als ihren Großvater vorzustellen.

Die hohen, spitzen Türme der Kirche am Marktplatz erschienen in Victorias Blickfeld und erinnerten sie daran, dass sie aussteigen musste. An der nächsten Haltestelle verließ sie die Straßenbahn und hastete am Kurpark entlang Richtung Hotel. Plötzlich nahm sie dicht neben sich einen Mann wahr. Sie wandte sich ihm zu. Er hatte ein breitflächiges Gesicht mit einer schiefen Nase, als ob er ein Boxer wäre. Der Mann packte sie grob am Arm.

»Wenn Sie um Hilfe rufen oder versuchen zu fliehen«, zischte er ihr auf Englisch zu, »werden Ryder und Ihr Butler es büßen.« Seine tief liegenden Augen wirkten kalt und gefühllos.

»Was ... was haben Sie mit ihnen gemacht?«

Victorias Stimme war nur noch ein Krächzen. Sie sah vor ihrem inneren Auge einen Mann mit einem Korb voller Rosen auf sich zukommen. Etwas Metallenes blitzte auf. Jeremy riss sie zu Boden ... Ja, das war er ... Der Mann, der nach der Ausstellungseröffnung auf Jeremy geschossen hatte.

Willenlos vor Entsetzen und Angst ließ sie sich von ihm zu einer in der Nähe wartenden Kutsche ziehen.

Angespannt verließ Jeremy die Souterrainwohnung seines Kollegen auf dem Neroberg. Vincent Walton – so lautete sein Deckname – arbeitete als Englischlehrer und Übersetzer in Wiesbaden. Jeremy hatte ihn nicht in Einzelheiten der Verschwörung eingeweiht, ihm jedoch mitgeteilt, dass Europa kurz davor stehe, von einem Krieg in den Abgrund gerissen zu werden. Er hatte ihn vor möglichen Verfolgern gewarnt, ihm eingeschärft, äußerst wachsam zu sein und immer seine Waffe griffbereit zu haben. Außerdem hatte er ihn angewiesen, den Brief nur Sir Arthur Stanhope persönlich und niemandem sonst zu übergeben.

Die Sicht war an diesem Tag so klar, dass man die ganze Stadt und die Rheinebene überblicken konnte, sogar Mainz auf der anderen Flussseite machte Jeremy aus. Der Himmel war wolkenlos. Nach Westen und Süden hin verloren sich die Taunushänge in einem silbrigen Grau. Ein leichter Geruch nach verblühenden Blumen, vergärendem Obst und welkem Laub lag in der Luft – typisch für den Herbst. Es war so warm, dass er versucht war, sein Jackett auszuziehen.

Wieder erschien es Jeremy unvorstellbar, dass hinter diesem

heiteren, unschuldigen Septembertag eine Katastrophe unvorstellbaren Ausmaßes drohte.

Wenn doch nur Victoria in London und in Sicherheit wäre! Ärgerlich und bekümmert vergrub Jeremy seine Hände in den Anzugtaschen, während er die von Villen gesäumte Straße hinunterging und nach einer Droschke Ausschau hielt.

Schon zwei Mal hatte er gefürchtet, Victoria für immer zu verlieren. Als ein Mörder sie in der Wohnung am Green Park überfallen und versucht hatte, sie zu töten, und nach der Ausstellungseröffnung, als der vermeintliche Attentäter auf ihn geschossen hatte. Wie leicht hätte Victoria tödlich verwundet werden können. Ein Dasein ohne sie wäre wie auf einem fernen, eisigen Planeten als lebender Toter dahinzuvegetieren – ohne Licht, ohne Wärme und Zärtlichkeit. Er liebte Victorias Temperament, ihren starken Willen, dass ihr Konventionen gleichgültig waren und, obwohl sie ihn manchmal rasend machte, ihre Widerspenstigkeit. Seit der Nacht im Gartenhaus wusste er nun auch, dass sie sehr sinnlich sein konnte.

Und doch ... Eine Stimme regte sich in Jeremy. Hatte Hopkins nicht vielleicht recht? Er konnte Victoria nicht immer beschützen ... Er sah ihr aufgebrachtes, zorniges Gesicht vor sich. »Hör auf, mich wie ein kleines Kind zu behandeln!«, hatte sie geschrien. War es fair, dass er für sich ganz selbstverständlich in Anspruch nahm, sich in Gefahr zu begeben, und dies Victoria verwehrte?

Aber ich bin ein Mann. Ich bin erwachsen und habe einiges an Lebenserfahrung. Sie ist eine Frau und noch so jung, hielt eine innere Stimme dagegen.

Ach, er wusste nur, dass er die Missstimmung und das Schweigen zwischen ihnen nicht mehr lange aushielt.

Ich muss mit Victoria reden, beschloss Jeremy und winkte dem Kutscher einer Droschke, die den Berg hinunterfuhr.

ZWEIUNDZWANZIGSTES KAPITEL

Hopkins hatte für seine Besorgungen mehr Zeit benötigt als geplant. Es hatte sich als schwierig erwiesen, Männerkleidung in Victorias Größe zu finden. Außerdem waren nur in zwei Geschäften die Verkäufer des Englischen mächtig gewesen. In den anderen Läden hatte er mittels Zeichensprache kommunizieren müssen.

Wenn ich schon England verlassen muss, dann sind die Länder des Empire allen anderen Regionen eindeutig vorzuziehen, dachte Hopkins ungehalten. Mit einigen großen Papiertüten in den Armen hielt er auf das Hotel Wilhelma zu.

Während er in der Eingangshalle um seinen Schlüssel bat – im Hotel beherrschte man wenigstens Englisch –, überreichte ihm der Rezeptionist Victorias Nachricht mit dem Hinweis, die junge Dame habe das Hotel um kurz nach zwölf verlassen. Hopkins erkundigte sich, ob seine Nichte wieder zurück sei, doch mit einem Blick auf die Fächer mit den Zimmerschlüsseln hinter der Rezeption teilte ihm der dunkelhaarige Mann mit, dass seine Verwandte sich noch außer Haus befinde.

Die Zeiger der großen Wanduhr in der Hotelhalle standen auf halb drei. Der Marktplatz, an dem sich die Galerie Velbert befand, war nicht weit entfernt, wie ihm der Rezeptionist mitteilte. Ob Victoria etwas zugestoßen war? Hopkins ging kurz mit sich zurate. Dann beschloss er, Jeremy Ryder zu verständigen.

Jeremy hatte die Droschke eben vor dem Kurhaus verlassen und wollte zu seinem Hotel gehen, als er Hopkins mit etlichen großen Papiertüten in den Armen auf sich zueilen sah. Die Miene des Butlers war beherrscht wie immer, aber Jeremy kannte ihn mittlerweile gut genug, um die kleinen Anzeichen in seinem Gesicht zu deuten. Irgendetwas war vorgefallen.

Hoffentlich ist Victoria nichts zugestoßen, durchfuhr es ihn. Er hatte plötzlich das Gefühl, dass sich eine eisige Hand um sein Herz legte und es zusammendrückte.

Als Hopkins auf einer Höhe mit ihm war, gab er vor zu stolpern, die Tüten fielen zu Boden. Jeremy hob sie auf und reichte sie Hopkins. Er hoffte, dass sie auf etwaige Beobachter oder Geheimpolizisten in Zivil wie zwei Passanten wirkten, die sich zufällig begegnet waren.

»Wie überaus freundlich von Ihnen, Sir.« Hopkins bedankte sich laut und überschwänglich. »Miss Victoria hat das Hotel Wilhelma vor über zwei Stunden verlassen und ist noch nicht zurückgekehrt«, fügte er leise hinzu. »Sie wollte die Galerie Velbert am Marktplatz aufsuchen.«

Der Marktplatz war nur einen Katzensprung entfernt, über den Hausdächern konnte Jeremy die markanten Türme der Kirche sehen. Seine Gedanken rasten.

»Gehen Sie schon einmal zur Galerie«, sagte er ebenso leise. »Ich komme mit dem Wagen nach. Es ist besser, wenn wir so wenig wie möglich zusammen gesehen werden.«

»Einen schönen Tag noch, Sir.« Hopkins neigte höflich den Kopf und ging gemessenen Schrittes davon.

Während Jeremy zur Hotelgarage eilte, stieg wieder Zorn

über Victoria in ihm auf. Er vermutete, dass sie wegen Jakobs Gemälde die Galerie aufgesucht hatte – falls sie dort überhaupt angekommen war. Aber warum hatte sie sich nicht von Hopkins begleiten lassen? Wie hatte sie sich nur so in Gefahr bringen können? Er dankte dem Himmel, dass er seine Pistole mitgenommen hatte. Auch die Ausweise und sein Geld hatte er nicht im Hotelzimmer zurückgelassen.

Es erschien Jeremy wie eine Ewigkeit, bis ein Gehilfe des Hotelchauffeurs endlich sein gemietetes Automobil mit der Kurbel in Gang gesetzt hatte und er losfahren konnte. In wenigen Minuten hatte er den Marktplatz erreicht.

In der Kunsthandlung teilte ihm ein junger, elegant gekleideter Mann auf seine Frage hin mit, ja, ein Fräulein sei gegen Mittag in den Laden gekommen und habe sich nach einem Maler namens Jakob Cohen erkundigt. Sie habe sich mit seinem Vater länger unterhalten. Er selbst habe währenddessen ein Gespräch mit einem Kunden geführt. Er glaube, sein Vater habe dem Fräulein eine Adresse gegeben. Nein, leider wisse er nichts Näheres. Aber sein Vater müsse jeden Moment aus der Mittagspause zurückkommen. Wenn der Herr so lange warten wolle?

Als die Ladentür klingelte, hoffte Jeremy inständig, dass sie den Besitzer ankündigte. Aber es war nur Hopkins, der den Laden betrat. Er gab dem jungen Mann gegenüber vor, ein Kunde zu sein und sich für Gemälde des Kurparks zu interessieren. Dann endlich, nach zehn endlos erscheinenden Minuten kam Herr Velbert zurück. Von ihm erfuhr Jeremy, dass Victoria Jakob Cohens Sohn in Biebrich habe aufsuchen wollen. Herr Velbert merkte Jeremy an, wie besorgt er war, und gab ihm sofort die Adresse.

»Kommen Sie mit!«, rief Jeremy Hopkins zu.

Ihre Tarnung war ihm nun gleichgültig. Hopkins ließ den verdutzten Verkäufer stehen und eilte mit ihm zu dem Automobil.

Während er in die Wilhelmstraße einbog, wo er in halsbrecherischem Tempo eine Droschke und einen Leiterwagen überholte, informierte Jeremy Hopkins knapp über das, was er von dem Besitzer erfahren hatte.

Vielleicht hatte Victoria über dem Gespräch mit Jakob Cohens Sohn ja nur die Zeit vergessen. Seine Angst war ganz unbegründet, und er würde sie wohlbehalten in Biebrich antreffen ...

»Sir!«, hörte Jeremy Hopkins alarmiert rufen. »Sehen Sie, dort!«

Jeremy sah entsetzt, wie ein breitschultriger Mann Victoria am Rande des Kurparks in eine Kutsche zerrte. Gleich darauf ließ der Kutscher die Peitsche über die Rücken der beiden Pferde tanzen, und der Wagen setzte sich in Bewegung.

Der Mann mit der schiefen Boxernase hatte sich Victoria gegenübergesetzt und eine Pistole griffbereit neben sich auf die ledergepolsterte Bank gelegt.

»Was haben Sie und die anderen mit Jeremy Ryder und Hopkins gemacht?«, wiederholte Victoria. Ihr Mund war ganz trocken.

»Das werden Sie schon früh genug erfahren.« Seine gelangweilte Stimme hatte einen starken Cockney-Akzent.

»Wohin bringen Sie mich?«

»Zu Graf Waldenfels. Und jetzt seien Sie endlich still«, fuhr er sie an.

Graf Waldenfels ... Victoria fühlte wieder, wie der Graf seine widerwärtige Zunge tief in ihren Mund stieß. Sie musste würgen.

Wenn es ihr gelänge, die Waffe an sich zu bringen und aus der Kutsche zu fliehen ... Aber die Verschwörer hatten Jeremy und Hopkins in ihrer Gewalt. Bestimmt würden Waldenfels und ihr Onkel die beiden als Spione denunzieren … Victoria konnte keinen klaren Gedanken fassen.

Sie hörte das Dröhnen eines Motors, als ein Automobil dicht an der Kutsche vorbeifuhr. Im nächsten Moment quietschten Bremsen. Die Pferde wieherten, und der Kutscher fluchte. Entsetzt nahm Victoria wahr, dass der Wagen hin und her schlingerte und dann … Victoria prallte mit dem Kopf gegen die Wand. Benommen sah sie, dass der Kutschenschlag sich jetzt über ihr befand. Der Wagen war umgestürzt! In diesem Moment wurde die Tür aufgerissen, und Jeremy beugte sich zu ihr herunter.

War er es wirklich oder träumte sie nur …?

Fluchend rappelte sich ihr Gegner auf. Aus den Augenwinkeln bemerkte Victoria die Waffe und trat sie weg.

»Du kleines Miststück!«

Der Mann wollte sich auf sie werfen, doch Jeremy war schon in die Kutsche gesprungen. Er hielt eine Pistole in der Hand. Immer noch ganz benommen verfolgte Victoria, wie er dem Mann mit der Waffe einen Schlag auf den Schädel versetzte, sodass dieser bewusstlos zusammenbrach.

»Komm, schnell!« Er fasste nach ihrem Arm und half ihr auf die Straße.

Der Kutscher war auf den Gehweg geschleudert worden, auch er wirkte bewusstlos. Eines der Pferde lag am Boden und blutete aus einer Wunde an der Seite, das andere versuchte wiehernd wieder auf die Beine zu kommen. Es schlug mit den Vorderhufen gegen das Automobil. Passanten rannten auf sie zu. Es erschien Victoria völlig irreal, dass nun Hopkins mit mehreren Einkaufstüten in den Armen neben der umgestürzten Kutsche auftauchte.

»Ich bringe die junge Frau zu einem Arzt«, rief Jeremy den Schaulustigen zu. »Kümmern Sie sich um den anderen Fahrgast und den Kutscher.«

Er hob Victoria hoch. Ach, es tat so gut, den Kopf an seine Brust zu schmiegen. Gefolgt von Hopkins rannte er zur nächsten Straßenecke. Für einen Moment schloss sie die Augen. Als sie die Lider wieder öffnete, waren sie außer Sichtweite der Unfallstelle. Nur noch aufgeregte Stimmen und das Wiehern der Pferde drangen an ihr Ohr.

»Der Mann sagte mir, die Verschwörer hätten dich und Hopkins in ihrer Gewalt«, flüsterte Victoria. »Deshalb habe ich mich nicht gegen ihn gewehrt.«

»Der Kerl hat geblufft.«

Der Blick, mit dem Jeremy sie bedachte, war ärgerlich, aber auch, wie Victoria erleichtert feststellte, ein bisschen zärtlich. Sie hörte Räderrollen. Über Jeremys Schulter sah sie eine Droschke durch die Straße fahren.

»Können Sie uns bitte so schnell wie möglich zu einem Arzt ganz in der Nähe des Bahnhofs bringen?«, rief Jeremy dem Kutscher zu, der die Pferde gleich anhielt. »Es ist ein Notfall.«

»Meinen Sie Dr. Mayerhoff?«

»Ja, genau.«

Jeremy hob Victoria in die Droschke. Er setzte sich neben sie. Als auch Hopkins Platz genommen hatte, ließ der Kutscher die Peitsche knallen, und die Pferde galoppierten los.

»Hast du dich verletzt, als die Kutsche umgestürzt ist?«, raunte Jeremy Victoria zu. Er legte seinen Arm stützend um sie.

»Nein, ich habe mir nur den Kopf angestoßen ... Das wird wahrscheinlich nur eine dicke Beule.«

»Wir müssen versuchen, aus Wiesbaden herauszukommen, bevor unser Freund mit der Boxernase oder der Kutscher wieder zu sich kommen. Verdammt, wie konntest du nur ...«

»Es tut mir so leid ...«, erwiderte Victoria unglücklich. »Ich war mir so sicher, dass wir etwaige Verfolger abgeschüttelt hatten.« Ein elendes Gefühl wallte in ihr auf bei der Vorstellung, dass sie wegen ihrer Unbedachtheit möglicherweise gefasst werden würden.

Die Droschke hatte die Straßen mit den eleganten Wohn- und Geschäftshäusern hinter sich gelassen und fuhr nun an einer Brache entlang. An die verwilderte Wiese grenzte ein Gelände, auf dem Werkzeughallen standen. Gleich darauf passierten sie den neobarocken Bahnhof mit seinen gewölbten Dächern und dem Uhrturm. Victoria registrierte, dass sich zahlreiche Baustellen einen Hügel hinaufzogen, ehe die Droschke wieder in eine vornehme Gründerzeitstraße abbog. Dort hielt sie vor einem Gebäude, das einen klassizistischen Säulenvorbau hatte, an. Auf einem Emailleschild stand: DR. MAYERHOFF – ARZT FÜR INNERE MEDIZIN.

»Da wären wir.« Der Kutscher drehte sich zu ihnen um. »Alles Gute für das Fräulein.«

Jeremy hob Victoria aus dem Wagen und stieg mit ihr die Stufen zu der Praxis hinauf, während Hopkins den Kutscher entlohnte.

»Du kannst laufen?« Sorge huschte über Jeremys Gesicht.

»Ja, natürlich.«

Als die Kutsche in eine Seitenstraße geschwenkt war, setzte Jeremy Victoria behutsam auf dem Boden ab. Zusammen mit Hopkins liefen sie zum nahe gelegenen Hauptbahnhof.

Zwei Gendarmen patrouillierten durch die weitläufige, lichtdurchflutete Bahnhofshalle und ließen ihre Blicke über die Fahrgäste schweifen. Jeremy murmelte einen Fluch. An den Gleisen des Sackbahnhofs standen einige Züge.

Hopkins schritt auf einen Fahrplanaushang neben der Schalterhalle zu. »Der nächste Zug fährt in fünf Minuten in Richtung Mainz«, bemerkte er dann.

»Den nehmen wir.« Jeremys Stimme klang angespannt. »Hauptsache, wir sind erst einmal aus Wiesbaden heraus.«

»Hey, Sie da ...« Einer der Gendarmen hielt auf sie zu.

O Gott, durchfuhr es Victoria. Was sollten sie nur tun? Panik stieg in ihr auf. An der Unfallstelle hatten sie sich die Aufregung der Passanten zunutze machen und entkommen können. Das würde ihnen hier bestimmt nicht gelingen.

»Zeigen Sie bitte Ihre Ausweise.« Der Gendarm baute sich wichtigtuerisch vor ihnen auf.

Ihre Ausweise waren gefälscht ... Aber auch das würde ihnen wahrscheinlich nicht viel helfen, wenn die Polizei ihre Personenbeschreibungen hatte. Und Jeremy konnte ihnen hier, an diesem belebten Platz, nicht den Weg freischießen ...

»*I'm sorry, I don't understand ...*« Hopkins hatte sich als Erster wieder gefasst.

»*Passports ...*«, schnaubte der Gendarm.

Hopkins reichte dem stämmigen Beamten seinen Pass und auch den von Victoria. »*My niece ...*« Er deutete auf sie.

»So, Sie sind also Engländer ...« Der Gendarm studierte die Ausweise. Jeremy griff langsam in sein Jackett.

Victoria nahm wahr, wie eine Taube ganz in ihrer Nähe Krumen von den hellen Fliesen pickte. In der Nachmittagssonne, die durch die Glasfront unter dem Dach fiel, warf der Vogel einen langen Schatten. Sie würden als Spione angeklagt werden. Aber wahrscheinlich würden die Verschwörer versuchen, sie zu beseitigen, denn sie konnten nicht riskieren, dass ihr perfider Plan bekannt wurde. Victoria wollte sich an Jeremy klammern, ihm noch einmal ganz nah sein, aber sie war wie erstarrt.

Jetzt öffnete der Gendarm Jeremys Pass und studierte ihn. Victoria erwartete, dass er seinen Kollegen rufen und sie festnehmen würde. Aber stattdessen wurde sein Gesicht puterrot, und er salutierte.

»Ver … Verzeihung«, stammelte er. »Ich … ich hatte ja keine Ahnung …«

»*No problem at all*«, erklärte Jeremy generös, während er nach Victorias Arm griff. »*The train to Mayence …?*«

Der Gendarm salutierte wieder und marschierte dann vor ihnen her zu einem Bahnsteig, wo er die Tür eines leeren Erste-Klasse-Abteils aufriss. Jeremy half Victoria die Stufen hinauf. Er und Hopkins folgten ihr. Nachdem der Gendarm die Tür des Abteils zugeschlagen hatte, salutierte er ein weiteres Mal und blieb dann in strammer Haltung wie ein Wachsoldat auf dem Perron stehen, bis die Lokomotive einen schrillen Pfiff ausstieß und der Zug sich langsam in Bewegung setzte.

»Was ist das für ein Pass?«

Victoria starrte Jeremy aus großen Augen an. Sie konnte es immer noch nicht fassen, dass sie entkommen waren. Er reichte ihr den Ausweis.

Prince Alexander of Battenberg, las sie. »Du hast den Pass eines Enkels von Queen Victoria?«, fragte sie fassungslos.

»Es ist natürlich nicht sein Pass.« Jeremy grinste. »Und es war auch nicht gerade leicht, einen Pass von Sir Arthur zu bekommen, der auf ein Mitglied des Königshauses ausgestellt ist. Dieser Ausweis war gewissermaßen mein Joker. Noch einmal werde ich ihn aber wohl kaum benutzen können.«

»Glaubst du, dass ich die Verschwörer auf unsere Spur gebracht habe?«

Zu Victorias Erleichterung schüttelte Jeremy den Kopf. »Ich schätze, sie vermuteten, dass sich ein Mitarbeiter der Geheimabteilung in Wiesbaden aufhält. Sie ließen die Hotels und den Hauptbahnhof beobachten, da sie davon ausgingen, dass ich zu ihm Kontakt aufnehmen würde.«

»Wird es deinem Kollegen gelingen, Deutschland zu verlassen?«

»Ich fürchte, nein.«

Schweigen senkte sich über das Abteil, während der Zug über eine Brücke fuhr und die Silhouette von Mainz am anderen Flussufer erschien.

Victoria kletterte zusammen mit Jeremy und Hopkins einen Hügel hinauf. Es dämmerte schon. Sie war froh, dass sie eine Hose, einen dicken Pullover, eine grobe Jacke und feste Schuhe trug, denn mit einem Kleid wäre sie in dem dichten Unterholz gewiss ständig hängen geblieben.

In Mainz hatten sie den Hauptbahnhof unbehelligt verlassen können. In einer Mietgarage hatte Jeremy dann ein Automobil gemietet, mit dem sie bis nach Lahnstein gefahren waren. Dort hatten sie es an einem Waldrand im Schutz eines Busches und mit Zweigen und Laub bedeckt stehen lassen, in der Hoffnung, dass es so bald nicht gefunden werden würde. Anschließend hatten sie sich auf einen Fußmarsch in Richtung Ems begeben und dabei gut ausgebaute Wege gemieden. Die Gefahr, dass sie dort jemandem begegneten, der sich an sie erinnerte, war zu groß. Sehr lange würde es wahrscheinlich nicht dauern, bis die Polizei systematisch nach ihnen fahnden würde.

Victoria war hungrig, sie hatte Durst, und sie war müde. Nach ein paar Kilometern glaubte sie, vor Erschöpfung keinen Schritt mehr weitergehen zu können. Jeremy hielt auf eine Gruppe von Büschen zu, die hinter einem Felsen geschützt in einer Mulde wuchsen.

»Hier sollten wir die Nacht verbringen«, sagte er. Auch seine Stimme war rau vor Erschöpfung. »Mit dem Wetter haben wir ja anscheinend Glück.« Tatsächlich war der Himmel klar. Ein zunehmender Mond ging über den Wipfeln auf.

»Ich sehe mich ein bisschen in der Umgebung um.«

Hopkins wirkte, soweit Victoria dies in der Dämmerung beurteilen konnte, erstaunlich frisch. Sie blickte ihm nach, wie er zwischen den dunklen Bäumen verschwand, und ließ sich auf einen großen Stein sinken. An ihrer rechten Ferse machte sich schon seit einer Weile eine Blase schmerzhaft bemerkbar.

»Du bist mir wirklich nicht böse?«, fragte sie.

»Nein.« Jeremy kauerte sich neben sie und blickte sie an. »Ich muss dir etwas sagen.« Über seine Wange zog sich eine Schramme, ein Dornenzweig hatte die Haut aufgeschürft. Victoria vermutete, dass sie nicht besser aussah. »Es tut mir leid, dass ich dich vor deiner Abreise nach Deutschland belogen habe und, entgegen meinem Versprechen, in London geblieben bin. Ich hatte kein Recht, das zu tun. Ich wünsche mir immer noch, dass du Deutschland mit Hopkins verlassen hättest und in Sicherheit wärst. Die Vorstellung, dass dir etwas zustoßen könnte, kann ich einfach nicht ertragen. Aber ich bin auch froh, dass du an meiner Seite bist.«

Erleichterung breitete sich in Victoria aus. Sie wurde von einem tiefen Glücksgefühl ergriffen. Es ließ sie den Schmerz, die Müdigkeit und die Angst vergessen. »Du meinst es wirklich ehrlich?«, flüsterte sie. »Du sagst das nicht nur, um unseren Streit beizulegen?«

»Auch wenn uns die Polizei auf den Fersen ist und ich hundemüde bin, bin ich froh über jeden Moment, den ich in deiner Gegenwart verbringen darf.« Victoria konnte Jeremys Gesicht nicht richtig erkennen, aber seine Augen leuchteten in der Dunkelheit, und das Lächeln, das in seiner Stimme mitschwang, brachte ihr Herz zum Zittern.

»Das war so schön wie ein Heiratsantrag«, murmelte sie.

»Es war ... ein Antrag.«

Ihr Kuss war lang und innig, und sie ließen sich erst los, als sie ein Rascheln im Laub hörten. Gleich darauf erschien Hopkins hinter den Büschen, er legte ein Bündel Zweige auf den Boden.

»Ich dachte, ich bringe etwas Feuerholz mit«, sagte er gemessen. »Hier in der Mulde hinter den Büschen dürfte ein Feuer nicht gesehen werden.«

»Wissen Sie denn auch, wie man einen Funken mithilfe eines Zweiges entfacht?«, neckte Victoria ihn.

Jetzt, da sie sich mit Jeremy ausgesöhnt hatte, fühlte sie sich für einen Moment ganz unbeschwert.

»Nun, ich habe so etwas schon lange nicht mehr praktiziert, auch wenn ich glaube, dass ich noch dazu in der Lage bin. Eine Schachtel Zündhölzer wäre jedoch die einfachere Methode.« Hopkins zauberte eine solche aus seiner Anzugtasche, riss eines der kleinen Holzstäbchen an und hielt es an ein paar trockene Blätter, die er zwischen die Zweige gelegt hatte. Kleine Flammen begannen, in dem Holz zu tanzen.

»Etwas zu essen haben Sie nicht vielleicht dabei?« Jeremy grinste.

Ohne mit der Wimper zu zucken, förderte Hopkins eine Tafel Schokolade, ein Taschentuch voller Brombeeren und eine Flasche Wasser zutage.

»Wo haben Sie das denn her?« Victoria starrte ihn verblüfft an.

»Die leere Flasche habe ich auf dem Hof der Mietgarage ›an mich genommen‹, wenn Sie mir den Ausdruck verzeihen. Ich dachte, die besonderen Umstände rechtfertigen diesen kleinen Diebstahl.« Hopkins räusperte sich. »Ganz in der Nähe fließt ein Bach. Die Schokolade habe ich in unserem Wiesbadener Hotel erworben und die Brombeeren ... Nun ja ...« Er vollführte eine großzügige Handbewegung, ehe er die Verpackung der Schokolade öffnete, die Tafel in Riegel zerbrach und diese auf dem Stanniolpapier arrangierte. Während Victoria ein Stück aß, ließ ihr Magen ein lautes Knurren hören.

»Wir wissen nicht, wo das Attentat in Ems verübt werden soll. Gewiss werden die Straßen dort nur so von Polizisten wimmeln, die nach uns suchen.« Jeremy stöhnte. »Ich habe mir die ganze Zeit über den Kopf zerbrochen. Aber ich habe einfach keine Ahnung, was wir tun sollen, um den Ort des Attentats herauszufinden, geschweige denn, es zu verhindern.«

»Ich habe auch nachgedacht«, sagte Victoria langsam. Tatsächlich grübelte sie, seit sie den Wiesbadener Hauptbahnhof verlassen hatten, über diese Frage nach. »Es gibt einen Ort in Ems, an dem man bestimmt nicht nach uns suchen wird, nämlich die Villa meiner Großmutter. Schließlich lebt mein Onkel dort. Wir könnten uns in dem Gartenhaus oder irgendwo in der Villa verbergen.«

»Das wäre eventuell eine, wenn auch ziemlich verrückte Möglichkeit.« Jeremy nickte. »Das löst dennoch nicht unsere Probleme.«

»Wir müssen versuchen, Lew auf unsere Seite zu ziehen. Er weiß bestimmt, wo das Attentat stattfinden wird.«

»Ihn in seiner Wohnung aufzusuchen ist zu gefährlich. Wie gesagt, bestimmt hält die Polizei überall in Ems Ausschau nach uns. Außerdem glaube ich nicht, dass Lew Prokowski sich von uns umstimmen lassen würde.«

»Er müsste zur Villa der Fürstin kommen ...« Victoria ließ sich nicht beirren.

»Aber wie, stellst du dir vor, sollen wir das erreichen?«

»Wir werden die Unterstützung meiner Großmutter benötigen. Sie müsste vorgeben, dass es ihr schlecht geht, und ihn als Arzt rufen lassen.«

»Und du glaubst, sie wird uns ihre Hilfe gewähren?« Jeremys Miene wirkte im Licht der Flammen mehr als skeptisch. »Prinz

Heinrich ist immerhin ihr Sohn. Wir können der Fürstin seine Beteiligung an der Verschwörung nicht verschweigen. Dein Verhältnis zu ihr ist nicht gerade das beste, und ihre Sympathien für mich dürften sich ins Gegenteil verkehren, sobald ihr klar wird, dass ich nicht der Earl of Lothian bin, sondern ein Journalist, der für die Geheimabteilung von Scotland Yard arbeitet.«

»Meine Großmutter hasst Preußen, und nach allem, was ich gehört habe, unterhält sie enge Verbindungen zum russischen Adel. Sie kann es nicht gutheißen, dass der Zar ermordet werden soll.«

»Falls sie uns glaubt ...«

»Ach, Jeremy, ich muss es einfach versuchen. Wir haben keine andere Wahl«, erwiderte Victoria heftig.

»Ich kann mir nicht vorstellen, dass Lew Prokowski wenige Stunden vor dem geplanten Attentat auf einen Monarchen, in das er auf irgendeine Weise involviert ist, eine Patientin aufsucht.«

»Ich bin davon überzeugt, dass er noch kurz vorher einem Kranken helfen würde«, erwiderte Victoria impulsiv. »Er verrichtet seine Arbeit als Arzt mit ganzem Herzen.«

»Ich sehe leider auch keine andere Möglichkeit, als mit Dr. Prokowski zu sprechen«, ließ sich Hopkins gelassen vernehmen.

Jeremy sah in die züngelnden Flammen. »Gut, wir werden es wagen«, sagte er schließlich. »Auch wenn es sehr riskant ist.«

Später bauten sie sich ein improvisiertes Lager aus Laub zwischen den Büschen. Victoria schmiegte sich an Jeremy. Der Rauch des kleinen Feuers hing noch in der nachtkühlen Luft. Zwischen den Zweigen konnte sie den Himmel sehen. Ein Stück entfernt hörte sie Hopkins gleichmäßig atmen. Sie fror und hatte Angst vor dem, was vor ihnen lag. Trotzdem war sie glücklich, als Jeremy sie jetzt enger an sich zog und sie seinen Herzschlag unter ihrer Wange spürte.

DREIUNDZWANZIGSTES KAPITEL

Unter ihnen, verschwommen in der dunstigen Nachtluft, lagen die Lichter von Ems. Vor Kurzem hatten die Kirchturmglocken elf Uhr geschlagen. Für die Strecke – es waren nicht mehr als zehn oder zwölf Kilometer – hatten sie fast den ganzen Tag benötigt. Einige Male hatten sie sich vor Wanderern und Jägern verstecken müssen, und einmal hatten sie sich erst im letzten Moment vor zwei Gendarmen verbergen können, die den Wald absuchten. Im Unterholz in der Nähe von Ems hatten sie schließlich die Nacht abgewartet.

Die Blase an Victorias Fuß hatte sich entzündet. Der improvisierte Verband aus Taschentüchern hatte nichts genutzt, und auf den letzten Kilometern war jeder Schritt eine Qual gewesen. Hinter Jeremy und Hopkins hinkte sie zu der Mauer, die den Garten der Villa umgab, und von dort zu einer versteckt liegenden Pforte. Jeremy öffnete die schmale Tür problemlos mit einem Dietrich, und der parkartige Garten lag vor ihnen. In der Küche und in einigen Zimmern im ersten Stockwerk brannte noch Licht.

Auch die Tür des Gartenhauses ließ sich ohne Schwierigkeiten mit dem Dietrich öffnen. Die Fensterläden waren geschlossen. Sie tasteten sich im Dunkeln vor, bis Hopkins eine Petroleumlampe entdeckte, die er entzündete. Zu Tode erschöpft ließ sich Victoria in einen Sessel sinken. Es erschien ihr kaum vorstellbar, dass erst wenige Tage vergangen waren, seit sie und Jeremy in dem breiten, jetzt wieder sorgfältig mit einer Seidensteppdecke bedeckten Bett miteinander geschlafen hatten. Sie musste kurz eingenickt sein, denn sie schreckte hoch, als Jeremy sich jetzt vor sie kniete. Er hielt eine Flasche in der Hand.

»Was ist das?«, murmelte Victoria.

»Schnaps, den ich in einem Schrank gefunden habe. Er wird die entzündete Blase desinfizieren.« Er half ihr aus dem Schuh. Der Schmerz, der sie durchfuhr, als er sein alkoholgetränktes Taschentuch auf die Wunde drückte, erinnerte Victoria an die Minuten, als Lew den Schnitt in ihrem Handballen vernäht hatte. Unwillkürlich berührte sie die Narbe, die noch von den Fäden zusammengehalten wurde.

»Das muss als Verband genügen.« Jeremy riss ein Leinenhandtuch entzwei, das neben dem Waschbecken gehangen hatte.

»Ich glaube, es ist am besten, wenn ich allein mit meiner Großmutter spreche«, sagte Victoria, während er die Stoffstreifen um ihre Ferse wickelte.

»Bist du dir sicher?«

»Ja, sie dürfte wirklich nicht begeistert darüber sein, dass du dich von einem Adligen in einen bürgerlichen Journalisten verwandelt hast. Und auch über ihre Affäre mit Jakob rede ich am besten unter vier Augen mit ihr.«

»*Sie* hatte die Affäre mit dem Maler, nicht deine Mutter?« Jeremy sah sie überrascht an.

»Ach, das habe ich dir ja noch gar nicht erzählt.« Victoria lächelte. »Meine Mutter ist Jakobs Tochter.«

»Ach, du meine Güte …«

»Ich konnte es zuerst auch nicht glauben.«

»Wir sollten noch ein paar Stunden warten, bis wir ganz sicher sein können, dass die Bediensteten und deine Verwandten schlafen«, sagte Jeremy. »Dann begleite ich dich zur Villa und warte im Korridor vor dem Zimmer deiner Großmutter auf dich.«

»Und wenn du dort entdeckt wirst?«

»Ich will in deiner Nähe sein«, entgegnete er entschieden.

Was, wenn mich meine Großmutter nicht anhören will?, sorgte Victoria sich. *Oder wenn sich ihr Zustand verschlechtert hat und sie gar nicht ansprechbar ist?*

Während sie mit Jeremy die dunkle Hintertreppe hinauf und dann den Korridor entlangeilte, an dem das Zimmer ihrer Großmutter lag, befielen Victoria auf einmal Zweifel an ihrem Plan. Der Schein einer Straßenlaterne, der durch das Fenster am Ende des Ganges schien, verbreitete ein wenig Licht. Oder hatte die Morgendämmerung schon begonnen?

»Hier ist es.« Victoria blieb stehen.

»Viel Glück!« Jeremy umarmte und küsste sie.

Das brauchte sie jetzt ... Vorsichtig drückte Victoria die Türklinke hinunter und schlüpfte in den abgedunkelten Raum, darauf bedacht, nirgends anzustoßen. Sie hörte ihre Großmutter atmen. Auf dem Nachttisch, daran erinnerte sie sich, stand eine kleine Petroleumlampe. Sie ertastete die Lampe und Streichhölzer und zündete den Docht an.

In dem schwachen Licht wirkte das Gesicht ihrer Großmutter ganz faltenlos. Es erschien Victoria schön und kühl wie das Antlitz einer Statue.

»Großmutter ...«, flüsterte sie und berührte die Fürstin an der Schulter.

Ihre Großmutter blinzelte und öffnete die Augen. Nun fiel ihr Blick auf Victoria. Sie richtete sich in den Kissen auf. »Was tust du denn hier?«, herrschte sie ihre Enkelin an. »Man hat mir

gesagt, du wärst nach England zurückgekehrt, weil dein Großvater plötzlich erkrankt sei. Und wie siehst du aus? Was hat
diese Maskerade zu bedeuten?«

Victoria nahm sich im Spiegel der Frisierkommode wahr. Zu
den Schrammen in ihrem Gesicht und einer Beule am Kopf
hatte sich noch ein blauer Fleck gesellt. Sie war über eine
Baumwurzel gestolpert und gegen einen Stein geprallt. In dem
übergroßen Pullover klaffte ein Loch.

Nun, ansprechbar und bei klaren Sinnen schien die Fürstin
zu sein ...

»Großmutter, das mit der Erkrankung meines Großvaters
war eine Lüge. Ich muss mit Ihnen reden, weil ich Ihre Hilfe
benötige.« Victoria setzte sich neben das Bett. Die Miene der
alten Dame war streng und abweisend. Weder durch ein Wort
noch durch eine Geste ermutigte sie Victoria weiterzuspre-
chen. »Ich muss Ihnen gestehen, dass der Earl of Lothian in
Wahrheit Jeremy Ryder ist. Er arbeitet für die Geheimabteilung von Scotland Yard, deren Aufgabe es unter anderem ist,
Spione aufzuspüren und die Sicherheit Englands zu gewähr-
leisten ...«

»Jeremy Ryder ... Ist das nicht der Name dieses Journalisten, mit dem du verlobt bist?« Ihre Großmutter blähte die
Nasenflügel.

»Ja, es tut mir leid, dass wir Sie hintergehen mussten.« Victoria schluckte. »Ich wurde vor einigen Wochen zufällig Zeugin
einer Verschwörung. Ein Lord und hochrangiges Mitglied der
Konservativen Partei ist darin verstrickt, ebenso Graf Waldenfels und Dr. Prokowski.«

»Der Arzt, der Claras Jungen zur Welt gebracht und der
mich nach meinem Sturz behandelt hat?«

»Ja.« Auch Victoria fiel es immer noch schwer, das zu glauben.
»Der Mann, dessen Leiche die Kinder im Wald fanden, war kein

Landstreicher. Sein Name war Lord Fisher. Er gehörte ebenfalls zu der Verschwörergruppe und wurde umgebracht.«

»Eine äußerst fantasievolle Geschichte. Und warum erzählst du mir das alles?«

Die Stimme ihrer Großmutter klang kalt. Es war ihr nur zu deutlich anzumerken, dass sie Victoria kein Wort glaubte.

»Weil … weil Prinz Heinrich auch zum Kreis der Verschwörer zählt.« Jetzt war es heraus.

Die Fassungslosigkeit, die ihrer Großmutter im Gesicht geschrieben stand, wechselte zu Wut. »Wie kannst du es wagen, so etwas über meinen Sohn zu sagen?«, fuhr sie Victoria an. »Du bist ja völlig verrückt geworden.« Sie hob die Hand, um nach dem Klingelzug neben dem Bett zu greifen.

Victoria fiel ihr in den Arm. »Großmutter, bitte, hören Sie mich an«, flehte sie. »Ich sage die Wahrheit.« Langsam senkte die Fürstin ihre Hand, aber ihre Augen funkelten immer noch vor Zorn. »Die Verschwörer beabsichtigen, Zar Nikolaus zu ermorden. Das Attentat ist für morgen beim Kaiserbesuch in Ems geplant. Damit wollen sie Russland ins Chaos stürzen und als Kriegsgegner Deutschlands ausschalten. Wenn Russland nicht länger eine Bedrohung darstellt, so ihr Kalkül, dann werden sich der Kaiser und seine Regierung zu einem Krieg gegen Frankreich und England bewegen lassen. Den Deutschland, so der Glaube der Verschwörer, schnell für sich entscheiden wird. Aber das darf nicht geschehen. Ein Krieg würde Europa, ja vielleicht die ganze Welt in den Abgrund reißen.«

Victoria holte tief Atem. Wieder glaubte sie, in den Schatten an den Zimmerwänden marschierende Soldaten zu erblicken, und sie erschauderte unwillkürlich.

»Du verlässt augenblicklich mein Zimmer, oder ich lasse dich hinauswerfen!«

Victoria ließ sich nicht beirren. »Großmutter, Prinz Heinrich war deutscher Botschafter in Sankt Petersburg. Er ist seit dieser Zeit mit dem Innenminister befreundet und muss schon lange von dem Besuch des Zaren in Ems gewusst haben ...«

»Hinaus ...« Wieder griff die Fürstin nach dem Klingelzug.

»Ich weiß, dass Jakob Cohen der Vater meiner Mutter und mein Großvater ist«, hörte sich Victoria sagen. Zum ersten Mal konnte sie sich ihn als ihren Großvater vorstellen.

Die Fürstin starrte Victoria aus weit aufgerissenen Augen an. Ihre eben noch erhobene Hand fiel kraftlos auf die Bettdecke. Im Licht der Petroleumlampe wirkte ihre Gesichtshaut auf einmal wächsern.

»Von wem hast du es erfahren?«, flüsterte sie.

»Ich habe mit Samuel Kohn in Biebrich gesprochen. Sein Vater, mein Großvater, hat Sie bis zum letzten Atemzug geliebt. Haben Sie auch etwas für Jakob Cohen empfunden, oder hat sein Sohn recht und er war für Sie nur ein Spielzeug?« Die Worte kamen aus Victorias Mund, ohne dass sie es verhindern konnte.

»Jakob war für mich kein Spielzeug ... Ich habe ihn geliebt ...« Die Stimme ihrer Großmutter war auf einmal brüchig. Ihre Hände strichen über die Bettdecke, als versuchte sie, irgendwo Halt zu finden.

»Das fällt mir schwer zu glauben ...«

»Mein Gatte hat Jakob damit beauftragt, mein Porträt zu malen, als wir uns eines Sommers zur Kur in Ems aufhielten. Ich dachte noch, Sitzungen mit einem Maler, wie langweilig ... Ich rechnete mit einem geschwätzigen, selbstverliebten Bohemien im Samtjackett und mit schulterlangen Locken. Aber Jakob war ganz anders. Er faszinierte mich von dem Augenblick an, als wir uns zum ersten Mal begegneten. Er war so voller Leidenschaft und Hingabe und dabei ernsthaft und bescheiden. Er betrachtete die Welt mit einem ganz eigenen Blick. Für ihn war alles wie ein Wunder.«

Victoria musste daran denken, dass ihr Vater etwas Ähnliches auch in einem Brief, den er kurz vor seinem Tod an sie gerichtet hatte, über ihre Mutter geschrieben hatte, und ihr schnürte es die Kehle zu.

»Durch Jakob lernte ich die Welt und die Menschen mit neuen Augen zu sehen. Und ich lernte, mich neu zu sehen. Seine Skizzen legten mein Wesen frei. Die Frau, die mir von seinen Zeichnungen entgegenblickte, war mir ganz fremd, und doch fühlte ich mich von ihm erkannt. So wie er mich sah, wollte ich sein. Ich hätte nie geglaubt, dass es das geben kann – eine Liebe, die einen völlig ergreift. Die alles, was bisher wichtig war, bedeutungslos macht. Die einem die tiefste Verzweiflung und das größte Glück schenkt. Aber mit Jakob war es so.«

»Warum haben Sie ihn verlassen? Wegen Ihrer Familie und Ihrer gesellschaftlichen Stellung?«

»Ja. Ein Skandal hätte nicht nur mich getroffen, sondern auch meine Familie und die meines Gatten und meine beiden kleinen Söhne ...«

»Und Sie hatten nicht die geringsten Skrupel, Amelie, Jakobs Tochter, als die Ihres Gatten auszugeben?« Victoria konnte es nicht fassen.

»Als mir klar wurde, dass ich von Jakob schwanger war, habe ich ernsthaft mit dem Gedanken gespielt, meinen Gatten zu verlassen. Und vielleicht hätte ich das auch getan. Aber Amelies Geburt war sehr schwer. Ich wäre dabei beinahe gestorben ...«

»Greta hat mir das erzählt ...«

»Ich war danach sehr lange schwer krank. Als es mir wieder besser ging, sah ich, wie sehr mein Gatte Amelie liebte und sie ihn. Und ich begriff, wie sehr sie an ihrem Kindermädchen hing. Ich konnte sie nicht von diesen beiden Menschen trennen. Und, nun ja, ich will dir gegenüber ehrlich sein ...« Die Fürstin sah Victoria an. Ihr Gesicht hatte wieder etwas Farbe bekommen. »Jakob«, fuhr sie traurig fort, »liebte mich und seine Malerei. Ich hatte nur meine Liebe zu ihm. Ich bin dazu erzogen worden, eine Rolle auszufüllen und zu repräsentieren. Ich war mir nicht sicher, ob meine Liebe zu ihm stark genug sein würde, die gesellschaftliche Ächtung und ein Leben, wahrscheinlich nicht gerade in Armut, aber in sehr bescheidenen Verhältnissen auszuhalten. Ich hatte Angst, dass ich ihn irgendwann nicht mehr lieben würde. Oder kannst du dir mich vorstellen, wie ich zusammen mit einem Dienstmädchen in einer kleinen Wohnung das Essen koche, die Böden schrubbe und die Wäsche wasche?«

»Nein, das kann ich nicht«, erwiderte Victoria leise.

»Obwohl ich mich gegen Jakob entschieden habe, vergeht kein Tag, an dem ich ihn nicht vermisse. Die wenigen Wochen, die wir zusammen hatten, sind mir wertvoller als alles andere, was sonst in meinem Leben geschah.« Ihre Großmutter lehnte sich in die Kissen zurück und blickte schweigend vor sich hin.

»Sie waren mit Jakob in Rheindiebach und haben sich als seine Ehefrau ausgegeben ...«

»Woher weißt du ...?«

»Ich war dort. Der alte Besitzer des Gasthofs Kerner hat mich mit Ihnen verwechselt. Ich dachte, er würde mich für meine Mutter halten, und nahm deshalb an, Jakob sei mein Vater.«

»O mein Gott ...« Die Fürstin seufzte. »Ich bin davon überzeugt, dass deine Mutter deinen Vater nie betrogen hat.«

»Sie hat meinen Vater geliebt.«

War ihre Großmutter so strikt gegen die Ehe ihrer Eltern gewesen, weil sie ihnen ihr Glück geneidet hatte? Vielleicht ...

»Wir hatten in Rheindiebach vier Tage für uns. Wir sind uns kaum je von der Seite gewichen. Ich habe Jakob begleitet, als er die Burg malte. Und wir hatten die langen Nächte ... Ich bin dort schwanger geworden. Im Nachhinein gesehen hatten wir großes Glück, dass mich niemand erkannte. Du hast mir die Fotografie des Gemäldes gezeigt. Jakob hat es mir geschenkt, kurz nachdem ich mich von ihm getrennt hatte. Ich wollte das Bild und seinen Liebesbrief vernichten. Aber ich konnte es nicht. Es war, als würde ich den Teil von mir, der ihn so geliebt hatte, töten. Ja, als würde ich mich selbst töten ...« Der Blick ihrer Großmutter war nach innen gerichtet, ihre Stimme klang, als spräche sie zu sich selbst. »Ich ließ das Bild in meinem Schlafzimmer aufhängen, zusammen mit dem Porträt, das Jakob von mir gemalt hatte, und den Brief schob ich hinter die Papierbespannung. Ich war mir sicher, dass ihn dort nie jemand finden würde. So hatte ich fast jeden Tag unsere Liebe vor Augen – und meine Feigheit, mich ganz zu Jakob zu bekennen.«

Die Selbstverachtung, die in den Worten ihrer Großmutter mitklang, machte Victoria beklommen. »Haben Sie meiner Mutter das Gemälde geschenkt?«

»Nein, Samuel Kohn suchte mich nach dem Tod Jakobs auf. In seiner Unbedingtheit und in seinem Zorn war er seinem Vater so ähnlich.« Wieder spiegelte die Miene ihrer Großmutter tiefe Traurigkeit. »Amelie hörte einen Teil der Anschuldigungen, die er mir entgegenschleuderte, und lief ihm nach ...«

»Ich weiß ...« Victoria nickte.

»Er erzählte ihr, dass Jakob ihr Vater war. Sie war außer sich. Sie hatte die Landschaft und das Porträt immer gemocht. Schon als kleines Kind hatte sie die Bilder staunend betrachtet. Ich gab zu, dass Jakob sie gemalt hatte. Daraufhin nahm sie das Gemälde der Burg Fürstenberg an sich. Am nächsten Tag reiste sie zu ihrer Patin, wo sie einige Wochen blieb, und dann nach England ...« Ihre Großmutter brach ab. »Ich habe Amelie mehr als meine Söhne geliebt, denn durch sie war Jakob bei mir«, fuhr sie schließlich fort. »Als sie starb, habe ich mir gewünscht, dich kennenzulernen, denn auch du bist ein Teil von ihm. Ich habe Jakob verloren. Ich habe Amelie verloren, und du hast mir sehr deutlich zu verstehen gegeben, dass du mich verachtest. Die Menschen, die ich am meisten liebe, scheine ich von mir wegzustoßen.«

»Ich verachte Sie nicht.« Victoria schüttelte den Kopf. Sie meinte es ehrlich. Zum ersten Mal hatte sie das Gefühl, ihre Großmutter zu verstehen. »Und Jakob hat Sie geliebt. Daran hat sich bis zu seinem Tod nichts geändert.« Sie holte den zerknitterten Brief aus ihrer Jackentasche und legte ihn behutsam auf die seidene Steppdecke.

Die Augen ihrer Großmutter weiteten sich. Sie schluchzte auf. Victoria fasste nach ihrer Hand und streichelte sie. Zuerst hatte sie den Eindruck, dass ihre Großmutter sie wegstoßen wollte, doch dann legten sich ihre Finger um ihre. Einen Moment saßen sie schweigend da. Plötzlich bemerkte Victoria, dass es draußen heller geworden war. Sie hatten nicht mehr viel Zeit.

»Bitte, helfen Sie uns«, sagte sie hastig. »Das, was ich Ihnen über das geplante Attentat erzählt habe, ist wirklich wahr. Die Verschwörer haben Helfer bei der Polizei. Sie haben verbreiten lassen, Mr. Ryder, Hopkins und ich seien Spione. Nach uns wird gesucht. Wir wissen nicht, wo das Attentat stattfinden soll. Die einzige Möglichkeit, die uns bleibt, ist, unbemerkt mit Dr. Prokowski zu sprechen und zu versuchen, ihn auf unsere Seite zu ziehen. Nur so haben wir eine Chance, das Attentat auf den Zaren zu verhindern.«

Ihre Großmutter seufzte. »Was soll ich tun?«, fragte sie dann.

Victoria war nahe daran, in Tränen der Erleichterung auszubrechen, als sie Jeremy kurz darauf auf dem Korridor umarmte.

»Als Lord Lothian waren Sie viel besser gekleidet, Mr. Ryder.«

Die Fürstin musterte Jeremy einen Augenblick mit ihrer Victoria so vertrauten Arroganz, als er wenig später mit ihr das Zimmer betrat. Doch dann legte sich ein sanfterer Zug auf ihr Gesicht. Sie hatte sich wieder gefasst, und es war ihr kaum noch anzusehen, dass sie geweint hatte.

»Durchlaucht.« Er verbeugte sich vor ihr. »Bitte verzeihen Sie, dass ich Sie getäuscht habe. Aber ich hatte keine andere Wahl.«

»Wir sollten tun, was getan werden muss.«

Während die Fürstin nach ihrer Zofe klingelte, ging Jeremy zum Gartenhaus, um Hopkins zu holen. Victoria zog sich in das Ankleidezimmer zurück. Ihr Blick fiel auf das Porträt ihrer Großmutter, das im Dämmerlicht nur schemenhaft zu erkennen war. Sie hätte ihr so sehr gewünscht, dass sie ein glücklicherer Mensch geworden wäre.

Sie hörte, wie Ilsbeth erschien und die Fürstin ihr mitteilte, sie habe heftige Kopfschmerzen, Dr. Prokowski müsse gerufen werden. Nachdem die ältere Frau beteuert hatte, dass sie den Arzt so schnell wie möglich holen lasse, und davongeeilt war, ging Victoria wieder in das Schlafzimmer.

»Ich hatte also recht.« Ihre Großmutter bedachte sie mit einem durchdringenden Blick. »Du *warst* in Lord Lothian verliebt. Deine Großtante wird enttäuscht sein. Ich hatte ihr nämlich von dem Lord geschrieben.«

Victoria unterdrückte ein Seufzen. Ihre Großmutter würde sich wahrscheinlich nie ändern.

Victoria wartete mit Jeremy und Hopkins im Ankleidezimmer. Sie war sehr nervös und konnte spüren, wie angespannt Jeremy war. Hopkins' Blick war auf einen imaginären Punkt in der Ferne gerichtet. Sein Diktum, dass sich ein Butler nur im äußersten Notfall im Schlafzimmer einer Dame aufhalten sollte, erstreckte sich auch auf ein Ankleidezimmer.

Es war fast eine Erlösung, als der Klang des Türklopfers durch die Villa tönte. Wenig später hörten sie Schritte auf dem Korridor. Ein Pochen an der Zimmertür, dann kündigte Ilsbeth Lew an.

»Durchlaucht, Ihre Zofe sagte mir, dass Sie an starken Kopfschmerzen leiden.« Lews vertraute, ruhige Stimme versetzte Victoria einen Stich. Sie bemerkte, dass sie ihre Hände vor Aufregung zu Fäusten geballt hatte. Sie wechselte einen Blick mit Jeremy, ehe sie mit ihm ins Schlafzimmer ging, das nun durch das Morgenlicht, das durch die Fenster fiel, erhellt war. Die Zofe hatte die Vorhänge zurückgezogen.

»Sie müssen entschuldigen, dass die Kopfschmerzen nur ein Vorwand waren, Sie hierherzubringen. Eigentlich möchte meine Enkeltochter mit Ihnen sprechen.«

»Lew ...«, sagte Victoria. Er fuhr zu ihr herum. »Wir wissen, dass Sie an einem geplanten Attentat auf den Zaren beteiligt sind.« Sie sprach Deutsch mit ihm, damit ihre Großmutter dem Gespräch folgen konnte.

Jeremy hatte seine Pistole gezogen. »Wir kennen uns ja. Und Ihnen dürfte bekannt sein, dass ich für die Geheimabteilung von Scotland Yard arbeite«, bemerkte er.

»Schießen Sie ruhig auf mich.« Lew sah die Pistole in Jeremys Hand verächtlich an. »Ich habe keine Angst vor dem Tod. Nikolaus wird trotzdem sterben.«

»Es war sehr fürsorglich von Ihnen, dass Sie den Streifschuss an meinem Arm versorgten, nachdem Ihre Kumpane auf mich geschossen hatten.« In Jeremys Stimme schwang kalter Zorn mit. »Ich vermute, das haben Sie zur Tarnung getan?«

»Sie waren doch gar nicht das Ziel der Schüsse, sondern der Großfürst und die Großfürstin.«

»Lew, wer auch immer Ihnen das erzählt hat, hat gelogen.« Victoria ging einen Schritt auf ihn zu. »Jeremy war einer Gruppe von Anarchisten auf der Spur, die Bankraube verüben, um ihr Leben im Untergrund und Anschläge zu finanzieren.«

»Ich wusste nichts von einem Anschlag an jenem Abend. Ich war wegen der Gemälde Ihrer Mutter in der Ausstellung. Und ich hatte wirklich keine Ahnung, dass Ihr Verlobter für Scotland Yard arbeitet.«

Lews Aufmerksamkeit war ganz auf Victoria gerichtet. Irgendetwas in seinem Blick und in seiner Stimme ließ sie glauben, dass er die Wahrheit sagte, und sie berührte Jeremys Arm als Zeichen dafür, dass er ihr das Gespräch überlassen sollte.

»Lew«, wandte sie sich ihm wieder zu, »wir können Sie nicht mit Gewalt zwingen, uns zu helfen, das Attentat zu verhindern ... «

»Wie ich schon sagte ... Wenn ich sterbe oder festgenommen werde, werden andere an meine Stelle treten ...«

»Wir können Sie nur bitten, mit uns zusammen das Attentat zu verhindern.« Victoria ließ sich nicht beirren.

»Ich muss und werde den Anschlag ausführen. Zar Nikolaus bringt Russland Unheil. Auch unter seinen Nachfolgern würde sich das Elend der Menschen nur vergrößern. Es ist an der Zeit, der Zarenherrschaft ein Ende zu bereiten.«

»Lew, Graf Waldenfels und die Männer, mit denen er paktiert, wollen den Krieg. Sie werden auch nicht davor zurückschrecken, Russland anzugreifen, sobald sie England und Frankreich besiegt oder einen Waffenstillstand ausgehandelt haben.«

»Das ist nicht wahr!« Zum ersten Mal erhob Lew die Stimme. Seine Augen blitzten vor Zorn. »Graf Waldenfels und Lord Melbury wollen Russland als Gegner ausschalten, um England und Frankreich dazu zu bewegen, Bündnisse mit dem Kaiserreich zu schließen.«

»Die Verschwörer wollen den Krieg, um Deutschland eine Vormachtstellung in Europa zu sichern«, widersprach Victoria.

»Sie haben mir das Gegenteil beteuert ... Ihr Ziel ist es, den Frieden in Europa zu sichern. Außerdem ... Warum sollte Lord Melbury daran gelegen sein, dem deutschen Kaiserreich zu einer dominierenden Stellung zu verhelfen?«

»Das wissen wir noch nicht genau. Aber wir vermuten, um eines persönlichen Vorteils willen.« Victoria schwieg einen Moment, um sich zu sammeln. »Diese Männer haben Lord Fisher töten und im Wald vergraben lassen. Seine Leiche war es, die ich und die Kinder fanden«, sagte sie dann.

»Ich kenne keinen Lord Fisher.« Lew schüttelte ungeduldig den Kopf.

»Lord Fisher hat dafür gesorgt, dass Pläne von englischen Kriegsschiffen an das deutsche Kriegsministerium gelangten«, ergriff Jeremy das Wort.

»Außerdem ließen die Verschwörer Walther Jeffreys töten ...«

»Walther Jeffreys?« Lew Prokowski wirkte verunsichert.

»Sie kannten ihn?« Victoria sah ihn fragend an.

»Ja.« Lew nickte knapp. »Ich kann aber nicht glauben, dass Lord Melbury oder Graf Waldenfels für seinen Tod verantwortlich sind.«

»Es ist aber wahr. Vermutlich tötete der Mann, der Lord Fisher umbrachte, auch Jeffreys.« Victoria sprach eindringlich weiter. »Die Verschwörer hatten wohl Angst, dass er begreifen könnte, dass es ihnen um etwas ganz anderes geht als den Tod des Zaren und die Destabilisierung Russlands, und dass er sie verraten könnte.«

»Victoria, ich will Ihnen zugutehalten, dass Sie mich nicht bewusst belügen. Aber Sie täuschen sich.«

Lew wandte sich zum Gehen. Jeremy hob die Pistole.

»Nein, nicht...«, flüsterte Victoria ihm verzweifelt zu. »Lew, bei allem, was Ihrer Familie angetan wurde, kann ich es wirklich verstehen, dass Sie den Zaren hassen. Aber das Attentat auf ihn wird den Tod von Millionen von Menschen nach sich ziehen. Hätte Inna das gutgeheißen?«

»Lassen Sie Inna aus dem Spiel.« Lews Stimme war rau vor Zorn. Victoria blickte ihn stumm an. »Inna ging vor vier Jahren nach Russland zurück. Sie wurde verhaftet und, obwohl sie hochschwanger war, zur Verbannung verurteilt. In einem Lager in Sibirien starb sie.« Lew sprach es nicht aus. Aber an seinem gequälten Gesicht konnte Victoria ablesen, dass das Kind von ihm gewesen war.

»Trotzdem, ein Mord bleibt ein Mord«, sagte sie leise. »Sie haben einen Eid als Arzt geschworen, Leben zu schützen.« Aus dem oberen Stockwerk war das Weinen von Claras Säugling zu hören. Victoria hielt kurz inne. »Ich habe Sie als Arzt erlebt«, fuhr sie schließlich fort. »Bei der Geburt von Claras Sohn haben Sie gesagt, dass jedes Leben ein Wunder sei. Lew, ich glaube einfach nicht, dass Sie einen Mord gutheißen. Auch wenn es um den Tod eines Menschen geht, den Sie zutiefst verabscheuen. Bei diesem Anschlag handeln Sie gegen sich selbst.«

Lew senkte den Kopf, er schien in sich hineinzulauschen.

»Hass und Rache sind niemals gute Ratgeber«, ließ sich die Fürstin vernehmen.

»Lew, wie wollen Sie mit der Schuld leben, den Tod über Millionen von Menschen gebracht zu haben?«, beschwor

Victoria ihn. »Ich bin überzeugt, Inna würde das Attentat nicht gutheißen. Nein, nicht nur das, sie würde Sie gewiss verfluchen für eine solche Tat.«

Sie hatte gehofft, zu ihm durchgedrungen zu sein. Doch nun ging er zur Tür. War sie zu weit gegangen? Sie wusste, dass er diesen Raum nicht verlassen durfte, sonst würden sie das Attentat nicht mehr verhindern können.

»Lew, bitte ...« Victoria schluckte. »Waldenfels' Handlanger hat mich in Wiesbaden überfallen und versucht, mich zu entführen. Ich darf mir nicht vorstellen, was der Graf mir angetan hätte, wenn Mr. Ryder mir nicht zu Hilfe gekommen wäre. Waldenfels ist nicht besser als der Mob, der Ihre Familie umgebracht hat. Er hat mich schon einmal im Garten der Villa bedrängt. Er hätte mich wahrscheinlich vergewaltigt, wenn meine Großmutter nicht nach mir gesucht hätte.« Sie blickte Jeremy nicht an, aber sie spürte, wie fassungslos er war.

»Sagen Sie die Wahrheit?« Lew drehte sich zu ihr um.

»Ja, ich schwöre es«, flüsterte Victoria.

Lew betrachtete sie forschend, als wollte er auf den Grund ihrer Seele blicken. »Der Zar wird auf einem Schiff nach Ems kommen«, sagte er schließlich. Seine Stimme klang tonlos. »Gegen zehn Uhr wird das Schiff am Anleger beim Kurhaus festmachen. Das Attentat wird von meiner Wohnung aus verübt werden, denn sie befindet sich ganz in der Nähe. Dort sind Waffen und Sprengsätze deponiert. Waldenfels wird ebenfalls anwesend sein.«

»Wir müssen Waldenfels aufhalten.«

»Verdammt, auf der Straße vor dem Haus werden ganz sicher Polizisten zum Schutz des Zaren postiert sein.« Jeremy schüttelte frustriert den Kopf. »Ich glaube nicht, dass einfache Gendarmen in die Verschwörung eingeweiht sind. Aber sie werden alle Passanten kontrollieren. Bestimmt werden Sie

uns anhand unserer Personenbeschreibung erkennen und festnehmen.«

»Wenn mein Onkel uns begleiten würde, würden sie uns
passieren lassen. Er ist ein Adliger und ein hochrangiger Staats-
beamter«, wandte Victoria ein. »Die Polizisten werden ihn
kennen und nicht auf uns achten.«

»Meinst du, er würde sich zwingen lassen, mit uns zu kommen?« Jeremy klang zweifelnd.

»Ich muss leider über meinen Sohn sagen, dass er nicht sehr
mutig ist«, mischte sich die Fürstin ein. »Ich bin überzeugt,
dass ihn, anders als Dr. Prokowski, eine Waffe zur Kooperation
bewegen wird.«

»Dann werde ich ihn zusammen mit Hopkins herholen.«

»Sehr wohl, Sir.«

Hopkins kam gemessenen Schrittes aus dem Ankleidezimmer, so als würde er gleich in der Küche am Green Park das
Frühstück zubereiten. Was Victoria in diesem Moment surreal,
aber irgendwie auch sehr beruhigend fand.

»Könnten Sie den Chauffeur verständigen, dass er den
Wagen vor das Haus fährt?«, wandte sich Jeremy an die Fürstin.

»Gewiss.« Sie nickte.

Jeremy und Hopkins verließen das Schlafzimmer, während
Victorias Großmutter erneut den Klingelzug betätigte.

Lew hatte sich in einen Stuhl sinken lassen. Victoria wollte
ihm sagen, wie dankbar sie ihm war, dass er sich dazu entschlossen hatte, ihnen beizustehen, doch sie hatte Angst, ihn
anzusprechen. Sein Blick war ganz leer, und er wirkte, als wäre
er am Rande seiner seelischen Kräfte. Sie glaubte, auch keine
Worte zu finden, die das ausdrücken würden, was sie empfand.

VIERUNDZWANZIGSTES KAPITEL

Das Gelände um den Bahnhof und die Straße, die von dort über die Lahn zum Kurviertel führte, waren von der Polizei aus Sicherheitsgründen abgesperrt worden. Der Chauffeur verlangsamte die Fahrt und brachte das Automobil dann zum Halten. Ein Gendarm beugte sich zu einem der Fenster hinunter und erkannte den Prinzen.

»Durchlaucht ...« Er salutierte und bedeutete seinen Kollegen, den Mercedes weiterfahren zu lassen.

»Sie Bastard«, zischte Heinrich von Marssendorff Jeremy zu, der neben ihm saß und, verdeckt von seiner Anzugjacke, die Pistole auf ihn gerichtet hielt. Sein Gesicht war sehr bleich. »Ich werde dafür sorgen, dass Sie Deutschland nicht mehr verlassen.«

Jeremy antwortete ihm nicht.

Prinz Heinrich hatte Jeremy und Hopkins wüst beschimpft, hatte es aber trotzdem nicht gewagt, sich ihnen zu widersetzen. Lew Prokowski wirkte noch immer geistesabwesend.

Der Mercedes überquerte nun die Lahnbrücke. Das Wasser war ganz klar an diesem frühen Septembermorgen. Die Fassaden der Gründerzeithäuser am Ufer erstrahlten in einem beinahe blendenden Weiß wie am Tag von Victorias Ankunft in Ems, nur dass das Laub der Bäume mittlerweile bunt und die

Äste teilweise kahl waren. Kurgäste waren auf dem Weg zu den Brunnen, um ihr allmorgendliches Heilwasser zu trinken. Ein kleiner Junge im Matrosenanzug, der neben seinem Kindermädchen herlief, hielt einen Papierdrachen in der Hand.

In weniger als zwei Stunden würde das Schiff mit dem Zaren am Ufer festmachen …

Victoria erhaschte einen Blick auf die Fenster von Lews Wohnung, die das Sonnenlicht reflektierten. *Lew ist auf unserer Seite. Es wird uns gelingen, den Anschlag zu verhindern,* versuchte sie, sich Mut zuzusprechen. Sie tastete nach Jeremys Hand und drückte sie. Er schenkte ihr ein rasches Lächeln.

Das Automobil hatte die Brücke hinter sich gelassen und bog nun in die Straße in Richtung Kurhaus ein. Gleich darauf hielt der Chauffeur den Wagen an. Hopkins stieg zuerst aus und postierte sich unauffällig neben dem Automobil. Auch er hatte, wie Victoria wusste, eine verborgene Waffe auf den Prinzen gerichtet.

»Los …« Jeremy versetzte ihrem Onkel einen leichten Stoß. Woraufhin dieser den Mercedes verließ, dicht gefolgt von Jeremy. Aus einer Gruppe von Polizisten, die in der Straße postiert waren, trat ein Gendarm auf sie zu. Doch als er den Prinzen erkannte, salutierte er und zog sich zurück.

Jeremy flüsterte dem Prinzen etwas zu. Der bedachte ihn mit einem wütenden Blick, befahl dem Chauffeur dann allerdings, mit dem Wagen am Straßenrand zu warten.

»Lew, wir sind vor Ihrer Wohnung angekommen …«

Victoria berührte den Arzt am Arm. Er schreckte hoch und sah sich um, als wäre er aus einem Traum erwacht und würde erst jetzt begreifen, was geschehen war. Dann stieg auch er aus dem Wagen.

Als sie durch die Diele gingen, stand die Tür zum Wohnzimmer offen. Das Sonnenlicht, das durch die Fenster drang, fiel bis in den Korridor. Victoria sah die gerahmte Fotografie mit dem Trauerflor wie bei ihrem letzten Besuch vor einem Bücherstapel auf dem Tisch stehen. Neben den Fenstertüren entdeckte sie nun Pistolen und Gewehre auf dem Boden. Und daneben lagen Sprengkörper. Sie schauderte. Plötzlich nahm sie den schwachen Geruch von Zigarettenrauch und Nelken in der Luft wahr. Im nächsten Moment wurde sie von hinten gepackt. Ein Pistolenlauf wurde an ihre Schläfe gedrückt, ein Unterarm presste sich gegen ihre Kehle, er erstickte ihren Schrei.

»Ryder, wenn Sie nicht wollen, dass ich Ihre Verlobte töte, legen Sie Ihre Pistole auf den Boden, und heben Sie die Hände. Das Gleiche gilt für den Butler«, hörte Victoria Waldenfels befehlen. Der Mann mit der Boxernase tauchte neben ihm auf und hielt ebenfalls eine Waffe in den Händen.

»Lassen Sie Miss Bredon los. Ich tue alles, was Sie verlangen.«

Jeremy war totenbleich geworden. Er bückte sich und legte die Pistole auf das Parkett. Hopkins tat es ihm gleich.

»An die Wand, Prokowski. Sie auch!«

Waldenfels' Stimme klang ganz gelassen. Ihr Onkel starrte ihn an. Nein, von ihm war keine Hilfe zu erwarten …

Lew folgte dem Befehl. »Waldenfels …«, begann er.

Der Graf beachtete ihn nicht. »Nikolaus wird früher ankommen als geplant. Was für ein Glück, dass mein Informant unter seinen Höflingen mir dies noch rechtzeitig mitgeteilt hat. Und es war ebenfalls ein Segen, dass Joseph«, er deutete auf den Mann mit der Boxernase, »Ihnen gefolgt ist, Prokowski. Ich war gleich misstrauisch, als ich erfuhr, dass Sie zu der Villa gingen, Sie verdammter Verräter.«

»Waldenfels, es ist zu Ende. Auf meine Unterstützung können Sie nicht mehr zählen.«

»Nein, es ist nicht zu Ende.«

Ein seltsam dumpfer Laut ertönte. Der Gestank von Schießpulver drang in ihre Nase. Entsetzt sah Victoria, dass Lew sich an die Brust fasste. Er taumelte. Blut quoll unter seinen Fingern hervor, während er zusammenbrach.

»Lew ...«, schrie sie. »Lew ...«

»Sei still.«

Waldenfels hieb ihr den Pistolengriff brutal gegen die Schläfe, sodass sie glaubte, ohnmächtig zu werden. Sein Unterarm presste sich noch fester gegen ihre Kehle. Sie rang keuchend nach Luft. Der Raum verschwamm vor ihren Augen.

»Sie Schwein ...«, hörte Victoria Jeremy wie aus weiter Ferne brüllen.

Jeremy, reiz ihn nicht, beschwor sie ihn in Gedanken. *Er ist unberechenbar. O mein Gott, Lew ...*

Sie weigerte sich zu begreifen, was geschehen war. Als sie wieder klar sehen konnte, fiel ihr Blick auf ihren Onkel, der sich in eine Ecke des Raumes erbrach.

»Was sind Sie doch für ein Feigling, Marssendorff.« Waldenfels' Stimme war voller Verachtung.

Lew lag reglos auf dem Boden. Blut sickerte aus seiner Brust und bildete eine Lache, die immer größer wurde.

Nein ... Ein stummer Schrei entrang sich ihrer Kehle. *Nein ...*

»Sie glauben nicht im Ernst, Graf, dass Ihr großes Vorbild Bismarck gemeine Morde gutgeheißen hätte«, hörte sie Jeremy sagen.

»Ich bin davon überzeugt, dass er sie gebilligt hätte. Schließlich dienen sie dem Zweck, die Vorrangstellung des Deutschen Kaiserreichs in Europa, ja, der ganzen Welt zu sichern. Bismarck war sehr pragmatisch.«

»England wird Preußen nicht gewähren lassen.«

»Ihre Nation ist ein Volk von feigen Kleinkrämern, das

zuallererst auf den eigenen Vorteil schielt. Glauben Sie mir, Ryder, im Falle eines Krieges wird England sehr schnell zu einem Waffenstillstand oder sogar zu einem Frieden mit Deutschland bereit sein.«

»Ich nehme an, Sie werden uns töten und irgendwo im Wald verscharren wie schon Lord Fisher ...« Jeremys Stimme klang ganz sachlich, doch Victoria wusste, dass er verzweifelt nach einem Ausweg suchte.

»Der Gute bekam tatsächlich Gewissensbisse. Lord Melbury ist da aus einem härteren Holz geschnitzt. Er schätzt auch die Gefahr, die vom russischen Pöbel ausgeht, richtig ein. Wobei Geld für ihn natürlich auch eine nicht unwichtige Rolle spielt.« Waldenfels lachte leise. »Ich fürchte, Sie alle werden das Attentat an Nikolaus nicht lange überleben. Wir beide«, er fasste grob in Victorias Haar und zwang sie, ihn anzusehen, »werden uns vorher aber noch ein bisschen zusammen vergnügen. Ich freu mich schon darauf.«

Victoria nahm wahr, wie sich Jeremys Körper anspannte. *Nicht ...*, bat sie ihn wieder stumm.

Draußen ertönte nun das Geräusch eines Schiffsmotors. Waldenfels zerrte Victoria zu den Fenstertüren. »Du kannst mit ansehen, wie Nikolaus von einer Bombe zerrissen wird«, flüsterte er ihr ins Ohr.

In diesem Moment nahm Victoria aus den Augenwinkeln wahr, dass Lew sich bewegte. Aber das konnte nicht sein ...

Lew griff nach Waldenfels' Beinen, und der Graf verlor das Gleichgewicht. Er taumelte gegen den Tisch. Bücher und die Fotografie fielen um. Victoria gelang es, sich loszureißen. Sie sah, dass Jeremy Waldenfels' Handlanger Joseph die Waffe aus der Hand trat, dann rammte er ihm die Schulter gegen die Brust. Joseph stürzte gegen das Sofa, und Jeremy hob die Waffe rasch auf. Hopkins rang mit ihrem Onkel.

»Jeremy«, schrie Victoria auf, als sie sah, dass Waldenfels wieder auf die Beine gekommen war.

Er zielte mit dem Lauf seiner Pistole auf Jeremy. Erneut ertönte der merkwürdige dumpfe Laut. Starr vor Entsetzen erwartete Victoria, dass Jeremy tödlich getroffen zusammenbrechen würde, doch es war Waldenfels, der auf den Boden sackte. Die Waffe glitt ihm aus den Fingern. In seiner Stirn klaffte ein Loch. Jeremy musste einen Sekundenbruchteil vor ihm abgedrückt haben. Hopkins eilte herbei und trat Waldenfels' Pistole weg.

»Zurück!«, herrschte Jeremy Heinrich von Marssendorff und Joseph an.

Victoria achtete nicht länger auf das Geschehen im Raum. Sie kauerte sich neben Lew, der auf dem Rücken lag und keuchend atmete. Sie bettete seinen Kopf behutsam in ihren Schoß. Mühsam bewegte er die Lippen. Sie beugte sich tiefer zu ihm hinunter, um ihn zu verstehen.

»Der Graf . . . ?«

». . . ist tot.«

Er seufzte erleichtert auf. »Hab . . . hab mich . . . in dich . . . verliebt«, flüsterte er.

»Ich weiß . . .« Tränen schossen ihr in die Augen.

»Kein Mord an . . . Nikolaus . . .«

»Ach, Lew, ich bin so glücklich, dich kennengelernt zu haben.« Victoria schluchzte auf.

»Nicht weinen . . .«

Ein Zittern durchlief Lews Körper, und ein Schwall Blut drang aus seiner Brust. Dann sank sein Kopf zur Seite und sein Körper wurde schlaff.

Jeremy beugte sich über ihn und schloss seine Lider. »Komm mit. Wir müssen gehen«, sagte er sanft und zog Victoria hoch.

Das Geräusch des Schiffsmotors war jetzt ganz nah. Metall

schrammte gegen Metall, als das Schiff an einem Steg anlegte. Durch das schmiedeeiserne Gitter des Balkons sah Victoria einen schmächtigen Mann mit Vollbart und einer Offiziersmütze auf dem Kopf an Deck kommen. Die Soldaten salutierten vor ihm. Victoria wandte sich ab. Joseph lag gefesselt und mit einem Knebel im Mund auf dem Boden. Hopkins hielt ihren Onkel mit einer Pistole in Schach.

Victorias Blick fiel auf die Fotografie. »Warte ...«

Sie hob sie auf. Das Glas war zerbrochen, das Bild jedoch unbeschädigt. Sie legte die Fotografie auf Lews Brust. Dann ließ sie sich von Jeremy wegführen.

Das Automobil hielt vor der Villa ihrer Großmutter. Jeremy sagte leise etwas zu Hopkins, das Victoria nicht verstand und das sie auch nicht interessierte.

»Kommen Sie, Miss Victoria.« Hopkins berührte ihren Arm. Willenlos ging sie neben ihm her zur Eingangstür. Wie im Nebel nahm sie wahr, dass Jeremy ihren Onkel in den Garten führte.

»Fräulein Bredon, Mr. Parson ...« Wilhelm hatte ihnen geöffnet. Er starrte Victoria an. Erst jetzt wurde ihr klar, dass sie immer noch den Pullover und die Jacke trug, jetzt blutbesudelt.

»*An accident ...*« Hopkins hatte Wilhelms Blick bemerkt. »*Nothing at all to worry about ...*« Er vollführte eine beruhigende Geste, die den Sinn seiner Worte verdeutlichen sollte.

Ihre Großmutter erschien in der Halle und eilte auf sie zu. Sie zog Victoria in das Wohnzimmer.

»Der Zar ...?«

»Er lebt. Wir konnten das Attentat verhindern. Aber Lew ist tot. Waldenfels hat ihn erschossen, ehe Jeremy den Grafen töten konnte ... Er hat in Notwehr gehandelt.« Victoria begann haltlos zu weinen. Ihre Großmutter nahm sie in die Arme.

»Ach, Kind ...«, murmelte sie. »Es tut mir so leid.«

»Durchlaucht ...« Jeremys Stimme veranlasste Victoria, sich von ihrer Großmutter zu lösen und sich die Tränen vom Gesicht zu wischen. Er bedachte sie mit einem besorgten und zärtlichen Blick, ehe er sich wieder an die Fürstin wandte. »Ich hoffe, Sie nehmen es mir nicht übel, dass ich den Prinzen ins Gartenhaus gesperrt habe. Aber ich möchte verhindern, dass er die Polizei verständigt, ehe wir die Grenze nach Belgien überquert haben und als Spione des Grafen und Mörder Lew Prokowskis verhaftet werden. Sein Wort hat gegenüber den preußischen Behörden nun einmal viel mehr Gewicht als unseres.«

»Wie lange werden Sie für die Fahrt bis zur Grenze benötigen?«

»Drei bis vier Stunden.«

»Gut, ich sorge dafür, dass solange niemand das Gartenhaus betritt. Sie können den Mercedes nehmen. Ich gehe davon aus, dass Sie fahren können ...«

»Das ist sehr großzügig von Ihnen. Und ja, ich kann ein Automobil steuern.«

»Würdest du mich bitte kurz mit meiner Großmutter allein lassen?« Victoria sah Jeremy an.

»Natürlich. Und danke, Durchlaucht, für alles ...«

»Nun, ich konnte es schließlich nicht zulassen, dass ein von Gott eingesetzter Herrscher umgebracht wird«, erwiderte sie barsch. »Und lassen Sie sich von Wilhelm einen anständigen Anzug geben, sonst werden Sie ganz sicher an der Grenze festgehalten.«

»Hopkins kümmert sich schon darum.« Mit einer Verbeugung verabschiedete sich Jeremy.

»Hier, wisch dir die Tränen ab.« Die Fürstin reichte Victoria ein Taschentuch. »Du wirst Kleider von mir anziehen müssen. Deine Sachen wurden schon nach London geschickt.«

Sie hatte sich tatsächlich an der Brust ihrer Großmutter ausgeweint ... Etwas, das sie niemals für möglich gehalten hätte ...

»Würden Sie dafür sorgen, dass Lew ein anständiges Begräbnis erhält?«, bat Victoria.

Sie wusste nicht, ob Lew gläubig gewesen war, aber die Vorstellung, dass sein Leichnam irgendwo wie der eines gemeinen Verbrechers verscharrt werden würde, war ihr unerträglich.

»Das werde ich. Das ist das Mindeste, was ich für ihn tun kann.«

»Und würden Sie sich um Sophie kümmern? Heinrich liebt sie nicht. Ich würde mich nicht wundern, wenn er sie bald verlässt.«

»Ich werde mich bemühen.« Ihre Großmutter seufzte.

»Und mir liegt noch etwas am Herzen. Samuel Kohn erzählte mir von einem Brief, den sein Vater kurz vor seinem Tod an Sie verfasste und den er nicht mehr abschicken konnte. Darin schrieb Jakob, dass er durch Sie erst zu dem Maler geworden sei, der er immer habe sein wollen. Ich möchte, dass Sie das wissen.«

Ihre Großmutter blickte in den Garten, wo Blätter durch die Luft wehten. Die letzten Blumen trotzten dem Herbst. Zwischen einem Rosenstock und dem Fenstersims hatte eine Spinne ein kunstvolles Netz gewebt.

»Ich wünsche dir viel Glück mit Mr. Ryder«, sagte sie schließlich.

»Obwohl er nur ein Journalist ist?« Unter Tränen lächelte Victoria.

»Nun, er ist nicht nur ein Journalist. Das weiß ich jetzt.«

Victoria war klar, dass die Fürstin damit Jeremys Persönlichkeit meinte und nicht seine Tätigkeit für die Geheimabteilung

von Scotland Yard. Sie beugte sich vor und küsste ihrer Großmutter die Wange.

»Ich bin froh, Sie besucht zu haben«, sagte sie. »Und ich
würde mich freuen, Sie wiederzusehen.«

Am späten Nachmittag überquerten sie bei Aachen die Grenze
nach Belgien. Wenig später stellte Jeremy das Automobil auf
dem Marktplatz einer kleinen Stadt ab. Dort ging er in ein
Postamt, um ein Ferngespräch nach London anzumelden.
Gestutzte Platanen standen um einen Brunnen. Einige alte
Männer saßen auf Bänken in der Sonne und rauchten.

Ein ruhiger, friedlicher Ort in einer friedlichen Welt, ging es
Victoria durch den Kopf. Lews Tod, die Ankunft des Zaren auf
dem Schiff, der Abschied von ihrer Großmutter und die Fahrt
nach Belgien erschienen ihr so unwirklich, und sie fühlte sich
wie betäubt. Hopkins versuchte nicht, ein Gespräch anzufan-
gen, wofür sie ihm dankbar war. Er wusste eben immer, was gut
für sie war.

Erst nach einer ganzen Weile kehrte Jeremy zurück. Er
wirkte bedrückt. »Mein Kollege Vincent Walton kam nicht in
London an«, sagte er. »Deshalb musste ich Sir Arthur alles über
das geplante Attentat berichten.«

»Haben ihn die Verschwörer etwa …?« Victorias Stimme
brach.

»Er wurde als Spion festgenommen, aber er ist am Leben.«

»Gott sei Dank, dass er nicht auch noch sterben musste.«
Victoria unterdrückte ein Zittern.

Zusammen mit Hopkins gingen sie und Jeremy zu dem einzigen Gasthaus am Platz, das mit seinen grünen Fensterläden
einen freundlichen Eindruck machte. Während Hopkins sich
um die Zimmer kümmerte, warteten sie in der getäfelten Halle.

»Die Zimmer 6 und 7 sind Ihre.« Er reichte ihnen die Schlüssel. »Mein Raum befindet sich unter dem Dach.«

Sie schritten die knarrende Holztreppe hinauf.

»Miss Victoria, Mr. Ryder ...« Auf dem Absatz verabschiedete sich Hopkins.

»Darf ich dich in dein Zimmer begleiten?« Jeremy sah Victoria fragend an.

»Natürlich ...« Sie nickte.

Das Bett mit der dunkelroten Wolldecke war so groß, dass es fast den ganzen Raum einnahm. Es roch nach Seife und Möbelpolitur. Auf einem Waschtisch standen eine Porzellanschüssel und ein Krug.

»Victoria ...« Jeremy legte ihr die Hände auf die Schultern. »Es tut mir so leid, dass Waldenfels Lew getötet hat.«

»Wenn ich dich nicht lieben würde, hätte ich ... hätte ich mich wahrscheinlich in ihn verliebt«, sagte sie leise. »Ach, vielleicht habe ich mich sogar ein bisschen in ihn verliebt. Ich weiß jedenfalls, dass ich ihn nie vergessen werde.«

»Das erwarte ich auch nicht. Ich stehe in seiner Schuld. Wie so viele andere Menschen ... Er ist sich treu geblieben.« Jeremys Blick war offen und sehr ernst.

Ja, mit ihm würde sie glücklich werden ...

»Ich liebe dich.« Victoria küsste Jeremy. »Wir haben schon so viel Zeit verloren. Lass uns nicht mehr lange mit der Hochzeit warten.«

»Meinst du nicht, wir sollten uns zuerst einmal verloben?« Er lächelte sie an.

»Wenn du meinst, das wäre nötig ...«

Als sie sich liebten, hatte der Tod keine Bedeutung mehr. Es gab nur noch Jeremy und sie und die Liebe, die sie verband.

EPILOG

Victoria ging durch den Korridor zur Küche und lächelte vor sich hin. Gerade hatte ein Bote das Abendkleid gebracht, das sie zur Feier ihrer Verlobung mit Jeremy tragen würde. Sie hatte es gleich angezogen und sich vor dem großen Spiegel in ihrem Zimmer betrachtet. Sie und Jeremy hatten sich darauf geeinigt, dass sie auf der Feier, die Constance und Louis für sie in zwei Tagen in ihrem Haus in Hampstead veranstalten würden, weniger von Verlobung als von ihrer baldigen Heirat sprechen würden.

Mit dem Kleid war Victoria sehr zufrieden. Es stammte aus dem Londoner Atelier Poiret. Wie die meisten seiner Modelle war es einfach geschnitten, aber sehr elegant. Über einem Unterkleid in hellem Rosé trug sie eine Tunika aus Chiffon in dunklem Rot, die mit perlenbesetzter Spitze und Rosen aus Seidenbändern verziert war. Als Schmuck hatte sie eine breite Kette aus Gold und Korallen, die ihrer Mutter gehört hatte, und dazu passende Ohrringe gewählt.

»Nein, wie hübsch Sie aussehen, Miss Victoria«, rief Mrs. Dodgson, als sie die Küche betrat.

»In der Tat ...« Hopkins nickte beifällig.

»Ich kann es Ihnen jetzt ja offen sagen, Miss Victoria, dass Mr. Hopkins und ich manchmal unsere Zweifel hatten, ob es

441

wirklich zu einer Verlobung mit Ihnen und Mr. Ryder kommen würde. Ach, dass ich das noch erleben darf ...«

Nun, Zweifel, dass sie und Jeremy jemals ein Paar werden würden, hatte sie selbst des Öfteren gehabt ...

»Mrs. Dodgson, jetzt tun Sie nicht so, als ob Sie schon an der Schwelle Ihres Grabes stehen würden.« Victoria schüttelte lachend den Kopf.

»Ich habe mir von Mr. Mandleville einen neuen Frack nähen lassen.« Hopkins räusperte sich. »Zu diesem Anlass werde ich ihn zum ersten Mal tragen.«

»Sie werden darin bestimmt sehr würdevoll aussehen, Mr. Hopkins.« Mrs. Dodgson strahlte.

Als es an der Tür klingelte, schritt Hopkins davon, um zu öffnen. Victoria hoffte, dass Jeremy gekommen war, doch stattdessen hörte sie die Stimme ihrer Großtante Hermione.

Ach, du lieber Himmel, ich habe ja ganz vergessen, sie zu unserer Feier einzuladen, durchfuhr es Victoria. Sie konnte ihre Großtante unmöglich ignorieren. Rasch eilte sie in den Korridor.

»Meine Liebe, ist etwas Besonderes vorgefallen?« Lady Glenmorag bedachte ihr Abendkleid mit einem kritischen Blick, während Hopkins die Tür zur Bibliothek öffnete. Dort ließ sie sich außer Atem in einen Sessel sinken. »Ich verstehe ja nicht, warum du so darauf aus bist, Kleider ohne Korsett zu tragen. Aber, nun ja, es ist recht hübsch«, bemerkte sie. »Als ich gestern Abend von Schottland nach London zurückkehrte, fand ich einen Brief deiner Großmutter vor. Sie schrieb, dass dich ein Lord Lothian in Ems besucht habe.«

»Ich nehme an, Sie haben ihn im *Debrett's* nachgeschlagen?«, konnte sich Victoria nicht verkneifen zu fragen.

»Allerdings ... Nun, es ist natürlich recht exzentrisch, dass er in Amerika Segelschiffe gebaut hat«, Lady Glenmorag hüstelte, »aber der Stammbaum der Familie reicht bis in die Zeit Heinrichs VIII. zurück ...«

»Ich werde mich verloben.«

»Mit Lord Lothian?« Hoffnung glomm in Großtante Hermiones blauen Augen auf.

»Nein, mit Mr. Ryder.«

»Oh ...« Lady Glenmorag erbleichte.

»Es ging alles so schnell. Deshalb bin ich noch nicht dazu gekommen, Sie zu benachrichtigen«, schwindelte Victoria. »Übermorgen findet die Feier im Heim von Lord und Lady Hogarth statt. Ich würde mich sehr freuen, wenn Sie daran teilnehmen könnten.«

»Selbstverständlich werde ich kommen.«

Großtante Hermione stemmte sich aus dem Sofa hoch. Sie wirkte wie ein Mensch, der einen schweren Schlag hatte hinnehmen müssen, aber entschlossen war, dem Schicksal die Stirn zu bieten.

»Sie haben mich rufen lassen, Sir?« Fragend blickte Jeremy Sir Arthur an.

»Nehmen Sie doch bitte Platz, Ryder.« Der Commissioner deutete auf den Stuhl vor seinem Schreibtisch. Seine Miene wirkte weniger streng als sonst. »Ich möchte Ihnen den Dank der Regierung Seiner Majestät übermitteln. Man ist an höchster Stelle davon überzeugt, dass Sie Außerordentliches geleistet haben. Wenn über die Vorgänge in Deutschland nicht strengstes Stillschweigen gegenüber der Bevölkerung gewahrt werden müsste, würden Sie einen Orden erhalten. So viel darf ich Ihnen im Vertrauen sagen.«

»Ich fühle mich tief geehrt, Sir.« Jeremy neigte höflich den Kopf.

»Die Sache mit dem Orden ist noch nicht aus der Welt. Vielleicht findet sich ein anderer Anlass, für den Sie ihn offiziell erhalten können.« Sir Arthur beugte sich vor. Der Nachmittag war regnerisch, und in seinem Arbeitszimmer brannten schon die Lampen. *Im Schein des Gaslichts wirkt das Gemälde der Seeschlacht von Trafalgar besonders patriotisch*, dachte Jeremy belustigt. »Der Dank der Regierung schließt übrigens Miss Bredon mit ein«, fuhr Sir Arthur fort. »Wenn sie nicht, zugegeben, verbotenerweise im Park von Melbury Hall fotografiert und den Leichnam Lord Fishers identifiziert hätte, hätten wir, was die Pläne der Verschwörer betrifft, viel länger im Dunkeln getappt. Mit wahrscheinlich fatalen Folgen. Auch als es darum ging, das Attentat zu verhindern, hat sie sich ja, wie ich Ihrem Bericht entnehmen konnte, als sehr ideenreich und tatkräftig erwiesen. Ebenso der Butler der jungen Dame.«

»Ich bin überzeugt, auch Miss Bredon wird sich tief geehrt fühlen«, erwiderte Jeremy ernst, obwohl er wusste, dass ihr ein weniger hartes Vorgehen der Polizei den Suffragetten gegenüber viel mehr wert gewesen wäre als derlei Dankesbekundungen. »Gibt es denn Neuigkeiten von Vincent Walton?« Das Schicksal des Kollegen beschäftigte ihn sehr.

»Er wird in der Haft anscheinend gut behandelt. Wir sind dabei, über geheime Kanäle Kontakte mit den maßgeblichen deutschen Stellen aufzunehmen, und wir sind recht zuversichtlich, ihn in einiger Zeit gegen Informationen über das geplante Attentat freizubekommen. Keine Regierung schätzt Verschwörungen im eigenen Land. Von einem Kontaktmann wissen wir, dass Prinz Heinrich von Marssendorff schon vorsorglich das Land verlassen hat.«

»Wie klug von ihm«, sagte Jeremy trocken. »Hat sich eigentlich der Verdacht bestätigt, dass Lord Melbury des Geldes wegen mit Waldenfels paktiert hat?« Kurz nach dem gescheiterten Attentat auf den Zaren hatten englische Zeitungen verkündet, dass der Lord bei einem tragischen Jagdunfall in Melbury Hall ums Leben gekommen sei. Jeremy wusste, dass ein Minister den Lord in Begleitung von Polizisten aufgesucht hatte. Er war überzeugt, dass der Lord sich selbst getötet hatte und dass ihm dieser Ausweg von dem Minister nahegelegt worden war. Die Regierung wollte unter allen Umständen vermeiden, dass es zu einem Prozess wegen Landesverrats gegen einen Aristokraten aus einer alten, angesehenen Familie kam.

»Ja, Melbury hatte sich bei diversen Geschäften verspekuliert. Außerdem erhoffte er sich wohl im Falle eines Krieges Aufträge für seine Werft.« Der Commissioner stockte plötzlich und wirkte beinahe etwas verlegen. »Lady Glenmorag sagte mir, dass Miss Bredon und Sie sich in den nächsten Tagen verloben würden.«

»Ja, so ist es, Sir.«

»Ich wünsche Ihnen beiden viel Glück.«

Jeremy bedankte sich angemessen.

»Ich verstehe, ehrlich gesagt, nicht so ganz, warum deine Großtante überhaupt zu unserer Feier kommt, wenn sie doch gegen deine Verlobung mit mir ist«, sagte Jeremy, während er und Victoria in einer Kutsche durch Hampstead fuhren.

Vor dem klaren Nachthimmel ragten die Bäume in den Gärten wie Scherenschnitte auf. Die Tritte der Pferde hallten vom Pflaster wider. In der Luft lag ein herber Geruch, und ein halber Herbstmond stand hoch am Firmament.

Victoria sah Jeremy amüsiert an. Er trug seinen Frack mit derselben lässigen Eleganz wie am Abend der Ausstellungseröffnung.

»Sie glaubt, es der Familie St. Aldwyn und sich selbst schuldig zu sein, so zu tun, als ob sie die Verlobung gutheißen würde. Besser, gar nicht erst den Anschein erwecken, dass unsere Verbindung skandalös ist.«

»Eine merkwürdige Logik.« Jeremy schüttelte den Kopf und grinste.

»Immerhin hat dich meine Großmutter akzeptiert.« Victoria dachte mit Zuneigung an die Fürstin – etwas, das sie noch vor Kurzem nicht für möglich gehalten hätte. »Ich habe heute Morgen übrigens zwei Briefe erhalten. Einen von ihr und einen von Rosalyn. Mein Onkel ist ins Ausland gereist und beabsichtigt wohl, für längere Zeit nicht nach Deutschland zurückzukehren.«

»Sir Arthur deutete so etwas schon an.«

»Über Joseph stand nichts in den Zeitungen. Der Tod von Lew und Waldenfels wurde, schrieb meine Großmutter, als ein Ehrenhandel erklärt.« Wieder erfüllte Victoria Trauer darüber, dass Lew nicht mehr am Leben war. Jeremy drückte ihre Hand.

Sie atmete tief durch und schlang ihre Finger um seine. »Rosalyn schreibt, dass es Clara und dem Jungen gut geht. Rosalyn ist ganz hingerissen von dem Kind. Sie ist übrigens zuversichtlich, dass sie selbst schwanger ist.«

»Wie schön für sie und ihren Mann.«

»Ja, nicht wahr? Rosalyn schrieb, dass Madame Regnier, das Medium, das während der Séance als Lord Fishers Sprachrohr diente, als Betrügerin verhaftet wurde. Sie hat sich dafür entschuldigt, dass sie mich bat, Nachforschungen über ihren Gatten anzustellen.«

»Wirst du deiner Freundin irgendwann mitteilen, dass Lord Fisher tatsächlich ermordet wurde?«

»Ich glaube nicht. Warum sollte ich sie damit belasten? Seine Familie versucht, die Umstände seines Todes geheim zu halten.

Wobei Madame Regnier, was Lord Fisher betrifft, ja tatsächlich eine Eingebung gehabt zu haben scheint.«

Am Ende der Straße war nun der Eingang zum Anwesen der Hogarths zu sehen. Fackeln brannten im Garten. In ihrem Licht funkelten die vergoldeten Tannenzapfen auf den Säulen neben dem Tor. Zwischen den Bäumen war das hell erleuchtete Haus zu erkennen. In der kühlen Herbstnacht wirkte es anheimelnd und freundlich.

Nein, an diesem Abend wollte Victoria nicht länger an Betrug und gewaltsamen Tod denken. Sie schmiegte sich eng an Jeremy, während die Kutsche nun durch das Tor fuhr, und fragte sich, was für ein Heim sie wohl einmal zusammen haben würden.

»Auch wenn du dich nicht verloben wolltest, dachte ich, du würdest dich vielleicht über einen Ring freuen.« Jeremy griff in eine Tasche seines Fracks und reichte Victoria ein kleines seidenbespanntes Kästchen.

»Oh, Jeremy . . .« Aufgeregt öffnete sie es. Zwischen blauem Samt steckte ein Ring, der mit einem einzigen großen Rubin geschmückt war. Die Facetten reflektierten den Fackelschein. Es wirkte, als würde der Stein von innen heraus glühen.

»Er ist wunderschön . . .«, flüsterte sie. »Und er passt perfekt zu meinem Kleid.«

»Ich habe mich im Atelier nach der Farbe des Kleides erkundigt.« Er lächelte, während er ihr den Ring an den Finger steckte. Gleich darauf hielt die Kutsche zu Victorias Bedauern vor dem Portal. Denn der Kutscher, der den Wagenschlag öffnete, nötigte sie, ihren Kuss zu unterbrechen. Arm in Arm mit Jeremy ging sie zum Haus.

In der Halle kamen ihnen Constance und Louis entgegen. Unter den Gästen entdeckte Victoria Freunde und Kollegen von Jeremy und auch einige ihrer Mitstreiterinnen bei den

Suffragetten. Sogar Jemimah war gekommen. Sie hielt sich schüchtern im Hintergrund. Ein gequältes Lächeln lag auf Lady Glenmorags Gesicht. Mrs. Dodgson dagegen strahlte, und auch Hopkins versuchte ausnahmsweise einmal nicht, seine Rührung zu verbergen.

»Ich freue mich so für euch ...«

Constance umarmte erst Victoria, dann Jeremy. Ihr Bauch war nun noch gerundeter. Wie es wohl sein würde, von Jeremy schwanger zu sein? Victoria errötete unwillkürlich und tauschte einen langen zärtlichen Blick mit ihm. In seinen Augen sah sie ihr Glück gespiegelt.

NACHWORT

An einem sonnigen Tag im Sommer 2002 bin ich mit einer Freundin zum Drachenfels bei Königswinter gewandert. Das Schloss Drachenburg auf halber Höhe des Berges war damals noch nicht zugänglich, aber der Park stand Besuchern offen. Mit unseren Tickets bekamen wir ein Faltblatt mit Informationen zum Gebäude und zum Gelände. Darin war zu lesen, dass Anfang des 20. Jahrhunderts kleine Holzhäuser im Park standen, die englischen Touristen als Unterkunft dienten. So keimte in mir die erste Idee für meine deutsch-britische Heldin Victoria, die am Rhein in einem Kriminalfall ermitteln sollte. Der wunderschöne Blick vom Drachenfels auf das Rheintal tat ein Übriges, mich für das Thema zu begeistern. Bad Ems, zu der Zeit, in der mein Roman spielt, noch »Ems«, und Victorias komplizierte Familiengeschichte kamen später dazu.

Wie immer in meinen Romanen habe ich historische Fakten und Fiktion gemischt. An jenem Sommertag konnte ich jedenfalls gut verstehen, warum der Rhein im 19. Jahrhundert bei englischen Touristen so beliebt war – worauf ja Mr. Parker vom *Morning Star* anspielt. Im letzten Drittel des 19. Jahrhunderts kamen jährlich etwa eine Million Briten an den Rhein. Was zum einen an der Rheinromantik und an Byrons in England sehr berühmtem Gedicht über den Drachenfels lag, zum anderen daran, dass das Rheintal per Schiff und Bahn von Großbritannien aus gut zu erreichen war. Maler wie William Turner malten den Rhein und die dortigen Burgen und Schlösser und hielten das ganz eigene Licht über dem Fluss in ihren Gemälden fest.

In Bonn gab es Ende des 19., Anfang des 20. Jahrhunderts eine englische Gemeinde mit bis zu tausend Einwohnern. Die Briten suchten die Nähe zum Siebengebirge, das Leben war erschwinglicher als zu Hause und das Klima besser. In Bonner Zeitungen erschienen Anzeigen in englischer Sprache, Bonner Hoteliers inserierten in der britischen Presse und warben damit, dass es in ihrem Haus englische Tageszeitungen gab. Deshalb ist davon auszugehen, dass auch englische Tageszeitungen am Bonner Hauptbahnhof erhältlich waren.

Zu meiner großen Überraschung habe ich bei meinen Recherchen für den Roman festgestellt, dass ab dem letzten Drittel des 19. Jahrhunderts bis zum Ersten Weltkrieg kaum Passkontrollen an den innereuropäischen Grenzen durchgeführt wurden. Die Zahl der Reisenden hatte so stark zugenommen, dass dies mit dem bisherigen Personal nicht zu bewältigen war – weshalb sich die Staaten nicht etwa entschlossen, die Belegschaft an den Grenzen aufzustocken, sie handhaben einfach die Kontrollen sehr lax. Strenge Passkontrollen und Visumspflichten für innereuropäische Länder gab es dann erst zu Beginn des Ersten Weltkrieges.

In deutschen Hotels bestand jedoch eine polizeiliche Meldepflicht, für die ein amtlicher Ausweis erforderlich war, worüber sich Hopkins mokiert. In Großbritannien gab es nur während der beiden Weltkriege eine Ausweispflicht.

Untrennbar mit dem Tourismus sind Reiseführer verbunden. Eine in Großbritannien zur damaligen Zeit verbreitete Reiseführerreihe war *Murray's Handbooks for Travellers*. In diesem Guide über Deutschland ist die Warnung die »furchtbaren deutschen Federbetten« betreffend zu finden. Angeblich lief man im Sommer Gefahr zu ersticken, im Winter drohte man zu erfrieren, da sie vom Bett rutschten. Auch die Empörung darüber, dass es in deutschen Hotels keine Seife gebe, sowie die Fassungslosigkeit darüber, dass die Menschen in Deutschland das Messer als Gabel benutzten und die Männer in Gegenwart von Frauen rauchten, wird in dem Guide erwähnt. Es hat mir viel Freude bereitet, Hopkins und Mrs. Dodgson diese Vorurteile in den Mund zu legen.

Bradshaw's Continental Railway Guide war gewissermaßen die Reise-App des beginnenden 20. Jahrhunderts. In dem Guide fanden sich die Fahrpläne aller Zugverbindungen auf dem Kontinent. Außerdem Kurzbeschreibungen zu Städten und ihren Sehenswürdigkeiten sowie Hotelempfehlungen und herausnehmbare Karten. Große europäische Hotels schalteten darin Werbeanzeigen. Ich habe mich bei meinen Recherchen auf eine Neuausgabe des *Bradshaw* von 1913 bezogen, die 2012 erschien.

Aufgrund der Wirtschaftskrise in den Achtzigerjahren des 19. Jahrhunderts gingen viele Deutsche als »Gastarbeiter« nach England. Deutsche Arbeiter wurden in Großbritannien gern eingestellt, da sie in der Regel eine gute Schulbildung besaßen. In Deutschland galt die Schulpflicht bis zum Alter von vierzehn Jahren, in Großbritannien nur bis zum Alter von zwölf Jahren. In einem britischen Reiseführer aus dieser Zeit wird erwähnt, dass in Berlin viele Menschen Englisch sprachen, was vermutlich mit den zurückgekehrten »Gastarbeitern« zusammenhing.

In den großen Hotels sprachen die Angestellten ohnehin mehrere Sprachen. Es ist davon auszugehen, dass in polyglotten Kurstädten wie Wiesbaden auch in manchen Läden die

Angestellten des Englischen mächtig waren. Nach Hopkins' Geschmack hätten noch wesentlich mehr Deutsche Englisch sprechen können.

In einem zeitgenössischen Bericht über die Ankunft am Emser Bahnhof steht, wie Reisende von Gepäckträgern und Hotelangestellten auf Englisch und Französisch angesprochen wurden. Kaiser Wilhelm I. pflegte Ems regelmäßig im Sommer zur Kur zu besuchen. Auch sein Lieblingsneffe, Zar Alexander II., hielt sich dort öfter auf. Deshalb gehörte Bad Ems bis zum Ende des 19. Jahrhunderts zu den großen europäischen Kurorten – zusammen mit Baden-Baden, Wiesbaden, Bad Homburg, Bad Kissingen, Marienbad und Karlsbad. 1907 war Ems immer noch ein angesagter Kurort. Da ihn Kaiser Wilhelm II. nicht besuchte, besaß er jedoch nicht mehr den Glamour wie zur Zeit seines Großvaters.

Im Kurpark von Bad Ems steht die einzige Statue, die Kaiser Wilhelm I. in Zivil zeigt. Während der Kur gab sich der Adel volksnah. Auf der Kurpromenade kleidete sich »Mann« leger und trug keine Uniform.

Kurgäste logierten in Ems üblicherweise in Hotels oder Ferienwohnungen. Dass sich eine reiche Adlige wie Victorias Großmutter eine Villa gemietet hätte, wäre aber nicht undenkbar gewesen.

Die Villa der Fürstin ist von außen von der Villa Balmoral inspiriert. Ich habe sie aber an eine andere Stelle in Bad Ems verlegt und mir auch, was Orte, Gebäude, Läden et cetera betrifft, Freiheiten genommen. Die Kunsthandlungen, in denen Victoria nach Jakob forscht, sind meine Erfindung. Dass Adlige unter einem Pseudonym nach Ems reisten, war nicht ungewöhnlich.

In Ems gab es während der Kursaison jeden Sonntag ein Feuerwerk. Die Kurlisten, auch Fremdenlisten genannt, in denen die Kurgäste mit ihrem Rang oder ihrem Beruf, ihrem Namen und ihrem jeweiligen Logis aufgeführt wurden, waren eine eigenständige Publikation und erschienen während der Kursaison an jedem Werktag. Ich habe mir die Freiheit genommen, sie zur Beilage der *Emser Zeitung* zu machen. Auch Kurzurlauber, die sich nur wenige Tage in Ems aufhielten, wurden in den Kurlisten aufgeführt. Sie galten als Passanten.

Bad Godesberg trug 1907 noch nicht den Zusatz »Bad«, hatte jedoch schon einen guten Ruf als Kurort für Nervenleiden. Lord Cecil Fisher hält sich dort ja wegen der Phantomschmerzen in seiner amputierten Hand auf.

Koblenz schrieb sich 1907 »Coblenz«.

Die Burg, auf der Victorias Freundin Rosalyn und Friedrich von Langenstein leben, ist fiktiv. Das Innere ist von Burgen und Schlössern inspiriert, die im 19. Jahrhundert am Rhein wiederaufgebaut und renoviert wurden, wie zum Beispiel das Schloss Stolzenfels, das sich Kaiser Wilhelm I. als Kronprinz ausbauen ließ – es ist jenes im Roman nicht namentlich bezeichnete burgähnliche Gebäude, das Victoria auf der Kutschfahrt vom Koblenzer Hauptbahnhof zu Rosalyns Zuhause am anderen Rheinufer sieht.

Die Burg Fürstenberg und den Ort Rheindiebach gibt es. Das Wirtshaus Kerner, das Victoria besuchte, habe ich erfunden, ebenso das heftige Gewitter, das über dem Ort niederging und den Keller überschwemmte. Das Gleiche gilt für die frühe Weinlese im Jahr 1907. Falls sich jemand die Mühe machen und das Wetter im August und September 1907 überprüfen sollte, wird er feststellen, dass ich mich nicht immer an die tatsächliche Wetterlage gehalten habe.

Jeremy Ryder arbeitet für einen Vorläufer des britischen Inlandsgeheimdienstes MI5, der allerdings erst 1909 und nicht 1907 gegründet wurde.

Beatrice, die jüngste Tochter Queen Victorias, heiratete Prinz Heinrich Moritz von Battenberg. Einen Prince Alexander of Battenberg, für den sich Jeremy ausgibt, gab es wirklich, er war ein Enkel von Queen Victoria. Es ist davon auszugehen, dass ein einfacher Gendarm 1907 gewusst hätte, dass das Fürstenhaus Battenberg in enger Verbindung zum englischen Königshaus stand. Vor allem, da ein Jahr zuvor nach der Hochzeit zwischen Ena von Battenberg – einer Tochter von Beatrice – mit dem spanischen König Alfons XIII. ein Attentat auf das Königspaar verübt wurde.

In Osborne House auf der Isle of Wight, dem Familiensitz Queen Victorias, hängt ein Gemälde Wilhelms II. in der Uniform eines englischen Admirals. Wilhelm II. war ein Enkel Queen Victorias, und es war Sitte, dass sich Herrscher bei Staatsbesuchen in den Uniformen der jeweiligen Länder präsentierten – als Zeichen der besonderen Verbundenheit zwischen den Nationen.

Biebrich gehörte 1907 noch nicht zu Wiesbaden. Es gab jedoch schon vier elektrisch betriebene Straßenbahnlinien in der Stadt. Was Örtlichkeiten, Läden, Hotels in Wiesbaden betrifft, habe ich mir Freiheiten genommen. Das Wiesbadener Kurhaus wurde zum Beispiel 1906/1907 umgestaltet. Sophie beschreibt in der Unterhaltung mit Victoria den Zustand nach der Umgestaltung. Sie hielt sich jedoch mit Victorias Onkel einige Jahre früher dort auf.

Ein Kaiserin-Augusta-Waisenhaus, in dessen Aufsichtsgremium sich Rosalyn hätte engagieren können, gab es in Koblenz nicht. Von 1850 bis 1858 lebte Augusta mit ihrem Ehemann Wilhelm, dem damaligen preußischen Kronprinzen und Generalgouverneur der Rheinprovinz, in Koblenz. Seit dieser Zeit war sie Koblenz sehr verbunden und setzte sich für karitative und kulturelle Belange der Stadt ein.

Was Fähr- und Zugfahrzeiten betrifft, muss ich zugeben, dass ich mich nicht exakt an die Angaben des *Bradshaw* gehalten habe. Da habe ich mir aus dramaturgischen Gründen Freiheiten herausgenommen.

Schalldämpfer wurden erst 1907/1908 patentiert. Zur Zeit meines Romans waren sie also noch nicht erhältlich.

Die Gerichtsmedizin war Anfang des 20. Jahrhunderts in Preußen erst im Entstehen begriffen. Ein Leichnam, der im Wald gefunden worden war, wäre wahrscheinlich nur von einem ortsansässigen Arzt begutachtet und eher nicht zur Obduktion in eine Gerichtsmedizin gebracht worden. Frauen konnten in Preußen, wozu damals Ems und Gießen gehörten, ab 1908 Medizin studieren.

Ein Landgut Melbury Hall in der Grafschaft Kent existiert nicht. Das im indischen Stil erbaute Wohnhaus ist vom Landgut Sezincote in den Cotswolds inspiriert.

Die Hotels Godesberger Hof in Godesberg sowie Wilhelma und Quisisana in Wiesbaden gab es. Bei der Beschreibung des Interieurs habe ich mir Freiheiten genommen. In Bonn gab und gibt es das Hotel Stern am Rathausplatz, das zu der Zeit, als mein Roman spielt, bei englischen Touristen sehr beliebt war. Das Hotel Goldener Stern ist meine Erfindung.

Die schlechten, nicht selten lebensbedrohlichen Arbeitsbedingungen in den Fabriken brachten Frauen wie Jemimah dazu, sich bei den Suffragetten zu engagieren. Die im Roman erwähnten Bombenattentate auf Briefkästen sind historisch belegt.

1861 wurde in Russland unter Zar Alexander II. die Leibeigenschaft abgeschafft. Faktisch blieben die Bauern aber meist von den Grundeigentümern abhängig, und ihre wirtschaftliche Lage war oft sehr schlecht. Im letzten Drittel des 19. Jahrhunderts machte die Industrialisierung Russlands große Fortschritte, was jedoch zu einer Verelendung der Arbeiterschaft führte, wie Lew beklagt. Das im Roman erwähnte Pogrom in Kiew, bei dem seine Eltern umkamen, fand 1881 nach der Ermordung Alexanders II. durch Anarchisten statt – die Bevölkerung machte fälschlicherweise Juden für das Attentat verantwortlich.

Aus Furcht vor einem Attentat wuchs Nikolaus II. sehr isoliert auf. Er hatte keinen Sinn für die wirtschaftlichen und politischen Realitäten seines Landes und hing einem der Vergangenheit zugewandten Absolutismus an. Verheiratet war er mit Alexandra, einer Tochter des Großherzogs von Hessen-Darmstadt und Enkelin Königin Victorias.

Da Großbritannien Ende des 19. und zu Beginn des 20. Jahrhunderts im Vergleich zu anderen europäischen Staaten recht liberal war, suchten viele italienische und auch russische Anarchisten dort Zuflucht. Im Januar 1908 wurden in ganz Europa russische Emigranten verhaftet, nachdem bei einem bewaffneten Raubüberfall in Tiflis politisch Radikale eine hohe Geldsumme erbeutet hatten. Lenin hatte die »gewaltsame Enteignung zum Zwecke der Revolution« propagiert. Ende Dezember 1910 entdeckte die Londoner Polizei eine Bombenfabrik und ein Waffenarsenal russischer Anarchisten im Osten der Stadt. Auf die Spur gekommen war die Polizei den Anarchisten schon etwa zehn Tage zuvor, als sie herausfand, dass die Anarchisten einen Gang gruben, um ein Juweliergeschäft auszurauben. Dabei wurden drei Polizisten getötet. Am 28. Dezember verschanzten sich zwei der Anarchisten in einem Haus in Whitechapel. Den Einsatz gegen sie, in den etwa tausend Polizisten, Feuerwehrleute und Gardisten involviert waren, leitete der damalige Innenminister Winston Churchill.

Attentate und Attentatsversuche auf Herrscher waren im Europa des ausgehenden 19. und beginnenden 20. Jahrhunderts keine Seltenheit. Alexander II., der Großvater von Zar Nikolaus II., wurde 1881 durch ein Attentat getötet. Der serbische König Alexander I. fiel 1903 einem Attentat zum Opfer. Im Februar 1908 kamen der portugiesische König Karl I. und der Thronfolger bei einem Attentat ums Leben. Auf den spanischen König Alfons XIII. wurde, wie schon erwähnt, nach seiner Trauung mit Ena von Battenberg in Madrid ein Bombenattentat verübt, bei dem mehr als zwanzig Menschen starben. Vor allem nach der gescheiterten Revolution von 1905 waren Attentate in Russland an der Tagesordnung. Von 1902 bis 1907 fielen zwei russische Innenminister sowie 1905 Großfürst Sergei Alexandrowitsch, der Onkel von Nikolaus II., Attentaten zum Opfer. Im September 1906 floh Nikolaus II. mit seiner Familie aus Furcht vor Anschlägen nach Finnland.

Victorias Onkel Prinz Heinrich ist eine fiktive Figur, und somit ist auch seine Zeit als Botschafter in Sankt Petersburg sowie seine Freundschaft zu dem russischen Innenminister erdacht. Auch als Nichtpreuße von Geburt hätte er preußischer Außenminister werden können. Adolf Hermann Marschall von Bieberstein, preußischer Außenminister von 1894 bis 1897, war Badener.

Großfürstin Xenija war eine Nichte des englischen Königs Edwards VII. und somit eine Cousine seiner Tochter, der Prinzessin Louise. Sie war mit dem Großfürsten Alexander von Russland verheiratet. Großfürstin Olga Marija Alexandrowna, mit der Victorias Großmutter befreundet ist, war eine Tante Nikolaus' II.

Die politische Lage in Europa war vor dem Ersten Weltkrieg sehr angespannt. Die Marokko-Krise hätte 1906 beinahe zum Deutsch-Französischen Krieg geführt. Infolge dieser Krise verließ Italien den Dreibund, den es mit Deutschland und Österreich-Ungarn gebildet hatte, weshalb sich Deutschland gegenüber England, Frankreich und Russland zunehmend isoliert fühlte. Unter deutschen Militärs wurde in den Jahren vor dem Ersten Weltkrieg die Möglichkeit eines Präventivkrieges zu einem für Deutschland günstigen Zeitpunkt durchaus erwogen. Die Verschwörung deutscher Adliger, Militärs und der Rüstungsindustrie, Nikolaus II. durch Anarchisten töten zu lassen und so Russland entscheidend zu destabilisieren, ist jedoch meine Erfindung. Wobei die preußische Militärregierung Lenin dann zur Destabilisierung Russlands einsetzte, indem sie ihn gegen Ende des Ersten Weltkrieges in einem verplombten Eisenbahnwaggon von der Schweiz nach Russland bringen ließ.

Am 31. August 1907 schlossen Großbritannien und Russland den Petersburger Vertrag, der seit einem Jahr vorbereitet worden war und der in Deutschland die Angst vor einer Einkreisung durch feindliche Mächte verstärkte. Die aggressive Flottenpolitik des Kaiserreichs unter Admiral Tirpitz, die darauf abzielte, Großbritannien die Vormachtstellung auf See streitig zu machen, trug sicher dazu bei, Großbritannien einer Annäherung an Russland geneigt zu machen, obwohl die beiden Mächte traditionell ein angespanntes Verhältnis hatten, da ihre Einflusssphären in Asien aufeinanderstießen.

In dem Gespräch mit Werner Brauer spielt Jeremy auf den Spionageroman *The Riddle of the Sands (Das Geheimnis der Sandbank)* des Iren Erskine Childers an, der 1903 erschien. Darin decken zwei junge englische Segler einen Angriffsplan der deutschen Marine auf. Mittels kleiner, wendiger Schiffe, die durch flache Gewässer der Nordsee fahren können, plant das Kaiserreich, England zu überfallen. Der Roman wurde in Großbritannien ein riesiger Erfolg und schürte die Angst vor einer deutschen Invasion.

Anfang August 1907 traf sich Wilhelm II. mit Nikolaus II.

für ein paar Tage in Swinemünde. Das von mir im Roman angeführte Treffen des Kaisers mit dem Zaren an der Ostsee, bei dem Wilhelm versuchte, mit Nikolaus ein Defensivbündnis zu schließen (der Vertrag von Björkö, der nicht ratifiziert wurde), fand jedoch im Juli 1905 statt.

Der Deutsche Flottenverein wurde 1898 auf Initiative des Reichsmarineamtes und der Schwerindustrie gegründet. Ziel war es, die deutsche Öffentlichkeit für den Ausbau der Flotte zu begeistern – was sich vor allem gegen England richtete und ebenfalls zu dem verhängnisvollen Wettrüsten beitrug. 1913 hatte der Verein weit über eine Million Mitglieder und war der größte und einflussreichste des Kaiserreichs.

Als die spanische Königin Isabella II. 1868 nach einem Aufstand aus dem Land floh, war der spanische Thron vakant. Die Übergangsregierung suchte nach einem Nachfolger und fragte deshalb unter anderem bei Leopold von Hohenzollern-Sigmaringen an, einer schwäbischen Seitenlinie der Hohenzollern, deren Oberhaupt der preußische König Wilhelm I. war. Frankreich war strikt gegen einen Hohenzollern auf dem spanischen Thron, da das Land eine Einkreisung durch die Hohenzollern befürchtete. Auf Verlangen der französischen Regierung wurde der französische Botschafter Graf Vincent Benedetti im Juli 1870 auf der Emser Kurpromenade bei Wilhelm I. vorstellig und verlangte von ihm eine Garantie, dass niemals ein Hohenzoller Anspruch auf den spanischen Thron erheben würde. Wilhelm I. lehnte ab. In der »Emser Depesche« wurde Otto von Bismarck, damals preußischer Ministerpräsident, von einem engen Mitarbeiter über dieses Gespräch informiert. Bismarck verschärfte den Inhalt und den Tenor des Gesprächs in einer Pressemitteilung, was letztlich zur Kriegserklärung Frankreichs an Preußen führte. Auf diese Vorgänge spielt von Waldenfels bei dem Dinner in der Villa von Victorias Großmutter an.

Eine Gedenktafel auf der Bad Emser Kurpromenade erinnert an dieses Ereignis – etwa einen Kilometer entfernt von jener Statue, die Kaiser Wilhelm I. so ganz unmilitärisch in Zivil zeigt.

Nach dem Deutsch-Französischen Krieg wurde der Rhein zum »deutschen Fluss« stilisiert und national aufgeladen. An einem Novembertag fuhr ich zur Recherche mit dem Zug nach Bad Ems. Der Himmel über dem Rhein war verhangen, aber immer wieder brach die Sonne zwischen den Wolken hervor und beschien die Hügel und die Burgen auf den Kuppen mit einem beinahe surrealen Licht. Ich finde, es lohnt sich, das Rheintal wiederzuentdecken – mit den Augen von Byron und denen von Malern wie William Turner, die die Schönheit der wild-romantischen Landschaft sahen.

Pauline Peters

DANK AN...

... meinen Partner Hartmut Löschcke für viele Gespräche über den Roman, seine Geduld in schwierigen Schreibphasen sowie unseren Urlaub in London im Sommer 2011 und den Spaziergang im Regen am Regent's Canal.

... meine Freundin und Kollegin Mila Lippke für den regelmäßigen inspirierenden Austausch über Bücher und Filme; das eine oder andere Gespräch hat auch Eingang in dieses Buch gefunden.

... Herrn Dr. Hans-Jürgen Sarholz, den Leiter des Museums und Stadtarchivs Bad Ems, für das sehr informative Gespräch über den Kurbetrieb um 1900 sowie Frau Andrea Schneider vom Verein für Geschichte, Denkmal- und Landschaftspflege e. V. Bad Ems, die auf einer Führung die Geschichte der Stadt für mich hat lebendig werden lassen.

... meine Lektorin Melanie Blank-Schröder für ihr Engagement für das Projekt.

... meine Textredakteurin Margit von Cossart – dafür, dass ich mich auf ihr Lektorat wirklich verlassen kann und dass sie *Das Geheimnis des Rosenzimmers* zu einem besseren Buch gemacht hat.

... meinen Agenten Bastian Schlück für die langjährige gute Zusammenarbeit.

... meine Freundin Sabine Walden für den Spaziergang im Sommer 2002 zum Drachenfels, bei dem die erste Idee zu dem Roman entstand.

... Frau Karin Schwippert von der Deutsch-Britischen Gesellschaft in Bonn, die mich auf den Artikel *It is difficult to imagine a more agreeable spot than this for a residence ...* – *Briten in Bonn bis zur Mitte des 19. Jahrhunderts* von Norbert Schloßmacher und den Vortrag *Englanders and Huns* von James Hawes im Sommer 2014 im Ernst-Moritz-Arndt-Haus aufmerksam machte – beides fand ich sehr anregend.

... meine Freundinnen und Kolleginnen Brigitte Glaser und Ulrike Rudolph für kreative Tage in Unkel.